349

Marion Zimmer Bradley
Le Querce di Albion

TEA DUE

Biblioteca di avventure fantastiche

MARION ZIMMER BRADLEY

LE QUERCE DI ALBION

Romanzo

Traduzione di
Roberta Rambelli

TEA

TEA - Tascabili degli Editori Associati S.p.A.
Via Monte di Pietà 1/A - 20121 Milano

Titolo originale
The Forest House

Prima edizione TEADUE ottobre 1995

Ristampe: 1 2 3 4 5 6 7 8 9
1995 1996 1997 1998 1999

LE QUERCE DI ALBION

Dedicato a mia madre, Evelyn Conklin Zimmer,
che ha sopportato con infinita pazienza l'elaborazione
– durata quasi una vita – di questo romanzo,
e a Diana Paxson, mia sorella e amica,
che gli ha dato una concreta struttura
spazio-temporale e vi ha aggiunto il personaggio di Tacito

Nota dell'autrice

Quanti conoscono la *Norma* riconosceranno le origini di questa vicenda. In omaggio a Bellini, gli inni dei capitoli v e xxii sono adattati dall'atto i, scena i del libretto, e quelli del capitolo xxx dall'atto ii, scena ii. Gli inni alla luna dei capitoli xxvii e xxiv sono tratti dai *Carmina Gadelica*, una raccolta di tradizionali preghiere delle Highlands, selezionate verso la fine del secolo xix dal reverendo Alexander Carmichael.

I PERSONAGGI[1]

ROMANI

Gaio Macellio Severo Silurico (chiamato Gaio, nome indigeno Gawen), giovane ufficiale figlio di madre britanna
Gaio Macellio Severo (chiamato Macellio), padre di Gaio. *Praefectus castrorum* della Seconda Legione Ausiliaria a Deva, rango equestre
(Moruadh, appartenente alla famiglia reale dei Siluri, madre di Gaio)
Manlio, medico a Deva
Capello, attendente di Macellio
Filone, schiavo greco di Gaio
Valerio, segretario di Macellio
Valeria (chiamata poi Senara), nipote di Valerio, per metà britanna
Marzio Giulio Licinio, procuratore di Britannia
Giulia Licinia, sua figlia
Carite, ancella greca di Giulia Licinia
Lidia, balia delle figlie di Giulia Licinia
Licinio Corace, cugino del procuratore, residente a Roma
Marcello Clodio Malleo, senatore, protettore di Gaio
Lucio Domizio Bruto, comandante della Ventesima Legione Valeria Victrix dopo il trasferimento di questa a Deva
padre Petro, eremita cristiano
Flavio Macrone, Longo } due legionari che tentano di compiere una scorreria contro la Casa della Foresta

* (Gaio Giulio Cesare, «il divo Giulio», che iniziò la conquista della Britannia)
* (Svetonio Paolino, governatore della Britannia durante la ribellione di Boudicca)
* (Vespasiano, imperatore, 69-79 d.C.)

[1] I nomi preceduti da * si riferiscono a personaggi storici; quelli tra parentesi ( ) si riferiscono a personaggi defunti prima dell'inizio della vicenda.

* (Quinto Petilio Cereale, governatore della Britannia, 71-74 d.C.)
* (Sesto Giulio Frontino, governatore della Britannia, 74-77 d.C.)
* Gneo Giulio Agricola, governatore della Britannia, 78-84 d.C.
* Gaio Cornelio Tacito, suo genero e collaboratore, storico
* Sallustio Lucullo, governatore della Britannia dopo Agricola
* Tito Flavio Vespasiano, imperatore, 79-81 d.C.
* Tito Flavio Domiziano, imperatore, 81-96 d.C.
* Erennio Senecione, senatore
* Flavio Clemente, cugino di Domiziano

BRITANNI

Bendeigid, un druido abitante nei pressi di Vernemeton
Rheis, figlia di Ardanos e moglie di Bendeigid
Mairi, loro figlia maggiore, moglie di Rhodri
Vran, figlio di Mairi
Eilan, seconda figlia di Bendeigid e Rheis
Senara, figlia minore di Bendeigid e Rheis
Gawen, figlio di Eilan e Gaio
Cynric, figlio adottivo di Bendeigid
Ardanos, arcidruido della Britannia
Dieda, figlia minore di Ardanos
Clotino Albo (Caradac), britanno romanizzato
Gwenna, figlia di Clotino Albo
Rian il Rosso, pirata irlandese
Hadron, uno dei Corvi, padre di Valeria (chiamata poi Senara)
* (Boudicca, la «Regina Assassina», regina degli Iceni, capo della rivolta del 61 d.C.)
* (Caractacus, uno dei capi della rivolta)
* (Cartimandua, regina dei Briganti, che tradì Caractacus)
* Calgacus, capotribù caledonio, comandante delle tribù a monte Graupius

QUELLI DELLA CASA DELLA FORESTA

Lhiannon, Sacerdotessa dell'Oracolo, Somma Sacerdotessa di Vernemeton (la Casa della Foresta)
Huw, sua guardia del corpo
(Helve, Somma Sacerdotessa prima di Lhiannon)
Caillean, Sacerdotessa anziana, assistente di Lhiannon
Latis, maestra erborista
Celimon, istruttrice delle Sacerdotesse
Eilidh, Miellyn } amiche di Eilan
Tanais, Rhian } entrate a Vernemeton dopo che Eilan divenne Somma Sacerdotessa
Annis, vecchia sorda che serve Eilan durante la gravidanza
Lia, balia di Gawen, figlio di Eilan

DIVINITÀ

Tanarus, dio britannico del tuono, equiparato a Giove
Cernunno (il Dio Cornuto), dio archetipo delle bestie e delle foreste con molte varianti locali
Don, mitica madre degli dei e, per estensione, del popolo britannico
Cathubodva, signora dei Corvi, dea della guerra affine a Morrigan
Arianrhod, signora della Ruota d'Argento, dea vergine associata alla magia, al mare e alla luna
Cerere, dea romana delle messi e dell'agricoltura
Venere, dea romana dell'amore
Marte, dio romano della guerra
Bona Dea
Vesta, dea del fuoco sacro di Roma, servita dalle vergini vestali
Mitra, eroe-dio persiano venerato dai soldati
Giove, re degli dei
Giunone, regina degli dei, sua consorte, patrona del matrimonio
Iside, dea egizia venerata in Roma come protettrice dei commerci marittimi

LE LOCALITÀ

BRITANNIA SUPERIORE – INGHILTERRA MERIDIONALE

Mona – l'isola di Anglesey
Segontium – un forte nei pressi di Caernarvon
Vernemeton (Bosco Sacro) – la Casa della Foresta
la Collina delle Vergini – Maiden Castle, Bickerton
Deva – Chester
Glevum – Gloucester
Viroconium Cornoviiarum – Wroxeter
Venta Silurum – Caerwent
Isca Silurum – Caerleon
Aquae Sulis – Bath
il Tor – Glastonbury
il Territorio dell'Estate – Somerset
Isca Dumnoniorum – Exeter
Lindum – Lincoln
Londinium – Londra

BRITANNIA INFERIORE – INGHILTERRA SETTENTRIONALE

Eburacum – York
Luguvallium – Carlisle

CALEDONIA – SCOZIA

estuario della Bodotria – Firth of Forth
Firth della Tava – fiume Tay
Firth del Salmaes – Solway Firth
Trimontium – Newstead
Pinnata Castra – Inchtuthil
monte Graupius – ubicazione incerta, forse nei pressi di Inverness

IBERNIA (ERIU) – IRLANDA

Temair – Tara
Druim Cliadh – Kildare

GERMANIA INFERIORE – GERMANIA DEL NORD-OVEST

Colonia Agrippensium – Colonia
Rhenus – il fiume Reno

CALEDONIA
TUNGRI
monte Graupius
SELGOVI
vallo di Antonino
VOTADINI
ALBA
NOVANTI
vallo di Adriano
Firth del Salmaes
Luguvallium
Glenoventa
IBERNIA
(ERIU)
BRIGANTI
Brigantia
MONA
DECEANGLI
ALBION
(BRITANNIA)
Segontium
Deva
Vernemeton
CORNAVII
ORDOVICI
DEMETI
Venta Icenorum
ICENI
Maridunum
DUBUNII
SILURI
Glevum
Venta Silurum
Aquae Sulis
Londinium
BELGI

(90 - 100 d.C.)

PROLOGO

UN vento freddo investiva le torce e trasformava le fiamme in code ardenti. La luce irosa brillava sulle acque buie dello stretto e sugli scudi dei legionari che attendevano sull'altra sponda. La Sacerdotessa tossiva per il fumo e la nebbia marina che le penetravano nelle narici e ascoltava i clangori del campo latino che echeggiavano attraverso le acque mentre il comandante romano arringava i suoi uomini. I druidi salmodiavano in risposta, invocando la collera dei cieli, e i tuoni squassavano l'aria.

Le voci delle donne si alzavano in un ululato stridente che la faceva rabbrividire; o forse era la paura. Ondeggiava con le altre Sacerdotesse, tenendo le braccia levate in atto d'imprecazione. I manti neri si allargavano come ali di corvo.

Ma anche i romani ululavano. E la prima fila avanzava nell'acqua. Le arpe di guerra dei druidi palpitavano emettendo una musica spaventosa, e la gola della Sacerdotessa era indolenzita dalle urla; eppure il nemico continuava ad avanzare.

Il primo soldato dal mantello rosso mise piede sulla spiaggia dell'Isola Sacra e gli dei non lo annientarono. I canti si incrinarono. Un Sacerdote spinse dietro di sé la Sacerdotessa mentre l'acciaio del romano lampeggiava nella luce delle torce. La spada colpì e il sangue le spruzzò la tunica scura.

Il canto perse il suo ritmo: ormai risuonavano soltanto le urla. La Sacerdotessa corse verso gli alberi. Dietro di lei i romani falciavano i druidi. Ben presto ebbero finito e la marea rossa avanzò nell'entroterra.

La Sacerdotessa si mosse barcollando fra gli alberi, verso i sacri cerchi. Una luce arancione riempiva il cielo sopra la Casa delle Donne. Le pietre torreggiavano davanti a lei, ma alle sue spalle risuonavano le grida. Si voltò, aggrappandosi alla pietra centrale, la pietra dell'altare. Senza dubbio l'avrebbero uccisa... Invocò la Dea e si erse, in attesa del colpo fatale.

Ma non erano armi d'acciaio, quelle che intendevano usare contro di lei. Lottò quando le mani ruvide l'afferrarono e le strapparono le vesti. La gettarono sulla pietra, e i primi uomini l'assalirono. Non c'era via di scampo. Poteva soltanto ricorrere alle discipline sacre per ritrarre la mente dal corpo fino a quando avessero finito. Ma, mentre la coscienza si involava, gridò: «Signora dei Corvi, vendicami! Vendicami!»

«Vendicami!» Il mio grido mi svegliò, e mi sollevai a sedere con gli occhi spalancati. Come sempre, impiegai qualche attimo per capire che era soltanto un sogno, e neppure il *mio* sogno, perché ero ancora bambina l'anno in cui i legionari avevano assassinato i Sacerdoti e violentato le donne dell'Isola Sacra; ero una bambina indesiderata che si chiamava Caillean e stava al sicuro in Ibernia, al di là del mare. Eppure fin dalla prima volta in cui avevo ascoltato quella storia, poco dopo che la Sacerdotessa dell'Oracolo mi aveva condotta in questa terra, lo spirito di quelle donne continuava a ossessionarmi.

La tenda della mia porta ondeggiò e apparve il viso di una delle ancelle che mi servivano. «Mia signora, ti senti bene?» chiese. «Posso aiutarti a vestirti? È quasi l'ora di salutare il levar del sole.»

Annuii, mentre il sudore freddo si asciugava sulla mia fronte. Lasciai dunque che mi aiutasse a indossare una veste pulita e a disporre sul petto e sulla fronte gli ornamenti delle Somme Sacerdotesse. Poi la seguii sulla cima di un'altra isola, un Tor verde che si innalzava dall'insieme di paludi e di prati che gli uomini chiamano Mare dell'Estate. Dal basso giungevano i canti delle fanciulle che vegliavano sul pozzo sacro, e dalla valle un po' più lontana i rintocchi della campana che chiamava gli eremiti alla preghiera nella chiesetta dietro il biancospino.

Non erano stati i primi a cercar rifugio su quest'isola in capo al mondo al di là di quel braccio di mare, né, credo, gli ultimi. Sono trascorsi tanti anni dalla morte dell'Isola Sacra e, anche se nei miei sogni le voci antiche invocano ancora vendetta, una saggezza pagata a caro prezzo mi dice che la mescolanza del sangue rafforza una razza, purché non vada perduta la conoscenza avita.

Tuttavia fino a oggi non ho mai trovato alcunché di buono

nei romani e nelle loro consuetudini. Ecco perché neppure per Eilan, che mi era più cara di una figlia, avrei potuto fidarmi di un romano... neanche di Gaio, che lei amava.

Ma in questo luogo il calpestio dei sandali dei legionari sulle strade lastricate di pietra non ci può disturbare perché ho steso un velo di nebbia e di mistero per escludere il mondo romano.

Oggi, forse, racconterò alle fanciulle come arrivammo qui, perché fra la distruzione della Casa delle Donne sull'Isola di Mona e il ritorno delle Sacerdotesse all'Isola delle Mele, le donne dei druidi dimorarono a Vernemeton, la Casa della Foresta, e quella storia non deve essere dimenticata.

Fu allora che appresi i Misteri della Dea e a mia volta li insegnai a Eilan, figlia di Rheis, che divenne la più grande fra le Somme Sacerdotesse e, direbbero alcuni, anche la peggiore traditrice del suo popolo. Ma, tramite Eilan, il sangue del Drago e dell'Aquila si è mescolato al sangue dei Saggi, e nell'ora della necessità più impellente quella stirpe verrà sempre in aiuto della Britannia.

Sulla piazza del mercato gli uomini sostengono che Eilan fu vittima dei romani, ma io conosco la verità. A quel tempo la Casa della Foresta conservava i Misteri, e gli dei non ci ordinano di essere tutti conquistatori, e neppure tutti saggi, ma ci chiedono soltanto di servire la verità affidata a noi fino a quando potremo trasmetterla ad altri.

Le mie Sacerdotesse si radunano intorno a me, cantando. Sollevo le mani e, mentre il sole penetra attraverso la nebbia, benedico la terra.

1.

I RAGGI di luce dorata brillavano fra gli alberi mentre il sole al tramonto calava al di sotto delle nubi, bordando d'oro ogni foglia lavata dalla pioggia recente. I capelli delle due ragazze che percorrevano il sentiero nella foresta splendevano dello stesso fuoco pallido. Quel giorno era piovuto. La folta foresta intonsa che copriva ancora gran parte della Britannia meridionale era bagnata e silenziosa, e qualche ramo basso lasciava ancora cadere le gocce di pioggia come un'aspersione benedicente sul viottolo.

Eilan aspirò profondamente l'aria umida, carica degli effluvi vivi del bosco e dolce come l'incenso dopo l'atmosfera fumosa della casa di suo padre. Nella Casa della Foresta, le avevano detto, usavano erbe sacre per purificare l'aria. Istintivamente si raddrizzò, cercando di camminare come una delle Sacerdotesse che dimoravano laggiù, e sollevò il cestello delle offerte con un gesto che imitava la loro grazia armoniosa. Poi, per un momento, il suo corpo si mosse con un ritmo non familiare e tuttavia spontaneo, come se la ragazza, in un remoto passato, fosse stata abituata a comportarsi così.

Solo quando era cominciato il suo ciclo lunare aveva avuto il permesso di portare le offerte alla fonte. Come il ciclo mensile faceva di lei una donna, diceva sua madre, così le acque della sorgente sacra costituivano la fertilità della terra. Ma i riti della Casa della Foresta servivano il suo spirito, perché facevano discendere la Dea al plenilunio. Il plenilunio era venuto la notte precedente e, prima che la madre la richiamasse, Eilan era rimasta a lungo a guardare la luna, colma di un'attesa per qualcosa che non avrebbe saputo definire.

Forse la Sacerdotessa dell'Oracolo mi chiamerà nel nome della Dea durante la festa di Beltane. Eilan chiuse gli occhi e cercò di immaginarsi nelle vesti azzurre delle Sacerdotesse, con il velo che le ombreggiava misteriosamente il viso.

« Eilan, che cosa stai facendo? » La voce di Dieda la riportò alla realtà. Incespicò su una radice e per poco non lasciò cadere il cestello. «Sei rimasta indietro come una mucca zoppa! Verrà buio prima che torniamo a casa, se non allunghiamo il passo.»

Eilan recuperò l'equilibrio e si affrettò a seguire l'altra ragazza, mentre il rossore le saliva alle guance. Ma già sentiva il dolce mormorio della fonte. Dopo un momento il sentiero discese, e lei seguì Dieda verso la spaccatura dove le acque sgorgavano fra due rocce e cadevano nella polla. In un lontano passato gli uomini l'avevano circondata di pietre e, con l'andare degli anni, l'acqua aveva levigato le spirali scolpite. Ma il nocciolo ai cui rami la gente legava i nastri dei desideri era giovane, e discendeva dai molti alberi cresciuti in quel luogo.

Sedettero accanto alla polla e stesero un telo per le offerte: focacce squisite, una fiasca d'idromele e alcune monete d'argento. Dopotutto era una piccola polla – vi dimoravano le dee minori della foresta – e non uno di quei laghi sacri dove interi eserciti sacrificavano i tesori conquistati. Però da molti anni le donne della famiglia di Eilan vi portavano offerte ogni mese dopo il ciclo lunare per rinnovare il legame con la Dea.

Si spogliarono, rabbrividendo un po' a causa dell'aria fresca, e si curvarono verso l'acqua.

«Fonte sacra, tu sei il grembo della Dea. Come le tue acque sono la culla di ogni vita, fa' che io possa portare nuova vita nel mondo...» Eilan raccolse un po' d'acqua e se la fece scorrere sul ventre e fra le cosce.

«Fonte sacra, le tue acque sono il latte della Dea. Come tu alimenti il mondo, fa' che io nutra coloro che amo...» I capezzoli, sfiorati dall'acqua gelida, fremettero.

«Fonte sacra, tu sei lo spirito della Dea. Come le tue acque sgorgano eternamente dal profondo, donami il potere di rinnovare il mondo...» Eilan ebbe un tremito quando l'acqua le bagnò la fronte.

Guardò la superficie ombrosa, e vide il baluginio pallido della sua immagine riflessa prendere forma mentre le acque si calmavano di nuovo. Tuttavia, mentre guardava l'acqua, il viso che ricambiava il suo sguardo mutò. Vide una donna più vecchia, dalla carnagione ancora più pallida, e dai riccioli scuri in cui i riflessi rossi sembravano scintille: soltanto gli occhi erano rimasti immutati.

« Eilan! »

Al richiamo di Dieda, Eilan batté le palpebre e il viso nell'acqua ridiventò il suo. La sua parente rabbrividiva e all'improvviso anche Eilan sentì freddo. Si vestirono in fretta. Poi Dieda prese il cestello delle focacce e la sua voce si alzò, pura e ricca, nel canto.

Signora della sacra fonte,
ti reco queste offerte,
ti chiedo vita, fortuna e amore.
Accetta, o Dea, questi miei doni.

Nella Casa della Foresta, pensò Eilan, sarebbe stato un coro di Sacerdotesse a cantare la canzone. La sua voce, esile e un po' tremula, si unì a quella di Dieda in un'armonia stranamente piacevole.

Benedici la foresta e il campo
perché ci donino l'abbondanza;
fa' che tutti i parenti siano sani,
proteggi i corpi e le anime!

Eilan versò l'idromele nell'acqua, mentre Dieda sbriciolava le focacce e le gettava nella polla. La corrente le portò via, e per un momento Eilan ebbe la sensazione che la voce della sorgente diventasse più forte. Le due ragazze si sporsero e lasciarono cadere le monete che avevano portato.

Quando le increspature disparvero, Eilan scorse i loro volti così simili che si specchiavano l'uno accanto all'altro. S'irrigidì, temendo di vedere di nuovo la sconosciuta; ma, mentre la sua vista si oscurava, questa volta il viso che le apparve fu uno solo, con gli occhi che brillavano nell'acqua come stelle nel mare tenebroso del cielo.

« Signora, sei lo spirito della sorgente? Che cosa vuoi da me? » chiese il suo cuore. E le sembrò di percepire una risposta:

« La mia vita fluisce in tutte le acque come fluisce nelle tue vene. Io sono il Fiume del Tempo e il Mare dello Spazio. Per molte vite tu sei stata mia. Adsartha, figlia, quando compirai i voti che hai rivolto a Me? »

Le parve che dagli occhi della Signora si irradiasse uno splendore che le illuminava l'anima. O forse era il sole, perché, ritornata in sé, Eilan batté le palpebre nel fulgore che penetrava fra gli alberi.

« Eilan! » disse Dieda con il tono di chi ripete per la seconda volta un richiamo. « Che ti ha preso, oggi? »

« Dieda! » esclamò Eilan. « Non l'hai vista? Non hai visto la Signora nella sorgente? »

Dieda scrollò la testa. « Parli come una delle donne sacre di Vernemeton, che farneticano di visioni! »

« Come puoi dire una cosa simile? Sei la figlia dell'arcidruido... Nella Casa della Foresta potresti imparare a diventare un bardo! »

Dieda aggrottò la fronte. « Un bardo femmina? Ardanos non lo permetterebbe mai. E non vorrei passare la vita in compagnia di un branco di donne. Preferirei unirmi ai Corvi con il tuo fratello adottivo Cynric e combattere i romani! »

« Taci! » Eilan si guardò intorno come se gli alberi avessero orecchi. « Non sai fare altro che parlare di questo, persino qui? E poi, tu non vuoi combattere a fianco di Cynric, ma giacere con lui... Ho visto come lo guardi! » concluse con un sorriso malizioso.

Dieda arrossì. « Tu non sai niente! » esclamò. « Ma verrà il tuo momento, e quando perderai la testa per un uomo toccherà a me ridere. » Incominciò a piegare il telo.

« Non mi succederà mai », rispose Eilan. « Io voglio servire la Dea! » Per un momento la sua vista si oscurò, e il mormorio dell'acqua parve diventare più forte, come se la Signora avesse udito. Poi Dieda le porse il cestello.

« Torniamo a casa. » Si avviò sul sentiero. Eilan esitò, perché le sembrava di aver udito qualcosa che non era la voce della fonte.

« Aspetta! Hai sentito? Proviene dalla vecchia fossa per i cinghiali... »

Dieda si fermò e girò la testa. Udirono di nuovo il suono, più fievole, come la voce di un animale sofferente.

« È meglio che andiamo a vedere », disse. « Anche se così arriveremo tardi a casa. Ma, se c'è caduto un animale, gli uomini dovranno venire a finirlo. »

Tremante e coperto di sangue, il ragazzo giaceva sul fondo della trappola per i cinghiali, e le sue speranze di ricevere aiuto stavano svanendo con la luce.

La fossa era umida e sporca, puzzolente dello sterco degli animali che vi erano caduti in passato. Sul fondo e ai lati erano confitti pali acuminati; uno di essi gli aveva trafitto la spalla. Non era una ferita grave, pensava, e per il momento neppure molto dolorosa, dato che la spalla era ancora intormentita dalla caduta. Tuttavia, anche se non era letale, probabilmente avrebbe finito per ucciderlo.

Certo, non aveva paura di morire. Gaio Macellio Severo Silurico aveva diciannove anni e aveva giurato fedeltà all'imperatore Tito come ufficiale romano. Aveva combattuto la sua prima battaglia prima che il suo viso fosse ombreggiato dalla barba. Tuttavia l'idea di morire perché era caduto in un trabocchetto come una stupida lepre lo irritava oltre ogni dire. È colpa mia, pensò amaramente. Se avesse dato ascolto a Clotino Albo, adesso sarebbe stato seduto accanto a un bel fuoco, a bere la birra del Territorio Meridionale e ad amoreggiare con la figlia del suo ospite, Gwenna, che aveva abbandonato le caste consuetudini dei britanni di campagna per adottare gli atteggiamenti più audaci delle ragazze delle città romane come Londinium, con la stessa facilità con cui suo padre aveva adottato la lingua latina e la toga.

Eppure è a causa della mia conoscenza dei dialetti britannici che sono stato mandato in missione, pensò Gaio con una smorfia amara. Suo padre Severo era prefetto del campo della Seconda Legione Ausiliaria a Deva, e aveva sposato la bruna figlia di un capotribù dei Siluri nei primi tempi della conquista, quando Roma sperava ancora di stringere alleanze con le tribù. Gaio aveva parlato il loro dialetto prima ancora di imparare a balbettare qualche parola di latino.

Naturalmente c'era stato un tempo in cui un ufficiale di una legione imperiale di stanza nel forte di Deva non si sarebbe degnato di formulare le sue richieste nella lingua d'un paese conquistato. Anche ora Flavio Rufo, tribuno della seconda coorte, non si curava di quelle finezze. Ma Macellio Severo, *praefectus castrorum*, doveva rispondere soltanto ad Agricola, governatore della provincia di Britannia, e aveva il compito di mantenere la pace e l'armonia fra la popolazione della provincia e la legione che la occupava, la difendeva e la governava.

Era passata una generazione da quando la regina Boudicca aveva tentato di ribellarsi ed era stata spietatamente punita dalle legioni, eppure il popolo britannico si stava ancora leccando le ferite ed era quindi abbastanza pacifico da sopportare le tasse e i tributi imposti. L'arruolamento forzato degli uomini, invece, era meno tollerato; e lì, ai margini dell'impero, il risentimento covava ancora, astutamente alimentato da alcuni capi di secondo piano. In quella situazione tesa, Flavio Rufo aveva mandato un contingente di legionari per sovrintendere a un reclutamento di uomini destinati a lavorare nelle imperiali miniere di piombo fra le colline.

La politica imperiale non ammetteva che un giovane ufficiale fosse di stanza nella legione in cui il padre aveva una carica importante come quella di prefetto. Perciò adesso Gaio aveva il grado di tribuno militare nella Legione Valeria Victrix a Glevum, e, sebbene fosse per metà britanno, sin dall'infanzia era stato sottoposto alla disciplina severa dei figli dei militari romani.

Fino a quel momento Macellio non aveva chiesto favori per l'unico figlio. Ma Gaio era rimasto leggermente ferito a una gamba durante una scaramuccia di confine e l'insorgere di una febbre l'aveva poi costretto a trascorrere un periodo di convalescenza a Deva. Una volta guarito, quel forzato soggiorno nella casa del padre lo aveva reso irrequieto. La possibilità di condurre quel gruppo di britanni alle miniere gli era sembrata una sorta di piacevole vacanza.

Era stato un viaggio assolutamente tranquillo; dopo che gli uomini erano stati avviati a destinazione, Gaio, che poteva disporre di altri quattordici giorni di licenza, aveva accettato l'invito di Clotino Albo, assecondato dalle occhiate impudiche della figlia, a trattenersi per qualche giorno e ad andare a caccia. Clotino era, tra l'altro, un abile cacciatore e, come Gaio sapeva bene, era compiaciuto all'idea di offrire ospitalità al figlio di un importante personaggio romano. Gaio aveva scrollato le spalle, s'era divertito a caccia, e aveva mormorato alla figlia di Clotino una quantità di amabili bugie. Proprio il giorno prima aveva ucciso un cervo in quel bosco, dimostrando di essere abile nell'uso della lancia leggera quanto i britanni lo erano nell'uso delle loro armi. Ma adesso...

Disteso nella sozzura della fossa, Gaio aveva scagliato disperate maledizioni contro lo schiavo pavido che si era offerto di mostrargli una scorciatoia dalla casa di Clotino alla via romana che, a quanto diceva, conduceva direttamente a Deva; aveva imprecato contro la propria follia perché aveva permesso a quello sciocco di guidare il carro, nonché contro la lepre – o quello che era – che gli aveva tagliato la strada, spaventando i cavalli; aveva inveito contro gli animali male addestrati e lo stolto che se li era lasciati sfuggire di mano; e infine contro il momento di disattenzione in cui aveva perso l'equilibrio ed era finito a terra semistordito.

Semistordito, sì, ma, se non fosse stato quasi fuori di sé per la caduta, avrebbe avuto abbastanza buon senso per restarsene dov'era; persino uno stupido come quello schiavo avrebbe prima o poi ripreso il controllo dei cavalli e sarebbe tornato indietro a cercarlo. Soprattutto dunque malediceva la propria follia che l'aveva spinto a muoversi nella foresta e ad abbandonare il sentiero. Doveva aver vagato a lungo.

Senza dubbio era ancora stordito dalla caduta; ricordava però con agghiacciante chiarezza lo scivolone improvviso, il cedimento delle foglie e dei rami che coprivano il trabocchetto, e poi la caduta, con il palo acuminato che gli era penetrato nel braccio facendogli perdere i sensi per qualche minuto. Era pomeriggio inoltrato quando s'era ripreso a sufficienza per valutare le proprie lesioni. Un secondo paletto appuntito gli aveva lacerato il polpaccio, riaprendo la vecchia ferita; non era una cosa grave, ma l'urto era stato così violento che la caviglia s'era gonfiata enormemente... Era fratturata, o almeno sembrava che lo fosse. In condizioni normali, Gaio era agile come un gatto e sarebbe uscito dalla fossa in un baleno: ma adesso era troppo debole e stordito per muoversi.

Sapeva che, se non fosse morto per l'emorragia prima di notte, l'odore del sangue avrebbe attirato bestie feroci che l'avrebbero finito. E cercava di scacciare il ricordo delle storie che gli aveva raccontato la sua nutrice, in cui si parlava di cose ancora più orribili.

Il freddo umido gli stringeva il corpo in una morsa. Aveva gridato fino a perdere la voce. Ora, se proprio doveva morire, lo avrebbe fatto con la dignità di un romano. Si avvolse la faccia con un lembo del mantello insanguinato; poi, mentre il suo cuore batteva all'impazzata, si rialzò di scatto: aveva udito delle voci.

Gaio concentrò tutte le forze che gli restavano in un grido, per metà strillo e per metà ululato; si vergognò di quel suono inumano nell'attimo stesso in cui gli uscì dalla gola, e cercò di aggiungere qualche implorazione più umana, ma inutilmente. Si aggrappò a uno dei pali, ma riuscì soltanto a sollevarsi in ginocchio e ad appoggiarsi alla parete di terra.

Per un momento l'ultimo raggio del sole lo accecò. Batté le palpebre e vide la testa di una ragazza incorniciata dalla luce sopra di lui.

« Grande Madre! » esclamò la ragazza con voce limpida. « In nome degli dei, come sei caduto lì dentro? Non hai visto i segnali d'avvertimento che hanno messo sugli alberi? »

Gaio non riuscì ad articolare parola. La giovane donna gli si era rivolta usando un dialetto purissimo che lui non conosceva bene. Già, era ovvio: lì doveva esserci la tribù degli Ordovici. Dovette riflettere un momento prima di trasformarlo nel dialetto siluriano di sua madre.

Non aveva ancora risposto quando una seconda voce femminile, più ricca e più forte, esclamò: « Che sciocco! Dovremmo lasciarlo lì come esca per i lupi! » Un secondo viso apparve accanto all'altro. Erano così simili che, in un primo momento, Gaio si chiese se la sua vista non gli stesse giocando uno scherzo.

« Su, afferra la mia mano. Credo che fra tutte e due riusciremo a tirarti fuori », disse la seconda ragazza. « Eilan, aiutami! » Una mano femminile, bianca e affusolata, si tese verso di lui. Gaio alzò la mano illesa, ma non riuscì ad aggrapparsi. « Che succede? Sei ferito? » chiese la ragazza in tono più gentile.

Prima che potesse rispondere, l'altra, di cui Gaio non vedeva quasi nulla, anche se capiva che era giovane, si sporse per guardare meglio.

« Oh, adesso ho visto... Dieda, sanguina! Corri a chiamare Cynric per tirarlo fuori. »

Il sollievo che inondò Gaio fu così intenso che per poco il ragazzo non perse i sensi. Si accasciò, e quel movimento gli fece dolere di più le ferite, strappandogli un gemito.

« Non devi svenire », disse la voce chiara. « Lascia che le mie parole siano una corda che ti lega alla vita. Mi senti? »

« Sì », mormorò Gaio. « Continua a parlarmi. »

Forse perché sapeva che stava per ricevere aiuto, adesso poteva dare ascolto alle percezioni, ma le ferite incominciavano a fare molto male. Sentiva la voce della ragazza, anche se le parole non avevano più senso. Sembravano il mormorio di un ruscello e trasportavano la sua mente al di là della sofferenza. Il mondo si oscurò. Gaio si rese conto che a venir meno era stata la luce del giorno, e non la sua vista, solo quando scorse fra gli alberi il bagliore di una torcia.

Il viso della ragazza sparì. La sentì gridare: « Padre, un uomo è caduto nella vecchia fossa per i cinghiali! »

« Lo tireremo fuori », rispose una voce profonda. « Uhmm... » Gaio sentì un movimento sopra di lui. « Ci vorrà una barella. Cynric, è meglio che scendi a vedere. »

Dopo un attimo un giovane si calò nella fossa. Guardò Gaio e chiese allegramente: « A che stavi pensando? Bisogna essere davvero furbi per cadere qui dentro quando tutti, nei dintorni, sanno che questa fossa esiste da trent'anni! »

Gaio chiamò a raccolta tutto il suo orgoglio; stava per dire che, se il giovane l'avesse tirato fuori, sarebbe stato adeguatamente ricompensato... poi si rallegrò di aver taciuto. Quando i suoi occhi si abituarono alla luce della torcia, si accorse che il soccorritore aveva all'incirca la sua età, poco più di diciotto anni, ma era un vero gigante. I capelli biondi e ricciuti gli scendevano sulle spalle e il viso ancora imberbe era allegro e calmo come se salvare gli sconosciuti più morti che vivi fosse per lui un'abitudine. Indossava una tunica di stoffa a quadretti e brache corte di cuoio tinto; il mantello di lana ricamato era fissato da una fibula d'oro con un corvo stilizzato in smalto rosso. Erano gli indumenti di un uomo di famiglia nobile, ma non di quelle che fraternizzavano con i conquistatori e adottavano le usanze romane.

« Non sono di queste parti e non conosco i vostri segnali », disse semplicemente Gaio.

« Bene, non preoccuparti. Ti tirerò fuori, poi potremo discutere come hai fatto a cadere. » Il giovane passò il braccio intorno alla vita di Gaio e lo sollevò senza fatica, come se fosse un bambino.

« Abbiamo scavato questa fossa per i cinghiali, gli orsi e i romani », commentò tranquillamente. « È una sfortuna che ci sia finito tu. » Alzò lo sguardo e disse: « Calami il tuo mantello, Dieda; sarà più facile che trovare qualcosa per fare una barella. Il mantello di quest'uomo è incrostato di sangue ».

La ragazza glielo porse e il giovane lo annodò intorno alla vita di Gaio, fissò l'altra estremità intorno ai propri fianchi, appoggiò un piede sul paletto più basso e disse: « Urla, se ti faccio male. Ho tirato fuori diversi orsi in questo modo, ma erano morti e non potevano lamentarsi ».

Gaio strinse i denti. Si sentì sul punto di svenire per il dolore quando la caviglia gonfia urtò una radice sporgente. Qualcuno, in alto, si sporse, afferrandogli le mani. Finalmente Gaio riuscì a issarsi oltre il bordo e rimase disteso a terra immobile, accontentandosi di respirare, prima di trovare la forza per aprire gli occhi.

Un uomo stava chino su di lui. Gli tolse il mantello sporco e insanguinato ed emise un fischio.

« Devi essere protetto da un dio, straniero. Due dita più in basso, e il paletto ti avrebbe trapassato il polmone. Cynric, ragazze, guardate », continuò. « Dove la spalla sanguina ancora, il sangue è scuro e scorre lentamente, quindi sta tornando al cuore; se venisse dal cuore, invece, sarebbe rosso vivo e sgorgherebbe a fiotti. Se non lo avessimo scoperto, probabilmente sarebbe morto dissanguato.»

Il ragazzo biondo e le due ragazze si chinarono uno dopo l'altro a guardare. Gaio rimase in silenzio. Un sospetto terribile si stava facendo strada in lui. Aveva già rinunciato all'idea di presentarsi e di chiedere che lo portassero alla casa di Clotino Albo in cambio di una lauta ricompensa. Ora sapeva che soltanto la vecchia tunica britannica che aveva indossato quella mattina per viaggiare lo aveva salvato. La competenza medica che traspariva dalle parole dell'uomo gli rivelava che era alla presenza di un druido. Poi qualcuno lo sollevò, e il mondo sprofondò nel buio e scomparve.

Quando Gaio riprese i sensi, nella luce del fuoco, scorse il viso di una ragazza che lo guardava. Per un momento i lineamenti parvero aleggiare in un alone luminoso. Era giovane e di carnagione chiara, ma gli occhi avevano una sfumatura strana, fra il nocciola e il grigio, ed erano distanti, con ciglia chiare. La bocca, nonostante le fossette ai lati, aveva una linea così solenne che sembrava appartenere a una donna più vecchia; i capelli erano chiari come le ciglia, quasi incolori se non dove la luce del fuoco li accendeva di riflessi rossi. Una delle mani gli passò sul viso, e Gaio ne sentì la freschezza; gli stava bagnando il viso con l'acqua.

Rimase a guardarla a lungo, fino a quando i lineamenti non s'impressero in modo indelebile nella sua memoria. Poi qualcuno disse: «Basta così, Eilan, credo che sia rinvenuto». E la ragazza si ritirò.

Eilan... aveva già sentito quel nome. Era stato in un sogno? Era così bella...

Gaio si sforzò di vedere e si accorse di essere sdraiato su un letto appoggiato alla parete. Si guardò intorno per cercare di capire dov'era. Cynric, il giovane che l'aveva tirato fuori della fossa, e il vecchio druido di cui non conosceva il nome stavano accanto a lui. Era in una casa rotonda dalla struttura lignea, costruita secondo il vecchio stile celtico, con le travi levigate che si disponevano a raggiera dal culmine del tetto fino alla parete piuttosto bassa. Non aveva più messo piede in una casa come quella da quando, ancora bambino, era stato accompagnato dalla madre a far visita ai parenti.

Il pavimento era coperto di canne; la parete, fatta di rami intrecciati di nocciolo, era intonacata d'argilla bianca, e i divisori fra i letti erano anch'essi di vimini. Una grande tenda di pelle sostituiva la porta d'ingresso. Il fatto di trovarsi in quel luogo lo faceva sentire bambino, come se tutti gli anni di educazione romana fossero volati via.

Girò lentamente lo sguardo e tornò a fissare la ragazza. Portava una veste di lino rosso scuro e teneva in mano un bacile di rame. Era alta, ma più giovane di quanto non gli fosse sembrata in un primo momento, e il corpo, sotto le pieghe della stoffa, era ancora sottile come quello d'una bambina. La luce del focolare centrale le brillava sui capelli biondi.

Alla luce delle fiamme, Gaio scorse finalmente anche il vecchio druido. Il ragazzo girò un poco la testa e sbirciò di sotto le ciglia. Sebbene per i britanni i druidi fossero soltanto uomini colti e sapienti, a Gaio era stato sempre detto che non erano altro che fanatici. Trovarsi nella casa di un druido era come svegliarsi nella tana di un lupo, e lui non si vergognava ad ammettere che aveva paura.

Almeno aveva avuto il buon senso di nascondere la propria identità romana nel momento in cui il vecchio aveva descritto la circolazione del sangue, cosa che, secondo il medico greco di suo padre, rientrava nelle conoscenze dei Sacerdoti-Guaritori di rango più elevato.

Quegli individui, invece, non nascondevano affatto ciò che erano. « Abbiamo scavato questa fossa per i cinghiali, gli orsi e i romani », aveva detto con noncuranza il giovane. Questo avrebbe dovuto fargli comprendere subito che si trovava molto lontano dal cerchio ristretto e protettivo della dominazione romana. Eppure non era a più di un giorno di viaggio a cavallo dalla sede della legione a Deva!

Tuttavia, se era nelle mani dei nemici, almeno lo trattavano bene. Gli indumenti della ragazza erano ben confezionati, la bacinella di rame era ottimamente lavorata, e senza dubbio proveniva da qualche mercato del sud.

Le torce di canne intrise di sego ardevano nei contenitori appesi; il suo giaciglio era coperto di lini, e il pagliericcio aveva un dolce odore d'erbe. Il caldo, poi, era qualcosa di celestiale, dopo il freddo della fossa. A quel punto il vecchio che aveva diretto il salvataggio si sedette accanto a lui e per la prima volta Gaio poté vederlo bene.

Era un uomo vigoroso e imponente: sembrava capace di abbattere un toro con una semplice spallata. I tratti del viso erano duri, come se fossero stati rozzamente scolpiti nella pietra, e gli occhi erano d'un grigio freddo e trasparente. I capelli erano spruzzati di bianco; Gaio pensò che doveva avere all'incirca l'età di suo padre, cinquant'anni.

« Ti sei salvato per puro caso, ragazzo », disse il druido. Gaio ebbe l'impressione che fosse abituato a fare quelle prediche. « La prossima volta tieni gli occhi aperti. Ora darò un'occhiata alla tua spalla. Eilan... » Fece un cenno alla ragazza e, a bassa voce, le impartì alcune istruzioni.

La ragazza uscì, e Gaio chiese: « A chi devo la vita, onorato signore? » Non avrebbe mai pensato di poter mostrare un simile rispetto a un druido. Come a qualunque altro bambino, anche a Gaio erano state riferite le agghiaccianti storie narrate da Cesare sui sacrifici umani e le tragiche vicende delle guerre combattute per frenare il culto druidico in Britannia e in Gallia. I druidi che ancora restavano erano ormai controllati dagli editti romani, ma potevano causare gravi problemi, almeno quanto i cristiani. La differenza stava nel fatto che, mentre i cristiani spargevano il dissenso nelle città e rifiutavano di adorare l'imperatore, i druidi potevano spronare a guerre sanguinose anche le popolazioni sottomesse.

Tuttavia in quell'uomo c'era qualcosa che induceva al rispetto.

« Mi chiamo Bendeigid », disse il druido. Ma non fece domande, e Gaio ricordò di aver sentito dire, da parte materna, che per i celti un ospite era ancora sacro, almeno al di fuori delle terre romane. Anche il peggior nemico di un uomo poteva chiedergli cibo e riparo e poi andarsene indisturbato. Il respiro affannoso di Gaio si calmò un poco: in quel luogo sarebbe stato meno pericoloso e più saggio invocare l'ospitalità anziché pretenderla com'era diritto di un conquistatore.

Eilan ritornò, portando uno scrigno di quercia rivestito di ferro e un corno per bere. « Spero che sia quello giusto », mormorò la ragazza.

Con fare brusco, il padre annuì, prese lo scrigno e le fece segno di dare il corno a Gaio, il quale cercò di afferrarlo: allora, con grande sorpresa, si rese conto che le sue dita non avevano la forza di chiudersi.

« Bevi », gli disse il druido con il tono inconfondibile di chi è abituato a dare ordini. « Ne avrai bisogno, prima che abbiamo finito », soggiunse. Sembrava abbastanza gentile, ma Gaio cominciava ad avere paura.

Bendeigid fece un cenno alla ragazza che tornò ad avvicinarsi al letto.

Eilan sorrise, assaggiò qualche goccia nel gesto tradizionale dell'ospitalità, poi gli accostò il corno alle labbra. Gaio cercò di sollevarsi, ma i suoi muscoli non obbedivano. Con un'esclamazione di pietà, Eilan gli sostenne la testa con il braccio perché potesse bere.

Gaio sorseggiò il liquido. Era idromele molto forte, e vi erano state aggiunte spezie amare, medicinali.

« Avevi quasi raggiunto la Terra della Gioventù, straniero, ma non morirai », mormorò la ragazza. « Ti ho visto in un sogno... ma eri più vecchio e avevi un bambino al fianco. »

Gaio la guardò; era già troppo stordito per trovare inquietanti quelle parole. Per quanto la ragazza fosse giovane, giacere contro il suo seno era come essere tornato fra le braccia di sua madre. Ora, nella sofferenza, riusciva quasi a ricordarla, e le lacrime gli riempivano gli occhi. Si rese vagamente conto che il vecchio druido gli aveva tagliato la tunica e, con l'aiuto di Cynric, si era messo a lavargli le ferite con un liquido che bruciava, anche se non più dell'intruglio che il vecchio Manlio gli aveva applicato alla gamba quando era rimasto ferito la prima volta. Gli spalmarono sulla gamba un unguento vischioso e dall'odore pungente, e poi lo fasciarono con bende di lino. Quindi mossero la caviglia gonfia; come trasognato, Gaio osservava la scena e sentì qualcuno che diceva: « Non è niente di grave... non è neppure fratturata ».

Fu la voce di Cynric a scuoterlo. « Preparati, ragazzo », gli ordinò. « Il palo era sporco; ma forse riusciremo a salvare il braccio, se lo cauterizziamo. »

« Eilan », disse seccamente il vecchio, « esci. Una ragazza non deve vedere queste cose. »

« Lo terrò io, Eilan », le mormorò Cynric. « Puoi andare. »

« Resterò, padre. Forse potrò rendermi utile. » La ragazza strinse la mano di Gaio e il vecchio borbottò: « Fa' ciò che vuoi, allora, ma non urlare e non svenire ».

Un attimo dopo, Gaio sentì due mani fortissime, forse quelle di Cynric, che lo tenevano fermo. Le dita di Eilan erano ancora intrecciate alle sue, ma le sentiva tremare leggermente. Girò la testa, chiuse gli occhi e strinse i denti per non gridare. Distinse l'odore del ferro arroventato, poi una sofferenza atroce dilaniò tutto il suo corpo.

Un urlo gli contorse le labbra e divenne un gemito; Cynric lo lasciò, e Gaio sentì soltanto le mani morbide della ragazza. Quando poté riaprire gli occhi, vide il druido che lo scrutava con un freddo sorriso. Cynric, che stava ancora chino su di lui, era pallidissimo; Gaio aveva visto la stessa espressione sul volto dei giovani del suo comando dopo la loro prima battaglia.

« Bene, non sei certamente un vigliacco, ragazzo », disse il giovane con voce soffocata.

« Grazie », rispose assurdamente Gaio. E svenne.

2.

QUANDO Gaio riprese i sensi – con l'impressione di essere rimasto svenuto per molto tempo – le torce di canna s'erano consumate, e poca luce veniva dalle braci del focolare; riusciva appena a scorgere Eilan, seduta accanto a lui e semiaddormentata. Era stanco, il braccio gli doleva e aveva sete. Sentiva, non molto lontane, alcune voci di donna. La spalla era avvolta in bende di lino... Aveva la sensazione di essere fasciato come un neonato. La spalla ferita era spalmata d'unguento, e i lini avevano odore di grasso e di balsamo.

La ragazza stava seduta accanto a lui, in silenzio, su uno sgabello a tre piedi, pallida e snella come una giovane betulla, con i capelli ondulati – troppo fini per restare lisci – pettinati all'indietro. Portava al collo una catena d'oro con una specie di amuleto. Le ragazze britanne maturavano tardi, Gaio lo sapeva: poteva avere quindici anni. Non era ancora una donna, ma sicuramente non era più una bambina.

Si sentì un tonfo metallico, come se qualcuno avesse lasciato cadere un secchio. Una voce giovane disse: «Perciò va' tu a mungerle, se vuoi!»

«E questo che cosa c'entra con la donna che bada alle vacche?» chiese brusca una voce femminile.

«Oh, non fa che piangere e gemere perché i macellai romani hanno costretto il suo uomo ad arruolarsi ed è rimasta con tre bambini», disse la prima voce. «E adesso il mio Rhodri li ha seguiti.»

«La maledizione di Tanarus ricada su tutti i romani», proferì una voce che Gaio riconobbe come quella di Cynric, ma la donna lo interruppe.

«Silenzio. Mairi, metti i piatti in tavola, non stare lì a sgridare i bambini. Andrò a parlare con quella povera donna, e le dirò che può portare i piccoli in casa nostra... Ma qualcuno deve mungere le vacche la sera, anche se i romani portassero via tutti gli uomini della Britannia.»

«Tu sei buona, madre adottiva», disse Cynric, e le voci si riabbassarono. La ragazza guardò Gaio e si alzò dallo sgabello.

« Oh, sei sveglio », esclamò. « Hai fame? »

« Sarei capace di divorare un cavallo e il carro e inseguire il guidatore fin quasi a Venta », rispose Gaio in tono serio. Eilan lo fissò per un momento, poi sgranò gli occhi e rise.

« Andrò a vedere se in cucina ci sono un carro e un cavallo », disse allegramente. Poi la luce alle sue spalle si ravvivò, e sulla soglia apparve una donna. Per un momento Gaio rimase sorpreso: nella stanza era entrata la luce del sole.

« È già domani? » chiese senza riflettere, e la donna rise, si voltò e spalancò la tenda di pelle di cavallo; poi la fissò a un gancio e spense la torcia di canna.

« Eilan non ha voluto che ti disturbassimo neppure per farti mangiare », spiegò. « Pensava che il riposo ti avrebbe fatto meglio del cibo. Credo che avesse ragione, ma adesso devi avere una gran fame. Mi dispiace di non essere stata qui a darti il benvenuto nella nostra casa. Ero andata ad assistere una malata del nostro clan. Spero che Eilan abbia avuto cura di te. »

« Oh, sì », esclamò Gaio. E batté le palpebre perché qualcosa, nel modo di fare della donna, gli ricordava dolorosamente sua madre.

La donna lo guardò. Era molto bella, e somigliava tanto alla ragazza che la parentela fra loro era ovvia, anche prima che Eilan dicesse « Madre... » e s'interrompesse, troppo intimidita per continuare. Anche la donna aveva capelli biondi e occhi scuri, di un colore indefinibile tra il grigio e il nocciola. Sembrava che avesse lavorato con le sue ancelle, perché c'era una spolverata di farina sulla bella tunica di lana, eppure il camice che spuntava sotto quell'indumento era bianco, orlato di ricami, e del lino più fine che Gaio avesse mai visto in Britannia. Le scarpe erano di pelle ben tinta e la veste era trattenuta da raffinate fibule d'oro a spirale.

« Spero che ti senta meglio », disse in tono gentile.

Gaio si puntellò sul braccio illeso. « Molto meglio, mia signora », asserì. « E sono eternamente grato a te e ai tuoi. »

La donna si schermì con un lieve gesto. « Vieni da Deva? »

« Ero in visita da quelle parti », rispose Gaio. Il suo accento latino sarebbe parso del tutto normale se la donna avesse creduto che lui proveniva da una città romana.

«Dato che sei sveglio, farò venire Cynric perché ti aiuti a lavarti e vestirti.»

«Sarà un piacere lavarmi», rispose Gaio, e si strinse nella coperta; s'era accorto di essere nudo, a parte le bende.

La donna seguì il suo sguardo e disse: «Ti troverò qualche indumento. Forse sarà un po' troppo grande, ma per il momento potrà andare. Se preferisci, resta qui a riposare; comunque, non appena ti sentirai in grado di alzarti, saremo lieti di accoglierti tra noi, se lo vorrai».

Gaio rifletté per un momento. Ogni muscolo del suo corpo gli doleva, come se fosse stato percosso da grosse mazze; d'altra parte, era curioso di conoscere la famiglia, e non voleva dare l'impressione di disprezzare la loro società. Aveva creduto che i britanni non alleati con Roma fossero quasi tutti selvaggi; ma quella comunità non aveva nulla di primitivo.

«Mi unirò a voi con piacere», rispose, e si passò la mano sulla faccia ispida di barba. «Ma vorrei lavarmi... e magari radermi.»

«Non credo che dovresti darti la pena di raderti apposta per noi», disse la donna. «Ma Cynric ti aiuterà a lavarti. Eilan, cerca tuo fratello e digli che c'è bisogno di lui.»

La ragazza uscì. La donna si voltò per seguirla, poi guardò Gaio e lo vide più chiaramente nella luce del cubicolo. I suoi occhi si addolcirono in un sorriso che gli ricordò il modo in cui l'aveva guardato sua madre, molto tempo prima. «Ma sei soltanto un ragazzo», commentò lei.

Per un momento Gaio si sentì punto sul vivo da quelle parole, poiché da tre anni faceva un lavoro da uomo. Tuttavia, prima che potesse ribattere, una voce giovane e impertinente disse: «Se lui è un ragazzo, madre adottiva, io sono un bambino con la veste lunga. Bene, pasticcione, sei pronto a cadere in qualche altro trabocchetto per gli orsi?»

Cynric entrò, e ancora una volta Gaio fu colpito dalla sua statura: il britanno era grosso il doppio di lui, eppure, a parte quello, era ancora un ragazzo. «Bene», commentò Cynric ridendo, «mi sembri un po' meno pronto per essere portato via dal vecchio che stermina gli sciocchi e gli ubriachi. Lascia che ti dia un'occhiata alla gamba, e vedremo se puoi appoggiare il piede a terra.» Nonostante la stazza, esaminò la ferita con estrema delicatezza. Quando finì, rise di nuovo.

«Dovremmo averle tutti, gambe così adatte a camminare! È soprattutto una brutta botta: l'hai urtata contro un paletto? Credo di sì. Un altro meno fortunato di te se la sarebbe rotta in almeno tre punti e sarebbe rimasto azzoppato per tutta la vita; ma sono convinto che te la caverai benone. La spalla è un'altra cosa; non potrai viaggiare per altri sette giorni.»

Gaio si alzò. «Ma dovrò partire», obiettò. «Devo essere a Deva fra quattro giorni.» La sua licenza stava per finire...

«Ti assicuro che, se fra quattro giorni sarai a Deva, ai tuoi amici non resterà che seppellirti», disse Cynric. «Questo lo capisco anch'io. Oh, a proposito», continuò come se ripetesse una lezione, «Bendeigid manda i suoi saluti all'ospite e gli augura di guarire nel modo migliore; si rammarica che la necessità lo costringa a rimanere assente oggi e questa notte, ma sarà lieto di vederti al suo ritorno.» Poi soggiunse: «Ci vorrebbe un uomo più coraggioso di me per dirgli in faccia che non hai accettato la sua ospitalità».

«Tuo padre è molto generoso», concluse Gaio.

Era meglio riposare. Era impossibile fare altrimenti. Non poteva parlare di Clotino. Ciò che sarebbe accaduto in seguito dipendeva dallo sciocco che aveva guidato il carro. Se era tornato a riferire che il figlio del prefetto era stato sbalzato a terra e forse era morto, probabilmente in quel momento stavano già cercando il suo cadavere nei boschi. D'altra parte, se l'imbecille aveva mentito o aveva approfittato dell'occasione per scappare a rifugiarsi in un villaggio non dominato dai romani – ce n'erano molti anche nei pressi di Deva – allora... chissà. Forse non si sarebbero allarmati fino a quando Macellio Severo non avesse cominciato a chiedere notizie del figlio.

Cynric s'era chinato su una cassapanca ai piedi del letto. Prese una camicia e la osservò con uno sguardo divertito e perplesso al contempo. «Gli stracci che porti vanno bene per uno spaventapasseri», disse. «Chiederò alle ragazze di lavarli e rammendarli, se è possibile. Non hanno molto da fare, con questo tempo. Ma con questa addosso sembrerai una donna.» Lasciò cadere la camicia. «Andrò a farmi prestare qualcosa di più adatto alla tua taglia.»

Cynric uscì e Gaio frugò tra gli indumenti piegati accanto al letto per cercare la borsa appesa alla cintura di cuoio. A quanto pareva, non era stata toccata. Alcuni quadrati di stagno che fuori delle città romane venivano ancora usati come monete, una fibula, un coltello a serramanico, un paio di anelli e altri ornamenti che non aveva voluto indossare per andare a caccia... Ah, sì, eccolo. Non era servito a molto! Diede un'occhiata alla pergamena con il sigillo del prefetto, il salvacondotto che lì non gli sarebbe stato utile, e forse l'avrebbe messo in pericolo. Eppure, quando fosse ripartito, ne avrebbe avuto bisogno per poter viaggiare.

Si affrettò a rimetterlo nella borsa. Avevano visto l'anello con il sigillo? Fece per toglierlo dal dito e riporlo nella borsa; ma in quel momento ritornò Cynric, con alcuni indumenti sul braccio. Gaio si sentiva quasi in colpa: sembrava che stesse esaminando la sua roba per controllare se era stato rubato qualcosa.

«Credo che il sigillo dell'anello si sia allentato quando sono caduto», fece. Smosse leggermente la pietra verde. «Temevo che si staccasse, se avessi continuato a portarlo.»

«È un oggetto romano», osservò Cynric. «Che cosa dice?»

L'anello portava solo le sue iniziali e le armi della legione, ma il giovane ne era orgoglioso perché Macellio l'aveva commissionato a un incisore di Londinium in occasione della nomina di Gaio a ufficiale. «Non lo so», disse con aria indifferente. «È un dono.»

«Lo stile è romano», commentò Cynric con una smorfia. «I romani hanno seminato il loro ciarpame da qui alla Caledonia.» E soggiunse, in tono sprezzante: «È impossibile capire da dove proviene».

Qualcosa, nei modi di Cynric, rivelò a Gaio che in quel momento era in pericolo più di quanto lo fosse stato nel trabocchetto. Il druido Bendeigid non avrebbe violato le leggi dell'ospitalità; questo lo sapeva dalle storie che gli avevano raccontato sua madre e la nutrice. Tuttavia era impossibile immaginare che cosa sarebbe stato capace di fare quel giovane dalla testa calda.

D'impulso, prese dalla borsa uno degli anelli più piccoli.

« Devo la vita a te e a tuo padre », disse. « Vuoi accettarlo in dono? Non è prezioso, ma servirà a ricordarti la tua buona azione. »

Cynric prese l'anello; era così piccolo che poteva infilarlo solo nel mignolo. « Cynric, figlio del druido Bendeigid, ti ringrazia, straniero », rispose. « Non so con quale nome ringraziare te... »

Era la richiesta meno allusiva che la cortesia permettesse, e Gaio non poteva ignorarla. Avrebbe voluto dire il nome del fratello di sua madre; ma poteva darsi che anche in quell'angolo della Britannia conoscessero il nome del capotribù dei Siluri che aveva dato in sposa la sorella a un romano. Una lieve alterazione della verità era meglio di una scortesia.

« Mia madre mi chiamava Gawen », disse alla fine. E questo era vero perché Gaio, il nome romano, era estraneo alla sua lingua. « Sono nato a Venta Silurum, nel sud: non credo che tu conosca la mia stirpe. »

Cynric rifletté per un momento e rigirò l'anello intorno al mignolo. Poi un lampo di comprensione gli rischiarò il viso. Fissò Gaio e chiese: « I corvi volano a mezzanotte? »

Gaio rimase sbalordito dalla domanda e dal comportamento di Cynric. Per un momento si chiese se il giovane fosse un sempliciotto, poi rispose con noncuranza: « Penso che tu conosca i boschi meglio di me. Non ho mai saputo che i corvi volino di notte ».

Abbassò lo sguardo sulle mani di Cynric, vide che le dita erano intrecciate in un modo inconsueto, e cominciò a capire. Doveva essere il segno di una delle tante società segrete, soprattutto religiose come i culti di Mitra o del Nazareno. Erano cristiani? No, il segno dei cristiani era un pesce o qualcosa del genere, non un corvo.

Bene, la cosa non gli interessava affatto, e la sua espressione doveva rivelarlo. La faccia del giovane britanno cambiò leggermente; si affrettò a dichiarare: « Vedo che ho fatto un errore... »

E si voltò. « Ecco, credo che questi ti possano andare bene. Me li ha prestati mia sorella Mairi; sono del marito. Vieni, ti aiuterò a raggiungere il bagno e andrò a prendere il rasoio di mio padre, se vuoi raderti, per quanto tu mi sembri abbastanza adulto per farti crescere la barba. Attento... non appoggiare tutto il peso su quel piede, o cadrai. »

Dopo essersi lavato e sbarbato e aver indossato, con l'aiuto di Cynric, una tunica pulita e le brache larghe dei britanni, Gaio si sentì in grado di alzarsi e di camminare zoppicando. Il braccio bruciava e la gamba era dolorante, ma avrebbe potuto stare molto peggio; inoltre sapeva che i muscoli si sarebbero irrigiditi se fosse rimasto a letto. Dovette comunque appoggiarsi al braccio di Cynric che lo guidò lungo il cortile verso la grande sala dei banchetti.

Al centro c'era una tavola fiancheggiata da panche massicce. Il riscaldamento era assicurato dai focolari alle due estremità della sala; intorno ai fuochi si stavano radunando uomini, donne e alcuni bambini. Uomini barbuti dalle tuniche tessute in maniera grossolana parlavano tra loro in un dialetto così rozzo che Gaio non li capiva affatto.

Anche se il suo istitutore gli aveva insegnato che la parola latina *familia* indicava in origine tutti coloro che dividevano un alloggio – padrone, figli, liberti e schiavi –, ora i romani tenevano i servitori separati dalla famiglia vera e propria. Cynric colse sul volto di Gaio un'espressione di vago disgusto e la interpretò erroneamente come segno di debolezza: si affrettò quindi a condurre lo straniero verso una panca imbottita in fondo alla grande stanza.

Lì, separata dalla folla all'estremità inferiore della tavola e seduta su un ampio scranno, stava la padrona di casa; l'altro sedile, coperto da una pelle d'orso, era evidentemente riservato al padrone. Altri posti erano occupati da uomini e donne giovani, ben vestiti e dai modi garbati, che dovevano essere figli legittimi o adottivi dei padroni, o forse servitori privilegiati. La padrona di casa rivolse un cenno ai due ragazzi, ma non smise di conversare con un vecchio seduto accanto al focolare, alto e magro come uno spettro, con i capelli grigi arricciati e tagliati in modo quasi ricercato. Anche la barba era grigia e ricciuta. Gli occhi erano verdi, la tunica candida sfarzosamente ricamata, e la piccola arpa al suo fianco era fregiata d'oro.

Un bardo! Ma non era una cosa sorprendente nella dimora di un druido. Mancava soltanto un indovino perché fossero rappresentate le tre classi dei druidi descritte da Cesare. Un indovino, però, avrebbe saputo riconoscere il travestimento di un giovane romano. Il vecchio bardo lanciò a Gaio un'occhiata che gli fece scorrere un brivido lungo la schiena e poi si rivolse di nuovo alla padrona di casa.

Cynric mormorò: « Conosci già la mia madre adottiva Rheis; e quello è il bardo Ardanos. Io lo chiamo nonno, perché è il padre della mia madre adottiva. Io sono orfano ».

Gaio tacque. Aveva sentito parlare di Ardanos nel comando della legione. Si diceva che fosse un druido molto potente, forse il capo di tutti quelli rimasti nell'arcipelago britannico. Anche se a prima vista sembrava un arpista come gli altri, ogni suo gesto calamitava gli sguardi della folla. Ancora una volta Gaio si chiese se sarebbe uscito vivo da quella comunità.

Era ben contento di poter sedere su una panca accanto al focolare e di essere ignorato da tutti. Sebbene fuori fosse ancora chiaro, aveva freddo e apprezzava il calore del fuoco. Da molto tempo non era stato costretto a ricordare le usanze del popolo di sua madre. Si augurava di non commettere errori che lo tradissero.

Cynric continuò: « Conosci mia sorella Eilan; accanto a lei c'è la sorella di mia madre, Dieda ». Eilan era seduta vicino a Rheis. Cynric rise dello stupore di Gaio quando vide, a fianco di Eilan, un'altra ragazza vestita di lino verde che, appoggiata alla spalliera della sedia, ascoltava il vecchio bardo. Per un momento gli sembrò simile a Eilan come una foglia di quercia a un'altra; poi vide che Dieda era un po' più anziana e aveva gli occhi azzurri, mentre quelli di Eilan erano quasi grigi. Ricordava vagamente di aver scorto due facce che lo guardavano dall'alto della fossa: ma aveva creduto di essere in preda al delirio.

« Si somigliano davvero moltissimo, più di due gemelle, non è vero? »

Era vero, ma all'improvviso Gaio si convinse che la sicurezza con cui aveva riconosciuto Eilan non l'avrebbe mai abbandonato. Per tutta la vita sarebbe stato uno dei pochi capaci di distinguere all'istante le due donne, come per istinto. Un frammento di ricordo, legato alla sofferenza e al fuoco, riemerse all'improvviso: Eilan gli aveva detto di averlo sognato.

Ora che le osservava, si accorgeva che erano diverse in molti piccoli dettagli; Dieda era un po' più alta, e i capelli erano lisci, mentre quelli di Eilan sfuggivano ai nastri e formavano un alone di ricci. Dieda aveva un viso levigato, pallido e perfetto, con un'espressione solenne; quello di Eilan era roseo, come se avesse catturato la luce del sole.

A lui sembravano molto diverse, e le loro voci lo erano ancora di più. Dieda disse qualcosa con cortese disinvoltura; la sua voce era ricca e musicale, ben lontana da quella timida eppure vivace di Eilan.

« Dunque sei tu, il sempliciotto che cade nei trabocchetti per cinghiali? » chiese Dieda. « Da quanto mi ha raccontato Cynric, mi aspettavo che fossi uno zotico un po' stolto, e invece mi sembri ragionevolmente civilizzato. »

Gaio annuì senza sbilanciarsi; era strano trovare tanta freddezza in una donna così giovane. Aveva provato subito un senso di calore nei confronti di Eilan; ma, anche se non se ne vedeva il motivo, gli sembrava che Dieda non avesse simpatia per lui.

Cynric si rivolse a una giovane donna che stava passando con un orcio di latte. « Mairi, il nostro ospite si chiama Gawen, se non sei troppo compresa nel tuo ruolo di mungitrice per salutarlo. » La donna chinò la testa cortesemente, ma non rispose. Quando si voltò, Gaio vide che non era grassa, ma soltanto incinta. Sembrava che avesse pianto.

« E così hai conosciuto tutti... tranne la mia sorellina Senara », annunciò Cynric. Era una bambina di sei o sette anni, bionda come Eilan. Sbirciò timidamente restando seminascosta dietro la gonna di Mairi, poi si fece coraggio e disse: « Eilan non è venuta a dormire, e mia madre ha detto che ti ha assistito per tutta la notte ».

« Sono onorato della sua bontà », rise Gaio. « Ma ho poco

successo con le donne se la più carina di tutte non mi presta attenzione. Perché non hai voluto vegliarmi tu, piccola? »

Senara era una bambina dal visetto tondo e roseo e gli ricordava la propria sorella, morta poco dopo la madre, tre anni prima. Con il braccio illeso, Gaio attirò a sé la bimba e lei gli sedette accanto, soddisfatta. Più tardi insistette per mangiare nel suo piatto quando Mairi e Dieda portarono il cibo, e Gaio, ridendo, l'assecondò.

Cynric e Dieda parlavano tra loro a voce bassa. Gaio cercava di mangiare, ma il braccio fasciato glielo rendeva difficile. Eilan se ne accorse e si alzò dal suo posto per sedersi di fronte a lui. Con un coltellino affilato che portava alla cintura tagliò in piccoli pezzi la sua porzione: poi, rivolgendosi sottovoce alla bambina, la invitò a non infastidire l'ospite. Quindi Eilan si richiuse nella sua timidezza. Senza aggiungere altro, andò accanto al focolare, e Gaio si accontentò di osservarla.

Una serva portò a Mairi un bambino di circa un anno, e la giovane donna, dopo aver aperto la veste, se lo attaccò al seno, senza smettere di parlare con Cynric. Poi lanciò a Gaio un'occhiata d'innocente curiosità e disse: « Ora capisco perché hai mandato a chiedere in prestito la tunica e le brache di mio marito. Lui è andato a... » S'interruppe e aggrottò la fronte. « Non credo che gli dispiaccia prestare i suoi indumenti a un ospite, anche se forse avrà qualcosa da dire se scoprirà che ho dato via i suoi abiti asciutti mentre lui tremava nella foresta. Dimmi, Gawen, tutti i Siluri sono bassi come te e come il piccolo popolo, oppure una notte un romano si è infilato nel letto di tua nonna? »

Tutti risero. Gaio ricordò che i britanni amavano quel tipo di battute volgari, del genere che un romano beneducato avrebbe giudicato inaccettabili. Era vero che i Siluri erano piccoli di statura, bruni e con l'ossatura fine in confronto agli uomini biondi e grandi e grossi delle tribù britanne. Cynric, Eilan e Dieda appartenevano a quel tipo fisico. Gaio invece ricordava vagamente lo zio che governava i Siluri; un uomo imponente anche se non altissimo, pronto alla collera come all'ilarità, con draghi tatuati che gli avvolgevano le braccia.

Gli venne in mente una risposta che non avrebbe osato dare

in compagnia dei romani, ma che lì avrebbe potuto essergli utile. « Non saprei, padrona Mairi, ma questi indumenti mi vanno piuttosto bene... e non ti è dispiaciuto che li mettessi. »

Cynric rovesciò la testa all'indietro e rise fragorosamente, imitato dagli altri. Persino la taciturna Rheis sorrise, ma subito ridiventò seria, come se fosse al corrente di qualcosa che Mairi ignorava. Per un momento sembrò che si facesse forza per mostrarsi cordiale. Si rivolse ad Ardanos.

« Padre, possiamo ascoltare un po' di musica? »

Ardanos prese l'arpa e fissò Gaio. All'improvviso, il giovane si convinse che il druido sapesse perfettamente a quale gente lui apparteneva... forse addirittura *chi* era. Ma com'era possibile? Gaio era bruno come il padre; eppure anche i Siluri, come alcune delle altre razze dell'ovest e del sud, erano egualmente noti per i capelli scuri e ricciuti. Era sicuro di non aver mai visto il vecchio. Doveva essere uno scherzo dell'immaginazione... Probabilmente quello sguardo penetrante era dovuto solo al fatto che quel britanno non ci vedeva bene e doveva socchiudere gli occhi per individuare le cose e le persone lontane.

Il vecchio druido suonò un paio di accordi, quindi posò lo strumento. « Non sono dell'umore adatto per cantare », annunciò, guardando una delle ragazze bionde. « Dieda, figlia mia, vuoi cantare per noi? »

Eilan sorrise e disse: « Sono sempre al tuo servizio, nonno, ma non vuoi sentir cantare me, vero? »

Ardanos rise. « Ah, ci sono cascato di nuovo. Tu sei Eilan, vero? Lo giuro, tu e Dieda cercate sempre di confondermi. Come se qualcuno non potesse distinguervi fino a che non aprite bocca. »

Rheis disse gentilmente: « A me non pare che si somiglino tanto, padre. Certo, una è mia sorella e l'altra è mia figlia, ma non mi sembrano simili. Sei sicuro che non sia uno scherzo della tua vista? »

« No, le confondo sempre... fino a che una delle due non comincia a cantare », protestò il druido. « Allora è impossibile scambiare l'una con l'altra. »

« Non fare quella faccia da mela acerba, nonno », intervenne

Eilan. «Non ho mai preso lezioni di canto da un bardo!» Poi tutti tacquero mentre Dieda, senza accompagnamento, cominciò a cantare:

Un uccello dell'aria mi ha posto un enigma:
un pesce è un uccello che nuota nel mare,
e un uccello è un pesce che nuota nell'aria.

Mentre Dieda cantava, Rheis chiamò a sé Mairi con un cenno e chiese: «I romani hanno portato via soltanto l'uomo della mungitrice?»

«Credo di sì, madre, ma Rhodri li ha seguiti prima che potessi chiederglielo», rispose Mairi scuotendo la testa. «Ha detto che quasi tutti gli arruolamenti forzati sono stati fatti a nord.»

«Quel grasso porco di Caradac! O forse dovrei dire Clotino, come lo chiamano i romani!» esclamò Cynric. «Se il vecchio pidocchio fosse dalla nostra parte i romani non oserebbero mandare le legioni in questa zona del paese... Eppure, finché tutti stanno con i romani o i caledoni...»

«Taci!» sbottò Dieda interrompendo il canto. «Finirai per dover andare a nord anche tu...»

«Basta, figlioli», fece Rheis in tono mite. «Sono questioni di famiglia che non interessano al nostro ospite.» Ma Gaio comprese ciò che intendeva dire: «È meglio non parlare così quando abbiamo in casa uno straniero».

«Questa zona del paese è più tranquilla di quanto lo sia stata per anni», intervenne Ardanos. «I romani credono di averci domati e di poterci opprimere con le tasse. Ma le loro truppe migliori sono lontane, per cercare di sottomettere i Novanti... e di conseguenza qui c'è meno ordine.»

«È un ordine di cui faremmo volentieri a meno», commentò bruscamente Cynric; ma Ardanos lo guardò con fermezza e il giovane tacque.

Gaio si tese in avanti nella luce del fuoco. Sapeva che avrebbe fatto meglio a rimanere in silenzio, ma era incuriosito.

«Sono stato a Deva di recente», mormorò. «E ho sentito

che l'imperatore potrebbe richiamare Agricola da Alba nonostante le sue vittorie. Dicono che è inutile sacrificare uomini e risorse per tenere un territorio così desolato. »

« Sarà difficile per noi avere tanta fortuna », fece notare Dieda con una risata sprezzante. « I romani possono vomitare ciò che hanno mangiato per far posto nello stomaco e ingozzarsi nuovamente. Ma nessuno di loro ha mai ceduto una spanna del territorio conquistato! »

Gaio aprì la bocca, poi cambiò idea.

« Agricola è davvero così temibile? » chiese Rheis. « Potrebbe conquistare davvero la Britannia fino al Mare Settentrionale? »

Ardanos fece una smorfia. « Forse i pettegolezzi di Deva contengono un pizzico di verità: fra i lupi e i selvaggi, non credo che neppure gli esattori romani riuscirebbero a ricavare qualche profitto. »

Dieda lanciò a Gaio un'occhiata maliziosa. « Tu che hai vissuto fra i romani », lo stuzzicò, « puoi spiegarci perché portano via i nostri uomini e che cosa intendono farne? »

« I senatori delle province pagano le tasse con gli uomini forzatamente reclutati. Immagino che li porteranno nelle miniere di piombo sulle colline di Mendip », disse Gaio con riluttanza. « E non so che cosa potrà accadergli lì. »

Invece lo sapeva. La frusta e il vitto scarso avrebbero fiaccato il loro spirito, e coloro che continuavano a opporre resistenza sarebbero stati evirati. Quanti sopravvivevano alla marcia avrebbero lavorato nelle miniere per tutta la vita. Un lampo di trionfo negli occhi di Dieda gli rivelò che la ragazza aveva intuito che il ragazzo sapeva più di quanto avesse detto. Rabbrividì quando Mairi si mise a piangere. Non aveva mai conosciuto, o pensato di dover conoscere, qualcuno che poteva essere soggetto al reclutamento forzato.

« Non si può fare qualcosa? » esclamò Mairi.

« Per quest'anno, no », rispose il vecchio.

« Nessuno può fare molto », disse Gaio, sulla difensiva. « Ma non potete negare che le miniere hanno arricchito tutta la Britannia... »

«Possiamo vivere senza una simile ricchezza», commentò rabbiosamente Cynric. «Roma prospera al vertice e riduce in schiavitù gli altri.»

«Non sono soltanto i romani, quelli che si arricchiscono», fece notare Gaio.

«Alludi ai traditori come Clotino?»

Rheis si tese in avanti come se volesse interrompere una conversazione divenuta imbarazzante, ma Cynric era deciso a non smettere.

«Tu che hai vissuto fra i romani», insistette, «sai in che modo Clotino Albo ha fatto fortuna? Ha guidato le legioni a Mona. O forse sei troppo romano per ricordare che un tempo là c'era un luogo sacro, l'Isola delle Donne, forse il luogo più sacro di tutta la Britannia prima dell'arrivo di Paolino?»

«Sapevo soltanto che c'era un santuario», ribatté Gaio in tono neutro, anche se un brivido di paura gli corse di nuovo lungo la schiena. Per i romani, la distruzione di Mona era stata messa in ombra dalla catastrofe della rivolta degli Iceni; tuttavia il ragazzo sapeva che era meglio non parlare dell'isola nella casa di un druido, soprattutto perché era passato solo un anno da quando Agricola aveva liquidato le ultime resistenze.

«Al nostro focolare siede un bardo», l'informò Cynric, «che può cantare delle donne di Mona in modo tale da spezzarti il cuore!»

Quasi nello stesso istante il druido disse: «Stanotte no, figliolo».

La padrona di casa si impuntò. «Non certo alla mia tavola: non è una storia che si può raccontare mentre gli ospiti stanno cenando», disse con enfasi.

Era una proposta sgradita, pensò Gaio, o così intrisa di politica da rendere pericolosa la conversazione. Ma era d'accordo con i sentimenti del bardo: in quel momento non desiderava ascoltare storie sulle atrocità commesse dai romani.

Per un momento Cynric s'incupì, poi disse sottovoce a Gaio: «Te ne parlerò più tardi. Forse la mia madre adottiva ha ragione: non è una storia da raccontare a tavola e di fronte ai bambini».

«Faremmo meglio», interloquì Rheis, «a parlare dei preparativi per la festa di Beltane.» E Mairi e le ragazze, come a un segnale prestabilito, si alzarono. Cynric offrì il braccio a Gaio e l'aiutò a tornare a letto. Il giovane romano era molto più stanco di quanto avesse creduto: ogni muscolo era intormentito, e sebbene avesse deciso di non addormentarsi prima di aver riflettuto profondamente, si assopì ben presto.

Nei giorni che seguirono, la spalla di Gaio si gonfiò, e ciò lo costrinse a restare a letto in preda ai dolori. Tuttavia Eilan, che lo assisteva premurosamente, diceva che quel disagio era ben poca cosa in confronto alla malattia che avrebbe potuto causargli il paletto sudicio.

Gli unici momenti tollerabili della giornata erano quelli in cui Eilan, che si era autoproclamata sua infermiera, gli portava i pasti e lo imboccava, dato che Gaio non riusciva a reggere un cucchiaio e tanto meno a tagliare la carne. Il ragazzo non s'era mai sentito tanto vicino a una donna da quando era morta sua madre, e non s'era mai accorto di quanto gli fosse mancata. Forse perché Eilan era donna, forse perché apparteneva al popolo di sua madre, o forse per un'affinità di spirito ancora più importante, con lei si sentiva veramente a suo agio. Nelle lunghe ore tra una visita e l'altra non aveva nulla cui pensare; e ogni giorno gli sembrava di attendere con ansia crescente le sue apparizioni.

Un mattino Cynric e Rheis gli fecero notare che gli avrebbe fatto bene uscire per un po' al sole e cercare di camminare. Gaio si recò zoppicando nel cortile, dove trovò la piccola Senara, la quale gli annunciò che sarebbe andata in un prato con Eilan a cogliere i fiori per le ghirlande destinate alla festa di Beltane, che avrebbe avuto luogo l'indomani.

In circostanze normali l'idea di far compagnia a due ragazzine non avrebbe avuto una particolare attrattiva per Gaio; ma, dopo gli ultimi giorni passati a letto, sarebbe stato felice di andare anche nella stalla a vedere Mairi o la mungitrice intenta al suo lavoro. In realtà, quell'uscita divenne quasi una scampagnata perché si unirono a loro anche Cynric e Dieda. Le ragazze punzecchiavano Cynric come se fosse veramente loro fratello e gli diedero da portare gli scialli e il cesto con il pranzo.

Senara accompagnava Gaio, che si appoggiava vistosamente a lei per farle sentire che il suo aiuto era indispensabile. Cynric stava vicino a Dieda con un atteggiamento non troppo fraterno, e le parlava a voce bassa. Mentre li osservava, Gaio si chiese se fossero fidanzati; non conosceva abbastanza le usanze di quella tribù per capirlo, ma intuiva che era meglio non disturbarli.

Disposero sull'erba il contenuto del cesto: c'erano pane fresco, fette di carne arrostita fredda, e mele un po' raggrinzite e scure... le ultime, spiegarono le ragazze, della scorta invernale.

«Lasciatemi andare a cercare qualche bacca.» Senara balzò in piedi e si guardò intorno. Eilan rise.

«È primavera, sciocca! Credi che il nostro ospite sia un capretto da nutrire di fiori?»

Gaio non badava molto a quel che mangiavano: era sfinito.

C'era una fiasca di spremuta di frutta e un'altra di birra campagnola di produzione recente. Le ragazze più giovani non ne vollero, sostenendo che era troppo acida; Gaio invece la trovò gradevole. C'erano anche focacce dolci preparate da Dieda. Lei e Cynric bevvero in un unico corno e si disinteressarono di Gaio, lasciandolo alla compagnia delle altre due ragazze.

Quando ebbero mangiato a sazietà, Senara riempì una ciotola con l'acqua limpida di una fonte all'angolo del prato, e invitò Eilan a guardarvi dentro, per scoprire se vi scorgeva la faccia dell'innamorato.

«È una vecchia superstizione», commentò Eilan. «E l'innamorato non ce l'ho.»

«Ma io ho l'innamorata», disse Cynric; prese la ciotola e vi guardò dentro. «L'acqua mi mostrerà il tuo viso, Dieda?» La ragazza si avvicinò, sbirciando al di sopra della sua spalla. «Che sciocchezza», commentò. Gaio pensò che era molto graziosa quando arrossiva.

«Hai guardato nell'acqua, Eilan?» chiese Senara tirandola per la manica.

«Secondo me è una bestemmia cercare di costringere la Dea

a manifestarsi così. Che cosa direbbe Lhiannon? » esclamò Eilan.

« E che importa? » ribatté Dieda con un sorrisetto duro. « Sappiamo tutti che non dice niente, a meno che non riceva qualche imbeccata dai Sacerdoti. »

« A tuo padre importa », disse Cynric.

« Sì, è vero », ammise Dieda. « Quindi immagino che debba importare anche a te. »

Senara si girò verso di lei. « Dimmi che cos'hai visto nell'acqua, Dieda », chiese in tono insistente.

« Me », rispose Cynric. « Almeno lo spero. »

« Allora saresti veramente nostro fratello », sorrise Senara.

« Perché credi che voglia sposarla? » ribatté Cynric. « Ma dobbiamo ancora parlarne a tuo padre. »

« Credi che si opporrà? » Improvvisamente Dieda era diventata ansiosa, e Gaio pensò che essere la figlia dell'arcidruido poteva essere ancora più vincolante che essere figlio d'un prefetto. « Se mi avesse promessa a un altro, senza dubbio ormai me l'avrebbe detto! »

« E tu chi sposerai, Eilan? » chiese Senara.

Gaio si tese in avanti, attentissimo.

« Non ci ho mai pensato », disse Eilan arrossendo. « A volte mi sembra di sentire la voce della Dea... Forse dovrei entrare nella Casa della Foresta come una delle vergini dell'Oracolo. »

« Meglio tu di me », esclamò Dieda. « Non ti invidierei mai quella vita. »

« Ah! » Senara scosse la testa. « Davvero ti piacerebbe vivere sola? »

« Sarebbe uno spreco imperdonabile », commentò Gaio. « Non c'è un uomo che vorresti sposare? »

Eilan lo guardò e rimase per un momento in silenzio prima di parlare. Poi disse: « Nessuno che i miei genitori vorrebbero accettare, credo. E la vita nella Casa della Foresta può essere ricca di soddisfazioni. Le donne consacrate apprendono la conoscenza e le arti risanatrici ».

Quindi, pensò Gaio, vorrebbe diventare una Sacerdotessa-Guaritrice. Come aveva detto a Senara, pensava che sarebbe stato un grande spreco, per una bellezza come lei. Eilan era diversa dalle descrizioni di ragazze britanne che gli erano state fatte; Gaio infatti si era convinto che fossero tutte come la figlia di Clotino. A volte suo padre aveva manifestato l'intenzione di fidanzarlo con la figlia di un vecchio amico, un alto funzionario di Londinium, ma Gaio non la conosceva neppure.

Adesso pensava che forse per lui sarebbe stato più utile sposare una come Eilan. Dopotutto, anche sua madre era appartenuta a una tribù britannica. Guardò Eilan così a lungo che lei sembrò a disagio.

«Ho la faccia sporca?» chiese. «Dovremmo cominciare a preparare le ghirlande per la festa.» Si alzò avviandosi sul prato, che era costellato da numerosi fiori azzurri, violacei e gialli. «No, non le campanule», disse a Senara che l'aveva seguita. «Appassiranno troppo presto.»

«Allora mostrami quali fiori devo raccogliere», ribatté Senara. «Mi piacciono quelle orchidee violacee... l'anno scorso ho visto che le portavano le Sacerdotesse.»

«Credo che gli steli siano troppo rigidi per intrecciarli, ma proverò», disse Eilan, prendendo una manciata di fiori dalle mani di Senara. «No, non ci riesco. Senza dubbio le ragazze di Lhiannon conoscono un'arte che mi è ignota», rifletté. «Proviamo con le primule.»

«Sono comuni come le erbacce», protestò Senara, ed Eilan aggrottò la fronte.

«Che cosa succederà alla festa?» chiese Gaio per distrarla.

«Fanno passare il bestiame in mezzo ai fuochi, e Lhiannon invoca la Dea perché riveli gli Oracoli», rispose Eilan, con le mani piene di fiori.

«E gli innamorati s'incontrano intorno ai falò», disse Cynric guardando Dieda. «E i fidanzati annunciano a tutti le loro promesse. Ecco, Senara, prova con questi.»

«Sono proprio i fiori che cercavo d'intrecciare», fece notare Eilan. «Ma hanno gli steli troppo rigidi. Dieda, quei fiori possono andare?»

Dieda era inginocchiata davanti a un biancospino carico di fiori stellati. Nel sentire la domanda si girò di scatto e si punse il dito con una spina. Cynric si avvicinò, le baciò il dito, e Dieda arrossì. « Vuoi che ti intrecci una ghirlanda, Cynric? » chiese.

« Come desideri. » Poi un corvo gracchiò dal folto degli alberi, e il giovane cambiò espressione. « Che sto dicendo? Non devo pensare alle ghirlande, adesso! »

Gaio vide che Dieda aveva aperto la bocca per chiedere una spiegazione a Cynric e l'aveva subito richiusa. Si chiese se si comportava così perché lui era uno straniero. La vide gettare via i fiori e incominciare a raccogliere i piatti. Eilan e Senara avevano finito le loro ghirlande.

« Rheis si inquieterà se dimentichiamo di riportare i piatti », commentò Dieda. « E voi fareste bene a finire le focacce. »

Senara ne prese una, la spezzò e ne porse una metà a Gaio.

« Ora che abbiamo spartito una focaccia, tu sei l'ospite del mio focolare », disse. « Sei quasi mio fratello. »

« Non fare la sciocca, Senara », la rimproverò Eilan. « Gawen, chiedile di lasciarti in pace. »

« Oh, no », disse Gaio. « Non mi dà fastidio. » Pensò di nuovo alla sorella morta e si chiese come sarebbe stata la sua vita se fosse vissuta. Quando si alzò, barcollò leggermente ed Eilan, dopo aver passato le ghirlande a Dieda, accorse per sorreggerlo.

« Temo che ti abbiamo fatto stancare, Gawen », mormorò. « Su, appoggiati a me. Attento, non urtare il braccio », avvertì, e lo guidò lontano da un albero.

« Eilan, sei già una Sacerdotessa-Guaritrice », commentò Cynric. « Gawen, se vuoi puoi appoggiarti a me. Certo, Eilan è molto più graziosa, quindi farò meglio ad aiutare Dieda », continuò, illuminandosi in viso. Prese il braccio di Dieda mentre si avviavano sul sentiero. « Farai meglio ad andare subito a letto invece di restare alzato per la cena, Gawen. Te la porterà Eilan. Ho lavorato troppo sul tuo braccio perché tu rovini il risultato delle mie fatiche. »

3.

La dimora della Sacerdotessa dell'Oracolo era quadrata come un sacello, circondata da un portico coperto, e sorgeva a una certa distanza dagli altri edifici entro le mura di Vernemeton. Anche se la gente chiamava l'intero complesso «la Casa della Foresta», in realtà le costruzioni erano numerose, collegate da passaggi coperti e con giardini e cortili che formavano una specie di labirinto. Solo l'abitazione della Somma Sacerdotessa era separata dalle altre, esattamente come lei era circondata da quella semplicità assoluta che è più difficile da mantenere del rituale più rigoroso.

Benché fosse appena arrivato, l'arcidruido Ardanos fu subito ammesso alla sua presenza dalla Sacerdotessa assistente, una donna alta e bruna che si chiamava Caillean. Era abbigliata quasi come la Somma Sacerdotessa, con una veste di lino blu, ma, mentre i bracciali e la collana a verga tortile di Lhiannon erano d'oro puro, quelli della sua assistente erano d'argento.

«Puoi andare, bimba mia», disse Lhiannon a Caillean.

Ardanos attese che la tenda a righe si fosse richiusa, quindi sorrise. «Non è più una bambina, Lhiannon. Sono passati molti anni da quando venisti a stabilirti con lei nella Casa della Foresta.»

«È vero. Ho perso il conto degli anni», rispose Lhiannon.

Era ancora una donna d'una bellezza eccezionale, pensò il druido. La conosceva da molto tempo, e con ogni probabilità era l'amica più sincera che avesse tra i suoi coetanei. Quando era più giovane questo gli era costato molte notti insonni; ma adesso era anziano e ricordava di rado come Lhiannon avesse turbato la sua pace.

Tutte le Sacerdotesse della Casa della Foresta di Vernemeton, il Bosco Sacro, erano scelte per la loro bellezza non meno che per le altre qualità. E questo lo sorprendeva. Capiva che un dio potesse desiderare di essere servito da belle donne, soprattutto se era un inutile dio romano; ma il fatto che una dea volesse al suo servizio creature straordinariamente belle, non si armonizzava con quanto sapeva delle donne.

Il suo silenzio non era di certo forzato dalla presenza del colossale Huw, il quale, armato di mazza, stava di guardia alla porta, pronto a sfondare il cranio di qualunque uomo, persino l'arcidruido, che avesse osato un gesto offensivo o rivolto una parola irrispettosa alla Sacerdotessa. Ardanos, naturalmente, non ne aveva l'intenzione. La presenza di Huw garantiva la sicurezza di Lhiannon, consentendole di accogliere i visitatori con una libertà che non era concessa alle altre.

Ardanos sapeva di non avere un aspetto abbastanza venerabile per la carica d'arcidruido, e non era neppure il Merlino di Britannia rinato. Tuttavia non se ne crucciava, pensando che anche Lhiannon non sembrava più l'incarnazione vivente della Dea della Saggezza e dell'Ispirazione. Era garbata e gentile e il suo viso era affinato dall'austerità, ma, tutto sommato, era soltanto una donna anziana, sebbene i suoi capelli fossero così biondi da rendere quasi impossibile distinguere le inevitabili ciocche bianche. La veste sacramentale blu ricadeva in pieghe rigide e sgraziate. Le spalle diritte avevano incominciato a incurvarsi un po' per la stanchezza. Ardanos sentiva ancora di più il peso della propria età quando vedeva in lei quei segni tanto chiari.

Negli ultimi anni, per rispetto all'età, Lhiannon aveva incominciato a portare un drappo avvolto intorno alla testa, come facevano molte donne anziane, tranne quando teneva i capelli sciolti per motivi rituali. Eppure, pensava Ardanos, da vent'anni, più o meno da quando la conosceva, il viso e la figura di quella donna erano al centro della loro fede; e dalle sue labbra erano pervenute, se non le voci degli dei, almeno le loro parole interpretate dai Sacerdoti dell'Oracolo.

Forse quindi c'era qualcosa di divino, nel volto di quella donna anziana, qualcosa di persistente come una fragranza. Forse ciò era dovuto alle moltitudini alle quali la donna appariva come la Dea; per loro non era un semplice simbolo della fede ma la personalità della Dea, la grande Vergine Madre delle Tribù, la Signora della Terra nella forma vivente.

Lhiannon alzò la testa. «Ardanos, mi stai fissando da un tempo sufficientemente lungo per mungere una mucca! Sei venuto per dirmi qualcosa o per chiedere? Parla, uomo! Il peggio che posso fare è rifiutare. E quando mai ho potuto dirti di no?»

E queste sarebbero le parole di una divinità! pensò Ardanos, lieto di gettare un manto di cinismo su uno stato d'animo che stava diventando opprimente.

«Perdonami, Signora della Santità», disse in tono mite, «i miei pensieri erano altrove.»

Notò l'espressione sorpresa della Sacerdotessa quando si alzò di nuovo, mosse qualche passo irrequieto e poi esordì bruscamente: «Lhiannon, sono preoccupato. A Deva ho sentito una voce, ripetuta addirittura dal figlio del prefetto: Roma potrebbe ritirare le legioni. È la terza volta che lo sento dire, e so che c'è sempre una fazione pronta a urlare: 'Abbasso Roma', ma...»

«E molti, troppi fra coloro che diffondono le voci e urlano si aspettano o almeno sperano che anche noi ci leviamo per urlare. Non credo alla voce che hai sentito», ribatté Lhiannon. «Ma, se fosse così, sono sicura che potremmo vivere senza le legioni. Non è forse ciò per cui abbiamo pregato da quando Caractacus percorse in catene le vie di Roma?»

«Hai idea del caos che causerebbe?» chiese Ardanos. «La stessa fazione che grida: 'Abbasso Roma'...»

«... senza dubbio non capisce che cosa accadrà se si realizzerà il suo desiderio», concluse Lhiannon.

Ardanos pensò: Mi conosce molto bene. Ancora adesso, uno conclude i pensieri dell'altro. Ma non avrebbe voluto concludere quella catena di pensieri.

«Senza dubbio la fazione esiste da quando Cesare, invadendo la Britannia, conquistò la fama che gli era necessaria per dominare in Roma! Anche ora, si aspettano che noi del Bosco Sacro ci associamo alle loro grida», disse Ardanos. «E non vogliono comprendere quando restiamo in silenzio. In questo momento temo che ci sarà un'esplosione di tumulti per Beltane...»

«No, io credo che per Beltane non ci sia pericolo», disse Lhiannon. «La gente accorre per i giochi, i falò, la festa e tutto il resto. Se fosse Samaine, allora...»

«Gli ultimi reclutamenti forzati hanno peggiorato le cose», commentò Ardanos. «Hanno preso trenta uomini di Bendeigid, tutti gli schiavi liberati quando fu proscritto, e il suo fido scudiero. Proscritto! » Rise amaramente. « Non sa quanto è stato fortunato: gli hanno semplicemente proibito di vivere a meno di venti miglia da Deva! Anche così, non ha ancora saputo ciò che è successo, ma quando lo saprà... Bene, già in passato mi ha dato del traditore. I suoi insulti non mi turbano.

« Ho il permesso di tenere il raduno di Beltane... Sono andato a parlare con Macellio Severo e gli ho chiesto l'autorizzazione per organizzare una festa pacifica, come è avvenuto negli ultimi sette od otto anni, nel nome di Cerere; e poiché Macellio mi conosce e si fida di me non ha inviato i legionari per assicurarsi che la situazione non ci sfugga di mano e non decidiamo, invece, di onorare Marte. »

Lhiannon sospirò. Ardanos sapeva che stava pensando ai giorni di fuoco e di sangue in cui la regina Boudicca aveva sacrificato molti uomini alla Dea in cambio della vittoria. E a quei tempi loro erano così giovani, convinti di poter far rivivere i giorni della gloria con un po' di coraggio e una spada affilata.

« Se ci fosse qualche tumulto », riprese Ardanos, « o qualche dimostrazione, anche tu sai bene che questa parte del paese finirebbe per essere devastata. Ma come potevo sapere che le loro legioni erano appena passate di là e avevano arruolato di peso trenta uomini validi per mandarli a marcire nelle miniere di Mendip? »

Ma avrebbe dovuto saperlo; avrebbe dovuto sapere che cosa meditavano i romani prima ancora che lo sapessero loro stessi. Doveva tenersi pronto per il nuovo oltraggio, qualunque fosse.

Lhiannon disse: « Annullare i riti, adesso, probabilmente creerebbe uno stato di agitazione anche là dove non c'era. Vuoi che tenti io? Ci sono stati incidenti? Reazioni all'arruolamento forzato, forse? »

« Non ne sono sicuro », disse Ardanos. « Sembra che qualcuno abbia fatto in modo che il figlio del prefetto... sparisse. »

« Il figlio del prefetto? » Lhiannon inarcò un sopracciglio come se si chiedesse perché la cosa doveva interessare a qualcuno. « Per protestare o per causare fastidi alla nostra gente? Non sarebbe stato più in carattere se Bendeigid avesse ucciso gli uomini venuti ad arruolare con la forza i suoi? »

« Ha trovato il ragazzo intrappolato in una fossa per cinghiali e gli ha salvato la vita. Adesso è ospite in casa sua. »

Lhiannon lo fissò per un momento e rise. « E tuo genero Bendeigid non lo sa? »

« Il ragazzo somiglia alla madre, una donna dei Siluri, quanto basta per passare per uno dei nostri, e non si è tradito. Ma, prima di ripartire, dovrà rimettersi in forze. Se succedesse qualcosa al giovane che, per quanto ne so, non ha mai fatto né male né bene, la responsabilità sarà attribuita a noi. Ci accusano di tutto, incluso il sacco di Troia e il fatto che le legioni sono qui e non in Gallia, dove dovrebbero essere. Ci sono tutte le storie di atrocità che risalgono al divo Giulio... riposi in pace », soggiunse Ardanos con un ghigno rabbioso che indicava l'augurio opposto.

« Tuttavia c'è un elemento ribelle », continuò. « Tu non lo vedi affatto, da qui; e anche io non lo conosco bene, poiché vivo da tempo fra i romani. Ma è mio compito osservare i venti, scoprire segni e presagi. Per esempio, dove i corvi volano a mezzanotte. Sto parlando della società segreta che venera la Signora delle Battaglie. »

Lhiannon rise. « Oh, Ardanos! Quei vecchi pazzi che sacrificano a Cathubodva, predicono il futuro e leggono i presagi nelle viscere degli uccelli morti... Sono dementi come i legionari con i loro pollai sacri. Nessuno ha mai badato a loro... »

« Sì, un tempo erano così », ammise Ardanos. Pensò che era piacevole riferire a Lhiannon qualcosa che lei non conosceva. Anticamente, nei Consigli, le Sacerdotesse erano state eguali ai druidi; ma, dopo la caduta di Mona, avevano imparato la segretezza per poter sopravvivere. A volte persino l'arcidruido doveva agire da solo. Ardanos si chiedeva se non eccedevano... se le Sacerdotesse avrebbero attuato le decisioni del Consiglio in modo migliore qualora avessero partecipato alla loro formazione. Allora non si sarebbe sentito tanto solo di fronte al problema.

« Era sicuramente così, meno di tre anni fa. Ora, all'improvviso, anziché essere vecchi Sacerdoti e sacrificatori, sono diventati un gruppo di giovani, nessuno dei quali ha più di ventun anni, quasi tutti nati nell'Isola Sacra, convinti di essere reincarnazioni della Banda Sacra... »

«Quei giovani! Non mi sorprenderebbe, visto come sono nati.» La fronte liscia di Lhiannon si corrugò: incominciava a comprendere.

«Esattamente», continuò Ardanos. «Il giovane Cynric che Bendeigid ha adottato è uno di loro; e mio genero, che è sempre stato un po' fanatico, non ha perso l'occasione di inculcargli le sue idee politiche!»

Lhiannon impallidì. «Posso chiedere come è accaduto?»

«Non mi ero reso conto delle possibili conseguenze. Accadde prima che mia figlia Rheis sposasse Bendeigid: io non lo conoscevo così bene. Quando capii quali problemi potevano causare entrambi, era troppo tardi. Cynric è deciso a seguire le orme del padre adottivo. Insieme, lui e Bendeigid sono riusciti a trovare quasi tutti gli altri ragazzi... e c'erano i Corvi, con un nome e un'organizzazione già pronti...

«Se dovesse accadere qualcosa a me o a te...» il druido scosse la testa con una smorfia, «chi impedirà loro di vendicare contro Roma la vergogna delle loro madri? C'è già chi, da qui ai laghi, va in giro a spargere la voce che quegli uomini sono eroi reincarnati.»

«E potrebbero esserlo», disse Lhiannon.

Ardanos borbottò: «E il peggio è che ne hanno l'aspetto».

«Avevo raccomandato che venissero affogati tutti, e non soltanto le bambine. Ricordi?» disse Lhiannon che aveva ritrovato la compostezza. «Per quanto possa sembrare una crudeltà, oggi ci risparmierebbe molti affanni. Ma altri avevano idee diverse; erano di cuore tenero oppure, come Bendeigid, volevano allevare i giovani perché vendicassero le Sacerdotesse. Quindi sono ancora vivi, e non si può negare la loro esistenza. Ormai non posso dire che non abbiano diritto alla vendetta.»

No, pensò Ardanos. Non doveva mai insinuare che le parole di Lhiannon appartenessero a lei stessa, o ai Sacerdoti, e non alla Dea. Non doveva ricordarle che le parole di Lhiannon non erano mai state sostanzialmente diverse dalla volontà concorde del Consiglio dei druidi, o che la Dea – se pure esisteva, pensò cinicamente – da molto tempo aveva smesso di intervenire nella sorte dei suoi adoratori e di preoccuparsi per loro o per chiunque altro, eccettuate forse le sue Sacerdotesse... o forse incluse anche loro.

Disse, cautamente: « Non sottintendevo nulla. Mi limito a ricordarti... Non vuoi sederti? La tua guardia mi osserva in modo inquietante... Ho detto soltanto che, se la Dea esaudisce le tue preghiere di pace, ascolta e ignora le preghiere della maggioranza della popolazione che invoca la ribellione aperta o la guerra. Per quanto tempo continuerà ad ascoltare le tue preghiere e a ignorare le altre? O, per dirla in modo più franco » – ma non con sufficiente franchezza, pensò – « perdonami se te lo rammento, ma non sei più molto giovane... Che cosa avverrà il giorno in cui non servirai più il santuario? »

Se potessi dirle la verità. Una passione che credeva di aver dimenticato gli stringeva la gola. Lei e io diventiamo più deboli con il passare degli anni, ma Roma è ancora forte. Chi insegnerà ai giovani come dovranno preservare le antiche tradizioni fino a quando anche Roma non diventerà vecchia, e la nostra terra ritornerà a noi?

Dopo un momento, Lhiannon si lasciò cadere su una sedia e si coprì gli occhi con le mani. « Credi che non ci abbia pensato? » chiese.

« So che lo hai fatto », disse il druido. « E conosco il risultato delle tue riflessioni. Un giorno Vernemeton sarà forse servita da qualcuno che, diciamo, potrebbe ascoltare le grida di chi invoca la guerra anziché le preghiere della sua Sacerdotessa. E allora ci sarebbe la guerra. E tu sai che ne sarebbe di noi, in questo caso. »

« Posso servire il santuario soltanto finché vivo », constatò amaramente Lhiannon. « Neppure tu puoi chiedermi più di questo. »

« Finché vivi », ripeté il vecchio druido. « È di questo che dobbiamo parlare? » Lhiannon si passò la mano sugli occhi, e Ardanos chiese più gentilmente: « Non hai scelto colei che dovrà succederti? »

« In un certo senso. » La Sacerdotessa trasse un profondo respiro. « Dicono che saprò quando sarò prossima alla morte, e quindi trasmetterò i miei poteri e la mia saggezza. Tu sai chi è che compie la vera scelta. Io non fui eletta da Helve. Mi voleva bene, sì, ma non mi aveva scelta. L'altra... il nome non ha importanza: aveva appena diciannove anni e lo spirito turbato. Fu lei che Helve scelse; diede a quella ragazza il bacio d'addio, eppure lei non fu neppure considerata o messa alla prova per opera degli dei. Perché no? Senza dubbio lo sai meglio di me. Furono i Sacerdoti a compiere la scelta definitiva. Ciò che dirò su chi dovrà succedermi avrà scarso peso... a meno che abbia l'accortezza di indicare qualcuna a loro gradita.»

«Tuttavia», disse Ardanos, «si potrebbe fare in modo che la tua scelta coincidesse con la loro.»

«Vuoi dire con la tua.»

«Se vuoi.» Il druido sospirò. Lhiannon era troppo attenta e gli leggeva nell'animo; ma non poteva risentirsene... soprattutto ora.

«Una volta», riprese stancamente Lhiannon, «ho tentato con Caillean, e tu conosci il risultato dell'esperimento.»

«Lo conosco?»

La Sacerdotessa lo guardò in modo strano. «Dovresti prestare maggiore attenzione a quanto accade nella Casa della Foresta. Sospetto che ti sarebbe difficile fidarti di lei: ha l'imbarazzante abitudine di pensare, soprattutto nel momento sbagliato.»

«Ma è la Sacerdotessa anziana. Se tu dovessi morire domani, sai che sarebbe scelta Caillean... a meno che», continuò il druido in tono enfatico, «a meno che morisse nell'ora della prova.» Vide che Lhiannon impallidiva, e continuò: «Tu sai meglio di chiunque altro se sarebbe gradita agli dei...»

Questa volta lei tacque, e il druido insistette in tono suadente: «Ma se ci fosse qualcun'altra, meno conosciuta, che tu potresti addestrare... Se il Consiglio... non sospettasse mai l'esistenza di un accordo preventivo...»

«Se la ragazza fosse adatta e intelligente, non vedo perché dovrebbe essere considerato un delitto o una bestemmia prepararla per la scelta degli dei... o anche per la loro prova», disse pensosamente la Somma Sacerdotessa.

Ardanos rimase in silenzio. Sapeva di poterla spingere solo

fino a un certo punto. Sentiva il vento che faceva stormire le fronde, all'esterno; ma nella stanza non c'era altro suono che il loro respiro.

«Chi hai scelto perché io la scelga?» chiese Lhiannon.

Durante i tre giorni precedenti a una delle festività in cui doveva essere la Voce della Dea, la Somma Sacerdotessa viveva in clausura, assistita dalle Sacerdotesse elette, riposando, meditando e purificandosi. Caillean, che stava quasi sempre con lei, accoglieva con sollievo quel periodo di separazione. L'atmosfera nel rifugio della Casa della Foresta poteva diventare soffocante, e quando tante donne vivevano insieme, per sante che fossero, era inevitabile che di tanto in tanto scoppiasse qualche conflitto.

Adesso tuttavia le era difficile allontanare i ricordi del mondo esterno. Prese la crema d'avena – resa più nutriente dall'aggiunta di gherigli di noce perché la Somma Sacerdotessa non poteva mangiare carne nel periodo di purificazione –, la versò in una ciotola di legno intagliato e l'offrì a Lhiannon.

«Che cosa voleva da te Ardanos?» Caillean sentiva il tono amaro della propria voce, ma non sapeva trattenersi. «Non pensavo che l'avremmo visto qui fino all'inizio della festività.»

«Non devi parlare così dell'arcidruido, figliola.» Lhiannon scosse la testa e aggrottò la fronte. «Ha un carico opprimente da reggere.»

«L'hai anche tu», ribatté Caillean. «E lui non l'alleggerisce certo con le richieste che ti rivolge.»

Lhiannon scrollò le spalle, e Caillean pensò che erano troppo fragili per reggere il peso di tante speranze e di tante paure.

«Fa ciò che può», disse la Somma Sacerdotessa come se non avesse udito. «Si preoccupa di quel che accadrà quando io non ci sarò più.»

Caillean la fissò, allarmata. Si diceva che una Sacerdotessa, soprattutto se era del grado più elevato, sapesse quando doveva morire. «Hai avuto qualche presagio... o l'ha avuto lui?»

Lhiannon scosse la testa. «Ha parlato in generale, ma è necessario pensare a queste cose. Nessuno è immortale, e chi mi succederà dovrà iniziare presto la preparazione.»

Caillean la fissò per un momento, poi rise.

« Devo intendere che nessuna di quante sono già preparate è accettabile... me inclusa? Non occorre che tu risponda », soggiunse. « So che lo difenderesti; e per la verità non mi dispiace. Il titolo di Somma Sacerdotessa non basta a compensare ciò che ti ho visto soffrire in tutti questi anni. » Soprattutto, pensò, perché quell'onore era ormai svuotato di senso, dato che Lhiannon aveva scelto di non esercitare il proprio potere.

Lhiannon fece un gesto di sconforto, e Caillean si rese conto di essersi avvicinata troppo al terreno proibito. Era sempre stata legata all'anziana Sacerdotessa più d'una figlia, sin da quando il suo sangue della luna non aveva ancora incominciato a scorrere, ed erano trascorsi più di vent'anni; perciò sapeva come Lhiannon si affidasse alle illusioni che attenuavano le sue realtà.

Un'altra donna avrebbe chiesto a Caillean che cosa desiderava, invece. Le labbra di Caillean si strinsero ironicamente mentre portava via la crema avanzata: lei stessa non lo sapeva. Ma il cuore le diceva che servire la Dea non significava soltanto compiere quei riti formali, segnati da tentatrici illusioni di potere.

Gli insegnamenti segreti dei druidi includevano anche storie di un tempo molto remoto, quando i Sacerdoti di una terra sprofondata nel mare erano giunti in Britannia. Erano maestri di magia, e, dato che si erano alleati per matrimonio alle stirpi sovrane delle popolazioni locali e più tardi alle famiglie di ogni nuovo gruppo di conquistatori, l'antico sangue e l'antica conoscenza si erano conservati. Ma i più versati in quella tradizione erano morti nell'Isola di Mona, e con loro era morto quel sapere.

A volte Caillean aveva la sensazione che nella Casa della Foresta fosse rimasta soltanto la feccia della grandezza. Quasi tutte le altre donne si accontentavano di piccole magie; ogni tanto, però, lei provava la strana sensazione che dovesse esservi qualcosa di più. Aveva detto la verità a Lhiannon: non desiderava essere la Sacerdotessa dell'Oracolo. Eppure, se non voleva diventarlo, che cosa voleva fare?

« È l'ora delle devozioni del mattino. » La voce di Lhiannon la richiamò alla realtà. La Somma Sacerdotessa si aggrappò al tavolo e si alzò.

E la Dea non voglia che omettiamo anche la fase più trascurabile del rituale! pensò Caillean mentre l'aiutava a uscire nel giardino e a raggiungere il semplice altare di pietra. Ma, mentre accendeva la lampada e portava i fiori, Caillean sentì un senso di pace che riaffiorava nel suo animo.

«Ecco, Tu sei venuta con l'aurora, ornata di fiori», disse Lhiannon a voce bassa, mentre levava le mani nell'atto del saluto.

«Il Tuo splendore rifulge nel sole che si rafforza e nel fuoco sacro», rispose Caillean.

«Sorgendo a oriente, Tu sei venuta a portare nuova vita al mondo.» La voce della Somma Sacerdotessa sembrava più giovane e pura: Caillean sapeva che, se l'avesse guardata, avrebbe visto le rughe sparire dal suo viso e la bellezza della Dea Vergine avrebbe brillato nei suoi occhi.

E intanto la stessa forza le colmava il cuore.

«I fiori spuntano dalle Tue orme, la terra verdeggia dove passi...» E come aveva fatto tante volte, lasciò che il ritmo della cerimonia la trasportasse in un luogo dove esisteva soltanto l'armonia della Signora.

La mattina della festività di Beltane, Eilan si svegliò prima dell'alba nella casa delle donne dove dormiva con le sorelle. Il suo letto, una branda di legno e di cuoio non conciato, coperta di pelli e di bei drappi di lana, era fissata al tetto spiovente di paglia, così vicino che, allungando la mano, avrebbe potuto toccarlo. Nel corso degli anni aveva allargato una fenditura nell'intonaco di argilla per sbirciare all'esterno. Fuori incominciava a spuntare la prima luce dell'alba estiva.

Tornò ad adagiarsi con un sospiro e cercò di ricordare i suoi sogni. Aveva veduto qualcosa che riguardava la festività, poi la scena era cambiata. Aveva scorto un'aquila, mentre lei era un cigno; e poi le era parso che anche l'aquila fosse diventata un cigno e che fossero volati via insieme.

Senara dormiva ancora, più vicina al muro perché era ancora così piccola che rischiava di cadere dal letto. Le ginocchia piegate e aguzze premevano contro il fianco di Eilan. Dall'altra parte della stanza Mairi, che era tornata temporaneamente con le sorelle in attesa di sapere che cosa fosse accaduto a Rhodri, dormiva con il figlioletto; e all'esterno c'era Dieda, con i capelli chiari sparsi sul viso e la tunica slacciata, così che Eilan poteva vederle al collo la catena con l'anello di Cynric.

Rheis e Bendeigid non sapevano ancora che i due si erano fidanzati, e quel segreto metteva a disagio Eilan. Ma avevano intenzione di dare l'annuncio nel corso della festa e di chiedere alla famiglia di iniziare i complessi negoziati sulla dote e sugli accordi, in modo che potessero sposarsi. Almeno Cynric non aveva parenti ancora in vita, e questo avrebbe semplificato le cose.

Nella stanza, oltre ai letti, c'erano due soli mobili, una panca fissata alla parete e la cassa di quercia in cui le ragazze tenevano le vesti di ricambio e gli indumenti per le feste. Era appartenuta a Rheis prima delle nozze, e lei aveva sempre detto che, quando Dieda si fosse sposata, avrebbe fatto parte della sua dote. Eilan non la invidiava, perché un'altra cassapanca altrettanto bella e destinata a lei stava già prendendo forma grazie al lavoro del vecchio Vab, il falegname. E, a tempo debito, ce ne sarebbe stata una anche per Senara. Aveva visto le tavole di quercia tirate a lucido e i chiodi di legno tinti con cura in modo che non si notassero.

Il bimbo piagnucolò nel sonno, poi cominciò a strillare, e Mairi si sollevò a sedere con un sospiro mentre i riccioli formavano un'aureola intorno al suo viso. Si alzò per cambiargli il perizoma, quindi tornò e posò il piccolo di traverso sul letto. Il bambino gorgogliò mentre lo accarezzava.

Eilan calzò gli zoccoli e disse: «Ascolta: sento nostra madre, qui fuori. Sarà meglio che ci alziamo». Indossò la veste, e Dieda aprì gli occhi. «Mi vesto in un attimo», annunciò.

Mairi rise. «Andrò ad aiutare Rheis appena avrò finito di allattare il piccolo. Tu ed Eilan potete restare qui a farvi belle per la festa. Se qualche giovane vi ha colpito la fantasia, preparatevi a splendere.» Sorrise affettuosamente. Dieda, con due fratelli minori a casa, non era abituata a essere viziata, e tutte congiuravano per farle cose gradite ogni volta che veniva in visita.

Quando Mairi se ne fu andata con il figlioletto, Dieda sorrise e disse con voce assonnata: « È davvero il giorno della festa? Credevo che fosse domani ».

« È oggi », disse allegramente Eilan. « E oggi tu e Cynric annuncerete il vostro fidanzamento. »

« Credi che Bendeigid approverà? » chiese Dieda. « Dopotutto, è il padre adottivo di Cynric. »

« Oh, se *tuo* padre acconsentirà, ciò che pensa il mio non avrà importanza », commentò Eilan. « E, se disapprovasse il vostro legame, immagino che ormai lo avrebbe detto apertamente. E poi, questa notte ho sognato te e Cynric alla festa. »

« Davvero? Racconta! » Dieda si sollevò a sedere e si avvolse nelle coperte perché l'aria era ancora fredda.

« Non ricordo molto. Ma tuo padre era felice. Sei sicura di voler sposare mio fratello? »

« Oh, sì », rispose Dieda con un lieve sorriso, ed Eilan comprese che non avrebbe aggiunto altro.

« Dovrei interrogare Cynric... Potrà dirmi qualcosa di più », esclamò Eilan ridendo.

« O forse no », disse Dieda. « Anche lui non parla molto. Non pensavi di sposarlo tu, vero? »

Eilan scosse la testa con enfasi. « È mio fratello! » Se avesse dovuto sposarsi, rifletté poi, non avrebbe sicuramente scelto il ragazzaccio che le metteva i ranocchi nel letto e le tirava i capelli.

« Non lo è, e lo sai », le fece notare Dieda.

« È il mio fratello adottivo, ed è come se fosse della famiglia », la corresse Eilan. « Se mio padre avesse voluto che ci sposassimo, non l'avrebbe adottato. » Prese un pettine di corno intagliato e cominciò a sciogliersi le trecce.

Dieda si riadagiò con un sospiro. « Immagino che Lhiannon verrà alla festa... » disse dopo un po'.

« Naturalmente. La Casa della Foresta è accanto alla sorgente, ai piedi della fortezza sulla collina. Perché? »

« Oh, non saprei. Ora che sto pensando di sposarmi, mi fa rabbrividire il pensiero che si possa trascorrere la propria esistenza in quel luogo », mormorò Dieda.

«Nessuno ti ha chiesto di farlo», ribatté Eilan.

«Non apertamente, è vero», ammise Dieda. «Ma una volta mio padre mi ha chiesto se non avevo mai pensato di dedicarmi agli dei.»

«Te l'ha chiesto?» Eilan sgranò gli occhi.

«E io ho risposto di no», disse Dieda. «Ma poi, per settimane, ho sognato che avevamo litigato e mi aveva imprigionata in un albero cavo. E amo Cynric. Comunque, non sopporterei di passare la vita nella Casa della Foresta... oppure confinata in un'altra Casa. E tu?»

«Non so», sospirò Eilan. «Forse, se me lo chiedessero, acconsentirei...» Ricordava le Sacerdotesse che partecipavano alla festività, serene nelle loro vesti blu. Erano onorate come regine. Non sarebbe stata un'esistenza migliore, rispetto a quella che l'avrebbe costretta a sottostare agli ordini di un uomo? Senza contare, poi, che le Sacerdotesse apprendevano tutte le tradizioni segrete...

«Eppure ho visto come guardavi il giovane straniero», osservò Dieda. «Quello salvato da Cynric. Credo che diventeresti una Sacerdotessa anche peggiore di me!»

«Forse hai ragione.» Eilan le voltò le spalle perché non vedesse il suo rossore. Aveva preso a cuore Gawen perché aveva trascorso tanto tempo ad assisterlo, ecco tutto. «Non ci ho mai pensato molto. Ma ora ricordo», concluse, assorta. «Nel mio sogno c'era anche Lhiannon.»

4.

Più tardi, quella mattina, la famiglia si avviò per andare alla festa. Era una bella giornata di maggio, e l'aria era purificata dalla pioggia della notte precedente; ora il vento aveva sospinto verso oriente le nubi, e il cielo era limpido. In una mattina come quella tutti i colori del mondo sembravano appena creati.

Gaio zoppicava ancora, ma Cynric gli aveva tolto la benda alla caviglia, sostenendo che gli avrebbe fatto bene camminare. Il ragazzo si muoveva con prudenza, aspirando a pieni polmoni l'aria fresca e doppiamente inebriante dopo tutto il tempo passato al chiuso. Due settimane prima aveva temuto di non poter più camminare sotto il cielo; per ora gli bastava essere vivo e guardare il sole sulle fronde verdi, i fiori primaverili e le vesti multicolori della gente che gli stava intorno.

Eilan aveva indossato una veste ampia e lunga a riquadri d'oro pallido e marrone, e una sottotunica che aveva il colore delle foglie appena spuntate. I capelli erano un manto lucente sulle spalle, più fulgido dell'oro delle fibule e dei bracciali. In quel mondo luminoso la chioma di Eilan appariva agli occhi di Gaio come la cosa più bella.

Il giovane non prestava molta attenzione alle chiacchiere sulla festa. Aveva assistito ad alcune celebrazioni fra la gente di sua madre quando era bambino, e immaginava che questa sarebbe stata molto simile. Sentì il clamore prima che arrivassero sul posto, perché in generale le grandi festività celtiche erano associate alle fiere. I festeggiamenti, per la precisione, erano incominciati giorni prima e sarebbero continuati ancora: la vigilia di Beltane però era il momento centrale. All'imbrunire sarebbe apparsa la Sacerdotessa dell'Oracolo.

I boschi si erano popolati di tende e di costruzioni provvisorie di rami, perché la celebrazione aveva richiamato gente che viveva lontana, a molti giorni di viaggio. Quasi tutti i presenti erano Cornavii, ma Gaio riconobbe anche i tatuaggi tribali dei Dubunii, degli Ordovici e persino di alcuni Deceangli che vivevano nei pressi di Deva. Dopo due settimane trascorse nella casa di Bendeigid, il linguaggio britannico gli veniva alle labbra con facilità: i ricordi di Deva e della legione incominciavano a sembrare sbiaditi e remoti.

Alla base della vecchia collina fortificata erano stati allestiti chioschetti che vendevano cibarie e piccoli oggetti, alcuni dei quali sembravano prodotti dai contadini del luogo, mentre altri avrebbero potuto essere messi in vendita persino a Roma. Forse erano di fabbricazione romana, perché fra la Britannia e Roma gli scambi commerciali si erano intensificati, e i mercanti greci e galli andavano dovunque. C'erano banchetti che offrivano mele e dolciumi, recinti dove avveniva la compravendita di cavalli, e una fiera del collocamento in cui, a quanto affermava Cynric, si trovava di tutto, da un porcaio a una balia.

Eppure, quando Gaio giunse sulla cima piatta del colle che si ergeva come un'isola sopra il mare della foresta, spalancò gli occhi per la sorpresa. La fiera occupava lo spazio di un grande terrapieno, troppo affollato di bancarelle e persone perché il perimetro fosse visibile. Ma in fondo al percorso principale sorgeva un grande tumulo di terra con l'entrata di pietra. Cynric fece un segno riverente mentre attraversavano la strada.

Gaio chiese: « Quello è il vostro tempio? »

Cynric gli lanciò un'occhiata curiosa. « È il sepolcro di un grande capo dei nostri avi. A meno che qualcuno dei bardi più vecchi non sappia chi fosse, il nome è andato perduto; e, se mai è esistito un canto che lo esaltava, l'ho dimenticato o non l'ho mai appreso », gli rispose.

Un'altra strada, più lunga, conduceva a un edificio simile a una piccola torre circondata da un portico con il tetto di paglia. Gaio lo scrutò con interesse. Eilan mormorò: « È il santuario dove custodiscono le cose sacre ».

« Sembra un tempio », disse Gaio a voce bassa, ed Eilan si voltò a guardarlo.

« Senza dubbio sai che non si possono adorare gli dei in edifici costruiti da mani umane, ma soltanto sotto il cielo aperto. » Dopo un momento soggiunse: « In alcune isole occidentali, dove non crescono alberi, i riti vengono celebrati nelle foreste di pietra; ma mio padre dice che i segreti dei grandi, antichi cerchi di pietre, qui nel sud, andarono perduti con i vecchi druidi uccisi all'arrivo dei romani».

Poi la sua attenzione fu attratta da un chioschetto dove vendevano gingilli di vetro greco, e smise di parlare. Gaio sospirò. Era meglio non fare altre domande del genere, pensò, per non tradirsi. C'erano certe cose che persino un uomo della tribù dei Siluri doveva conoscere.

Alcuni banchetti offrivano scope e strofinacci; in altri, alcune ragazze graziose vendevano le richiestissime ghirlande, fiori e molti altri oggetti, inclusi alcuni che Gaio non riusciva a riconoscere. I giovani giravano tra i chioschi e guardavano la mercanzia. Cynric era alla ricerca di un porcaio, anche se, aggiunse, di solito pretendevano di essere pagati troppo.

«Quei maledetti romani hanno portato via tantissimi uomini con i reclutamenti forzati e noi siamo costretti a ingaggiarne altri che curino le nostre bestie e coltivino i campi», disse. «Eppure il numero di quelli che sono stati cacciati dalle loro terre è così grande che riusciamo talvolta a trovare gente disposta a lavorare in cambio di vitto e alloggio. Se fossi un agricoltore me ne rallegrerei. Ma mi auguro che gli dei mi risparmino la fatica di coltivare la terra!»

A mezzogiorno Rheis radunò la famiglia sotto una grande quercia ai piedi della collina per rifocillarsi con un po' di carne fredda e di pane. La vecchia fortificazione era al centro di molti sentieri. Dal punto in cui si trovavano potevano vedere una strada ampia e ben tenuta che puntava verso occidente, fiancheggiata da querce maestose. In fondo, i tetti di paglia della Casa della Foresta e gli edifici che la circondavano spiccavano chiari contro il verde cupo del Bosco Sacro.

Cynric e Gaio erano andati a vedere i cavalli, e Rheis si era allontanata per parlare con una conoscente. Le ragazze stavano riponendo gli avanzi quando Eilan si fermò di colpo.

«Ecco Lhiannon», bisbigliò.

La Somma Sacerdotessa, con alcune sue assistenti, avanzava sotto gli alberi lungo la Via Sacra. La figura snella era messa in risalto dalla luce del sole che filtrava tra i rami, e si muoveva con il passo elegante delle Sacerdotesse, tanto da non sembrare neppure un essere umano. Si soffermò come se volesse augurare a qualcuno di divertirsi alla festa, e posò lo sguardo sulle ragazze. « Voi siete parenti di Bendeigid », disse. Fissò Dieda. « Quanti anni hai, figlia mia? »

« Quindici », mormorò Dieda.

« Sei sposata? » chiese Lhiannon.

Eilan sentì che il cuore cominciava a batterle forte nel petto. Era il volto della Somma Sacerdotessa che aveva visto nel sogno.

« No », rispose Dieda con voce sommessa. Guardava la Sacerdotessa come se fosse incantata dal suo sguardo limpido.

« Non sei neppure fidanzata? »

« No... per ora, anche se ho pensato... »

Diglielo, pensò Eilan. Sei fidanzata con Cynric! Devi dirglielo subito! Ma, sebbene muovesse le labbra, Dieda rimase bloccata come una giovane lepre allorché l'ombra del falco discende su di lei.

Lhiannon si slacciò il pesante mantello blu che le copriva le spalle. « Allora ti reclamo per la Dea; d'ora in poi servirai Colei che io servo e nessun'altra... » Il mantello si aprì come un'ala scura quando la Sacerdotessa lo fece roteare, e la luce ondeggiò tra i rami smossi da un vento improvviso.

Eilan batté le palpebre. Senza dubbio era soltanto uno scherzo della luce... Ma in quel bagliore credette per un momento che l'apertura del manto avesse rivelato una figura radiosa. Chiuse gli occhi, eppure continuò a scorgere un volto dal tenero sorriso materno e dagli occhi gelidi di rapace; e le parve di essere lei, non Dieda, a venire trafitta da quello sguardo. Ma Lhiannon non aveva parlato a lei, anzi sembrava che non la vedesse neppure.

« D'ora in poi dimorerai con noi nella Casa della Foresta, figlia mia. Vieni da noi... domani andrà bene. » La voce di Lhiannon pareva giungere da una grande distanza. « Così sia. »

Eilan aprì gli occhi e vide l'ombra discendere mentre il mantello si posava sulle spalle fragili di Dieda.

Le donne che seguivano Lhiannon intonarono: «È prediletta dalla Dea. La sua scelta si è compiuta. Così sia».

Lhiannon tolse il manto dalle spalle della ragazza e le assistenti l'aiutarono ad allacciarlo di nuovo. Poi si allontanò, avviandosi verso la festa.

Eilan continuò a seguirla con gli occhi. «La scelta della Dea... Devi diventare una di loro... Che ti succede?» Si scosse e vide che Dieda era pallida come una morta e contraeva convulsamente le mani.

Dieda scosse la testa e rabbrividì. «Perché non ho potuto parlare? Perché non ho potuto dirglielo? Non posso andare nella Casa della Foresta... Sono promessa a Cynric!»

«Non lo sei ancora, almeno non formalmente», le fece notare Eilan, che era ancora abbagliata da quanto aveva visto. «Le promesse private non sono vincolanti, e non c'è nulla che sia arrivato a un punto tale da non poter essere annullato. Penso che qualunque ragazza vorrebbe diventare Sacerdotessa piuttosto che sposare mio fratello...»

«Tu lo pensi!» esclamò furiosa Dieda. «Sì, dovresti pensare veramente, qualche volta... Sarebbe un'esperienza nuova per te...» S'interruppe, disperata. «Sei una bambina, Eilan!»

Eilan la fissò. Si rendeva conto che l'altra non condivideva la sua euforia. «Dieda, intendi dire che non vuoi essere Sacerdotessa?»

«È un peccato che la scelta non sia caduta su di te!» ribatté Dieda. «Forse dovremmo dire che sei stata prescelta tu. Forse, come mio padre, anche Lhiannon ci ha scambiate l'una per l'altra. Forse si riferiva a te...»

«Ma sarebbe un'empietà, se la Dea ti ha scelta», protestò Eilan.

«Che cosa dovrò dire a Cynric? Che cosa potrò dirgli?» Dieda non seppe più trattenersi e scoppiò in una risata amara.

«Dieda.» Eilan l'abbracciò. «Non puoi parlare a tuo padre, dirgli che non vuoi saperne? Se fosse toccato a me ne sarei felice, ma se non sopporti l'idea...»

Stordita, oppressa dall'infelicità, Dieda mormorò: «Non oso. Mio padre non capirebbe e non vorrebbe irritare la Somma Sacerdotessa. C'è qualcosa... » Con una voce che stentava a giungere all'orecchio di Eilan, soggiunse: « Mio padre è molto amico di Lhiannon... È come se fosse il suo amante... »

Eilan la squadrò scandalizzata. « Come puoi parlare così? È una Sacerdotessa! »

« Non voglio affermare che abbiano fatto qualcosa d'illecito. Ma mio padre la conosce da molto tempo, e a volte sembra più affezionato a lei che a chiunque altro al mondo... più che a noi! »

« Attenta a ciò che dici », l'avvertì Eilan, arrossendo. « Qualcun altro potrebbe sentire, qualcuno che non ti capirebbe più di quanto io ti capisca. »

Dieda replicò, straziata: « Oh, e che cosa conta? Vorrei essere morta! »

Eilan non sapeva che dire per confortarla. Rimase in silenzio, tenendole la mano. Non capiva perché Dieda volesse rifiutare un onore tanto grande. E Rheis sarebbe stata felice perché era stata prescelta la sorella minore.

Anche Bendeigid si sarebbe compiaciuto: Dieda era per lui come un'altra figlia, e le era sempre stato affezionato. Eilan cercò di nascondere il proprio disappunto.

Gaio e Cynric si aggiravano tra la folla festosa; si soffermavano di tanto in tanto a commentare i pregi di qualche cavallo, poi proseguivano. Dopo un po' Cynric chiese: « Allora è vero, amico, che non sai ciò che accadde sull'Isola di Mona? Avevo pensato... se vivi nei pressi di Deva... »

« Non ho mai sentito quella storia », rispose Gaio. « Io vengo dalla terra dei Siluri, ricorda, molto più a sud. » E poiché tutti sapevano che mia madre aveva sposato un ufficiale romano, pensò, ci sarebbe voluto molto coraggio per parlarmene. « È una vicenda molto conosciuta? » disse a voce alta. « Hai affermato che il druido Ardanos potrebbe cantarla. »

« Allora ascoltala, e non stupirti più se non dico nulla di buono dei romani », rispose irritato Cynric. « Dove ora non esiste altro che uno stagno infetto, nei tempi anteriori alla venuta dei romani c'era un sacro complesso abitato da donne. Un giorno arrivarono le legioni e fecero ciò che fanno sempre: distrussero il bosco, s'impadronirono dei tesori, assassinarono i druidi che si opponevano, e violentarono tutte le donne, dalla Sacerdotessa più vecchia alla più giovane delle novizie. Alcune erano molto anziane, altre bambine di nove o dieci anni, ma per i nemici non aveva importanza.»

Gaio soffocò un'esclamazione. Non aveva mai sentito quella versione della storia. I romani parlavano soltanto dei druidi che brandivano le torce e delle donne ululanti vestite di scuro, e dicevano che i legionari avevano avuto paura di attraversare le acque ribollenti dello stretto di Menai fino a quando il loro comandante non li aveva svergognati e spinti all'attacco. Mona era stata l'ultima roccaforte del sacerdozio druidico. Prima di conoscere Bendeigid e Ardanos aveva creduto che fossero stati annientati quasi tutti. La logica militare imponeva di distruggere Mona. Ma un buon comandante, pensò irosamente, sapeva tenere a freno i suoi uomini. I soldati avevano reagito con tanta violenza perché le donne li avevano spaventati?

«Che ne fu delle donne? Puoi ben chiederlo», disse Cynric. Per la verità Gaio non l'aveva chiesto; ma sapeva che Cynric riferiva l'avvenimento come gli era stato raccontato, e prima o poi sarebbe arrivato a parlarne.

«I romani lasciarono incinte molte delle donne», continuò Cynric. «Quando i bambini nacquero, le femmine furono affogate nello Stagno Sacro che i romani avevano profanato, e i maschi furono affidati a famiglie di druidi. Quando divennero adulti gli fu rivelata la loro origine e furono addestrati nell'uso delle armi. E un giorno dovranno vendicare le loro madri e i loro dei: e, credimi, lo faranno! Lo faranno... Lo giuro per la Signora dei Corvi che mi ascolta!» soggiunse in tono veemente. Poi tacque, e Gaio attese impacciato. Cynric aveva parlato di un movimento clandestino, quello dei Corvi. Dunque ne faceva parte?

Dopo un momento Cynric continuò: «Fu allora che le donne dei druidi dell'isola vennero portate qui, nella Casa della Foresta, dov'era possibile proteggerle».

Gaio ascoltava e si chiedeva se Cynric gli avesse raccontato quella storia per uno scopo preciso. Ma Cynric non sapeva che era romano, e Gaio ne era lieto. In quel momento non sapeva se teneva a essere romano, anche se quel fatto era stato per lui un motivo d'orgoglio.

All'imbrunire un gruppo di giovani dalle vesti bianche e con collane a verga tortile incominciò ad ammucchiare due grandi cataste di legna nello spazio aperto davanti al tumulo; e, come gli spiegò in un bisbiglio Cynric, in quei mucchi era inclusa la legna dei nove alberi sacri. Gaio non sapeva quali fossero; ma non osava ammetterlo e quindi si limitò ad annuire. Al centro c'era una tavola di quercia con un grande piolo confitto come l'asse di una ruota. Nove druidi, vecchi e imponenti nelle vesti candide immacolate, facevano a turno nel girarlo al ritmo d'un tamburo. E, mentre il cielo si oscurava, la gente si radunava intorno a loro, in silenzio.

Poi, quando il sole calò dietro gli alberi, Gaio scorse una scintilla rossa. L'avevano veduta anche altri. Un mormorio passò tra la folla, e nello stesso momento uno dei druidi gettò una manciata di una certa polvere alla base del piolo, che parve esplodere in fiamme.

«I fuochi bruceranno fino all'alba, e tutti danzeranno intorno», disse Cynric. «Alcuni dei ragazzi veglieranno sull'albero di Beltane.» Indicò un palo piantato all'estremità opposta della vetta. «Gli altri andranno in giro fino al levar del sole in compagnia delle innamorate, a raccogliere fronde, o almeno così dicono...» continuò con un sorriso malizioso. «E li porteranno domattina per coronare il palo e danzare anche durante il giorno.»

Il fuoco era stato portato alle cataste che incominciavano a scoppiettare allegramente. Si faceva buio; Gaio indietreggiò quando la prima vampata di calore gli solleticò la pelle.

Si formò una fila di danzatori che cominciò a girare intorno ai falò. Qualcuno accostò alle labbra di Gaio una borraccia di vino. La folla stava diventando più chiassosa, e attingeva allegramente nei tini di birra e idromele. Gaio aveva già visto riti come quelli e sapeva che cosa aspettarsi. Notò che i bambini più piccoli erano stati portati via e che le giovani Sacerdotesse dalle vesti blu, le coroncine e i veli della Casa della Foresta non stavano più tra la gente.

Gaio e Cynric proseguirono tra la folla ridente fino a che non incontrarono Eilan e Dieda accanto ai fuochi.

« Eccovi qui! » esclamò Cynric, e corse verso di loro. « Dieda, vieni a ballare con me. »

Dieda impallidì e continuò a stringere con fermezza la mano di Eilan.

« Non hai sentito? » chiese vivacemente Eilan.

« Che cosa, sorella? » Cynric aggrottò la fronte.

« È stata scelta per la Casa della Foresta... da Lhiannon in persona. Questo pomeriggio! »

Cynric tese le braccia verso Dieda, poi le lasciò ricadere. « La Dea ha parlato? »

« Come puoi accettarlo? » Dieda parve rianimarsi un po'. « Sai che non potrò sposarti se dovrò prendere i voti. »

« E tu sai quali voti legano me », disse cupamente Cynric. « La necessità di decidere mi tormentava. Ti amo, ma non potrò farmi carico di moglie e figli ancora per molti anni, se mai lo potrò. Forse sono stati gli dei a scegliere per noi questa soluzione. »

Trasse un debole sospiro; questa volta, quando le tese le mani, Dieda si mosse. Era alta, ma sembrava fragile fra quelle braccia robuste.

« Ascolta, amor mio. C'è ancora una via d'uscita », disse Cynric prendendola in disparte. « Potrai consacrare tre anni alla Dea... Non sei obbligata a impegnarti per tutta la vita. C'è una scuola di guerra nelle isole settentrionali, ed è là che devo andare. Ma tu non sei una guerriera, e anche se fossi pubblicamente fidanzata con me non potresti seguirmi. Forse è meglio che tu presti servizio nel santuario per qualche tempo... Sarai più sicura. E se ci fosse la guerra... »

Dieda singhiozzò e gli nascose la faccia contro la spalla. Gaio vide che Cynric le stringeva le braccia con le grosse mani in un gesto fermo e tuttavia affettuoso.

« Per tre anni saremo vincolati da altri voti », mormorò il giovane. «Ma questa notte è tutta nostra. Eilan, rimani qui con Gawen», soggiunse, affondando le labbra tra i capelli di Dieda.

Eilan esitò. «Mia madre ha detto che Dieda e io dobbiamo restare insieme... È Beltane...»

Dieda alzò la testa con una luce ardente negli occhi: «Abbi pietà! Rheis non osa irritare tuo padre... e mio padre». Poi deglutì. «Se avessero saputo, non ci avrebbero lasciato neppure questo poco tempo!»

Con un'espressione seria negli occhi, Eilan annuì.

«Ho sbagliato a lasciare sola Eilan con lo straniero?» mormorò Dieda mentre Cynric la conduceva via. «Dopotutto, ha vissuto fra i romani e potrebbe aver assimilato il loro modo di fare con le donne.»

«È un ospite della nostra casa. Anche se fosse il figlio del procuratore...»

«Non può esserlo», ribatté Dieda. «Mio padre dice che il procuratore ha soltanto una figlia.»

«... se lo fosse, sicuramente rispetterebbe la figlia del suo ospite. Ed Eilan è una bambina», rispose Cynric.

«Lei e io siamo nate nello stesso anno», puntualizzò Dieda. «La consideri una bambina perché è tua sorella.»

«Che cosa ti aspettavi?» replicò irritato Cynric. «Che dicessi quanto ti amo di fronte a quei due?»

«Che ci resta da dire? Certo, non abbastanza...» Dieda s'interruppe, perché Cynric la cinse con le braccia e si chinò per farla tacere con un bacio.

Lei gli si aggrappò per un momento, poi si svincolò, impacciata. «È inutile. E se ci vedessero...»

Cynric rise, amaramente. «Non hai ancora pronunciato i voti, no? E potrei sempre sostenere di aver baciato Eilan.» Le passò le mani sotto i gomiti, la sollevò leggermente e si curvò per baciarla ancora. Dopo un momento Dieda rinunciò a resistere; lasciò che la stringesse a sé e la baciasse più volte. Cynric, quando si staccò, disse con voce spezzata: «Pochi momenti fa ho parlato in modo ragionevole. Ma sbagliavo. Non posso permettere che tu faccia una cosa simile!»

«Che vorresti dire?»

«Non posso lasciare che ti rinchiuda con tutte quelle altre donne.»

«Che cos'altro posso fare?» Adesso toccava a Dieda comportarsi in modo sensato. «Cynric, tu sei stato cresciuto dai druidi, conosci le leggi quanto me. Lhiannon ha scelto. E dove si posa la mano della Dea...»

«Hai ragione, lo so, ma...» Cynric l'attirò a sé bruscamente, ma la sua voce era dolce, quando disse: «È Beltane. Giaci con me questa notte, e la tua famiglia sarà lieta di lasciarci sposare».

La bocca di Dieda era troppo giovane per avere una piega tanto amara. «Forse sei disposto a spiegare a mio padre com'è accaduto? O al tuo?»

«Bendeigid non è mio padre.»

«Sì, lo so. Ma non cambia nulla. E, a parte questo, Ardanos è mio padre, e strangolerebbe me e inseguirebbe te con la frusta per tori. Ormai è fatta, mi piaccia o no. Ora sono una vergine del Bosco Sacro, e tu sei figlio di un druido, o almeno sei stato allevato come tale... e comunque sei figlio di una Sacerdotessa», soggiunse Dieda. «Cynric, l'hai detto tu stesso. Posso chiedere di essere sciolta dai voti fra tre anni. E allora...»

«Allora», promise Cynric, «ti porterò lontana, in capo al mondo, se sarà necessario.»

«Ma hai detto che non dovresti addossarti il carico di una moglie e dei figli», protestò Dieda, per la gioia di sentirlo ribattere: «Non conta quel che ho detto: ti voglio».

Poi Cynric disse: «Siedi accanto a me e guardiamo i falò. Forse sarà l'ultima volta. Almeno per tre anni, e quindi», soggiunse con voce avvilita, «è quasi la stessa cosa».

L'arcidruido di Britannia stava all'ingresso della Casa della Foresta e guardava l'ultima luce che svaniva dal cielo. Sentiva giungere dall'alto della collina il suono di molte voci smorzate dalla distanza in una musica che ricordava un lago affollato di uccelli migratori. E fra altri suoni echeggiava il rullo profondo dei tamburi. Fra poco avrebbero acceso i falò di Beltane.

Anche se il tempo passava, Ardanos non avrebbe voluto muoversi. Quella mattina era stato a Deva ad ascoltare il prefetto romano. L'indomani avrebbe dovuto ascoltare le lagnanze del popolo governato dai romani. Era impossibile soddisfarli tutti. Poteva solo sperare di mantenere un equilibrio inquieto fino a quando... Che cosa attendeva, in realtà? Che le vecchie ferite si rimarginassero?

Sarai morto prima che questo avvenga, vecchio! si disse. E anche Lhiannon. Sospirò e vide che la prima stella era spuntata nel cielo quasi buio.

« La Signora è pronta », disse dietro di lui una voce sommessa. Ardanos si voltò e vide una delle vergini, probabilmente Miellyn, che teneva aperta la porta.

La camera di Lhiannon era illuminata da lampade pendenti di bronzo. In quella luce palpitante vide che la Sacerdotessa era già accasciata sulla sedia, mentre Caillean vegliava al suo fianco. Per un momento la Sacerdotessa più giovane sostenne il suo sguardo con aria di sfida, quindi si fece in disparte.

« Ha preso le erbe sacre », disse Caillean in tono neutro.

Ardanos annuì. Conosceva l'ostilità della giovane donna: ma, finché Caillean osservava le dovute forme, non gli interessava ciò che pensava di lui. Gli bastava che fosse devota a Lhiannon.

Accigliata, Caillean li lasciò soli. In momenti come quello, quando la Somma Sacerdotessa era già sotto l'ombra della Dea, non poteva essere presente neppure la sua guardia del corpo.

« Lhiannon », disse Ardanos a voce bassa, e vide un fremito scuotere la figura fragile. « Puoi sentirmi? »

Vi fu un lungo silenzio.

« Ti sento sempre... » disse finalmente la Somma Sacerdotessa.

« Tu sai che non lo farei, mia cara », disse il druido, come se parlasse a se stesso, « se vi fosse un'altra soluzione. Ma ho saputo che ci sono altre difficoltà, a causa degli arruolamenti forzati. Il genero di Bendeigid, Rhodri, ha seguito gli uomini che erano stati portati via dal clan dei druidi e ha attaccato i soldati che li sorvegliavano. C'è stato un combattimento, e Rhodri è stato catturato.

«Macellio è riuscito a tenere segreta la sua identità, ma non può salvarlo. Quel pazzo si è fatto prendere con le armi in pugno. Se la cosa si risaprà, ci sarà una ribellione. Tu devi consigliare la pace, mia cara.» La voce del druido si abbassò. «Vi sia pace in questa terra... così vuole la Dea. Il tempo di Roma verrà, ma non subito, e non per mezzo della guerra. Il popolo deve essere paziente... Diglielo, signora. Fa' che chiedano la pace agli dei.»

Mentre le parlava, vide che la donna incominciava a barcollare, e comprese che le sue parole giungevano in quel luogo profondo al di là della memoria cosciente, il luogo da cui venivano le parole dell'Oracolo. Nonostante ciò che poteva credere Caillean, Ardanos non aveva mai dubitato che *qualcosa* parlasse tramite la Somma Sacerdotessa quando era immersa nella trance. Ma i druidi sapevano bene che la capacità di uno spirito di parlare per mezzo d'un oracolo umano era in rapporto diretto con il contenuto e l'eccellenza della mente che ne era il veicolo. Una ragazza ignorante, per quanto sensibile, poteva parlare soltanto in termini semplici e comuni. Era una delle ragioni per cui le Sacerdotesse druidiche venivano scelte e preparate con tanta cura.

Qualcuno avrebbe potuto accusarlo di manovrare la Somma Sacerdotessa, ma l'arcidruido pensava di limitarsi ad aggiungere la sua particolare conoscenza delle esigenze del paese alle capacità di cui l'Oracolo disponeva. Sebbene facesse del suo meglio per imprimere certe informazioni nella memoria dell'Oracolo, la Dea, se era veramente lei a parlare, era senza dubbio libera di decidere che cosa dire.

«Pace e pazienza», ripeté Ardanos lentamente. «Roma cadrà quando lo vorranno gli dei, ma non per mano nostra...»

5.

GAIO guardò Cynric e Dieda che sparivano in mezzo alla folla e dominò l'impulso di richiamarli. Eilan, che era diventata di colpo timidissima, teneva gli occhi rivolti al suolo. Si chiese che cosa poteva dirle. La storia delle Sacerdotesse di Mona gli aveva ispirato una strana diffidenza; non si sentiva più padrone del mondo, come avrebbe dovuto essere un romano. Grazie agli dei, Cynric non sospettava la sua vera identità. Gaio aveva la sensazione allarmante che il vecchio Ardanos l'avesse intuita; ma, se era così, il druido aveva mantenuto il segreto e da un certo punto di vista questo era ancora più inquietante.

Cercò qualche innocuo argomento di conversazione, e finalmente disse: «Parlami del modo in cui la tua tribù celebra questa festività. Le usanze dei Siluri sono piuttosto diverse, e non voglio recare offesa alle vostre tradizioni». Era un modo convincente, pensò, di nascondere il fatto che aveva assistito a un'unica celebrazione di Beltane, quando aveva sei anni.

Eilan arrossì. «Davvero?» Sembrava sinceramente imbarazzata. «È una festività antichissima. Forse un tempo tutte le tribù la celebravano nello stesso modo. Ardanos dice che il nostro popolo la portò con sé quando giunse su queste isole: e lui dovrebbe saperlo bene.»

«Infatti», convenne Gaio. «Tuo nonno è così vecchio... Pensi che sia venuto qui con le prime navi partite dalla Gallia?»

Eilan rise sommessamente e Gaio sospirò di sollievo nel sentire che la tensione fra loro si attenuava.

«Hai visto come hanno acceso la fiamma sacra», disse lei. «Questa notte, quando la Sacerdotessa verrà a benedire i fuochi, la saluteremo come la Dea. Non so quali siano le abitudini delle tribù meridionali; ma nel nord, anticamente, le donne erano più libere. Prima che venissero i romani, spesso una tribù era governata da una regina. Oggi vi sono la Sacerdotessa e i druidi. Ecco perché Cartimandua comandava i Briganti e gli Iceni erano guidati da Boudicca.»

Gaio s'irrigidì. Per i romani Boudicca, la Regina Assassina, era ancora un nome che faceva paura ai bambini. A Londinium erano visibili i resti bruciati della basilica, e gli operai, che scavavano le fondamenta via via che la città s'ingrandiva, trovavano a volte le ossa di coloro che avevano cercato di sottrarsi alla sete di sangue delle orde degli Iceni. Eilan, assorta, continuava a parlare.

« Solo in tempo di guerra nominava un condottiero che guidasse gli eserciti: a volte era il fratello, a volte il consorte, ma in ogni caso questo gli dava scarso potere sulla tribù. La regina regnava e, qualunque cosa tu dica, le donne sanno governare meglio, perché ognuna governa la propria casa. Non è forse più qualificata a regnare su una tribù di un uomo capace soltanto di fare ciò che gli ordina il suo condottiero? »

« Su una tribù, forse », convenne Gaio. « Sarebbe davvero assurdo che una donna comandasse una legione... o un grande impero come quello dei Cesari. »

« Non so perché dovrebbe essere così », obiettò Eilan. « Senza dubbio una donna che può governare una grande casa è adatta a regnare su un impero non meno di un uomo. Non ci sono state regine potenti fra i romani? »

Gaio fece una smorfia. Ricordava la storia che gli aveva insegnato l'istitutore greco. « Ai tempi della casa Claudia », disse cautamente, « ho sentito dire che c'era una vecchia malvagia, Livia, madre del divo Tiberio, che aveva avvelenato tutti i parenti. Forse per questo i romani non amano essere comandati da donne. »

Erano arrivati oltre i falò, nel punto in cui il tumulo digradava verso lo spiazzo riservato alla festa.

« Gawen, tu pensi che le donne siano malvagie? » chiese Eilan.

« *Tu* non lo sei certamente », assicurò Gaio, guardandola negli occhi, limpidi come una polla d'acqua pura, dove avrebbe voluto sprofondare per sempre. Una polla di verità... In quel momento gli sembrava mostruoso dover mentire. Anche se non aveva senso, pensava che avrebbe potuto affidarle la sua vita; e, se le avesse rivelato la sua vera identità, in pratica avrebbe fatto proprio questo.

Dietro di loro vi fu un movimento. Le grida e i canti si avvicinarono. Gaio si voltò, e vide numerosi uomini che portavano figure di vimini e di paglia. Alcune avevano forme umane, altre sembravano uscite da un incubo. Una di esse portava addirittura l'imitazione riconoscibile di un elmo da legionario.

Si sentì rizzare i capelli. Poco prima aveva detto a Eilan di non ricordare nulla dei riti di Beltane; ma adesso, forse a causa del rullo dei tamburi, della luce palpitante o dell'odore dolce delle erbe gettate nel fuoco, rammentò all'improvviso di aver già visto qualcosa di simile. Chiuse gli occhi e vide nella memoria draghi tatuati che si attorcevano intorno a braccia robuste, udì la risata di un giovane. Per un momento i tamburi lo assordarono, il sangue gli oscurò la vista, e fu assalito da un'angoscia repressa tanto a lungo che persino ora non sapeva darle un nome.

Strinse il braccio di Eilan.

« Sciocco! » Eilan rise della sua espressione. « Sono soltanto effigi. E, anche anticamente, soltanto ogni sette anni il Re dell'Estate o il suo sostituto veniva offerto in sacrificio per rinnovare la terra. »

« Sei figlia di un druido », disse Gaio, mentre sedeva sull'erba. « Immagino che tu sappia molte cose. »

Eilan sorrise e sedette accanto a lui, al margine del cerchio. « Non conosco tutto ciò che insegnano nella Casa della Foresta, ma è una storia che ho sentito. Dicono che l'eletto veniva trattato come un re, l'anno prima della fine. Era un grande onore per la sua famiglia. Ogni suo desiderio veniva esaudito, aveva il cibo e il vino migliori, e le donne più giovani e belle. Era un onore avere un figlio dal dio; persino le donne del santuario erano disponibili per lui, anche se per tutti gli altri giacere con una delle Sacerdotesse è vietato sotto pena di morte. E alla fine di quel periodo... » Esitò. « Veniva dato al fuoco. »

Gli stava seduta molto vicina, e Gaio sentiva il profumo fresco dei fiori di campo che portava nei capelli.

« Ho sentito dire che a Roma c'è un culto nuovo, quello dei seguaci del Nazareno. Credono che il loro profeta fosse figlio del loro dio e sia morto per i loro peccati », disse Gaio. Personalmente preferiva Mitra, il dio dei soldati.

«Non ci sono soltanto a Roma», disse Eilan. «Mio padre racconta che alcuni di loro sono fuggiti in Britannia per sottrarsi alle persecuzioni dell'imperatore. E i druidi hanno permesso loro di costruire un santuario nell'Isola delle Mele, a sud, nel Territorio dell'Estate. Ma qui abbiamo soltanto il consorte della Dea, o il suo sostituto, che dona il proprio sangue alla terra.»

I giovani, gridando, scagliarono le effigi sui falò, e applaudirono quando le fiamme salirono verso il cielo. Eilan sussultò quando passò correndo un altro gruppo, e Gaio la cinse con un braccio, come per proteggerla.

«Ora bruciano tutti gli spiriti maligni; poi faranno passare il bestiame tra i falò perché sia al sicuro durante l'estate, quando pascolerà fra le colline. I fuochi sono molto potenti...» Eilan arrossì all'improvviso, non solo per il calore delle fiamme.

«Che cos'altro succede intorno ai falò?» chiese teneramente Gaio mentre fremeva per lo sforzo di trattenersi dall'attirarla più vicina. Attraverso la veste sentiva la morbidezza snella del corpo di Eilan. Quando l'aveva vista per la prima volta l'aveva considerata una bambina: ma, per quanto fosse esile, ora si rendeva conto che era una donna e capiva che la desiderava.

«Bene», disse lei, esitando e guardando le fiamme. «Questa notte, mentre ardono i fuochi della Dea, le coppie di fidanzati li scavalcano tenendosi per mano: così onorano la Dea e le chiedono di concedere loro di avere figli. Poi si addentrano insieme nella foresta. Forse anticamente non si sapeva come si facessero i bambini; ma, come dice Ardanos, avevano osservato che nascevano dopo la festa della Dea... Perciò ancora oggi la gente la onora seguendo l'antica usanza...»

«Capisco», disse Gaio, mentre il cuore gli batteva più forte.

«Naturalmente», continuò in fretta Eilan, «le figlie dei capi e dei druidi non fanno queste cose...»

«Naturalmente», disse Gaio a voce bassa. Il suo corpo gli diceva che il figlio d'un prefetto poteva farlo, ma sperava di poterlo nascondere a Eilan. Era la figlia del suo ospite, e quindi doveva considerarla sacra come una sorella. «Eppure sarebbe bellissimo se...» trasse un respiro profondo «... se potessimo onorare insieme la Dea in questo modo...»

Intuì che Eilan era arrossita, sebbene fosse troppo buio per vederla. Lei rimase immobile nel cerchio del suo braccio.

«Non ho mai pensato...» disse a voce bassa. S'interruppe e incominciò a tremare leggermente. Ma non si svincolò.

«Così vorrei mostrarti ciò che provo per te», proseguì Gaio, con voce ancora più sommessa, come se temesse di spaventare un uccellino selvatico posatosi sulla sua mano. Gli aveva parlato con tanta innocenza! La figlia di Clotino gli aveva fatto capire chiaramente che avrebbe gradito i suoi approcci, ma Gaio s'era sentito disgustato da quell'audacia, mentre gli sembrava di non aver mai provato per una giovane donna ciò che provava per Eilan, seduta fiduciosa al suo fianco. Gli stava così vicino che sentiva il calore del suo corpo. E ogni respiro gli portava il profumo fiorito dei capelli biondi.

Quando le grida si smorzarono, Gaio sentì i suoni lievi della notte: gli animaletti che correvano sull'erba dove la collina digradava dietro il tumulo, lo scoppiettio dei fuochi, il grido di qualche uccello. E adesso, eccitato dal racconto di Eilan, udiva altri suoni nella notte di primavera. Sul pendio dietro di loro, uomini e donne facevano l'amore.

Toccò la guancia di Eilan. Era come il petalo d'un fiore. Le girò dolcemente il viso: gli occhi erano spalancati e colmi di stupore, le labbra un po' socchiuse. La sentì trasalire quando la baciò, ma lei non si ritrasse. Le sue labbra erano dolci, così dolci che la tenne stretta a sé e la baciò ancora. Dopo un attimo di resistenza sentì la bocca di Eilan schiudersi come un fiore.

Gaio sprofondò nella sua dolcezza, stordito, palpitante; impiegò un momento per comprendere ciò che era accaduto quando lei lo respinse.

«Non dobbiamo!» sussurrò Eilan. «Mio padre ci ucciderebbe!»

Con uno sforzo, Gaio aprì le mani per lasciarla. Toccare la figlia del suo ospite era un'empietà gravissima. Eilan doveva essergli sacra come una sorella. Sacra... All'improvviso comprese che il suo sentimento per lei era qualcosa di sacro. Si accorse che, anche quando l'aveva lasciata, aveva affondato le dita nell'erba. Si sollevò a sedere e si asciugò le mani.

« È vero. » Era sorpreso di riuscire a parlare in tono così fermo. I suoi sensi erano ancora sconvolti, ma sentiva il calore della certezza. Dal primo momento in cui l'aveva vista guardare nella fossa dov'era caduto, aureolata dalla luce, gli sembrava che quell'attimo fosse predestinato.

« Sarebbe una vergogna per entrambi, e non c'è disonore in ciò che provo per te. Ti amo, Eilan, come un uomo ama la donna che vorrebbe avere in moglie. »

« Come puoi parlare così? » mormorò lei fissando il fuoco. « Sei uno straniero. Fino a due settimane fa non mi conoscevi. Anche tu mi hai sognata? »

« Sono uno straniero più di quanto immagini », disse tristemente Gaio. « Ma ti dimostrerò il mio amore... » Chiamò a raccolta tutto il suo coraggio. « Ora metterò la mia vita nelle tue mani. Sono un romano, Eilan. Non ho mentito », si affrettò a soggiungere quando lei si tirò indietro. « Gawen era il nome con cui mi chiamava mia madre; ma quello vero è Gaio Macellio Severo Silurico, e non mi vergogno dei miei antenati. Mia madre apparteneva alla famiglia reale dei Siluri, e mio padre è il prefetto del campo della Seconda Legione Ausiliaria. Se ciò ti induce a odiarmi, chiama le guardie e lascia che mi uccidano. »

Eilan arrossì, poi impallidì di nuovo. « Non ti tradirei mai. »

Gaio la fissò, pensando: mia madre l'ha fatto... All'improvviso si rese conto che era un pensiero assurdo, perché senza dubbio sua madre non aveva voluto morire e lasciarlo solo. Soltanto adesso, ritornato nel suo mondo caldo e pulsante di vita, si rendeva conto di quanto fosse stato doloroso venirne strappato per passare alla gelida disciplina di un campo militare. Per questo non era mai stato capace di aprire il suo animo con una ragazza romana come stava facendo ora con Eilan?

« Domani dovrò tornare fra la mia gente; ma ti prometto che, se me ne andrò di qui illeso, e se non ti dispiace, chiederò onorevolmente la tua mano a tuo padre! »

Sentiva il cuore che gli batteva forte nel petto, ma non sapeva che altro aggiungere.

« Non mi dispiacerebbe, Gawen... Gaio », disse infine Eilan. La voce era smorzata, ma lo sguardo non si distaccava dal suo.

« Tuttavia non credo che mio padre acconsentirebbe a darmi in sposa a un romano, soprattutto a un romano delle legioni. E anche se lui accettasse, mio nonno non accetterebbe di certo; e Cynric... » Poi concluse, affannosamente: « Cynric ti ucciderebbe, se sapesse! »

« Forse non sarebbe tanto facile », obiettò Gaio, punto nell'orgoglio, anche se era stato colpito dallo stesso pensiero. « Ma è davvero impossibile? Da quando siamo arrivati su quest'isola, molti nostri ufficiali hanno sposato donne di ottime famiglie britanne per stringere alleanze. Dopotutto, anch'io sono britanno per metà. »

« Può darsi », disse Eilan, dubbiosa. « Ma non nella nostra famiglia! »

« Bene, da entrambe le parti la mia stirpe vale quanto la tua. »

Eilan lo guardò con aria perplessa, e Gaio si rese conto che era stato il suo orgoglio di romano a spingerlo a parlare così. Sembrava che a lei non dispiacesse; ma non era convinta, e il padre sarebbe stato ancor più difficile da persuadere.

« Non ho mai conosciuto nessuno che mi piacesse quanto te », confessò Eilan. « E in così poco tempo. Neppure io capisco », ammise. « Tuttavia mi sembra di conoscerti fin dall'inizio del mondo. »

« Forse è davvero così », disse Gaio, quasi in un sussurro. Per un momento si sentì innocente quanto la ragazza che teneva fra le braccia.

« Alcuni filosofi greci », proseguì, « credono che ogni anima torni a incarnarsi più volte per completare la propria missione sulla terra, e sappia riconoscere coloro che ha amato od odiato nelle altre vite. È possibile che il destino di un'altra vita ci abbia fatti avvicinare. » Mentre pronunciava quelle parole si stupiva di se stesso. Com'era possibile che lui, Gaio Macellio Severo, parlasse così a una donna? Ma Eilan non era una donna qualunque; e lui, in tutta la sua vita, non aveva mai provato un trasporto così intenso. Per la prima volta, il sentimento che nutriva per una ragazza era quasi mistico, qualcosa che non sapeva spiegare.

« È anche l'insegnamento dei druidi », disse Eilan. « I nostri Sacerdoti più grandi hanno vissuto molte volte su questa terra, come cervi e salmoni e cinghiali, per poter comprendere tutto ciò che vive; e spesso rinascono anche gli eroi la cui vita viene stroncata prematuramente. Ma tu e io... » Aggrottò la fronte, e Gaio non riuscì a reggere il suo sguardo limpido. « Una volta ho guardato in una polla e ho visto me stessa con un viso diverso, anche se ero io. Allora ero Sacerdotessa, credo. Ora ti guardo, e non vedo né un romano né un britanno. Il cuore mi dice che eri un grand'uomo fra la tua gente... come un re. »

Gaio arrossì. Quel genere di discorsi lo metteva sempre a disagio. « Ora non sono un re », disse in tono brusco. « E tu non sei una Sacerdotessa. Ti voglio in questa vita, Eilan! » Le prese la mano. « Voglio vederti al mattino quando mi sveglio, e addormentarmi tenendoti fra le braccia. Ho l'impressione che in tutta la mia vita sia mancato qualcosa, e che tu mi abbia risanato! Lo capisci? » Sembrava impossibile che l'indomani dovesse fare ritorno alle legioni e che rischiasse di non vederla più.

Eilan guardò a lungo le fiamme, poi si girò verso di lui. « Prima d'incontrarti, ti ho sognato », disse sottovoce. « Molti, nella mia famiglia, possiedono la seconda vista; e a volte nei sogni io vedo cose che si avverano. Ma questo non l'ho detto a nessuno. Tu sei già al centro del mio cuore. Non so quale potere ci attragga, ma credo di averti amato in passato. »

Gaio si chinò a baciarle il palmo della mano e lei sospirò.

« Ti amo, Gaio. C'è un legame tra noi. Ma non riesco a vedere come potremmo stare insieme... »

Dovrei prenderla adesso, pensò Gaio. Allora sarebbero costretti a farci sposare. Stava per attirarla a sé quando una figura passò fra loro e la luce. Lo spazio intorno ai falò si popolava di gente. Un'occhiata alle stelle gli rivelò che era quasi mezzanotte; e la luna era alta. Dov'erano volate le ore? Con un'esclamazione soffocata, Eilan fece per alzarsi.

« Che c'è? » chiese Gaio. « Che cosa succede? » Sentiva in lontananza grida e risate, ma l'umore della gente che stava intorno a loro era tranquillo e gioioso. Il senso di attesa lo faceva rabbrividire.

« Taci! » mormorò Eilan mentre si alzavano. « Sta arrivando la Dea... »

Al di là del cerchio della luce dei falò i flauti vibravano dolcemente. Eilan rimase immobile. Nel silenzio improvviso, il crepitio del fuoco giungeva chiaramente. Il rogo fiammeggiante s'era ridotto a tizzoni che emanavano una luce costante, smorzata dalla luna in un pallido nitore dorato, differente da qualsiasi altra luce terrena.

Qualcosa brillava al di là di quel cerchio. I druidi biancovestiti si avvicinavano; erano uomini dalle barbe fluenti, inghirlandati di fronde di quercia e con le collane a verga tortile intorno alla gola. Aggirarono i falò seguendo la direzione del sole e si fermarono in attesa. Erano disposti ordinatamente in cerchio come guardie intorno al perimetro di un campo, ma i loro movimenti non avevano la precisione militare appresa da Gaio. Si fermavano semplicemente là dove dovevano stare, come le stelle.

I sonagli d'argento tintinnarono con dolcezza e la tensione nel cerchio diventò più intensa. Gaio batté le palpebre, ma non riuscì a scorgere nulla. Tuttavia c'era qualcosa che si muoveva, una massa d'ombra che avanzava verso di loro. Poi si accorse che erano donne avvolte in drappeggi blu come la notte. Entrarono nel cerchio e si fermarono tutto intorno, con gli ornamenti argentei che tintinnavano, e i volti pallidi e indistinti sotto i veli.

All'improvviso comprese. Erano le Sacerdotesse della Casa della Foresta, le donne sacre che erano sfuggite alla violenza di Mona. Vedere insieme tanti druidi gli faceva accapponare la pelle; e quando guardava le figure delle Sacerdotesse provava terrore e un senso di predestinazione. La sua sorte era legata in qualche modo a quella delle Sacerdotesse della Casa della Foresta? Il pensiero gli agghiacciava il sangue. Strinse più forte la mano di Eilan.

Le ultime tre Sacerdotesse si avviarono verso l'alto sgabello collocato tra i falò. La prima era snella, un po' curva sotto il peso delle vesti, fiancheggiata da una donna alta e da un'altra più tozza. Queste ultime avevano i capelli scuri e portavano ornamenti d'argento. Entrambe erano senza velo, e ciò rendeva visibili le mezzelune blu tatuate sulla fronte. Il primo pensiero di

Gaio fu che la giovane donna più alta sarebbe stata una degna avversaria in un combattimento, mentre, negli occhi della sua compagna, scorgeva una profonda insoddisfazione.

Il gruppo si fermò. Vi fu un breve rito con un bacile d'oro, ma Gaio non lo comprese. Poi aiutarono la Sacerdotessa a sedere sullo sgabello a tre gambe e la portarono alla sommità del tumulo, tra i fuochi. Il suono delle campanelle raggiunse il culmine, quindi cessò.

« Figli di Don, perché siete venuti qui? » chiese la donna alta, chiamando i presenti nel nome della mitica antenata delle tribù.

« Noi chiediamo la benedizione della Dea », rispose uno dei druidi.

« Allora invocatela! »

Due donne gettarono manciate di erbe sulle braci. Gaio dilatò le narici quando il fumo profumato salì turbinando e riempì l'aria d'una foschia lucente. Era abituato all'incenso, ma non aveva mai provato quello strano senso di oppressione. Avrebbe giurato che il tempo stesse per cambiare, eppure il cielo era sereno.

Intorno a lui il sussurro stava diventando un mormorio di molte voci, un brusio d'invocazioni. Sentiva i druidi che salmodiavano, e gli pareva che sotto i suoi piedi la terra vibrasse in risposta. Ebbe di nuovo paura. Guardò Eilan e vide che il suo sguardo estatico era fisso sulle tre figure in mezzo ai fuochi.

La donna velata gemette e barcollò.

È come la Sibilla, pensò Gaio. O come la Pizia di Delfi, di cui mi parlava il mio istitutore. Ma non si sarebbe mai aspettato di poter assistere di persona a una scena simile. Il canto divenne più intenso. All'improvviso la donna velata restò immobile e le altre due indietreggiarono. Gaio trattenne il respiro, perché la Sacerdotessa sembrava diventata più alta. Si raddrizzò e si voltò come se si guardasse intorno. Poi rise sommessamente e scostò il velo.

Gaio aveva sentito dire che la Somma Sacerdotessa di Vernemeton era vecchia: ma quella donna era di una bellezza fulgida e i suoi gesti avevano un'energia travolgente. Il cinismo romano lo abbandonò e in lui ebbe la meglio il sangue materno. È vero... tutte le leggende sono vere... la Dea è presente...

«Io sono la terra verde che vi culla, sono il grembo delle acque», disse la Sacerdotessa con una voce che sembrava parlargli all'orecchio. «Io sono la luna candida e il mare di stelle. Sono la notte da cui nacquero le prime luci. Io sono la madre degli dei, io sono la vergine, io sono il serpente tenebroso che inghiotte ogni cosa. Mi vedete? Mi desiderate? Mi accettate?»

«Noi vediamo...» risuonò il mormorio di risposta. «Noi ti vediamo e adoriamo...»

«Rallegratevi, allora, perché la vita può continuare. Cantate, danzate, banchettate e fate l'amore, e avrete la mia benedizione: il bestiame si riprodurrà e il grano crescerà.»

«Signora!» esclamò all'improvviso una voce di donna. «Hanno portato il mio uomo alle miniere e i miei figli sono alla fame. Che cosa devo fare?»

«Hanno preso mio figlio!» gridò un uomo, e altri gli fecero eco. «Quando ci libererai dai romani? Quando volerà la freccia di guerra?» Si levò un vocio di protesta e Gaio si tese; sentiva l'agitazione nell'aria. Sarebbe bastato che Eilan dicesse una parola perché lo facessero a pezzi. Ma quando la guardò vide che aveva gli occhi lucidi di lacrime.

«Siete miei figli, voi che ascoltate il grido di vostra sorella e non provvedete a lei?» I drappeggi scuri volteggiarono quando la Dea si girò. «Abbiate cura l'uno dell'altro! Nei volumi arcani dei cieli io ho letto il nome di Roma, e su quel rotolo ho visto che quel nome significa *Morte*! Roma cadrà, ma non spetta a voi decidere la sua sorte. Ho detto. Ascoltate ora la mia parola!

«Ricordate il cerchio della vita. Tutto ciò che perdete lo ritroverete un giorno, e ciò che vi è stato tolto sarà restituito. Ecco, io invoco la potenza del cielo, perché il mondo si rinnovi!»

La Sacerdotessa levò le mani nel chiaro di luna, e Gaio ebbe l'impressione che il chiarore divenisse più intenso, fino a oscurarne la figura. Le altre Sacerdotesse incominciarono a cantare:

Sui sacri alberi antichi,
spargi la tua luce argentea;

mostra il tuo volto affinché lo vediamo
risplendere svelato nella notte...

Gaio rabbrividì. Non aveva mai immaginato che le voci femminili potessero essere tanto belle. Per un momento il mondo intero parve sprofondare in un silenzio incantato; poi le braccia della Somma Sacerdotessa si tesero. Le due assistenti si voltarono sui due lati e nello stesso momento i falò divamparono furiosamente. Avevano gettato qualcosa tra le fiamme? Non riusciva a vedere... e quasi non riusciva a pensare, perché tutti gridavano.

«Danzate!» La voce della Dea si levò su tutti gli altri suoni. «Rallegratevi, riceverete la mia estasi!» Per un momento s'inarcò verso l'alto, con le braccia spalancate come per abbracciare il mondo. Poi si accasciò fra le braccia della Sacerdotessa più alta.

Ma Gaio non vide ciò che accadde dopo perché qualcuno lo urtò. Strinse più forte la mano di Eilan e sentì che l'altra mano gli veniva afferrata da uno sconosciuto. I tamburi rullarono. Si mossero; l'intero cerchio si mosse, e nel mondo non c'era più nulla tranne il ritmo dei tamburi. E mentre quel rullo lo trascinava avanti, scorse Cynric e Dieda dall'altra parte del cerchio, e gli parve che il viso di Dieda brillasse di lacrime.

Molto più tardi, o almeno così gli sembrò, la danza ebbe fine e Cynric e Dieda li raggiunsero. Ma, appena l'estasi cessò, la disperazione impedì loro di chiedersi di che cosa avessero parlato Gawen ed Eilan in quella vigilia di Beltane. Era ormai molto tardi quando arrivarono alla casa di Bendeigid; nessuno sembrava sospettare che i quattro giovani non avessero trascorso tutto il tempo insieme. Gaio era lieto che fosse così... Era meglio per lui chiedere la mano di Eilan da Deva, con l'appoggio dell'autorità del padre, anziché lasciar sospettare al druido che gli aveva compromesso la figlia finché era ancora in suo potere.

Ma, se fosse stato il corteggiatore riconosciuto di Eilan, gli avrebbero almeno permesso di vederla per accommiatarsi.

Rheis aveva deciso che quel giorno fosse dedicato alle pulizie, e tutte le donne erano impegnate nel lavoro. Così, Gaio aveva soltanto la promessa di Rheis di riferire il suo saluto e una fuggevole visione dei capelli luminosi di Eilan per farsi animo mentre prendeva la strada per tornare a Deva e al mondo di Roma.

6.

MACELLIO SEVERO, *praefectus castrorum* della Seconda Legione Ausiliaria a Deva, era un uomo che stava entrando allora nella mezza età, alto e maestoso, e sapeva nascondere una collera formidabile sotto una calma apparente. Ma la sua mitezza era ingannevole. Sebbene fosse imponente, non urlava mai, parlava con garbo quasi come un erudito, e ogni tanto quanti non lo conoscevano bene si lasciavano indurre a giudicarlo inefficiente.

La superficiale mitezza era un utile strumento per la posizione che occupava: prefetto dell'accampamento di Deva. Oltre a essere il responsabile del campo, svolgeva compiti di collegamento anche fra la legione e il popolo; non rispondeva delle sue azioni al comandante della legione, ma soltanto al governatore della provincia e al *legatus juridicus* di recente istituzione; tuttavia, poiché il governatore combatteva in Caledonia e il legato giuridico era di stanza a Londinium, ciò significava che, in quel lontano avamposto, la sua parola era legge. Per fortuna andava d'accordo con il comandante dei legionari, sotto il quale aveva prestato servizio in diverse campagne molto tempo prima, e che aveva incoraggiato i suoi sforzi per raggiungere i requisiti finanziari necessari per entrare nella classe equestre, il ceto medio che costituiva la spina dorsale dell'amministrazione romana.

Macellio Severo assicurava provviste e razioni all'intera legione, dirigeva gli acquartieramenti e fungeva da ufficiale di collegamento generale tra l'esercito e la popolazione, sia romana sia britannica. Rappresentava inoltre, in teoria, gli interessi della popolazione civile. Quando requisiva derrate per le legioni, era tenuto a fare in modo che quanti le fornivano restassero con viveri e uomini sufficienti per non essere spinti alla rivolta. Perciò la gestione effettiva delle terre dell'Ordovia intorno a Deva dipendeva da lui, almeno in tempo di pace, assai più che dal comandante della legione.

Il suo ufficio, piccolo e austero e costruito con una rigorosa economia di spazio, ospitava un afflusso quotidiano di personale militare e di civili, che venivano a sottoporgli una lunga serie di lagnanze, richieste e petizioni. A volte Macellio, nonostante la sua imponenza, sembrava messo fisicamente in un angolo.

Quella mattina aveva quasi terminato di sbrigare gli affari quotidiani. Seduto su uno scanno pieghevole, guardava accigliato un rotolo di pergamena che teneva sulle ginocchia e fingeva di ascoltare con pazienza un cittadino grasso ed effeminato, avvolto in una toga romana, che parlava ininterrottamente e sembrava non avere intenzione di concludere. Macellio avrebbe potuto interromperlo in qualunque momento, ma per la verità non aveva ascoltato neppure una parola su venti. Leggeva l'elenco dei rifornimenti. Sarebbe stata una scortesia allontanare un postulante per studiare una lista; non gli costava nulla lasciare che l'uomo parlasse mentre lui continuava a leggere. Comunque, aveva udito abbastanza per capire che Lucio Varullo ripeteva sempre la stessa cosa con un gran numero di variazioni retoriche.

« Sicuramente non vorrai che mi rivolga al legato, Macellio », continuò querula la voce in falsetto. Macellio arrotolò l'elenco e lo posò. Aveva ascoltato abbastanza.

« Naturalmente puoi farlo, se vuoi », rispose in tono blando. « Ma non credo che ti darà ascolto, anche se trovasse un po' di tempo da dedicarti. » Conosceva bene il suo comandante. « Devi ricordare che sono tempi agitati. Certi sacrifici... »

L'uomo sporse il labbro inferiore in segno di protesta. « No, no, naturalmente », disse agitando una mano in un gesto lezioso. « Mio caro amico, nessuno, proprio nessuno, se ne rende conto più di me. Ma come posso coltivare i miei campi e i miei orti se tutti gli uomini della zona sono stati reclutati? La pace e il benessere dei cittadini di Roma dovrebbero venire al primo posto. Sono stato costretto a ordinare ai miei giardinieri di curare i filari di rape! Dovresti vedere come sono ridotti i miei fiori! » concluse in tono lamentoso.

« Per la verità », ribatté con noncuranza Macellio, « non sono io il responsabile del reclutamento forzato degli indigeni. » Imprecò fra sé contro l'imperatore che aveva esteso la cittadinanza romana agli sciocchi come quello. « Mi dispiace, Lucio », proseguì. Mentiva, e la cosa non lo angustiava affatto. « Ma al momento non posso far nulla per te. »

« Oh, mio caro, devi fare qualcosa. »

« Ascolta », disse laconicamente Macellio, « tu stai rincorrendo il cavallo sbagliato. Rivolgiti al legato, se vuoi, e vedrai come ti risponderà. Temo che non avrà la mia pazienza. Importa schiavi dalla Gallia, oppure offri salari migliori. » Oppure, pensò, armati di forcone e va' a smaltire un po' del grasso che ti ritrovi addosso. « Ora scusami, ma questa mattina ho molto da fare. » Riabbassò lo sguardo sul rotolo e tossì con discrezione.

Varullo fece per protestare, ma Severo s'era già rivolto al suo segretario, un giovane dall'aria malinconica. « Ora a chi tocca, Valerio? »

Quando Varullo uscì borbottando, Valerio fece entrare un mandriano che aveva venduto bestiame alle legioni. Con il berretto in mano, in un latino incerto pregò il prefetto di perdonarlo per il disturbo, ma le strade erano insidiate dai banditi...

Macellio gli parlò correntemente nel dialetto siluriano. « Parla, uomo. Che cosa ti preoccupa? »

Il campagnolo raccontò la sua storia: era stato ingaggiato per portare le sue bestie fino alla costa ma temeva di essere assalito da ladri e grassatori, le bestie appartenevano già alla legione, ed era un pover'uomo che non poteva sopportare una perdita tanto grave...

Macellio alzò una mano. « Sta bene », disse gentilmente. « Vuoi una scorta militare. Ti darò una lettera per uno dei centurioni. Provvedi, Valerio. » Fece un cenno al segretario. « Prepara una lettera per Paolo Appio e digli di far scortare il bestiame di quest'uomo. No, tu non scusarti: siamo qui per questo. »

Quando il mandriano uscì, Macellio soggiunse, irritato: « E Paolo che ci sta a fare? Perché, in nome del cielo, tutti questi fastidi vengono scaricati su di me? Qualunque decurione avrebbe potuto occuparsene! » Respirò profondamente per ritrovare la calma. « Bene, ora fa' entrare un altro. »

Toccava a un britanno, Tascio, venuto a vendere un quantitativo di segale. Macellio fece una smorfia. « Non lo riceverò: l'ultimo carico che ci ha venduto era marcio. Ma ne abbiamo bisogno: i cereali scarseggiano. Ascolta: offri a quel truffatore la metà della somma che chiede e, prima di firmare l'autorizzazione per il pagamento, fa' venire mezza dozzina di cucinieri delle mense per controllare. Se la merce è marcia o muffita, ordina di bruciarla: farebbe male agli uomini; se invece è buona, paga la cifra concordata. Se Tascio protesta, minaccia di farlo frustare per aver imbrogliato la legione. Sestillo mi ha riferito che l'ultima volta cinque uomini sono rimasti avvelenati da quella robaccia. Se l'uomo continuasse a fare storie, passalo ad Appio. Io presenterò un reclamo alla curia dei druidi, e quello che gli capiterà sarà anche peggio. A proposito: se questo carico è marcio, mettilo sulla lista nera e ordinagli di non farsi più vedere. È chiaro? »

Valerio, con un'aria più mesta che mai, annuì. Nonostante l'aspetto, era molto efficiente. Mentre stava per andarsene, Macellio sentì l'incongrua voce di basso esclamare in tono sorpreso:

« Salute, giovane Severo. Sei tornato? »

E una voce nota rispose: « Salute, Valerio. Ehi, attento, il braccio mi fa ancora male. C'è mio padre? »

Macellio si alzò tanto precipitosamente da rovesciare la sedia. « Gaio! Mio caro figliolo, ero preoccupato per te! » Girò intorno allo scrittoio e lo strinse fra le braccia. « Che cosa ti ha trattenuto così a lungo? »

« Sono tornato appena ho potuto », si scusò Gaio.

Macellio lo sentì trasalire quando lo strinse più forte e lo lasciò. « Che cos'è successo? Stai male? »

« Non proprio. Sono quasi guarito. Sei occupato, padre? »

Macellio si guardò intorno. « Non c'è nulla che Valerio non possa sbrigare al mio posto. » Guardò con aria di disapprovazione gli indumenti polverosi del figlio e disse: « È necessario che tu vada in giro per il campo vestito come un liberto o un indigeno? »

Gaio strinse le labbra, come se il termine « indigeno » l'avesse punto sul vivo. Ma rispose in tono deciso: « È meno pericoloso viaggiare in questo modo ».

Macellio sbuffò, ma sapeva che era la verità. « Bene, non potevi almeno fare un bagno e vestirti in modo decente prima di presentarti a me? »

«Credevo che fossi preoccupato, padre», si risentì Gaio. «Ho ritardato il rientro di un paio di giorni. Con il tuo permesso, andrò a lavarmi e cambiarmi. In questa settimana ho fatto soltanto un bagno nel fiume.»

«Non avere tanta fretta», disse Macellio. «Vengo con te.» Posò la mano sull'avambraccio del figlio e lo strinse senza parlare. Quando Gaio era lontano temeva sempre che non tornasse; non sapeva perché fosse così, dato che il giovane era sempre stato autosufficiente. Si era allarmato nel vedere la fasciatura al braccio. «Dimmi: che cos'è successo? Perché quelle bende?»

«Sono caduto in un trabocchetto per cinghiali», disse Gaio. «Uno dei pali acuminati mi ha trapassato la spalla.» Macellio impallidì e Gaio lo rassicurò: «Ormai sono quasi guarito: non mi fa male se non urto qualcosa. Entro sei settimane potrò usare di nuovo la spada».

«E come...?»

«Come ne sono uscito?» Il giovane fece una smorfia. «Certi britanni mi hanno trovato e curato fino a quando non mi sono rimesso in piedi.»

Il viso di Macellio tradiva i sentimenti che non poteva esprimere. «Spero che li avrai ricompensati in modo adeguato.» Ma Gaio sembrò comprendere la sollecitudine che lo animava.

«Al contrario, padre. Mi è stata offerta ospitalità in un modo molto generoso, e io l'ho accettata.»

«Capisco.» Macellio non insistette. Gaio tendeva a essere suscettibile quando c'era di mezzo il suo sangue britannico.

Nei bagni militari che sorgevano all'esterno del recinto, Macellio sedette su una sedia bassa mentre Gaio veniva spogliato e ripulito dagli inservienti. Quando ebbe mandato il suo schiavo a casa per prendere indumenti puliti, Macellio si chiese che cosa avesse fatto il figlio in quel periodo. Era diverso: c'era qualcosa che non si spiegava con la ferita. Per un momento rimpianse di non essere alle prese con quei problemi quotidiani che poteva risolvere facilmente.

Poi Gaio uscì dal bagno con una corta tunica di lana, i capelli bagnati che gli scendevano sulla schiena. Fece chiamare uno schiavo tonsore e, mentre quello accorciava i riccioli ribelli secondo i canoni militari e radeva la barba nascente, Gaio raccontò la sua avventura. Era chiaro che stava omettendo qualcosa, pensò Macellio. Perché Clotino Albo non aveva segnalato l'incidente? Tuttavia era grato perché gli veniva risparmiato il fastidio comportato dalle irregolarità.

« Dovresti far vedere il braccio a un medico militare », disse semplicemente alla conclusione del racconto.

Gaio protestò, irritato: « Sto abbastanza bene ». Macellio insistette, e dopo un po' il vecchio Manlio venne a sfasciare il braccio di Gaio, e lo esaminò e tastò fino a quando il giovane non impallidì, incominciando a sudare. Poi sentenziò in tono solenne che il braccio era guarito bene, come se fosse stato lui stesso a curarlo dall'inizio.

« Potevo dirtelo io », mormorò il giovane, evitando lo sguardo del padre.

Bene, pensò Macellio, sa che è meglio non discutere con me...

Gaio rimase disteso e lasciò ricadere la mano sana dopo aver tentato inutilmente di fissare la tunica. Tuttavia sorrise quando Macellio sistemò la fibula, e gli prese la mano.

« Ti avevo detto che stavo bene, mio vecchio stoico », disse bruscamente.

Macellio pensò: è un bel giovane, chissà che cosa avrà combinato. Bene, ha diritto alla sua parte di follia, anche se è meglio non farglielo sapere... Si schiarì la gola. Era una fortuna che a quell'ora nel bagno non ci fosse nessun altro.

« Dunque, quale giustificazione puoi dare per il ritardo con cui sei tornato dalla licenza, figliolo? »

Gaio indicò il braccio.

« Capisco. Non potevi viaggiare con quella ferita; ne parlerò a Sestilio. Un'altra volta bisognerà tenere conto degli incidenti. Ma tu non sei un cucciolo patrizio che può stare in ozio. Tuo nonno era un contadino di Taranto e io ho dovuto faticare molto per arrivare fin qui. Gaio, che ne diresti di non tornare a Glevum? »

« Vuoi dire che potrebbero processarmi perché sono rientrato in ritardo dalla licenza a causa della ferita? » Sembrava così sconvolto che Macellio si affrettò a tranquillizzarlo.

«No, no. Non è questo che intendevo. Volevo dire... ti piacerebbe diventare un mio collaboratore? Ho bisogno di qualcuno che mi aiuti e, quando ne ho parlato con il governatore mentre andava al nord, ha consentito a fare un'eccezione e a lasciare che tu presti servizio ai miei ordini. È ora che cominci a presentarti ai miei conoscenti di qui. La provincia è in fase di crescita, Gaio, e l'intelligenza e l'energia possono portare un uomo molto lontano. Se io sono entrato nella classe equestre, un gradino solo al di sotto della nobiltà, chi sa fin dove potrai arrivare tu?»

Vide il turbamento negli occhi del figlio e si chiese se soffriva. Il giovane tacque a lungo prima di rispondere. «Non ho mai capito perché sei rimasto in Britannia, padre. Non avresti fatto carriera più in fretta se fossi stato disposto ad andare altrove? L'impero è molto grande.»

«La Britannia non è il mondo», osservò Macellio. «Ma mi piace.» Assunse un'espressione grave. «Una volta mi hanno offerto un posto di legato giuridico in Spagna. Avrei dovuto accettare, per il tuo bene.»

«Perché in Spagna, padre? Perché non in Britannia?» Appena ebbe formulato la domanda, Gaio parve accorgersi che era stato un errore. Macellio s'irrigidì.

«L'imperatore Claudio era così impegnato nei suoi tentativi di riforma in patria, dal senato alle monete e fino alla religione di stato, che non si decise mai a riformare le leggi militari», spiegò, «e gli imperatori venuti dopo di lui sembravano convinti che, quale conquistatore ufficiale della Britannia, sapesse ciò che faceva.»

«Non capisco, padre.»

«Ho visitato Roma un'unica volta», chiarì Macellio. «E Londinium somiglia alla Roma che mi è stato insegnato a onorare, più della Roma quale è oggi. L'impero ha gravissimi problemi, Gaio, e questo non dovrebbe sorprenderti.» Aggrottò la fronte, poi, come per un improvviso scatto di nervi, si rivolse allo schiavo che stava in piedi accanto a loro e ordinò: «Portaci qualcosa da mangiare, e non restare lì a guardarci».

Quando rimasero soli riprese il discorso. «Quanto sto per dirti ora mi rende sostanzialmente un traditore: quando avrò finito di parlare, dimentica ciò che ho detto. Chiaro? Ma quale ufficiale della legione ho una certa responsabilità. Se mai vi sarà una riforma, forse dovrà venire dalle province come la Britannia. Tito... è un discorso pericoloso... Tito è animato dalle migliori intenzioni, ma sembra deciso ad aumentare la propria popolarità più che a governare l'impero. Suo fratello Domiziano è efficiente, ma ho sentito dire che l'ambizione potrebbe avere la meglio sulla sua pazienza. Se sarà lui a ereditare la carica suprema e diventerà imperatore, quel poco potere che resta ancora al senato e al popolo di Roma potrebbe scomparire.

« Io vorrei far avanzare la mia famiglia secondo l'usanza antica, servendo lo stato e ottenendo posti di prestigio, una generazione dopo l'altra », continuò Macellio. « Mi hai chiesto perché sono rimasto in Britannia. Giulio Classico ha tentato di creare un impero gallico meno di dieci anni fa. Dopo averlo schiacciato, Vespasiano decretò che gli ausiliari non potevano essere utilizzati nel territorio dov'erano nati e che i legionari dovevano provenire da tutto l'impero. Ecco perché ho faticato tanto per ottenerti il permesso di prestare servizio in Britannia e perché forse sarebbe stato più opportuno cercare di far fortuna in Spagna o in qualche altro luogo. La peggior paura di Roma è che le nazioni assoggettate possano insorgere... »

« Ma tu mi hai insegnato a venerare le antiche virtù di Roma. Che cosa vuoi, padre, dato che parliamo francamente, e che cosa temi? »

Macellio scrutò il volto levigato del figlio, alla ricerca di una traccia della rude forza paterna. C'era forse una somiglianza nella linea energica della mascella, ma il naso del ragazzo era celtico, corto e quasi rincagnato, come quello della madre. Non c'era da stupirsi se gli era sembrato un britanno quando era entrato nella stanza. È debole, si chiese, oppure è soltanto giovane? E poi: a chi è fedele, in realtà?

« Il caos », disse laconicamente. « Il mondo sottosopra. Il tempo del quadrumvirato o della Regina Assassina. Tu non lo puoi ricordare, ma nell'anno in cui nascesti a noi sembrava che il mondo stesse per finire. »

« Pensi che la ribellione romana e quella britanna siano egualmente pericolose? » chiese Gaio.

«Hai letto Valerio Massimo?» esclamò all'improvviso Macellio. «Se non l'hai fatto, leggilo: ce n'erano due copie qui nella biblioteca dei legionari. È un libro scandaloso che non avrebbe dovuto essere scritto. Per poco non costò la vita all'autore, al tempo di Nerone, e non mi sorprende. Incominciò a scriverlo ai tempi del divo Tiberio, ma fece alcune osservazioni calzanti su alcuni degli imperatori che vennero dopo di lui... Disse che alcuni di loro erano fallibili come gli dei... be', come lo sono sempre gli dei, questo non è un tradimento... almeno oggi. Ma in sostanza lui afferma che persino un pessimo imperatore è preferibile a una guerra civile.»

«Ma hai detto che forse la riforma dovrà venire dalle province...»

Macellio fece una smorfia. Al ragazzo, almeno, non faceva difetto la memoria.

«La riforma, non la ribellione... Ricorda, ho detto anche che oggi Londinium è ciò che era Roma un tempo. Le antiche virtù romane sopravvivono nelle province, lontano dalla corruzione che circonda l'imperatore. Sotto molti aspetti, le tribù di qui somigliano alla gente della campagna in cui sono nato. Se offri loro il meglio della cultura romana, forse la Britannia potrà diventare ciò che avrebbe dovuto essere Roma.»

«Perciò sposasti mia madre?» chiese Gaio nel silenzio che seguì.

Macellio lo guardò e batté le palpebre. Rivide il volto delicato e i capelli scuri di una giovane donna, ricordò come cantava mentre si passava il pettine di corno tra i riccioli folti, ricchi di riflessi rossi nella luce del fuoco. Moruadh... Moruadh... perché mi hai lasciato solo?

«Forse era una delle ragioni», rispose alla fine. «E forse era giustificata. A quei tempi speravamo di unire i nostri due popoli. Ma non erano ancora apparsi Classico... e Boudicca. Forse potrà ancora accadere, ma ci vorrà molto più tempo, e per sopravvivere bisognerà essere più romani dei romani.»

«Che cos'hai sentito dire?» chiese Gaio aggrottando la fronte.

«L'imperatore Tito è ammalato. Questo mi preoccupa. È ancora giovane. Potrebbe morire di morte naturale, ma dopo di lui... chissà? Non mi fido di Domiziano. Un consiglio, figlio mio: cerca di vivere evitando di attirare l'attenzione di un principe. Sei ambizioso?»

«Gli dei non vogliano», disse Gaio.

Tuttavia Macellio aveva visto il lampo d'orgoglio nei suoi occhi. Bene, l'ambizione non era un sentimento negativo in un giovane, purché fosse ben orientata. Rise, brevemente. «Comunque, è ora di muovere un altro passo per l'avanzamento della famiglia. Nulla che preoccupi l'imperatore... Ma ormai hai diciannove anni, no? È tempo che ti sposi.»

«Compirò vent'anni fra poche settimane, padre», disse Gaio in tono sospettoso. «Hai in mente qualcuna?»

«Immagino che tu sappia che Clotino, sì, il vecchio pidocchio, ha una figlia...» incominciò Macellio, e si interruppe quando il figlio scoppiò in una risata.

«Gli dei non vogliano! Ho dovuto in pratica cacciarla a pedate dal mio letto quando ero ospite del padre.»

«Clotino diventerà uno degli uomini più importanti della provincia, anche se è un britanno. Se scegliessi sua figlia, l'accetterei volentieri... ma non se è così impudica. Mio padre era soltanto un plebeo, ma poteva dire il nome di tutti i suoi antenati. L'onore della famiglia impone che i tuoi figli siano davvero tuoi.»

Macellio alzò gli occhi quando lo schiavo ricomparve sulla soglia con un vassoio di gallette e il vino. Versò, porse una coppa a Gaio e bevve un sorso abbondante prima di riprendere a parlare.

«Ecco una proposta che potrebbe piacerti di più. Forse non lo ricordi, ma quand'eri bambino combinammo un fidanzamento fra te e la figlia di un vecchio amico, Licinio, che oggi è procuratore.»

«Padre», l'interruppe Gaio, «gli hai parlato di recente? Spero che non avrai spinto le cose troppo avanti...»

Macellio lo fissò socchiudendo le palpebre. «Perché? C'è qualche altra ragazza che ti piace? Non va bene, lo sai. Un matrimonio è un'alleanza sociale ed economica. Lasciati guidare da me, figliolo; le infatuazioni sentimentali non durano.» Aveva notato il rossore che scuriva la carnagione del figlio.

Gaio bevve un altro sorso di vino. «C'è una ragazza; ma non è solo desiderio ciò che provo per lei. Le ho proposto di sposarmi», disse con calma.

«Come? Chi è?» scattò Macellio, e si voltò a fissarlo.

«La figlia di Bendeigid.»

Macellio posò la coppa rumorosamente.

«Impossibile. È un proscritto e, se non sbaglio, è anche un druido. Di nobile famiglia, quindi non dirò nulla contro la ragazza: ma questo peggiora la situazione. Questo genere di matrimoni...»

«Come il tuo», l'interruppe Gaio.

«Per poco non ha rovinato la mia carriera! La tua ragazza può essere una donna ammirevole quanto tua madre, ma un matrimonio sbagliato è più che sufficiente per una famiglia», esclamò Macellio. Moruadh, perdonami, gridò il suo cuore. Ti amavo, ma devo salvare nostro figlio.

«Allora era diverso», continuò in tono più blando. «Dopo la rivolta di Boudicca, un legame con una famiglia britannica che non sia tra le più fedeli sarebbe un disastro. E tu, più degli altri, devi stare attento, perché sei figlio di tua madre. Credi che io abbia sopportato trent'anni nelle legioni solo per vederti gettare tutto al vento?» Versò altro vino nella coppa e bevve. «Non ci sono limiti a ciò che potresti fare se avessi i legami più opportuni, e la figlia del procuratore sarebbe preziosa. La famiglia, dopotutto, è imparentata con la gente Giulia. E intanto, se ti piacciono le avventure, non mancano certo schiave e liberte: ma non pensare alle ragazze britanne», concluse con un'occhiata severa.

«Eilan è diversa... Io l'amo.»

«La tua Eilan è figlia di un druido!» ribatté Macellio. «E in passato Bendeigid è stato accusato di aver incitato gli ausiliari alla rivolta. Non poterono provarlo, e perciò lo bandirono. Fu fortunato se non finì impiccato o crocifisso. Non vorrai comprometterti con la sua famiglia! La ragazza non è incinta, vero?»

« Eilan è innocente come una vestale », rispose Gaio.

« Uhm... non ci scommetterei. Loro non giudicano certe cose dal nostro punto di vista. » Poi, nel vedere che lo sguardo del figlio si oscurava, Macellio continuò: « Non guardarmi così... non dubito di te. Ma, se la ragazza è virtuosa, sarebbe ancora più disastroso darle il tuo cuore. Rassegnati, figliolo. Non è fatta per te ».

« Questo deve deciderlo suo padre, non tu! »

Macellio borbottò: « Ricorda le mie parole: suo padre vedrebbe questo matrimonio come lo vedo io; una grande catastrofe per entrambi. Dimenticala, e pensa piuttosto a qualche brava ragazza romana. Ho una posizione abbastanza elevata, qui, per farti sposare chi vuoi... »

« Purché si chiami Giulia Licinia », ribatté amaramente Gaio. « E se la figlia di Licinio non volesse per marito un uomo che ha sangue britannico nelle vene? »

Macellio scrollò le spalle. « Domani scriverò a Licinio. Se Giulia è una vera romana, vedrà il matrimonio come un dovere verso la famiglia e lo stato. E tu dovrai sposarti prima di gettare il disonore su tutti noi. »

Gaio scosse la testa, ostinatamente. « Vedremo. Se Bendeigid è disposto a concedermi la figlia, sposerò Eilan. Le ho dato la mia parola d'onore. »

« No, è impossibile », tagliò corto Macellio. « E, soprattutto, se non conosco male Bendeigid, so che reagirà nello stesso modo. » Maledizione, pensò, il problema sta nel fatto che è troppo simile a me. Crede che lascerò perdere? Forse il ragazzo pensa che suo padre non capisca... i giovani pensano sempre di essere gli unici ad aver mai amato... Ma la verità era che Macellio capiva fin troppo bene. Moruadh era stata come un fuoco acceso nel suo sangue. Ma non era mai stata felice, imprigionata fra le mura di pietra. Le donne romane avevano riso di lei e la sua gente l'aveva maledetta. Non intendeva permettere che suo figlio vivesse con la sofferenza di aver attirato soltanto angoscia sulla donna che adorava.

I premi che Macellio aveva conquistato nelle sue campagne erano stati investiti fruttuosamente, ed egli era abbastanza ricco per vivere negli agi quando si fosse ritirato, ma non per provvedere anche al figlio, a meno che Gaio non facesse carriera. Non avrebbe reso onore a Moruadh se avesse permesso a suo figlio di gettare al vento il proprio futuro.

«Padre», continuò Gaio, in un tono che il padre non aveva mai udito prima. «Amo Eilan, è l'unica donna che sposerò. E, se suo padre non me la darà, Roma non è tutto il mondo, lo sai.»

Macellio aggrottò la fronte. «Non avevi il diritto d'impegnarti. Il matrimonio è una cosa che riguarda le famiglie: se manderò a chiedere la mano di Eilan a nome tuo, lo farò contro ogni mia convinzione.»

«Ma lo farai?» insistette Gaio. E Macellio, controvoglia, si addolcì.

«È impossibile separare un pazzo dalla sua pazzia. Posso mandare un messo a Bendeigid. Ma, quando rifiuterà, non ne parleremo più. Allora scriverò a Licinio e farò in modo di vederti sposato prima del nuovo anno.»

In un certo senso, pensò, erano preferibili i tempi andati quando i padri avevano potere di vita e di morte anche sui figli adulti. La legge esisteva ancora nei codici; ma non contava più. Da secoli nessun padre l'aveva invocata formalmente, e si conosceva troppo bene per pensare di essere il primo a farlo. Ma non sarebbe stato necessario. Il padre di Eilan avrebbe inferto il colpo con maggiore efficienza.

7.

Nei giorni che seguirono la partenza di Gaio il sole fulgido di Beltane si nascose dietro cieli piangenti, come se la stagione avesse deciso di non trasformarsi nell'estate. Eilan si aggirava nella casa come un fantasma. I giorni passavano e Gaio non dava notizie. Poco prima di partire per la Casa della Foresta, Dieda le aveva detto che avrebbe dovuto darsi a Gaio. Se l'avesse fatto, sarebbe stato più o meno probabile che lui la dimenticasse?

Dopotutto le grandi festività facevano storia a sé. La notte in cui erano rimasti vicini a guardare i fuochi era come un sogno di un altro mondo. In quelle occasioni le porte fra i mondi si aprivano, tutto sembrava possibile, persino il matrimonio tra la figlia di un druido e un ufficiale romano. Ma adesso, circondata dagli oggetti e dai suoni familiari della sua casa, incominciava a dubitare di se stessa, del suo amore, e soprattutto di Gawen... o di Gaio, come immaginava di doverlo chiamare.

Il peggio era che nessuno pareva accorgersi della sua sofferenza. Mairi aveva voluto ritornare nella sua abitazione per attendere il ritorno del marito, e Rheis era presa dai lavori estivi. Si sarebbe volentieri confidata con Dieda, ma adesso questa era nella Casa della Foresta, alle prese con i suoi dolori e i suoi rimpianti. I cieli piangevano, il cuore di Eilan piangeva, e sembrava che nessuno se ne curasse.

Finalmente un giorno suo padre la mandò a chiamare. Era seduto accanto al focolare nella sala dei banchetti, e c'erano soltanto ceneri perché, sebbene il cielo fosse grigio e nuvoloso, faceva abbastanza caldo e non era necessario accendere il fuoco. Uno strano miscuglio di collera e di divertimento attenuava la sua severità abituale. « Eilan », disse con dolcezza, « ritengo doveroso fartelo sapere: mi è stata chiesta la tua mano. »

Gaio, pensò Eilan. Lo avevo giudicato male.

« Ma naturalmente non ho potuto accogliere la richiesta. Che cosa sai del giovane che si faceva chiamare Gawen? »

« Che vorresti dire? » Senza dubbio suo padre poteva sentire che il cuore le batteva forte.

« Ti ha confidato il suo vero nome? Ti ha detto che suo padre è Macellio Severo, prefetto dell'accampamento di Deva? »

Ora Eilan scorgeva la collera del padre dietro quella maschera di mitezza. Si sforzò di dominare un tremito, e annuì.

« Almeno non ti ha ingannata. » Bendeigid sospirò. « Ma devi allontanarlo dai tuoi pensieri, figlia. Non hai ancora l'età adatta per sposarti... »

Lei alzò la testa per protestare. Perché non aveva previsto che era probabile che suo padre rifiutasse il consenso, piuttosto che Gaio dimenticasse il proprio amore?

« Posso attendere », mormorò senza trovare il coraggio di alzare gli occhi.

Suo padre continuò: « Non sono abituato a comportarmi da tiranno con i miei figli, Eilan; se mai, sono stato anche troppo tollerante con te. Se mi temessi, non parleresti così. Ma non è possibile, figlia... no, taci », ordinò. « Ho ancora qualcosa da dirti. »

« Che cos'altro c'è? » esclamò Eilan trasalendo quando Bendeigid le strinse il polso con forza. « Hai rifiutato, no? »

« Voglio che tu capisca il perché. » Il tono si addolcì. « Non porto rancore al ragazzo. Se fosse uno dei nostri, sarei lieto di darti a lui. Ma l'olio e l'acqua non si mescolano, non si mescolano il piombo e l'argento, né i romani con i britanni. »

« È romano a metà », protestò Eilan. « La madre apparteneva alla tribù dei Siluri. E, quando è stato nostro ospite, sembrava un britanno. »

Bendeigid scosse la testa. « E questo peggiora la situazione. È il figlio bastardo di un matrimonio per me illegittimo con una donna d'una razza di traditori, perché i Siluri erano traditori prima ancora dell'arrivo dei romani. Rubavano il nostro bestiame e cacciavano di frodo nelle nostre terre. Sarebbe come aggiungere follia a follia darti in moglie al discendente dei nostri antichi nemici. Ne ho accennato ad Ardanos; e anche se lui parla della pace che potrebbe derivarne, come se tu fossi figlia d'una delle nostre regine e Gaio figlio di un Cesare, so che non è possibile. »

Eilan sgranò gli occhi al pensiero che proprio l'arcidruido fosse dalla sua parte. Ma Bendeigid stava ancora parlando.

«Dal tono della lettera, intuisco che Macellio Severo non è più soddisfatto di me. Da un matrimonio simile non deriverebbero altro che conflitti di lealtà per entrambi. Se Gaio è disposto a rinnegare Roma per te, allora non lo voglio come parente. E, se resta fedele alla sua gente, fra i nostri tu saresti una reietta, e questo non lo tollero.»

Eilan non alzò la testa. «Per lui potrei sopportarlo», disse con un filo di voce.

«Sì, credo che saresti pazza fino a questo punto», replicò suo padre in tono aspro. «I giovani sono sempre pronti a sfidare il mondo. Ma il nostro non è sangue di traditori, Eilan. In ogni momento in cui tradissi con lui la tua gente, i corvi del rimorso ti dilanierebbero il cuore in segreto.» Abbassò la voce. «E, soprattutto, anche tutti i tuoi parenti sarebbero costretti a spezzare un legame dopo l'altro.

«Eilan, devi capire una cosa: non ho nulla contro Gawen. È stato ospite nella mia casa, e sarebbe un'esagerazione affermare che mi ha mentito quando nessuno gli ha chiesto il suo vero nome. Se c'è un motivo di risentimento, è per il fatto che ha operato in segreto per metterti contro i tuoi.»

Le parole di Eilan erano appena percettibili: «Si è comportato in modo giusto e onorevole con me e con te».

«L'ho forse negato?» rispose Bendeigid. «Ma chi chiede s'impegna a rispettare la risposta. Mi hanno chiesto onorevolmente la tua mano, e io ho risposto altrettanto onorevolmente. E questo è tutto.»

Con voce soffocata Eilan disse: «Un altro uomo meno onorevole si sarebbe comportato in modo tale che saresti stato felice di sbarazzarti di me».

La collera stravolse la faccia di Bendeigid. Per la prima volta, Eilan ebbe paura di lui. Le diede uno strattone e la colpì, sia pure non molto forte, sulla bocca.

«Basta!» ordinò. «Basta! Se ti avessi schiaffeggiata più spesso quando eri piccola, ora non dovrei farlo per questo tuo discorso svergognato.»

Eilan si lasciò cadere sulla panca quando il padre la scostò da sé. Dieci giorni prima avrebbe pianto nel sentirlo parlare così;

adesso capiva che nulla al mondo avrebbe potuto farle spargere un'altra lacrima.

Bendeigid continuò, con enfasi: «Non sposerai un romano finché io sarò vivo, e neppure dopo, se potrò far rispettare la mia volontà. E, se dovessi dirmi che le cose sono arrivate al punto che devi sposare questo figlio di traditori o darmi un nipote bastardo, in tutta la Britannia nessun uomo mi biasimerebbe se ti annegassi con le mie mani. Risparmiami quel rossore pudico, figlia, non avevi vergogna un momento fa!»

Eilan avrebbe preferito affrontare il padre stando in piedi, ma le ginocchia le tremavano tanto che non poteva alzarsi. «Davvero pensi questo di me?»

«Non sono stato io il primo a parlarne», replicò suo padre. Poi abbassò la voce. «Bambina, bambina, ho parlato spinto dalla collera», ammise. «Sei una buona figlia, e ti chiedo perdono. Ora non parliamone più. Domani andrai al nord: tua sorella Mairi avrà bisogno di avere accanto una parente perché suo figlio nascerà presto, e in questa stagione tua madre ha troppo da fare. Sembra probabile che Rhodri sia stato catturato dai romani quando ha seguito la colonna degli uomini arruolati contro la loro volontà. Quindi, anche se tutto fosse andato diversamente, non sarebbe il momento più adatto per propormi un romano come genero.»

Eilan annuì in silenzio. Bendeigid le passò un braccio intorno alle spalle e disse gentilmente: «Sono più vecchio e più saggio di te, Eilan. I giovani pensano solo a se stessi. Credi che non abbia visto come ti struggi? Pensavo che sentissi la mancanza di Dieda, ma sono adirato soprattutto con quel bastardo per metà romano che ti ha fatta tanto soffrire».

Lei annuì, irrigidita. Si sentiva immensamente lontana. Suo padre aveva detto che un corvo le avrebbe dilaniato il cuore se avesse sposato Gaio, e aveva immaginato che fosse soltanto un'espressione poetica. Ma ora capiva che era la semplice verità, perché la sofferenza che provava era straziante come se il becco d'un corvo le stesse trafiggendo l'animo.

Suo padre sentì quella resistenza ed esclamò, irritato: «Tua madre ha detto la verità: dovresti essere sposata da molto tempo. Quest'inverno ti cercherò un marito, uno dei nostri».

Eilan si svincolò di scatto. I suoi occhi sfolgoravano. « Non posso far altro che obbedirti », dichiarò in tono amaro. « Ma se non posso sposare chi voglio, non sposerò nessuno. »

« Come vuoi », ribatté Bendeigid. « Non cercherò mai di forzarti. Ma fidanzerò Senara prima ancora che metta la cintura di vergine. Non intendo avere un simile scontro con un'altra delle mie figlie! »

La pioggia continuò a cadere per molti giorni, gonfiò fiumi e ruscelli e allagò campi, strade e sentieri. Si avvicinava il momento del parto di Mairi, e la sorte di suo marito era ancora ignota. Aveva ammesso che forse avrebbe fatto meglio a restare sotto il tetto paterno fino al parto; ma con quel tempo sarebbe stato più rischioso viaggiare che rimanere a casa. Perciò fu Eilan che si recò alla dimora della sorella, scortata da due degli uomini del padre.

Anche se la notte piangeva ancora quando pensava a Gaio, era lieta di essere partita. Lì si rendeva utile; sua sorella aveva bisogno di qualcuno con cui parlare, e il nipotino era agitato e confuso perché la madre aveva smesso di allattarlo e il padre era scomparso. Mairi era troppo affaticata per badargli, ma Eilan aveva la pazienza di imboccarlo per ore e ore con un cucchiaio di corno, e quando giocava con lui il piccolo ritrovava un po' di allegria.

La pioggia continuava a cadere e in certi momenti Eilan si domandava se sarebbe rimasta sola ad aiutare la sorella a partorire. Mairi, però, s'era accordata con una Sacerdotessa. « Tutte le donne della Casa della Foresta sono esperte di queste cose, sorella », le fece notare Mairi mentre si massaggiava la schiena che ormai le doleva continuamente. « Non devi preoccuparti. » Era la quarta sera che passava con la sorella, ed Eilan cominciava a sentirsi a casa sua.

« Non sarebbe meraviglioso se mandassero Dieda? »

« È appena entrata nella Casa della Foresta e durante il primo anno non potrà uscire. Hanno promesso che manderanno una delle assistenti di Lhiannon, una donna dell'Ibernia che si chiama Caillean.» Mairi parlava in tono così secco che Eilan si chiese se detestasse la Sacerdotessa; ma pensò che fosse meglio non indagare.

Tre giorni dopo arrivò Caillean: una donna alta, infagottata in scialli e sciarpe che lasciavano scoperti soltanto gli occhi e i capelli scuri. In contrasto con il nero della chioma e delle sopracciglia, la pelle era lattea, e gli occhi erano azzurri. Quando si tolse gli scialli, un soffio di vento portò il fumo dal focolare e la Sacerdotessa incominciò a tossire. Eilan si affrettò a riempire un boccale di birra e gliel'offrì in silenzio.

La Sacerdotessa disse a voce bassa: «Ti ringrazio, figliola, ma non mi è permesso. Posso avere un po' d'acqua?»

«Ma certo», mormorò Eilan arrossendo, e riempì una coppa al barile accanto alla porta. «Forse sarebbe meglio che l'attingessi dal pozzo...»

«No, va bene così», disse la Sacerdotessa. Prese la coppa e la vuotò. «Ti ringrazio. Ma chi è la donna che aspetta un bambino? Tu sei troppo giovane.»

«È Mairi, quella che avrà il bambino», mormorò Eilan. «Io sono Eilan, la secondogenita di Bendeigid. C'è un'altra figlia, Senara, che ha appena nove anni.»

«Il mio nome è Caillean.»

«Ti ho visto a Beltane, ma non conoscevo il tuo nome. Ho pensato che l'assistente di Lhiannon fosse...» S'interruppe, intimidita.

Caillean completò la frase. «Più anziana? Più dignitosa? Sono con Lhiannon da quando mi portò dalle coste occidentali di Eriu. Avevo all'incirca quattordici anni quando arrivammo alla Casa della Foresta, e vivo lì ormai da sedici anni.»

«Conosci la mia parente Dieda?»

«Certamente, ma vive con le fanciulle. Siamo molte, e non tutte siamo dello stesso ordine. Ora che ti vedo, capisco... Ma avremo tempo più tardi. Ora lasciami parlare con tua sorella.»

Eilan la condusse da Mairi, poi si scostò per lasciare sole le due donne. Sentiva la voce sommessa di Caillean che interrogava Mairi e quella voce tranquilla era rasserenante.

Vide che la tensione abbandonava il volto di Mairi e per la

prima volta si accorse che sua sorella aveva avuto paura. Adesso, però, non trasalì quando Caillean le premette il ventre con le mani.

« Credo che il piccino non nascerà oggi, forse neppure domani. Ora riposa, perché avrai bisogno di tutte le forze quando verrà il momento », disse Caillean.

Poi raggiunse Eilan accanto al fuoco. « È vero che suo marito è scomparso? » chiese sottovoce.

« Temiamo che sia stato catturato dai romani », rispose Eilan. « Mio padre mi ha raccomandato di non dirlo a Mairi. »

Lo sguardo di Caillean divenne assorto. « No, non bisogna dirglielo, perché temo che non lo rivedrà più. »

Eilan la fissò, inorridita. « Allora hai saputo qualcosa? »

« Ho veduto i presagi, e non sono fausti. »

« Povera Mairi, povera cara. Come faremo a informarla? »

« Non dirle nulla, per ora », ribadì Caillean. « Glielo dirò io stessa dopo il parto, quando avrà una ragione per vivere: suo figlio. »

Eilan rabbrividì. Era affezionata a Mairi e le sembrava che la Sacerdotessa avesse parlato della morte come parlava della vita, senza sentimento e senza rimpianti. Ma immaginava che per una Sacerdotessa la vita e la morte dovessero significare qualcosa di diverso da ciò che significavano per lei.

« Spero che abbia parenti maschi che possano prendersi cura dell'eredità dei figli », disse Caillean.

« Mio padre non ha figli maschi », spiegò Eilan. « Ma Cynric si addosserà i doveri di un fratello nei confronti di Mairi, se sarà necessario. »

« Non è figlio di Bendeigid? »

« È figlio adottivo. Siamo cresciuti insieme ed è sempre stato affezionato a Mairi. Ora è lontano, nel nord. »

« Ho sentito parlare di Cynric », disse Caillean, ed Eilan si chiese che cosa sapesse, in realtà. « E tua sorella avrà bisogno dei suoi parenti. »

Quella notte arrivò da occidente un altro temporale, ed Eilan, che era sveglia, lo sentì scagliarsi contro la casa come una belva feroce; quando venne il mattino, gli alberi erano ancora scossi dal vento. Ma, anche se qualche manciata di paglia era stata strappata dal tetto, la casa rotonda si limitava a scricchiolare e a tremare a ogni raffica mentre una struttura più rigida sarebbe forse crollata. La pioggia cadeva implacabile; tuttavia Caillean, quando guardò fuori, si mostrò compiaciuta.

«Si parla di razziatori venuti dalla costa», disse quando Eilan la interrogò. «Se tutte le strade sono allagate, non si spingeranno fin qui nell'entroterra.»

«Razziatori?» le fece eco Mairi, impaurita. Ma Caillean non volle ripeterlo; disse soltanto che nominare un male spesso significava attirarlo. Prima di sera il vento si era un po' placato, e solo la pioggia continuava con insistenza, cosicché in quel mondo inondato si udiva soltanto il suono dell'acqua e delle polle e delle cisterne che traboccavano. Per fortuna c'era una buona scorta di legna tagliata e ammucchiata in una baracca accanto alla casa: accesero un bel fuoco e Caillean liberò dai drappi il piccolo strumento musicale che aveva portato con sé, avvilupato come un bimbo. Eilan non aveva mai saputo che ci fossero donne che suonavano l'arpa: da bambina la picchiavano, ogni volta che toccava quella del nonno.

«Oh, sì, tra noi ci sono donne bardo», disse Caillean. «Anche se suono soltanto per il mio piacere. Credo che Dieda potrebbe diventarlo.»

«Non mi sorprende», disse Eilan con una certa malinconia. «Canta in modo splendido.»

«Sei invidiosa, figliola? Vi sono altri doni oltre alla musica, lo sai.» La Sacerdotessa aggrottò la fronte, la scrutò, poi sembrò prendere una decisione. «Sapevi che è stata prescelta al tuo posto per errore?»

Eilan era stupita. Ricordava tutte le volte in cui, durante l'infanzia, aveva giocato a fare la Sacerdotessa, e rammentava soprattutto la visione che aveva avuto quando il manto di Lhiannon aveva avvolto Dieda.

«Non hai mai pensato di diventare Sacerdotessa, piccola?»

Non rispose. Certo, l'aveva sognato a lungo, ma poi aveva conosciuto Gaio. Come poteva essere destinata a diventare

Sacerdotessa, se era capace di provare un simile amore per un uomo?

«Bene, non è necessario che tu prenda subito una decisione», disse Caillean con un sorriso. «Ne parleremo un'altra volta.»

Eilan la fissò e all'improvviso, grazie alla seconda vista, scorse se stessa insieme all'altra donna: levavano le braccia in omaggio alla luna. Ma, sebbene il riconoscimento fosse totale, si rendeva conto con grande stupore che i capelli di Caillean non erano scuri bensì rossi; i loro lineamenti erano quelli di due sorelle, e il suo volto era quello che aveva già visto una volta, riflesso nella polla in mezzo alla foresta. Sorelle... e più che sorelle. Donne... e più che donne... Quelle parole le giungevano da un luogo al di là della memoria.

Poi, trasalendo, ricordò che non aveva mai parlato con Caillean prima del giorno precedente. Ma, com'era accaduto con Gaio, all'improvviso le sembrava di conoscere la Sacerdotessa fin dall'inizio del mondo.

Caillean stava suonando da molto tempo quando Mairi si alzò e gettò un grido, osservando la macchia scura che si allargava sulla gonna. Le altre due la guardarono, sorprese.

«Si sono già rotte le acque?» chiese la Sacerdotessa. «Bene, mia cara, i bambini nascono quando vogliono e non quando fa comodo a noi. È meglio che ti metta a letto. Eilan, va' a cercare il pastore e fagli portare altra legna. Poi attizza il fuoco, riempi il paiolo e fa' bollire l'acqua. Mairi avrà bisogno di un decotto caldo prima che sia tutto finito, e anche noi.»

Come la Sacerdotessa doveva aver previsto, aver qualcosa da fare calmò un po' Eilan. «Ti senti meglio, ora?» le chiese quando la vide tornare. «Spesso ho constatato che è uno sbaglio fare assistere al parto una donna che non ha mai avuto figli; serve solo a spaventarla. Ma, se dovrai venire con noi nella Casa della Foresta, prima o poi dovrai imparare.»

Eilan deglutì e annuì, decisa a dimostrare che la fiducia riposta in lei era giustificata. Durante le prime due ore Mairi si assopì fra una doglia e l'altra, e si svegliò solo poche volte, gridando come nel sonno. Eilan dormicchiava sulla panca accanto al fuoco; era notte fonda e la pioggia s'era ridotta a un picchiettio insistente quando Caillean si chinò su di lei per svegliarla.

« Vieni. Ho bisogno di te. Attizza il fuoco e prepara per Mairi una tazza di decotto. Non so quanto tempo ci vorrà, e mi servirà il tuo aiuto. »

Quando il decotto fu pronto, Caillean si chinò su Mairi che si agitava irrequieta, e le accostò la tazza alle labbra. « Su, bevi. Ti darà forza. »

Ma, dopo qualche attimo, Mairi scosse la testa e contrasse la faccia arrossata.

« Non ci vorrà molto tempo, cara », disse Caillean per incoraggiarla. « Ora non cercare di sollevarti a sedere. »

Mentre Mairi si accasciava ansimante dopo la contrazione, la Sacerdotessa ordinò a voce bassa: « Eilan, bagnale il viso mentre preparo tutto ». Si avvicinò al fuoco e parlò di nuovo a Mairi. « Vedi, ho già pronte le fasce per la piccola, e fra poco la terrai fra le braccia. Oppure pensi che sarà un altro bel maschietto come quello che hai già? »

« Non m'importa », gemette Mairi, ansimando. « Voglio soltanto che... che finisca... ahh... ci vorrà ancora molto? »

« No, naturalmente. Tra poco, Mairi, terrai tuo figlio tra le braccia... Ah, così va bene, ancora un po'... Una contrazione incomincia quando termina l'altra. So che è doloroso, ma significa che la creaturina arriverà presto... »

Eilan era quasi irrigidita per la paura. Mairi non sembrava più lei. La faccia era rossa e gonfia; urlò senza accorgersene. Poi ansimò, inarcò la schiena e puntellò i piedi contro il fondo del letto.

« Non posso... oh, non posso », gridò con voce rauca. Ma Caillean continuava a mormorarle parole incoraggianti. Eilan aveva la sensazione che il travaglio durasse da un'eternità, ma il sole era appena tramontato.

Poi la voce di Caillean cambiò. « Credo che siamo pronte. Lascia che lei ti tenga le mani, Eilan... no, non così. Ai polsi. Ora, Mairi, spingi ancora una volta. So che sei stanca, figliola, ma presto sarà passata. Respira... Così, respira forte, lasciati andare. Ecco, ecco, ora guarda! » Il corpo di Mairi sussultò, e la Sacerdotessa si raddrizzò. Teneva fra le mani un esserino incredibilmente piccolo e rosso che si dibatteva e gemeva. « Guarda, Mairi, hai una bella figlioletta. »

Il viso di Mairi si distese in un sorriso di beatitudine mentre Caillean le posava sullo stomaco la neonata.

« Ah, Signora », mormorò la Sacerdotessa. « Ho visto questo spettacolo tante volte che neppure le ricordo, eppure è sempre un miracolo! »

Il pianto sommesso diventò uno strillo acuto e imperioso, e Mairi rise.

« Oh, Caillean, è così bella, così bella... »

Con svelta efficienza la Sacerdotessa legò il cordone ombelicale e lavò la piccina. Quando Mairi incominciò a liberarsi della placenta, Caillean porse la bimba a Eilan.

Sembrava impossibile che una cosa tanto fragile fosse un essere umano; le mani e i piedi erano esili, la testa era coperta da una morbida lanugine scura. Mentre Mairi sprofondava in un sonno di sfinimento, Caillean appese un amuleto metallico al collo della neonata e incominciò a fasciarla.

« Ora non può essere rubata dagli elfi, e abbiamo vegliato su di lei dal momento della nascita, quindi sappiamo che non è stata scambiata », disse. « Ma neppure il Buon Popolo andrebbe in giro con questa pioggia. Perciò, come vedi, anche un simile diluvio può portare qualcosa di buono. »

Caillean si raddrizzò e vide che il sole rosso incominciava ad affacciarsi tra le gonfie nubi basse, per la prima volta dopo molti giorni.

La bambina era lunga e fragile e i suoi capelli, asciugandosi, erano diventati rossicci.

« Mi sembra così delicata... Credi che vivrà? » chiese Eilan.

« Non so perché non dovrebbe », rispose Caillean. « È stata una fortuna che non ce ne siamo andate la scorsa notte. Pensavo che fosse più sicuro rifugiarci nella Casa della Foresta; ma allora la piccola sarebbe nata sotto un albero o in un campo, e avremmo rischiato di perdere madre e figlia. La mia preveggenza non è sempre infallibile. »

La Sacerdotessa si lasciò cadere pesantemente su una panca davanti al fuoco. «Ecco, è di nuovo giorno; non è strano che mi senta stanca. E senza dubbio fra poco il maschietto si sveglierà e potremo mostrargli la sorellina...»

Eilan teneva ancora in braccio la neonata; ma, quando Caillean la guardò, ebbe l'impressione che fra loro scendesse un velo, come un alito di nebbia fredda giunta dall'Altro Mondo. E mentre la nebbia turbinava, un'angoscia spaventosa agghiacciò le ossa di Caillean: all'improvviso vedeva Eilan più vecchia, avvolta nelle vesti blu della Casa della Foresta, con la mezzaluna azzurra tatuata sulla fronte, come le Sacerdotesse consacrate. Fra le braccia teneva un bambino, e nei suoi occhi Caillean vedeva una tristezza così grande da straziarle il cuore.

Caillean rabbrividì, scossa da quel torrente di dolore, e cercò di battere le palpebre per scacciare le lacrime. Quando tornò a guardarla, vide che la ragazza la fissava sbalordita. Involontariamente la Sacerdotessa si avvicinò di un passo e prese fra le braccia la bimba di Mairi, che frignò sottovoce e subito si riaddormentò.

«Che succede?» chiese Eilan. «Perché mi guardi così?»

«Uno spiffero», mormorò Caillean. «Ci ha agghiacciate tutte e due.» Ma si vedeva bene che le torce di canna bruciavano senza che le fiamme si agitassero. Non sempre la mia preveggenza è infallibile, si disse. Non sempre...

Scosse la testa. «Speriamo che i ruscelli siano ancora intransitabili», disse. Dopo quella visione, anche il pensiero dei razziatori era una distrazione accettabile.

«Perché dici questo, Caillean? Mio padre vorrà certamente venire qui al più presto possibile, e anche mia madre, per vedere la nipotina. Tanto più se, come dici, Mairi è rimasta vedova...»

Caillean trasalì. «Ho detto così? Ecco, senza dubbio il tempo farà ciò che vuole; non ho mai sentito che neppure per volontà del sommo druido abbiamo avuto più pioggia o più sole. Ma non posso fare a meno di pensare che i tuoi parenti non siano gli unici in grado di viaggiare. Vieni», soggiunse. «Dobbiamo riportare la bambina alla madre.» E si avviò verso il letto tenendo la neonata fra le braccia.

8.

Nell'accampamento romano di Deva la pioggia continuava a cadere con insistenza esasperante. Gli uomini restavano nelle camerate, giocavano a dadi o riparavano il materiale sciupato, oppure andavano nella taverna e passavano il pomeriggio bevendo. In quell'umidità onnipresente, Macellio Severo mandò a chiamare il figlio.

«Tu conosci bene il territorio a occidente», esordì. «Credi di poter guidare un contingente lungo le strade che portano alla proprietà di Bendeigid Vran?»

Gaio s'irrigidì mentre il mantello di cuoio oleato lasciava sgocciolare l'acqua sul pavimento. «Sì, padre, ma...»

Macellio intuì ciò che stava per dire. «Non ti chiedo di andare a spiare la casa di un amico, figliolo. Ma nei pressi di Segontium sono stati avvistati razziatori venuti dall'Ibernia. Tutte le case dei britanni della regione saranno in pericolo, quindi lo faccio anche per il loro bene, anche se non credo che la vedranno così. Tuttavia devo mandare una squadra ad accertare che cosa sta succedendo, ed è meglio che sia guidata da un amico anziché da qualcuno che odia i celti, oppure da un idiota appena arrivato da Roma, convinto che i britanni vadano ancora in giro dipinti di blu.»

Gaio arrossì. Detestava la facilità con cui suo padre riusciva a farlo sentire un ragazzino.

«Sono al tuo servizio, padre... e al servizio di Roma», soggiunse dopo un momento. La risposta formale era così cinica che quasi si aspettava una smorfia ironica. Mi sto corrompendo, ma almeno so quando mi comporto da ipocrita. Quando avrò l'età di mio padre mi sarò abituato ad adottare quest'aria di benevola superiorità fino al punto di crederci?

«Oppure temi che ti lascerai trascinare dalla rabbia perché Bendeigid ti ha rifiutato la mano della figlia?» continuò Macellio. «Ti avevo detto che sarebbe andata così.»

Gaio strinse i pugni e si morse le labbra. Non aveva mai vinto un confronto con il padre e sapeva che neppure stavolta aveva speranza di riuscirci. Ma quelle parole erano come sale su una ferita aperta.

«Me l'avevi detto e avevi ragione», convenne a denti stretti. «Scegli la femmina che preferisci, una ragazza con i fianchi larghi e di buona stirpe, anche quella Giulia, se vuoi... E io farò il mio dovere.»

«Sei romano e mi aspetto che ti comporti come tale», disse Macellio in tono più gentile. «Hai agito in modo onorevole e continuerai a farlo. In nome di Giunone, figliolo, la ragazza che ami potrebbe essere in pericolo. Anche se non puoi sposarla, vorrai assicurarti che stia bene e sia al sicuro, no?»

Naturalmente Gaio non poteva rispondere. Ma, mentre salutava e usciva, sentiva lo stomaco torcersi per un terrore che non era ispirato dalla paura fisica.

Forse ho soltanto paura di affrontarli tutti, pensò Gaio mentre il suo piccolo contingente di cavalieri distaccato dalla Legione Ausiliaria varcava la porta della fortezza e scendeva la collina. In un certo senso ho tradito la loro fiducia, dopo che erano stati tanto generosi con me. Durante i momenti confusi in cui aveva scelto gli uomini e preparato la partenza era riuscito a reprimere i suoi sentimenti, ma adesso l'apprensione lo riassaliva.

Aveva visto Cynric una sola volta dopo aver lasciato la casa di Bendeigid... Un giorno, al mercato di Deva, s'era voltato e aveva visto il giovane gigante biondo che discuteva il prezzo d'una spada nel chiosco di un fabbro. Cynric era così assorto che non l'aveva notato; e, contro ogni regola di buona educazione, Gaio s'era allontanato in fretta. Era avvenuto poco dopo che aveva ricevuto la risposta di Bendeigid. Se la famiglia sapeva dell'offerta, per Gaio sarebbe stata una vergogna; e, se non lo sapeva, nel vederlo in uniforme da tribuno romano che cosa poteva pensare Cynric, se non che erano stati traditi?

Si chiese chi avesse scritto in latino la risposta del druido. Gaio aveva bruciato le tavolette di cera, ma le parole gli erano rimaste impresse nella memoria. Il druido riteneva di non poter dargli in sposa la figlia perché questa era troppo giovane e perché Gaio era di discendenza romana.

Aveva deciso di non pensarci più. Dopotutto era un romano, abituato alla disciplina della mente e del corpo. Ma la cosa si stava rivelando più difficile di quanto avesse immaginato. Riusciva a dominare i pensieri durante il giorno; ma la notte precedente aveva sognato ancora una volta che lui ed Eilan navigavano insieme verso occidente a bordo d'una nave bianca. Eppure, anche se vi era all'ovest una terra dove potevano fuggire, non pensava che fosse possibile rapire una ragazza, anche consenziente, e non sapeva neppure se Eilan sarebbe stata disposta a seguirlo. Non aveva intenzione di affrontare i propri parenti, per non parlare di quelli di lei. Non poteva derivarne altro che infelicità per entrambi.

Forse ormai Eilan era fidanzata con un altro, anche se il padre aveva detto che era troppo giovane. A quell'età, molte ragazze romane erano già sposate. Suo padre poteva fare ciò che voleva, e fidanzarlo con chi voleva. Anche la figlia di Licinio era giovane, quindi forse non avrebbe dovuto affrontare la decisione ancora per qualche tempo. Era meglio, si diceva Gaio, smettere di pensare alle donne. Gli dei sapevano quanto aveva tentato. Ma ogni tanto, quando scorgeva, magari in una schiava gallica, un ciuffo di capelli biondi e due occhi grigi, l'immagine di Eilan ritornava a lui così vivida da farlo quasi piangere.

Avrebbe voluto sapere da Cynric come stava la famiglia. Ma quando aveva ritrovato il coraggio il giovane gigante era sparito. E, tutto considerato, forse era meglio così.

Eilan si svegliò all'improvviso, batté le palpebre e cercò di ricordare dov'era. La neonata aveva pianto? Lei aveva sognato? Però Mairi e la piccola dormivano tranquille nel letto al di là del focolare. Quando si mosse, suo nipote Vran si girò nel sonno e le si rannicchiò più vicino. La Sacerdotessa Caillean giaceva immobile contro la parete. Eilan, sul lato del letto più vicino al fuoco, aveva dormito male, d'un sonno inquieto. Se anche aveva sognato non lo ricordava; sapeva soltanto che era sveglia e fissava le braci rosse del fuoco.

Nel buio, Caillean disse sottovoce: «L'ho sentito anch'io. C'è qualcuno, là fuori».

« A quest'ora? » Eilan rimase in ascolto, ma sentì soltanto lo sgocciolare dell'acqua dal tetto e lo sfrigolio delle fiamme.

Tuttavia Caillean disse in tono perentorio: « Non ti muovere ». Scese dal letto e, in silenzio, controllò la sbarra che bloccava la porta. Era ben fissata. Dopo un momento però Eilan udì di nuovo il rumore che l'aveva svegliata e vide la sbarra che si piegava leggermente mentre la porta veniva spinta verso l'interno.

Eilan rabbrividì. Fin dall'infanzia aveva sentito parlare dei razziatori; ma era sempre vissuta nella grande casa di Bendeigid, protetta dagli armati del padre. I due servitori che l'aiutavano nel lavoro dei campi dormivano nell'altra casa; e le abitazioni dei seguaci di Rhodri erano sparse fra le colline.

« Alzati... senza fare rumore... e vestiti in fretta », mormorò Caillean. La porta venne scossa di nuovo ed Eilan obbedì tremando.

« Mio padre ha sempre detto che bisogna nascondersi nel bosco, in caso di razzie... »

« Per noi è impossibile con questa pioggia e Mairi è ancora debole per il parto », mormorò Caillean. « Non muoverti. »

La porta scricchiolò quando qualcuno spinse con maggior forza, e Mairi si svegliò borbottando. Ma Caillean, che si era rivestita, le coprì la bocca con la mano. « Taci, se tieni alla tua vita e a quella dei tuoi figli », mormorò. Mairi si abbandonò con un gemito soffocato; e la bimba, fortunatamente, continuò a dormire.

« Possiamo nasconderci nel magazzino sotterraneo? » sussurrò Eilan mentre la porta vibrava di nuovo. Chiunque fosse all'esterno era deciso a entrare con la forza.

Caillean disse sottovoce: « Rimani qui; e qualunque cosa accada, non gridare ». Andò alla porta. Mairi proruppe in un'esclamazione quando la vide sollevare la sbarra. La Sacerdotessa ribatté: « Sai rimettere insieme la porta dopo che l'avranno abbattuta? Io no ».

Nel momento in cui tolse la sbarra, la porta si spalancò. Dieci o dodici uomini entrarono come portati dal vento e si fermarono quando Caillean gridò una parola che sembrava un comando. Erano imponenti, con i capelli incolti e sciolti sulle spalle, vestiti di pelli e di manti di lana pesante sopra le tuniche a riquadri ancora più colorati di quelle dei britanni. Di fronte a loro, Caillean sembrava snella come un ramo di salice. I capelli scuri le scendevano fino alla vita sulla veste blu e si agitavano leggermente nel vento che entrava dalla porta. Erano l'unica cosa di lei che si muoveva.

Mairi si nascose sotto le coperte e strinse a sé la bambina. Uno degli uomini rise e disse qualcosa che si sentì appena. Eilan rabbrividì. Avrebbe voluto imitare Mairi, ma era troppo agghiacciata dalla paura per muoversi.

Caillean parlò di nuovo con voce tonante e indietreggiò d'un passo verso il focolare. Gli uomini sembravano ipnotizzati dal suo sguardo mentre lei s'inginocchiava e affondava le mani fra le braci. Poi si rialzò e scagliò i tizzoni con entrambe le mani contro gli intrusi. Gridò ancora e i guerrieri sconosciuti arretrarono e se ne andarono. Varcarono la soglia imprecando in uno strano britannico e in un'altra lingua che lei non conosceva, e si urtarono tra loro nella fretta di allontanarsi.

La Sacerdotessa li seguì fino alla porta, rise ed emise alti suoni, simili al verso di un falco. Poi sbatté la porta. Ritornò il silenzio.

Caillean si lasciò cadere sul sedile accanto al focolare ed Eilan, che tremava dalla testa ai piedi, le si avvicinò. « Chi erano? »

« Razziatori. Una banda mista, credo, del nord e del mio paese », disse Caillean. « Per me è una vergogna, poiché sono una donna di Eriu, portata qui da Lhiannon. » Si alzò e incominciò ad asciugare la pioggia che era caduta sul pavimento.

Eilan rabbrividì. « E che cosa gli hai detto? »

« Gli ho detto che sono una *bean-drui*, una druidessa, e che se avessero osato toccare me o una delle mie sorelle li avrei maledetti in nome del fuoco e dell'acqua. Poi gli ho mostrato che ne ho il potere. » Caillean tese le mani. Le dita affusolate che Eilan le aveva visto affondare tra le braci erano candide e indenni. Era tutto un sogno?

Eilan ricordò ciò che Caillean aveva gridato ai razziatori, e chiese in tono esitante: « Sorelle? »

«Per i voti che ho pronunciato, tutte le donne sono mie sorelle.» La Sacerdotessa strinse le labbra. «E ho detto che, se se ne fossero andati via e ci avessero lasciati in pace, li avrei benedetti...»

«Li hai benedetti, dunque?»

«No. Sono lupi feroci della foresta, o anche peggio», rispose Caillean in tono di sfida. «Benedirli? Preferirei benedire un lupo che mi balzasse alla gola.»

Eilan le guardò di nuovo le dita. «Come hai fatto? È stata un'illusione druidica oppure hai preso veramente il fuoco tra le mani?» Cominciava a domandarsi se gli occhi non l'avessero ingannata.

«Oh, era tutto vero.» Caillean proruppe in una breve risata. «Chiunque abbia la mia preparazione sarebbe in grado di farlo.»

Eilan la guardò, stupita. «Anch'io?»

«Se ti venisse insegnato, certamente», disse Caillean con una sfumatura d'impazienza. «Se ne avessi la fede e la volontà. Ma ora non posso mostrartelo. Forse nella Casa della Foresta, se verrai.»

In quel momento Eilan comprese a quale destino erano scampate, e si lasciò cadere sul sedile accanto alla Sacerdotessa. «Ci avrebbero... ci avrebbero...» mormorò tremando. «Ti dobbiamo la vita.»

«Oh, non credo», disse Caillean. «Una donna che ha appena partorito rappresenta una misera preda persino per uomini come quelli. E forse sarei riuscita a tenerli lontani da me. Ma tu... sì, lo stupro è il meno che avresti potuto aspettarti. Non uccidono le ragazze giovani e belle; però avresti potuto finire come moglie prigioniera, per non dire altro, sulle rive della selvaggia Eriu. Ma forse è un destino che avresti potuto trovare accettabile, nel qual caso sono dolente di essermi intromessa.»

Eilan rabbrividì al ricordo delle facce belluine degli uomini. «Non credo. Sono tutti come loro, nella tua terra?»

«Non so. Quando partii ero molto giovane.» Dopo un attimo di silenzio, Caillean proseguì. «Non ricordo mia madre e mio padre; ricordo soltanto che nella capanna dove vivevamo tutti insieme c'erano sette figli più piccoli di me. Un giorno andammo al mercato e c'imbattemmo in Lhiannon. Non avevo mai visto una donna tanto bella.

« E qualcosa, non so che cosa, dovette ispirarla, perché mi avvolse nel suo mantello e mi rivendicò per gli dei con il più antico dei riti. Anni dopo le chiesi perché mi avesse scelta fra tutte le altre presenti. Rispose che aveva visto che le altre portavano vesti pulite e che i genitori le tenevano strette a sé. Non c'era nessuno che tenesse abbracciata me », continuò in tono amaro. « E nella casa dei miei genitori ero soltanto una bocca in più da sfamare. E non mi chiamavo Caillean, allora. Mia madre, che non ricordo, mi chiamava Lon-dubh, cioè 'merlo'. »

« Dunque Caillean è un nome da Sacerdotessa? »

Caillean sorrise. « No. Nella nostra lingua significa semplicemente 'figlia mia, bimba mia'. Lhiannon mi chiamava così ogni volta che mi rivolgeva la parola, e ora non mi pare di aver mai avuto un altro nome. »

« Anch'io dovrei chiamarti così? »

« Sì, anche se ho un altro nome che mi è stato dato dalle Sacerdotesse. Ho giurato di non pronunciarlo mai a voce alta e di non sussurrarlo neppure, se non a un'altra Sacerdotessa. »

« Capisco. » Eilan batté le palpebre, perché per un istante un nome era echeggiato nella sua coscienza come se fosse stato pronunciato. Isarma... quando eri mia sorella, il tuo nome era Isarma...

Caillean sospirò. « Bene, l'alba è ancora lontana. Tua sorella si è già riaddormentata. Poverina, è sfinita per il parto. E dovresti dormire anche tu... »

Eilan scosse la testa, cercando di rimettere a fuoco il mondo. « Dopo quanto è successo, non credo che riuscirei a dormire neppure se mi sforzassi. »

Caillean la guardò e rise. « Bene, per essere sincera, non ci riuscirei neppure io. Quegli uomini mi hanno atterrita al punto che stentavo a parlare. Credevo di aver dimenticato il loro dialetto... L'ultima volta che l'ho sentito è stato molto tempo fa. »

« Non sembravi atterrita », obiettò Eilan. « Sembravi una dea. » La Sacerdotessa rise di nuovo, amaramente.

« Non sempre le cose sono ciò che sembrano, piccola mia. Devi imparare a non fidarti ciecamente dell'aspetto e delle parole degli altri. »

Eilan guardò il fuoco. Le braci, riattizzate da Caillean, scoppiettavano e scintillavano nel focolare. L'uomo che aveva imparato ad amare con il nome di Gawen era stato un'illusione; ma, anche come Gaio il romano, ciò che la spingeva ad amarlo era immutato. E a lei aveva detto la verità. Lo riconoscerei, pensò poi, anche se venisse a me con l'aspetto di un lebbroso o di un selvaggio. Per un momento cercò di afferrare qualcosa che stava al di là del volto, della figura e del nome. Poi un tizzone scoppiettò, e tutto svanì.

« Dimmi che cos'è vero, allora », esclamò, per rompere il silenzio. « Come ha fatto la figlia d'una famiglia tanto povera a diventare una Sacerdotessa capace di tenere il fuoco tra le mani? »

« Dimmi che cos'è vero... » Caillean guardò la ragazza che aveva abbassato le ciglia bionde sugli occhi cangianti come se avesse paura della propria audacia. Quali altre verità potevano tornare a perseguitarla, come la sua lingua madre, tornata a lei sulle labbra di quegli uomini mostruosi? Aveva il doppio degli anni di Eilan, era abbastanza anziana per essere sua madre se si fosse sposata giovane; eppure in quel momento Eilan era come una sorella, un'anima affine.

« Andasti subito con Lhiannon alla Casa della Foresta? » la incalzò Eilan.

« No. Credo che a quel tempo Vernemeton non fosse stata ancora costruita. » Caillean riprese il controllo di sé, abbastanza per rispondere. « Lhiannon era venuta nella terra di Eriu per studiare con le *bean-drui*, le Sacerdotesse del santuario di Brigid a Druim Cliadh. Quando tornò in Britannia, ci stabilimmo all'inizio in una torre rotonda sulla riva del mare, molto lontano, a nord. Ricordo che intorno alla torre c'era un cerchio di pietre bianche, ed entrare in quel cerchio significava morte per tutti gli uomini, eccettuato l'arcidruido... non Ardanos, ma il suo predecessore. Lhiannon mi trattava come una figlia adottiva; una volta, quando qualcuno glielo chiese, disse che mi aveva trovata abbandonata in riva al mare. In un certo senso era vero. Non rividi più nessuno della mia famiglia.»

«Non sentivi la mancanza di tua madre?»

Caillean esitò, scossa dal flusso dei ricordi. «Immagino che tu abbia una madre buona e affettuosa. La mia era diversa. Non era cattiva, ma non mi voleva bene, e io non ne volevo a lei.» S'interruppe e guardò Eilan con diffidenza. Che potere hai, ragazza, pensò, per evocare questi miei ricordi? Sospirò e cercò le parole giuste.

«Per lei ero solo una bocca in più da sfamare. Una volta, molti anni più tardi, al mercato di Deva vidi una vecchia che mi ricordava mia madre. Non era lei, naturalmente, ma quando me ne resi conto non provai il minimo rammarico. Allora compresi che non avevo altra famiglia se non Lhiannon e, più tardi, le altre Sacerdotesse della Casa della Foresta...»

Vi fu un lungo silenzio. Capiva che Eilan cercava di immaginare che cosa volesse dire vivere senza una famiglia. Caillean s'era accorta che il piglio autoritario di Mairi era carico di affetto e, a quanto le aveva raccontato Dieda, per Eilan era stata come una gemella. Eppure, pensò all'improvviso, come lei stessa non si era mai confidata con le altre Sacerdotesse, Eilan non poteva aver parlato con le sue parenti come stava facendo ora con lei.

È come se parlassi con me stessa, quando le dico queste cose, pensò malinconicamente, o con la persona che sarei dovuta essere, innocente e pura in eterno.

«Il buio e il fuoco, qui, mi ricordano i primi anni della mia vita», disse infine la Sacerdotessa; e mentre parlava la luce fioca calamitò la sua vista, e si sentì precipitare nell'abisso degli anni mentre le parole le uscivano dalle labbra come se fosse in preda a un incantesimo.

«La sola cosa che ricordo di quella casupola è che era buia e piena di fumo. Mi faceva male alla gola, e perciò correvo sempre sulla spiaggia. Ricordo soprattutto le strida dei gabbiani; c'erano anche intorno alla torre; e quando venni qui nella Casa della Foresta, molte stagioni fa, per più di un anno non riuscii a dormire perché ero lontana dalla voce del mare. Amavo l'oceano. I ricordi della mia... casa... » continuò in tono esitante, « sono popolati di bambini... c'era sempre un bambino attaccato al seno di mia madre, c'erano sempre piagnucolii e strilli, e qualcuno che tirava per le gonne lei e anche me quando non riuscivo a sfuggirgli. Ma neppure le botte servivano a tenermi in casa a macinare l'orzo, o a farmi tiranneggiare dai marmocchi nudi. È sorprendente che riesca a sopportare i bambini », soggiunse, « ma non ho antipatia per quelli che, come la figlioletta di Mairi, nascono dove sono desiderati e circondati di premure.

« Dovevo avere un padre, ma anche quando ero piccola capivo che non faceva niente per mia madre, se non farle mettere al mondo altri figli. » Esitò. « Credo che Lhiannon ebbe compassione di me nel vedermi denutrita. »

Caillean ascoltava le proprie parole, sorpresa di non sentirle cariche di amarezza, come se avesse accettato tutto questo troppo tempo prima.

« Quindi non so neppure quanti anni ho, esattamente. Circa un anno dopo che Lhiannon mi ebbe portata via, il mio corpo mostrò i primi segni della maturazione. Dovevo avere dodici anni, credo. » All'improvviso s'interruppe ed Eilan la fissò, sorpresa.

Sono un donna, una Sacerdotessa, si disse Caillean, una maga che può spaventare i guerrieri! Ma la trance del fuoco l'aveva condotta troppo lontano sulla via dei ricordi, e si sentiva come una bambina spaventata. Qual era la verità? Oppure l'inganno stava solo nel palpito del fuoco?

« Devo essere più sconvolta di quanto pensassi », disse con voce soffocata. « O forse è l'ora, e l'oscurità, come se noi ci fossimo avventurate fuori del tempo. » Guardò Eilan e s'impose d'essere sincera. « O forse è perché ti sto parlando... »

Eilan deglutì e si fece forza per sostenere lo sguardo dell'altra. La verità... dimmi la verità... Caillean percepì il pensiero come se fosse suo, e non riuscì a comprendere quale delle due ne avesse più bisogno.

« Non l'ho mai detto a Lhiannon, e la Dea non mi ha folgorata...» Le parole le uscivano a forza dalle labbra. «Ma dopo tutti questi anni mi sembra giusto che qualcuno lo sappia.»

Eilan si tese verso di lei, e Caillean le afferrò la mano.

«L'incontro con i razziatori mi ha fatto ricordare. Nella mia terra d'un tempo c'era un uomo che a volte vedevo sulla spiaggia. Sospetto che vivesse là, lontano dagli altri: un reietto bandito dal suo clan. Non mi sorprenderebbe», soggiunse in tono amaro. «All'inizio mi fidavo di lui; mi faceva piccoli doni, cose graziose che aveva trovato sulla riva, conchiglie, piume colorate...» Esitò. «Ero sciocca a giudicarlo innocuo, ma come potevo sapere? Chi mai mi aveva insegnato qualcosa?»

Guardò il fuoco senza vederlo. Ma non c'era luce nella capanna, e in quel luogo della memoria nessuna luce la poteva penetrare. «Non sospettavo nulla. Non sapevo che cosa volesse, quando un giorno mi trascinò nella sua capanna...» Rabbrividì, scossa dai ricordi per i quali, ancora adesso, non aveva parole.

«E tu che cosa facesti?» La voce di Eilan giungeva da molto lontano, come lo scintillio di una stella remota.

«Che potevo fare?» ribatté in tono aspro Caillean, aggrappandosi a quella piccola luce. «Scappai... scappai via piangendo... piangendo fino a sciogliermi in lacrime, colma di orrore e di disgusto... Non posso parlarne. Non c'era nessuno cui potevo dirlo, nessuno che se ne sarebbe curato.» Rimase a lungo in silenzio. «Ancora oggi ricordo l'odore della capanna. Sudiciume, salsedine, alghe. E ricordo che mi spingeva sulle alghe mentre io piagnucolavo... Ero troppo piccola per capire che cosa volesse. L'odore del mare mi dà ancora la nausea», soggiunse.

«Nessuno lo seppe? Nessuno fece niente?» chiese Eilan. «Credo che mio padre ucciderebbe chi osasse toccarmi così.»

Caillean s'era confidata, finalmente, e ora respirava con maggiore facilità. Sfogò un po' dell'angoscia in un lungo sospiro tremulo. «Anche se la nostra era una tribù selvaggia, le donne non dovevano essere molestate, soprattutto una bambina della mia età. Se avessi accusato il mio aggressore, sarebbe finito nella gabbia di vimini e sarebbe stato arrostito a fuoco lento. Lo sapeva, quando mi minacciò. Ma io no.» Parlava con uno strano distacco, come se fosse accaduto a un'altra.

«Circa un anno dopo arrivò Lhiannon. Non avrebbe mai sospettato che una ragazzina tanto giovane potesse essere impura... e quando imparai a fidarmi di lei e a credere nella sua bontà, era troppo tardi. Temevo che mi avrebbe scacciata. E così, dopotutto, la divinità che hai creduto di vedere in me è una menzogna», concluse in tono aspro. «Se Lhiannon avesse saputo, non sarei mai diventata Sacerdotessa... Ma feci in modo che non lo sapesse.» Caillean girò il volto e, per un momento che parve troppo lungo, tra loro cadde il silenzio.

«Guardami...»

Caillean volse di nuovo lo sguardo verso la fanciulla e scorse il volto di Eilan per metà splendente come quello della Dea, per metà immerso nell'ombra.

«Io credo in te», affermò la ragazza in tono solenne.

Caillean trasse un respiro tremante e l'immagine di Eilan fu velata dalle lacrime.

«Io vivo soltanto perché credo che la Dea mi abbia perdonata», disse la Sacerdotessa. «Avevo già ricevuto la prima iniziazione quando compresi l'enormità del mio inganno. Ma non c'erano presagi infausti. Quando mi fecero Sacerdotessa attendevo d'essere colpita da un fulmine, ma non fu così. Mi chiesi allora se gli dei non esistono; o, nel caso che esistano, se si curano dei fatti degli umani.»

«Forse, invece, esistono e sono più misericordiosi degli uomini», rifletté Eilan. Poi batté le palpebre, stupita dalla propria temerarietà. Non aveva mai pensato di dubitare della saggezza di uomini come suo padre e suo nonno. «Perché lasciaste la torre in riva al mare?» chiese dopo qualche istante.

Caillean, perduta nei ricordi, trasalì e disse: «Fu in seguito alla distruzione del santuario di Mona... Conosci la storia?»

«Mio nonno, che è un bardo, l'ha cantata. Ma sicuramente accadde prima che tu nascessi...»

«Non proprio.» Caillean rise. «Ma ero ancora piccola. Se Lhiannon non fosse venuta a Eriu, che voi chiamate Ibernia, sarebbe morta anche lei. Per diversi anni dopo quella tragedia i druidi rimasti in Britannia furono troppo occupati a leccarsi le ferite per curarsi delle loro Sacerdotesse. Poi l'arcidruido stipulò con i romani una specie di trattato che garantiva la sicurezza delle superstiti donne consacrate nelle terre romane.»

«Un trattato con i romani?» si stupì Eilan. «Ma erano stati i romani a uccidere le altre.»

«No. Le avevano violentate», disse Caillean. «Le Sacerdotesse di Mona vissero abbastanza a lungo per partorire i bastardi dei romani, poi si uccisero. I figli furono affidati a famiglie leali come la tua.»

«Cynric!» esclamò Eilan, che all'improvviso aveva capito. «Ecco perché odia tanto i romani, e chiede sempre di ascoltare la storia di Mona, anche se è accaduta tanto tempo fa. Prima mi zittivano quando chiedevo che cos'era accaduto.»

«Il tuo Cynric che odia i romani ha esattamente lo stesso sangue romano del giovane che tuo padre non ti ha permesso di sposare», disse Caillean con una risata. Ma Eilan incrociò le braccia e guardò il fuoco.

«Non mi credi?» chiese la Sacerdotessa. «È fin troppo vero. Ecco, forse i romani provano un certo rimorso per quanto è successo, ma tuo nonno è un politico astuto quanto un senatore romano, e ha trattato con Cereale, che era governatore prima di Frontino. Comunque, la Casa della Foresta fu costruita a Vernemeton per accogliere donne e Sacerdotesse d'ogni parte della Britannia. E finalmente Lhiannon divenne la Somma Sacerdotessa e io ebbi un posto tra loro, soprattutto perché non sapevano cos'altro fare di me. Ho assistito Lhiannon fin da quando ero bambina, ma non sarò io a succederle. Questo mi è stato detto chiaramente.»

«E perché?»

«All'inizio pensavo che fosse il volere della Dea... a causa di ciò che ti ho appena raccontato. Ma ora credo che sia perché i Sacerdoti non possono essere certi che li obbedirò. Sono affezionata a Lhiannon, ma vedo con chiarezza come si comporta e so che si piegherà al vento. Forse l'unica volta che ha sfidato il Consiglio è stato quando ha insistito per tenermi con sé. Ma io riconosco i loro intrighi e dirò ciò che penso anche se non francamente come ho parlato a te», concluse, scuotendo la testa.

Eilan le sorrise. «Deve essere vero, perché immagino che

non potrei dire nella sala dei banchetti di mio padre neppure metà delle cose che ho sentite questa notte.»

«Non oserebbero lasciarmi parlare con la voce della Dea... Si chiederebbero sempre che cosa starei per dire.» Caillean rise di nuovo. «Vorranno qualcuna più leale. Per qualche tempo ho pensato che sarebbe stata Dieda; ma ho sentito qualcosa riguardo a ciò che ha detto Ardanos quando è stata scelta, e credo che avessero deciso che toccasse a te.»

«Hai già accennato a qualcosa del genere, ma credo che mio padre intenda darmi un marito.»

«Davvero?» Caillean inarcò un sopracciglio. «Forse sbaglio. Sapevo soltanto che il figlio del prefetto dell'accampamento di Deva aveva chiesto la tua mano.»

«Mio padre era così furioso...» Eilan arrossì al ricordo di ciò che le aveva detto. «Ha giurato che darà in sposa Senara prima che possa causargli dispiaceri. Pensavo che avesse le stesse intenzioni nei miei confronti. Ma non ha parlato di mandarmi a Vernemeton. Se non posso vivere con Gaio», soggiunse con voce spenta, «ciò che farò non avrà importanza.»

Caillean la scrutò, pensierosa. «Io non ho mai provato la tentazione di sposarmi; sono votata alla Dea da molto tempo. Forse a causa di ciò che mi accadde da bambina, non ho mai avuto il desiderio di appartenere a un uomo. Forse, se nel santuario mi fossi trovata male, Lhiannon avrebbe cercato di farmi sposare qualcuno: ha sempre voluto che fossi felice. Le voglio molto bene», soggiunse. «Per me è stata più d'una madre.»

Poi esitò. «Mi dispiace l'idea di piegarmi ai piani di Ardanos, ma forse c'è anche l'intervento della Dea. Verresti a Vernemeton con me, quando vi tornerò?»

«Credo di sì», rispose Eilan, e un guizzo d'interesse brillò nei suoi strani occhi cangianti che a volte sembravano nocciola, a volte grigi. «Non c'è nulla che mi farebbe più piacere. Non ho mai creduto veramente che avrebbero acconsentito all'unione fra me e Gaio. Molto tempo fa, prima di conoscerlo, sognavo di diventare Sacerdotessa. Così, almeno, vivrò un'esistenza onorevole e imparerò cose interessanti.»

«Credo che sia possibile», disse Caillean in tono asciutto.

« Senza dubbio Bendeigid ne sarà felice, e anche Ardanos. Ma chi deve dare il consenso è Lhiannon. Devo parlarle? »

Eilan annuì, e questa volta fu la Sacerdotessa a prenderle la mano. Il contatto le diede l'abituale vertigine mentre l'immagine che aveva negli occhi mutava. Scorse Eilan più anziana e ancora più bella, avvolta nei veli dell'Oracolo. « Sorelle e più che sorelle... » Sentì le parole come un'eco.

« Non aver paura, piccola. Credo che sia... » S'interruppe per un momento, poi continuò. « Credo che sia predestinato che tu venga tra noi. » Il suo cuore esultò. « Ed è superfluo aggiungere che per me saresti la benvenuta. » Sospirò mentre la visione svaniva; e sentì, come un'eco, il canto di un'allodola che salutava l'aurora. « Sta spuntando il giorno. » Con uno sforzo, Caillean impose ai muscoli irrigiditi di obbedirle e si avviò vacillando verso la porta. « Abbiamo parlato per tutta la notte. Non lo facevo da quando ero più giovane di te. » Aprì la porta e lasciò che la luce del sole nascente inondasse la stanza. « Bene, almeno la pioggia è cessata. È meglio che andiamo a vedere se la stalla è sopravvissuta a questa notte... Almeno i razziatori non possono averla bruciata a causa della pioggia. E vediamo se ci hanno lasciato qualche vacca, e qualcuno per mungerla. »

Durante i quattro giorni che seguirono Gaio continuò ad avanzare alla testa del contingente di ausiliari daci, avendo preso il posto del loro centurione ammalato, seguito dal suo opzione Prisco; tutti maledivano il fango, e l'acqua che sembrava insinuarsi in ogni varco nonostante i mantelli di cuoio oleato, arrugginiva le armature e creava arrossamenti dolorosi dovunque il cuoio bagnato sfregava la pelle. I boschi sgocciolavano e i campi erano fradici, le pozze d'acqua stagnanti facevano marcire le radici del grano. La fine dell'estate avrebbe portato un misero raccolto, pensava cupamente Gaio. Avrebbero dovuto importare il grano dalle zone dell'impero dove gli dei erano stati più generosi. Non era sorprendente che fossero venuti i razziatori se il tempo era lo stesso anche in Ibernia.

Nonostante la lentezza con cui procedevano, a metà del

quinto giorno s'erano ormai addentrati nel territorio dove Gaio aveva vissuto la sua avventura. Trascorsero la notte nella casa di Clotino. L'indomani passarono accanto alla fossa per i cinghiali dove era caduto e svoltarono lungo il sentiero che conduceva alla casa di Bendeigid. La pioggia stava cessando, finalmente; e verso ovest, fra i banchi di nubi, il cielo splendeva come l'oro.

Gaio sentì il cuore battere più forte quando riconobbe il pascolo e il bosco dove aveva raccolto i fiori con Eilan. Fra poco lei lo avrebbe visto abbigliato nella maestà di Roma, anche se infangato. Lui non avrebbe detto nulla. Da quel silenzio Eilan avrebbe potuto giudicare la profondità del suo dolore. Allora, forse, l'avrebbe avvicinato e...

«Per gli dei degli inferi! Sono altre nubi, quelle?» Era l'opzione Prisco che procedeva alle sue spalle. «Speravo che almeno oggi avremmo potuto asciugarci!»

Gaio rivolse di nuovo l'attenzione al mondo e vide che, sebbene a sud il cielo si andasse schiarendo, davanti a loro le nubi erano di un grigio scuro, minaccioso. Il suo cavallo scosse la testa, innervosito. Un brivido d'apprensione gli corse lungo la schiena.

«Non sono nubi», disse uno dei daci. «È fumo...»

In quell'attimo il vento portò il lezzo del legno bruciato. Tutti i cavalli sbuffavano; ma avevano già sentito l'odore del fumo molte altre volte, e gli uomini li tenevano sotto controllo.

«Prisco, smonta e va' con due uomini al di là del bosco per vedere che cosa succede», ordinò Gaio, un po' sorpreso dalla fredda determinazione della propria voce. Era la disciplina che lo tratteneva dal lanciare al galoppo il cavallo, oppure era stordito al pensiero di ciò che avrebbe potuto vedere? Gli sembrò che fossero passati pochi istanti quando gli esploratori ritornarono.

«Razziatori, signore», disse l'opzione. La faccia segnata sembrava di pietra. «Gli iberniani, immagino. Ma ormai se ne sono andati.»

«Ci sono superstiti?»

Prisco alzò le spalle e Gaio sentì un nodo stringergli la gola.

«L'accoglienza è calda, ma non c'è posto per dormire, eh? Sarà meglio proseguire», disse uno degli uomini e gli altri risero. Gaio si voltò e tutti ammutolirono nel vedere la sua espressione. Premette i calcagni contro i fianchi del cavallo. In silenzio, il contingente lo seguì.

Era vero. Mentre giravano intorno al bosco in direzione dell'altura sulla quale sorgeva la casa di Bendeigid, Gaio aveva sperato che Prisco si sbagliasse. Ma era stato tutto distrutto... Solo poche travi annerite, alle estremità di quella che era stata la sala dei banchetti, si ergevano ancora, come un monumento muto. Non era rimasto nulla della costruzione dove aveva trascorso la convalescenza, e non c'era alcun segno di vita. Gli edifici con il tetto di paglia bruciavano in fretta.

«Deve essere stato un incendio terribile, per divampare quando la paglia era fradicia di pioggia», commentò Prisco.

«Senza dubbio», convenne Gaio, stordito, e pensò alla piccola Senara, a Eilan, a tutti i membri della famiglia fatti prigionieri dai razziatori giunti dalle coste dell'Ibernia, o ridotti a mucchi d'ossa carbonizzate fra i resti bruciati di quella che un tempo era stata una casa. Non doveva lasciare che gli uomini vedessero quanto era stravolto; si tirò il cappuccio sulla faccia e tossì come se fosse disturbato dal fumo che saliva ancora dalle costruzioni. Prisco aveva ragione: niente poteva essere sopravvissuto a quel fuoco.

Disse in tono rabbioso: «Mettiamo al lavoro gli uomini. Non abbiamo tempo per stare qui a contemplare questi ruderi, se vogliamo avere un riparo prima che cali la notte!» La voce si spezzò; tossì di nuovo e si chiese che cosa potesse aver dedotto Prisco dal suo tono. Ma l'opzione, che era un vecchio soldato, sapeva quali effetti aveva sui giovani la vista dei saccheggi e delle carneficine.

Prisco guardò Gaio con aria comprensiva, poi girò la testa. «Abbiamo promesso pace a questo popolo, quando l'abbiamo sottomesso... Il meno che potremmo fare, credo, sarebbe proteggerlo. Ma prenderemo i bastardi che hanno commesso questa strage, e insegneremo loro a non offendere Roma. È un peccato che gli dei non abbiano inventato un altro modo per civilizzare il mondo. Oh, bene, avremmo potuto coltivare rape, ma abbiamo scelto di diventare soldati, e questo fa parte del nostro destino. Erano tuoi amici?»

«Sono stato loro ospite», rispose in tono fermo Gaio. «La scorsa primavera.» Almeno aveva ritrovato il controllo sulla propria voce.

«Be', così va il mondo», sospirò Prisco. «Un giorno siamo qui, e domani non ci siamo più. Ma credo che gli dei sapessero quel che facevano.»

«Sì», confermò Gaio, soprattutto per interrompere i discorsi di filosofia spicciola del suo luogotenente. «Da' l'ordine di marciare. Metteremo gli uomini al riparo dalla pioggia appena raggiungeremo il prossimo villaggio.»

«Bene, signore. Colonna, avanti!» gridò e poi soggiunse: «Chissà... Forse tutti i componenti della famiglia erano andati a visitare qualche amico. A volte succede».

Mentre avanzavano in una nebbia che si stava trasformando di nuovo in pioggia, Gaio ricordò di aver visto Cynric sulla piazza del mercato poco prima di lasciare Deva; aveva sentito dire che il giovane sarebbe partito per una specie di scuola d'armi al nord, e quindi era possibile che fosse sopravvissuto. La morte di un druido importante come Bendeigid avrebbe fatto scalpore. Gaio sospettava che suo padre avesse fonti d'informazione che teneva segrete. Senza dubbio sarebbe stato messo al corrente. Gaio non doveva far altro che attendere.

Cercò di darsi una speranza. Prisco aveva ragione. La distruzione della casa non comportava necessariamente la morte o la cattura di quanti vi avevano vissuto. Forse Mairi era tornata a casa sua; Dieda non faceva neppure parte della famiglia di Bendeigid, almeno da qualche tempo. Ma Eilan... Probabilmente era troppo sperare che Eilan, la piccola Senara e la gentile Rheis fossero sopravvissute. In quel momento non avrebbe scommesso neppure la più piccola moneta di rame contro la sua carriera o l'impero.

E pensò: se avessi portato con me Eilan, ora sarebbe ancora viva... Se avessi tenuto testa a mio padre, magari se l'avessi rapita...

Un ricordo improvviso gli strinse la gola... la visione di sua madre che giaceva fredda e bianca nel letto, e delle donne che la piangevano. Aveva pianto con loro, ma poi suo padre l'aveva condotto via e gli aveva spiegato che un romano non piange. Ma adesso piangeva per lei, disperato non solo perché sua madre era morta ma anche perché la stessa sorte era toccata a quelle donne che per qualche tempo lo avevano fatto sentire parte d'una famiglia.

Non poteva permettere che i soldati lo vedessero piangere. Si assestò il mantello sulla testa e cercò di fingere che le lacrime sul suo volto fossero gocce di pioggia.

9.

« VOGLIO mio marito. » A metà mattina, il giorno dopo la nascita della figlioletta, Mairi si era svegliata, agitata e insistente. « Dov'è Rhodri? Lui ci avrebbe difese da quegli uomini... »

Nella casa faceva caldo, dopo il freddo esterno. Eilan, che cominciava a risentire gli effetti di quella notte insonne, guardò esasperata la sorella e sedette accanto al fuoco. Era già abbastanza grave che i razziatori avessero portato via tutte le vacche da latte, obbligando la ragazza a camminare per miglia e miglia attraverso il bosco fradicio per chiedere in prestito una mucca in modo che Mairi potesse sfamare la bambina, dato che non le era ancora venuto il latte. Per fortuna le mandrie erano nei pascoli estivi, e quindi Mairi non sarebbe rimasta del tutto senza dote se avesse deciso di risposarsi, anche se Eilan non aveva il coraggio di affrontare l'argomento.

« Non avrebbero rubato le vacche se Rhodri fosse stato qui! »

« Probabilmente avrebbe cercato di respingere i razziatori e tu saresti comunque... » Eilan si morse le labbra, inorridita da ciò che stava per dire. Aveva dimenticato che Mairi non sapeva nulla. « Caillean... » mormorò rivolgendosi alla Sacerdotessa con aria supplichevole.

« Saresti comunque vedova », le disse bruscamente Caillean mentre prendeva il recipiente di latte caldo dal focolare e lo posava.

Mairi sbarrò gli occhi. « Che stai dicendo...? » Guardò la Sacerdotessa e impallidì.

« Avrei atteso ancora, ma non possiamo più permettercelo. Rhodri è stato preso dai romani quando ha tentato di liberare gli uomini arruolati con la forza. Lo hanno giustiziato, Mairi. »

« Non è vero... Tu menti! Non può essere morto. Lo saprei! Sarebbe stato meglio che i razziatori mi avessero uccisa... Perché non li hai lasciati fare, Caillean? Oh, dovrei essere morta... lo vorrei! » Si abbandonò sul letto di piume, singhiozzando, e la bimba cominciò a piangere. Caillean passò la piccola a Eilan e si chinò sulla puerpera.

« Su, su, è inutile piangere », le mormorò. « Hai due bei figli. Devi chiamare a raccolta le tue forze, per portarli al sicuro prima che ritornino gli scoti! »

Mairi spalancò gli occhi e tese le mani. Eilan, divisa fra le lacrime e il sollievo, le mise fra le braccia la neonata. Caillean aveva avuto ragione. Quando Mairi avesse smesso di piangere, avrebbe continuato a vivere per i figli. La Sacerdotessa conosceva bene il cuore femminile.

Un po' più tardi, mentre Mairi dormiva ancora, sfinita dal pianto, Eilan sentì un tramestio di zoccoli nel fango lasciato dal temporale. Il suono si arrestò davanti alla casa. I razziatori! pensò disperata. Ma un aggressore non avrebbe bussato così lievemente alla porta. Con il cuore che batteva come un tamburo da guerra, Eilan tolse la sbarra. Sbirciò e vide suo padre.

In quel momento pensò soltanto a Rhodri. Suo padre era venuto per portare la notizia a Mairi? Il giovane era stato uno dei guerrieri migliori, accolto come un figlio nella loro famiglia, e aveva sempre trattato Eilan come una sorella. Ora che Mairi sapeva la verità, anche lei poteva piangere.

Spalancò la porta. Bendeigid entrò barcollando, come se la cavalcata l'avesse sfinito o fosse invecchiato di colpo. Poi Eilan sentì che il padre le stringeva le spalle con le mani mentre restava immobile a guardarla.

« Caillean ha appena detto a Mairi di Rhodri », gli disse a voce bassa. « Tu lo sapevi? »

« Lo sapevo », annuì Bendeigid con grande amarezza. « Speravo che la notizia giunta fino a me non fosse vera. I romani saranno certamente maledetti per ciò che hanno fatto. Ora comprendi perché non ho permesso che sposassi un uomo che appartiene a quel popolo dannato? » La lasciò e si gettò sul sedile accanto al fuoco.

Il suo popolo poteva essere colpevole di tanti orrori, ma Eilan non pensava che Gaio fosse capace di commetterne. Tuttavia guardò la faccia severa del padre e tacque.

« Ma non è questo il solo dolore che ci ha colpiti. » La faccia di Bendeigid si contrasse, ed Eilan fu assalita da una fitta di paura. « Non so come dirtelo, figlia mia. »

«Forse io lo so già», disse Caillean alle loro spalle. «A volte ho il dono della preveggenza, e la notte prima di lasciare la Casa della Foresta ho sognato un'abitazione ridotta in cenere e ho compreso che era la tua. Ma poi ho trovato qui Eilan, e ho pensato di aver sbagliato. Stanotte abbiamo ricevuto la visita di una banda di razziatori. So che quei lupi agiscono in grossi branchi... e mi sono spaventata. Forse il grosso delle loro forze si è diretto a sud, verso la vostra casa?»

«Una banda è venuta anche qui?» sibilò Bendeigid, voltandosi a guardarla.

«Erano pochi, e sono riuscita a spaventarli e a metterli in fuga.»

«Allora devo ringraziare te se ho ancora due figlie vive!»

Eilan non aveva bisogno del dono della premonizione per comprendere quelle parole: ma era una cosa troppo orribile da credere. Si sentì sbiancare in viso. «Padre...»

«Figlia, figlia, come posso dirtelo? Era arrivata la notizia che una banda di razziatori aveva attaccato la proprietà di Conmor. Ho raccolto i miei uomini per andare in suo aiuto. Ma erano più numerosi di quanto avevo creduto possibile con un simile tempo. E durante la nostra assenza...»

«Allora mia madre e Senara sono morte?» La voce di Eilan si spezzò. Mairi si svegliò, scostò le tende del letto e si alzò, tremando. Caillean le andò accanto mentre il druido continuava.

«Lo spero.» Una smorfia di dolore gli alterò il viso. «Perché la prospettiva che siano state condotte oltremare come schiave è di gran lunga peggiore. Pensare che possano vivere in un simile disonore...»

«Preferiresti vederle morte, anziché vive e ridotte in schiavitù?» chiese Caillean con voce bassa e tesa.

«Sì», esclamò Bendeigid. «Meglio una morte rapida, sia pure tra le fiamme, e un'accoglienza nell'Altro Mondo, piuttosto che una vita tormentata dal ricordo di tutti i nostri morti, come ora io sono costretto a vivere. Gli dei sanno che quei mostri avrebbero pagato con il sangue la loro morte e la mia, se fossi stato presente!»

S'interruppe e girò lo sguardo da Eilan a Mairi che avanzò

con passo incerto verso di lui. Emettendo un gemito, strinse a sé le figlie. Eilan abbracciò la sorella. Un tempo avrebbe trovato conforto nel padre; ma quello era un dolore straziante da cui l'uomo non poteva proteggerla.

« Il corpo di Senara non è stato trovato fra le ceneri », disse Bendeigid con voce spezzata. « E non aveva ancora dieci anni... »

Eilan pensò: forse allora è viva... Ma non osò esprimere quel desiderio ad alta voce.

« Avevo intenzione di condurre a casa Mairi quando ho avuto la conferma della morte di Rhodri, ma ormai non ho più una casa da offrirle. Non posso più assicurare protezione a nessuno... »

« Forse tu non puoi, druido », intervenne Caillean in tono calmo. « Ma lo può il tuo ordine. La Casa della Foresta ospiterà Mairi e i suoi bambini per tutto il tempo necessario. E ti chiedo di permettere che Eilan entri nel santuario come novizia. »

Bendeigid sollevò il capo e guardò Eilan. « È questo che vuoi, figliola? »

« Sì », rispose lei, semplicemente. « Se non posso sposare chi amo, lascia che consacri il mio amore alla Signora. Ne sarei felice, perché sognavo quella vita prima di essere abbastanza grande da pensare al matrimonio. »

Per la prima volta da quando era arrivato Bendeigid sorrise, anche se era un sorriso tremulo. « Tuo nonno se ne rallegrerà. Io non ti avrei destinato a quella vita, Eilan; ma, se è veramente ciò che vuoi, allora anch'io me ne compiaccio. »

« Ma che cosa... » Eilan s'interruppe. Come poteva avere dimenticato? Sua madre non le avrebbe detto nulla, mai più. Tuttavia suo padre parve aver intuito ciò che lei stava per dire. Si accasciò di nuovo accanto al focolare e nascose la faccia tra le mani. Eilan non avrebbe mai immaginato che suo padre potesse piangere; ma, quando lui rialzò la testa, vide che aveva le guance rigate di lacrime.

Anche Eilan soffriva, ma non piangeva. Gaio mi crederà morta quando verrà a saperlo? Piangerà per me? Forse era meglio che la credesse morta anziché infedele alla sua memoria.

Ma non aveva importanza: sarebbe diventata Sacerdotessa della Casa della Foresta. La sua mente non si spingeva oltre.

« Saranno vendicati! » esclamò il druido guardando le fiamme del focolare. « In tutta la Britannia quei diavoli non troveranno vite più costose di queste! Neppure i romani hanno mai osato arrivare a tanto e accetterei persino il loro aiuto pur di ottenere vendetta! E sarà guerra! Non si tratta semplicemente di rapina e di assassinio, Eilan. È un sacrilegio! Attaccare la casa di un druido, uccidere la moglie, la figlia e la nipote di druidi, distruggere gli oggetti sacri... Come hanno potuto farlo? I settentrionali sono nostri lontani parenti e io ho studiato con i druidi di Eriu. »

« I nostri popoli non si sono mai combattuti tra loro quando non c'era un nemico comune », osservò Caillean a voce bassa.

« Ma un nemico comune lo abbiamo! » esclamò Bendeigid. « Non odiamo tutti Roma? »

« Forse le tribù selvagge ormai ci considerano romani... »

Il druido scosse la testa. « Gli dei li puniranno sicuramente; e, se non lo faranno, lo farà la nostra gente. Cynric è stato per me come un figlio e, ti assicuro, imprecherà quando saprà della strage di oggi! Ma è lontano, nelle isole al nord. Mi restate soltanto tu e Mairi, Eilan. »

È vero, pensò lei. Mi rimangono ormai pochi parenti, e anche Dieda ha perduto una sorella. Mi accoglierà con gioia nella Casa della Foresta?

In ogni caso, sarebbe diventata Sacerdotessa. Del sangue di suo padre restavano soltanto Mairi, la figlioletta appena nata e il maschietto; si augurava che quei bambini fossero un conforto per il padre. Non era ancora vecchio; avrebbe potuto risposarsi e avere altri figli suoi; o più probabilmente Mairi avrebbe trovato un altro marito e avrebbe avuto altri bambini. Ma, se Eilan fosse entrata nella Casa della Foresta, da lei non avrebbe avuto nipoti.

Bendeigid si alzò e guardò Caillean aggrottando la fronte. « Ora ho bisogno delle tue arti, Sacerdotessa. È necessario richiamare Cynric. Puoi chiamarlo? Lo farai? »

« Con l'aiuto di Lhiannon, potrò farlo », rispose Caillean. « E in ogni caso dovrà essere informato... »

«Ho bisogno delle tue arti per cercare quegli uomini», l'interruppe Bendeigid.

«Questo è facile: li ho visti quando hanno fatto irruzione qui dentro e, se non erano fra quelli che hanno incendiato la tua casa, devono avere almeno lo stesso comandante. Alcuni di loro erano caledoniani, e gli altri scoti di Eriu.»

«Se sono venuti qui stanotte, gli scoti erano diretti verso la costa e i caledoniani verso il nord.» Bendeigid si era alzato e si era messo a camminare irrequieto avanti e indietro; poi tornò a sedere accanto al fuoco. Caillean gli portò un boccale di birra, e il druido bevve a lungo, quindi ripeté: «Abbiamo bisogno che Cynric ritorni, più velocemente di quanto possa viaggiare un uomo a cavallo. Invia il messaggio con la tua magia, Caillean...»

«Sì», disse la Sacerdotessa. «Resterò qui con le tue figlie mentre tu andrai ad avvertire Lhiannon. Poi prosegui per Deva, perché anche l'arcidruido dev'essere informato.»

«Hai ragione. Mia moglie Rheis era sua figlia», disse Bendeigid passandosi la mano sulla fronte. «E forse avrà qualche consiglio da darci.»

La notizia della scorreria si sparse in fretta nella campagna. La portarono i venditori ambulanti, e i corrieri delle legioni; sembrava che persino gli uccelli dell'aria recassero l'annuncio sulle loro ali.

Tre giorni dopo la razzia Ardanos, l'arcidruido, mentre usciva dalla sua casa di Deva sentì un corvo gracidare alla sua sinistra e riconobbe il presagio di un disastro. Ma era assurto al suo rango grazie a quella saggezza terrena che gli permetteva di pensare più astutamente dei romani e di minare alla base l'opposizione dei suoi. Non per la prima volta, si rammaricò dei limiti dei suoi poteri. Poi vide l'uomo infangato che si avvicinava e comprese che non avrebbe dovuto attendere che il corvo gli desse l'annuncio, perché l'angoscia era scritta chiaramente negli occhi ardenti del genero.

Quando Ardanos si fu un po' ripreso dal trauma delle notizie portate da Bendeigid, si recò da Macellio Severo, e questi chiese udienza al comandante della Legione Ausiliaria.

« I razziatori venuti dal mare sono diventati troppo audaci », dichiarò irritato Macellio. « I britanni sono affidati a Roma, e nessuno potrà opprimerli finché sarò vivo. La famiglia di uno dei druidi che abita nei pressi, Bendeigid... »

« Un proscritto », l'interruppe il comandante della legione aggrottando la fronte. « Non dovrebbe essere qui! »

« Questo non cambia nulla! Non comprendi che Roma è presente per proteggere tutti gli uomini di questa terra, i cittadini e gli indigeni? » insistette Macellio, che era ancora colpito dal dolore di Ardanos. Nel corso degli anni aveva imparato a rispettare il vecchio, e sapeva che l'arcidruido si era sempre comportato con la massima compostezza. « Come possiamo convincerli a deporre le armi se non siamo capaci di proteggerli? Con due legioni potremmo conquistare l'Ibernia... »

« Forse hai ragione. Ma dovremo attendere che Agricola abbia finito con i Novanti. È sempre stato così... Quando istituiamo una nuova provincia, dobbiamo pacificare un'altra frontiera. Ai tempi del governatore Paolino, i druidi di Mona furono annientati perché non potessero incendiare il Territorio Occidentale. Ora dobbiamo insegnare ai caledoniani che non possono compiere scorrerie contro i Briganti. Immagino che quando l'impero si estenderà fino all'Ultima Thule avremo un confine tranquillo: ma dubito che possa accadere prima.

« Nel frattempo, la sola cosa che possiamo fare è affrettare la costruzione delle nuove fortezze costiere », disse cinicamente il comandante della legione. « E preparare qualche contingente di cavalleria che intervenga qualora i razziatori si facessero rivedere. Ora tuo figlio è da quelle parti con le sue truppe, no? Assegnagli questo compito quando tornerà. » Il comandante concluse: « Noi soli possiamo opprimere il popolo britannico, e nessun altro può permettersi di farlo ».

Ma occorreva tempo per costruire fortezze e pianificare campagne. Molto prima che le palizzate difensive venissero ultimate e che il grano sopravvissuto alle piogge venisse raccolto, Bendeigid tornò per accompagnare le figlie alla Casa della Foresta.

Portò muli docili per Mairi e i bambini. Eilan cavalcava tenendo con sé il figlio maggiore della sorella, ben infagottato per ripararlo dalla pioggia leggera. Non era abituata a cavalcare e doveva concentrarsi per tenersi in equilibrio alle spalle del bambino. La distanza non era grande, ma quel viaggio inconsueto sembrava molto lungo.

Scendeva l'oscurità quando arrivarono all'interno della palizzata. Nel complesso c'era una mezza dozzina di grandi costruzioni. Caillean accompagnò Mairi e i figli in una foresteria, aiutò il bambino a scendere e poi indicò un edificio di tronchi robusti, con il tetto di paglia che scendeva fin quasi al suolo.

«Ecco la Casa delle Vergini», disse. «La prima delle giovani Sacerdotesse, Eilidh, è stata avvertita del tuo arrivo e ti accoglierà. Io verrò appena possibile; ma prima devo andare a vedere se Lhiannon ha bisogno di me.»

La luna nuova, la prima nella vita della figlioletta di Mairi, era bassa sull'orizzonte. Mentre la serva l'accompagnava nell'edificio, attraverso il recinto interno, Eilan si accorse con stupore che già sentiva la mancanza della sorella.

Poi una porta si aprì e la donna la condusse nel cortile. Davanti a lei sorgeva un edificio basso, un po' simile alla sala dei banchetti di suo padre. Quando varcò la soglia, un mare di volti sconosciuti la circondò. Si guardò intorno. Si sentiva abbandonata. La serva l'aveva lasciata alla porta. La sala era molto grande e nell'aria c'era un vago e dolce profumo di erbe. Poi una delle Sacerdotesse si fece avanti.

«Io sono Eilidh», disse.

«Dov'è la mia parente Dieda?» chiese nervosamente Eilan. «Speravo di trovarla qui...»

«Dieda assiste Lhiannon ed è con lei per preparare i riti di Lughnasad», rispose la Sacerdotessa. «È tua zia? Avrei pensato che fra voi ci fosse una parentela più stretta, che foste addirittura gemelle. Caillean mi ha chiesto di aver cura di te, perché ora che è tornata dovrà assistere Lhiannon. La tua bellezza è quasi pari alla descrizione che di te mi aveva fatto.»

Eilan arrossì e abbassò gli occhi. Anche la Sacerdotessa era molto bella: bionda, con i capelli corti e ricci che nella luce della lampada formavano un'aureola attorno al suo viso. Vestiva come le altre giovani Sacerdotesse: non indossava le vesti scure che portavano fuori delle mura, ma un abito di lino grezzo dal taglio molto antiquato, stretto in vita da una cintura di stoffa verde.

«Devi essere sfinita», mormorò gentilmente Eilidh. «Vieni accanto al fuoco, figliola, e scaldati.»

Eilan obbedì. Era un po' stordita nel vedere quelle facce sconosciute. Non aveva pensato a ciò che avrebbe potuto trovare in quella casa. Ora se lo chiedeva, e si domandava se avesse preso una decisione che avrebbe rimpianto per tutta la vita.

«Non devi aver paura di noi», disse dietro di lei una voce solenne. Chi parlava era una donna alta e robusta dai capelli rossi. «Siamo molto meno numerose di quanto sembri. Avresti dovuto vedermi quando arrivai qui; mi guardavo intorno e singhiozzavo come una disperata. Mi chiamo Miellyn. Sono qui da cinque o sei anni e non so immaginare un'altra vita. Tutte le mie amiche sono qui, e un giorno avrai molte amiche anche tu, sebbene adesso ti sembriamo tutte estranee.» Prese il mantello di Eilan e lo posò.

«Credo che Lhiannon voglia parlare subito con te», intervenne Eilidh. «Seguimi.» Condusse Eilan attraverso un cortile spazzato dal vento fino a una costruzione separata dalle altre e bussò alla porta. Dopo un momento si sentì un rumore di passi e Caillean si affacciò.

«Eilan! Entra, figliola», esclamò, e chiamò con un cenno qualcuno che stava dietro di lei. «Dieda, vedi? Ti ho portato Eilan, finalmente.»

«Infatti», disse Dieda, uscendo dall'ombra. «È qui anche mio padre l'arcidruido, e anche Bendeigid. Sarà una vera riunione di famiglia.» Rise, ed Eilan pensò che non aveva mai sentito un suono tanto cinico. «E, se sarà possibile, anche Cynric verrà qui. Ho sentito che vogliono sfruttare la tua Vista, Caillean.»

«O forse la tua», ribatté Caillean, e Dieda rise. Eilan intuì che fra le due c'era ostilità e si chiese perché.

«Credo che sappiano ciò che direi», ribatté Dieda. «Se si trattasse di cercare Cynric, sì; ma emettere un oracolo che Lhiannon dovrà riferire docilmente come se non fosse altro che una marionetta agli ordini di Roma...»

«In nome della Dea, di tutte le dee, figliola, taci», comandò Caillean quando sentì una porta che sbatteva poco lontano. «Che cosa c'è? Chi c'è?»

«Soltanto sua santità, mio padre», mormorò Dieda, «e le più esimie Sacerdotesse di tutta la Casa della Foresta, che in assoluta obbedienza pronunceranno i responsi voluti da lui.»

«Taci, sciagurata creatura», sibilò Caillean. «Sai che quanto dici è un sacrilegio.»

«O forse qui si sta commettendo un sacrilegio più grave, e io non vi partecipo», replicò Dieda. «Forse, per mezzo della Vista vogliono essere sicuri di mandare i romani contro il nemico giusto. Se è così, Caillean, che cosa farai?»

«Farò tutto ciò che comanda Lhiannon», disse Caillean in tono brusco. «Come tutte.»

Caillean cercava di parlare in modo ragionevole per placare la collera di Dieda; ma l'altra sembrava più furiosa che mai. Aveva sempre avuto la lingua tagliente, eppure Eilan non l'aveva mai sentita così sdegnata.

«So che cosa vorresti farci pensare...» incominciò Dieda. Ma il volto di Caillean avvampò per il furore. Tuttavia, continuò a parlare con calma.

«Sai bene che ciò che tu pensi o che io penso non ha importanza», dichiarò. «Ciò che conta è quel che vuole la Somma Sacerdotessa: ed è quel che io farò.»

«Se è la sua volontà», rispose Dieda abbassando la voce. «Ma, in queste circostanze, com'è possibile che sia fatta la volontà di Lhiannon... anche se potesse essere determinata, anche se avesse ancora una volontà?»

«Dieda, ho già sentito questi discorsi», obiettò Caillean con voce stanca. «Ma è tanto sbagliato chiamare il nostro parente Cynric perché possa doverosamente piangere la madre adottiva?»

«Questo avremmo potuto farlo settimane fa», fece Dieda.

« Può darsi, ma è ciò che viene chiesto a te e a me », ripeté Caillean. « Perché ti opponi con tanta ostinazione? »

« Perché so, se tu non lo sai », disse Dieda, « che quest'uso del potere ha lo scopo di indurre Cynric a fare il contrario di ciò che ha imparato per tutta la vita, ciò che Bendeigid non farebbe neppure per salvarsi la vita... tendere la mano a Roma. Non sai che è stato per lui che Bendeigid si è fatto proscrivere? »

« Oh, in nome della Dea! Anch'io so qualcosa di Cynric e di Bendeigid », ribatté irritata Caillean. « E, che tu lo creda o no, conosco un po' anche i romani; almeno, ho vissuto più a lungo di te sotto il loro dominio. E ti dico che non sarà fatta violenza ai suoi precetti etici, e neppure a quelli di Cynric. Credi forse di essere l'unica persona in tutta la Britannia che conosce ciò che Cynric vorrebbe fare? »

« Ne so abbastanza... » attaccò Dieda, ma Caillean intimò con voce aspra: « Taci, o ci sentiranno. E ormai Eilan dev'essere completamente confusa... »

Il viso di Dieda si addolcì. « Lo credo anch'io, e per lei non sarà piacevole sentirci discutere così. » Andò ad abbracciare Eilan, che non protestò per evitare che ricominciasse la discussione.

In quel momento si aprì la porta interna e Lhiannon apparve davanti a loro.

« Figlie, state litigando? »

« Naturalmente no, madre mia », si affrettò a rispondere Caillean. Dopo un attimo, Dieda soggiunse: « No, santa madre: stavamo accogliendo la novizia ».

« Ah, sì. Ho saputo che sarebbe arrivata Eilan », disse Lhiannon, e girò lo sguardo verso la ragazza che stava fra loro in silenzio. Eilan sentì il cuore batterle più forte mentre guardava la donna che aveva visto l'ultima volta davanti ai fuochi di Beltane e che le era parsa una dea.

« Dunque tu sei Eilan? » La voce di Lhiannon era dolce ma un po' esile, come se il fatto di essere da tanti anni la portavoce della Dea l'avesse privata delle forze. « È vero: somigli molto a Dieda. Immagino che sarai stanca di sentirtelo dire. Ma dobbiamo trovare un modo per distinguervi, qui al santuario.» Sorrise, ed Eilan provò uno strano desiderio di proteggerla.

Lhiannon tese una mano a Eilan che era ancora ferma accanto alla porta. «Vieni, figliola. Tuo padre e tuo nonno sono qui con noi, lo sai.» Eilan si chiese perché avrebbe dovuto sorprendersi, dato che era stato suo padre ad accompagnarla. Forse viveva tra i Sacerdoti?

Lhiannon le prese gentilmente il braccio, la guidò nell'altra stanza e disse alle altre due Sacerdotesse, con voce dolce: «Venite anche voi. La vostra presenza è necessaria».

La stanza interna sembrava piccola, forse perché c'era troppa gente. Un fumo denso saliva dalle erbe che bruciavano in un braciere al centro, e l'odore fece girare la testa a Eilan. Tra il fumo e la folla, sulle prime stentò a respirare.

Poi il suo sguardo si schiarì e vide il padre, con il viso smagrito dalle angosce dell'ultima luna. Sembrava vecchio quanto l'arcidruido.

Ardanos, che stava aggiungendo qualcosa al fuoco, alzò lo sguardo verso le donne e disse: «Vedo che ci siete tutte. Sono di nuovo confuso. Come posso distinguervi?»

Eilan rimase in silenzio, in attesa che rispondesse qualcun altro, e Dieda esordì audacemente: «È facile capirlo, padre. Eilan non ha ancora ricevuto la veste di Sacerdotessa».

«Dunque è così che dovrei distinguere mia figlia da mia nipote! Bene, forse è a causa del fumo, ma mi sembrano comunque troppo somiglianti», si lamentò il vecchio druido. «Eilan, sei giunta qui in un momento doloroso: dobbiamo chiamare Cynric ai nostri Consigli, e, poiché è stato allevato con te quale fratello adottivo, la tua collaborazione sarà utile. Sei pronta, Caillean?»

Caillean rispose con calma: «Se Lhiannon lo vuole».

«Lo voglio», confermò Lhiannon. «Quali che siano le conseguenze, Cynric deve essere informato della morte della madre adottiva e di questi nuovi oltraggi. I romani non sono i nostri soli nemici...»

Dieda sibilò fra i denti: «Saresti disposto a dirlo a Mairi in questo momento, padre?»

« Calma, figlia mia », la trattenne Ardanos. « Qualunque cosa tu pensi, Macellio Severo è un uomo giusto: quando gli ho parlato dell'accaduto, si è sdegnato come se avessero bruciato la sua casa. »

« Ne dubito », mormorò Dieda, a voce così bassa che soltanto Caillean ed Eilan sentirono.

Il vecchio druido aggrottò la fronte, poi disse: « Caillean, figlia mia... »

Caillean lanciò un'occhiata a Lhiannon, si avvicinò a uno stipo e prese una ciotola d'argento ornata da un fregio. Poi la riempì con l'acqua versata da una caraffa e la posò sulla tavola. Ardanos accostò uno sgabello a tre gambe per farla sedere, mentre Lhiannon prendeva posto su un seggio scolpito.

Ardanos fece un cenno a Caillean. « Aspetta », la fermò. « Dieda, tu gli eri più vicina: tocca a te guardare nell'acqua e chiamarlo. »

Dieda arrossì e per un momento Eilan si chiese se avrebbe rifiutato: Dieda era sempre stata più coraggiosa di lei... Oppure Ardanos le aveva confuse di nuovo? La guardava; poi girò la testa e cercò Dieda con lo sguardo. « Eravate fidanzati », disse l'arcidruido. « Te lo chiedo, figlia... » E la sua voce era tenera come Eilan non l'aveva mai sentita. « Te lo chiedo per amore di tua sorella: era la sua madre adottiva prima ancora che tu nascessi. »

Eilan pensò: ci tratta tutti come se fossimo le sue arpe. Ma Dieda non poteva ignorare la gentilezza della voce dell'arcidruido. « Come vuoi, padre », disse e prese posto davanti alla ciotola.

Ardanos incominciò: « Eccoci riuniti in questo luogo protetto e purificato, per chiamare Cynric, figlio adottivo di Bendeigid. Tutti voi, che siete i suoi parenti superstiti più prossimi, dovete richiamare dalla memoria la sua immagine e associare al mio il richiamo dei vostri cuori ». Batté il bastone sul pavimento, ed Eilan udì il dolce tintinnio dei sonagli d'argento.

« Cynric, Cynric, noi ti chiamiamo! » La voce forte risuonò all'improvviso; Eilan batté le palpebre perché le parve che la stanza fosse diventata più buia anche se Ardanos sembrava risplendere. «Figlio forte, figlio amato, i tuoi parenti ti chiamano... Guerriero, figlio del Corvo, noi ti chiamiamo per i poteri della terra, della quercia e del fuoco!»

Mentre gli echi dell'invocazione si spegnevano, il respiro di Dieda, che diventava sempre più aspro mentre aspirava il fumo odoroso, era l'unico suono che si udisse nella stanza. Eilan represse un colpo di tosse. Quel poco fumo che aveva respirato le dava le vertigini; poteva immaginare quale effetto avesse su Dieda, che fissava immobile l'acqua.

Solo in quel momento Eilan notò che i lunghi capelli di Dieda erano sciolti e incorniciavano la ciotola. Tutti si erano disposti in un cerchio irregolare. Dal punto in cui si trovava, Eilan vedeva la superficie dell'acqua. Un brivido la scosse quando Dieda vacillò: o forse era lei che vacillava? Forse era il mondo che si muoveva; batté le palpebre mentre intorno a lei le forme si offuscavano e diventavano indistinte, fino a quando la ciotola fu l'unica cosa su cui riuscì a concentrarsi.

A poco a poco la superficie si annebbiò; quindi apparve un turbine grigio che dapprima si scurì e poi ridivenne limpido. Eilan soffocò un'esclamazione. Nell'acqua era apparsa una faccia... una faccia che conosceva bene, quella del fratello adottivo, Cynric.

Dieda soffocò un grido, poi parlò con voce bassa e chiara, come se si rivolgesse a qualcuno molto lontano. «Cynric, devi tornare. Questa volta non è stato un delitto dei romani; quelli del nord hanno bruciato la tua casa e hanno ucciso tua madre e tua sorella. Ritorna nelle terre degli Ordovici. Il tuo padre adottivo è vivo e ha bisogno di te.»

Dopo qualche istante la faccia sparì, l'acqua vorticò nella ciotola e Dieda si alzò, stordita, aggrappandosi al bordo della tavola. «Verrà», annunciò. «La custode del collegio delle Sacerdotesse di quel luogo gli darà le provviste necessarie. Se le strade e il tempo saranno buoni, dovrebbe arrivare fra pochi giorni.»

«E i barbari che hanno bruciato la nostra casa? Se non sei troppo stanca, figliola, dobbiamo vederli e sapere dove dovremo andare per punirli...» mormorò Bendeigid.

«No», rispose Dieda. Aveva ancora i capelli sciolti intorno

al viso. « Tu puoi piegarmi sempre alla tua volontà, ma lascia che sia Caillean a farlo: è lei a volere che in questa azione la nostra gente collabori con i romani, mentre io non voglio. Mi sarà difficile perdonarti. »

« Figlia mia... »

« Oh, mi rendo conto della necessità: ma come hai potuto servirti di me per attirare qui Cynric? »

Caillean prese la ciotola e rovesciò l'acqua fuori della porta, lasciando entrare un soffio d'aria fresca. Tuttavia, nonostante il tepore della notte d'estate, dopo qualche istante Eilan incominciò ad avere freddo. Caillean riempì di nuovo la ciotola e si chinò a fissarla.

Questa volta parve che l'immagine impiegasse più tempo a formarsi, e le nubi vorticanti nell'acqua durarono più a lungo. Il viso intento di Caillean divenne pallido come quello di una morta. Poi parlò, sottovoce, e in tono di infinita stanchezza: « Guardate, se volete ».

Eilan non seppe mai che cosa vedessero gli altri; ma, quando la superficie dell'acqua si schiarì, si formò una piccola immagine: i razziatori che avevano fatto irruzione nella casa di Mairi, immobili sulla soglia, abbigliati di stoffe lacere e multicolori. Alcuni erano armati di spade, che in quell'occasione non aveva visto, altri brandivano le lance. L'immagine era così nitida che poteva scorgere le gocce di pioggia sulle barbe disordinate, bionde o rossicce, e sui capelli lunghi. Gli uomini si affollarono all'intorno e nascosero l'immagine che Eilan conservava ancora nella memoria e che avrebbe potuto evocare fino al giorno della sua morte.

Vide, nel ricordo, Caillean che avanzava, raccoglieva manciate di braci ardenti e le gettava verso gli stranieri. Immaginava che anche suo padre e suo nonno dovevano aver veduto qualcosa di simile. Il volto di Bendeigid era contratto. « Rian il Rosso », disse a denti stretti. « Siano maledette la sua spada e la sua ombra! E sono ancora in riva al mare... »

« Così sia, e aggiungo la mia maledizione alla tua, per ciò che può valere », proferì Lhiannon. « Ti annuncio che la tua gente e i romani agiranno insieme per punirli. »

Bendeigid fece per parlare, ma Lhiannon lo zittì con un gesto. «Basta: ho parlato. Ora andate: sia come ha veduto Caillean e come io ho dichiarato. Potrete sorprendere Rian il Rosso sulla costa.»

«Signora, come lo sai?»

«Hai dimenticato che le mie Sacerdotesse e io possiamo dominare i venti, quando vogliamo?» disse Lhiannon. «Non troverà una brezza che lo porti via prima che tu lo raggiunga. Ti basta?»

«Per la vendetta contro quei diavoli... Se così deve essere», proclamò Bendeigid. «Ma ho giurato di allearmi persino con i romani se questo può servire alla vendetta, sebbene ciò sia contrario a ogni mio istinto... E avremo bisogno del loro aiuto per cacciare per sempre dalle nostre terre i razziatori assassini.»

Dieda trasse un lungo respiro. «Attenderai il ritorno di Cynric?»

«Questo dovrà stabilirlo anche Macellio», disse Bendeigid in tono irritato, dopo un momento.

Lo sguardo di Lhiannon si posò su Eilan. «Ma guardate! La nostra novizia appena arrivata è quasi morta di freddo», esclamò. «Dov'è il tuo mantello, figliola?»

«L'ho lasciato nell'altra stanza con le Sacerdotesse», mormorò Eilan, mentre cercava invano di dominare i brividi che la scuotevano.

«Devi andare presto a letto. Ma le erbe si sono consumate, quindi avvicinati al braciere e riscaldati. Fra poco Caillean ti accompagnerà al dormitorio delle novizie e ti darà la veste per la notte e l'abito da Sacerdotessa.»

«Ben detto», commentò Ardanos. «Ed è tempo che ce ne andiamo anche noi.»

Lhiannon attirò Eilan accanto al fuoco, e a poco a poco la ragazza smise di rabbrividire. Ma era ancora scossa da un tremito interiore. Caillean la cinse con un braccio.

«Passerà, figliola. Lo so... Può fare molto freddo tra i mondi; ti ho sentita cavalcare con me, sebbene non fosse stato deciso così. Dovremo evitarlo, la prossima volta.»

Bendeigid si avvolse nel mantello, ma prima di uscire con

Ardanos si soffermò davanti a Eilan. «Figlia...» Tossì mentre Eilan lo guardava negli occhi. «Non so quando ci rivedremo. Ma ti lascio al sicuro e questo mi è di conforto. La Dea ti benedica.» L'abbracciò.

«La pregherò per la tua sicurezza, padre», disse Eilan a voce bassa mentre un nodo le stringeva la gola.

Bendeigid tese la mano per toccarle le ciocche di capelli sfuggiti alla treccia avvolta sulla fronte. «Anche i capelli di tua madre erano così», mormorò. Poi le baciò la fronte, delicatamente. Eilan batté le palpebre per reprimere le lacrime mentre la porta si chiudeva.

«Bene, anche questa è fatta, ed è molto tardi», disse Caillean in tono di sollievo. «Eilan, c'è qualcosa che vuoi chiedermi?» Si avvicinò e l'abbracciò affettuosamente. «Se ora ti sei scaldata, vieni. Ti accompagnerò al dormitorio delle novizie.»

Con Caillean al fianco, Eilan riattraversò il cortile ventoso che separava la dimora di Lhiannon dalla costruzione in cui era stata accolta dalle Sacerdotesse. Molti anni dopo, quando ormai conosceva ogni angolo di quelle dimore come la casa dov'era nata, avrebbe ricordato la prima volta che aveva visto la Casa della Foresta e si sarebbe chiesta perché, quella notte, le fosse sembrata così enorme.

Eilidh e alcune donne erano ancora nella sala dove l'avevano ricevuta. Tutte la guardarono incuriosite, ma Caillean, con un gesto, impedì loro di parlare.

«Non possiamo ancora chiederti di pronunciare i voti», disse Caillean. «Ma per il primo anno che trascorrerai fra noi dovrai fare alcune promesse.» Si raddrizzò, e il suo viso parve trasformarsi. Eilan la scrutò, attenta, ma anche incuriosita da quella premessa.

«Anzitutto... Vieni fra noi di tua spontanea volontà? Non sei stata costretta o minacciata perché chiedessi di essere ammessa?»

Eilan la fissò, sorpresa. «Sai bene che non è così.»

«Taci... È la regola. Devi rispondere con parole tue.»

«Sta bene», disse Eilan. «Sono venuta qui di mia volontà.» Le sembrava una sciocchezza. Chissà se l'avevano chiesto anche a Dieda, e chissà lei che cosa aveva risposto.

«Prometti che tratterai ogni donna in questa dimora come sorella, madre, figlia, come tua parente, insomma?»

«Prometto.» Ormai non aveva più la madre; e, se avesse preso i voti definitivi, non avrebbe avuto figlie.

«Prometti di obbedire a ogni comando legittimo che ti sarà impartito da una Sacerdotessa più anziana, e di non giacere con un uomo...» Caillean s'interruppe con una smorfia e precisò: «A meno che tu possa giacere con il Re dell'Estate, se la sua scelta dovesse cadere su di te».

Eilan sorrise. «Obbedirò, e non mi sarà difficile promettere di non darmi a un uomo.» Perché l'unico uomo che avrei potuto amare mi è stato negato, pensò amaramente.

Caillean annuì. «Così sia», disse. «Nel nome della Dea, che è una sebbene abbia molti nomi, io ti accetto.»

Abbracciò Eilan. A una a una le altre Sacerdotesse la imitarono. Quando finirono, Eilan si sorprese a piangere come se, misteriosamente, avesse ritrovato i suoi parenti perduti.

Caillean mise il mantello sulle spalle di Eilan e la condusse attraverso un passaggio coperto da un tetto di paglia fino a una casa rotonda dove c'era una dozzina di letti, non come quelli cui era abituata, ma brande strette collocate intorno alla parete. Alcuni erano già occupati. Un paio di ragazze si sollevarono a sedere e sbatterono gli occhi quando Caillean scostò la tenda del letto più vicino alla porta, poi tornarono a sdraiarsi.

«Questo è il tuo posto», mormorò Caillean. Aiutò Eilan a indossare una rozza tunica bianca che sembrava un po' troppo ampia. «Qualcuna ti sveglierà per i riti del levar del sole. Io non ci sarò... Assisterò Lhiannon nei preparativi per le cerimonie del plenilunio. Ecco l'abito che indosserai domani.» Prese un involto da una cassapanca.

Eilan si sdraiò sul letto e Caillean le rimboccò la pesante coperta. Poi si chinò per abbracciarla, ed Eilan si sollevò per ricambiare l'abbraccio.

«Qualunque cosa tu possa pensare, ricorda che sei la benvenuta fra noi», disse Caillean. «Anche per Dieda. Ora è molto infelice, ma un giorno sarà lieta che tu sia qui con lei.»

Baciò la fronte di Eilan. «Domani una delle ragazze ti aiuterà a indossare le vesti di Sacerdotessa: probabilmente sarà Eilidh. E per un giorno o due starà sempre al tuo fianco e ti mostrerà ciò che devi fare.»

Eilan si riadagiò. Le lenzuola erano ruvide ed esalavano effluvi d'erbe. Per prolungare quei momenti, chiese: «Che cos'è questo profumo?»

«Lavanda. La spargiamo fra la biancheria dopo averla lavata.»

Eilan si disse che non doveva stupirsi. Le Sacerdotesse erano donne, per quanto diverse da quelle che aveva conosciuto; era naturale che pensassero a cogliere erbe e a lavare la biancheria. Anche lei avrebbe imparato.

Caillean disse a voce bassa: «Ora dormi, e non preoccuparti. È un bene che tu sia venuta qui. Credo che avrai un destino eccezionale fra noi».

Nessuna delle due poteva immaginare in quale modo si sarebbe realizzata la profezia.

10.

« PERCHÉ teniamo nascosti alla gente comune i nomi delle erbe che hanno maggiori poteri risanatori? » La vecchia Latis, la più anziana delle erboriste, si rivolse alle ragazze sedute sotto la quercia, e mostrò uno stelo fiorito di digitale.

« Perché debba rivolgersi a noi e rispettare le Sacerdotesse? » opinò una delle più giovani.

« Il rispetto va guadagnato, figliola », disse Latis in tono severo. « Anche se la gente comune è ignorante, non è certo stupida. La ragione della segretezza ha radici più profonde: ciò che è più potente per il bene lo è anche per il male, se viene usato nel modo sbagliato. La digitale può stimolare un cuore sofferente: ma, se si eccede, il cuore comincia a galoppare come un cavallo spaventato fino a spezzarsi. Per il guaritore, la capacità di giudizio è la cosa più importante. »

Eilan aggrottò la fronte. Non ci aveva mai pensato. Molto tempo dopo, ricordando gli anni trascorsi nella Casa della Foresta, si sarebbe chiesta che cosa si era aspettata. Pace, forse, o mistero, e magari un po' di noia. Non aveva previsto che i giorni passati a studiare con un gruppo di altre donne sarebbero stati così interessanti.

Le notti erano più difficili. Durante i primi mesi sognava spesso Gaio. A volte lo vedeva cavalcare con i suoi uomini o allenarsi con la spada. A volte imprecava quando la lama affondava nella sagoma di legno dalla forma umana... Questo è per Senara, e questo per Rheis, e questo per Eilan! Quando finiva aveva la fronte madida di sudore, ma le guance erano rigate di lacrime.

Allora Eilan si svegliava e piangeva per lui. Ora capiva che la sofferenza dei vivi poteva tormentare i defunti. Pensava di mandargli un messaggio per fargli sapere che era ancora viva; ma era impossibile, e dopo un po' cominciò a comprendere che per lui era veramente morta; e quanto prima Gaio avesse accettato quel fatto, tanto meglio sarebbe stato per entrambi.

In quei primi mesi, era soltanto una delle tante aspiranti Sacerdotesse. Passava gran parte del tempo cercando di imparare a memoria l'intera mole delle tradizioni druidiche. Come gli dei non potevano essere adorati in un tempio costruito da mani umane, così nessuna delle tradizioni divine poteva essere affidata alla scrittura. A volte le sembrava strano perché la memoria umana era così fragile. Ma aveva visto le sue insegnanti compiere prodigi di memorizzazione. Gran parte delle vecchie conoscenze erano andate perdute quando Mona era stata distrutta, eppure ne restavano ancora molte. Ardanos, per esempio, era capace di recitare a memoria l'intera Legge.

Si trovava piuttosto bene con le altre Sacerdotesse. Quelle con cui aveva stretto un legame più forte erano le due che le avevano dato il benvenuto nella Casa delle Vergini la prima notte: Eilidh e Miellyn.

Eilidh era più anziana di quanto sembrasse, e viveva nella Casa della Foresta fin dalla prima infanzia. Miellyn le era più vicina per età. Ma Eilan aveva fatto amicizia anche con una donna che si chiamava Celidon e aveva quasi quarant'anni; il suo compito principale era istruire le Sacerdotesse più giovani e officiare alcuni dei riti meno importanti.

Il primo dovere di Eilan consisteva nell'imparare a memoria ogni particolare dei riti cui partecipavano le allieve: infatti, se veniva commesso un errore, la cerimonia doveva ricominciare daccapo. Due o tre volte Eilan aveva causato interruzioni del genere. Si sentiva molto sciocca, ma Miellyn le aveva assicurato che succedeva a tutte.

Eilan veniva istruita anche sui moti della luna e delle stelle. Distesa fra Miellyn ed Eilidh, trascorreva molte notti in una parte isolata del recinto, guardando il Grande Carro che girava eternamente intorno alla stella del nord, la marcia solenne dei pianeti che salivano e scendevano e le aurore boreali che lampeggiavano e ruotavano nel cielo estivo. Apprese che la terra girava intorno al sole, e questa, tra tutte le meraviglie, era la più difficile da credere. Nei primi anni trascorsi nella Casa della Foresta, quelle notti avevano colpito la sua immaginazione... giacere sull'erba umida, avvolta in un mantello caldo, mentre la voce di Caillean aleggiava sopra di loro nell'oscurità intonando lunghe storie sulle stelle.

A volte Eilan avrebbe voluto imparare ad accompagnare il canto ma, in una delle poche occasioni in cui le fu permesso di trascorrere un po' di tempo con Caillean, si sentì dire che le donne non suonavano l'arpa nelle cerimonie.

« Ma perché? Ora le donne possono essere bardi, come Dieda. E tu suoni l'arpa, no? »

Faceva caldo, e nel boschetto fuori delle mura un giovane Sacerdote del collegio druidico che sorgeva dall'altra parte dei campi si stava esercitando. Non era molto bravo; ma era difficile suonare un'arpa così male da rendere l'ascolto sgradevole. Anche se la melodia era incerta, ogni nota era limpida e pura.

« Il mio strumento è una lira, il primo dono che mi fece Lhiannon; e la suono da anni, quindi nessuno si permette di obiettare. Ed è impossibile negare un talento come quello di Dieda. » Gli occhi scuri di Caillean lanciarono un lampo.

« Non ha senso. Perché io non posso imparare? » chiese Eilan. Anche se avesse suonato male, sicuramente avrebbe saputo far meglio del giovane là fuori, che sembrava non aver notato che, con il caldo, le corde delle note più alte si allentavano.

« Certo, non ha senso », rispose Caillean. « Molto di ciò che fanno i Sacerdoti non ha senso, e lo sanno. È una delle ragioni per cui non mi sarà permesso di succedere a Lhiannon. Ardanos sa benissimo che ne sono consapevole. »

« Vorresti essere la Somma Sacerdotessa? » chiese Eilan sgranando gli occhi.

« Il cielo non voglia », disse Caillean con fervore. « Mi scontrerei contro la volontà dei Sacerdoti che è come un muro di pietra, e questo accadrebbe ogni giorno della mia vita. L'autorità è un'altra delle cose che gli uomini vogliono tenere per sé. Credo che sia diventato anche peggio da quando hanno conosciuto i romani. Gli uomini vogliono avere le armi e le arpe e tutto il resto, tranne le sofferenze del parto e le fatiche della cucina e del telaio. Credo che sarebbero felici di affermare che le donne non possono servire gli dei, ma nessuno sarebbe tanto stolto da crederlo. Ma perché vorresti imparare a suonare l'arpa? »

Eilan spiegò: « Perché amo la musica e non so cantare ».

«Hai una voce bassa ma dolce. L'ho sentita.»

«Mio nonno dice che, in confronto a Dieda, gracido come un ranocchio», commentò amaramente Eilan. «In casa nostra toccava sempre a lei cantare.»

«Credo che Ardanos abbia torto; ma questa volta non mi metterò a discutere perché persino io devo ammettere che è uno dei nostri migliori bardi. Dieda ha una voce bellissima, e forse l'ha presa da lui. In confronto a una voce come quella della tua parente siamo tutti ranocchi che gracidano, figliola, quindi non addolorarti. Puoi imparare le storie degli dei, anche se non sai cantarle bene come lei. Credo che non faticherai a recitare incantesimi. Non tutti possono avere le voci più belle, neppure fra i bardi.»

Infatti, a Eilan venne insegnato a cantare molti degli incantesimi che aveva dovuto imparare a memoria, e alcune delle più semplici Parole del Potere le furono confidate già quel primo anno.

Un giorno, mentre Caillean l'istruiva negli incantesimi, le chiese: «Ricordi quella notte, dopo la nascita della bimba di Mairi, quando misi in fuga i razziatori scagliando il fuoco contro di loro?»

«Non la dimenticherò mai», asserì Eilan.

«Ricordi quando ti dissi che avresti potuto imparare a farlo anche tu, con un insegnamento adeguato?»

Eilan annuì. Il cuore incominciò a batterle forte, forse per l'eccitazione, forse per la paura.

«Bene, ora te l'insegnerò. L'importante è ricordare che il fuoco non può farti alcun male: mi hai visto maneggiarlo, quindi sai che è possibile.» Prese le dita affusolate e candide di Eilan e le soffiò sul palmo.

«Ora», mormorò, «l'importante è aver fiducia in te stessa. Affonda rapidamente la mano nel fuoco e raccogli un po' di braci. Il fuoco può farti male soltanto se credi che bruciare sia nella sua natura; quando conosci invece la sua natura spirituale, puoi maneggiarlo come se fosse un mucchietto di foglie secche. Il fuoco brucia in te come brucia nel focolare. Com'è possibile che una fiamma danneggi l'altra? Fa' che la scintilla della vita che è in te accolga il fuoco!»

Eilan esitava. Tuttavia aveva visto Caillean compiere quell'atto, e si fidava completamente di lei. Tese le mani verso il braciere; il calore le investì il viso, ma Caillean disse con fermezza: « Non esitare... fa' presto! » Ed Eilan affondò la mano tra le fiamme.

Sentiva ancora il calore sulle guance ma, con suo immenso stupore, i tizzoni sembravano una manciata di neve. Caillean, che osservava il suo viso meravigliato, esclamò: « Ora lasciali cadere, subito! » Eilan aprì le dita nel sentire una vampata improvvisa e le braci rotolarono sulla pietra del focolare. Si guardò le mani, stupefatta.

« Ci sono riuscita davvero? »

« Sì », rispose Caillean. Le braci avevano raggiunto uno straccio che stava sul focolare e che incominciò a fumare. Un intenso puzzo di stoffa strinata si levò all'improvviso. Caillean prese lo straccio e lo spense soffiando.

Eilan continuò a osservarla, sbigottita. « Come hai capito che fra un attimo mi sarei bruciata? »

« Ho sentito che cominciavi a pensare e a stupirti... e a dubitare. Il dubbio è nemico della magia. Ci insegnano a fare cose come queste per sorprendere la gente comune con prodigi e meraviglie e per proteggerci in caso di pericolo. Ma devi imparare », l'ammonì Caillean, « che non è giusto operare miracoli per la semplice soddisfazione di sbalordire coloro che sono nati una sola volta. E, anche per proteggerti dal pericolo, devi stare attenta a compiere gesti che possano sembrare miracoli. Forse non è stato saggio, da parte mia, servirmene quella notte nella casa di Mairi. Ma quel che è fatto è fatto. Ora sai che è possibile, e imparerai quando è giusto servirsi di queste cose e quando non lo è. »

Via via che l'anno trascorreva, punteggiato di festività, le ragazze apprendevano non soltanto la tradizione legata agli dei che venivano onorati di volta in volta, ma anche il significato delle leggende, molte delle quali, vere nei simboli, non lo erano altrettanto nella realtà. Discutevano della verginità della dea

Arianrhod e del destino del figlio fulgido che aveva partorito controvoglia; analizzavano le trasformazioni di Gwion che aveva assaggiato la bevanda contenuta nel paiolo della saggezza. Imparavano la conoscenza segreta del Re Sacro e della Signora della Sovranità. E, nei giorni più bui dell'inverno, contemplavano i misteri delle dee tenebrose i cui volti sanguinanti e il cui corpo avvizzito rappresentavano l'incarnazione delle paure degli uomini.

« Ma perché gli uomini temono le donne vecchie? » chiese Eilidh. « Non temono i vecchi nello stesso modo! »

« L'uomo vecchio diventa un saggio, un modello cui aspirare », spiegò Caillean. « Temono la vecchia perché è sottratta al loro potere. Con l'avvento del sangue della luna una ragazza diventa donna. Ha bisogno di un uomo per diventare madre, e una madre ha bisogno di un uomo per proteggere i suoi figli. Ma la vecchia conosce tutti i segreti della nascita e della morte; è rinata e non ha bisogno di nulla. Perciò naturalmente l'uomo, il quale conosce solo il primo mutamento che lo porta alla virilità, ne ha paura. »

Il nome di Lhiannon era sacro persino tra le ragazze più giovani che, di notte, nella Casa delle Vergini, ridevano delle donne più anziane di loro; tuttavia Eilan non poteva fare a meno di chiedersi se la Somma Sacerdotessa fosse già passata attraverso la rinascita descritta da Caillean. Sebbene fosse vecchia, era impossibile immaginare che le sofferenze e le passioni umane l'avessero mai sfiorata. Non era giaciuta con un uomo e non aveva partorito figli; si muoveva nella Casa della Foresta circondata da una nuvola di profumo di lavanda, avvolta nelle vesti drappeggiate, con un sorriso dolce, vago e distante come se si aggirasse in una realtà tutta sua.

Eppure Caillean le voleva bene. Eilan non dimenticava che la Sacerdotessa, alla quale si era trovata unita da un legame profondo la notte della nascita della figlia di Mairi, vedeva in Lhiannon qualcosa che lei non aveva visto; accettava comunque per fede che ciò esistesse.

Quando incominciarono a insegnare alle ragazze le discipline che dovevano dare accesso ai livelli interiori, Eilan si applicò con diligenza. I sogni e le intuizioni erano cose che a lei venivano facilmente e senza preavviso. Ora imparava a chiamare le visioni a piacimento, e a escluderle quando era necessario.

Apprese il modo di scorgere le visioni in un bacile d'acqua e a usare gli incantesimi per la visione a distanza. Una delle prime cose che vide in questo modo fu la battaglia con i razziatori che avevano distrutto la sua casa.

« Benedetta sia la Signora di Vernemeton, se è stata lei a mandare questo vento! » disse Cynric, mentre aspirava l'odore della nebbia salmastra che turbinava intorno a lui.

« Ha mantenuto la promessa », rispose Bendeigid che gli stava al fianco. « Dal terzo giorno dopo l'incendio della mia casa il vento non ha smesso di soffiare. Quando le bande disperse sono tornate per caricare il bottino sui coracle si sono accorte che la brezza era loro contraria. » Sorrise, rabbiosamente. « Li inchioderemo fra la riva e il mare! »

Poco lontano giunse un ordine secco, poi il calpestio ritmico dei sandali chiodati si arrestò. Cynric fece una smorfia e si compiacque perché il vento non aveva portato quel suono fino al nemico. Tanto valeva far squillare le trombe, piuttosto che permettere ai razziatori di udire quella cadenza minacciosa. I britanni non erano altrettanto ordinati, ma facevano assai meno chiasso.

Si tendeva ancora, istintivamente, ogni volta che nella nebbia appariva la cresta di un elmo romano. Non aveva mai immaginato di trovarsi a combattere a fianco dei nemici. Ma se, in nome di un interesse più grande, persino Bendeigid poteva temporaneamente dimenticare il proprio odio, lui doveva fare lo stesso.

Bendeigid gli posò una mano sul braccio e Cynric si fermò, scrutando oltre la fascia di ontani che si estendevano tra loro e la riva. Sentiva l'odore del fumo di legna e il lezzo della latrina mal tenuta. Era vero: le bestie si potevano riconoscere dall'odore. Si fece scivolare lo scudo dalla spalla e strinse la lancia più saldamente.

Il cuore gli batteva in modo strano, e aveva la bocca arida.

Sognavi una vera battaglia, come puoi aver paura? si chiese. Ti saresti nascosto dietro le gonne di Rheis se fossi stato presente quando i razziatori hanno attaccato la casa? A quel pensiero, il panico si trasformò in furore.

Poi squillarono le trombe dei romani. Bendeigid lanciò un ruggito gutturale e Cynric sentì la propria gola che si apriva. I britanni si avventarono correndo e urlando. Cynric avanzò fra gli alberi brandendo la lancia e sentì la carica dei romani che si scatenava, accompagnata dalle grida dei britanni.

Mentre i romani piombavano sui nemici, i britanni li attaccarono alle spalle. Un guerriero si voltò, e nella nebbia la sua sagoma indistinta sembrò quella di un mostro. Era un mostro! L'addestramento di Cynric ebbe la meglio. Sferrò un colpo dal basso in alto; sentì l'urto e udì il grido quando la lama penetrò. Ma non ebbe il tempo di reagire perché un altro stava per avventarsi su di lui. Un colpo di spada rintronò sul suo scudo. A lato intravide i fanti romani che falciavano i nemici con fredda efficienza. Cynric liberò la lancia e si voltò di scatto, cercando il suo avversario in ogni faccia stravolta.

Non era in grado di dire se fosse trascorsa mezz'ora o metà di una vita quando si accorse che nessuno lo attaccava più. Tutto intorno c'erano corpi distesi a terra, e Bendeigid dava meticolosamente il colpo di grazia a quelli ancora vivi. Era coperto di sangue, ma non sembrava ferito. A un certo punto era caduto e aveva pensato di essere spacciato, ma un legionario si era piazzato accanto a lui e l'aveva riparato con il grande scudo rettangolare fino a che non si era rialzato.

S'era accorto che si poteva odiare qualcuno e ammirarlo nel contempo. Non avrebbe mai amato i romani, ma ora capiva che si poteva imparare qualcosa da loro. In quel momento, persino il suo sangue romano non gli appariva tanto malefico. Sentì crepitare le fiamme e vide che Ardanos faceva bruciare i coracle dei nemici. Il fumo puzzava di carne bruciata, ma le imbarcazioni ricurve rivestite di cuoio ardevano vivacemente. Cynric si girò dall'altra parte, in preda a un conato di vomito.

Tuttavia una delle imbarcazioni era stata risparmiata e uno dei razziatori era stato tenuto in vita, accecato, per governarla.

Ardanos alzò le mani al cielo e gridò qualcosa in un linguaggio così antico che soltanto i druidi l'usavano. Per un momento la brezza cadde, poi riprese a soffiare dalla terraferma. Ardanos posò la mano sul bordo del coracle e lo trattenne.

« Ho chiamato i venti perché ti sospingano », disse all'uomo che stava nell'imbarcazione. « Se gli dei ti amano, tornerai a Eriu. Sarai il nostro messaggero, e porterai queste nostre parole », continuò, furiosamente. « Se tornerete su queste sponde, la stessa sorte toccherà a ognuno di voi. »

La visione sparì ed Eilan si accasciò, con un brivido. Non aveva mai assistito a un vero combattimento, ed era colma d'orrore. Tuttavia aveva provato una gioia feroce mentre i razziatori morivano. Uno di quegli uomini aveva sicuramente ucciso sua madre e forse anche la sua sorellina, e aveva incendiato la casa in cui era nata.

Scrutò l'acqua per cercare il viso di Gaio, ma non lo vide. Era caduto in qualche scontro precedente con il nemico, convinto che lei fosse morta fra le rovine della casa? Era meglio convincersi di questo anziché credere che avesse mancato alla promessa, si disse; ma la sorprendeva che il pensiero che potesse essere morto la colmasse di tanta angoscia. La notte in cui erano rimasti vicini, davanti ai fuochi di Beltane, aveva avuto la sensazione che lei e Gaio fossero una cosa sola. Senza dubbio, se lui fosse stato ucciso, lei l'avrebbe saputo.

Dopo qualche tempo, però, il fluire costante della vita nella Casa della Foresta cancellò il doloroso ricordo di Gaio e di ciò che avrebbe potuto essere.

Insieme alle altre, Eilan faceva a turno nel raccogliere le piante e le erbe sacre e imparava quali dovevano essere colte sotto una particolare luce del sole o della luna.

« È un sapere ancora più antico dei druidi », le confidò una volta Miellyn mentre lavoravano insieme. Sebbene fosse giunta alla Casa della Foresta molto tempo prima, Miellyn non era molto più anziana di Eilan; e, poiché erano le più giovani, spesso lavoravano insieme. Miellyn aveva deciso di diventare Sacerdotessa-Guaritrice, e aveva già una vasta preparazione. « In parte ci è pervenuta da tempi antichissimi, da prima che il nostro popolo giungesse in questa terra. »

La primavera era stata piovosa e lungo le rive del ruscello che serpeggiava fra i campi dietro la Casa della Foresta le piante di artemisia arrivavano alla cintola. L'odore pungente delle foglie dava un senso di stordimento a chi le strappava dagli steli. Le Sacerdotesse le usavano per indurre le visioni, e ne preparavano infusi per alleviare l'indolenzimento dei muscoli.

« Caillean mi ha detto qualcosa a questo proposito », osservò Eilan. « Un tempo, così almeno racconta, non c'erano druidi in Britannia. Quando la nostra gente venne qui sterminò i Sacerdoti delle tribù sottomesse; ma non osò uccidere le Sacerdotesse della Grande Madre. Le nostre donne consacrate impararono da loro, e aggiunsero alla propria quella conoscenza antica. »

« È vero », commentò Miellyn mentre procedeva lungo la riva del fiumicello. « Caillean ha studiato queste cose più di me, ed è una Sacerdotessa dell'Oracolo. Sono storie che risalgono a un tempo anteriore alla costruzione della Casa della Foresta, molto prima che l'ordine dei druidi giungesse in Britannia. Dicono che le prime Sacerdotesse arrivarono da un'isola lontana, oggi sprofondata nell'oceano occidentale. E con loro venne il Sacerdote che gli uomini chiamavano il Merlino e che insegnava la conoscenza delle stelle e delle pietre erette. »

Per un momento rimasero in silenzio, contemplando un'antichità quasi inimmaginabile. Poi una brezza leggera agitò le loro vesti e le richiamò alla bellezza del mondo che verdeggiava intorno a loro.

« Quello è matricale o cerfoglio? » Eilan indicò una massa di fogliame verdissimo dalle punte seghettate.

« Cerfoglio. Vedi come sono delicati gli steli? È appena spuntato. Il matricale sopravvive all'inverno e ha lo stelo legnoso. Ma è vero, le foglie si somigliano molto. »

« Ci sono tante cose da ricordare! » esclamò Eilan. « Se il nostro popolo non è vissuto sempre qui, come abbiamo appreso questa conoscenza? »

« Gli uomini sono vagabondi per natura », disse Miellyn,

«anche se tu puoi ritenere il contrario perché hai le radici in mezzo a noi. Ogni popolo è giunto da qualche luogo e ha dovuto apprendere le usanze della terra da quelli che c'erano prima. Le nostre ultime tribù vennero su quest'isola appena cento anni prima dei romani, e all'incirca dalla stessa parte del mondo.»

«Ma, se eravamo vicini, i romani dovrebbero conoscerci molto meglio», osservò Eilan.

«Conoscevano i nostri guerrieri quanto basta per averne paura», disse Miellyn con un sorriso fiero. «Forse è per questo che hanno diffuso tante calunnie su di noi. Dimmi, Eilan, hai mai visto bruciare un uomo sui nostri altari? O una donna?»

«No, e nessuno viene messo a morte tranne i criminali», rispose Eilan. «Com'è possibile che i romani dicano queste cose sul nostro conto?»

«Perché non dovrebbero? Sono ignoranti», spiegò Miellyn in tono sprezzante. «Traspongono tutta la loro conoscenza su pezzi di pelle o su legno incerato o su tavolette di pietra e credono che sia un comportamento saggio. A che cosa serve possedere un pezzo di pietra per avere la conoscenza? Persino io, che sono una Sacerdotessa molto giovane, so che a rendere saggi gli uomini è la conoscenza scolpita nel cuore. Puoi imparare i pregi delle erbe da un libro? Non è sufficiente neppure sentirseli descrivere a voce: devi cercare tu stessa le piante, maneggiarle, amarle, guardarle crescere. Allora puoi usarle per guarire perché il loro spirito ti parlerà.»

«Forse le loro donne sanno di più», azzardò Eilan. «Ho sentito dire che i romani non insegnano le arti delle lettere a tutte le loro donne. Mi chiedo quale sapere le madri trasmettano alle figlie... un sapere che gli uomini non conoscono.»

Miellyn fece una smorfia. «Forse temono che, se le donne imparassero a scrivere, non ci sarebbe abbastanza lavoro per gli scrivani dei mercati.»

«Caillean mi disse qualcosa del genere, poco dopo il mio arrivo», commentò Eilan, e rabbrividì sebbene fosse una giornata calda, ricordando i venti freddi della visione. «Ma da allora l'ho vista di rado. A volte mi chiedo se è in collera con me.»

«Non fare molto caso a ciò che dice o non dice Caillean»,

l'ammonì Miellyn. « Ha sofferto molto e a volte è... sfrenata nelle sue opinioni. Ma è vero che i romani non attribuiscono grande importanza a ciò che possono fare le donne. »

« Allora sono sciocchi. »

« Io lo so. Tu lo sai », sospirò Miellyn. « Ma vi sono molti romani che ancora non lo sanno. Speriamo che imparino presto. Anche i nostri Sacerdoti spesso sono sciocchi. Qualcuno mi ha detto che vorresti imparare a suonare l'arpa. Hai sentito Caillean suonare la sua lira? »

Eilan scosse la testa. « Non molto spesso. » D'un tratto ricordò il momento in cui Caillean le aveva insegnato a maneggiare il fuoco, e rabbrividì.

Miellyn la rassicurò: « Non devi sorprenderti delle stranezze di Caillean: è molto solitaria. A volte non parla con nessuno per giorni e giorni, eccettuata Lhiannon. So che ti è affezionata: l'ho sentito dire da lei ».

Eilan la fissò, poi distolse in fretta lo sguardo. Le era sembrato che fosse vero, la notte in casa di Mairi, dopo che Caillean aveva messo in fuga i razziatori. Il fatto che Caillean si fosse rivelata così era stato davvero insolito: lo capiva bene, ora. Forse era per questo che in seguito l'aveva evitata.

Miellyn aveva trovato un ciuffo di timo selvatico che cresceva sotto un albero e stava usando il piccolo falcetto per tagliare gli steli. Il profumo dolce e intenso giunse alle narici di Eilan quando si chinò a coglierlo.

« Parlale della sua arpa », soggiunse Miellyn.

« Ma avevi detto che non è un'arpa... »

« Sì, Caillean si affanna a spiegare la differenza... » Miellyn sorrise. « Le corde finiscono in una cassa alla base anziché di lato, ma il suono è simile. Conosce molti canti di Eriu. Sono davvero strani: in un certo senso, hanno tutti il suono del mare. E conosce anche tutti i vecchi canti, anche se, grazie alla nostra preparazione, tutte noi ricordiamo assai più della maggioranza della gente. Se si fossero decisi ad addestrare le donne come bardi prima che venissero uccisi tanti Sacerdoti, forse Caillean sarebbe diventata una di loro. » Miellyn ridacchiò. « O avrebbe potuto diventare il sommo druido, se non è una bestemmia dirlo, dopo tuo padre. »

«Ardanos è padre di mia madre, non mio. Dieda è sua figlia», spiegò Eilan mentre finiva di raccogliere il timo.

«E il tuo fratello adottivo fa parte della Banda Sacra?» chiese Miellyn. «Tu provieni da una famiglia sacerdotale. Con ogni probabilità un giorno cercheranno di fare di te una Sacerdotessa dell'Oracolo.»

«Nessuno me ne ha mai parlato», rispose Eilan.

«Ti dispiacerebbe?» disse Miellyn ridendo. «Ognuna di noi ha i suoi compiti, e io sono felice con le mie erbe. Ma sono le veggenti, quelle che il popolo venera. Non ti piacerebbe essere la voce della Dea?»

«*Lei* non mi ha detto nulla», ribatté Eilan in tono piuttosto brusco.

A Miellyn non doveva interessare ciò che Eilan poteva desiderare in segreto, o la sensazione che provava quando vedeva Lhiannon alzare le braccia per invocare la luna. Più a lungo restava in quel luogo e più ricordava nitidamente i sogni dell'infanzia, e ogni volta che portava offerte al sacrario della sorgente scrutava l'acqua nella speranza di rivedere la Signora.

«Farò ciò che diranno i miei superiori. Loro conoscono meglio di me la volontà degli dei.»

Miellyn rise. «Oh, forse è vero per qualcuno di loro, ma non ne sono sicura», disse. «Caillean non vuole parlarne. Una volta mi ha confidato che il sapere dei druidi è ciò che anticamente veniva donato a tutti, uomini e donne.»

«Eppure anche il sommo druido s'inchina alla volontà di Lhiannon», obiettò Eilan mentre si curvava per cogliere qualche foglia da un ciuffo di stellaria che aveva trovato sul lato soleggiato di un grosso macigno.

«Almeno così sembra», commentò Miellyn. «Ma Lhiannon è diversa, e naturalmente tutti l'adoriamo...»

Eilan aggrottò la fronte. «Ho sentito alcune donne dire che neppure mio nonno osa contrastarla.»

«A volte ne dubito», mormorò Miellyn mentre divideva le foglie tagliate da Eilan. «Devi reciderle più vicino al ramo, non possiamo usare gli steli. Sai, ho sentito dire che un tempo le leggi stabilivano che se un uomo tagliava un albero doveva piantarne un altro al suo posto perché non si riducesse mai l'estensione dei boschi. Questo non è più avvenuto da quando sono arrivati i romani; loro tagliano e non piantano nulla, e un giorno non rimarrà un solo albero in tutta la Britannia... »

« A me sembrano numerosi come prima », si stupì Eilan.

« Alcuni crescono dai loro stessi semi. » Miellyn si voltò per prendere le piante che avevano colto.

« E le erbe? » chiese Eilan.

« Non ne abbiamo tagliate tante da creare una qualche differenza: fra un giorno o due spunteranno germogli sufficienti a sostituire quelle che abbiamo preso. Basta così. Credo che pioverà: dobbiamo affrettarci a rientrare. La Sacerdotessa che mi ha insegnato l'uso delle erbe diceva sempre che i territori selvaggi e disabitati sono il giardino della Dea, e gli uomini non possono prendervi nulla senza rimpiazzare ciò che usano. »

« Non l'avevo mai sentito esprimere in questo modo, ma mi sembra molto bello », disse Eilan. « Se pensi allo scorrere dei secoli, abbattere un albero è da stolti come uccidere una cerva gravida... »

« Eppure alcuni uomini credono, o sembrano credere, di avere il diritto di fare ciò che vogliono a ciò che è più debole di loro », le fece notare Miellyn. « Non capisco come i romani possano fare ciò che fanno. »

« I migliori tra loro si indignerebbero quanto me e te per alcuni di questi oltraggi », dichiarò Eilan, pensando a Gaio. Le era sembrato in collera quanto Cynric quando aveva ascoltato la storia di Mona. Non riusciva a crederlo capace di massacrare gli indifesi; eppure doveva sapere molto bene che una vita breve e spaventosa attendeva gli uomini inviati dai romani nelle miniere: malnutriti, malvestiti, costretti a respirare la polvere velenosa dei minerali che estraevano. Se quella punizione fosse stata inflitta ai criminali e agli assassini, sarebbe stata già abbastanza terribile, ma che cosa aveva fatto di male il marito della mungitrice?

Tuttavia Gaio credeva che i romani trasformassero i barbari in popoli civili. Forse non aveva mai pensato veramente alle miniere, perché nessuno di coloro che conosceva era mai stato trascinato là dentro. Anche lei non ci aveva pensato molto, fino a quando quella sorte non era toccata a uno di loro. Ma, se lei non sapeva che cosa succedeva, sicuramente lo sapevano suo padre e suo nonno, eppure non avevano fatto nulla per impedirlo.

Il vento cambiò, prese a soffiare verso occidente, e all'improvviso le nubi scaricarono il loro fardello di pioggia. Con uno strillo, Miellyn si coprì la testa con lo scialle. «Moriremo annegate se resteremo qui!» esclamò. «Prendi il cesto e vieni! Se corriamo, potremo metterci al riparo prima di infradiciarci.»

Pur essendo comunque fradicie quando arrivarono alla dimora principale delle Sacerdotesse, Eilan ebbe l'impressione che a Miellyn fosse piaciuta quell'inattesa occasione di fare una corsa.

«Ora asciugatevi, figliole, o prenderete un'infreddatura e io dovrò dar fondo alle mie medicine per curarvi!» Latis, così vecchia che ormai non poteva più andare nella foresta a raccogliere le erbe, rise e le sospinse verso la porta. «Ma poi tornate a stendere le erbe che avete raccolto, altrimenti ammuffiranno e andranno sprecate come le vostre fatiche.»

Con la pelle ancora arrossata da un massaggio energico, Miellyn ed Eilan tornarono nella distilleria che si trovava dietro la cucina. Il calore dei forni manteneva l'aria calda e asciutta, e dalle travi pendevano mazzi di erbe a festoni e vassoi intrecciati dove stavano a seccare radici e foglie. Lungo una parete c'erano scaffali con vasi di coccio, mentre lungo quella opposta venivano conservati sacchi e sacchetti di erbe preparate, contraddistinti dai sigilli delle erboriste. Nell'aria stagnava un odore pungente.

«Tu sei Eilan, non è vero?» Latis la guardò socchiudendo gli occhi. Sembrava una radice disseccata, pensò Eilan, rugosa e rattrappita per l'età. «La Dea ci aiuti, diventano più giovani ogni anno che passa!»

«Chi, madre?» chiese Miellyn celando un sorriso.

«Le ragazze che mandano a servire la Sacerdotessa dell'Oracolo.»

«Gliel'avevo detto che presto sarebbe stata mandata dalla Signora per essere addestrata», disse Miellyn. «Bene, Eilan, adesso mi credi?»

«Oh, ti avevo creduto», rispose Eilan. «Ma pensavo che sarebbe stata scelta qualcuna più anziana ed esperta di me.»

« Caillean direbbe che non vogliono una ragazza troppo esperta a fianco di Lhiannon per timore che faccia troppe domande. Se la Sacerdotessa fosse costretta a pensare a ciò che fa, forse i suoi oracoli non sarebbero sempre tanto utili alla linea politica dei druidi. »

« Taci, Miellyn », esclamò Latis. « Sai che non devi dire queste cose... neppure sottovoce. »

« Dirò la verità; e se i Sacerdoti troveranno da ridire, chiederò loro con quale diritto vorrebbero impormi di mentire. » Tuttavia abbassò la voce. « Eilan, sta' attenta, tieni la cesta troppo inclinata. Abbiamo faticato tanto per raccogliere quelle foglie, non voglio che cadano e si sporchino. »

Eilan bilanciò meglio la cesta che teneva fra le mani.

« Vi sono verità che non devono mai essere pronunciate a voce alta, e neppure sottovoce », ripeté Latis.

« Sì », rispose Miellyn. « Così mi è stato detto. E di solito sono verità che sarebbe più giusto gridare dai tetti. »

« Può darsi che sia così agli occhi degli dei », disse la vecchia erborista. « Ma sai bene che non siamo alla presenza delle divinità, bensì degli uomini. »

« Ebbene, se non si può dire la verità in una casa costruita dai druidi », replicò con fermezza Miellyn, « dove lo si può fare, in nome degli dei? »

« Gli dei sono i soli a saperlo! » esclamò Latis. « Sono sopravvissuta tanto a lungo perché mi sono sempre occupata delle mie erbe, e voi dovreste fare altrettanto. Le erbe, almeno, parlano con sincerità. »

« Eilan non potrà fare questa scelta », obiettò Miellyn. « Per le prossime sei lune sarà legata alla Somma Sacerdotessa. »

« Rimani fedele a te stessa, bambina. » La vecchia Latis le prese il mento cosicché Eilan non poté distogliere lo sguardo. « Se conosci il tuo cuore, avrai sempre un amico che non mente. »

La Sacerdotessa aveva detto la verità. Con l'avvento della luna successiva, Eilan fu condotta da Lhiannon e istruita nell'etichetta cerimoniale obbligatoria per assistere la Somma Sacerdotessa in pubblico, il che significava in pratica ogni volta che Lhiannon usciva dalla sua dimora nella Casa della Foresta. Apprese i rituali per abbigliarla per le cerimonie, un procedimento molto più complicato di quanto sembrasse, perché fin dall'inizio del rito nessun essere umano poteva toccare la Sacerdotessa, neppure con la punta d'un dito. Eilan divideva con Lhiannon il lungo isolamento rituale con cui la Somma Sacerdotessa si preparava per le cerimonie, e l'aiutava durante il collasso fisico che seguiva.

Allora scoprì quale prezzo pagava Lhiannon per la grande venerazione in cui era tenuta. Trasmettere la parola degli dei era faticoso e impegnativo. Anche se a volte Lhiannon era distratta e svanita, quando assumeva gli ornamenti dell'Oracolo era investita da ben altro potere. Era stata prescelta, a quanto capiva Eilan, non tanto per la saggezza e la forza di volontà, ma perché, quando era necessario, sapeva rinunciare alla propria personalità.

E allora, quando abbandonava l'identità umana insieme alle vesti ordinarie, Lhiannon si schiudeva in modo che la Dea potesse parlare per suo tramite. In quei momenti era davvero una grande Sacerdotessa... quasi più che umana, pensava Eilan. Per diventare il veicolo d'una potenza tanto grande pagava un prezzo fisico e mentale; e il rispetto che Eilan provava per lei cresceva nel vedere che lo pagava senza rattristarsi, o almeno senza lamentarsi.

Quando Eilan lasciò per la prima volta la Casa della Foresta e i boschi circostanti, fu per accompagnare Lhiannon. E si rese conto di quanto quelle ultime settimane l'avessero cambiata. Persino la Casa delle Vergini le appariva remota ed estranea. Quando le novizie appena arrivate si ritraevano al suo passaggio se ne accorgeva appena; e solo più tardi comprendeva che avevano visto in lei la stessa serenità ultraterrena che lei associava a Lhiannon.

Era, a suo parere, una festa del Solstizio d'Estate piuttosto normale. Aveva visto molte altre volte i Giochi e il mercato e l'accensione del grande falò del sole; ma, dopo i mesi di clausura trascorsi nella Casa della Foresta, il vociare di tutta quella gente era fastidioso, come gli odori forti degli umani e dei cavalli. Persino le tende colorate che i venditori avevano alzato per riparare le mercanzie le assalivano i sensi.

Al Solstizio d'Estate gli uomini facevano sfoggio della loro forza nelle competizioni, per rallegrare gli dei e il popolo e per rafforzare le messi. Ma mentre Eilan assisteva alle corse e alla lotta i corpi sudati dei partecipanti le sembravano volgari e deformi. Non riusciva a immaginare come si potesse desiderare di giacere con un uomo.

Il vincitore dei Giochi fu inghirlandato di fiori e condotto a presiedere le cerimonie. Eilan, che ricordava ciò che aveva appreso sui Misteri, assisteva con una comprensione nuova. In tempi di necessità, o presso alcune tribù ogni sette anni, il nuovo Re dell'Anno avrebbe visto bruciare il suo predecessore; e ancora adesso era circondato da un leggero alone di sacralità. L'impero aveva ucciso o romanizzato gli eredi dei principi britanni, ma, finché c'erano uomini disposti a dare la vita per il popolo, non sarebbe stato possibile sradicare i Re Sacri, che ogni anno rappresentavano la sicurezza per coloro che ormai non comprendevano più il loro ruolo.

Se si fosse verificato un grande disastro, e se durante l'anno successivo vi fosse stato bisogno di un sacrificio, nonostante i divieti dei romani sarebbe toccato a quel giovane. E, quale riconoscimento di tale rischio, era l'unico fra tutti gli uomini cui fosse permesso di giacere con qualunque donna colpisse la sua fantasia... anche una vergine della Casa della Foresta, se l'avesse scelta.

Eilan stava accanto a Lhiannon e guardava i guerrieri togliere dal grande falò i rami incendiati e gareggiare per lanciarli in alto, affinché le messi potessero crescere. Gli spettatori, ebbri di bevande alcoliche e di entusiasmo, erano diventati ancora più chiassosi. Ma nessuno le avrebbe dato fastidio finché fosse rimasta con la Somma Sacerdotessa. Non era mai avvenuto che il Re dell'Anno si fosse spinto tanto oltre nel rivendicare i suoi diritti.

Stava seduta in compagnia di Caillean e Dieda, lieta della

protezione della presenza di Lhiannon e della forza poderosa della guardia del corpo, Huw, che stava dietro di loro; e si augurava che anche le altre Sacerdotesse venute alla festa si trovassero altrettanto bene.

Solo diverse settimane più tardi scoprì perché la sua amica Miellyn era così pallida e assorta quando aveva lasciato la festa, e perché stava male tanto spesso. Fu Eilidh a confidarglielo, un giorno in cui Miellyn non si trovava; ma ormai la notizia era di dominio pubblico nella Casa della Foresta.

«È incinta, Eilan», mormorò Eilidh e scosse la testa, come se giudicasse la cosa sorprendente. «Del vincitore dei Giochi. Lhiannon si è molto irritata quando l'ha saputo, e ha mandato Miellyn in isolamento nella capanna accanto alla polla bianca, a meditare per qualche tempo.»

«Non è giusto!» esclamò Eilan. «Se il vincitore dei Giochi l'ha scelta, come poteva rifiutare? Sarebbe stata un'empietà.» I Sacerdoti avevano dimenticato la teologia?

«Le Sacerdotesse più anziane dicono che avrebbe dovuto tenersi lontana. Dopotutto, in questa parte della Britannia non c'è carenza di donne. Io avrei trovato il modo di sfuggirgli se avesse incominciato a guardarmi.»

Eilan dovette ammettere che anche lei avrebbe fatto il possibile per non essere prescelta. Ma, quando Miellyn ricomparve fra loro nelle vesti ampie che non potevano più nascondere la gravidanza, ebbe il buon senso di non dirlo in sua presenza.

L'estate avanzò, e arrivò il secondo anniversario del suo ingresso nella Casa della Foresta.

Ormai Eilan aveva assistito la Somma Sacerdotessa in una mezza dozzina di festività e aveva perso il desiderio di diventare l'Oracolo; ma sapeva che la sua volontà non avrebbe cambiato le cose, se fosse stata scelta dai druidi. Sapeva che i Sacerdoti si recavano da Lhiannon prima di ogni rito; per aiutarla a prepararsi, dicevano. Ma una volta, quando una porta semichiusa si era aperta, aveva visto la Sacerdotessa accasciata in una trance mentre Ardanos le sussurrava all'orecchio.

Osservò con particolare interesse, quella notte, quando la Dea fu invocata, e rabbrividì mentre Lhiannon sussultava e mormorava, balbettava alcune delle risposte mentre altre suonavano chiarissime. Era come vedere un cavallo che lottava contro le redini troppo tirate, come se qualcosa contrastasse contro il potere che fluiva nella Sacerdotessa.

L'hanno vincolata, pensò con orrore mentre sedeva accanto al letto di Lhiannon quella notte, quando tutto era finito. Hanno gettato incantesimi su di lei in modo da farle pronunciare soltanto le parole che si accordano con la loro volontà!

Forse era per questo che, nonostante il rituale, a volte la Dea non veniva, e le risposte di Lhiannon erano dettate dalla sua saggezza, o forse da ciò che le avevano insegnato i druidi. Eilan aveva l'impressione che quelli fossero i momenti più sfibranti. E anche quando la trance era autentica, l'Oracolo poteva rispondere solo alle domande che le venivano rivolte; con il passare del tempo, Eilan cominciò a sospettare che i druidi controllassero anche chi aveva il permesso di fargliele. Erano pochi gli Oracoli veri, e riguardavano questioni di scarso peso. E, se anche venivano dalla Dea, in generale non cambiavano molto le cose per coloro che chiedevano e per coloro che ascoltavano.

All'inizio Eilan aveva provato l'impulso di protestare; ma con chi poteva farlo? Caillean era lontana, per portare un messaggio di Lhiannon alla nuova regina di una delle tribù, e Miellyn pensava troppo al nascituro perché Eilan osasse disturbarla. Prima che vi fosse qualcuno con cui confidarsi, si rese conto che Caillean e Dieda, come minimo, dovevano già conoscere la verità. E questo poteva spiegare in parte le loro discussioni, e la tenerezza esasperata con cui Caillean assisteva Lhiannon.

E la Somma Sacerdotessa, soprattutto, doveva comprendere ciò che le facevano. Lhiannon aveva deciso di venire nella Casa della Foresta e di rimanere in potere dei Sacerdoti. Se facevano di lei il loro portavoce, senza dubbio avevano il suo consenso.

E questa era la situazione quando Eilan accompagnò la Somma Sacerdotessa alla festività di Beltane, circa tre anni dopo essere entrata nel santuario.

11.

Gaio non era stato nelle terre degli Ordovici da quasi due anni quando giunse la terza festa di Beltane dopo che aveva perduto Eilan. Suo padre non aveva più parlato del possibile matrimonio con la figlia di Licinio, ma lo aveva fatto entrare fra i collaboratori del governatore. Aveva trascorso le ultime due stagioni marciando attraverso Alba con Agricola, impegnato in quella che si sperava fosse la pacificazione delle tribù dei bassipiani. I razziatori come quelli che avevano sterminato la famiglia di Bendeigid erano un grave pericolo, ma a minacciare il potere dell'impero sulla Britannia erano le tribù ancora libere del nord. Per un ufficiale dell'esercito romano, il dolore era un lusso. Gaio faceva il suo dovere e, se la vista dei capelli chiari e degli occhi seri di qualche ragazza riapriva le sue vecchie ferite, faceva in modo di non piangere se qualcuno poteva vederlo.

Ci riusciva così bene che, quando nella campagna di Caledonia ci fu una tregua, come ricompensa fu mandato a scortare un gruppo di feriti fino alla sede permanente della legione a Deva, mentre il resto della Ventesima lavorava per costruire una nuova fortezza negli altipiani. E così si ritrovò a sud, lungo la strada che portava alla Collina delle Vergini, con un centurione al fianco e un distaccamento di soldati al seguito.

«Abbiamo bisogno di un uomo fidato che tenga d'occhio la festività, e al momento tu sei l'unico disponibile, capace di parlare la lingua di qui abbastanza bene da passare per un indigeno. Dovrai farlo prima o poi, ragazzo mio», aveva detto il padre di fronte alle sue proteste. «Meglio farlo subito.» Ma solo quando Gaio vide la cima brulla della collina fortificata che si ergeva dal folto della foresta e sentì il muggito del bestiame comprese quanto sarebbe stato difficile. Trattenne il cavallo e il centurione latrò un ordine per far fermare gli uomini.

«Mi pare abbastanza tranquillo», disse il centurione. «Dovunque si vada, le fiere sono più o meno eguali. Ma possono diventare pericolose, quando c'è di mezzo la religione.» E rise. Gaio sapeva che era un uomo ciarliero che aspirava a ottenere una reazione dagli ascoltatori. «Ho passato in Egitto i primi tre anni con le legioni. Avevano un dio per ogni giorno della settimana, e ognuno aveva la sua festa. A volte c'erano tumulti sanguinosi quando due processioni si scontravano nel centro di una città.»

«Davvero?» chiese educatamente Gaio, anche se non gli interessava che il centurione avesse prestato servizio in Egitto o in capo al mondo. Quella era la porta da cui erano entrati nel recinto della festa, tre anni prima. Ricordava la piccola Senara che li precedeva ridendo e saltellando lungo la strada.

Anche questa volta portava indumenti indigeni, perché aveva l'incarico di spiare gli eventuali sintomi di una sedizione; ma la famiglia felice con la quale aveva percorso quella strada non c'era più. «Com'era in Egitto?» chiese in fretta per scacciare il ricordo.

«Oh, era come in tutti gli altri posti», rispose il centurione con uno sbadiglio. «Grandi templi e re spaventosamente ricchi, e una tremenda miseria. Però faceva caldo», soggiunse rabbrividendo. «Non mi dispiacerebbe un po' di quel sole: in Britannia fa freddo e piove troppo.»

Gaio alzò gli occhi verso il cielo coperto. Il centurione non aveva torto; prima non aveva notato le condizioni del tempo. Ma non avrebbe potuto essere altrimenti. Non avrebbe sopportato di rivedere quel luogo in una giornata di sole.

«Tu non sembri risentirne molto», soggiunse il centurione in tono d'invidia. «Sei nato qui, no? Io vengo dall'Etruria. Sta diventando una rarità, di questi tempi, trovare nelle legioni qualcuno che sia latino di nascita. Ho prestato servizio in tutto l'impero, in Egitto, in Spagna, nella terra dei Parti. Lì la mia coorte fu sterminata; e quando mi promossero centurione, forse perché ero uno dei pochi rimasti in vita, mi mandarono qui. Se è vero che fu Apollo a scoprire questo territorio, non ammiro il suo gusto.»

«Smontiamo.» Gaio si fece coraggio. «Lasceremo un uomo con i cavalli. All'interno non c'è posto.»

Sentirono i muggiti dietro di loro mentre altri bovini venivano fatti entrare. Il centurione gridò ai soldati l'ordine di spostarsi, e indietreggiò di un paio di passi insieme a Gaio.

«Non sarebbe divertente finire sotto i loro zoccoli», commentò. «Non so tu, ma a me non va di farmi calpestare i piedi dalle mucche. Sei pronto per entrare?»

Gaio sospirò. Non sarebbe mai stato pronto; ma era romano, e non poteva più sfuggire ai propri ricordi. Rabbrividì e si coprì la testa con un lembo del mantello.

«E che cosa succede?» chiese il centurione mentre varcavano la porta seguendo le bestie. «È una festa per i contadini? In Egitto ne organizzavano una... Avevano un grande toro bianco, e dicevano che era un dio. Lo conducevano in processione per le strade, inghirlandato di fiori, e fumigavano le bestie con l'incenso fino a quando non si faticava a respirare. Dicevano che serviva a renderle più sane.»

«Qui buttano erbe sulle fiamme e fanno passare i bovini tra i fuochi per benedirli», spiegò Gaio.

«È strano come tutti continuino a combattere in nome della religione quando in realtà è sempre la stessa. Direi che sono i Sacerdoti a causare tutti i problemi; la gente vuole soprattutto buoni raccolti e figli sani, e pensa a tirare avanti. Se non ci sono le bestie che s'imbizzarriscono, ci sono i Sacerdoti che arringano le folle. Sono i druidi a dirigere la festa?»

«Non esattamente», rispose Gaio. «C'è una Sacerdotessa, una specie di vestale, che invoca la benedizione degli dei.» Chiuse gli occhi per un momento. Gli sembrava di rivedere la figura velata che tendeva le braccia verso la luna.

«E fa i sacrifici?» Avanzarono lentamente verso lo spiazzo centrale perché i bovini li precedevano ancora, muggendo e stringendosi l'uno all'altro di fronte allo spettacolo e agli odori inconsueti.

Gaio scosse la testa. «Ormai i druidi sacrificano soltanto frutti e fiori.»

«Avevo sentito dire che fanno molti sacrifici... persino sacrifici umani», disse il centurione.

«No, per le porte del Tartaro!» Gaio ricordava che Eilan si era sdegnata quando le aveva rivolto la stessa domanda. «A dire il vero è una festività molto addomesticata. Io ci sono già stato una volta e...»

«Oh, per le palle di Caligola! Qualcuno ha spaventato le vacche!» esclamò il centurione, guardando più avanti. «Era quel che temevo.»

Un uomo grande e grosso dalla veste a scacchi aveva rovesciato una lanterna e i bovini si agitavano e muggivano inquieti. Dietro di lui un uomo più anziano parlava alla folla, e più di cento persone erano accorse per ascoltarlo. Gaio si fece largo. Era lì per questo, nell'eventualità che qualcuno sfruttasse un raduno pacifico per fomentare la ribellione. Molti, tra la folla, gridavano per approvare e ignoravano l'agitazione crescente della mandria.

Un ragazzo arrivò con un secchio d'acqua e lo rovesciò addosso a uno di quelli che gridavano, poi passò oltre. L'uomo si voltò, urlò, e la mucca più vicina alzò la testa con un muggito e colpì un'altra bestia con un corno ritorto.

«Oh, per l'Ade, ci siamo. Le mucche s'imbizzarriscono!» gridò Gaio mentre uno dei bovini si lanciava in un goffo galoppo, urtava il mandriano e lo scagliava tra la folla.

L'oratore stava ancora parlando, ma gli ascoltatori si scambiavano insulti. Due o tre uomini finirono a terra, una donna urlò, poi la prima fila della mandria si lanciò in una corsa sfrenata. Una mucca mugghiò, deviò, e Gaio vide che aveva la punta d'un corno macchiata di rosso. Qualcuno gridò. Uomini, donne e bambini indietreggiarono strillando.

Tutti spingevano e cercavano di allontanarsi. Nel giro di pochi istanti, lo spiazzo centrale si trasformò in un vortice tumultuoso e urlante. Le madri abbracciavano i figli piangenti; uno dei legionari, che non era abituato alla vicinanza con il bestiame, fu sospinto e cadde. Gaio lottò per non perdere l'equilibrio e rimase separato dai suoi uomini.

Qualcuno gli afferrò il braccio. «Mi sembri forte: devi aiutarmi, o la Signora cadrà.» Una donna alta e bruna dalla veste blu lo attirò verso il margine dello spiazzo, dove una vecchia avvolta in un mantello blu si era accasciata fra le braccia di due donne che portavano vesti di lino e ghirlande di foglie verdi sui veli non tinti.

Gaio tese le braccia e le donne gli affidarono la donna svenuta. Batté le palpebre, riconoscendo la Sacerdotessa che aveva invocato la Dea due anni prima. La sollevò delicatamente, stupito dalla fragilità della forma avvolta nelle vesti pesanti. Quasi tutta la gente era fuggita, ma i bovini si aggiravano ancora, rabbiosamente, con le corna abbassate e le code sferzanti, muggendo contro chiunque cercasse di radunarli.

A terra giaceva immobile il gigante che accompagnava dovunque la Sacerdotessa. « Che cos'è successo? »

« A Huw? Oh, si riprenderà presto », disse la più anziana delle Sacerdotesse. « Una delle mucche ha ferito qualcuno, e lui ha paura del sangue. »

Che formidabile guardia del corpo, pensò Gaio. « Dobbiamo portare al sicuro la Signora », disse. « Dove? »

« Da questa parte. » La più alta delle Sacerdotesse si avviò fra i chioschi distrutti. Gaio si sistemò la donna fra le braccia, in modo che la testa gli appoggiasse contro la spalla. Era un sollievo sentirla respirare. Cercava di non pensare a ciò che poteva accadergli se la Somma Sacerdotessa di Vernemeton gli fosse morta fra le braccia.

Dilatò le narici quando sentì un profumo, e si accorse che la Sacerdotessa l'aveva guidato al chiosco di un erborista. Questi, grasso e preoccupato, scostò la tenda per farlo entrare. Gaio si inginocchiò e adagiò la Somma Sacerdotessa su un mucchio di pelli.

Era un luogo semibuio e polveroso, e vi aleggiavano gli aromi pungenti delle erbe appese alle travi o riposte in sacchi di lino. Gaio si rialzò e il mantello gli scivolò dalle spalle. Dietro di lui si levò un grido di stupore. Il cuore incominciò a martellargli nel petto. Lentamente, perché sentiva di aver bisogno di molto coraggio, più di quanto fosse stato necessario per affrontare una carica di caledoniani, si voltò.

La più piccola delle Sacerdotesse aveva ributtato all'indietro il velo e, fra i drappeggi, Gaio vide Eilan che lo fissava. Il sangue gli defluì dalla testa; il mondo si oscurò, poi tornò a sfolgorare mentre lui ritrovava il respiro. Sei morta... pensò. Sei morta nell'incendio! Ma, mentre tutto il resto scompariva, vide risplendere gli occhi di Eilan. Sentì un soffio d'aria sul volto e a poco a poco riprese i sensi.

« Sei davvero tu? » mormorò. « Credevo che fossi morta nell'incendio... ho visto che cos'era rimasto della tua casa dopo il passaggio dei razziatori. »

Eilan indietreggiò e gli fece cenno di seguirla verso la parte posteriore del chiosco, mentre le altre Sacerdotesse stavano chine su Lhiannon. Gaio, con la testa che girava, si alzò e la seguì.

« Ero andata ad aiutare la mia sorella maggiore che stava per avere un figlio », disse Eilan a voce bassa, in modo che nessuno sentisse. « Mia madre e la piccola Senara erano rimaste a casa. » La sua voce si spezzò. Poi lanciò un'occhiata colpevole alle altre Sacerdotesse.

Nella luce fioca, avvolta nelle vesti chiare, sembrava uno spirito. Gaio tese le mani verso di lei. Non riusciva a credere che fosse lì, viva e illesa. Per un momento le sue dita sfiorarono il lino fresco; poi Eilan si scostò.

« Qui non possiamo parlare », mormorò. « Anche se non sei in uniforme. »

« Eilan », disse Gaio, « quando potrò vederti? »

« Non è possibile », rispose lei. « Sono Sacerdotessa nella Casa della Foresta, e non mi è permesso. »

« Non ti è permesso parlare con un uomo? » Una vestale, pensò Gaio. La ragazza che amo mi è proibita, come se fosse una vestale.

« Non è esatto », fece lei con un sorriso. « Ma tu sei romano, e sai che cosa direbbe mio padre. »

« Lo so », disse Gaio dopo un momento; quindi pensò a ciò che *suo* padre avrebbe detto. Aveva lasciato che si struggesse, pur sapendo che non ne aveva motivo? Lo stupore per l'apparizione di Eilan era accompagnato da un fremito di collera.

E, mentre guardava gli occhi nocciola della giovane donna, si rese conto che da quando aveva lasciato la casa di Bendeigid non si era mai sentito così vivo.

Eilan ebbe un movimento incerto. « Dieda ci guarda. È possibile che ti riconosca. E Caillean, l'altra Sacerdotessa... »

« Ricordo bene Dieda! » l'interruppe Gaio in tono aspro. « E devo tornare dal mio centurione. Per tutti gli dei! Sono felice di vederti viva », disse di slancio. Ma non si mosse. Ora anche le altre Sacerdotesse li osservavano, ed Eilan alzò una mano in un gesto benedicente.

« Ti ringrazio », disse con voce che tremava appena. « Lhiannon è troppo pesante per noi e non riuscivamo a sollevarla. Se vedi Huw e se si è ripreso, ti dispiace mandarlo qui? »

« Per tenerlo al sicuro dalle mucche », commentò Gaio, e fu ricompensato da un fuggevole sorriso.

« Ora va'. »

« Devo andare. »

In quel momento Lhiannon si mosse; una delle donne si chinò su di lei e le parlò in tono rassicurante. E, quando sentì quelle parole sommesse, Gaio si rese finalmente conto che ormai Eilan era una Sacerdotessa dei druidi.

Si avviò verso l'uscita, e solo quando fu fuori e batté le palpebre nella luce del sole si accorse che non le aveva detto addio e non le aveva fatto un augurio. Era felice nella Casa della Foresta? Aveva scelto quella vita, o era stata costretta ad accettarla? Ma ormai il telo dell'ingresso era ricaduto alle sue spalle. Mentre si allontanava, sentì la voce di Dieda.

« Eilan, che cos'hai detto a quell'uomo? Cammina come un romano. »

« Oh, non mi pare », rispose la voce di Eilan. « Non pensi che sarebbe stato in uniforme? Gli altri lo erano. »

Gaio rallentò, sorpreso dalla risposta astuta. Era stata in parte l'innocenza di Eilan che l'aveva attratto, all'inizio...

Ma dov'era finito il centurione? Riprese a camminare. Avrebbe riferito l'episodio a Macellio? E, soprattutto, com'era possibile rivedere Eilan? Ora che l'aveva ritrovata, non poteva lasciarla andare.

Nella tenda, Eilan si premette le mani sul cuore. Le sembrava quasi impossibile che le altre Sacerdotesse non lo sentissero battere forte.

Lhiannon si scosse e mormorò: « Che cos'è successo? Qualcuno è ferito? »

« Uno sciocco ha spaventato le bestie, e queste si sono imbizzarrite », rispose Caillean.

«Come... come sono finita qui?»

«Ti ha portata un passante. Huw è svenuto... quel grosso stupido», disse bruscamente Caillean. «No, il tuo soccorritore se n'è andato. Eilan l'ha benedetto nel tuo nome.»

Eilan pensò che era una fortuna che Gaio non portasse l'uniforme romana, e si chiese il perché. Cercò di immaginare quale aspetto poteva avere nella divisa delle legioni. Doveva essere molto bello... ma lo era sempre. Scosse la testa. Sapeva che non doveva pensare a lui in quel modo, soprattutto in quel luogo. Quella parte della sua vita era finita per sempre.

«Prima accertati che Huw sia sano e salvo, poi conducilo qui», ordinò Lhiannon. «Se le bestie si sono imbizzarrite, è poco probabile che riescano a radunarle subito, e dovremo rimanere qui per il resto della giornata.»

Eilan uscì alla luce del sole. Trovò Huw seduto a terra: scuoteva la testa, intontito.

«La Sacra Signora è salva?»

«Non certo per merito tuo», ribatté irritata Eilan. «È svenuta e un passante l'ha portata nel chiosco dell'erborista.»

«Dove sono le bestie?»

Eilan si guardò intorno e vide che Lhiannon s'era ingannata. La piazza era affollata di gente che raddrizzava i chioschi caduti e chiacchierava, ma non si vedeva in giro neppure una mucca.

«Lo sanno soltanto gli dei, e forse anche i mandriani. Sono fuggite.» Il ferito, notò, era stato portato via dagli amici. «È per questo che hanno attaccato l'uomo. S'erano spaventate.»

«Le hanno spaventate i romani», borbottò Huw mentre si rialzava a fatica. «Sono arrivati marciando e sferragliando. Che siano maledetti: perché sono venuti? Pensavano che la benedizione del bestiame fosse un raduno clandestino?

«Oggi la benedizione del bestiame non ci sarà», continuò Huw scuotendo la testa. «È meglio che io riporti a casa la Signora. Con i romani qui intorno, è facile che ci sia qualche incidente», soggiunse in tono iroso.

Non per la prima volta, Eilan si chiese perché Lhiannon tollerasse quel grosso imbecille. Non era molto utile come guardia del corpo; anzi, non aveva nessuna utilità. Se mai fosse diventata la Sacerdotessa dell'Oracolo, benché non lo desiderasse, per prima cosa si sarebbe sbarazzata di lui.

Un mese dopo Beltane, Eilan fu chiamata alla presenza di Lhiannon e la trovò in compagnia di un uomo che le ricordava stranamente Cynric, e di una bambina di otto o dieci anni, con i capelli rossochiari sfumati d'oro.

Eilan sorrise alla bambina che ricambiò timidamente il suo sguardo. Lhiannon disse: «Hadron fa parte della Confraternita dei Corvi. Raccontale la tua storia, Hadron».

«È presto detta», dichiarò l'uomo. «Ho un fratello adottivo che è entrato come ausiliario nelle legioni; è intervenuto in mio favore e mi ha evitato di finire nelle miniere di piombo. In seguito alla sua intercessione, ho avuto salva la vita e quindi me la sono cavata con dieci anni di esilio dai possedimenti romani. Ora devo rifugiarmi a nord, e non posso condurre con me una bambina.»

«Dunque, qual è il problema?» Eilan sapeva che Lhiannon aveva l'autorità per accogliere la piccola nella Casa della Foresta senza consultare nessuno. Se non l'aveva già fatto, significava che c'era qualche difficoltà.

«Mi sembra troppo giovane per avere un posto tra noi», disse Lhiannon, e aggrottò la fronte. «Non so che cosa rispondere.»

«Se questo è tutto», replicò Eilan, «sarei felice di aver cura di lei fino a quando non sarà possibile affidarla a qualcuno. O forse c'è una parente alla quale sarebbe possibile consegnarla?»

«No, non c'è», disse l'uomo. «Mia moglie era romana di nascita, e so ben poco dei suoi parenti stretti.»

«Dunque tua figlia è in parte romana? Non puoi mandarla da loro?» insistette Lhiannon.

L'uomo rispose tristemente: «Mia moglie ruppe con i parenti per sposare me; e sul letto di morte mi ha implorato di fare in modo che sua figlia non finisse mai nelle loro mani. Ho pensato che se potessi lasciarla alle cure delle Sacerdotesse...»

Lhiannon disse in tono severo: «Questo non è un rifugio per

orfani. Ma forse potremmo fare un'eccezione per chi appartiene alla Confraternita dei Corvi».

Eilan guardò la bambina e pensò alla sorella, uccisa dai razziatori tre anni prima. Se Senara fosse stata viva, chi si sarebbe occupato di lei? Aveva pensato di considerare la creatura di Miellyn come una specie di sostituta della sorellina perduta, ma Miellyn aveva partorito prima del tempo e il neonato era morto.

«Io sarei disposta a prendermene cura, Lhiannon.»

«Perciò ti ho fatta chiamare. Non sei ancora vincolata da pesanti doveri, qui fra noi», rispose Lhiannon. «Anche se questo esorbita dai compiti abituali. Se lo desideri, ti affiderò la piccola profuga.» Poi chiese a Hadron: «Come si chiama?»

«Mia moglie l'ha chiamata Valeria, mia signora.»

Lhiannon fece una smorfia. «È un nome romano; qui non può portarlo.»

«Mia moglie aveva rinunciato alla famiglia per sposarmi», si giustificò Hadron. «Il meno che potevo fare era permetterle di dare alla bambina il nome della sua gente.»

«Anche così, deve avere un nome nuovo per poter vivere tra noi», disse Lhiannon con fermezza. «Eilan, vuoi sceglierlo tu?»

Eilan guardò la bambina che la fissava con occhi impauriti. Aveva perduto tutto il resto, e adesso stava per perdere il padre e persino il nome. «Con il tuo permesso, la chiamerò Senara», disse in tono deferente.

«Sta bene», disse Lhiannon. «Ora va': trovale un posto per dormire e indumenti adatti. Quando avrà l'età, potrà prendere i voti come Sacerdotessa, se vorrà.»

Quando Hadron uscì, Eilan guardò di nuovo la bambina che contemplava la Signora con aria estatica.

«Mi dispiace importi quest'onere, Eilan. Io non ho mai avuto a che fare con una bambina della sua età. Che cosa farai con lei?» chiese Lhiannon.

«Forse potrà sbrigare qualche piccola commissione.» Eilan cinse con un braccio le spalle della bambina e sorrise.

La Somma Sacerdotessa annuì. «Dato che non ha pronunciato i voti, potrà portare i messaggi fuori delle nostre mura.»

«È un po' troppo giovane. Ma, se non sei sicura dell'opportunità di tenerla qui, dovremmo informarci presso i romani», suggerì Eilan. «Nonostante ciò che ha detto Hadron, forse i parenti della madre la terrebbero. Dovremo informarci.»

«È una buona idea», dichiarò Lhiannon con aria distratta, come se pensasse già ad altro. «Provvedi tu, Eilan, se non ti dispiace.»

La bambina prese fiduciosamente la mano di Eilan, alla quale parve che la sofferenza che l'aveva tormentata da quando aveva perduto la sorella incominciasse ad attenuarsi. Mentre attraversavano il cortile, chiese alla piccola: «Non ti dispiacerà essere chiamata Senara? Era il nome di mia sorella».

«Oh, non mi dispiace», rispose la bambina. «Dov'è tua sorella? È morta?»

«Forse è morta, o forse è stata portata oltremare», rispose Eilan. «Non lo so, purtroppo.» Poi si chiese perché durante i riti di veggenza non avesse pregato Caillean di parlarle della sorte di sua sorella e di sua madre. Forse preferiva pensare che Senara fosse morta, anziché viva in schiavitù?

Guardò la bambina cercando qualche traccia dell'ascendenza romana, e pensò a Gaio. Poiché era figlio del prefetto, Gaio avrebbe potuto scoprire qualcosa. Doveva fare un tentativo prima che Valeria diventasse per sempre Senara.

Mentre mostrava alla piccola dove avrebbe dormito e trovava una veste da novizia che si poteva ridurre alle sue misure, si accorse di pensare a Gaio non meno che alla piccola.

Dov'era adesso? La pensava come lei lo pensava? Aveva gettato su di lei un incantesimo in modo che non potesse e non volesse pensare ad altro? Sospirò al ricordo della voce forte, del bel volto e della figura, del leggero accento con cui pronunciava il suo nome e del lungo bacio accanto ai fuochi di Beltane.

Allora non capivo pienamente che cosa voleva da me, pensò. Ero troppo giovane per sapere... o per curarmene. Ma ora sono cresciuta e incomincio a comprendere. Che cosa ho gettato via? Poi la colpì un pensiero: dovrò restare senza amore per il resto della vita... fino a quando non sarò vecchia come Lhiannon?

A chi poteva chiederlo? A chi poteva dirlo? Dieda avrebbe

compreso; ma, separata dall'amato, non avrebbe simpatizzato con lei. Caillean, maltrattata nell'infanzia, si sarebbe incollerita. E se Caillean non capiva, come poteva sperare che la capisse qualcun'altra, lì dentro?

Non c'era nessuno cui potesse descrivere la smania avida del suo cuore, il desiderio di rivedere Gaio ancora una volta, anche se poi non avesse più potuto posare lo sguardo su di lui.

L'indomani mattina, mentre tagliava pane e formaggio per Senara, le chiese: « Non ricordi nulla dei tuoi parenti nella città romana? »

« Non stanno in città, Eilan. Credo che il fratello di mia madre fosse un funzionario romano: scriveva le lettere per conto del prefetto del campo, e altre cose simili. »

« Davvero? » Eilan la fissò. Gli dei sorridevano, senza dubbio, perché quell'uomo doveva essere in diretto contatto con il padre di Gaio.

Per un momento pensò di confidarsi con la bambina, ma dopo un attimo di riflessione decise di non farlo. Se una Sacerdotessa della Casa della Foresta fosse stata scoperta in compagnia di un romano anche per il motivo più innocente, sarebbero stati guai per tutti gli interessati. E il motivo sarebbe stato davvero così innocente?

12.

QUELLO stesso giorno Valerio, che era segretario del padre di Gaio, era arrivato ansimante e sconvolto. « Ho appena saputo che mia sorella è morta », comunicò a Gaio.

« Parlamene », disse il giovane mentre attraversavano la piazza d'armi, diretti verso gli uffici di Macellio.

« È una storia lunga », rispose Valerio. « Persi i contatti con lei quando si sposò: non l'ho vista neppure una dozzina di volte in altrettanti anni. »

« Si era trasferita molto lontano? »

Valerio rise amaramente. « Era andata a Deva, ma aveva sposato un uomo delle tribù e mio padre l'aveva rinnegata. »

Gaio annuì. Era già grave che un romano sposasse una donna indigena di stirpe principesca. Sapeva anche troppo bene in che modo la società romana poteva considerare una giovane donna che fuggiva con un amante britanno.

« Una vecchia, che era stata la nutrice mia e di mia sorella, mi ha informato della sua morte », continuò Valerio. « Ho fatto qualche indagine e ho scoperto che il marito è nei guai. L'ho visto una volta o due in tutta la mia vita, ma aveva un fratello adottivo che è con gli ausiliari e mi ha detto che Hadron è uno dei Corvi ed è stato proscritto. Purtroppo mia sorella ha lasciato una figlia, una bambina, e non so che fine abbia fatto. Tu non conosci qualche Corvo? »

« Ne ho conosciuto qualcuno, sì », disse Gaio pensando a Cynric. Conosceva l'origine di Cynric e quindi non si meravigliava che avesse aderito a una società segreta votata alla vendetta. In circostanze simili, pensava, si sarebbe comportato nello stesso modo.

« Devo assolutamente trovare la figlia di mia sorella. Il fratello adottivo di Hadron è un ausiliario, come ho detto, e non ha una moglie cui affidare una bambina: di conseguenza il parente più prossimo della piccola sono io. Riesci a immaginarmi come tutore di una ragazzina? Non l'ho più vista da quando era in fasce; credo che abbia otto anni. »

« Anzitutto devi trovarla », disse Gaio. Cynric poteva scoprire dov'era andato Hadron con la figlia. E Cynric, il quale sapeva per esperienza che cosa significasse essere separato dalla persona amata, forse avrebbe potuto aiutarlo a rivedere Eilan.

« Puoi fare qualcosa per me? » Valerio rallentò il passo. Erano quasi arrivati agli uffici del prefetto, e il segretario sapeva bene che Macellio disapprovava ogni contatto tra il figlio e il popolo di sua madre.

« Forse », disse Gaio, cautamente. « Forse conosco qualcuno che potrebbe informarsi. »

Aveva sentito dire che Cynric era stato fatto tornare a sud per cooperare con i legionari inviati a punire i razziatori che avevano bruciato la casa di Bendeigid. A quel tempo la cosa l'aveva sorpreso, ma la vendetta creava a volte strane alleanze. Si diceva che ora facesse da guida e da interprete agli ausiliari; e Gaio si chiese se avesse cambiato idea o se facesse ancora parte dei Corvi.

Se avesse cercato di contattare Cynric per mezzo dei canali dell'esercito, suo padre sarebbe venuto a saperlo; ma era inevitabile che prima o poi vedesse il giovane britanno in una delle taverne che servivano la fortezza.

« Che la Bona Dea ti benedica! » Valerio gli strinse la mano. Poi la porta si aprì ed entrambi si misero sull'attenti.

Pochi giorni più tardi, mentre attraversava la piazza del mercato di Deva, Gaio vide Cynric troneggiare in mezzo alla folla. I capelli erano diventati più scuri, e sul viso c'erano i primi accenni di barba. Gaio gridò il suo nome, ma lo vide aggrottare la fronte e accingersi ad allontanarsi come se non lo conoscesse.

Gaio imprecò e si fece largo fra la gente per raggiungerlo. « Aspetta... non mi riconosci? » S'interruppe e si irrigidì quando gli occhi azzurri di Cynric lo fissarono e si oscurarono. Senza dubbio il giovane non poteva serbargli rancore per l'inganno, ora che anche lui serviva Roma. « Credo di doverti offrire da bere perché mi tirasti fuori dal trabocchetto per i cinghiali », disse con fare cordiale. « Qui c'è una taverna. Andiamo. »

Gaio tirò un sospiro di sollievo quando il cipiglio di Cynric si trasformò in un sorriso. «Ora mi ricordo di te», disse. E aggiunse: «Ma non credo che il tuo nome sia Gawen. Come devo chiamarti, tribuno?»

«Per la precisione», rispose Gaio, «mia madre mi chiamò Gawen fino al giorno della sua morte. Ti avevo detto la verità per quanto osavo farlo. Ma nella città romana porto il nome di mio padre, Gaio Macellio Severo. Mia madre apparteneva alla tribù dei Siluri, e per questo ho anche il cognome di Silurico.»

«Se l'avessi saputo allora, ti avrei ucciso», ammise Cynric. «Ma nel frattempo sono accadute molte cose. Berrò con te, romano... qualunque cosa tu sia.»

Nella penombra della taverna, Gaio disse: «Mi ha addolorato molto la notizia della distruzione della tua casa: non avrei sofferto di più se quei bastardi dell'Ibernia avessero ucciso i miei parenti. Sono lieto che tuo padre si sia salvato, e mi rammarico per la fine di tua madre».

«Era la mia madre adottiva», precisò Cynric. «Ma ti ringrazio. Nel nord abbiamo un detto: il sangue lega per tre generazioni, l'adozione per sette. E la moglie del mio padre adottivo era buona con me come se fossi veramente suo figlio.»

«Era una signora gentile e generosa», confermò Gaio. «E la rimpiango.» Se avesse sposato Eilan, avrebbe accolto quel giovane come un fratello. Tuttavia, a causa della loro nascita, lui e Cynric erano su schieramenti opposti, in quella lotta. Almeno, pensò, non sono soltanto i romani a commettere azioni atroci. «Ho visto le ceneri della sua casa. Ma mio padre mi mandò a nord subito dopo. Forse ho sferrato qualche colpo in memoria di tua madre, contro i caledoniani. E ho goduto alla notizia che i razziatori venuti dall'Ibernia sono stati puniti.»

«Anch'io ho cercato di vendicare in parte le mie parenti adottive. È stata la prima volta in vita mia che non mi sono vergognato di avere sangue romano nelle vene», disse Cynric. «Credo che la festa di Beltane, quando tu eri nostro ospite, sia stata l'ultima occasione in cui fummo felici tutti insieme. Tutti i superstiti, ormai, si sono dispersi.»

«Durante l'ultima festa di Beltane sono stato alla Collina

delle Vergini», azzardò Gaio. «Ho visto Dieda, ed Eilan, la tua sorella adottiva. Sono felice che sia sopravvissuta.»

«Sì», disse laconicamente Cynric. «È nella Casa della Foresta; è Sacerdotessa della Grande Dea. In quanto a Dieda, è parente di Eilan ma non mia. Ed è improbabile che lo diventi, se rimarrà lì.»

«Ho un amico nelle legioni...» disse Gaio.

Cynric rise. «Questo non mi sorprende.»

Gaio scosse la testa. «La sorella ha sposato un britanno ed è stata rinnegata dai suoi. Ha avuto una figlia e ora è morta. Dicono che il marito sia dovuto fuggire. Il mio amico vuole ritrovare la nipote.»

«È dovuto fuggire...» disse pensosamente Cynric. «Perché lo dici a me?»

«Perché pare che sia uno di coloro che volano a mezzanotte...»

«Sono molti, gli uccelli che volano a mezzanotte.» Cynric fissò la coppa di vino. «Come si chiama quest'uomo?»

«Hadron», rispose Gaio. «E la moglie si chiamava Valeria.»

«Non so molto di certi uccelli», disse Cynric. «Ma proverò a informarmi.»

«È possibile che abbiano condotto la bambina nella Casa della Foresta? Le tue parenti possono saperlo?»

«Potrei domandarlo», rispose Cynric.

Preferirei chiederglielo io, pensò Gaio. Ma non sapeva come dirlo. E come poteva sapere se Eilan avrebbe voluto rivederlo? Se era felice nella Casa della Foresta, non avrebbe turbato la sua tranquillità se avesse cercato d'incontrarla? Aveva fatto il proprio dovere nei confronti di Valerio. Doveva inventare una scusa e sparire di nuovo?

Si accorse di essere rimasto in silenzio troppo a lungo quando Cynric riempì di nuovo la coppa e la spinse verso di lui.

«Non si tratta soltanto di una bambina introvabile», disse. «Che cosa vuoi, in realtà?»

«Devo rivedere Eilan», confessò Gaio. «Ti giuro, non intendo farle alcun male. Voglio soltanto sapere se è felice.»

Cynric lo fissò per un momento, poi rovesciò la testa all'indietro con una risata fragorosa che fece voltare gli altri avventori. « Sei innamorato! Avrei dovuto riconoscere i sintomi. Anche la mia ragazza è rinchiusa fra quelle mura. »

« Ma tu sei un parente », obiettò Gaio. « Ti permetteranno di parlarle. Potresti far qualcosa per me? »

« E perché no? » Cynric sorrise. « Non ho mai capito perché tengano rinchiuse le Sacerdotesse. È qualcosa di cui sareste capaci voi romani. Dieda non ha più voluto vedermi o parlarmi da quando è entrata nella Casa della Foresta, ma la mia sorella adottiva non è una prigioniera. Vedrò che cosa potrò fare. » Finì il vino. « Trovati sul bordo del sentiero che conduce alla Casa della Foresta fra tre giorni, un'ora dopo mezzogiorno. »

Mentre Eilan attendeva nei pressi del Bosco Sacro nell'eccezionale fulgore del sole della prima estate si accorse con stupore che stava tremando. All'inizio, quando Cynric le aveva parlato di un incontro con Gaio, le era sembrato l'esaudimento di una fervida preghiera. Ma ben presto aveva compreso che una preghiera esaudita è la cosa più pericolosa del mondo. C'erano ben poche possibilità di mantenere segreto l'incontro. E nessuno le avrebbe creduto, se fossero stati scoperti.

Alla fine era andata a chiedere consiglio a Caillean.

« Non puoi fare nulla, dato che lo hai chiamato. Devi incontrarlo come ti sei accordata », aveva risposto Caillean. « Ma io resterò a portata di udito in ogni momento, e così, se più tardi me lo chiederanno, potrò giurare che voi due non vi siete scambiati parole che non avrebbero potuto essere pronunciate in presenza dei vostri genitori. Lo accetti? »

Eilan aveva chinato la testa e si era voltata per uscire. In realtà, era un po' sollevata. Se doveva parlare con Gaio in presenza della Sacerdotessa, sarebbe stato impossibile che lui le facesse richieste... pericolose.

« Aspetta », aveva detto Caillean. « Perché sei venuta a parlarne con me? Non potevi certo immaginare che avrei approvato. »

« Non faccio nulla che tradisca i miei voti. » Eilan s'era voltata per fronteggiarla. « Ma so che le lingue oziose sono capaci di ricamare molte calunnie. Sono convinta che saprai consigliarmi nel modo giusto, qualunque cosa tu pensi! » S'era voltata di nuovo e se n'era andata. Ma aveva notato con soddisfazione il rossore che era salito alle guance dell'altra.

E ora attendeva; sapeva che con quella guardiana implacabile non aveva nulla da temere. Se prima le avessero chiesto se aveva paura di Gaio avrebbe risposto di no senza esitare; ma via via che le ombre si accorciavano fu assalita dapprima dalla paura, poi dal terrore.

« Oh, Caillean. » Si girò verso la Sacerdotessa che era seduta su una pietra al margine della radura, intenta a ricamare. « Che cosa dovrò dirgli? »

« Perché lo chiedi a me? Non sono la persona più adatta per consigliare a una ragazza il modo di comportarsi con un uomo », rispose Caillean con un sorriso sardonico.

Eilan sospirò. Il tempo passava, e si rendeva conto che Gaio avrebbe impiegato un po' di tempo per arrivare a Deva. Prese la mano di Caillean.

Si stava intromettendo in una vicenda che, dopotutto, non la riguardava? No, si disse con fermezza. Era suo dovere scoprire il più possibile sul conto dei parenti superstiti della bambina. Così, incoraggiata, attese; e il suo cuore incominciò a battere quando scorse l'ombra sul sentiero.

Era la prima volta che vedeva Gaio con l'uniforme e l'elmo della legione romana, e restò sorpresa nel constatare quanto gli stessero bene. Sembrava più alto, a causa della cresta cremisi dell'elmo, e quel colore faceva risaltare gli occhi scuri. Gaio entrò nella radura e si fermò. Se era sorpreso di vedere due donne anziché una, lo lasciò capire solo nel lampo che gli passò negli occhi. Le salutò, si tolse l'elmo e lo mise sotto il braccio.

Eilan lo fissava. Prima di quel giorno aveva visto solo di sfuggita un ufficiale romano in uniforme, quell'uniforme che sottolineava le differenze tra loro. Eppure, pensò, secondo le loro leggi siamo tutti romani. Era una specie di rivelazione.

Gaio la guardò e sorrise; e tutte le cose che Eilan aveva pensato di dirgli le svanirono dalla mente.

Gaio girò lo sguardo da Eilan all'altra Sacerdotessa e si chiese che cosa doveva dire. Non aveva previsto che una terza persona sarebbe stata presente all'incontro. Non aveva corso il rischio di irritare suo padre e di suscitare il furore di Bendeigid solo per scambiare poche frasi guardinghe in presenza di una specie di drago.

Ma quando incontrò lo sguardo divertito di Caillean la sua irritazione si placò. Se Eilan era una vestale o quanto di più simile si poteva trovare nelle isole britanniche, non poteva rimproverarle se voleva una testimone in grado di garantire che non fosse venuta meno ai voti. Si chiese come poteva far capire chiaramente che per lui era sacrosanta quanto una vergine del tempio di Vesta. Ricordava quanto l'avevano commosso la fiducia e l'innocenza di Eilan quando l'aveva avuta accanto, di fronte ai fuochi di Beltane.

Naturalmente Caillean era diversa: non era difficile intuire che non si sarebbe fidata di lui né di entrambi se non li avesse avuti sotto gli occhi; e la cosa lo sdegnava. Tuttavia immaginava che la Sacerdotessa fosse cresciuta ascoltando episodi degli oltraggi commessi dai romani. Per le donne della Casa della Foresta il solo fatto che fosse un romano e un uomo era più che sufficiente.

E la verità era che, se Caillean non fosse stata presente, forse avrebbe baciato Eilan. Era affascinante nell'abito di lino chiaro che faceva spiccare l'oro dei capelli. Doveva essere l'abbigliamento tipico delle Sacerdotesse, perché Caillean indossava lo stesso abito, anche se il suo era blu e non le stava molto bene. E tutte e due portavano alla cintura un corto pugnale a lama ricurva.

Dopo un momento Eilan cominciò a parlargli della bambina ospitata nella casa delle Sacerdotesse. Non era un discorso molto coerente, ma Gaio comprese che era la figlia della sorella di Valerio. «È straordinario», esclamò. «Dev'essere la bambina di cui sono venuto a parlarti, la nipote del segretario di mio padre. Quanti anni ha?»

«È vero, la Dea deve averci guidati», disse Eilan. «Non credo che la bambina abbia più di dieci anni.»

«Oh, bene, non è abbastanza grande per sposarsi», replicò

Gaio. La legge romana non permetteva il matrimonio di una ragazza che non avesse almeno dodici anni. Poi soggiunse: « Meglio così, altrimenti è probabile che Valerio si sentirebbe obbligato a combinarle un fidanzamento. Ora, invece, dovrà sposare qualcun'altra per poterle offrire una famiglia ».

« Non è necessario », disse Eilan. « La bambina è felice dove si trova: puoi riferirglielo. »

Gaio aggrottò la fronte. Sapeva che per Valerio, appartenente a una famiglia antica e rispettabile, sarebbe stato impensabile che una parente vivesse lontana dalla sua protezione. Ma egli non aveva nessuno che potesse prendersi cura della bambina, e forse si sarebbe accontentato di sapere che Eilan avrebbe vegliato sulla sua salute e la sua sicurezza.

Dopotutto a Roma non c'era onore più grande, per una bambina, che essere accolta nel tempio di Vesta. Finché conservava la posizione rituale, sarebbe stata trattata come una regina o addirittura come un'imperatrice. In un modo o nell'altro, sarebbe riuscito a far capire la situazione a Valerio.

Si accorse che stava ancora parlando della bambina che non aveva neppure visto, quando Caillean lo fissò severamente. Avevano già detto ciò che si poteva dire in modo lecito, e incominciavano a ripetersi. Era venuto il momento di separarsi.

S'interruppe e guardò Eilan con occhi malinconici. Prevedeva che non avrebbe mai avuto un'altra occasione di parlare con lei. Avrebbe voluto dirle addio ma non poteva farlo sotto gli occhi di Caillean. E non doveva esporsi a quel genere di tentazione. Ma Eilan continuava a fissarlo con aria interrogativa.

« Eilan », balbettò Gaio, perché Caillean l'osservava. « Tu sai che cosa vorrei dirti... » Tese la mano senza osare toccarla. Poi, mentre Caillean tossiva, accennò un saluto formale. Tuttavia lesse la risposta di Eilan nel suo sorriso.

Non appena si fu allontanato, Eilan corse da Caillean.

« Dunque è quello, il romano che ti fa fantasticare al punto di non riuscire a imbottire di felci un materasso nel modo giusto. Non capisco: non mi è sembrato per nulla straordinario. »

« Ecco, immaginavo che non ti sarebbe piaciuto », ribatté Eilan. « Ma è bello, no? »

«Non mi pare che lo sia più degli altri romani», commentò Caillean. «O degli altri uomini. Secondo me, il tuo fratello adottivo Cynric ha un aspetto molto più gradevole: ha un viso più gentile, e non si mostra convinto che il mondo debba ruotare intorno a lui.»

Eilan pensò che era impossibile spiegare i gusti; non trovava Cynric molto attraente, ma Dieda lo vedeva così. Gaio era diverso: non le pareva che fosse tipicamente romano, e non aveva l'aria di considerare speciale la propria stirpe. Anzi, questo era quasi da escludere, se per qualche tempo ha pensato di abbandonarla per sposare me, si disse.

Non aveva mai preso in considerazione, neppure per un istante, la possibilità di sposare un altro; in quanto agli uomini, ne era pieno il mondo. Non si rendeva conto fino a che punto il pensiero di Gaio s'era interposto tra la sua vita di un tempo e quella che adesso le appariva naturale.

«Eilan, stai di nuovo fantasticando», osservò bruscamente Caillean. «Va' da Senara e dille che cos'hai scoperto; poi va' da Latis per la lezione. Se riuscirai a stare attenta, un giorno o l'altro diventerai esperta quanto Miellyn nella conoscenza delle erbe.»

Eilan tornò ai suoi doveri; ma non resistette all'impulso di rievocare ossessivamente ogni parola che aveva detto a Gaio e ogni parola che lui le aveva detto di rimando. Non poteva credere che non l'avrebbe più visto e non gli avrebbe più parlato; sembrava che fosse una parte troppo importante della sua vita, anche dopo l'addio formale.

Quella sera, quando venne il suo turno per assistere Lhiannon, la Somma Sacerdotessa la guardò con aria sgomenta.

«È vero ciò che ho sentito dire? Saresti uscita dal santuario per incontrare un uomo? Non è un comportamento degno d'una Sacerdotessa della Casa della Foresta. Mi hai molto delusa», disse in tono di rimprovero.

Eilan arrossì per la collera. Ma era per quella ragione che aveva chiesto a Caillean di assistere al colloquio. «Non gli ho detto una sola parola che non avrei potuto pronunciare alla presenza di tutti.»

Lhiannon sospirò. «Non ho detto che tu l'abbia fatto; ma la verità è che non gli hai parlato in presenza di tutte e che ci saranno molte chiacchiere. Grazie alla Dea, Caillean era presente; ma avrebbe dovuto sapere che non possiamo permetterci neppure il più lontano sospetto di scandalo: quindi sarà lei a essere punita, non tu. Ma ti supplico: prima di fare una cosa simile, in futuro, pensa che hai attirato una punizione sulla testa di un'altra. Tu sei giovane, Eilan, e i giovani sono sempre sconsiderati.»

«Punita? Ma non è giusto. Che cosa le farai?» chiese preoccupata Eilan.

«Non la picchierò, se è questo che pensi», disse Lhiannon con un sorriso. «Anche quando era una bambina, non la picchiavo mai. Forse avrei dovuto farlo. In quanto alla sua punizione, sta a lei decidere quale sarà, se vuole.»

«Madre», protestò Eilan, «sei stata tu a dirmi che dovevo accertare se la bambina aveva qualche parente.»

«Ma non ho detto che dovevi chiederlo ai romani», ribatté irritata Lhiannon. Eilan si chiese in quale altro modo avrebbe potuto scoprire i parenti d'una bambina romana.

Più tardi, quando tornò fra le Sacerdotesse, Eilan riuscì a parlare con Caillean. «Lhiannon mi ha detto che dovrà punirti. Puoi perdonarmi? Sarà terribile? Ha detto che non ti avrebbe picchiata.»

«Non lo farà», confermò Caillean. «C'è una capanna nella foresta dove probabilmente mi manderà a meditare per qualche tempo sui miei peccati mentre strappo i cespugli e le erbacce che la circondano e la rimetto in ordine. Non è una grande punizione. Probabilmente Lhiannon non sa che in realtà per me è un lusso stare sola con la mia musica e i miei pensieri. Quindi non devi pensare che sia un trattamento severo.»

«Sola nella foresta? Ma non avrai paura?»

«Che cosa dovrebbe spaventarmi? Gli orsi? I lupi? I vagabondi? Gli ultimi orsi in questa parte del mondo caddero in trappola più di trent'anni fa. E da quanto tempo non si vedono al mercato tappeti di pelle di lupo? In quanto agli uomini, sai bene che potrei spaventarli tutti. No, non ho paura.»

«Io sarei atterrita», confessò Eilan.

« Ne sono sicura; ma io non ho paura a restare sola. E posso pensare alla mia musica quanto voglio, senza dovermi interrompere per una lezione o un dovere. Perciò sarò contenta », concluse Caillean. « In questa punizione, se così si può chiamare, non c'è nulla che mi addolori. »

Eilan non disse altro; sapeva che, almeno quando fosse venuto il momento di assistere Lhiannon, lei e Dieda si sarebbero divise volentieri i compiti di Caillean. Non era un peso: amava Lhiannon nonostante i suoi difetti, e sapeva che anche la sua parente le era affezionata. Tuttavia avrebbe sentito la mancanza di Caillean.

Si rendeva conto che, se Lhiannon fosse stata diversa, la sua compagna sarebbe stata picchiata o punita severamente. Anche se Caillean non era rattristata dalla punizione, era stata Eilan a causargliela. Si sentiva in colpa, ma non tanto da pentirsi dell'incontro con Gaio. Rimpiangeva soltanto di non essere riuscita a dire almeno la metà di ciò che avrebbe voluto, anche se non sapeva che cosa fosse.

Quando Caillean lasciò la Casa della Foresta, Eilan scoprì che non era molto benvoluta dalle altre donne. Soltanto Miellyn ed Eilidh sembravano davvero sue amiche... oltre a Lhiannon, naturalmente.

Il clima cambiò mentre l'estate si avviava verso l'autunno. Con l'avvicinarsi dell'equinozio vennero le piogge, e una sera tardi, mentre le giovani della Casa delle Vergini erano sedute intorno al fuoco, Eilan si sorprese a pensare a Caillean in esilio. Il tetto della casupola lasciava passare la pioggia? Come reagiva alla solitudine e al silenzio della foresta?

Le donne stavano giocando agli indovinelli; alla fine, stanche di quel passatempo, chiesero a Dieda di cantare o di raccontare una storia.

Dieda acconsentì. « Che cosa volete che vi racconti? »

« Una storia dell'Altro Mondo », disse Miellyn. « Racconta come Bran, figlio di Febal, si recò nella terra a occidente. È una storia che imparano tutti i bardi. »

E Dieda, un po' cantando e un po' parlando, narrò la storia di Bran e del suo incontro con il dio marino Manannan, signore delle Illusioni, che trasformò il mare in un boschetto fiorito, i pesci in uccelli, le onde in cespugli, e le creature marine in pecore; così sembrò che navigassero attraverso un bosco lussureggiante. E quando Manannan cadde dalla barca, le onde si sollevarono, cosicché il dio marino fu gettato a riva e tutti gli altri uomini annegarono.

Quando Dieda ebbe terminato, le sue compagne chiesero un'altra storia, come tante bambine affascinate.

«Racconta la storia del Re e delle Tre Vecchie», la pregò una di loro, e la storia di Dieda incominciò come incominciavano tutte le leggende.

«Molto tempo fa le cose erano meglio di adesso, e c'erano più porte fra l'Altro Mondo e questo, e, se fossi stata là, ora non sarei qui... dunque, molto tempo prima di quanto possa ricordare il nonno più vecchio, in una casa ai confini del Mondo Sotterraneo vivevano un re e una regina...

«Era la vigilia di Samaine, quando le porte fra i mondi sono aperte, e nel tempo fra i tempi, tra la mezzanotte di un anno e l'alba dell'anno seguente, si presentarono tre vecchie. La prima aveva un grugno da maiale e il labbro inferiore le pendeva fino alle ginocchia e nascondeva la veste; la seconda aveva le labbra da un lato della testa e una barba che le nascondeva il seno; e la terza era una creatura orribile con un solo braccio e una sola gamba. Sotto il braccio teneva un maiale, tanto più bello di lei da sembrare al confronto una principessa.»

Le donne ridevano. Anche Dieda sorrise e continuò: «Le tre vecchie andarono a sedere accanto al focolare, e così non rimase posto per il re e la regina, che dovettero sedere accanto alla porta.

«Poi la prima vecchia, quella con il labbro inferiore lunghissimo, disse: 'Ho fame, che cosa avete da mangiare?' Si affrettarono a prepararle una pentola di crema di cereali, e la vecchia la mangiò tutta, anche se sarebbe bastata per una dozzina di uomini, e gridò: 'Siete avari. Ho ancora fame'.

«In quella notte è vietato respingere le richieste di un ospite;

perciò la regina, con le sue serve, cominciò a preparare altra crema di cereali e mise a cuocere le focacce d'avena. Ma, per quanto cibo offrissero alla vecchia, quella ringhiava: 'Ho ancora fame'.

«Poi la seconda, la vecchia barbuta, si lamentò: 'Ho sete'. Quando le portarono un barile di birra lo bevve d'un fiato e si lagnò di avere ancora la gola secca. Allora il re e la regina, che incominciarono a temere che le vecchie consumassero tutte le provviste per l'inverno, uscirono e si consultarono sul comportamento che dovevano tenere con le ospiti. All'improvviso apparve una fata e salutò la regina.

«'Gli dei ti conservino, buona signora, perché piangi?' E la regina parlò delle tre orribili vecchie ed espresse il timore che mangiassero tutto, e poi divorassero anche lei e il re. La fata le spiegò ciò che doveva fare.

«La regina rientrò, si sedette e prese a lavorare a maglia. Dopo un po' la prima vecchia le chiese: 'Che stai facendo, nonna?'

«La regina rispose: 'Sto facendo un sudario, cara zia'.

«La seconda vecchia chiese attraverso la barba: 'Per chi è il sudario, nonna?'

«'Oh, per chi troverò senza casa nella notte, cara zia.'

«Dopo un po' la terza vecchia, baciando il maiale, chiese: 'E quando userai il sudario, nonna?'

«In quel momento il re entrò correndo e gridò: 'La montagna nera e tutto il cielo sono in fiamme!'

«Nel sentire quelle parole, le tre vecchie gridarono: 'Ahimè, ahimè, nostro padre se n'è andato'. Si precipitarono fuori e non furono mai più viste in quella terra; o, se qualcuno le vide, io non l'ho saputo».

Dieda tacque. Dopo un lungo silenzio, mentre il vento ululava intorno alla casa, Miellyn disse: «Ho sentito Caillean raccontare una storia molto simile, tanto tempo fa. L'hai imparata da lei?»

«No», rispose Dieda. «Ho sentito mio padre narrarla una volta, quand'ero piccola.»

«Immagino che sia una storia molto antica», disse Miellyn. «E naturalmente tuo padre è uno dei nostri bardi più insigni.

Ma tu l'hai raccontata molto bene, come un druido. Tu e Caillean potreste essere a capo del Collegio, perché ne sareste veramente degne quanto lui. »

« Oh, senza dubbio », commentò Dieda in tono sprezzante. « E perché non farci diventare anche giudici? »

Già, perché? si chiese Eilan. Caillean sarebbe stata in grado di dare una risposta a quell'interrogativo. Ma Caillean non era lì con loro.

13.

Dopo aver riferito a Valerio che la nipote era al sicuro nella Casa della Foresta, affidata alle cure di Eilan, Gaio fece progetti per ripartire prima che suo padre ricominciasse ad assillarlo con la questione del matrimonio. Da quando aveva rivisto Eilan, era ancora più deciso a non sposare una ragazza romana. In seguito alla morte dell'imperatore Tito e all'ascesa al trono di Domiziano la situazione era molto incerta, e Gaio sapeva che suo padre stava cercando una solida alleanza.

Dopo qualche tempo si avventurò in città. Era stata una mattinata calda, ma grossi nuvoloni si ammucchiavano a occidente, e un vento fresco gli scompigliava i capelli. Una volta un vecchio centurione gli aveva detto che in quel paese c'erano due modi per predire il tempo: se riuscivi a scorgere le colline, stava per piovere; se non le scorgevi, stava già piovendo. Poi l'uomo aveva sospirato, vinto dalla nostalgia dei cieli azzurri dell'Italia; ora però Gaio aspirava con sollievo il vento umido. Quando caddero le prime gocce di pioggia, i romani corsero a mettersi al riparo. Ma c'era un uomo che era rimasto immobile come lui, con la faccia rivolta al cielo.

Per Gaio non fu una grande sorpresa riconoscere Cynric.

« Vieni a bere una coppa di vino con me? » E indicò la taverna dove erano andati la volta precedente.

Cynric scosse la testa. « Ti ringrazio, ma è meglio di no. Vorrei che non dicessi di avermi visto. Per la verità, sarebbe preferibile per te poter dire che non sai molto dei miei movimenti. Così non dovrò chiederti di mentire. »

Gaio inarcò un sopracciglio. « Stai scherzando? »

« Vorrei che fosse così. Non potrei neppure fermarmi a parlare con te, anche se puoi sostenere sinceramente di avermi incontrato per caso. »

« Non preoccuparti », disse Gaio, e si guardò intorno. Una raffica di vento fece volare la pioggia attraverso la strada e sollevò piccoli sbuffi di polvere là dove cadevano le gocce. « Tutti i romani sono corsi al coperto, e non badano certo a due sciocchi rimasti sotto la pioggia. Ascolta, Cynric: devo parlarti di Eilan...»

Cynric fece una smorfia. «No, ti prego. È stato l'errore più grave che ho commesso quest'anno: Lhiannon si è infuriata con me. Non è successo niente di male, ma non cercare di rivedere la mia sorella adottiva.» Si guardò intorno, nervosamente. «Anche se tu puoi permettertelo, io non dovrei farmi vedere mentre parlo con un ufficiale romano in uniforme. Anzi, se ci incontreremo di nuovo per caso, farai bene a fingere di non conoscermi.»

Poi soggiunse: «Non mi offenderò. Qualcuno si è accorto che lavoravo ancora per i Corvi, e ha capito che collaborare con gli ausiliari mi metteva in una posizione assai utile per causare guai al momento opportuno. Quindi mi hanno proscritto; e, se mi avvistassero a meno di venti miglia dalla città romana, potrebbero mandarmi alle miniere... o a un destino peggiore, ammesso che esista. Addio!» Cynric si voltò per andarsene.

Gaio batté le palpebre. Notò all'improvviso che Cynric non portava più le insegne di Roma. Doveva essere per questo che aveva parlato con tanta chiarezza. Stava ancora cercando qualcosa da dire mentre Cynric svoltava in una via secondaria e spariva lasciandolo solo sotto la pioggia. Gaio represse l'impulso di seguirlo. Se Cynric era davvero nemico di Roma, una morte rapida era preferibile alla deportazione nelle miniere di piombo di Mendip.

«Non cercare di rivedere la mia sorella adottiva.»

Le parole di Cynric gli echeggiavano nella mente. Finivano così, dunque, le speranze di mettersi in contatto con Eilan? Senza dubbio Cynric e suo padre avevano ragione. Ma, mentre si drappeggiava sulla testa un lembo del mantello color granato e riprendeva a camminare, le gocce che gli scorrevano sul viso non erano pioggia.

Caillean si fermò sulla soglia della sala principale e rabbrividì quando il chiasso le giunse alle orecchie. Dopo aver trascorso in solitudine più di due lune, aveva dimenticato quale baccano potessero fare le donne quando si trovavano insieme. Per un momento provò il desiderio di fuggire per rifugiarsi di nuovo nella solitudine della casupola nella foresta.

«Dunque sei tornata», commentò Dieda, che finalmente l'aveva notata. «Mi domando perché, dopo il modo in cui ti ha trattata Lhiannon. Dato che ti eri liberata di noi, pensavo che saresti rimasta lontana per sempre.»

«E *tu* perché sei ancora qui?» ribatté Caillean, irritata. «L'uomo che amavi è al nord, inseguito dalle Aquile. Il tuo posto non dovrebbe essere al suo fianco?»

Per un momento la collera divampò negli occhi della giovane donna, ma poi lasciò il posto a qualcosa di più simile alla disperazione.

«Non credi che l'avrei seguito se me l'avesse chiesto?» ribatté amaramente. «Ma è fedele alla Signora dei Corvi, e se non posso essere al primo posto nel cuore dell'uomo che amo prenderò i voti definitivi di Sacerdotessa, e non mi sposerò mai!» La sua voce tremò e si spezzò mentre le altre si voltavano. Caillean la guardò con pietà riluttante, e ringraziò il cielo perché non aveva mai provato la tentazione di amare.

«Caillean...» Eilidh le corse incontro. «Mi auguravo che oggi tu tornassi. Lhiannon è nelle sue stanze. Va' da lei. Non si lamenta mai, ma so che ha sentito molto la tua mancanza.»

È comprensibile, pensò ironicamente Caillean mentre attraversava il cortile e si copriva la testa con lo scialle per ripararsi dalla pioggia. Tanto più che è stata lei a mandarmi lontana!

Come accadeva sempre dopo un'assenza, Caillean fu colpita dalla fragilità di Lhiannon. Non arriverà alla vecchiaia, pensò mentre la guardava. Non c'erano segni evidenti di malattia, ma era diventata quasi trasparente, e l'istinto affinato dagli anni le diceva che la Somma Sacerdotessa si andava consumando.

«Madre, eccomi», disse a voce bassa. «Attendevi di vedermi?»

Lhiannon si voltò e Caillean vide che gli occhi sbiaditi luccicavano di lacrime. «Ti stavo aspettando», disse sommessamente. «Mi perdoni per averti mandata via?»

Caillean scosse la testa mentre un nodo le stringeva la gola.

Attraversò la stanza e andò a inginocchiarsi accanto alla sedia della Somma Sacerdotessa.

« Che cosa c'è da perdonare? » chiese con voce spezzata e le appoggiò la testa sulle ginocchia. Incominciò a piangere mentre Lhiannon le carezzava i capelli. « Non avrei mai dovuto diventare Sacerdotessa: per te sono stata soltanto un peso. » All'improvviso, sotto il tocco affettuoso sulla sua fronte, la barriera che aveva cominciato a incrinarsi quando si era confidata con Eilan si infranse.

« Non ho mai potuto dirtelo », bisbigliò. « All'inizio non capivo, e poi mi sono vergognata. Non sono una vergine pura. A Eriu, prima che tu mi trovassi, un uomo aveva abusato di me... » La voce si spezzò. Vi fu un silenzio; poi le dita di Lhiannon ripresero ad accarezzarle i capelli.

« Ah, piccola mia, è questo che ti turbava? Sentivo che c'era qualcosa, ma non volevo chiederlo. Non eri ancora una donna quando ti portai via da Eriu. Come potevi aver peccato? Ma noi non parliamo di queste cose perché c'è chi non capirebbe. Dobbiamo salvare le apparenze. Perciò ti ho punita per aver aiutato Eilan. Ma ascoltami, mia cara... Qualunque cosa ti fosse accaduta prima che venissi qui, non ha alcuna importanza per la Dea e tanto meno per me, se mentre dimori nella Sua casa la servi con scrupolo e fedeltà. »

Caillean, piangendo, strinse le braccia di Lhiannon. Nonostante i motivi occasionali di esasperazione, si rendeva conto che il suo sentimento per lei era profondo quanto l'amore che avrebbe potuto provare per un uomo, sebbene fosse molto diverso. Ed era affezionata anche a Eilan, la cui comprensione le aveva permesso di affrontare per la prima volta quei ricordi. Ma nessuno dei due affetti sarebbe mai venuto a contrastare i suoi voti di Sacerdotessa.

Durante i giorni dell'esilio di Caillean, c'erano stati momenti in cui le gocce di pioggia che cadevano dai tetti della Casa della Foresta sembravano ferire il cuore di Eilan. Gaio se n'era andato e non l'avrebbe più rivisto: questo era chiaro. Fu un sollievo essere costretta a distogliersi da quei pensieri perché Caillean l'aveva mandata a chiamare.

«Sei tornata!» esclamò scostando la tenda di lana che chiudeva la porta della camera. «Nessuno me l'aveva detto. Da quanto tempo sei arrivata?»

«Da un giorno», rispose la Sacerdotessa. «Ero in compagnia di Lhiannon.»

Eilan l'abbracciò, quindi indietreggiò per guardarla. «Almeno non ne hai risentito.» Caillean era abbronzata e aveva un'aria sana, e la ruga sottile che a volte deturpava la mezzaluna azzurra tatuata fra le sopracciglia si era spianata. «Mi hanno perdonata per la mia colpa?»

Caillean sorrise. «L'hanno dimenticata. Perciò ti ho fatto chiamare, figliola. Ormai sei qui da tre anni e hai studiato con profitto. È venuto il momento di decidere se vuoi veramente diventare una di noi e pronunciare i voti.»

«È passato tanto tempo?» Era difficile credere che la figlioletta di Mairi fosse ormai una bimba sana di tre anni, e che il maggiore ne avesse quasi cinque. Ma Eilan aveva anche la sensazione di essere sempre vissuta lì. Aveva dimenticato la vecchia vita e, quando sognava Gaio, sentiva soltanto le sue braccia che la cingevano, la voce che le sussurrava all'orecchio. Non riusciva a immaginare di vivere con lui nel mondo dei romani.

«Anche Dieda prenderà i voti?» Tutti sapevano quanto fosse rimasta amareggiata quando aveva saputo della defezione di Cynric; e, adesso che era proscritto, chi poteva prevedere quando sarebbe potuto tornare senza pericolo? L'intenzione di prepararsi come guerriero e di compiere la vendetta era ancora la sua più importante ragione di vita. Come la lealtà che lega Gaio al mondo di suo padre, pensò Eilan.

«È una questione fra lei e la Dea», disse austeramente Caillean. «Ora stiamo parlando di te. Desideri ancora perseverare fra noi, piccola?»

Dieda pronuncerà i voti, e altrettanto farò io, pensò Eilan. Perché no, se nessuna di noi può avere l'uomo che ama?

«Sì. Almeno...» Esitò. «Se la Dea mi vuole ancora pur sapendo che prima avevo dato il mio amore a un uomo.»

«Questo non conta.» Caillean sorrise radiosamente. «La Dea non attribuisce importanza a ciò che può essere accaduto prima che si prendano i voti. Ho rivelato finalmente a Lhiannon quel che era successo a me, e mi ha assicurato che è così. Devo questa benedizione a te, mia cara, e sono lieta di potertela trasmettere!»

«C'è chi non la considera una benedizione», disse amaramente Eilan.

«Non devi permettere che questo ti turbi.» Caillean le posò le mani sulle spalle e la guardò negli occhi. Eilan ebbe l'impressione che le pupille scure della Sacerdotessa fossero simili alla polla sacra dov'era possibile vedere il passato e il futuro.

«Ascolta, sorella: ti rivelerò la verità che costituisce il cuore dei Misteri. Tutti gli dei e tutte le dee sono una cosa sola, sia che si chiamino Arianrhod o Cathubodva o Don. La Luce della Verità è una; ma noi la vediamo sotto forma di frammenti colorati, come la luce riflessa dai cristalli e dai prismi. Ognuno dei modi in cui uomini e donne vedono i loro dei o le loro dee è una parte della verità. Noi che viviamo nella Casa della Foresta abbiamo il privilegio di vedere la Dea in molti modi e di chiamarla con molti nomi: ma conosciamo il primo e il più grande di tutti i segreti... gli dei, comunque siano chiamati, sono uno.»

«Ciò significa che gli dei dei romani sono gli stessi che noi serviamo?»

«In verità è per questo che scolpiscono le loro statue con gli attributi di entrambi, quando erigono qui i loro altari votivi. Ma è vero che, mentre noi della Casa della Foresta conosciamo l'identità di tutti gli dei, con qualunque nome li chiamiamo, crediamo di servire la Dea forse nella sua forma più pura, quale divinità di tutte le donne. Perciò ci impegniamo a servirla come Madre, Sorella e Figlia. E a volte diciamo di vedere il Volto della Dea nella faccia di ogni donna.»

Per un momento l'esaltazione delle parole di Caillean la conquistò; poi Eilan fu assalita da uno slancio improvviso di collera. Perché tutti si erano indignati del suo interesse per un romano, se i loro dei erano gli stessi? Caillean era stata presente al suo colloquio con Gaio e sapeva ciò che provava per lui. Come poteva sostenere che quei sentimenti non avrebbero più avuto importanza una volta presi i voti? Facevano parte di lei, ed erano sacri come l'estasi che provava talvolta quando la presenza della Dea la pervadeva come la luce della luna rispecchiata nella polla.

« Che cosa mi sarà chiesto? »

« Farai voto di restare casta per sempre, a meno che tu venga prescelta dal dio. Ti impegnerai a non parlare scioccamente dei segreti del santuario a chi non è legato dal giuramento, e a prodigarti sempre per fare il volere della Dea e di chiunque ti comanderà legittimamente in suo nome. »

Caillean s'interruppe e la osservò mentre Eilan pensava quanto le fosse affezionata, e quanto avesse finito per affezionarsi alle altre donne e a quella vita. Cercò con lo sguardo gli occhi scuri della Sacerdotessa: « Questo lo giurerò volentieri... »

« E dimostrerai che sei esperta nelle arti che ti abbiamo insegnato, e che la Dea è disposta ad accettarti? Comprenderai che non posso descriverti questa prova... Dicono che sia diversa per ogni candidata, quindi, anche se il mio giuramento non lo vietasse, non potrei dirti di più. »

Eilan represse un brivido d'ansia. Da quando viveva nella Casa delle Vergini aveva sentito parlare di candidate che avevano fallito la prova ed erano state allontanate o, peggio ancora, erano scomparse. « Capisco, e sono pronta », disse a voce bassa.

« Allora così sia », concluse Caillean. « In nome della Dea ti accolgo come candidata Sacerdotessa. » Le baciò la guancia ed Eilan ricordò che una delle Sacerdotesse più giovani aveva fatto lo stesso quando era entrata nella Casa della Foresta. Per un momento i due baci si confusero; batté le palpebre, stordita dalla sensazione di ripetere un momento che aveva vissuto già molte volte.

« Allora, al plenilunio che precede Samaine, pronuncerai i voti alla presenza delle Sacerdotesse. Lhiannon e tuo nonno saranno molto soddisfatti. »

Eilan la fissò. Non lo faceva certo per loro! Caillean le aveva chiesto di scegliere, ma la sua decisione era stata condizionata dalle attese della sua famiglia e forse da altre forze oscure che si annidavano nell'ombra e non erano percepibili?

«Caillean», mormorò tendendo le mani alla Sacerdotessa. «Se mi consacro alla Dea, non lo farò perché sono figlia e nipote di druidi, e neppure perché non rivedrò più Gaio. Deve esserci qualcosa di più.»

Caillean la guardò. «Quando ci siamo conosciute mi è sembrato che il tuo destino fosse segnato e ti portasse fra noi», disse lentamente. «Ora lo sento con forza anche più grande. Ma non posso garantire che sarai felice, figliola.»

«Non prevedo di esserlo...» Eilan trattenne il respiro e singhiozzò. «Purché vi sia una ragione, uno scopo...»

Caillean sospirò e le tese le braccia. Eilan si strinse a lei, e il nodo che le stringeva la gola si allentò mentre l'altra le accarezzava i capelli.

«C'è sempre una ragione, mia cara, anche se può trascorrere molto tempo prima che riusciamo a comprenderla... È l'unico conforto che posso offrirti. Se la Dea non sa ciò che fa, che significato può avere il mondo?»

«Basta così», mormorò Eilan mentre ascoltava il battito del cuore di Caillean, lento e regolare, sotto il suo orecchio. «Purché abbia anche il tuo affetto.»

«Lo hai...» La voce di Caillean era quasi troppo bassa per essere udibile. «Ti voglio bene come Lhiannon ne ha voluto a me...»

La luna piena guardava dai cieli come un occhio vigile, come se Arianrhod avesse deciso di osservare le cerimonie. Mentre il canto delle Sacerdotesse che l'avevano accompagnata svaniva nel silenzio, un freddo interiore fece accapponare le braccia di Eilan, anche se la notte era tiepida. Aveva sperato che piovesse? Non sarebbe cambiato nulla; se i druidi avessero permesso alle condizioni climatiche di influire sui loro riti, non ci sarebbe stata una vera religione. Eilan sapeva che doveva rallegrarsi perché i cieli avevano deciso di benedire la sua iniziazione, ma il chiaro di luna la metteva a disagio.

Almeno la luce avrebbe dovuto renderle più facile percorrere il sentiero, e tutto ciò che le Sacerdotesse avevano chiesto era che attraversasse la foresta sino a tornare al santuario, e non sembrava molto difficile. Ansiosa di farla finita, Eilan si affrettò ad avventurarsi nelle ombre sotto gli alberi, lontano dallo sguardo implacabile della luna.

Aveva camminato sì e no il tempo necessario per filare un braccio di lino quando si accorse d'essersi smarrita.

Controllò il proprio respiro e si voltò. Doveva essere la prima prova, pensò: vedere se sapeva servirsi dei sensi interiori per ritrovare la strada. Attinse alla potenza della terra sotto i suoi piedi: almeno quella non era cambiata. Le energie della luna e delle stelle cantavano nel cielo, e, mentre Eilan apriva tutta se stessa per diventare la colonna che le collegava, respirando con un ritmo regolare fino ad acquisire la certezza di essere al centro dell'universo, la paura si dileguò.

Riaprì gli occhi. Il panico era svanito, ma il chiaro di luna che filtrava tra le fronde sembrava provenire da ogni parte. Non aveva idea della direzione da prendere per arrivare al santuario. Tuttavia, se avesse scelto un percorso qualunque e l'avesse seguito sino in fondo, sarebbe riuscita ad attraversare la foresta. Un tempo, le avevano detto, tutta l'isola era stata ricoperta dagli alberi; ma adesso era costellata di strade, pascoli e campi. Non avrebbe camminato a lungo senza incontrare qualcuno in grado di indicarle la giusta via.

Canticchiando, Eilan avanzò; e solo più tardi si accorse che era il canto salmodiato dalle Sacerdotesse al sorgere della luna. Mentre camminava, il fulgore screziato della luna trasformò il mondo, ed Eilan comprese perché si era spaventata. Ogni ramoscello era orlato d'argento, le foglie scintillavano e la luce danzava e si irradiava da ogni pietra... Ma ora sapeva di vedere qualcosa di diverso dalla luce della luna. Ogni cosa vivente della foresta aveva una sua luminosità... una luminosità che crebbe fino a quando Eilan non poté vedere bene, quasi vi fosse la luce del giorno. Ma non era giorno, perché la luce era priva d'ombre: era un'illuminazione diffusa in cui i colori della foresta splendevano come gemme smorzate. Con un brivido, comprese di aver varcato il confine che separa l'Altro Mondo dai territori degli uomini.

Era davvero come le avevano detto le insegnanti; la Terra dei Vivi e il mondo degli uomini erano come le pieghe di un mantello, e là dove si toccavano era facile passare dall'una all'altro. O forse a volte i mondi si avvicinavano moltissimo... In momenti come quello, quando le Sacerdotesse intonavano i canti sacri.

Il bosco in cui s'era addentrata era pieno di querce, noccioli e rovi come tutti gli altri. A volte alcuni degli alberi che vedeva avevano un aspetto familiare, mentre altri appartenevano a specie sconosciute. Accanto a una robusta quercia scorse un albero con la corteccia d'argento e minuscoli fiori d'oro. Un sorbo degli uccellatori era carico nel contempo di fiori bianchi e di bacche rosse, anche se nel mondo degli umani il periodo della fioritura era passato e le bacche non erano ancora maturate.

I fiori riempivano l'aria d'un profumo inebriante. Ora che poteva vedere meglio, Eilan camminava con maggiore sicurezza, e la gioia le faceva dimenticare lo scopo per cui si trovava lì. Si rendeva conto vagamente che la seduzione dei sensi poteva costituire il pericolo più grande e si sforzò di ricordare la sua destinazione. Un persistente senso del dovere, più di qualunque altro sentimento, l'indusse a fermarsi in una piccola radura dove le betulle argentee e i sorbi mormoravano nella brezza fragrante come fanciulle che assistono a una festa. Chiuse gli occhi.

«Signora, aiutami! Potenze che dimorate in questo luogo, io vi onoro», disse a voce bassa. «Per favore, mostratemi dove debbo andare...»

Quando aprì gli occhi di nuovo, scorse fra gli alberi un viale fiancheggiato da pietre grezze. Si avviò, camminando con il passo aggraziato che le novizie avevano imparato a usare nelle cerimonie. Dopo un po' la strada passò fra due grandi pietre erette ornate di spirali e greche. Più in là, Eilan vide una polla le cui acque scintillavano come se riflettessero la luce della luna nascosta.

Quasi trattenendo il respiro, Eilan passò fra le pietre e guardò nell'acqua. Faceva parte della sua preparazione, perché una delle prime cose che aveva imparato era stato guardare nella ciotola delle visioni. Un vento improvviso increspò l'acqua e quando si spianò Eilan comprese che il bacile era come una candela di fronte al sole, accanto alla potenza della polla.

Nelle sue profondità vide il mare che splendeva di smeraldo e di zaffiro sotto il cielo che sembrava un trasparente vetro azzurro. Poi la polla e la foresta e le pietre sparirono e lei sorvolò le onde come un uccello portato dalle ali. Abbracciata da quelle acque c'era un'isola cinta da rupi di arenaria rossa, incoronata da templi bianchi sparsi fra boschi d'alberi scuri. Sulla collina più alta sorgeva un tempio più grande di tutti gli altri, con il tetto risplendente d'oro.

Eilan scese in volo e scorse una donna biancovestita che camminava lungo il bastione, guardando il mare. Portava monili d'oro al collo e ai polsi e intorno alla fronte: i suoi capelli erano come fiamme, ma aveva gli occhi di Caillean. Un giovane uscì dal tempio e s'inginocchiò davanti a lei, appoggiandole la testa contro il ventre. Mentre la Sacerdotessa lo benediceva, Eilan scorse i draghi tatuati sulle sue braccia. E le parve che una voce simile al fruscio della pioggia cantasse...

Sventura per la terra oltre le onde,
sventura per la terra che nessuno potrebbe salvare...
Perduta la conoscenza che era un dono degli dei...

Il canto si spense e la scena cambiò. Eilan ebbe la sensazione che fossero trascorsi molti anni. All'improvviso il centro dell'isola esplose in un grande zampillo di fiamma rossiccia, e le acque s'innalzarono come una muraglia di vetro verde e inghiottirono gli alberi, i templi, tutto. E, mentre l'isola sprofondava, una flotta di navi si allontanava: balzavano fra le onde come gabbiani spaventati. Seguì una nave con un drago dipinto sulla vela, e la vide sfrecciare sull'acqua, verso nord, fino a quando le nebbie argentee nascosero il fulgore del sole e il mare divenne grigio e verde come le acque che conosceva.

Poi rivide la terra, le rupi bianche e le colline erbose. Volò su colli e valli e giunse a una pianura ampia dove lunghe file di uomini armati di corde erano al lavoro per trainare grandi blocchi di pietra. Una parte del cerchio era già stretta, e non era difficile immaginare il resto. Eilan aveva sentito descrivere abbastanza spesso la Danza dei Giganti per non riconoscerla. L'uomo che dirigeva i lavori somigliava a suo padre, ma obbediva agli ordini di un altro che le ricordava Gaio, più basso, bruno come un uomo della tribù dei Siluri, ma vibrante di energia. Il secondo uomo indicò il cerchio di pietre ed Eilan vide i draghi tatuati sulle sue braccia guizzare nel movimento dei muscoli.

Il vento passò sull'erba alta della pianura, e la scena cambiò di nuovo. Affascinata, Eilan guardava le immagini che si succedevano. Il colorito e i lineamenti mutavano via via che in quella terra giungevano nuovi popoli. Ma riconosceva sempre un'espressione o un gesto familiari... il tocco di suo nonno su un'arpa, la grazia regale di Lhiannon, e persino se stessa, che viaggiava su un carro come una regina. Un uomo le stava al fianco, e lei sapeva che con il suo tocco le aveva dato accesso al potere.

Tutto ciò che è stato sarà sempre;
il drago sorge dal mare;
solo i saggi sono veramente liberi...

diceva la voce limpida che giungeva da oltre il mondo.

L'ultima immagine fu una collina di granito dove cresceva l'erica violacea. I venti freddi soffiavano da oriente, dal mare, e sferzavano i campi ondulati. In quel luogo spazzato dal vento gli alberi crescevano soltanto lungo lo stretto dove l'isola fronteggiava la massa tetra del continente. Nel momento in cui Eilan comprese che si trattava di Mona, la scena cambiò; e vide uomini della sua razza vestiti di bianco e donne vestite di blu, che ammucchiavano la legna in grandi pire.

Per un momento non comprese. Poi un barlume di luce apparve sulla riva opposta. Batté le palpebre e riconobbe le armature dei romani. Anche gli abitatori di Mona le videro, e le pire divamparono. Le Sacerdotesse avanzarono danzando, e le loro ombre si contorsero mentre urlavano incantesimi. Per qualche tempo i romani attesero e i loro comandanti li arringarono; poi la prima fila si avventurò sguazzando nell'acqua. Il braccio di mare ribolliva mentre la legione lo attraversava. I romani uscirono grondanti d'acqua, ma le loro spade brillavano rosse nella luce del fuoco. Con tenace precisione inseguirono i druidi e le loro spade si macchiarono di un cremisi più brillante mentre uccidevano tutti quelli che trovavano sul loro cammino.

Per un poco vi fu silenzio. La luce morente del fuoco lasciò il posto al grigio freddo dell'alba. I corvi avevano già attaccato i cadaveri. E mentre Eilan guardava, si levarono improvvisamente in volo gracchiando, e oscurarono il cielo con le ali.

Mentre l'Aquila divora, il Drago dorme;
quando volano i Corvi, la Signora piange;
ciò che l'odio ha seminato è raccolto dalla compassione...

A quel canto, Eilan sentì la sofferenza che le trafiggeva il cuore, e le lacrime le offuscarono la vista.

Quando poté vedere di nuovo, era ancora accanto alla polla. Ma non era più sola. Vide rispecchiata nell'acqua una figura; alzò gli occhi e scorse un uomo avvolto in una pelle maculata di toro, con un copricapo incorniciato da ali di falco e coronato dalle corna di un grande cervo. Sgranò gli occhi, perché era un costume che i druidi portavano solo per le cerimonie più sacre.

« Signore », gli disse rivolgendogli l'appellativo che gli spettava, « chi sei? » Per un momento le aveva ricordato suo nonno; ma ora si accorgeva che era più giovane nonostante i fili argentei nella barba, e negli occhi splendevano una saggezza e una potenza che lei aveva appena intravisto negli occhi di un mortale.

Ecco che cosa dovrebbe essere Ardanos!, pensò: era come la grande Sacerdotessa che a volte aveva visto risplendere in Lhiannon durante i riti. Quella era la realtà.

Sorrise e le parve che la luce intorno a loro si intensificasse sino a far rifulgere la polla. « Ho avuto molte forme e molti nomi. Sono stato il Falco del Sole e lo Stallone Bianco, il Cervo Dorato e il Cinghiale Nero. Ma qui, ora, sono il Merlino di Britannia. »

Eilan deglutì. Ne aveva sentito parlare nel corso dei suoi studi, perché quello di Merlino era un titolo portato dall'arcidruido negli anni passati. Ma l'anima cui apparteneva non s'incarnava in ogni generazione, e si diceva che soltanto i più grandi dei druidi lo incontrassero nell'Altro Mondo.

Si umettò le labbra. « Che cosa vuoi da me? »

« Figlia dell'Isola Sacra, vuoi servire il tuo popolo e i tuoi dei? »

« Io servo la Signora della Vita », rispose Eilan con fermezza. « E farò ciò che vuole. »

« È un'ora carica di presagi in cui possono confluire molte strade, ma solo con il tuo consenso, perché la via che si schiude davanti a te ti imporrà di dare tutto; e, se la seguirai, troverai scarsa comprensione e scarse ricompense. » L'uomo girò intorno alla polla.

« E per che cosa è propizia quest'ora, secondo i presagi? » A breve distanza, la realtà della presenza era travolgente. Eilan era lieta perché le vecchie leggende le avevano insegnato come doveva rispondere.

« È propizia per la creazione di una Sacerdotessa secondo la realtà antica », disse gentilmente l'uomo. « Ti hanno detto che una Sacerdotessa deve essere fisicamente vergine, ma non è vero. Una Sacerdotessa della Dea si dà quando è il giusto tempo e, una volta che il Potere è passato attraverso di lei, riprende la sua sovranità. Dona, ma non viene mai presa. È lei l'iniziatrice che santifica il Re Sacro, affinché possa concedere la benedizione alla sua regina, e la vita possa rinnovarsi nella terra. »

« È questo che vuoi da me? » Eilan stava tremando. « Come posso farlo? Non lo so! »

« Non tu, ma la Dea che è in te... » Eilan smise di respirare quando l'uomo sorrise. « Ed è mio compito destarla. »

Lasciò cadere il manto di pelle ed Eilan vide che era nudo; il suo corpo era l'immagine del dio potente. Le allisciò i capelli sulle tempie ed Eilan ebbe la sensazione che, senza il sostegno di quelle braccia robuste, sarebbe caduta. Poi l'uomo si chinò per baciarle la fronte.

Dea! gridò lo spirito di Eilan; sentì la sua coscienza accendersi d'una fiamma bianca che discendeva mentre l'uomo le baciava le labbra e i seni e s'inginocchiava per benedirle il grembo. In quel momento era conscia della propria essenza come non lo era mai stata; ma nello stesso tempo la sua individualità era assorbita in un'Altra; e non sapeva se la Presenza era parte di lei, o lei era parte della Presenza o della Dea. Sapeva incontestabilmente che in un certo senso questo superava persino il conforto dell'abbraccio di Gaio. Non era più sola.

Bruciava e il fuoco non la consumava; e le sembrava che la voce cantasse in toni di fiamma...

Il nemico che vorresti sottomettere, devi amarlo...
La legge che vorresti obbedire, devi sfidarla...
La cosa che vorresti tenere, devi donarla...
Così avrai la vittoria...
Figlia dei druidi, per tuo tramite rinascerà il Drago...

La sua mente si popolò d'immagini di sangue e di splendore, battaglie e città di pietra e un *tor* verde sopra un mare interno, fuoco e spade e infine un uomo dai capelli biondi e dagli occhi di Gaio che andava in battaglia con l'immagine della Signora sullo scudo.

« Sì! » rispose. « Ma non lasciarmi sola... »

« Figlia, io sono sempre presente », le assicurò la voce. « Tu sei mia, di epoca in epoca, finché durerà il Tempo. »

Eilan sapeva di avere già udito quelle parole, sapeva che si rinnovava un antico legame; ma l'amore che la lambiva diventava un mare in cui annegava, una luce che consumava ogni consapevolezza.

Poi la sua prima sensazione conscia fu quella di galleggiare nell'acqua fresca. Percepiva la presenza di alberi scuri intorno a lei; e dopo un momento molte mani l'afferrarono e la sollevarono sulla riva. Batté le palpebre, sbalordita, quando si rese conto di essere distesa sulla riva del ruscello, poco più a valle della Casa delle Vergini.

Tentò di parlare e si accorse che era impossibile. Comprese che quanto le era accaduto era un mistero troppo profondo per rivelarlo, persino in quel luogo. Tuttavia si domandava se non era chiaramente visibile, perché il Calore Divino divampava ancora dentro di lei, tanto che la sua pelle si asciugò non appena l'aiutarono a uscire dal ruscello. In silenzio le altre donne l'abbigliarono di una veste di lino tinta di blu, come quella che portavano le Sacerdotesse consacrate.

« Ti sei avventurata fra i mondi; hai visto la luce che non ha ombre; sei stata purificata », disse una voce che Eilan riconobbe per quella di Caillean. Alzò lo sguardo, ma era la donna che aveva visto sul bastione durante la sua visione, quella che le stava davanti... o almeno così sembrava. « Figlia della Dea, alzati, perché le tue sorelle possano darti il benvenuto... »

Le Sacerdotesse l'aiutarono ad alzarsi e procedettero dietro di lei mentre Eilan seguiva Caillean sul sentiero che conduceva al Bosco Sacro.

Nella luce delle torce che palpitavano fra gli alberi, Eilan vide che Lhiannon attendeva, affiancata da Eilidh. Accanto a lei stava Dieda, con gli occhi sgranati e abbagliati e i capelli madidi incollati alla fronte. E a lei che cos'è accaduto? si chiese Eilan. I loro sguardi si incontrarono, e tutte le barriere che gli anni passati avevano eretto tra loro si dissolsero; ricordavano soltanto di essere come sorelle.

Sono lieta che pronunceremo i voti insieme, pensò. La prova era sempre la stessa, ma ogni Sacerdotessa aveva la visione che volevano gli dei. Dieda, immaginava, doveva aver trovato la musica. La guardò e le parve che la Dea le sorridesse attraverso gli occhi di lei.

Si guardò intorno e vide che c'erano tutte... Miellyn ed Eilidh e le altre che erano state le sue insegnanti negli ultimi tre anni. Ma nel volto di ogni donna vedeva un riflesso della luce dell'Altro Mondo, e in alcuni qualcosa di più, un'allusione alle facce che aveva veduto nelle visioni, le facce che cambiavano continuamente eppure erano sempre le stesse.

Perché gli uomini temono la morte, se rivivremo ancora? si chiese. I druidi insegnavano che l'anima poteva assumere molte forme nel ciclo degli anni, e lei aveva sempre pensato di crederlo, ma ora sapeva con certezza che era vero.

Comprendeva finalmente la serenità di Caillean e la sacralità che percepiva in Lhiannon nonostante la fragilità e la fallibilità.

Anche loro erano state dove lei era andata, e nessun evento mortale poteva cambiare quella verità.

Ascoltò come in sogno le parole della cerimonia e pronunciò i voti senza esitazioni, perché la promessa più importante, quella che includeva e dominava tutte le altre, era già stata fatta alla Dea nell'Altro Mondo. Con il sangue che le cantava ancora nelle vene e la luce della Signora negli occhi, sentì appena la puntura della spina mentre le veniva tracciata sulla fronte la mezzaluna azzurra che la proclamava Sacerdotessa.

14.

La tradizione imponeva che nella Casa della Foresta le Sacerdotesse, dopo aver preso i voti, trascorressero un periodo d'isolamento. Eilan ne fu felice. Durante i giorni che seguirono l'iniziazione si sentiva esausta quanto Lhiannon dopo le rivelazioni dell'Oracolo; e, anche quando si riprese fisicamente, si accorse che la sua attenzione era rivolta interiormente, impegnata nel tentativo di comprendere ciò che era accaduto.

A volte le parole del druido le sembravano impossibili, un sogno folle nato dal suo amore frustrato per Gaio. Ma quando le Sacerdotesse si radunavano nella gelida oscurità per salutare la luna invernale, Eilan si sentiva sollevare lo spirito nel canto delle voci femminili. In quei momenti, mentre il chiaro di luna la pervadeva come una fiamma argentea, sapeva che la sua esperienza non era stata un sogno.

A volte si accorgeva che Caillean l'osservava incuriosita, ma neppure quando insegnava loro i segreti dei Saggi venuti dal mare, la conoscenza che soltanto le Sacerdotesse consacrate potevano apprendere, Eilan si sentiva libera di parlare del Merlino e del destino che credeva le avesse offerto. A poco a poco aveva compreso che, indipendentemente dalle estasi vissute dalle altre Sacerdotesse durante l'iniziazione, quel mistero era stato riservato esclusivamente a lei. E così i giorni bui dell'inverno passarono, le giornate si allungarono con l'avvicinarsi della primavera, e il marchio della Dea guarì sulla fronte di Eilan.

Gaio oziava sulla panca nell'ufficio del padre a Deva, e aspirava a pieni polmoni la brezza che entrava dalle finestre aperte, mentre si domandava fra quanto tempo avrebbe potuto andarsene. Da un anno faceva parte dei collaboratori di Macellio ed era stanco delle mura della fortezza. La primavera dilagava nei prati e nei boschi. Sentiva il profumo dei fiori di melo nella brezza, e quel profumo gli ricordava Eilan.

«Quasi tutti gli uomini andranno in permesso per le Floralia, ma non voglio che troppi dei miei ufficiali si allontanino contemporaneamente.» La voce di suo padre pareva giungere da molto lontano. «Tu, quando avrai una licenza, dove andrai?»

«Non ci avevo pensato», disse Gaio. Alcuni ufficiali approfittavano del tempo libero per andare a caccia; ma uccidere per divertimento non l'affascinava più. In realtà non c'era nessun luogo dove desiderasse andare.

«Tanto vale che tu faccia visita al procuratore», gli suggerì Macellio. «Non hai ancora conosciuto sua figlia.»

«E, se gli dei saranno benigni con me, non la conoscerò mai.» Gaio tornò bruscamente al presente e si raddrizzò sul sedile. Suo padre lo fissò con rammarico.

«Com'è possibile che questo ti danneggi?» chiese controllandosi a fatica. «Il solo fatto di vedere la ragazza? Credo che abbia già quindici anni.»

«Padre, lo so che è in età da matrimonio. Credi che sia tanto stupido?»

Suo padre sorrise. «Non ho affatto parlato di sposarla.»

«Non è necessario», ribatté Gaio. Non poteva avere Eilan, e quindi non intendeva sposarsi... tanto meno con una donna proposta da suo padre.

«Non c'è bisogno di essere così sgarbato», lo rimproverò Macellio. «Per la verità, vorrei passare le vacanze a Londinium e...»

«Be', io no», replicò Gaio. Non si curava più di ciò che pensava suo padre. Non sapeva dove sarebbe andato, ma doveva essere il più lontano possibile da Londinium.

«Spero che non penserai ancora a quella ragazza britanna», commentò Macellio; sembrava quasi che gli leggesse nella mente. Se almeno non avesse insistito... Ma Macellio continuò: «Sono sicuro che hai avuto il buon senso di non pensare più a lei».

Quelle parole lo fecero decidere. «Per la verità», rispose, «pensavo di andare a far visita a Clotino.» Dopotutto era stato dopo il soggiorno presso il nobile britanno che aveva incontrato Eilan, e avrebbe potuto almeno godersi il ricordo.

Gaio partì per il sud pensando a Eilan e a Cynric che avrebbe potuto essere suo amico e che era ormai perduto, anche se non per colpa dell'uno o dell'altro. La primavera avanzava come un'armata vittoriosa, e il tempo era bello; le mattinate erano fredde e serene, e Gaio le affrontava proteggendosi con indumenti pesanti; le giornate invece erano tiepide, luminose e quasi asciutte, a parte qualche spruzzatina di pioggia verso sera.

Clotino lo accolse calorosamente, e Gaio, sebbene sapesse che lo faceva soprattutto perché voleva mantenere i migliori rapporti con i romani più influenti, ne fu contento. Gwenna era partita per sposarsi, e quindi non c'era nessuno che gli causasse fastidi.

La casa di Clotino non era un posto sgradevole dove trascorrere una vacanza. La cucina era apprezzabile, e la figlia minore di Clotino, che aveva appena dodici anni, era una compagnia piacevole; anzi si mostrò piuttosto comprensiva quando il giovane le confidò che suo padre aveva cercato di combinargli un matrimonio con una sconosciuta. Forse la ragazzina si sarebbe offerta di consolarlo, ma Gaio ricordava che il padre gli aveva raccomandato di non impegolarsi con le donne locali. Se anche la ragazza gli stava inviando segnali taciti, Gaio finse di non recepirli.

Ma, a parte le preghiere rivolte vagamente a Venere, non riusciva a immaginare un modo per avvicinare Eilan. Nel sonno si strusciava gemendo contro le coperte, e al risveglio sapeva di aver sognato Eilan.

L'amo, pensava in preda all'autocommiserazione, quando si sentiva sopraffatto da quella situazione irrimediabile. Non avevo certo deciso di sedurla e di abbandonarla. Sarei felice di sposarla se potessi ottenere il consenso di tutti coloro che sembrano volersi intromettere nelle nostre vite. Dopotutto aveva ventitré anni, ed era ufficiale della sua legione. Se questo non gli permetteva di sposare chi voleva, quando sarebbe stato abbastanza maturo per riuscirci?

Un giorno, uscito a cavallo con la scusa di andare a caccia, si trovò a passare davanti alle mura carbonizzate che un tempo avevano fatto parte della casa di Bendeigid, e comprese che doveva trovarsi nelle vicinanze della Casa della Foresta. La gamba gli doleva un po', mentre ricordava la fossa per i cinghiali in cui era caduto tanto tempo prima, e il momento in cui aveva conosciuto Eilan.

Non posso restare qui, pensò all'improvviso. Ogni albero, ogni pietra riporteranno ricordi dolorosi. Aveva creduto di poterlo sopportare. Vedere ogni tanto a Deva il vecchio Ardanos non aveva turbato la sua serenità. Forse avrebbe dovuto recarsi a sud per far visita ai parenti di sua madre. Macellio non ne sarebbe stato entusiasta; ma in quel momento Gaio non pensava certo a compiacere suo padre.

Quella notte, accanto al fuoco, ne parlò a Clotino.

«Ci sarà troppa gente per strada, sino alla festa», gli rispose questi. «Dovresti trattenerti almeno fino a quando non sarà terminata, e allora potrai viaggiare con maggiore agio.»

«La gente non mi darà fastidio, ma forse non dovrei viaggiare in uniforme», considerò Gaio. «Procederò più spedito e non attirerò l'attenzione indossando il comune abbigliamento dei britanni.»

«È vero», commentò Clotino con un sorriso acre. «In un certo senso sei uno di noi. Ti fornirò io il necessario.»

L'indomani mattina il capo della servitù portò indumenti adatti a Gaio: brache color nocciola e una tunica tinta di verde, di stoffa nuova, pulita e decente ma non troppo lussuosa, e un ampio mantello marrone di lana pesante. «Le notti sono ancora fredde, figliolo», disse Clotino. «Ti sarà utile al cadere dell'oscurità.»

Quando Gaio si cambiò, la sua identità romana sembrò dileguarsi.

«Così vestito non sei più Gaio Macellio Severo.» Il vecchio lo scrutò con un'espressione strana e Gaio sorrise. «Come credo di averti già detto, quand'era in vita, mia madre mi chiamava Gawen; ora ne ho l'aspetto e vorrei usare questo nome.»

Clotino commentò che l'abbigliamento gli stava molto bene; tuttavia Gaio sapeva che si rammaricava della partenza dell'importante ospite romano.

«Se assisterò alla festa, sarò un britanno come gli altri», continuò Gaio. «Forse avrei dovuto inviare un messaggio a Macellio per avvertirlo che viaggio travestito.» Sospettava che suo padre non sarebbe stato soddisfatto, ma quella bravata poteva essere giustificata con il pretesto di raccogliere informazioni.

Quando Eilan si svegliò, la mattina di Beltane, ebbe la sensazione stranissima che Gaio fosse vicino. Forse, si disse, sta pensando a me. Dopotutto era Beltane e i loro incontri più significativi erano avvenuti in occasione di quella festività. Era naturale, comunque, che pensasse a lui nel giorno in cui, in tutta la terra, i cuori degli uomini e delle ragazze si volgevano verso l'amore.

Lì, nel casto rifugio della Casa delle Vergini, non avrebbe dovuto pensare a quelle cose, o avrebbe dovuto considerarle con la benevolenza distaccata di chi vive molto lontano dai desideri carnali. Durante l'inverno era stato facile. Le sembrava che la passione di cui il druido della visione l'aveva accesa si fosse affinata in uno splendore puro quanto la fiamma di un altare; e i voti di castità non le erano parsi un grave sacrificio.

Ma ora, mentre la linfa ascendeva negli alberi e ogni bocciolo fioriva, incominciava ad avere qualche dubbio. Quando pensava alla visione il suo corpo s'infiammava, e la notte sognava di giacere con un amante che a volte era il druido, altre volte era Gaio, altre ancora uno sconosciuto dallo sguardo regale. Il mio corpo è ancora intatto, pensava all'improvviso. Ma il mio spirito non è più vergine. Dea, come sopporterò questa dolce sofferenza?

«Eilan, aiuti tu Lhiannon a prepararsi per il rituale di questa sera?» La voce di Miellyn la richiamò alla realtà. Scosse la testa. «Allora perché stamattina non esci con noi, per goderti la festa? Ti farà bene respirare una boccata d'aria pura.»

Con Miellyn c'era Senara, che era felice di poter uscire. Era una giornata frizzante e luminosa, e le siepi di biancospino splendevano come se la luce del sole si fosse posata sui loro rami. La folla era così fitta da dare un tremito a Eilan, che dopo i mesi d'isolamento s'era abituata alla pace e al silenzio. O forse l'iniziazione l'aveva cambiata. S'era sempre sentita piuttosto a disagio tra la gente, ma ora aveva l'impressione di aggirarsi senza neppure la pelle addosso.

Senara invece era di ottimo umore mentre camminava in mezzo a loro. Era affascinata da tutto: un banchetto che vendeva formaggi rotondi, un tavolo dove un mercante aveva esposto luccicanti gingilli di vetro; e gli onnipresenti fiori.

Eilan non aveva visto tanta gente dall'ultima festa di Beltane, quando aveva incontrato di nuovo Gaio. Le pareva che tutti gli abitanti della Britannia e delle isole si fossero radunati lì a ridere, a mangiare e a bere; insieme ai rappresentanti di tutti i mestieri, dai pasticcieri ai ballerini sulla corda.

«Lhiannon verrà qui durante il giorno?» chiese Senara.

Miellyn annuì. «La scorterà Ardanos. Fa parte dei suoi doveri mostrarsi nelle festività.» S'interruppe e poi continuò: «E non è certo il compito più gradito. Resti fra noi, ma credo che sia molto stanca; ogni anno, ormai, mi domando se sarà la sua ultima festa».

Vide che Eilan impallidiva e soggiunse: «Ti spaventa? La morte fa parte della vita come la nascita; in qualità di Sacerdotessa, dovresti saperlo».

Ma la folla era così fitta che Eilan udiva appena ciò che diceva Miellyn. Un gruppo di curiosi osservava un uomo con un orso ballerino; Senara gridò che voleva andare a vederlo, e si avvicinarono. Quando i presenti notarono gli abiti di lino blu delle Sacerdotesse si scostarono per lasciarle passare. Arrivarono in prima fila e guardarono l'animale che ballava o almeno si muoveva pesantemente in tondo sulle zampe posteriori, il massimo che ci si poteva attendere. Il muso dell'orso era avvolto strettamente da una corda, ed Eilan pensò che aveva un'aria infelice.

«Poveretto», disse, e Miellyn sospirò.

«A volte ho l'impressione che Lhiannon sia come quell'orso», osservò poi la sua compagna. «Sempre in mostra, non può mai dire ciò che vorrebbe.»

Eilan soffocò un'esclamazione all'idea che si potesse paragonare la Somma Sacerdotessa a un animale ammaestrato.

«E chi la guida?» rise Senara. «Miellyn, non dovresti dire certe cose.»

«Perché no? Di solito dire la verità è considerata una virtù», rispose con fermezza Miellyn, ed Eilan pensò a Caillean. Il modo in cui suo nonno trattava la Somma Sacerdotessa le sembrava ben diverso dalla sovranità proclamata dal druido della visione.

« Io dico la verità come la vedo. E quando vedo Lhiannon diventare così debole, mi domando... »

Miellyn non terminò la frase perché in quel momento l'orso si lasciò ricadere sulle quattro zampe e venne verso di loro. Senara urlò e balzò indietro; ma la gente era accalcata tutto intorno. Eilan arretrò, calpestò la veste di una sconosciuta e sentì la stoffa che si strappava.

« Attenta a dove metti i piedi! » esclamò quella, stizzita. Eilan si scusò; l'orso avanzò di nuovo e, mentre qualcuno gettava un grido d'allarme, la corda si spezzò. La folla indietreggiò e, quando Eilan ritrovò l'equilibrio, Miellyn e Senara erano già sparite in mezzo alla ressa.

Per la prima volta dopo molti anni si ritrovò sola. Si era abituata alla continua vigilanza della Casa della Foresta. Ora intuiva che quella supervisione aveva uno scopo diverso dal decoro; la presenza delle sorelle aveva contribuito a tenere lontani gli altri, fisicamente e psichicamente. Sola, il tumulto dei pensieri e delle emozioni estranei l'investiva come un vento fortissimo. Cercò di attingere forza dalla terra per proteggersi, ma le facce sconosciute che l'attorniavano la riempivano di confusione. Come riusciva Lhiannon a sopportare di andare fra la gente quando era già quasi in trance, schiusa al potere degli dei? Era così circondata dalla folla degli sconosciuti che non riusciva a scorgere nulla di familiare, neppure il viale alberato che conduceva verso la Casa della Foresta, neppure il tumulo dal quale si annunciavano gli Oracoli.

A un certo momento scorse nella calca una veste blu, ma quando si avvicinò si accorse che era il mantello di un estraneo. Un'altra volta le parve di vedere un gruppo di Sacerdotesse; ma erano quattro, e prima che le venisse in mente che le sue compagne potevano averne incontrate altre e che ora la stessero cercando, le vide scomparire di nuovo. Quel luogo temporaneamente mutato a causa della fiera le appariva estraneo quanto l'Altro Mondo. È assurdo... proteggerci dalle emozioni altrui è stata la prima cosa che ci hanno insegnato! Dovrei semplicemente chiedere la strada a qualcuno, continuava a ripetersi; ma, sentendosi così vulnerabile, non osava parlare a uno sconosciuto; che cosa avrebbero pensato di una Sacerdotessa che non sapeva trovare la strada per tornare alla sua dimora?

Continuò a muoversi, cercando di scacciare il terrore irragionevole. Se fosse riuscita a ricostruire le sue difese, avrebbe chiesto a qualcuno in quale direzione si trovava la Casa della Foresta. Un giorno, senza dubbio, avrebbe ricordato con divertimento quella sua avventura. Ma per il momento era sperduta e atterrita.

Un movimento improvviso della folla rischiò di travolgerla. Perse l'equilibrio e urtò un uomo dal mantello scuro che mormorò qualcosa e poi trasalì. « Eilan! Sei proprio tu? » Le mani forti le strinsero i gomiti mentre una voce nota le chiedeva: « Da dove vieni? »

Eilan alzò lo sguardo e scorse l'ultima faccia al mondo che si era aspettata di vedere: la faccia di Gaio Macellio.

Si aggrappò a lui senza parlare. Gaio la sentì tremare e la strinse a sé. All'improvviso la confusione che la circondava si smorzò nel cerchio delle braccia di Gaio.

« Eilan... Non osavo sognare di trovarti qui. »

Ma io sì, pensò Eilan. Quando mi sono svegliata questa mattina il mio primo pensiero è stato che tu eri vicino: perché non ci ho creduto?

Le braccia la strinsero più forte; e in quel momento dimenticò gli ammonimenti di Caillean, i suoi presentimenti e le sue paure. Sapeva soltanto di essere felice.

Rise, tremando un po'. « Temo di essermi perduta. Cercavo di tornare alla Casa della Foresta o almeno di raggiungere le altre Sacerdotesse che sono venute alla festa, ma non sapevo bene da che parte andare. »

« La strada è là », disse Gaio; poi, quando percepì il suo lieve movimento involontario, esclamò: « Devi tornare immediatamente? Sono venuto in... in questa parte del mondo solo nella speranza di vederti ».

Eilan ebbe l'impressione di sentire chiaramente, come se Gaio l'avesse detto a voce alta: non sopporto l'idea di lasciarti andare!

«Se te ne vai, forse non c'incontreremo più», esclamò lui con voce tremante. «Non tollererei di perderti di nuovo. Eilan...» Le sue labbra esitarono come una carezza nel pronunciare quel nome, e lei sentì attraverso la pelle un'ondata di gelido fuoco. «Non puoi lasciarmi», le mormorò contro il velo. «È il destino che ti ha condotta qui, sola...»

Non proprio sola! pensò Eilan sorridendo alla folla che li circondava. Ma era vero: soltanto il destino o la Dea poteva averla condotta lì, fra le braccia di Gaio. Accantonò deliberatamente la disciplina che imponeva a una Sacerdotessa consacrata di tenere gli occhi pudicamente abbassati in compagnia di un uomo che non fosse il padre, il nonno o il fratello. Lo guardò.

E che cosa aveva pensato di vedere? Che cosa potevano dirle i suoi occhi, si chiese mentre notava con quale forza i capelli si arricciassero ancora sulla fronte, il piglio ostinato della mascella sotto la barba corta che s'era fatto crescere durante l'ultima campagna, e il desiderio crudo negli occhi scuri... Che cosa c'era che lei non conoscesse già? La vista interiore e quella esteriore si unirono all'improvviso, ed Eilan vide nel contempo la faccia contratta del ragazzo che aveva curato quattro anni prima, i lineamenti energici dell'uomo che stava diventando e qualcosa d'altro, un volto segnato dall'esperienza e dallo scontento, dove le promesse della gioventù erano erose dagli anni.

Povero amore mio, pensò. È questo, ciò che diventerai?

«Devi davvero andare?» ripeté Gaio, ed Eilan mormorò: «No».

Gaio deglutì e le scostò il velo dalla fronte. Lei lo sentì irrigidirsi e comprese che aveva notato per la prima volta la mezzaluna azzurra fra le sopracciglia.

«Sono Sacerdotessa», disse sottovoce e lo sentì trasalire. Tuttavia non la lasciò, e lei non si ritrasse.

Il pensiero di non rivederlo più cominciava a offuscare la luce del cielo. Senza dubbio Caillean le avrebbe imposto di lasciarlo immediatamente; ma per una volta non avrebbe fatto ciò che l'altra Sacerdotessa giudicava più saggio, bensì ciò che lei, Eilan, voleva fare. E, quale che fosse il risultato, questa volta, almeno, Caillean non sarebbe stata punita.

Due mandriani li urtarono e subito si scostarono guardandoli in modo strano quando si accorsero delle vesti blu di Eilan. Gaio aggrottò la fronte e avvolse la ragazza nel suo mantello, riabbassandole poi il velo per nascondere i capelli luminosi.

«Lascia almeno che ti conduca lontano da questa ressa», mormorò. La cingeva ancora con un braccio per sostenerla, e quando si avviarono nessuno dei due sapeva esattamente dove stessero andando. Sapevano soltanto che erano insieme, e che si allontanavano dalla gente.

«Dimmi, come sei venuto qui? Non immaginavo che fossi in questa parte del mondo.»

«Forse sono venuto per vederti», disse Gaio, ed Eilan si appoggiò a lui e rimase ad ascoltare.

«È stato il destino, o forse mio padre. Almeno, ero diretto nella direzione opposta a quella che lui avrebbe voluto! E la piccola Valeria sta bene?»

«Senara... la chiamiamo così nella Casa delle Vergini. Sta bene ed è felice.»

«Mi fa piacere saperlo», rispose Gaio, ma Eilan comprese che aveva già dimenticato Senara. «Cynric è stato proscritto. Lo sapevi? L'ho incontrato prima che partisse e mi ha detto di stare lontano da te...»

Gli mancò la voce. Che cosa voleva sentirsi dire da lei? si chiese Eilan. Forse voleva solo ascoltare il suono delle sue parole, e sapere che lo pensava. Non lo capiva? Era conscia della sua vicinanza con tutti i sensi del suo corpo, con tutta la pelle.

«Forse ha ragione. Mio padre ha deciso che devo sposare una ragazza romana, la figlia del procuratore di Londinium...»

«Gli obbedirai?» chiese Eilan mentre il sangue le martellava nelle vene. Un matrimonio! Perché gliene aveva parlato? Sapeva che non cambiava nulla, ma perché quel pensiero le causava tanto dolore?

Erano giunti al margine della fiera. Un altro passo, e si sarebbero nascosti nell'intrico dei noccioli. La notte precedente uomini e ragazze avevano vagato in quel bosco per raccogliere fronde e fiori e giacere insieme sull'erba novella. La foresta lo ricordava ancora; Eilan percepiva il ricordo della loro passione come un'eco che la circondava, in conflitto con il tumulto della fiera.

Gaio si girò verso di lei. « Sai che non sposerò nessun'altra che te! »

« Non posso sposarmi », rispose Eilan. « Ho votato la vita agli dei... »

« Allora non sposerò nessuna », disse lui con fermezza.

Invece ti sposerai... Mentre lo slancio di felicità irrazionale la pervadeva, la precognizione fece sentire la sua voce. Un'immagine le balenò nella mente, un'immagine della donna che sarebbe diventata la moglie di Gaio. E perché doveva provare risentimento? Era così egoista da volere che Gaio rimanesse solo per sempre? Oppure aveva desiderato che la portasse via, che smuovesse cielo e terra per liberarla dai voti? Quali parole umane potevano cancellare la mezzaluna dalla sua fronte?

Inciampò nella radice di un albero, e Gaio tese il braccio per sostenerla. Lei batté le palpebre e si accorse che si erano addentrati nella foresta. Il rumore della folla era affievolito dalla distanza, come se avessero percorso molte miglia, come se fossero entrati nell'Altro Mondo. Grandi alberi li avvolgevano in un'ombra screziata. Il sole era scomparso dietro una nube e incominciava a soffiare un vento freddo. Stava per piovere? Quasi in risposta, alcune gocce caddero su di loro: era l'inizio d'una pioggia o forse l'umidità che scendeva dai rami più alti.

« Eilan... » sussurrò Gaio, e la strinse più forte. « Ti prego... Eilan! »

Eilan si voltò, sentì la forza del desiderio che lo accendeva. Il mondo parve arrestarsi. Dall'istante in cui la folla l'aveva allontanata da Miellyn fino a quel momento, pensò, s'era aggirata in un sogno. Ma adesso era sveglia e poteva vedere il passato e il futuro con una chiarezza terribile. Forse era stato il destino a condurli in quel luogo; ma ciò che avrebbe deciso ora avrebbe determinato il futuro di entrambi... e forse anche di altre vite. La consapevolezza palpitò, abbracciò altri tempi in un cerchio sempre più vasto fino a quando Eilan non vide nuovamente il guerriero dai capelli fulgidi che era apparso nella sua visione, con i Draghi intorno ai polsi e lo sguardo d'aquila che aveva imparato ad amare negli occhi di Gaio.

Adesso era lui, quello che tremava. Con dita impacciate, le scostò il velo; e la sua mano, abbassandosi, le sfiorò la guancia, rimase sospesa per un momento; quindi, come se una forza irresistibile la trascinasse verso il basso, scivolò lungo la curva morbida del collo e si fermò sul colmo del seno, sotto l'apertura della veste. Le zolle erbose si estendevano soffici e verdi davanti a loro. Eilan udì, come un'eco: « La Dea non viene adorata in un tempio costruito da mani umane... »

Ma era proibito... Meno di sei mesi prima aveva giurato di donare la sua verginità soltanto al Re Sacro. E, per tutta risposta, venne a lei la certezza. Da quest'uomo di due stirpi diverse nascerà il re che dovrà essere... Era per questo che il Merlino l'aveva iniziata. Era il suo fato.

Quando s'erano conosciuti, doveva essere sembrata a Gaio una bambina, ma ora sapeva di essere incommensurabilmente più vecchia. Come un'eco, le giunse la voce del Merlino:

« Una Sacerdotessa della Dea si dà quando è il giusto tempo e, una volta che il Potere è passato attraverso di lei, riprende la sua sovranità ».

« Non possiamo sposarci con i riti degli uomini », disse sottovoce Eilan. « Vuoi prendermi in moglie secondo l'antica usanza, come le Sacerdotesse si accoppiavano con gli uomini della stirpe reale, alla presenza degli dei? »

Gaio gemette, le premette il seno con la mano ed Eilan sentì il capezzolo che si induriva a contatto del palmo. « Fino alla morte e oltre, per Mitra e per la Madre », mormorò lui. « Eilan, oh, Eilan! »

Quando il Merlino l'aveva toccata, il fuoco era divampato dalla testa ai piedi; ma questa fiamma pareva salire dalla terra e bruciare tutti gli altri pensieri.

Gli toccò il volto, e Gaio la strinse. Una mano goffa le si insinuò fra i capelli, e il velo cadde a terra. Poi le cercò le labbra con le labbra, non più con delicatezza ma avidamente, come un affamato. Per un momento la sorpresa la fece restare immobile nella stretta; poi sentì una smania altrettanto intensa, e le sue labbra si schiusero per accoglierlo.

Mentre si baciavano gli cinse il collo con le braccia, e i capelli, liberati dall'acconciatura complessa, si sciolsero sulle sue spalle mentre le forcine si spargevano sull'erba. Gaio gemette e l'attirò a sé. Adesso Eilan poteva sentire la forza dura del suo corpo, e il suo desiderio. Gaio le passò le mani dalle spalle alla schiena, avvincendola a sé.

Eilan sentì che le mancavano le ginocchia. Si aggrappò, e il suo peso trascinò entrambi sull'erba verde. Le labbra di Gaio si mossero sulla sua guancia, sulle palpebre, sulla pelle morbida del suo collo come se volessero divorarla, e lei s'inarcò, tremando. Le gonne si erano sollevate mentre cadevano; la mano di Gaio le passò sul corpo, indugiò a toccarle la pelle, poi salì di nuovo sotto la stoffa fino a posarsi sul luogo sacro fra le cosce.

Gaio rimase di colpo immobile, ansimando. Poi si scostò con gli occhi sgranati e abbagliati, come se avesse guardato una luce troppo viva.

« Signora », sussurrò. Eilan vedeva i tremiti che lo scuotevano; ma chissà come Gaio riuscì a controllarsi quel tanto da agire lentamente, tolse di mezzo gli indumenti, adorò il suo corpo con un'autorità che crebbe fino a che la luce non inondò anche lui ed Eilan comprese che non era più soltanto Gaio.

« Mio Re », mormorò mentre la fiamma che lui aveva accesa le ardeva in ogni nervo. « Vieni a me! »

Gaio sospirò, sprofondò nell'abbraccio come il sole nel mare, e si abbandonò a lei mentre Eilan gli si dava. In lontananza risuonarono grida e acclamazioni come se giungessero da un altro mondo ed Eilan comprese che i Sacerdoti avevano acceso i fuochi di Beltane.

Ma un fuoco ancora più grande divampava in lei: e in quel momento, anche se Caillean e tutte le donne della Casa della Foresta fossero state allineate a osservarli, Eilan non se ne sarebbe accorta e non se ne sarebbe curata.

Il giorno era avanzato e il sole stava per tramontare quando finalmente Gaio si mosse. Eilan si scostò con riluttanza, e ancora una volta lui l'attirò a sé e la baciò.

« Devo tornare nella Casa della Foresta », disse Eilan, dolcemente. « Mi staranno cercando. » Sì, Miellyn doveva essere fuori di sé per la preoccupazione. Ma, se fosse riuscita a rientrare inosservata, avrebbero potuto credere che la folla le aveva separate e poi lei aveva ritrovato la strada.

Ora, dopo che la passione si era spenta ed era di nuovo in grado di pensare con lucidità, Eilan non era pentita di aver violato i voti; la Dea aveva saputo e non era intervenuta, e questo provava che Eilan aveva servito una legge superiore. Parte della dottrina segreta che Caillean aveva rivelato nei mesi successivi all'iniziazione affermava che, prima dell'arrivo dei romani, le Sacerdotesse prendevano gli amanti che volevano, o addirittura si sposavano. Solo dopo l'avvento dei romani gli uomini avevano avuto l'ardire di controllare la vita privata delle loro donne. Caillean non aveva mai incontrato un uomo capace di indurla a venire meno ai voti; ma forse avrebbe compreso. D'altra parte, non avrebbe approvato l'amante scelto da Eilan; e forse sarebbe stato meglio non dirle nulla.

« Eilan, non tornare. » Gaio si sollevò su un gomito e la guardò. « Temo per te. »

« Sono la nipote dell'arcidruido. Che cosa credi che mi possano fare? »

Una volta suo padre aveva detto che l'avrebbe uccisa con le sue mani se avesse permesso a Gaio di fare ciò che ora aveva fatto; ma non era il caso di parlarne. Adesso era una donna e una Sacerdotessa consacrata, e doveva rendere conto delle sue azioni soltanto alle sorelle e agli dei.

« Se fossi presente per proteggerti, non avrebbe importanza ciò che potrebbero tentare », disse oscuramente Gaio.

« E sarei al sicuro se fuggissimo? Dove potremmo andare? Forse le tribù selvagge del nord accetterebbero me, ma tu saresti in pericolo, e dove potremmo rifugiarci per sottrarci alla potenza di Roma? Tu sei un soldato, Gaio, e come me sei vincolato da giuramenti. Ho violato un voto per obbedire a uno più grande, ma ciò non basta a liberarmi. Appartengo sempre alla Dea e devo confidare nella sua protezione... »

« Questo è più di quanto io possa fare », disse Gaio strofinandosi gli occhi.

«Assurdo. Se tornerai in servizio sarai certamente in pericolo, assai più di me.» Eilan si aggrappò di nuovo a lui mentre pensava al ferro gelido che penetrava nel cuore che ora batteva contro il suo. Ma quando Gaio la baciò di nuovo, tutti i pensieri del futuro furono dimenticati. Almeno per un poco.

15.

Il fatto di essere giaciuta con un uomo, nonostante le ipotesi sussurrate che Eilan ricordava di aver ascoltato nella Casa delle Vergini, non aveva distrutto la sua magia. Se non altro, l'incantesimo protettore che aveva mormorato mentre varcava il cancello della cucina e procedeva lungo il sentiero che portava alla Casa delle Sacerdotesse aveva impedito alle poche persone presenti di notare il suo passaggio.

Quando fu nella sua stanza si tolse la veste e si lavò, nascondendo il camice macchiato in attesa di trovare il tempo per cancellare il sangue della verginità perduta. Poi infilò l'indumento per la notte e attizzò il fuoco perché era semiassiderata. E aveva fame. L'ora del pasto del tramonto era già trascorsa. Avrebbe dovuto andare nelle cucine a prendere qualcosa da mangiare, ma aveva bisogno di riflettere su ciò che era accaduto a lei e a Gaio. O forse, pensò con inconsueta autoironia, voleva semplicemente chiudere gli occhi e rivivere quei momenti d'amore.

Si era aspettata che Gaio fosse impaziente, ma non che fosse così tenero, che si trattenesse sino a fremere come un arco teso per evitare di farle male. Ma, sebbene lei fosse vergine, il piacere che l'aveva pervasa non era stato meno intenso di quello di Gaio. E nei momenti finali, quando l'estasi era diventata quasi troppo grande per la resistenza umana, le era sembrato che fosse ancora una volta la Dea a permearla e a ricevere il dono del dio.

Sospirò, notando l'indolenzimento inconsueto e la dolce stanchezza che le appesantiva le membra. La Dea mi folgorerà per aver infranto il voto, si chiese, oppure la mia punizione sarà piangere la notte e ricordare ciò che non avrò mai più? Non sarebbe stato meglio non averlo conosciuto affatto? Commiserava Caillean, ferita fin dall'infanzia dall'unica esperienza di ciò che gli uomini chiamavano amore.

Mentre i giorni si succedevano ai giorni, un certo equilibrio incominciò a ristabilirsi. Eilan assistette Lhiannon nel rito del plenilunio e la folgore non la colpì. La preparazione avanzata successiva all'iniziazione continuò, sia nelle arti sia nella conoscenza, e via via che i giorni si allungavano, s'incontrava con le Sacerdotesse più anziane in uno dei giardini o nel Bosco Sacro quando le condizioni del tempo lo permettevano.

C'erano tredici querce sacre, dodici in cerchio, la più vecchia al centro, e ombreggiavano l'altare di pietra. Eilan, mentre le guardava, aveva la sensazione che anche nel caldo sonnolento del pomeriggio gli alberi conservassero qualcosa della magia di cui la luna li aveva avvolti poche notti prima. La voce di Caillean si smorzò in un mormorio di sottofondo mentre Eilan levava lo sguardo verso l'alto. Sicuramente la luce che brillava sulle loro foglie superava lo splendore del sole. Tutti i suoi sensi parevano acuiti dopo Beltane.

La voce della Sacerdotessa ridivenne nitida. «Anticamente c'era un sodalizio di nove Somme Sacerdotesse, una per ogni regione di questa terra. Stavano alle spalle delle regine delle tribù, e le consigliavano e le sostenevano.»

Eilan si appoggiò al tronco massiccio della quercia, attinse alla sua forza solida, e si sforzò di tenere aperti gli occhi.

«Non erano regine loro stesse?» chiese Dieda.

«Avevano un ruolo meno pubblico, sebbene spesso appartenessero alla stirpe reale. Ma erano le iniziatrici dei re, perché, quando un sovrano giungeva alla consacrazione, la Sacerdotessa diveniva il canale grazie al quale la Dea accettava i suoi servizi, e gli conferiva un potere che a sua volta trasmetteva alla regina.»

«Non erano vergini», commentò Miellyn in tono acido, ed Eilan si ritrovò completamente sveglia. Ricordava le parole del Merlino. Per Gaio, lei era stata la Dea? E quale era, allora, il suo destino?

«Le Sacerdotesse giacevano con gli uomini quando lo imponeva il servizio della Signora», rispose Caillean in tono neutro. «Ma non si sposavano, e partorivano figli solo quando era l'unico modo per preservare una stirpe reale. Restavano libere.»

«Nella Casa della Foresta non ci sposiamo, ma non direi che siamo libere», osservò Dieda aggrottando la fronte. «Anche se la Sacerdotessa dell'Oracolo sceglie colei che deve succederle, spetta al Consiglio dei druidi approvare la sua scelta.»

« Perché le cose sono cambiate? » chiese Eilan mentre un impulso rendeva più intenso il suo tono. « A causa di Mona? »

« I druidi sostengono che l'attuale clausura serve a proteggerci », rispose Caillean con la stessa guardinga indifferenza. « Dicono che solo se ci conserviamo pure come vestali saremo rispettate da Roma. »

Eilan la fissò. Allora ciò che ho fatto con Gaio non ha violato le leggi della Dea, ma soltanto le decisioni dei druidi.

« Ma dovremo vivere sempre così? » chiese malinconicamente Miellyn. « Non esiste un posto dove possiamo dire la verità e servire la Dea senza l'interferenza degli uomini? »

Caillean chiuse gli occhi. Per un momento Eilan ebbe la sensazione che persino gli alberi restassero immobili, in attesa di ascoltare ciò che avrebbe detto la Sacerdotessa.

« Solo in un luogo al di fuori del tempo... » mormorò Caillean. « Protette dal mondo grazie a una nebbia magica. » Per un momento anche Eilan ebbe la sensazione di vedere una nebbia che aleggiava come un velo sulle acque argentee, e cigni candidi che cantavano mentre prendevano il volo.

Poi Caillean trasalì e aprì gli occhi. Si guardò intorno, confusa. Attraverso gli alberi giunse il suono del gong che annunciava il pasto della sera.

Per qualche tempo le ansie di Eilan si placarono, ma, mentre i giorni si allungavano avvicinandosi alla festa della Mezza Estate, incominciò a intuire perché la Dea non l'avesse folgorata. All'inizio, quando venne il momento di isolarsi per la purificazione secondo le consuetudini della Casa della Foresta e non vide traccia di sangue, non si preoccupò perché non aveva mai avuto cicli regolari. Ma, quando il secondo mese venne e passò, ebbe la certezza che la magia fertile di Beltane avesse operato su di lei.

La prima gioia istintiva lasciò il posto al terrore. Che cosa avrebbe detto Bendeigid? Che avrebbe fatto? Eilan scoppiò in lacrime, rimpiangendo di non poter tornare indietro nel tempo a cercare conforto fra le braccia della madre. Poi, con il passare dei giorni, si chiese se, anziché di una gravidanza, non si trattasse di una malattia grave, di una punizione per il sacrilegio.

Per tutta la vita era stata sana e forte, ma ora vomitava ogni volta che cercava di mangiare o di bere; i brividi la squassavano, e non aveva più appetito. Sognava il raccolto e i suoi frutti come se fossero destinati a non farla star male. L'unica cosa che riusciva a inghiottire senza essere assalita da conati di vomito era il siero di latte più acido. Le gravidanze di sua sorella Mairi non erano state così difficili, quindi non poteva trattarsi di un primo sintomo. Persino l'acqua del Pozzo Sacro, quando, nel giorno più lungo, le Sacerdotesse si recarono per bere e vedere il futuro, le causò tremiti gelidi.

Si accorgeva che di tanto in tanto Caillean la guardava, ma anche lei era sofferente. Eilan, che forse le era più vicina di tutte le altre, non sapeva che cosa l'affliggesse. Quando glielo chiedeva, Caillean rispondeva che il suo ciclo lunare era perturbato; ma le sue condizioni di salute incutevano in Eilan una paura ancora maggiore. Non era possibile che Caillean fosse incinta! A volte Eilan si domandava se il suo peccato non avesse attirato una maledizione su tutta la Casa della Foresta, se la sua infermità non avesse in qualche modo contagiato anche Caillean. Avrebbe finito per ucciderle tutte? Non osava soffermarsi su quel pensiero.

Caillean colse qualche foglia di timo dall'aiuola che Latis aveva coltivato nel cortile interno e la stropicciò fra le dita, poi aspirò profondamente mentre il profumo dolce si diffondeva nell'aria umida del mattino. Il timo era utile per il mal di testa, e forse sarebbe servito a qualcosa. Quel giorno, almeno, il suo grembo aveva interrotto le dolorose perdite intermittenti che l'avevano tormentata per tutta l'estate, e forse il contatto con la terra poteva attenuare la sensazione assillante di paura che l'aveva ossessionata.

Sentì che qualcuno stava vomitando nella latrina al di là del muro. Attese, chiedendosi chi poteva essersi alzata tanto presto. Poi scorse una figura in tunica bianca che passava sotto l'arcata come se temesse di farsi vedere. Per la prima volta dopo molte settimane i sensi interiori di Caillean si ridestarono; comprese chi doveva essere e che cosa aveva.

«Eilan, vieni qui!» Era il tono imperioso di comando, e la ragazza era troppo disciplinata per non obbedire. A passo lento, Eilan tornò indietro, e Caillean notò le guance scavate e i seni colmi. I suoi disturbi dovevano averla distratta più di quanto immaginasse, pensò con amarezza.

«Da quanto tempo stai così? Da Beltane?» chiese. Eilan la fissò, e contrasse il viso. «Povera bambina!» Caillean tese le braccia ed Eilan si strinse a lei singhiozzando.

«Oh, Caillean, Caillean! Credevo di essere ammalata... Credevo di stare per morire!»

Caillean le accarezzò i capelli. «Hai avuto le tue perdite in questo periodo?» Poi, quando Eilan scosse la testa, disse: «Allora sei portatrice di vita, non di morte», disse, e sentì che la giovane donna si rilassava.

I suoi occhi si riempirono di lacrime. Era una cosa terribile, certo; tuttavia non poteva fare a meno di provare un'invidia disperata. Ricordava che ora il suo corpo la tradiva, e non sapeva se ciò che le accadeva era soltanto la fine della fertilità che non aveva mai usato, oppure la fine della vita.

«Chi ti ha fatto questo, mia cara?» mormorò appoggiando le labbra ai capelli soffici della ragazza. «Non mi sorprende che fossi così taciturna. Perché non me l'hai detto? Come hai potuto pensare che non avrei compreso!»

Eilan la guardò con gli occhi arrossati, e Caillean ricordò che non era abituata a mentire. «Non è stato uno stupro...»

Caillean sospirò. «Allora immagino che sia stato quel giovane romano.» Non era una domanda ed Eilan annuì in silenzio. Caillean sospirò ancora e guardò nel vuoto. «Povera piccola», disse finalmente. «Se l'avessi saputo subito avrei potuto fare qualcosa, ma ormai sei arrivata al terzo mese. Dovremo dirlo a Lhiannon, lo sai.»

«Che cosa mi farà?» chiese Eilan, tremando.

«Non so», rispose Caillean. «Niente, immagino.» Un'antica legge ordinava che una Sacerdotessa venisse messa a morte se violava i voti, ma sicuramente non l'avrebbero mai applicata a Eilan. «Con ogni probabilità ti manderanno via... A questo eri preparata, credo. Ma sono sicura che sarà il peggio che ti potrà capitare», soggiunse.

E se cercheranno di punirla più duramente, pensò Caillean ritrovando per un attimo l'energia di un tempo, dovranno fare i conti con me!

«Sciagurata, bestiola immonda!» gridò Lhiannon. Un rossore si diffuse sulle guance della Sacerdotessa. Eilan indietreggiò. «Chi ti ha fatto questo?»

Eilan scosse la testa. Le bruciavano gli occhi.

«L'hai fatto apposta... Non hai urlato? Traditrice! Volevi coprirci tutte di vergogna, o non hai pensato a nulla? Ti sei comportata come un animale in calore, dopo tutte le cure che abbiamo avuto per te...» Lhiannon ansimava pesantemente.

Caillean aveva sospettato che ci sarebbe stata una scena quando la Somma Sacerdotessa fosse stata informata; ma era peggio del previsto. La salute e il carattere di Lhiannon diventavano sempre più precari, e Caillean vedeva che era una delle giornate peggiori. Ma ormai era troppo tardi. Lhiannon schiaffeggiò la ragazza e disse: «Credi che fosse una passione sacra? Non sei migliore di una prostituta!»

«Lhiannon...» Caillean le passò un braccio intorno alle spalle e sentì che la tensione si allentava. «Così non ti fa bene. Calmati, madre. Lascia che ti porti un decotto.» Accarezzò la fronte di Lhiannon, che si accasciò fra le sue braccia. Con una mano, Caillean versò un decotto da una fiasca in un bicchiere e glielo accostò alle labbra. Una fragranza di menta si diffuse nella stanza. La Somma Sacerdotessa bevve, poi esalò un lungo sospiro tremulo.

Eilan era ancora immobile, stordita, davanti a lei. Aveva dovuto fare appello a tutte le sue forze per presentarsi. Ciò che sarebbe accaduto in seguito spettava agli dei deciderlo; e in quel momento, ancora atterrita dalla furia di Lhiannon, non se ne curava. L'indignazione di Lhiannon, quando la Sacerdotessa si riprese, parve essere sparita.

«Siedi», ordinò con voce querula. «Mi fa dolere il collo, guardarti dal basso in alto.»

Caillean indicò uno sgabello a tre zampe ed Eilan, ancora risentita e con gli occhi arrossati, obbedì.

«Bene», continuò Lhiannon in un tono più normale. «Ora, che cosa possiamo fare? Mi dispiace di averti schiaffeggiata, ma questo sconvolge i piani...» S'interruppe e aggrottò la fronte. «Bene, dovremo combinare qualcosa. Immagino che sarebbe meglio dirlo ad Ardanos.»

«Non so proprio che c'entri lui», intervenne Caillean. A meno che, pensò, siano proprio i suoi piani a essere sconvolti dalla vergogna di Eilan. «Non è stata certo la prima ad accendersi al fuoco di Beltane, e sono sicura che non sarà l'ultima. Sarebbe più facile se Eilan fosse la figlia di un altro. Ma Ardanos e Bendeigid dovranno rassegnarsi! Senza dubbio il destino di una Sacerdotessa di Vernemeton riguarda solo noi. Vuoi dire che non siamo in grado di trovare la soluzione più giusta?»

«Non ho detto questo», rispose Lhiannon ancora agitata. «Ma dobbiamo dirlo ad Ardanos!»

«Perché? Quale legge ce lo impone, se non la legge romana che asservisce le donne ai loro uomini?» Caillean era irritata. «Hai davvero tanto rispetto per la sua saggezza?»

Lhiannon si passò la mano sugli occhi. «Perché hai una voce così acuta, Caillean? Mi farai venire il mal di testa. Ormai devi sapere che non è questione di saggezza, bensì di potere. Secondo il trattato che protegge questo luogo, tutto ciò che riguarda la Casa della Foresta è sotto la sua responsabilità.»

«Sì, ed è un vero peccato», commentò Caillean. «Dimmi, chi gli ha assegnato il ruolo del dio?»

Lhiannon si massaggiò il braccio sinistro, come se le dolesse. «Comunque è uno dei pochi parenti sopravvissuti di Eilan, ed è giusto informarlo.»

Caillean provò una fitta di pietà. Evidentemente Lhiannon era ansiosa di scaricare il problema sulle spalle di qualcun altro. Tenendo conto delle sue precarie condizioni di salute, non era troppo sorprendente.

Eilan continuava a tacere, quasi che la confessione le avesse tolto le forze. Il suo sguardo era assorto, come se ciò che dicevano non la riguardasse o non avesse più importanza per lei.

Di' qualcosa, figliola! Caillean le lanciò un'occhiata. Stiamo decidendo il tuo destino! Sapeva che Ardanos non poteva far nulla a lei: aveva tentato, ma Lhiannon era affezionata alla figlia adottiva, ed erano pervenuti a un accomodamento fingendo che Caillean non esistesse. Da parte sua, cercava di evitare l'attenzione di Ardanos e di non contrastarlo; ma, per Eilan, sarebbe stata capace di tener testa al vecchio druido.

« Sta bene, allora, fa' chiamare Ardanos », disse a voce alta. « Ma pensaci due volte, prima di mettere Eilan in suo potere. »

« Dunque? » Ardanos aggrottò la fronte guardando le tre donne che l'attendevano nella dimora della Somma Sacerdotessa. « Che cos'è accaduto di tanto importante da farmi chiamare? » Lhiannon appariva fragile e stanca, e Caillean incombeva su di lei come un'ombra. Si trattava della sua salute? si chiese allarmato, lanciando un'occhiata a Eilan, seduta accanto alla finestra. Lo avevano convocato perché la Somma Sacerdotessa stava morendo? Non aveva l'aria di essere tanto ammalata, e senza dubbio non avevano già detto a Eilan che...

« Sia chiara una cosa », esordì Caillean con voce ferma. « Non sono stata io a farti chiamare. E fin sul letto di morte continuerò a negare che tu abbia autorità sulle Sacerdotesse. »

« Donna! » tuonò Ardanos. « Che cosa...? »

« E non osare chiamarmi 'donna!' con quel tono, come se le donne non avessero nulla a che spartire con te, come se non avessi avuto una madre », ribatté Caillean. « Gli uomini che non temono la Dea... come possono parlare per Lei? »

Ardanos fece una smorfia e si rivolse a Lhiannon. « Sarà meglio che mi dica di che si tratta », disse non troppo gentilmente. « Sono certo che non lo saprò da Caillean. »

Non era il momento migliore per lasciare Deva, pensò irritato. Il governatore era a combattere in Caledonia, e alcuni funzionari locali avevano incominciato ad approfittare dei propri poteri. Doveva tornare dove le sue spie potevano tenerlo informato, e dove, in caso di necessità, avrebbe potuto servirsi dei suoi contatti fra i romani per prevenire guai.

Lhiannon si lasciò sfuggire un gemito soffocato, tossì e riprese a parlare. « Eilan è incinta del figlio del prefetto, e non sappiamo che cosa fare. »

Ardanos la guardò sbalordito, poi girò gli occhi su Eilan. « È vero? »

Eilan rispose a voce bassa: « Io dico sempre la verità ».

« Sì », borbottò Ardanos, mentre rifletteva affannosamente. « Lo riconosco. Non sei una bugiarda. »

Sembrava che Eilan avrebbe preferito non informarlo di nulla. Caillean le andò al fianco e le prese la mano. Ardanos s'incollerì. Quelle stupide galline sapevano quanto poteva essere devastante un simile fatto? La stessa sopravvivenza della Casa della Foresta dipendeva dal mantenimento del mito della loro purezza! Era necessario che lo capissero.

« Perché me lo chiedi? » Le sue parole avevano tutta la potenza dell'arte dei bardi. « Conosci la punizione come la conosco io. È la morte, per una Sacerdotessa consacrata che giace con un uomo, eccettuato il Re Sacro. »

Morte. La parola causò un grande silenzio. Poi Lhiannon gemette e Caillean si affrettò a sostenerla.

« Sei un vecchio crudele e senza cuore! » esclamò. « E pensare che è stata lei a insistere per parlartene! » Caillean continuò a stringere a sé la Somma Sacerdotessa e le toccò il collo per cercare la pulsazione della vena. « Dea! Il suo cuore balza come un cavallo spaventato! Ma non sei riuscito a ucciderla, almeno questa volta! » Si rialzò mentre Lhiannon gemeva e si agitava. « Sai che ha il cuore debole. Vorresti ritentare? »

Ardanos si chinò su Lhiannon e disse a voce bassa: « È soltanto svenuta, si riprenderà ». Era più scosso di quanto avesse immaginato. « Non pensavo che si sarebbe sconvolta tanto. »

Aiutò Caillean a sollevare la Somma Sacerdotessa e si meravigliò nel sentirla così leggera sotto le vesti. L'adagiarono sul letto, sostenendola un po' con i cuscini perché potesse respirare. Caillean versò qualche goccia di pozione in una coppa d'acqua e l'accostò alle labbra di Lhiannon. Ardanos vide i muscoli contrarsi per inghiottire. Dopo qualche momento le palpebre si riaprirono.

Gli occhi sono ancora bellissimi, pensò sorpreso Ardanos. Persino ora, sebbene siano annebbiati dalla sofferenza. Si sarebbe addolorato quando la morte l'avesse portata via: ma questo non doveva interferire con ciò che doveva fare.

« No, non la morte », sussurrò Lhiannon. « Non c'è un'altra soluzione? »

Ardanos si voltò verso Eilan che stava raggomitolata sulla panca con le nocche premute contro le labbra e fissava Lhiannon.

« Direi lo stesso se si trattasse di mia figlia Dieda. All'inizio avevo pensato che fosse lei... »

« Dieda non conta », disse Lhiannon in tono più energico. « Non possiamo permettere che facciano del male a Eilan! »

« No, naturalmente », incalzò Caillean. « Ardanos lo sa, come lo sappiamo noi, che quella pena non è mai stata inflitta. Dopotutto, non è una cosa inaudita. »

« Bene », disse cautamente Ardanos, « che cosa consigli di fare, allora? » Gli dava una soddisfazione maligna vedere Caillean così depressa. Forse ora avrebbe causato meno difficoltà.

« Il figlio di Miellyn aveva per padre il Re dell'Anno, e comunque lei ha avuto un aborto spontaneo, quindi il problema non si è posto. Ma cinque o sei anni fa vi fu un caso del genere, e la ragazza venne allontanata senza chiasso. »

« È vero », rispose Ardanos. « Ma non era la figlia di un druido importante... »

« E neppure la nipote », scattò Caillean. « Quindi veniamo al dunque: hai paura che la cosa abbia conseguenze per te! »

« Taci, Caillean », ingiunse Lhiannon. « Come puoi stare a discutere con Ardanos mentre la povera bambina... » lanciò uno sguardo a Eilan « ... mentre la povera bambina ascolta e non sa se dovrà vivere o morire. »

Ardanos guardò la nipote, e non riuscì a comprendere la sua espressione. Era ostinata, oppure non le importava veramente nulla? Scosse la testa, esasperato. Il lavoro che avevano compiuto non doveva essere messo in pericolo da una giovane sciocca. « Le altre sanno? » chiese. Caillean scosse la testa. « Fate che continui così, e forse troveremo un modo... »

« Quanta generosità », commentò sarcastica Caillean. « Sei disposto a fare per tua nipote ciò che faresti per un'estranea... »

« Taci, figlia mia », ripeté stancamente Lhiannon. « Non devi parlare così all'arcidruido. Sta cercando, ne sono sicura, di fare il possibile per Eilan... e per tutti noi. »

Caillean non sembrava convinta, ma tacque.

« Comunque, non siete le uniche persone interessate », dichiarò Ardanos. Lo stupro d'una Sacerdotessa consacrata, perché così l'avrebbe definito, qualunque cosa ne dicesse Eilan, era una torcia che poteva incendiare l'intera Britannia. Si strinse nel mantello e le guardò. C'era almeno un romano che doveva desiderare quanto lui una soluzione adottata con la massima discrezione. « Andrò a Deva e parlerò con Macellio. Forse vedrò anche il giovane romano. »

Durante il mese che seguì le nausee di Eilan diminuirono; per gran parte del tempo si sentiva bene. Le vesti abbondanti le nascondevano il seno e dato che si trattava di un primo figlio sarebbe trascorso qualche tempo prima che il ventre apparisse ingrossato.

Si chiedeva che cosa aveva detto Gaio quando aveva saputo della gravidanza. Non era pentita di essere giaciuta con lui, ma ora comprendeva la potenza delle forze schierate contro di lei, e le sembrava di essere stata una sciocca a pensare che le cose potessero cambiare. La prospettiva di diventare una grande Sacerdotessa secondo la tradizione antica si stava dileguando. Ora desiderava soltanto essere la madre del figlio di Gaio. Ma, nonostante le ultime parole pronunciate da Ardanos prima della partenza, non osava credere che le avrebbero permesso di sposarlo.

Se non altro, Caillean e Lhiannon non pensavano che le sue condizioni la rendessero indegna di partecipare ai riti. Per gran parte del tempo imparava a memoria la cerimonia del plenilunio insieme alle altre Sacerdotesse consacrate.

Per lei era diventata una questione d'orgoglio provare che la perdita della verginità non aveva influito sulla sua capacità di compiere le funzioni di una Sacerdotessa; perciò s'impegnava nell'apprendere le minuzie dei riti. Fra tutte, Dieda era la più vicina a lei in fatto d'intelligenza. Quando erano bambine, si erano prodigate per produrre il filato più fino o il ricamo più perfetto per conquistare gli elogi di Rheis. A quei tempi Eilan aveva compianto la parente perché la madre di Dieda era morta, mentre lei aveva potuto sempre contare sull'affetto materno, e perciò rifuggiva dalla competizione. Dieda aveva bisogno di essere la prima, lei no. Ma ora aveva una ragione per eccellere.

Eilan era intelligente e, sfidata da Dieda, si sforzava al massimo. La memoria di Dieda era più precisa e naturalmente nessuno poteva eguagliarla nel canto; ma fra loro due spesso era Eilan a dar prova della maggiore capacità di comprendere.

Mentre Lhiannon parlava, Eilan si sorprendeva a pendere dalle sue labbra. La Somma Sacerdotessa era diventata molto fragile ed era difficile ricordare che non aveva ancora compiuto settant'anni.

A volte Eilan si chiedeva chi avrebbe preso il suo posto. Sarebbe dovuto toccare a Caillean, ma l'irlandese aveva detto che i Sacerdoti non l'avrebbero mai accettata. Miellyn era troppo sfacciata, ed era amareggiata da quando aveva perso il figlio, mentre Eilidh era troppo chiusa e taciturna. Poteva trattarsi di Dieda, forse; ed Eilan si chiedeva che cosa avrebbe significato per lei vivere lì sotto il dominio della sua parente.

Quando venne di nuovo il plenilunio, Lhiannon parve molto migliorata; ma, via via che il rituale si svolgeva, sentivano che la sua voce diventava sempre più debole. Portò a termine la cerimonia, ma tutte capivano che le era costato uno sforzo grandissimo. Il giorno seguente svenne; e questa volta, quando la misero a letto, non riuscì a trovare la forza di alzarsi.

16.

Forse Ardanos avrebbe provato una certa soddisfazione nel riferire a Macellio Severo ciò che suo figlio aveva fatto; ma trovò un degno avversario nel prefetto. Macellio lo ascoltò con grande cortesia, poi lo informò con calma che Gaio era partito per Londinium dove si sarebbe sposato. E, non appena l'arcidruido fu uscito, si mise all'opera perché quanto aveva detto si realizzasse veramente.

Macellio non dubitava che Ardanos gli avesse detto la verità. C'era una sola cosa che lo sorprendeva: il fatto che avesse potuto prendere alla leggera la passione del figlio. Quel ragazzo possedeva un'ostinazione ereditata da lui, e una tendenza romantica che aveva preso dalla madre. Macellio si soffregò gli occhi. Moruadh aveva sfidato la collera di tutto il parentado per sposarlo. Non avrebbe dovuto sottovalutare la forza del selvaggio sangue celtico.

Se avesse avuto a che fare con un cavallo o uno schiavo tanto indisciplinato, avrebbe fatto ricorso a misure più severe. Forse per lui era più difficile farsi obbedire da Gaio perché troppo spesso vedeva Moruadh negli occhi del figlio. Ma il matrimonio con una brava ragazza romana avrebbe sistemato il giovane. Mentre i passi del druido si allontanavano nel corridoio, Macellio chiamò il segretario.

Quando vide la faccia tempestosa del superiore, il giovane Valerio rinunciò alle solite battute scherzose. Salutò rispettosamente e andò a cercare Gaio. Lo trovò in biblioteca intento a leggere il racconto delle guerre galliche di Cesare.

« Vado subito. » Gaio posò il rotolo. « Hai un'idea di ciò che vuole mio padre? »

« No. Ma mi sembra molto in collera », l'avvertì Valerio. « Questa mattina ha ricevuto la visita del vecchio druido Ardanos, e ora è furioso. »

« Davvero? Chissà che cosa voleva il vecchio. » Un brivido di freddo corse lungo la spina dorsale di Gaio. Ardanos era venuto spesso, fin da quando lui era bambino, a discutere i problemi locali. C'era sempre qualcuno che si presentava con richieste più o meno legittime; e, se si dimostrava troppo irragionevole, suo padre a volte perdeva la calma. Non c'era motivo di credere che quella convocazione fosse legata al fatto che Ardanos era il nonno di Eilan. Ma, mentre si avviava lungo il corridoio, non poté fare a meno di preoccuparsi.

Macellio Severo teneva in mano un fascio di ordini militari. «Devi partire subito per Londinium», annunciò.

Gaio lo guardò sorpreso. Aprì la bocca per chiedere il perché, e si accorse che suo padre era furibondo.

«Ti avevo detto di lasciar stare la ragazza!»

Gaio incominciò a comprendere. Ardanos doveva aver rivelato che aveva posseduto Eilan. Qualcuno li aveva visti? Sicuramente Eilan non s'era confidata con nessuno. Gaio sarebbe stato felice di gridare il suo amore dai tetti; era stata lei a esigere la segretezza.

«Con tutto il rispetto, padre, non penso...»

«No, tu non pensi. E questo è il guaio», ringhiò Macellio. «Immagino saprai che non avresti potuto fare di peggio, a meno che non avessi violentato la Somma Sacerdotessa sull'altare in pieno giorno, o abbattuto la Quercia Sacra. Vuoi farci massacrare tutti quanti?» Macellio non attese la risposta. «La gente di questa zona non ha bisogno di altri motivi per ribellarsi. No, non voglio sentire una parola», disse con un gesto perentorio quando Gaio cercò di parlare. «Una volta mi sono fidato della tua parola... e non lo farò mai più. Non credo affatto che tu abbia violentato la ragazza; ma credo senza troppa fatica che l'abbia messa incinta. Non dubito che a modo suo sia una brava ragazza e che avrebbe meritato un trattamento migliore. Una vergine consacrata, nipote dell'arcidruido!»

Gaio rimase in silenzio. Eilan incinta! Eilan che portava in grembo la sua creatura! Ricordava la dolcezza della sua bocca, la morbidezza del suo corpo. Deglutì. Quasi non sentì le parole del padre.

«Non ti perdonerò tanto presto di avermi messo in una situazione in cui non possiamo fare neppure onorevole ammenda; ma, considerando come stanno le cose, non posso neppure ordinarti di sposarla.»

«Ma è ciò che voglio...» disse Gaio.

Macellio scosse la testa. «Il sud esploderebbe come vent'anni fa, se la popolazione venisse a saperlo, e il vecchio se ne rende conto. Mi ha già strappato una promessa riguardo agli arruolamenti forzati, e temo che non finirà qui. Ma almeno non si servirà di te contro di me. Ho detto ad Ardanos che sei a Londinium, ed è là che andrai. Ti darò una lettera per Licinio, e con un po' di fortuna non ti rivedrò prima che tu sia regolarmente sposato.»

Gaio lo ascoltava incredulo. «Sposato? Ma è impossibile!»

«La vedremo!» scattò suo padre. «Conosci qualche altro modo per rimediare alla tua pazzia? Ardanos ha assicurato che non faranno nulla di male alla ragazza, purché tu le stia lontano, e non conosco modo migliore per assicurarmi che non ti avvicinerai più a lei. Sai che Licinio e io ne abbiamo parlato e la dote e il resto non causeranno problemi. Se Giulia sarà ancora disposta ad accettarti dopo quanto è successo, la sposerai.»

Gaio crollò la testa cercando di trovare le parole per protestare, ma il padre lo fissò, sdegnato.

«La sposerai», ordinò a voce bassa ma con una tale collera repressa che il giovane non osò protestare. «Mi sono dato anche troppo da fare per salvarti dalla tua pazzia e non permetterò che adesso ti rovini. Partirai fra mezz'ora.» Macellio fece la propria firma su un rotolo di papiro, poi alzò la testa. «Se rifiuti, non so che cosa faranno alla ragazza. Potresti cercare di pensare a lei, per una volta.»

Gaio si sforzò di rammentare quale fosse per i romani la punizione per una vestale che veniva meno ai voti. Ricordava che le seppellivano vive. Adesso si rendeva conto che qualunque cosa avesse detto sarebbe stata interpretata come un'autodifesa. Avrebbe messo in pericolo la vita di Eilan. La paura per lei gli strozzò le parole in gola.

Macellio arrotolò la lettera, la sigillò e gliela porse. «Portala a Licinio», ordinò. «Il mio attendente Capello ti accompagnerà. Gli ho già dato disposizioni per preparare i tuoi bagagli.»

Meno di un'ora dopo Gaio si trovò sulla strada per Londinium, scortato dal vecchio Capello. Tutti i suoi tentativi di avviare una conversazione furono respinti con educata fermezza. Quando, per disperazione, si offrì di corromperlo perché doveva assolutamente fermarsi e far pervenire un messaggio a Eilan, l'altro si limitò a sbuffare.

« Non offenderti, signore; ma tuo padre mi aveva detto che probabilmente avresti tentato qualcosa del genere, e mi ha pagato bene per essere sicuro che tu vada direttamente a Londinium. Io lavoro per lui e non voglio perdere il posto, capisci? Perciò mettiti tranquillo e fa' ciò che dice il prefetto. Se ci pensi bene, signore, capirai che è meglio così. »

Il viaggio a Londinium richiese quasi sei giorni. Già al terzo giorno l'ottimismo innato di Gaio aveva cominciato a imporsi; osservava con interesse crescente le belle dimore che sorgevano nei campi. Vedeva che il territorio occidentale era ancora selvaggio; ma quel panorama ordinato era degno dell'impero. Lo ammirava, ma non era sicuro di apprezzarlo.

Era quasi buio quando varcarono la porta della città e si fermarono davanti alla residenza del procuratore, situata tra il foro, dove avevano sede gli uffici amministrativi, e il nuovo palazzo che Agricola si stava facendo costruire, ricco di vasche ornamentali. Da bambino era stato a Londinium diverse volte, e in seguito vi era tornato quando aveva indossato la toga ed era diventato ufficialmente un uomo; ma non aveva più rivisto la città dopo la nomina di Agricola a governatore.

Londinium splendeva nel crepuscolo estivo, mentre un vento fresco saliva dal fiume e disperdeva l'afa del giorno. Le cicatrici degli incendi provocati da Boudicca erano ormai quasi scomparse e i piani edilizi del governatore lasciavano intravedere le nobili proporzioni che un giorno avrebbe assunto la città. Naturalmente non avrebbe mai rivaleggiato con Roma: ma in confronto a Deva era una metropoli.

Gaio consegnò la lettera all'imponente liberto sotto il portico e fu invitato a entrare e a sedere nel cortile centrale. Lì faceva ancora abbastanza caldo, e l'aria era profumata dai fiori e dagli arbusti che crescevano nei vasi. Dalla fontana giungeva il chiocchiolio dell'acqua, e dalle stanze al di là del cortile arrivava la risata musicale di una ragazza molto giovane. Dopo un po', un vecchio giardiniere uscì e incominciò a tagliare qualche fiore, probabilmente per la tavola. Ma non conosceva, o fingeva di non conoscere, la lingua in cui Gaio gli rivolse la parola. Per un po' il giovane si aggirò nel cortile per sgranchirsi le gambe dopo la giornata trascorsa a cavallo. Poi sedette su una panca di pietra; la stanchezza del viaggio lo vinse, e si addormentò.

La risata di una ragazza si insinuò nel suo sogno... Gaio si svegliò con un sussulto, e si guardò intorno. Ma non vide nessuno tranne un uomo massiccio di mezza età, drappeggiato in una toga, che camminava sostenendosi a un bastone biforcato. Gaio si alzò di scatto e arrossì per l'imbarazzo.

« Gaio Macellio Severo? »

« Sì, signore. »

« Dovevo immaginarlo. » L'uomo sorrise. « Mi chiamo Licinio, e tuo padre e io siamo amici da molti anni. È un vero piacere dare il benvenuto a suo figlio. Come sta tuo padre? »

« Stava bene, l'ultima volta che l'ho visto, qualche giorno fa. »

« Magnifico. Dunque, giovanotto, avevo sperato che potesse venire a farmi visita, ma sono lieto che sia venuto tu al suo posto. Tenuto conto dei nostri accordi, puoi immaginare che ero ansioso d'incontrarti. »

Gaio aveva continuato a ripetersi, durante il viaggio, che non si sarebbe lasciato trascinare in un matrimonio così avventato; ma ora non poteva protestare di fronte al vecchio amico di suo padre. Aveva acconsentito solo per stornare ogni pericolo da Eilan, e sapeva che avrebbe dovuto essere grato a Licinio per la sua gentilezza.

« Sì, signore », rispose temporeggiando. « Mio padre mi ha accennato... »

« Lo spero », disse Licinio con aria burbera. « Come ho detto, ci abbiamo sempre pensato fin da quando sei nato. Per Mitra, se Macellio non avesse detto nulla, mi sarei chiesto che cosa gli passasse per la testa di questi tempi.» Nonostante il tono brusco, era la prima voce veramente amichevole che Gaio ascoltava da molti giorni; e, quasi controvoglia, si sentì scaldare il cuore. Era piacevole sentirsi bene accetto. Il procuratore dava per scontato di doverlo trattare come un amico stimato e un probabile futuro genero; e da molto tempo Gaio non si sentiva parte di una famiglia. Con una fitta al cuore ricordò che l'ultima volta era avvenuto nella casa di Bendeigid. Eilan, Cynric... Che ne sarebbe stato di loro? Lo avrebbe mai saputo? Aveva continuato a preoccuparsene durante tutto il viaggio, e adesso doveva smettere.

«Bene, figliolo», aggiunse Licinio. «Devi essere ansioso di conoscere la tua sposa.»

Parla francamente, si disse Gaio. Ma non aveva il coraggio di spegnere la luce che brillava negli occhi del vecchio; quindi si limitò a mormorare qualche parola senza sbilanciarsi. Puniranno Eilan se cercherò di rivederla, pensò. La cosa migliore che poteva fare per lei era affrontare la cerimonia nel modo che ci si attendeva. O forse è soltanto un pretesto per evitare uno scontro? si chiese.

Ma Licinio aveva già fatto cenno a un servitore benvestito. «Fa' chiamare mia figlia Giulia», ordinò.

Gaio sapeva che quello era il momento per annunciare che non voleva aver nulla a che fare con la farsa di quel matrimonio combinato. Ma, senza attendere la sua risposta, il procuratore si era alzato.

«Sarà qui fra un momento. Vi lascio soli perché facciate conoscenza.» Prima che Gaio trovasse le parole per trattenerlo, Licinio se ne andò zoppicando.

Giulia Licinia dirigeva la casa del padre da quando le era morta la madre, tre anni prima. Era figlia unica e fin da bambina aveva saputo che sarebbe andata in sposa all'uomo scelto dal padre. Licinio le aveva detto di aver combinato un matrimonio con il figlio di Macellio; e questo, se non altro, significava che non avrebbe dovuto sposare un patrizio sconosciuto e vecchio il doppio di lei, come era accaduto a molte sue amiche. Cercò di mostrarsi indifferente e colse un fico maturo da uno degli alberi che crescevano nei vasi dell'atrio a colonne mentre il padre le andava incontro.

Licinio le sorrise. « È arrivato, mia cara. Gaio Macellio, il tuo promesso sposo. Va' a vedere che cosa te ne sembra: dopotutto sei tu, quella che dovrà sposarlo. Ma penso che, se l'aspetto di quel giovane non ti piacerà, sei davvero difficile da accontentare. »

Giulia fissò il padre. « Non mi aspettavo che accadesse tanto presto », disse.

Ma era inutile procrastinare l'incontro. Era ansiosa di avere qualcosa che fosse interamente suo; e senza dubbio, quando avesse dato un figlio maschio al giovane tribuno, l'avrebbe apprezzata più di ogni altra cosa al mondo. Era già abituata a dirigere una casa, ma voleva avere figli che l'amassero. Era decisa a dare un maschio al marito, diversamente da ciò che aveva fatto sua madre.

« Non me l'aspettavo neppure io », disse bonariamente suo padre. « Volevo tenere per me la mia bambina ancora per un po' di tempo. Ora probabilmente dovrò sposare una vecchia vedova perché abbia cura della mia casa. Ma a quanto pare il giovanotto si è invischiato con un'indigena, e Macellio pensa che il matrimonio gli farà mettere la testa a posto. E così... »

Un'indigena? Giulia aggrottò la fronte. Sapeva che molti padri non avrebbero parlato alla figlia con tanta franchezza, ma Licinio era sempre stato molto aperto con lei. « Quindi? »

« Quindi il giovane si è presentato alla nostra porta, ed è tempo che vi conosciate. Immagino che sarai impaziente di vederlo. »

« Devo ammettere che sono incuriosita. » Che genere di marito le era toccato? Poteva perdonare una scappata; ma, se era un tipo che andava per abitudine a caccia di donne, non voleva saperne di lui.

« Allora va', figlia », la sollecitò Licinio. « E devo aggiungere che se non gli piaci, anche lui dev'essere molto difficile da accontentare. »

Colpita da un panico improvviso, Giulia ricordò che indossava una vecchia tunica, e che si era pettinata i capelli in modo molto sbrigativo.

« Così conciata? » chiese, mentre cercava di aggiustare le pieghe della veste per nascondere una macchia di frutta.

« Sono sicuro che vuol vedere te, e non gli interessa il tuo gusto in fatto di abbigliamento », dichiarò affettuosamente Licinio. « Sei incantevole. Lui sa che sei mia figlia, ed è ciò che conta davvero. Ora corri e vedi che cosa te ne pare. Non fare la sciocca, bambina. »

Giulia comprese che non c'era modo di evitare l'incontro. Licinio era sempre stato un padre generoso e indulgente; ma quando prendeva una decisione non le riusciva mai di dissuaderlo.

Gaio udì di nuovo il suono sommesso di una risata, e per una ragione inspiegabile pensò a Odisseo sorpreso sulla spiaggia da Nausicaa e dalle sue ancelle. Non seppe far altro che fissare la ragazza quando lei uscì fra gli alberi fioriti e gli andò incontro.

Una ragazza? Una bambina, pensò in un primo momento. Infatti, sebbene lui non fosse molto alto, la ragazza gli arrivava appena alla spalla. Aveva la testa piccola e ben modellata, e folti riccioli scuri raccolti sulla nuca. Anche gli occhi erano scuri, e lo guardavano senza timore. Evidentemente era stata interrotta mentre mangiava qualche bacca perché la bella tunica di lana bianca e le labbra erano macchiate di rosa. Il padre aveva detto che aveva quindici anni, ma non ne dimostrava più di dodici.

« Sei Giulia Licinia? »

« Sì. » Lei lo squadrò. « Mio padre mi ha promessa a un barbaro per metà romano, e sono venuta a vederlo. Tu chi sei? »

« Purtroppo, il barbaro sono io », rispose Gaio, irrigidendosi un po'.

La ragazza l'osservò con calma, e Gaio si sentì come se aspettasse un verdetto di estrema importanza. Poi lei rise.

« Bene, mi sembri abbastanza romano », disse. « Mi aspettavo un barbaro biondo grande e grosso. È vero che la decisione del nostro governatore, insegnare le arti e le buone maniere di Roma ai figli dei capitribù, ha dato buoni risultati », soggiunse. « Ma quelli di noi che hanno sangue romano non devono dimenticare a chi appartiene l'impero. Non vorrei avere figli i cui ritratti fossero fuori posto tra quelli dei miei antenati. »

Sangue romano o etrusco? si chiese cinicamente Gaio; ricordava che Licinio discendeva dallo stesso ceppo contadino etrusco di suo padre, e aveva fatto carriera grazie ai meriti, non agli antenati. Le origini comuni contribuivano senza dubbio a creare un legame. Gaio pensò a Cynric, che era per metà romano quanto lui, sia pure involontariamente. Almeno lui, Gaio Macellio, aveva l'aspetto che doveva avere, e suo padre non si era risparmiato per farlo accettare come romano.

Commentò in tono asciutto: « Immagino che dovrei essere felice di aver superato la tua ispezione ».

« Oh, andiamo », disse Giulia. « Sicuramente anche tu, come me, vorrai che i tuoi figli sembrino romani autentici. »

E il figlio di Eilan? si chiese Gaio con un'improvvisa fitta d'angoscia. Sarebbe stato biondo come la madre, o avrebbe portato nei lineamenti i segni della discendenza paterna? S'impose di ricambiare il sorriso di Giulia. « Oh, sono sicuro che tutti i nostri figli saranno romani e valorosi. »

Stavano ridendo insieme quando Licinio ritornò, guardò attentamente il viso roseo della figlia come per cercare una conferma, poi disse: « Allora è tutto a posto ».

Gaio batté le palpebre mentre il futuro suocero gli stringeva la mano. Aveva la sensazione di essere stato travolto da un grande ariete. Ma in realtà c'era soltanto Giulia che sorrideva al suo fianco e aveva un'aria innocua da bambina.

E invece non lo è, pensò. Era bastato un incontro per convincerlo. Tutt'altro. Innocua è l'ultima parola che sceglierei per descriverla.

« Naturalmente », disse il procuratore, « un matrimonio come questo non si può organizzare in fretta. » Cercava di usare un tono scherzoso. « La gente penserebbe che Giulia si è comportata male, sposando all'improvviso uno sconosciuto venuto da chissà dove. La società locale e la mia famiglia devono avere una possibilità di conoscerti e apprezzarti.»

Era esattamente il significato di quelle nozze, pensò ironicamente Gaio: ma era stato lui, quello che si era comportato male. Tuttavia si accorgeva che Giulia non voleva sposarsi troppo in fretta con uno sconosciuto arrivato da chissà dove, come aveva detto il procuratore. Doveva potersi sposare quale membro rispettabile della sua comunità. E il rinvio avrebbe dato a Gaio l'occasione per riprendere fiato e capire ciò che doveva fare. Forse, conoscendolo meglio, la ragazza avrebbe deciso che dopotutto non le piaceva; e in quel caso neppure Macellio Severo avrebbe potuto rimproverarlo se non l'avesse sposata.

Licinio batté l'indice sulla lettera di Macellio. «Ufficialmente questo documento ti distacca alle dipendenze del mio comando. Forse pensi che un giovane ufficiale non sia tenuto a occuparsi di amministrazione; ma, quando si arriva a comandare una legione, ci si accorge che il compito è più facile se si conosce bene il sistema da adottare per mantenere i soldati calzati e nutriti! Senza dubbio scoprirai che è una mansione di tutto riposo, dopo il servizio alla frontiera. Londinium non è Roma, ma sta crescendo, e le donne ti dedicheranno molta attenzione, ora che tutti i giovani ufficiali alle dipendenze dirette del governatore sono partiti per il nord.»

S'interruppe e fissò Gaio. «È superfluo aggiungere», disse, «che dovrai comportarti in modo corretto finché sarai qui... Vivrai con Giulia sotto questo tetto come se fosse tua sorella, anche se a poco a poco spargerò la voce che ti è stata promessa in moglie sin dall'infanzia. Ma fino alla cerimonia...»

«Padre», protestò Giulia, «credi davvero che sarei capace di disonorare te e me stessa?»

Gli occhi di Licinio si addolcirono quando si posarono su di lei. «Spero di no, ragazza mia», borbottò. «Volevo semplicemente far capire a questo giovanotto...»

«Anch'io spero di no», mormorò Gaio. Ma non c'era pericolo, gli era difficile credere che Giulia si sarebbe lasciata sopraffare dai sentimenti. Era molto diversa da Eilan, che aveva pensato a lui prima che a se stessa, e adesso ne subiva le conseguenze.

Le avrebbero imposto un matrimonio di convenienza con qualcuno più «adatto», come suo padre cercava di fare con lui? All'improvviso gli sembrò di vederla, costretta all'obbedienza dalle percosse o dalle intimidazioni, triste, infelice, forse piangente. Dopotutto era di nascita nobile, secondo la mentalità dei britanni, e un'alleanza matrimoniale con quella famiglia sarebbe stata considerata vantaggiosa, come le nozze con Giulia sarebbero state vantaggiose politicamente per suo padre... e anche per lui.

Ma sono sicuro che, se tenteranno, lei rifiuterà, pensò. Ha un'integrità più grande della mia. Per quanto la sua unione con Eilan fosse stata un'estasi, c'erano stati momenti in cui gli aveva fatto quasi paura. O forse a spaventarlo era stata la sua stessa reazione.

Giulia sorrise con un'aria timida, adottata, pensò Gaio, a tutto beneficio del padre. In quell'ultima ora aveva compreso che sarebbe stato difficile immaginare qualcosa di meno timido di Giulia, eccettuato forse uno degli elefanti da guerra di Annibale. Eppure, magari il padre la vedeva ancora come una bambina molto schiva; i genitori erano sempre gli ultimi a capire com'erano in realtà i loro figli.

Ma questo lo spinse a pensare nuovamente a Eilan: suo padre Bendeigid s'era fidato di lui, ed era successo quel che era successo. Non poteva rimproverare il padre di Giulia se si mostrava più prudente.

I doveri di un ufficiale aggregato al seguito del procuratore includevano numerosi compiti che probabilmente sarebbero stati agevoli per Valerio ma che per Gaio, il cui istitutore era stato mandato in pensione anni prima, erano mentalmente faticosi come le prime settimane nell'esercito lo erano state fisicamente. Per fortuna quelle mansioni venivano spesso interrotte dall'incarico di fare da scorta ai dignitari in visita.

Non era molto abituato alla vita di città, ma presto imparò a destreggiarsi piuttosto bene. Gneo Giulio Agricola, il governatore, aveva varato un programma edilizio di cui Londinium era la prima beneficiaria. I britanni erano sempre stati un popolo di pastori mentre la vita, per i romani, era incentrata nella città, con le botteghe e le terme, i giochi e i teatri. Un ponte collegava Londinium con il sud, e altre strade si estendevano verso nord e verso ovest. Lungo quelle arterie affluivano i commerci da ogni parte della provincia, e le navi attraccate ai moli portavano merci da tutto l'impero.

Il compito di fare da guida agli stranieri gli offriva il pretesto per esplorare e gli faceva conoscere visitatori altolocati. Quando Gaio trovò il coraggio per parlarne con Licinio, questi rispose che rientrava nei suoi piani.

«Perché, naturalmente, se il matrimonio riuscirà...» disse, e s'interruppe senza concludere la frase. «Tu sai che non ho figli maschi; ho soltanto Giulia e, se le cose andranno come ci aspetta, lei dovrebbe avere la possibilità di succedermi e magari di arrivare al senato. Ma una donna, per quanto sia capace, può soltanto trasmettere il suo rango al marito. Ecco perché mi fa piacere che sposi il figlio del mio più vecchio amico.»

Soltanto allora Gaio comprese il piano di Macellio. Quando avesse sposato Giulia, avrebbe potuto aspirare legittimamente alla posizione che gli sarebbe stata preclusa in seguito al matrimonio imprudente di suo padre. Non sarebbe stato un essere umano, e non sarebbe stato figlio di Macellio, se fosse rimasto indifferente di fronte a quelle possibilità. La vita a Londinium aveva già modificato le sue prospettive, e incominciava a capire ciò che avrebbe perduto se fosse fuggito con Eilan. Era stata vittima di un'ingiustizia? Gaio poteva solo augurarsi che sapesse che niente al mondo, escluse la volontà di suo padre e le minacce contro di lei, avrebbe potuto spingerlo ad abbandonarla.

Non si era accorto che Giulia conosceva i suoi problemi, fino a quando lei stessa non affrontò l'argomento.

«Mio padre mi ha detto», annunciò dopo il pasto serale, mentre erano seduti sulla terrazza e guardavano il tramonto che indorava la cupola della basilica, «che sei stato mandato qui perché ti eri legato a un'indigena, figlia di un proscritto. Parlami di lei. Quanti anni ha?»

Gaio arrossì e simulò un colpo di tosse per nascondere l'imbarazzo. Non aveva mai immaginato che Licinio l'avesse detto a Giulia; ma forse era meglio chiarire le cose.

«Qualche anno più di te, credo.» Per la verità, pensava che Giulia avesse ora l'età che aveva Eilan quando si erano conosciuti. Anche se per il resto erano del tutto diverse, Giulia possedeva l'innocenza che Gaio aveva amato in Eilan.

Il procuratore lo teneva molto occupato, e così pure la società locale. Era un'esperienza inebriante per un giovane di sangue misto. Una volta aveva detto a Macellio che non era ambizioso; ma era accaduto prima che capisse quali frutti potevano dare la ricchezza e le amicizie giuste.

Giulia gli sorrise gentilmente. «Tenevi molto a sposarla?»

«Lo credevo. Ero innamorato. Naturalmente, non ti conoscevo ancora», disse in fretta Gaio, e si chiese che cosa potesse significare l'amore agli occhi di Giulia.

Lei lo guardò con fermezza. «Credo che dovresti rivederla prima che ci sposiamo», osservò. «Per essere certo che non ti struggerai per lei quando saremo marito e moglie.»

«Ho intenzione di essere un buon marito», ribatté Gaio. Ma Giulia lo fraintese o finse di fraintenderlo. I suoi occhi erano troppo scuri, e non poteva leggerne l'espressione. Gli occhi di Eilan erano trasparenti come una polla nella foresta.

«Perché», disse francamente Giulia, «non voglio un uomo che preferirebbe essere sposato con un'altra. Sono convinta che dovresti rivederla e scoprire come vuoi che sia la tua vita. Allora, quando tornerai, saprò se vuoi davvero sposare me.»

Giulia parlava come il proprio padre quando costui negoziava un contratto, pensò Gaio; parlava come se considerasse il matrimonio una specie di carriera. Ma, dato che era cresciuta nella capitale, probabilmente era così che lo considerava. E quale altra carriera poteva esistere per una romana? Che cosa poteva sapere del fuoco che palpitava nel sangue quando incominciavano a rullare i tamburi di Beltane, o del desiderio che divorava il cuore come la musica delle cornamuse che i pastori suonavano fra le colline?

Comunque, Macellio l'aveva messo nell'impossibilità di vedere Eilan; senza dubbio anche Giulia sarebbe inorridita se avesse saputo che la sua amata era l'equivalente locale di una vestale. Ma Giulia stava già facendo progetti, e ancora una volta Gaio ebbe la sensazione di essere sul percorso di un drappello di cavalieri lanciati alla carica.

« Mio padre ti manderà a nord a portare dispacci ad Agricola... »

Gaio inarcò un sopracciglio perché non aveva sentito parlare della missione; ma la cosa non lo sorprese troppo. Giulia era benvoluta da tutti gli scrivani del *tabularium*, i quali, quando era contemplato un cambiamento di ordini, erano sempre i primi a saperlo. E l'ultimo a saperlo è sempre il diretto interessato, pensò.

« Durante il viaggio potrai trovare il tempo di rivedere la ragazza. Quando ritornerai dovrai essere assolutamente sicuro che preferisci sposare me. »

Gaio represse un sorriso, perché Giulia non era informata quanto credeva, se immaginava che gli sarebbe rimasto molto tempo per qualche viaggio diversivo mentre era in missione per conto del governo. Ma forse sarebbe riuscito a organizzare qualcosa; già il sangue gli batteva più forte nelle vene al pensiero di rivedere Eilan.

Grazie a Venere, Giulia non poteva sapere ciò che lui pensava, sebbene vi fossero momenti in cui le attribuiva i poteri di una sibilla. O forse tutte le donne possedevano quel dono. Ma Giulia stava parlando del suo velo nuziale che sarebbe stato confezionato con una stoffa favolosa, portato dalle carovane fin dalla parte opposta del mondo.

Sarebbe stato un sollievo, pensò, a costo di viaggiare fino alla selvaggia Caledonia, rientrare nei ranghi regolari dell'esercito.

17.

MENTRE l'estate procedeva verso Lughnasad, Eilan aveva l'impressione che Lhiannon non migliorasse. A volte il cuore la faceva soffrire, ed era sempre stanca. Ardanos veniva ogni giorno; all'inizio parlava con la Somma Sacerdotessa; ma via via che i giorni passavano e l'attenzione di Lhiannon diventava sempre più interiorizzata, si accontentava di restare in silenzio accanto al letto; e, se parlava, si rivolgeva a Caillean o a se stesso. Dopo quegli incontri, Caillean era taciturna e pensierosa; ma del resto era sempre stata molto riservata.

Per Eilan era strano che, mentre il suo corpo diventava un ricettacolo di vita, Lhiannon subisse una trasformazione parallela e si preparasse a liberare il suo spirito... Ma nessuno sapeva dire in quale mondo sarebbe rinata. La gioia per la vita che cresceva in lei smorzava l'angoscia di Eilan. Ma in quei giorni nella Casa della Foresta regnava un grande silenzio, e le donne svolgevano i loro compiti dominate da un misto di eccitazione e di timore, perché nessuna aveva ancora osato chiedere chi avrebbe preso il posto di Lhiannon.

Era una fortuna che tutte fossero distratte dall'infermità di Lhiannon a tal punto da non badare ad altro; ma che cosa avrebbe fatto Eilan quando non avesse più potuto nascondere la gravidanza sotto le vesti abbondanti? Neppure per un momento Eilan poteva dimenticare che, per quanto riguardava Ardanos, su di lei pendeva una condanna a morte, e le sembrava che persino Dieda la guardasse con malcelato disprezzo.

Miellyn piangeva ancora la perdita del suo bambino e non poteva darle conforto. Caillean era l'unica che non cambiava mai comportamento nei suoi confronti... ma Caillean era sempre stata diversa da tutte, e l'unica cosa che sosteneva Eilan quando si sentiva più impaurita era la certezza del suo affetto.

Non sapeva quando avrebbe rivisto Gaio, se mai l'avesse rivisto; ma ricordava lo spirito regale che aveva intravisto mentre giacevano insieme, ed era certa che si sarebbero incontrati di nuovo. Non voleva credere ciò che aveva detto l'arcidruido, e cioè che era stato costretto a sposare precipitosamente un'altra. Persino tra i romani la solennizzazione di un matrimonio doveva richiedere più tempo e lunghe formalità.

Trascorse un mese, e Caillean presiedette i riti del plenilunio. Ormai era evidente che, per quanto potessero assisterla e curarla, Lhiannon stava per morire. Aveva i piedi così gonfi che non riusciva più a raggiungere la latrina. Caillean la serviva premurosamente; nessuna madre aveva mai avuto una figlia tanto devota. Ma Lhiannon era sempre gonfia di liquido.

Caillean le somministrava pozioni d'erbe e parlava d'idropisia; una volta andarono lontano nei prati in cerca dei fiori purpurei della digitale che secondo lei era un rimedio sovrano per un cuore ammalato. Eilan assaggiò con diffidenza il decotto preparato da Caillean: era amaro come l'angoscia.

Ma, nonostante le loro cure, Lhiannon diventava di giorno in giorno più debole, più gonfia e più pallida.

« Caillean... »

Per un momento dubitò di aver sentito il richiamo, debole come un soffio di vento. Poi il letto scricchiolò. Caillean si voltò, stancamente. Lhiannon aveva gli occhi aperti. Caillean si soffregò le palpebre per scacciare il sonno e s'impose di sorridere. La malattia aveva scarnito il viso della vecchia Sacerdotessa, e le ossa trasparivano con terribile evidenza. Siamo quasi alla fine. La certezza dolorosa la colpì. Fra poco resteranno soltanto gli elementi essenziali.

« Hai sete? Vuoi un po' d'acqua fresca, o posso attizzare il fuoco e prepararti un infuso... »

« Sì, qualcosa di caldo... mi farebbe bene. » Lhiannon trasse un respiro. « Sei troppo buona con me, Caillean. »

Caillean scosse la testa. Quando aveva dieci anni e rischiava di morire per la febbre, Lhiannon l'aveva curata meglio di quanto avrebbero fatto sua madre e suo padre. I suoi sentimenti per la vecchia Sacerdotessa trascendevano l'amore e l'odio. Com'era possibile esprimerli a parole? Se Lhiannon non poteva riconoscerli nel sapore di un infuso o nel contatto di un panno fresco sulla fronte, non li avrebbe mai compresi.

« Qualcuno penserà che fai tutto questo perché ti scelga come erede... Le donne accomunate dalla clausura possono essere a volte molto meschine e indubbiamente tu sei una Sacerdotessa migliore di tutte loro messe insieme... Ma sai come stanno le cose, non è così? »

« Lo so. » Caillean riuscì a sorridere. « Sono destinata a vivere per sempre nell'ombra, ma sosterrò chi avrà la supremazia. Se piace alla Dea, questo non avverrà ancora per diverso tempo. »

E chi sa per quanto tempo ancora ti sopravvivrò, si chiese. Le strane perdite di sangue si erano finalmente interrotte, ma la stanchezza le opprimeva le membra come se fossero di piombo strappato alle miniere di Mendip.

« Forse... Non essere sicura di sapere tutto, figlia mia. Nonostante ciò che crede la gente, non sempre la Vista viene a me dietro comando dei druidi. E io ti ho vista con gli ornamenti delle Somme Sacerdotesse, e una nebbia che non appartiene a questo mondo turbinava intorno a te. La strada della vita può avere molte svolte, e non sempre finiamo là dove intendiamo andare... »

L'acqua bolliva nel piccolo paiolo, e Caillean vi aggiunse una mistura di achillea, di camomilla e di salice bianco, e lasciò che sobbollisse accanto alla fiamma.

« La Dea sa che io non l'ho fatto! » esclamò all'improvviso Lhiannon. « Avevamo tanti sogni quando eravamo giovani, Ardanos e io... ma lui divenne avido di potere... e io non ne avevo alcuno! »

Avresti potuto tenergli testa, pensò Caillean. Tu eri la Voce della Dea, e per vent'anni il popolo ha vissuto secondo le tue parole. E non sai neppure che cosa hai detto! Se avessi scelto di saperlo, avresti dovuto agire, perché allora sarebbe stato reale...

Ma si trattenne dal dire quelle parole, perché inconsapevolmente Lhiannon aveva dato al popolo più speranze di quanto avesse fatto Caillean con la sua sapienza consapevole: e questo compensava ogni suo errore, qualunque cosa dicessero coloro che erano cinici quanto Dieda.

Aggiunse al decotto un po' di miele per togliere il gusto amaro, passò il braccio intorno alle fragili spalle di Lhiannon e le accostò il cucchiaio alle labbra. La malata girò la testa. Le lacrime le rigavano le guance. «Sono stanca, Caillean», mormorò. «Così stanca e spaventata...»

«Su, su, mia cara: sei circondata da gente che ti ama», mormorò Caillean. «Bevi, ti calmerà.» Lhiannon inghiottì un sorso della bevanda dolceamara e sospirò.

«Ho promesso ad Ardanos che avrei scelto la Sacerdotessa destinata a succedermi... per realizzare il suo piano. Sta aspettando...» Fece una smorfia. «Come un corvo che osserva una pecora ammalata. Doveva toccare a Eilan, ma lei... sarà necessario allontanarla presto. Ora Ardanos dice che devo scegliere Dieda; ma non lo farò, e lei non lo vorrà, a meno che la Dea...» Fu presa da un attacco di tosse e Caillean si affrettò a posare l'infuso, la sostenne e le batté leggermente la mano sulla schiena fino a che non si calmò.

«A meno che la Dea non ti riveli la sua volontà», concluse Caillean, e la Somma Sacerdotessa di Vernemeton sorrise.

Lhiannon stava per morire. Lo capivano tutti... tutti, eccettuata forse Caillean che notte e giorno l'assisteva con devozione e tenerezza disperata, e usciva di rado dalla camera della malata. Anche le Sacerdotesse che avevano sempre guardato Caillean con sospetto perché era straniera dovevano riconoscere la sua dedizione. Dieda ed Eilan immaginavano quanto stava per accadere... ma sarebbe stato necessario un coraggio ben più grande del loro per parlarne con Caillean.

«Ma è una Guaritrice esperta», disse Dieda mentre portavano al fiume le lenzuola sporche di Lhiannon. «Deve saperlo.»

«Credo che lo sappia», replicò Eilan. «Ma, se lo ammettesse, ne riconoscerebbe la realtà.» Guardò incuriosita la parente. A parte il commento sarcastico che la biancheria sporca di una Somma Sacerdotessa puzzava come l'altra, e che non capiva perché dovessero lavarla le Sacerdotesse consacrate, Dieda aveva fatto la sua parte senza lamentarsi.

Era strano che fossero diventate estranee proprio ora, quando erano sorelle nel sacerdozio. Mentre lavorava con Dieda in quelle ultime settimane, da quando l'attenzione di Caillean era concentrata su Lhiannon, Eilan aveva ricordato quanto fossero state intime da bambine. Distratta dai suoi pensieri, inciampò nella radice di un albero.

Dieda tese una mano per sostenerla.

«Grazie», disse Eilan, sorpresa. L'altra la guardò.

«Perché mi fissi così?» chiese Dieda. «Io non ti odio.»

Eilan arrossì. «Allora lo sai», mormorò.

«La sciocca sei tu, non io. Per tutto questo tempo sono rimasta quasi sempre con te e Caillean, e non ho potuto fare a meno di sentire qualcosa. Ma, per l'onore della nostra famiglia, ho taciuto. Se qualcuna delle altre donne conosce il tuo segreto, non l'ha certo saputo da me. Se non altro, sembra che la gravidanza non ti causi disturbi. Ti senti bene?»

Per Eilan era un sollievo parlare di qualcosa che non fosse la malattia di Lhiannon, e aveva l'impressione che anche per Dieda fosse così. Quando tornarono alla Casa della Foresta, erano in armonia più di quanto lo fossero state negli ultimi anni.

Ma un giorno, quando la stessa Caillean non poté più negarlo, Ardanos dichiarò che era necessario convocare le Sacerdotesse per la veglia funebre. Era addolorato e cinereo in viso, ed Eilan ricordava che una volta Dieda aveva detto che tra loro c'era un legame d'amore. Pensava che dovesse risalire a molto tempo prima; o forse era un amore molto strano.

Non era certamente ciò che lei avrebbe chiamato amore, pensò Eilan, che si considerava un'esperta. Ma Ardanos stava seduto accanto alla donna ormai incosciente e le teneva la mano. Le Sacerdotesse entravano e uscivano, per restare a vegliarla sempre in due o in tre, e Caillean si preoccupava che disturbassero la malata.

«Perché si agita? Non credo che niente, ormai, possa turbare la Somma Sacerdotessa», mormorò Eilan a Dieda; e l'altra annuì in silenzio.

Si avvicinava il tramonto, e Ardanos era uscito per respirare un po' d'aria pura. Come in tutte le stanze degli ammalati, lì faceva molto caldo e si soffocava, ed Eilan non poteva biasimarlo se si allontanava. Sebbene non mancasse molto a Lughnasad, la luce indugiava fino a tardi. Il tramonto illuminava la stanza, ma l'angolo tracciato dal sole calante indicava a Eilan che presto sarebbe scomparso. Stava attraversando la camera per accendere la lampada quando si accorse che Lhiannon era sveglia e per la prima volta dopo molti giorni la guardava come se la riconoscesse.

«Dov'è Caillean?» mormorò.

«È andata a prepararti un altro infuso, madre», rispose Eilan. «Vuoi che la chiami?»

«Non c'è tempo.» La Somma Sacerdotessa tossì. «Vieni qui... sei Dieda?»

«Sono Eilan, ma Dieda è in giardino. Vuoi che la chiami?»

Sentì un suono strano e frusciante, e comprese che la vecchia si sforzava di ridere.

«Persino in questo momento non riesco a distinguervi», mormorò Lhiannon. «Non vedi in questo fatto la mano degli dei?»

Eilan si chiese se Lhiannon era sprofondata nel delirio che spesso precede la fine. La Somma Sacerdotessa disse con voce aspra: «Chiama Dieda. Non ho molto tempo. Non sto delirando; so bene ciò che faccio e devo farlo prima di morire».

Eilan corse alla porta e chiamò Dieda. Quando tornarono e si fermarono a fianco a fianco accanto al letto, la moribonda sorrise.

«Ciò che dicono è vero», sussurrò. «I morenti vedono con chiarezza. Dieda, tu devi essere testimone. Eilan, figlia di Rheis, prendi la collana a verga tortile che mi sta accanto... Prendila!» Ansimò, ed Eilan, con mani tremanti, prese la collana d'oro ritorta che giaceva sul cuscino. «E i bracciali... Ora indossali...»

«Solo la Somma Sacerdotessa...» disse Eilan, ma gli occhi della vecchia la guardavano con tale terribile fissità che girò la collana per aprirla e la indossò. Per un momento le sembrò fredda, ma al contatto della sua gola si riscaldò come se fosse felice di essere di nuovo tanto vicina a un corpo umano.

Dieda si lasciò sfuggire un'esclamazione soffocata, ma il rantolo di Lhiannon era più forte.

Poi la Somma Sacerdotessa mormorò: « Così sia. Vergine e Madre, io ora vedo in te la Dea... Di' a Caillean... » Tacque per un momento come se cercasse di riprendere respiro, ed Eilan si chiese se era la vecchia che delirava, oppure lei. Alzò la mano per toccare la collana d'oro.

« Caillean è uscita, madre. Devo chiamarla? » chiese Dieda.

« Va' », bisbigliò Lhiannon con maggiore forza di prima. « Dille che le voglio bene... »

Mentre Dieda si affrettava a uscire, lo sguardo della morente si fissò su Eilan.

« Ora so che cosa voleva Ardanos quando mi disse di sceglierti, figliola; e invece gli dei portarono Dieda nelle mie mani. Si sbagliava sul tuo conto, ma ha compiuto la volontà della Signora. » Incurvò le labbra in una risata. « Ricorda... è importante! Forse neppure la Dea riesce a distinguervi. E neppure i romani... Ora lo capisco... » Tacque di nuovo. Eilan la guardò, incapace di muoversi.

Rimase in silenzio così a lungo che Caillean, quando tornò, chiese: « Dorme? Se riesce a dormire, forse vivrà per un'altra luna... » Si accostò a Lhiannon in punta di piedi, soffocò un grido e sussurrò: « Ah, non dormirà più... »

S'inginocchiò accanto al letto e baciò la fronte di Lhiannon. Poi, teneramente, le chiuse gli occhi. A ogni istante che passava, l'espressione svaniva dalla faccia della morta; ormai non sembrava più addormentata, anzi non sembrava più Lhiannon. Eilan incrociò le braccia e rabbrividì al contatto del bracciale metallico. Era stordita e aveva freddo.

Poi Caillean si alzò, guardò gli ornamenti di Eilan, spalancò gli occhi e sorrise.

« Signora di Vernemeton, io ti saluto in nome della Madre di tutto! »

Ardanos, che stava entrando con Dieda, si chinò sulla morta, poi si scostò. « Se n'è andata », disse con voce stranamente atona. Si voltò e qualcosa gli lampeggiò negli occhi quando vide gli ornamenti di Eilan.

Le altre Sacerdotesse si stavano affollando intorno a loro. Ma fu Latis, la maestra erborista, che si fece avanti, s'inchinò e disse, con una strana deferenza che la atterrì: « Ti prego, Voce della Dea, rivelaci tutto ciò che la sacra Signora ti ha detto con il suo ultimo respiro ».

« Lhiannon, che la Dea le dia pace, ha scelto un momento eccezionalmente inopportuno per morire », disse Ardanos in tono brusco. « Dobbiamo avere una Sacerdotessa dell'Oracolo ai riti di Lughnasad, ed evidentemente non può essere Eilan! » Scrutò accigliato le due donne che gli stavano davanti.

I tre giorni del lutto rituale erano trascorsi, e Lhiannon giaceva nella tomba. Ardanos si stupiva della sofferenza che provava tuttora quando girava lo sguardo nella camera dove s'era sempre incontrato con lei e ricordava che non c'era più. Avrebbe sentito la sua mancanza ancora per molto tempo, ma non poteva permettersi di rivelare proprio adesso il suo dolore. Caillean aggrottava la fronte, ma Eilan lo fissava con gli occhi sgranati e impenetrabili. Ardanos ricambiò lo sguardo.

« Sai bene quanto me che è una superstizione credere che soltanto una vergine possa servire il santuario; ma se Eilan diventasse portatrice del potere della Dea in questo momento sarebbe pericoloso per lei e per il bambino », dichiarò Caillean.

L'astinenza sessuale era necessaria durante le grandi magie... una magia come l'abbandono totale del corpo e dello spirito, indispensabile per permettere alla Dea di parlare usando come tramite una mortale.

Perché il potere fluisse liberamente, lo spirito doveva essere distaccato dai sensi. Quindi era vietato fare le cose che avrebbero accresciuto la loro attrazione e ostruito le vie, come mangiare carne animale, ingerire idromele o altre bevande fermentate, o giacere con un uomo.

« Lhiannon avrebbe dovuto pensarci quando l'ha prescelta », rispose l'arcidruido. « Io non lo farò, sia chiaro. È già abbastanza grave che sia ancora qui. Ma una Somma Sacerdotessa incinta? Impossibile! »

«Potrei prendere il suo posto nel rituale», disse Caillean.

«E questo come lo spiegheremmo al popolo? Potevamo giustificare una sostituzione temporanea perché Lhiannon era ammalata: ma ora tutti sanno che è morta. Le transizioni sono sempre state delicate. La gente si domanda se la nuova Somma Sacerdotessa sopravvivrà alla prova, e se la Dea verrà ancora, adesso che Lhiannon non c'è più.»

Si passò la mano sulla fronte. Nessuno di loro aveva dormito a sufficienza ormai da troppo tempo. Gli occhi di Caillean erano bui e spiritati, e nonostante la radiosità della gravidanza Eilan appariva ansiosa e tesa. Ed era comprensibile, pensò Ardanos. Lhiannon li aveva messi tutti in una situazione difficile quando aveva scelto la ragazza.

«Vi posso dire questo... Qualunque follia abbia colpito Lhiannon alla fine, non permetterò che distrugga tutto ciò che abbiamo costruito con tanto impegno!» Sospirò. «È inevitabile. Dovremo scegliere di nuovo. C'è un precedente. La vecchia Helve cercò di trasmettere i suoi poteri a... come si chiamava quella povera ragazza che morì? E allora il Consiglio scelse Lhiannon.»

«Ti piacerebbe, vero?» scattò Caillean. Ma Eilan, rimasta in silenzio tanto a lungo che l'arcidruido s'era quasi dimenticato della sua presenza, si alzò all'improvviso.

«Solo dopo la prova!» esclamò. Due chiazze di rossore le accesero le guance mentre gli altri la fissavano. «Nominarono una nuova Somma Sacerdotessa dopo che la prescelta non era riuscita a reggere il potere della Dea nel rito, non è così? Che cosa dirà la gente se non tenterò neppure? A Vernemeton tutti sanno che Lhiannon mi ha scelta.»

«Ma il pericolo...» ribatté Caillean.

«Credi che la Dea mi folgorerà? Se ciò che ho fatto è un peccato, allora lo faccia!» esclamò Eilan. «Se sopravvivrò, saprete che è stata Lei a scegliermi!»

«E che cosa pensi che dovremo fare se sopravvivrai?» chiese Ardanos in tono acido. «Fra poco il tuo stato sarà ben visibile, e i romani rideranno nel vedere la nostra Somma Sacerdotessa che va in giro come una vacca gravida!»

« Lhiannon aveva trovato una soluzione », disse Eilan. « Fu l'ultima cosa che mi disse. Al termine del rito, Dieda dovrà prendere il mio posto, e dovrete fingere che sia lei, quella allontanata. Nemmeno tu riesci a distinguerci, nonno, eppure ci conosci entrambe fin dalla nascita! »

Ardanos la scrutò attentamente con aria calcolatrice. Forse quella giovane sciagurata aveva davvero risolto il problema. Se il rito l'avesse uccisa, come era probabile, avrebbero avuto tutto il diritto di scegliere la nuova Somma Sacerdotessa; e, se Eilan fosse morta di parto, Dieda sarebbe stata già al suo posto, pronta a sostituirla senza che nessuno sapesse nulla. A loro, pensò, una qualunque tra le due ragazze sarebbe andata bene, perché nessuna si sarebbe sentita sicura della sua carica. E se la Somma Sacerdotessa avesse avuto bisogno dell'appoggio dei Sacerdoti, avrebbe fatto ciò che le veniva detto.

« Ma Dieda acconsentirà? » chiese.

« Lascia fare a me », concluse Caillean.

Stupita per la convocazione, Dieda si fermò di fronte a Caillean nella camera che per tanto tempo era appartenuta a Lhiannon.

« Ardanos ha consentito a lasciare che tu sostituisca Eilan dopo la prova dell'Oracolo. Dieda... devi aiutarci », disse Caillean.

Dieda scosse la testa. « Perché dovrei curarmi di ciò che vuole Ardanos quando lui non si è mai curato di me? È stata Eilan a causare il guaio. Non acconsentirò a questo inganno, e puoi dirlo a mio padre! »

« Sono belle parole, davvero, ma, se sei sempre decisa a fare l'opposto di ciò che stabilisce Ardanos, la sua volontà continua a dominarti. Immagino che, se ti avessi riferito che è contrario all'idea, tu avresti accettato », disse Caillean.

Dieda la fissò, in preda a un turbine di pensieri.

« A lui l'idea non piace affatto, sai », continuò Caillean, e la scrutò con attenzione. « Vorrebbe rifiutare subito Eilan e nominarti Somma Sacerdotessa al suo posto. Penso che abbia accettato la proposta della sostituzione solo perché pensava che avresti reagito esattamente così... »

« Somma Sacerdotessa? » esclamò Dieda. « Allora non potrò mai fuggire da questo luogo! »

« Sarebbe una soluzione temporanea », osservò Caillean. « Non appena il figlio di Eilan sarà nato, lei tornerà ad assumersi i suoi doveri. E allora, in ogni caso, tu dovresti andartene... »

« Mi permettereste di andare al nord per stare con Cynric? » chiese Dieda in tono sospettoso.

« Sì, se è questo che desideri. Ma avevamo pensato di mandarti a Eriu, ad apprendere le arti dei bardi... »

« Sai bene che è ciò che desidero di più al mondo! » esclamò Dieda. Caillean la guardò con fermezza. « Allora sembra che vi sia ancora qualcosa che posso prometterti o negarti. Se farai questo per Eilan e per me, faremo in modo che tu possa imparare dai più grandi poeti e arpisti di Eriu. Se no, Ardanos ti farà diventare sicuramente Sacerdotessa e io ti obbligherò a marcire fra queste mura. »

« Non lo farai », la sfidò Dieda, ma fu assalita da un brivido di paura.

« Vedrai », rispose con calma Caillean. « Non ci sono alternative. È la volontà di Lhiannon, e le obbediremo come abbiamo sempre fatto. »

Dieda sospirò. Non voleva che accadesse qualcosa di male a Eilan. Un tempo le aveva voluto bene, ma negli ultimi anni le era diventato difficile amare qualcuno. Le sembrava che Eilan fosse stata molto sciocca. Aveva avuto l'amore che a lei era stato negato, e l'aveva gettato via. E non capiva perché a Caillean la cosa interessasse tanto. Comunque, non l'avrebbe contrastata. Caillean poteva essere un'alleata preziosa o una nemica temibile... per lei e forse anche per Cynric.

« Così sia », disse alla fine. « M'impegno a sostituire Eilan fino a quando non avrà partorito, se poi ti assumerai la responsabilità di realizzare il mio desiderio. »

« Lo prometto. » Caillean alzò una mano. « E la Dea mi sia testimone. Nessuno al mondo può affermare che io sono mai venuta meno a un giuramento. »

Era trascorsa la metà di una luna dalla morte di Lhiannon, ed era arrivata la festa di Lughnasad. Eilan attendeva in compagnia di Caillean nella dimora separata dove la Somma Sacerdotessa si era tante volte preparata per i riti. L'udito affinato dall'ansia le rivelò uno scalpiccio di sandali davanti alla porta. Poi l'uscio si aprì ed Eilan vide la figura incappucciata, assurdamente alta nella mezza luna. Riusciva appena a distinguere le sagome degli altri druidi che stavano dietro di lui.

« Eilan, figlia di Rheis, la Voce della Dea ti ha prescelta. Sei pronta ad abbandonarti completamente a Lei? » La voce di Ardanos sembrava il rintocco di una grande campana, ed Eilan sentì che lo stomaco le si contraeva per la paura.

Tutte le leggende che aveva sentito nella Casa delle Vergini riaffiorarono e travolsero la sua capacità di ragionare. Non aveva importanza che la Dea si curasse o no di ciò che aveva fatto con Gaio, pensò disperatamente. Per sopravvivere indenne al rito sarebbe stato necessario un miracolo. Io volevo soltanto sfidare i druidi, ma ho sfidato Lei, ho sfidato la sua collera. Senza dubbio la Dea mi folgorerà. E che ne sarà del mio bambino? si chiese. Ma se la Dea avesse punito un bimbo non ancora nato per ciò che aveva fatto la madre, non era la Presenza d'amore che Eilan aveva giurato di servire.

Ardanos attendeva la sua risposta... Tutti attendevano con un'espressione di speranza o di critica negli occhi... Lentamente, Eilan si calmò. Se la Signora non mi vuole come sono, io non voglio vivere. Respirò profondamente e ritornò alla decisione che aveva preso nelle notti insonni dopo la morte di Lhiannon.

« Sono pronta. » La sua voce tremava appena. Almeno suo padre era al nord con Cynric. Meglio così. Non credeva che sarebbe stata capace di sostenere il suo sguardo.

« E ti proclami un degno ricettacolo per il Suo potere? »

Eilan deglutì. Lo era? La notte precedente ne aveva dubitato e aveva pianto fra le braccia di Caillean come una bambina spaventata a morte.

« Degna? Chi è degna, se vuoi esprimerti così? » aveva chiesto Caillean. « Siamo tutte mortali, ma tu sei stata prescelta. Perché, altrimenti, ti sei preparata per tutti questi anni? »

L'arcidruido la spiava, come un falco che attende un fruscio rivelatore fra l'erba; aspettava che si tradisse perché allora l'avrebbe avuta in suo potere. Eilan si rese conto vagamente che era soddisfatto.

Lhiannon mi ha ritenuta degna, si disse poi. E solo affrontando la situazione poteva giustificare la scelta fatta da Lhiannon sul letto di morte e la scelta che lei stessa aveva compiuto quando si era data a Gaio sotto gli alberi. Allora le era parso di affermare una legge della Dea molto più antica di quella che le imponeva la castità. Rifiutare la prova sarebbe stato come ammettere che l'atto d'amore era stato un peccato. Alzò la testa con orgoglio. «Sono un ricettacolo degno e sacro. Che la terra si sollevi e mi seppellisca, e il cielo precipiti e mi schiacci, e gli dei che invoco mi abbandonino se mento!»

«La candidata è stata interrogata e ha giurato», disse Ardanos ai druidi che l'accompagnavano. Poi si rivolse alle Sacerdotesse. «Ora sia purificata e preparata per il rito...»

La guardò e per un momento la pietà, l'esasperazione e la soddisfazione parvero combattersi nei suoi occhi. Poi girò sui tacchi e condusse via gli altri Sacerdoti.

«Eilan, non tremare così», disse Caillean a voce bassa. «Non lasciarti spaventare da quel vecchio avvoltoio. Non c'è nulla da temere. La Dea è misericordiosa. È nostra Madre, Eilan, ed è la madre di tutte le donne, la creatrice di tutte le cose mortali. Non dimenticarlo.»

Eilan annuì. Sapeva che se fosse giunta a quel momento dopo un normale succedersi di eventi avrebbe avuto paura. Se doveva perire, sarebbe perita per mano della Dea, ed era inutile sentirsi morire prima.

La tenda si agitò di nuovo e quattro delle Sacerdotesse più giovani, incluse Senara ed Eilidh, entrarono portando secchi d'acqua attinta alla sorgente sacra. Si fermarono appena oltre la soglia e guardarono Eilan con aria di soggezione. La mano della Dea è discesa su di me, lei pensò. Le sembrava di vedere nei loro volti un riflesso della meraviglia con cui aveva sempre guardato Lhiannon. Erano tutte giovani; nessuna, eccettuata Eilidh, aveva la sua età...

Avrebbe voluto gridare: «Non è cambiato nulla, sono sempre Eilan...» Ma in realtà tutto era cambiato. Comunque, quando le tolsero la veste e si guardò, rimase stupita nel vedere quanto poco il suo corpo sembrasse alterato.

Ma quelle erano vergini. Non era sorprendente che non vedessero i piccoli mutamenti causati dalla gravidanza. Come lei aveva fatto spesso con Lhiannon, le ragazze l'aiutarono a lavarsi. Tremava nella stanza fredda e sentiva il tocco gelido dell'acqua limpida sul suo corpo come una purificazione: come se in un certo senso disperdesse non soltanto le ultime tracce del suo contatto con Gaio ma tutta la sua vita precedente.

Era una Eilan interamente nuova quella che permise alle giovani Sacerdotesse di metterle i paramenti rituali. Le intrecciarono sulla fronte la ghirlanda tradizionale, e mentre sentiva i tralci che si stringevano, ebbe un momento di vertigine e si chiese se quello fosse il primo tocco remoto della Dea.

Si sentiva strana e stordita, diversa da se stessa; e in modo vago percepì un senso di fame. Le erbe sacre contenute nella pozione da bere all'inizio del rituale dovevano essere assunte a stomaco vuoto, per non causare nausee violente. Una volta Caillean aveva detto che secondo lei la cattiva salute di Lhiannon era dovuta in parte all'uso prolungato di quelle erbe. Eilan si chiese fuggevolmente se presto ne avrebbe risentito anche la sua salute. Poi sorrise, pensando che avrebbe avuto di che preoccuparsene in futuro se quella sera fosse sopravvissuta.

Le portarono la ciotola d'oro intarsiata che conteneva la pozione magica della Visione. Sapeva che questa era fatta con bacche di vischio e varie erbe sacre; più di una volta aveva visto Miellyn che le raccoglieva. La pozione conteneva anche diversi funghi; la gente comune li evitava, un po' per il loro carattere sacro, un po' per la convinzione che fossero velenosi: e certamente non servivano come alimenti. Le Sacerdotesse, tuttavia, sapevano che usati in piccole quantità potevano potenziare in lei la normale chiaroveggenza cui era stata addestrata.

Eilan, tremando, fece ciò che aveva visto fare da Lhiannon:

prese la ciotola dalle mani di Eilidh. Caillean non aveva sbagliato, pensò mentre se la portava alle labbra. Aveva partecipato tante volte al rito che sapeva che cosa fare.

E aveva creduto di sapere dai sorsi cerimoniali ciò che doveva attendersi dalla pozione. Ma, quando sollevò la ciotola, ricordò che le Sacerdotesse dovevano vuotarla in una volta sola, perché altrimenti nessuna sarebbe riuscita a trangugiarla. Era immensamente amara, e quando l'ebbe inghiottita incominciò a chiedersi se non fosse veleno, dopotutto. Per Ardanos sarebbe stato un ottimo sistema per liberarsi di lei. Ma Caillean le aveva assicurato che sarebbe stata lei in persona a preparare le erbe e non avrebbe lasciato che qualcun altro si avvicinasse, quindi doveva crederle.

La colse un capogiro e per un momento il suo stomaco si rivoltò. Forse la punizione stava già incominciando. Ma dopo una breve lotta intensa si dominò, bevve qualche sorso d'acqua per cancellare il sapore, chiuse gli occhi e attese.

A poco a poco l'ondata di nausea passò. Eilan chiuse gli occhi per proteggersi dalla vertigine. Sedette, in attesa di riprendere l'equilibrio. Ricordava vagamente che anche questo aveva fatto parte della procedura con Lhiannon. A quel tempo Eilan aveva attribuito la debolezza all'età. Ma Lhiannon non era così vecchia, allora. Anche lei sarebbe invecchiata precocemente? Bene, poteva solo augurarsi di avere la possibilità di invecchiare!

Vi fu un movimento nella stanza, e le Sacerdotesse più giovani si scostarono. Eilan si accorse che Ardanos era in piedi davanti a lei. Sollevò le palpebre pesanti per guardarlo, e Ardanos sostenne il suo sguardo senza sorridere.

«Eilan, vedo che ti hanno preparata. Sei molto bella, mia cara. Il popolo sarà sicuro che la Dea è discesa fra noi...» Quelle parole gentili avevano un suono strano sulle sue labbra.

Davvero? si chiese confusamente Eilan. E tu che cosa penserai, vecchio, ammesso che creda nella Dea? Secondo le tue regole, queste ghirlande dovrebbero appassire sulla mia fronte! Ma non aveva più importanza. Aveva la sensazione di librarsi su tutto questo, e di allontanarsi ancora di più a ogni momento.

«La pozione fa effetto rapidamente», mormorò Ardanos, e indicò alle giovani di scostarsi. «Ascolta, figlia mia... So che puoi ancora udirmi...» La voce si mescolò alle intonazioni melodiose del rituale.

Eilan sapeva che le stava dicendo qualcosa di molto importante, qualcosa che doveva ricordare... Anche se non sapeva con certezza che cosa fosse. Il tempo passò. Ardanos non era più lì. Che cosa importava? si chiese Eilan. Aveva la sensazione di fluttuare sopra una tenebra verde. Le cime degli alberi erano molto più in basso. Lei era su qualcosa, su una lettiga... Poi la posavano e l'aiutavano ad alzarsi in piedi. Sentiva Caillean al suo fianco, e anche qualcun altro, forse Latis. La presero per mano e la condussero in processione verso le torce che cingevano il sacro tumulo.

Eilan era abbastanza cosciente per indugiare un momento quando vide lo sgabello a tre gambe. C'era una ragione che le impediva di sedersi, un peccato che gravava sulla sua anima. Ma le assistenti la guidarono, e lei pensò che, se non riusciva a ricordarlo, forse non faceva nessuna differenza.

Avevano già sacrificato il toro sacro e ne avevano spartito la carne fra la gente. I Sacerdoti avevano eseguito il rituale in cui il dio giovane strappava il raccolto a quello vecchio. Era venuto il momento di chiedere i presagi per l'autunno. A oriente sorgeva la luna del raccolto, aurea come gli ornamenti portati dalla sua Sacerdotessa.

Guardami, Signora! Eilan si sforzò di formulare la preghiera. Proteggimi!

Una delle Sacerdotesse le aveva messo nella mano il piccolo pugnale d'oro del rito. Lo alzò e con un movimento rapido si ferì la punta del dito. Sentì un dolore acuto, e una grossa goccia di sangue brillò sulla pelle. Tese la mano sopra la ciotola d'oro e ne lasciò cadere tre gocce. La ciotola era piena fino all'orlo dell'acqua del Pozzo Sacro, e sulla superficie galleggiavano foglie della sacra pianta di vischio. Non era seminata da mano umana e cresceva fra l'aria e la terra; perciò era partecipe della natura del fulmine che l'aveva generata.

La fecero voltare. Sentì all'interno delle ginocchia il contatto con il legno duro e sedette. Ebbe un attimo di stordimento quando i Sacerdoti la sollevarono e la portarono al tumulo. Le Sacerdotesse assistenti erano indietreggiate.

Mentre i Sacerdoti incominciavano a cantare, Eilan ebbe la sensazione di cadere, o forse d'innalzarsi, trasportata dal canto in una direzione che non aveva alcun rapporto con la realtà normale. Si chiese perché aveva avuto paura. In quel luogo aleggiava, non aveva bisogno di nulla, si accontentava di esistere...

Uno sfavillio di torce le assalì gli occhi; sotto di lei tutta la folla sembrava confondersi e assumere un unico volto. Gli occhi che la fissavano le parevano un peso, una pressione fisica che la ritrascinava in un luogo dove lei era nel mondo e tuttavia non apparteneva al mondo.

«Figli di Don, perché siete venuti qui?» La voce di Ardanos risuonava molto lontana.

«Chiediamo la benedizione della Dea», rispose una voce maschile.

«Allora invocatela!»

Eilan dilatò le narici mentre il fumo le vorticava intorno, carico dell'odore delle erbe sacre. Lo aspirò involontariamente e le mancò il fiato. Il mondo turbinò e lei si sforzò di recuperare l'equilibrio. Udì una voce lamentosa senza sapere che era la sua. Dal basso saliva il suono di molte altre voci che invocavano, invocavano:

«Cacciatrice della Notte... Madre Splendente... Signora dei Fiori, ascoltaci... Vieni a noi, Signora della Ruota d'Argento...»

Io sono Eilan... Eilan... Si aggrappò alla propria identità, e gridò mentre le voci l'assalivano fino a che ne sentì la pressione come una sofferenza fisica. Nel contempo, un'altra pressione ingigantiva dietro di lei, o forse in lei, e chiedeva di entrare. Gli spasimi la scossero mentre lottava; provava terrore mentre l'Io che conosceva veniva compresso. Non riusciva a respirare. *Aiutami!* gridò il suo spirito.

Si accasciò in avanti, vide il baluginio dell'acqua davanti a sé, e una voce che pareva venire da dentro di lei disse:

«Figlia mia, io sono sempre presente. Per vedere Me, basta che guardi nella Polla Sacra».

« Guarda nell'acqua, Signora », comandò una voce molto vicina. « Guarda nel bacile, e vedi! »

Un'immagine si formò sulla superficie dell'acqua, e quando si schiarì Eilan vide che il viso riflesso non era il suo. Trasalì e indietreggiò, e udì di nuovo la voce.

« Figlia mia, ora riposa. Il tuo spirito sarà al sicuro con Me... »

Le parole furono accompagnate da un'ondata di amore che Eilan ricordava; e con la stessa fiducia con cui si era data a Gaio, sospirò e si abbandonò alla calda consolazione delle braccia della Signora.

Come da una distanza immensa, si accorse che il suo corpo diventava più forte. Ributtò all'indietro il velo e sollevò le mani verso la luna.

« Ecco, la Signora della Vita è venuta a noi! » Caillean gridò a gran voce. « Salutiamola! »

E il suono di molte voci salì come una marea e la trasportò in un luogo dove poteva osservare con meraviglia ma senza paura il corpo che aveva abbandonato e che si muoveva e parlava.

Le acclamazioni si placarono e la Somma Sacerdotessa si lasciò ricadere di nuovo seduta. L'identità che la colmava attendeva con eterna pazienza la risposta dell'umanità.

« Ecco gli interrogativi che il popolo ti presenta », disse l'arcidruido: e poiché le parlava nell'antico linguaggio dei Saggi, fu nello stesso linguaggio che gli rispose la Dea.

Dopo ogni domanda il Sacerdote si rivolgeva al popolo e diceva qualcosa nella lingua comune. Nel regno remoto dove Eilan era in ascolto, le sembrava strano che le affermazioni avessero ben poco in comune con ciò che rispondeva la Dea. Non sembravano esatte; ma forse lei non le aveva udite chiaramente. E nel luogo dove aveva trovato rifugio era difficile curarsene.

Le domande continuarono; ma, via via che il tempo passava, Eilan si accorgeva che le sue percezioni diventavano sempre più sconnesse, e che Ardanos aggrottava la fronte e si curvava verso di lei.

« Signora, ti ringraziamo per le tue parole. È tempo di abbandonare il corpo che hai usato per parlare. Salute a te, e addio! » Prese dal bacile dorato il ramo di vischio e asperse Eilan con le gocce d'acqua.

Per un momento Eilan rimase accecata, poi il suo corpo fu scosso da un sussulto. Una fitta di sofferenza la trapassò. Sprofondò nella tenebra in un tintinnio di sonagli d'argento.

Quando incominciò a riprendere i sensi, Eilan si accorse che le Sacerdotesse stavano cantando. Conosceva quella melodia; le sembrava di averla intonata anche lei, un tempo; ma adesso era troppo sofferente e stordita per farlo. Le avevano tolto le ghirlande troppo strette e qualcuno le bagnava la fronte e le mani. Qualcun altro le porse l'acqua da bere e una voce le mormorò all'orecchio. Caillean... Sentì che la sollevavano e la sistemavano sulla portantina.

« Salute a Te », cantarono le donne.

« Gemma della Notte! » risposero i druidi.

« Bellezza dei Cieli... Madre delle Stelle... Figlia del Sole... » Le Sacerdotesse levarono le braccia bianche verso la luna argentea.

« Maestà delle Stelle... » cantarono, e dopo ogni strofa le voci profonde degli uomini rispondevano: « Gemma della Notte! »

Molto tempo dopo, o almeno così le parve, Eilan si ritrovò nel suo letto, nella Casa della Somma Sacerdotessa. La luce delle torce non le feriva più gli occhi e gli effetti della bevanda sacra si stavano dileguando, perché adesso scopriva che poteva pensare di nuovo con chiarezza. Per una ragione inspiegabile, le turbinava nella mente il frammento di un'antica ballata.

« Le tolsero gli ornamenti, e bruciarono i suoi fiori sacri... » Non ricordava quale origine avesse, ma sapeva che le sue ghirlande erano state gettate nel fuoco, e avevano riempito l'aria del loro dolce profumo. Ora ricordava altre cose... il canto delle Sacerdotesse, la luna argentea.

Ma, sebbene sapesse che le avevano rivolto molte domande, non rammentava una sola parola delle sue risposte. E quali che fossero state, il popolo sembrava averle trovate soddisfacenti.

E la Dea, pensò poi, non mi ha folgorata, dopotutto! Almeno non ancora, anche se forse un giorno si sarebbe augurata che l'avesse fatto. Aveva lo stomaco ancora sconvolto; le sembrava che l'avessero percossa con i bastoni, e senza dubbio l'indomani sarebbe stato anche peggio. Ma era lo stomaco a dolerle, non il grembo. Aveva affrontato la prova ed era sopravvissuta.

«Buonanotte, Signora», disse Eilidh dalla soglia. «Riposa bene.»

Signora... pensò Eilan. Dunque era vero. Adesso era la Signora di Vernemeton.

Qualche giorno più tardi Caillean chiamò Dieda nelle stanze della Somma Sacerdotessa. Eilan era seduta accanto al fuoco, pallida e stanca.

«È venuto il momento di mantenere la tua promessa. Eilan sta ormai abbastanza bene per viaggiare, e la mandiamo in un luogo segreto per partorire.»

«È assurdo. Credete che nessuno si accorgerà del cambiamento?» chiese amaramente Dieda.

«Da quando è diventata la Somma Sacerdotessa è rimasta quasi sempre velata e poche donne noteranno la differenza; senza dubbio l'attribuiranno agli effetti del rituale.»

Cynric se ne accorgerebbe, pensò Dieda con un fremito di nostalgia. Si augurò che tornasse per portarla con sé. Ma da oltre un anno non aveva sue notizie. E, anche se avesse saputo la verità, sarebbe venuto?

«Tuo padre ti è molto grato», disse Caillean.

Dieda fece una smorfia. Posso capirlo. Se avessi insistito per andarmene e sposare Cynric, come sarebbe stato possibile questo inganno?

«Dieda.» Per la prima volta, Eilan prese la parola. «Eravamo come sorelle. In nome del nostro sangue comune, e perché anche tu sai che cosa significa amare, aiutami, ti prego!»

«Almeno io ho avuto il buon senso di non darmi a un uomo pronto ad abbandonarmi!» replicò irritata Dieda. «Caillean ha giurato di mandarmi a Eriu. Sorella, tu che cosa mi prometti?»

« Se continuerò a essere Somma Sacerdotessa, cercherò di aiutare te e Cynric. Se non lo farò, tu sai quanto occorre per annientarmi. Ti basta? »

« È vero. » Dieda sorrise stranamente. Quando avesse finito di apprendere le arti dei druidi di Eriu, sarebbe stata capace di far spuntare vesciche sulla pelle di un uomo con una sola parola, o di stregare uccelli e bestie con i suoi canti; avrebbe avuto poteri che queste sciocche neppure immaginavano. All'improvviso comprese che a esasperarla erano soltanto le costrizioni imposte alle Sacerdotesse. Ma avrebbe imparato ad apprezzare il potere.

« D'accordo, ti aiuterò », disse, e tese la mano per prendere il velo.

18.

NONOSTANTE ciò che i romani di Londinium dicevano del nord, viaggiare attraverso la Britannia Inferiore alla fine dell'estate non era un dramma per un uomo giovane e sano. Non pioveva tutti i giorni, e l'aria era addolcita dal profumo del fieno. Mentre Gaio risaliva lungo la costa orientale della Britannia, in un territorio che diventava sempre più selvaggio, osservava i boschi e le colline con interesse professionale, perché durante la campagna precedente avevano marciato lungo la costa occidentale, attraverso Lenacum, e quella orientale era per lui una novità. Capello, l'intendente di suo padre, provvedeva a organizzare con efficienza tutto ciò che riguardava l'accampamento e i cavalli. E conosceva la lingua dei britanni abbastanza bene perché fossero i benvenuti quando dovevano cercare ospitalità.

Via via che Gaio si spingeva verso nord, sentiva parlare sempre più spesso delle campagne del governatore Agricola. Da un veterano che adesso gestiva una stazione di posta venne a sapere che l'anno precedente l'apparizione di una flotta romana al largo della costa caledoniana aveva suscitato negli indigeni un tale panico da indurli ad attaccare per disperazione: erano riusciti a infliggere gravi perdite alla Nona Legione, già indebolita, prima che Agricola inviasse la cavalleria a prenderli alle spalle.

«È stato terribile, ragazzo mio, davvero terribile», raccontò il mastro di posta. «Ululavano come lupi nel nostro campo e gli uomini cadevano tra una tenda e l'altra mentre cercavano di prendere le armi. Ma bene o male siamo riusciti ad avere la meglio e non dimenticherò mai il momento in cui abbiamo visto all'improvviso il brillio dei nostri stendardi e abbiamo capito che finalmente stava spuntando il giorno.» Bevve un'altra sorsata abbondante di vino annacquato e si asciugò la bocca.

«E allora, ti assicuro, abbiamo ritrovato il coraggio e quando finalmente la Ventesima è arrivata per aiutarci abbiamo potuto dire a quei militi che erano in ritardo per la festa e potevano tornare a casa. Ma il generale ha messo al lavoro i suoi uomini. Se quei demoni dipinti non fossero scappati a rifugiarsi nei boschi e nelle paludi puzzolenti, li avremmo annientati completamente. Però dovevamo lasciare qualcosa da fare anche a voi cacciatori di gloria! »

Gaio represse un sorriso. Era stato informato della battaglia da diversi uomini che erano stati inviati a Deva; ma era interessante ascoltare il racconto di qualcuno che si era trovato all'interno dell'accampamento quando i caledoni l'avevano attaccato.

« Ah, il generale è un grand'uomo! Dopo l'estate scorsa, anche quelli che si tiravano indietro e piagnucolavano per paura del pericolo cantano le sue lodi. Ti troverà qualcosa da fare, senza dubbio, e comincerai la carriera con qualche onore alle spalle. Oh, come vorrei venire con te, ragazzo, davvero! »

Licinio non gli aveva parlato dell'eventualità di prestare servizio agli ordini del governatore, ma Gaio si chiese all'improvviso se i messaggi affidatigli avessero almeno in parte lo scopo di attirare su di lui l'attenzione di Agricola. Fra i governatori di provincia, Agricola costituiva un'eccezione perché andava d'accordo con i suoi procuratori. Una parola di Licinio poteva essere effettivamente utile.

Nella campagna precedente Gaio era stato soltanto uno dei tanti giovani ufficiali assetati di gloria che si affidavano soprattutto ai loro centurioni. Era rimasto impressionato dal loro comandante, ma non c'era motivo perché il generale si ricordasse di lui. Si sentiva fremere per l'ambizione al pensiero di conquistarne la stima.

Finalmente Gaio si lasciò alle spalle i territori di caccia dei Briganti e si addentrò in una zona ancora più selvaggia, i cui abitanti parlavano un dialetto che non conosceva. Roma poteva conquistare quelle terre, pensò mentre procedeva fra le brughiere e le foreste ombrose, ma era dubbio che riuscisse mai a governarle. Solo la necessità di impedire che i caledoni e i loro alleati dell'Ibernia devastassero le ricche coltivazioni del sud, proprio come avevano distrutto la casa di Bendeigid, poteva giustificare la presenza dei romani.

Il lungo crepuscolo settentrionale tingeva il cielo di viola quando Gaio entrò a Pinnata Castra, la fortezza che la Ventesima Legione stava costruendo sul Firth della Tava dove la flotta aveva fatto un'apparizione tanto impressionante l'estate precedente. Muri di pietra si ergevano dietro la robusta palizzata, e le tende di cuoio erano state sostituite da dormitori e scuderie di tronchi che avevano tutta l'aria di poter resistere benissimo anche all'inverno. L'accampamento sembrava ancora più grande perché era quasi deserto.

«Dove sono andati?» chiese mentre passava sotto il cinghiale scolpito che era il simbolo della legione, affisso sopra la porta, e consegnava i suoi ordini all'ufficiale di turno.

«Lassù.» L'ufficiale indicò vagamente il nord. «Si dice che le tribù si siano finalmente unite sotto il comando di un capo dei Votadini che si chiama Calgacus. Il governatore gli ha dato la caccia per tutta l'estate e si è lasciato alle spalle una scia di accampamenti. Dovrai viaggiare ancora una settimana per raggiungerlo; ma almeno questa notte potrai dormire sotto un tetto e mangiare un pasto caldo. Senza dubbio il prefetto ti assegnerà una scorta, domattina: sarebbe un peccato se cadessi in un'imboscata dopo aver fatto tanta strada!»

Più del pasto, Gaio desiderava un bagno; ma quando si fu pulito accettò con piacere la cena; e il suo ospite, che evidentemente si sentiva solo ed era piuttosto innervosito perché era rimasto lì con pochi uomini, sembrava felice di accoglierlo nel suo alloggio e di parlare con lui.

«Hai saputo dell'ammutinamento degli Usipeti?» chiese il prefetto mentre i servitori portavano via gli avanzi della pernice di monte in salsa.

Gaio posò la coppa di vino, un Falerno piuttosto gradevole, e lo guardò con aria d'attesa.

«Un branco di germani, sai, appena usciti dalle loro squallide paludi e inviati a Lenacum dopo essere stati arruolati di forza. Si sono ammutinati e hanno rubato tre navi... e poi hanno finito per fare il giro da ovest a est seguendo la costa della Britannia.»

Gaio spalancò gli occhi. «Allora la Britannia è veramente

un'isola... » Quel problema era sempre stato argomento di conversazione a tavola, a quanto poteva ricordare.

« Così pare. » Il prefetto annuì. « Alla fine i Suevi hanno catturato i superstiti e li hanno rivenduti come schiavi ai romani del Reno, ed è stato per questo che siamo venuti a sapere com'è finita. »

« Straordinario! » commentò Gaio. Il vino aveva fatto il suo effetto e lui cominciava a sentirsi piacevolmente stordito. Sarebbe stata una storia interessante da raccontare a Giulia quando fosse tornato a Londinium. Era un po' sorpreso di aver pensato di parlarne con lei... ma era una vicenda piena di ironie che potevano essere apprezzate soltanto da qualcuno del suo mondo. Eilan non avrebbe capito. Si rendeva conto di essere in realtà due individui... il romano fidanzato con Giulia e il britanno che amava Eilan.

L'indomani incominciò a piovigginare. Gaio sbuffava e tossiva mentre avanzava nel territorio umido e pensava che non c'era da stupirsi se dicevano che gli uomini delle tribù potevano dileguarsi a volontà nella brughiera. Gli sembrava che le colline si dissolvessero nel cielo, i boschi nel suolo, e lui e il suo cavallo nel fango in cui procedevano.

Almeno, pensò avvilito, aveva il cavallo. Compiangeva i legionari che dovevano marciare lungo quella strada appesantiti dalle armi e dal resto del materiale. A volte vedevano le pecore su una collina, o i piccoli bovini neri allevati dagli indigeni; ma, a parte una freccia che passò sibilando accanto alla testa di Gaio mentre guadavano uno dei corsi d'acqua, non c'era traccia di presenze ostili.

« È una buona notizia per noi, ma forse non lo è per l'esercito », disse impensierito il decurione che comandava la scorta. « Se i guerrieri non sorvegliano i loro territori di caccia, può significare soltanto che si sono davvero uniti. Nessuno può negare che siano combattenti valorosi, quando gli va il sangue alla testa. Se le tribù avessero unito le loro forze quando venne Cesare, l'impero terminerebbe ancora oggi sulle coste della Gallia. »

Gaio annuì e si strinse nel manto color mattone. Si chiese quale fato avesse ispirato a Licinio l'idea di inviare messaggi nel momento in cui la confederazione più formidabile di tribù britanne mai esistita stava per attaccare l'esercito che Agricola aveva condotto a nord...

«Hai notizie di Marzio Giulio Licinio? Dimmi, sta bene?»

L'uomo uscito dalla grande tenda di cuoio era di media statura e senza la corazza era quasi snello; ma, nonostante le gocce di pioggia che gli brillavano sui capelli grigi e le ombre intorno agli occhi, irradiava un'aura di autorità che sarebbe bastata a identificarlo anche senza il mantello di uno scarlatto così scuro da apparire quasi violaceo.

«Gaio Macellio Severo Silurico a rapporto, signore!» Gaio salutò, senza badare all'acqua che sgocciolava dall'elmo. «Il procuratore sta bene e ti manda i suoi saluti. Come puoi leggere nelle sue lettere, signore...»

«Appunto.» Agricola tese la mano per ricevere il plico e sorrise. «E sarà meglio leggerle al coperto prima che si sciolgano sotto la pioggia. E anche tu devi essere bagnato fradicio, dopo il viaggio. Tacito ti accompagnerà al fuoco da campo degli ufficiali e ti troverà un alloggio.» Indicò un giovane alto e saturnino che, come Gaio venne a sapere più tardi, era suo genero. «Ora che sei qui, farai bene ad attendere la conclusione dei combattimenti, così potrò affidarti un rapporto.»

Gaio batté le palpebre mentre il governatore si ritirava nella tenda. Aveva dimenticato il garbo di quell'uomo; o forse non era mai stato dedicato a lui personalmente quando era uno dei tanti ufficiali inferiori. Poi Tacito gli prese il braccio e Gaio lo seguì, zoppicando un po' per via dei muscoli delle cosce indolenziti.

Era molto piacevole sedere di nuovo davanti a un fuoco da campo insieme agli altri ufficiali, a mangiare lenticchie e pane duro e a bere vino acido. Solo adesso si rendeva conto di aver sentito la mancanza di quello spirito cameratesco. Quando gli altri tribuni lo sentirono parlare delle sue precedenti esperienze militari e si resero conto che non era un soldato da parata, lo accettarono; e, mentre la fiasca di vino passava di mano in mano, persino la pioggia che gli imperlava il mantello pareva meno fredda. La tensione che percepiva intorno a sé era prevedibile, e il morale sembrava alto. Le loriche degli uomini in servizio erano ben lustre e gli scudi ammaccati erano stati ridipinti a nuovo. I giovani ufficiali dello stato maggiore che erano seduti insieme a lui avevano un'aria seria ma non spaventata.

« Credete che il generale riuscirà a trascinare Calgacus in battaglia? » chiese.

Uno degli altri rise. « È più probabile che avvenga il contrario. Non li senti? » Indicò con un gesto il buio che li circondava. « Sono lassù, e ululano e si dipingono di blu! Gli esploratori dicono che ci sono trentamila uomini sul Graupius... guerrieri Votadini e Selgovi, Novanti e Dubunii e di tutti gli altri piccoli clan ai quali abbiamo dato la caccia negli ultimi quattro anni, e caledoni delle tribù settentrionali di cui neppure loro conoscono i nomi. Calgacus ci impegnerà in battaglia, senza dubbio; dovrà farlo prima che tutti comincino a ricordarsi dei dissidi intestini e si sgozzino fra di loro! »

« E i nostri quanti sono? » chiese Gaio.

« Quindicimila, di tre legioni: la Ventesima Valeria Victrix, la Seconda Ausiliaria, e quello che resta della Nona », rispose uno dei tribuni che portava le insegne della Seconda.

Gaio lo guardò incuriosito. Il tribuno era entrato a far parte della legione dopo che lui era andato a Londinium; ma dovevano esserci altri della legione di suo padre che probabilmente conosceva.

« E ottomila fanti ausiliari, quasi tutti Batavi e Tungri, un po' di irregolari Briganti e quattro squadroni di cavalleria, » disse un comandante.

« Bene, allora le forze in campo non sono impari, vero? » chiese Gaio, e qualcuno rise.

« Non ci sarebbero difficoltà, se loro non occupassero il terreno più alto. »

Sulle pendici superiori della vetta che i romani chiamavano monte Graupius, il vento era più freddo. I britanni davano alla montagna altri nomi... la Vecchia, nome antico e resistente, Portatrice di Morte e Strega dell'Inverno. Con l'avanzare della notte, Cynric la vedeva sempre più sotto quell'ultimo aspetto. Lì le folate di pioggia che cadevano nelle valli diventavano scrosci di nevischio che gli pungevano le guance e sfrigolavano nei fuochi.

I caledoni non se ne preoccupavano. Erano seduti intorno ai loro fuochi da campo, vuotavano otri di birra e si vantavano della vittoria dell'indomani. Cynric si tirò sulla testa il mantello a riquadri nella speranza che nascondesse i suoi brividi.

« Il cacciatore che si vanta a voce troppo alta all'alba può ritrovarsi con il paiolo vuoto al cader della notte », disse una voce bassa vicino a lui.

Cynric si voltò e riconobbe Bendeigid. Le vesti chiare sembravano una macchia spettrale nell'oscurità.

« I nostri guerrieri hanno sempre cantato così prima di una battaglia... Eleva il loro morale! »

Si voltò e guardò gli uomini intorno al fuoco. Erano Novanti del Clan del Cavallo Bianco, e venivano dalla costa sud-orientale della Caledonia, dove il Firth del Salmaes penetrava in direzione di Luguvallium. Ma intorno al fuoco che divampava poco lontano bevevano i Selgovi, loro tradizionali nemici. Il volume delle voci aumentò; vide la figura del loro comandante illuminarsi all'improvviso quando qualcuno gettò sulle fiamme un altro ceppo. Il capotribù rovesciò la testa all'indietro, rise, e la luce balenò di nuovo sugli occhi chiari e sui capelli rossi.

« Siamo sul nostro terreno, e anche la terra combatterà per noi! I Mantelli Rossi sono spinti dall'avidità, che è una fredda consigliera, ma noi bruciamo del fuoco della libertà! Come possiamo perdere? »

I Novanti, nel sentire quelle parole, lasciarono il loro fuoco per radunarsi intorno a lui; dopo pochi istanti i due gruppi si fusero in un'unica massa di uomini plaudenti.

« Hai ragione », convenne Cynric. « Se Calgacus è riuscito a convincerli a schierarsi tutti insieme, come possiamo perdere? »

Bendeigid rimase in silenzio; e, nonostante le sue parole ardite, Cynric sentì fremere di nuovo il serpe dell'ansia che l'aveva roso dal cader della notte.

« Che cosa c'è? » chiese. « Hai avuto un presagio?

Bendeigid scosse la testa. « Niente presagi... Credo che le probabilità in questa battaglia siano così equilibrate che neppure gli dei scommetterebbero sull'esito. Noi abbiamo il vantaggio, ma Agricola è un avversario formidabile. Se Calgacus, per quanto sia un grande capo, lo sottovaluta, questo potrà essere fatale. »

Cynric esalò un lungo sospiro. Aveva combattuto con foga per farsi apprezzare dagli uomini delle tribù che avevano incominciato a deriderlo come il figlio di un popolo sconfitto quando non sapevano ancora che il suo sangue era contaminato da quello romano; e ormai la sfida era diventata la sua seconda natura. Ma con il padre adottivo non aveva bisogno di fingere.

« Sento i canti, ma non posso parteciparvi; bevo, ma il mio stomaco non si riscalda. Padre, il coraggio mi abbandonerà domani, quando affronteremo l'acciaio dei romani? » In momenti come quello non poteva fare a meno di chiedersi se avrebbe dovuto fuggire con Dieda quando ne aveva avuto l'occasione.

Bendeigid lo guardò negli occhi. « Non fallirai », disse di slancio. « Questi uomini stanno ancora combattendo per la gloria. Non comprendono il nemico come lo comprendi tu. Ma in battaglia la tua disperazione ti renderà ancora più terribile. Ricorda che sei un Corvo, Cynric, e ciò che domani cercherai laggiù non è l'onore, bensì la vendetta! »

Quella notte Gaio rimase sveglio ad ascoltare il respiro degli altri uomini e a chiedersi perché stentava tanto ad addormentarsi. Era il letto più asciutto in cui avesse dormito da diverso tempo, e aveva partecipato ad altre battaglie. Ma le altre, pensò, erano state scaramucce impreviste che si erano concluse con la stessa rapidità con cui erano iniziate.

Cercò di pensare a qualcosa che potesse distrarlo, e all'improvviso ricordò Eilan. Durante il viaggio verso il nord aveva pensato a Giulia, aveva immaginato il suo divertimento per qualche pettegolezzo o per qualche aneddoto militare. Ma non avrebbe mai potuto ammettere di fronte a Giulia le cose che l'ossessionavano in quel momento di tenebra...

Circondato da tutti questi uomini mi sento così solo... Vorrei posare la testa sul tuo seno e sentire le tue braccia che mi cingono... Sono solo, Eilan, e ho paura!

Finalmente sprofondò in un sonno inquieto, e nel sogno gli parve che lui ed Eilan fossero insieme in una capanna, in mezzo alla foresta. La baciò, e si accorse che era incinta. Eilan gli sorrise e tese la veste sul ventre perché Gaio potesse vedere; lui posò la mano sulla curva solida e sentì il bimbo che si muoveva, e pensò che Eilan non era mai stata tanto bella. Eilan spalancò le braccia e l'attirò accanto a sé, mormorando parole d'amore.

Poi Gaio cadde in un sonno ancora più profondo. Quando si svegliò, intorno a lui gli uomini si muovevano, indossavano le tuniche e si allacciavano le corazze nell'ora grigia che precede l'aurora.

«Perché non schiera le legioni sulla linea di combattimento?» chiese sottovoce Gaio a Tacito.

Erano a cavallo con gli altri ufficiali del generale, su un'altura, e guardavano la fanteria leggera che si disponeva in una lunga linea ai piedi della montagna, con la cavalleria su entrambi i lati. La luce pallida splendeva sugli elmi bronzei e sulle punte delle lance e scintillava sulle corazze. Il pascolo saliva verso i pendii più bassi alle loro spalle dove l'erba secca lasciava il posto a vaste distese di felci bruno-granato e al violaceo più pallido dell'erica. Ma gran parte della topografia del Graupius si poteva soltanto intuire, perché la zona più bassa era nascosta dagli uomini armati.

«Perché non sono al completo», fu la risposta di Tacito. «L'imperatore ha richiamato molti uomini da tutte e quattro le legioni, ricorda, per la sua campagna in Germania. E il risultato è che tremila uomini scelti scalpitano laggiù mentre i Catti e i Sicambri ridono di loro e Agricola sarà costretto a ricorrere a tutti i trucchi che conosce per correre ai ripari. Ha schierato le legioni davanti ai trinceramenti, dove potranno appoggiarci se ripiegheremo; ma spera che non si arrivi a tanto.»

«Ma non è stato l'imperatore a ordinare al governatore di impadronirsi della Caledonia settentrionale?» chiese Gaio. «Domiziano è un soldato e dovrebbe sapere...»

Tacito sorrise e Gaio, all'improvviso, si sentì come un bambino.

«Qualcuno», rispose Tacito, «direbbe che lo sa anche troppo bene. Tito accordò al nostro governatore onori degni di un eroe per i suoi successi in Britannia; e, quando la campagna terminerà, scadrà il mandato di Agricola come governatore. Forse l'imperatore pensa che a Roma non ci sia spazio sufficiente per due generali vittoriosi.»

Gaio girò la testa verso il comandante che seguiva con grande attenzione lo spiegamento delle sue truppe. La sua corazza a squame brillava nella luce crescente e la cresta dell'elmo ondeggiava nella brezza. Sotto l'armatura la tunica e le brache erano bianchi come la neve, ma nel chiarore del mattino il mantello cremisi aveva riflessi minacciosi.

Diversi anni dopo, durante una visita a Roma, Gaio lesse il passo della biografia di Agricola in cui Tacito descriveva quella giornata. Avrebbe sorriso dei discorsi, elaborati per ottenere un effetto letterario secondo la tradizione retorica; sebbene entrambi avessero ascoltato le parole del generale, il vento aveva portato fino a loro soltanto qualche frammento dell'arringa di Calgacus, che Gaio comprendeva senza dubbio molto meglio di Tacito.

Calgacus aveva incominciato per primo; o, meglio, nel vedere quell'uomo alto, dai capelli del colore del manto d'una volpe che camminava avanti e indietro lungo la fila dei nemici abbigliati più riccamente, avevano immaginato che fosse lui. Riecheggiate dai pendii alle sue spalle, alcune frasi giungevano attraverso il terreno scoperto.

«... hanno divorato la terra e dietro di noi rimane solo il mare!» Calgacus tese il braccio verso nord. «Annientiamo questi mostri che vorrebbero vendere come schiavi i nostri figli!» I caledoni cominciarono a lanciare grida d'approvazione, e le parole che seguirono si persero nel chiasso. Quando Gaio riuscì a sentire di nuovo, gli parve che il capo nemico parlasse della ribellione degli Iceni.

«... fuggirono in preda al terrore quando una donna, Boudicca, scatenò contro di loro i Trinobanti... Non rischiano neppure i loro uomini contro di noi! I galli e i nostri fratelli Briganti ricordino che i romani li hanno traditi, e i Batavi li abbandonino come hanno fatto gli Usipeti!» Vi fu un movimento tra le file degli ausiliari che comprendevano le sue parole mentre Calgacus continuava a rivolgere appelli ai caledoni perché combattessero per la libertà; ma, a un ordine dei comandanti, si calmarono.

Gli uomini delle tribù avanzarono cantando e agitando le lance, e Gaio tremò nell'udire in quella musica selvaggia un richiamo che ridestava ricordi quasi troppo antichi per descriverli, i canti che aveva udito fra i Siluri quando era bambino. E il lato nascosto della sua anima, il lato materno, reagiva piangendo perché Gaio aveva visto le miniere di Mendip e le file degli schiavi britanni caricati sulle navi per essere venduti a Roma. E sapeva che quanto diceva Calgacus era la verità.

I romani, che capivano il tono se non le parole, si agitavano irosamente. E in quel momento in cui sembrava che la loro disciplina, se non la loro lealtà, potesse venire meno, Agricola alzò la mano e girò il cavallo bianco, e i suoi ufficiali si avvicinarono per ascoltare quanto stava per dire.

Il generale parlava con calma, come un buon padre che rassicura un bambino eccitato; ma le sue parole giungevano lontano. Parlò della distanza che avevano coperto, del coraggio con cui si erano avventurati oltre i confini del mondo romano, e fece notare i pericoli che avrebbero incontrato se avessero tentato di ritirarsi attraverso un territorio tanto ostile.

«... un generale o un esercito che si ritira non è mai al sicuro... Una morte onorevole è preferibile a una vita d'ignominia... Non si può considerare come un destino inglorioso cadere agli estremi confini della terra.»

In quanto ai caledoni, che Calgacus aveva descritto come gli ultimi uomini liberi della Britannia, nel discorso di Agricola diventavano fuggitivi: «... coloro che rimangono sono vili e codardi; coloro che vedete finalmente alla vostra portata, non perché abbiano resistito, ma perché sono stati raggiunti». Per un momento, mentre ascoltava la voce calma che distruggeva la visione di gloria dei caledoni, Gaio provò per lui quasi un senso di odio. Ma non poteva negare la conclusione del generale: quel giorno una vittoria romana poteva porre fine a una lotta che si protraeva da cinquant'anni.

Gaio aveva la sensazione di vedere in quell'uomo l'essenza di ciò che Macellio intendeva per romano. Sebbene la famiglia di Agricola fosse d'origine gallica e fosse ascesa grazie al servizio pubblico dapprima al rango intermedio equestre e poi fino al senato, faceva venire in mente a Gaio i vecchi eroi della Roma repubblicana.

I soldati di Licinio erano affezionati al loro superiore, ma, nel modo in cui gli ufficiali guardavano Agricola, Gaio percepiva qualcosa d'altro, un'intensa devozione che dava loro coraggio e fermezza anche quando i selvaggi sulla montagna cominciarono a eccitarsi con grida di guerra e a battere sugli scudi. Quell'atteggiamento si estendeva anche a tutta la truppa comandata da Agricola; e Gaio, che osservava il profilo austero del generale e lo ascoltava parlare con calma come se conversasse nella sua tenda con gli amici, pensò all'improvviso: ecco la devozione che crea gli imperatori. Forse Domiziano aveva ragione di essere impaurito.

I caledoni erano schierati sul terreno più alto, sopra la pianura. I loro carri scesero precipitosamente il pendio, circondati dai cavalieri; i cavalli piccoli e agili correvano al galoppo, i guidatori ondeggiavano sulle piattaforme di vimini e i guerrieri brandivano le lance e ridevano.

Agli occhi di Gaio era un'immagine di bellezza e di terrore. Sapeva di vedere l'anima guerriera della Britannia come l'avevano veduta Cesare e Frontino, e intuiva che dopo la battaglia nessuno l'avrebbe più vista in tutta la sua gloria. I carri avanzarono e deviarono all'ultimo momento, mentre i giavellotti si piantavano negli scudi dei romani e i guerrieri correvano fra i cavalli, lanciavano in aria le spade e le riafferravano al volo. Erano venuti per partecipare alla battaglia come se fosse una festa, e il sole brillava sulle collane tortili e sui bracciali. Alcuni portavano armature metalliche ed elmi, ma in maggioranza combattevano con tuniche a riquadri colorati oppure seminudi, con spirali blu dipinte sulla pelle chiara. Gaio sentiva le loro urla di sfida tra il fragore delle ruote dei carri, e non provava terrore bensì una terribile tristezza.

Uno dei tribuni protestò a gran voce quando Agricola smontò e un uomo venne a portar via il suo cavallo; ma gli altri assunsero espressioni più decise di fronte alla testimonianza che, qualunque sorte toccasse al suo esercito, Agricola non sarebbe fuggito. Darebbero la vita per proteggerlo, pensò Gaio, e lo farei anch'io. Alcuni ufficiali dello stato maggiore del generale stavano smontando a loro volta, mentre altri procedevano al galoppo lungo le linee. Gaio trattenne il suo cavallo, senza sapere che cosa fare.

«Tu.» Il generale gli accennò di avvicinarsi. «Raggiungi i Tungri e di' loro di spingersi più avanti. Riferisci che so che questo indebolisce il centro, ma non voglio che i nemici ci aggirino sui fianchi.»

Mentre lanciava il cavallo, Gaio sentì i tonfi dei giavellotti che si piantavano negli scudi dietro di lui, e si accorse che i carri dei britanni si erano allontanati, mentre avanzava la prima fila della fanteria. Si piegò sul collo della sua cavalcatura e l'incitò a procedere più velocemente. Lo spazio fra i due eserciti che si andava riducendo per il primo, devastante scambio di armi da lancio non era il posto migliore. Vide più avanti lo stendardo dei Tungri; la linea si aprì per lasciarlo passare, e Gaio cominciò a riferire il messaggio muovendosi dietro gli uomini che cominciavano a spostarsi sui lati, e continuò a guardare con la coda dell'occhio mentre l'attacco del nemico si espandeva verso l'esterno.

I guerrieri britanni erano efficienti, pensò mentre li vedeva flettere le lance dei romani con gli scudi rotondi. I loro spadoni erano più lunghi di quelli romani; erano armi da taglio spuntate ma affilatissime lungo i lati. Le trombe romane squillarono e il centro delle forze di Agricola avanzò incontro ai nemici.

Gaio sapeva di non essere molto utile con la fanteria, ma il generale non gli aveva dato altri ordini; con una decisione improvvisa spinse il cavallo più avanti lungo la linea per raggiungere la cavalleria. Al di sopra delle teste degli ausiliari vide le linee spezzarsi in una lotta confusa in cui i caledoni non avevano lo spazio per vibrare le spade. Era il genere di combattimento preferito dai Batavi; avanzavano colpendo con i gladii e fracassando le facce dei nemici con le borchie degli scudi. I romani gridarono quando la prima linea dei nemici cedette, e il centro di Agricola incominciò ad avanzare sui pendii più bassi della montagna per raggiungerli.

I fanti su entrambi i lati cercavano di seguirli più lentamente; ma i carri dei britanni, vedendo che le loro file si erano diradate e indebolite, si avventarono sobbalzando sul terreno accidentato. Dopo un momento piombarono sulla fanteria come lupi in uno stazzo e fecero strage degli uomini con spade e lance. Qualcuno urlò l'ordine di serrare le file; uomini, cavalli e carri si mossero nella più grande confusione; Gaio vide un guerriero dipinto di blu che giganteggiava davanti a lui e sferrava un colpo con la lancia.

Nei momenti che seguirono, i fatti accaddero troppo in fretta per lasciare spazio alla riflessione. Gaio sferrò affondi e parò mentre le armi balenavano intorno a lui. Un carro piombò nella sua direzione, e il suo cavallo roteò su se stesso, scagliandolo contro i corni neri della sella. Sentì che la lancia gli veniva strappata dalla mano e si curvò per schivare un giavellotto che urtò l'elmo, s'impigliò per un momento nella cresta, e cadde. Gaio batté le palpebre, stordito. Ora capiva perché soltanto gli ufficiali portavano in battaglia gli elmi crestati; ma il cavallo, più prudente di lui, lo stava già trasportando lontano dal pericolo.

Per un momento restò isolato. Sfoderò la spada e si raddrizzò. Ora poteva vedere che i carri non erano riusciti a sfondare le linee romane e si trovavano bloccati. Un carro avanzava verso di lui sul terreno accidentato; il legno scricchiolò quando una ruota urtò un macigno e slittò. Gaio vide il guidatore che tagliava le redini. Con un nitrito folle, i cavalli balzarono via, liberi, mescolandosi ad altri che fuggivano in preda al panico e travolgevano amici e nemici.

Ormai la battaglia era serrata. I pendii del Graupius erano un ribollire di uomini che si battevano, di gruppi che si scioglievano e si riannodavano in un arazzo continuamente mutevole. Ma Gaio aveva l'impressione che a poco a poco i romani stessero guadagnando terreno.

Poi una lancia parve spuntare dal suolo davanti a lui, e dietro la lancia una faccia ghignante; il cavallo s'impennò mentre Gaio deviava l'asta con la spada e sferrava un colpo dall'alto in basso. Il sangue rosso coprì i fregi blu quando la lama affondò; poi il cavallo spiccò un balzo in avanti, la faccia scomparve, e Gaio continuò a colpire e a difendersi senza avere il tempo per pensare.

Quando trovò un momento per concentrarsi, erano ormai sul fianco della montagna. Sentì grida sulla sinistra; i caledoni che avevano assistito alla battaglia dalla vetta cominciavano a scendere a grandi balzi per cogliere i romani alle spalle. Agricola poteva vederli? Gaio sentì risuonare di nuovo le trombe e sogghignò mentre i quattro squadroni di cavalleria che il generale aveva tenuto di riserva entravano finalmente in azione. Superarono i britanni sui fianchi e li spinsero contro l'incudine della fanteria: ed ebbe inizio il vero massacro.

L'esercito di Calgacus aveva perso la coesione. Alcuni uomini combattevano ancora, altri tentavano di fuggire, ma i romani erano onnipresenti, uccidevano, facevano prigionieri, quindi uccidevano anche questi quando si trovavano davanti ad altri guerrieri nemici. Gaio scorse poco lontano una macchia bianca, e vide Agricola nel centro della mischia, protetto da due tribuni e da un paio di legionari. Girò il cavallo in quella direzione.

Mentre si avvicinava, uno dei tribuni gridò. Tre britanni, con gli indumenti intrisi di sangue e armati soltanto di coltelli e di pietre, stavano caricando. Gaio affondò i calcagni, con forza, nei fianchi del cavallo, vibrò un colpo e la sua lama aprì uno squarcio cremisi nel petto del primo uomo. Poi il cavallo incespicò in qualcosa di molle. Gaio si sentì cadere, lasciò lo scudo e balzò via mentre l'animale piombava al suolo. Vide balenare un coltello e sentì una fitta dolorosa alla coscia; il cavallo tentò di rialzarsi e il coltello lampeggiò di nuovo e gli affondò nel collo e l'atterrò per la seconda volta.

Gaio si sollevò su un gomito, piantò la daga nel petto del britanno, poi la usò per tagliare la gola del cavallo morente. Stringendo i denti per il dolore alla coscia, accennò a risollevarsi mentre si guardava intorno per cercare lo scudo e la spada.

« Tutto bene, ragazzo? » Agricola lo stava guardando.

« Sì, signore! » Gaio accennò un saluto, si accorse di avere ancora in mano la daga e la rinfoderò.

« Allora avanti », lo incitò il generale. « Abbiamo ancora da fare. »

« Sì... » rispose Gaio, ma Agricola si stava già voltando per impartire un ordine a qualcun altro. Uno dei tribuni lo aiutò ad alzarsi, e Gaio cercò di riprendere fiato.

Il sangue aveva colorato di cremisi più scuro le felci ai suoi piedi. Il campo sembrava una massa di uomini straziati e di armi, e i nemici ancora vivi si disperdevano, inseguiti dalla cavalleria. I fanti romani procedevano più lenti, mentre i caledoni fuggivano in direzione della foresta, sull'altro versante della montagna. Agricola ordinò ad alcuni uomini di smontare e di battere il bosco mentre gli altri lo aggiravano.

E proprio al limitare della foresta, mentre scendeva il crepuscolo, Gaio si voltò di scatto per fronteggiare un uomo che si avventava contro di loro. Sferrò un colpo, istintivamente; ma era stanco e la spada gli girò nella mano, urtò il guerriero alla testa e lo stese al suolo. Sguainò la daga e si chinò per finirlo, poi imprecò quando una mano insanguinata gli afferrò il braccio. Perse l'equilibrio e piombò addosso al nemico: e rotolarono più volte, lottando per impossessarsi dell'arma.

Il braccio di Gaio incominciò a tremare; i muscoli che non erano mai guariti completamente dalla vecchia ferita causata dal paletto acuminato nella fossa per cinghiali incominciarono a cedere. Nel panico, attinse alle sue ultime riserve d'energia; serrò le dita intorno alla gola dell'avversario. Per un momento si tesero mentre il pugnale cercava inutilmente di penetrare nella corazza. Poi l'altro perse le forze e restò immobile.

Gaio si rialzò, tremando, e strappò l'arma dalle dita inerti del nemico. Si chinò per completare l'opera che aveva incominciato e si trovò a fissare gli occhi storditi di Cynric.

«Non muoverti!» disse in britannico, e Cynric obbedì. Gaio si guardò intorno. «Posso salvarti... Stanno cominciando a prendere ostaggi. Ti arrendi a me?»

«Romano», sibilò fiaccamente Cynric, «avrei dovuto lasciarti nel trabocchetto per i cinghiali!» In quel momento Gaio comprese che l'aveva riconosciuto. «Sarebbe stato meglio per me... e per Eilan!»

«Hai nelle vene sangue romano, come me!» Un senso di colpa rese velenosa la risposta di Gaio.

«Tua madre aveva venduto il suo onore! La mia è morta!»

Gaio si sorprese a fare pressione sulla lama e all'ultimo momento si accorse che era ciò che voleva Cynric.

«Una volta mi hai salvato la vita. Ora ti ricambio il favore, e che Ade si prenda il tuo maledetto orgoglio di britanno. Arrenditi, e potrai combattermi in futuro.» Sapeva che era un gesto sciocco, il suo. Anche mentre giaceva nel proprio sangue Cynric appariva pericoloso. Ma salvarlo era l'unica cosa che poteva fare per Eilan.

«Hai vinto...» Cynric lasciò ricadere la testa all'indietro, esausto, e Gaio vide il sangue che sgorgava dalle ferite alle braccia e alle cosce. «Per oggi...» I loro occhi s'incontrarono, e Gaio lesse l'odio in quelli del giovane Corvo. «Ma un giorno la pagherai...» Tacque, mentre veniva verso di loro il carro che raccoglieva i feriti.

Gaio guardò due legionari piuttosto malconci mentre caricavano Cynric insieme agli altri, e la sua soddisfazione per la vittoria si dileguò quando comprese di aver perduto l'amico come se l'avesse visto morire sotto i suoi occhi.

Al cader della notte Agricola richiamò gli inseguitori, perché non voleva che i suoi uomini corressero rischi in quel territorio sconosciuto. Ma per i caledoni sopravvissuti non era ancora finita. Per quasi tutta la notte i romani sentirono le donne che si aggiravano chiamando sul campo di battaglia. Nei giorni che seguirono gli esploratori segnalarono una cerchia di devastazioni sempre più vasta. La terra che un tempo aveva nutrito una popolazione fiorente era ridotta a un mondo silenzioso, dove i cadaveri delle donne e dei bambini uccisi dai loro uomini per sottrarli alla schiavitù fissavano il cielo con occhi ciechi, e il fumo delle case incendiate oscurava il cielo piangente.

Quando fu fatta la conta, si calcolò che i nemici morti in battaglia per le ferite erano circa diecimila, mentre erano caduti appena trecentosessanta romani.

Mentre Gaio cavalcava a fianco della colonna diretta a sud per svernare, ricordava le parole di Calgacus: « Chiamano impero le devastazioni, i massacri, le usurpazioni sotto falsi titoli; e dove fanno un deserto, lo chiamano pace ».

Senza dubbio il nord era pacificato, e le ultime speranze di libertà per la Britannia erano morte come gli uomini che l'avevano difesa. Fu questo, assai più del fatto che i dispacci che portava con sé includevano anche un resoconto molto lusinghiero del suo comportamento in battaglia, a far comprendere a Gaio che ormai doveva diventare interamente romano.

19.

Nonostante le speranze di Agricola, la pacificazione del nord non era destinata a compiersi grazie a un'unica battaglia. E, sebbene gli abitanti di Roma danzassero per le vie quando fu dato l'annuncio trionfale dell'esito di monte Graupius, restava ancora molto da fare per consolidare la vittoria. I dispacci che Gaio portava al sud includevano l'ordine di ritornare non appena fosse guarito dalle ferite, perché il governatore non intendeva lasciare che un giovane tanto utile si sprecasse a Londinium.

Uno dei compiti di Gaio consisteva nel visitare le carceri in cui erano tenuti i prigionieri più importanti. Cynric era ancora lì, sfregiato e rabbioso ma vivo, e felice perché Calgacus non era stato catturato e non sarebbe stato esibito durante il trionfo romano di Agricola. Sembrava che nessuno sapesse quale era stata la sorte del capo dei britanni. Si diceva invece che il druido Bendeigid si nascondesse fra le colline.

«Sono stato catturato con le armi in pugno e non mi aspetto misericordia», dichiarò Cynric in un attimo di cedimento. «Ma se il tuo generale ti tiene in qualche considerazione, chiedigli di graziare il vecchio. Io ti tirai fuori della fossa per cinghiali, ma Bendeigid ti salvò la vita. Credo che per questo tu sia in debito con lui, no?»

E Gaio riconobbe che era vero. In realtà, il suo debito era più grande di quanto Cynric immaginasse; e siccome non era possibile provare che Bendeigid avesse combattuto contro Roma, Agricola si dichiarò disposto a far circolare in tutto il nord la notizia che il druido poteva ritornare a casa sano e salvo.

Solo quando il governatore partì per il sud per prepararsi a rientrare a Roma, anche Gaio venne autorizzato a fare altrettanto. Fu quindi alla fine dell'inverno che partì per far visita a suo padre a Deva, finalmente libero di seguire le istruzioni che Giulia gli aveva dato mesi prima... incontrarsi con Eilan.

L'inverno nel nord era stato buio e gelido, con venti fortissimi e notti che sembravano non finire mai. Persino lì a sud l'aria era pungente, sebbene le prime gemme cominciassero a spuntare sui rami; e Gaio si compiaceva di aver indossato il manto di pelli di lupo. In Britannia il divo Giulio aveva indossato spesso tre tuniche, una sopra l'altra, per proteggersi dal freddo.

Era strano viaggiare in un territorio pacificato. Gaio aveva l'impressione che tutto fosse cambiato dall'ultima volta in cui l'aveva visto, come se fosse rimasto assente per anni. Ma quando si avvicinò a Deva, il vento costante che soffiava dall'estuario era immutato, e le montagne scure che sorgevano all'orizzonte occidentale erano le ombre cupe che l'avevano ossessionato fin dall'infanzia. Passò davanti ai possenti bastioni della fortezza per raggiungere la porta principale, e vide che la palizzata di tronchi era appena più sciupata dalle intemperie di quanto ricordasse.

Era lui, a essere cambiato.

I suoi passi echeggiarono sul pavimento di pietra del pretorio, mentre si dirigeva verso l'ufficio del padre. Valerio alzò gli occhi nel sentirlo entrare e aggrottò la fronte per qualche istante, fino a che Gaio cominciò a togliersi il mantello: allora sorrise. Ma, quando Macellio uscì dall'ufficio, Gaio si accorse che non era l'unico a essere invecchiato.

«Bene, figliolo! Sei proprio tu? Cominciavamo a temere che il governatore ti portasse con sé a Roma. Ha scritto commenti favorevoli sul lavoro che hai svolto lassù, molto favorevoli.» Macellio tese le braccia e strinse a sé il figlio, poi si fermò come se temesse di tradirsi.

Ma Gaio aveva sentito come lo tenevano le dita del padre, quasi provasse il bisogno di assicurarsi che era lì, vivo e in carne e ossa. Non era necessario chiedere se Macellio si fosse preoccupato; Gaio non pensava che ad aggiungere altri fili bianchi ai suoi capelli fosse stato il compito di risolvere le piccole beghe fra gli uomini acquartierati per l'inverno.

«Per quanto tempo, dunque, avremo il piacere della tua compagnia prima che ti rimandino a Londinium?»

«Ho qualche settimana di licenza, padre», rispose Gaio con un sorriso forzato. «Ho pensato che avrei fatto bene a venire a casa per un po'.» Con una fitta al cuore, si rese conto che Macellio non aveva parlato delle sue nozze. Il vecchio deve aver finalmente capito che sono cresciuto!

Macellio, invece, non aveva più bisogno di informarsi. Dopo la battaglia di monte Graupius, Gaio aveva incominciato a dare per inevitabile il matrimonio con Giulia. Ma, ora che le colline di Deva rievocavano vecchi ricordi, si chiedeva se si sarebbe deciso e, in caso contrario, che cosa avrebbe fatto.

Tuttavia in quegli ultimi mesi Gaio aveva scoperto una verità su se stesso: era ambizioso. Agricola era un grand'uomo, ed era stato un ottimo governatore: eppure chissà chi sarebbe stato inviato da Domiziano al suo posto? E in quella terra c'erano cose che neppure Agricola avrebbe mai potuto comprendere. La vecchia Britannia delle tribù era morta. La sua gente avrebbe dovuto cambiare e diventare romana; ma, questo, come l'avrebbe capito un gallo o uno spagnolo? Per fare di quel paese la gemma dell'impero era necessaria la guida di qualcuno che fosse britannico o romano. Qualcuno come lui, se avesse compiuto le mosse giuste.

«... invitare qualcuno degli ufficiali superiori a cenare con noi», stava dicendo suo padre. «Se non sei troppo stanco.»

«Non sono stanco.» Gaio sorrise. «Dopo le strade della Caledonia, venire qui è stato un piacere.»

Macellio annuì, e Gaio vide l'orgoglio che si irradiava da lui come il calore da un fuoco. Deglutì, accorgendosi che non gli aveva mai accordato in passato quell'approvazione senza riserve... e che lui sentiva il bisogno di scorgere quella luce negli occhi del padre.

Era abitudine che la Somma Sacerdotessa trascorresse qualche tempo in isolamento dopo le grandi festività, per riprendersi dai riti. Le donne della Casa della Foresta si erano abituate alla situazione quando regnava Lhiannon, e a nessuna sembrò strano che, dopo la sua prima apparizione pubblica quale Somma Sacerdotessa, Eilan impiegasse diverso tempo per ristabilirsi.

E, quando fu di nuovo in piedi, forse rimasero deluse nel vedere che non partecipava attivamente alla vita della comunità ed era quasi sempre avvolta in fitti veli; ma la cosa non le sorprese. Lhiannon era l'unica Somma Sacerdotessa che molte di loro avevano conosciuto, e durante gli ultimi anni di vita era rimasta quasi sempre nelle sue stanze, servita da Caillean o dalle altre assistenti preferite. E comunque era necessario un periodo di ritiro in modo che il nuovo Oracolo potesse stabilire un rapporto con gli dei.

L'isolamento della nuova Somma Sacerdotessa era un argomento meno interessante della scomparsa di Dieda. Alcune erano certe che se ne fosse andata volontariamente, irritata perché non era stata prescelta al posto di Eilan. Altre insinuavano che era fuggita per raggiungere Cynric, che era stato visto quando aveva visitato la Casa della Foresta in compagnia di Bendeigid.

Ma quando un taglialegna rivelò che una donna incinta viveva nella casupola in mezzo alla foresta, la soluzione del mistero divenne clamorosamente ovvia. Dieda doveva essere incinta; era stata mandata a vivere nell'isolamento della foresta in attesa di sgravarsi del figlio della colpa.

La verità, naturalmente, era così impossibile che nessuna la intuiva. In ogni caso, la parte che Dieda doveva sostenere nell'inganno non era molto faticosa perché dopo la battaglia di monte Graupius il governatore aveva vietato tutti gli assembramenti pubblici nel timore che scoppiassero disordini. Lì al sud erano giunte soltanto notizie frammentarie del disastro; per la maggior parte della gente era molto più importante mettere da parte i viveri per l'inverno. Alla festa di Samaine il popolo dovette accontentarsi delle piccole divinazioni ricavate dalle mele e dalle noci e dal focolare, perché non vi furono né la fiera, né i festeggiamenti pubblici, né l'Oracolo.

In quanto a Eilan, trascorse l'inverno nella casupola rotonda nella foresta, dove riceveva di tanto in tanto la visita di Caillean e dove era assistita da una vecchia che non conosceva il suo nome. Aveva preparato accanto al focolare un piccolo altare della Dea Madre; e, mentre guardava il suo ventre che ingrossava, era incerta fra la gioia per la nuova vita che fioriva in lei e l'angoscia perché non sapeva se avrebbe mai rivisto il padre di suo figlio.

Ma era nella natura delle cose che anche l'inverno più lungo dovesse cedere prima o poi il passo alla primavera. Anche se a volte Eilan aveva l'impressione che la sua gravidanza dovesse durare per sempre, si avvicinava la festa di Brigantia, quando sarebbe nato il bambino. Pochi giorni prima della festa arrivò Caillean e, sebbene in quel periodo Eilan piangesse e ridesse anche troppo facilmente, fu così felice di vederla che si commosse fino alle lacrime.

«C'è il pane d'avena che ho sfornato questa mattina», disse. «Siediti e mangia con me...» Poi esitò. «Se non pensi che io ti contamini con la mia presenza di spergiura.»

Caillean rise. «No. Se non ci fossero state le nevicate, sarei venuta prima.»

«E come va nella Casa della Foresta?» chiese Eilan. «Come si destreggia Dieda al mio posto? Raccontami tutto: qui mi annoio molto e mi dilato come un ortaggio.»

«Oh, no.» Caillean sorrise. «Forse come un albero che dà frutti in primavera, non in autunno. In quanto a Vernemeton, Dieda svolge con diligenza le tue mansioni, anche se meno bene di quanto facesti tu. Ti prometto che verrò per la nascita di tuo figlio. Manda la vecchia ad avvertirmi quando sarà il momento.»

«Come lo capirò?»

Caillean rise bonariamente. «Eri presente quando nacque la secondogenita di tua sorella. Che cosa ricordi?»

«Ricordo soprattutto i razziatori, e te che prendesti in mano il fuoco», disse Eilan.

Caillean sorrise di nuovo. «Bene, credo che ormai non manchi molto tempo. Forse partorirai per la Festa della Vergine... Stamattina hai lavorato parecchio, e spesso questo impulso viene quando un bambino si prepara a nascere. E ti ho portato un dono, una ghirlanda di ramoscelli di betulla bianca, sacra alla Madre. Guarda... l'appendo sopra il tuo letto perché ti porti fortuna.» Si alzò e prese la ghirlanda dalla sacca.

«Potrà sembrare che gli dei adorati dagli uomini ti ripudino; ma la Dea ha a cuore tutte le sue figlie che si trovano nelle tue condizioni. Tornerò dopo la festa, anche se non sarà un piacere veder Dieda prendere il tuo posto.»

«Sono felice di conoscere la tua opinione», disse una voce dalla soglia. La dolcezza del tono accentuava il senso pungente delle parole. «Ma se non ti piaccio nel ruolo di Somma Sacerdotessa, è un po' tardi per dichiararlo!»

Avevano davanti una figura avvolta nei veli blu. Eilan sgranò gli occhi e Caillean arrossì per la collera.

«Perché sei venuta?»

«Perché non dovevo venire?» ribatté Dieda. «Non ti sembra un bel gesto da parte della Somma Sacerdotessa, far visita alla parente caduta? Tutte le nostre care sorelle sanno che qui vive qualcuno, e hanno concluso che sono io. Al mio 'ritorno' ufficiale la mia reputazione sarà a pezzi.»

La voce di Eilan tremava. «Sei venuta per ridere della mia vergogna, Dieda?»

«Per quanto possa sembrarti strano, non è così.» Dieda scostò il velo. «Eilan, nonostante tutto ti auguro ogni bene. Non sei l'unica che si sente sola. Non ho più avuto notizie di Cynric da quando è partito per il nord, e non mi ha fatto sapere più nulla. La sola cosa che gli sta a cuore è la sorte dei Corvi. Forse, quando questo inganno si sarà compiuto, dovrei andare anch'io al nord anziché a Eriu, e diventare una delle guerriere che servono la dea delle battaglie.»

«È assurdo», ribatté Caillean. «Saresti una pessima guerriera, mentre sei un eccellente bardo.»

Dieda alzò le spalle. «Può darsi, ma devo trovare un modo per espiare la mia complicità nel tradimento di Ardanos.»

«È così che lo consideri?» chiese Eilan. «Io no. Ho avuto tempo per pensare, e mi sembra che la Signora abbia permesso che, questo accadesse alla sua Sacerdotessa perché io possa comprendere la necessità di proteggere tutti i figli di questa terra. Al mio ritorno mi prodigherò per la pace, non per la guerra.»

Dieda la fissò, poi disse: «Io non ho mai desiderato di avere un figlio da Cynric o da qualunque altro uomo. Tuttavia sono sicura che, se portassi in grembo un figlio di Cynric, penserei come te». I suoi occhi brillavano di lacrime, e li asciugò con un gesto irritato. «Devo ritornare prima che nasca qualche pettegolezzo. Sono venuta solo per augurarti buona fortuna, ma sembra che anche in questo Caillean mi abbia preceduta.»

Si voltò, si coprì di nuovo il volto con il velo, e se ne andò prima che le altre due trovassero le parole per rispondere.

Ogni giorno la luce durava un po' più a lungo. I rami si colorarono di linfa e i cigni incominciarono i corteggiamenti nelle paludi. Anche se i temporali invernali potevano ancora venire a sferzare la terra, si sentiva nell'aria l'arrivo della primavera. I coltivatori prendevano gli aratri dai ripostigli, i pescatori incominciavano a calafatare le barche, e i pastori rimanevano tutta la notte sulle fredde colline a sorvegliare le pecore gravide.

Gaio era in viaggio; ascoltava i suoni della nuova vita che lo circondava, e contava i giorni. Era Beltane quando lui ed Eilan si erano uniti, e da allora erano trascorse nove lune. Fra poco Eilan avrebbe partorito. A volte le donne morivano di parto. Guardava gli uccelli acquatici che volteggiavano nel cielo e pensava che, anche se avrebbe sposato Giulia, doveva rivedere Eilan ancora una volta.

Più fosse salito in alto fra i romani, e più avrebbe potuto essere utile a Eilan e a suo figlio. Se fosse stato un maschio, forse Eilan gli avrebbe permesso di allevarlo, poiché non poteva tenerlo certamente nella Casa della Foresta. Non sembrava una cosa tanto improbabile: la famiglia di sua madre aveva accettato di affidare lui completamente a suo padre.

Mentre tornava alla fortezza, i suoi pensieri continuavano a turbinare. Sarebbe stato difficile dirle che non potevano sposarsi, almeno per il momento. Se Giulia non gli avesse dato un maschio, ecco, nel mondo romano le coppie divorziate gli sembravano addirittura più numerose di quelle sposate. Quando avesse avuto una posizione sicura forse avrebbero potuto sposarsi; e come minimo poteva aprire molte porte a suo figlio. Eilan l'avrebbe creduto? L'avrebbe perdonato? Si morse le labbra e si chiese che cosa le avrebbe detto.

Ma il suo cuore batteva forte al solo pensiero di rivederla, magari da lontano; gli bastava sapere che stava bene.

Naturalmente, c'era sempre un problema: come fare per riuscire a vederla. E alla fine si rese conto che avrebbe dovuto affidarsi all'aiuto degli dei.

Il legato che comandava la Seconda Legione Ausiliaria aveva lasciato la vita militare durante l'inverno, e proprio in quel momento era arrivato il suo successore. Gaio sapeva che suo padre avrebbe avuto molto da fare per aiutare il nuovo comandante a insediarsi. Quando aveva annunciato che sarebbe andato a caccia per qualche giorno, Macellio aveva appena trovato il tempo per salutarlo.

Per la festa della dea che i britanni chiamavano Brigantia, e che celebrava la fine dell'inverno, Gaio passò ancora una volta davanti alla Collina delle Vergini proprio mentre i giovani indossavano costumi di paglia e portavano di casa in casa l'immagine della Signora per dispensare le sue benedizioni in cambio di focacce e birra. Ma lì, a quanto aveva sentito dire, la Sacerdotessa che era la Voce della Dea veniva ad annunciare al popolo l'avvento della primavera. Nel bosco accanto al villaggio Gaio indossò gli abiti da britanno che aveva portato. Poi si unì agli altri che si radunavano per attendere le Sacerdotesse. Dai brani delle conversazioni che poteva sentire, scoprì che quell'anno la folla era più numerosa del solito.

«La vecchia Sacerdotessa è morta lo scorso autunno», gli spiegò una donna. «Dicono che la nuova sia giovane e bellissima.»

«Chi è?» chiese Gaio mentre il cuore cominciava a martellargli nel petto.

«La nipote dell'arcidruido, e c'è chi sussurra che non sia stata scelta per caso. Però io penso che il sangue antico sia il più adatto alle vecchie tradizioni: e chi può essere adatta a questo compito più della discendente di antenati che hanno sempre servito gli dei?»

Eilan! pensò Gaio. Com'era possibile? Aveva perduto il bambino? Se era veramente la Somma Sacerdotessa, come avrebbe potuto rivederla? Attese con malcelata impazienza che calasse la notte, e rimase in silenzio con gli altri quando la processione delle giovani biancovestite uscì dal cancello di legno della Casa della Foresta e venne verso di loro. Alla testa della processione c'era una donna snella dal mantello scarlatto e dalla veste candida. Sotto il velo sottile si scorgevano i riflessi dei capelli dorati. Era incoronata di luce e accompagnata dal canto delle arpe. Eilan... gridò il suo cuore. Senti che ti sono vicino, Eilan?

« Sono uscita dalla tenebra dell'inverno... » disse lei, e la sua voce era come una musica. Anche troppo, pensò Gaio. La voce di Eilan gli era sempre parsa dolcissima, ma non aveva tanta risonanza. Si avvicinò, cercando di vedere meglio. La voce della donna sembrava addestrata al canto.

« Io porto la luce e porto le benedizioni. Ora viene il tempo della primavera; le foglie novelle spunteranno presto sui rami, e verranno i fiori dai colori dell'arcobaleno. Che le vostre bestie si riproducano in abbondanza; buona fortuna alla vostra aratura. Prendete la luce, figli miei, e con la luce il mio favore. »

La Sacerdotessa si piegò, e le assistenti le tolsero dalla testa la corona di candele. Mentre la posavano a terra davanti a lei, Gaio le vide per la prima volta la faccia in piena luce. Era la faccia che aveva sognato: eppure, in un momento di rivelazione, comprese che non era Eilan. Adesso ricordava che Dieda sapeva cantare meravigliosamente.

Indietreggiò tremando. La donna aveva capito male, oppure Eilan era vittima di una terribile macchinazione?

« Salute alla Signora! » gridava la gente. « Salute alla Sacra Sposa! » I giovani acclamanti accostarono le torce alla corona di candele e incominciarono a formare il corteo che avrebbe portato la luce in tutte le casupole e in tutte le fattorie. Era senza dubbio Dieda, e doveva sapere dov'era Eilan. Ma non poteva avvicinarla proprio ora.

Si voltò e riconobbe un altro viso tra la folla. In quel momento il pericolo non contava.

« Caillean », sussurrò con voce aspra. « Devo parlarti! In nome della misericordia... dov'è Eilan? »

Nella mezza luce sentì gli occhi che lo fissavano e udì una voce che bisbigliava: « Che cosa stai dicendo? » Una mano gli strinse il polso. « Vieni via. Qui non possiamo parlare. »

Gaio obbedì senza opporre resistenza. Pensava che, se avesse dovuto morire, lo avrebbe meritato. Ma quando furono lontani dalla folla si fermò e si rivolse alla Sacerdotessa.

Le parlò con voce bassa e rauca: « Padrona Caillean, so che Eilan ti voleva molto bene. In nome di tutte le divinità che ti sono care, dov'è ora? »

Caillean indicò il podio su cui la donna velata di bianco presiedeva i festeggiamenti.

« Grida pure, denunciami se vuoi, ma non mentirmi. » Gaio la guardò negli occhi. « Anche se tutti gli uomini presenti sono pronti a giurare che quella è Eilan, io so che non è vero. Dimmi che è viva e sta bene! »

Caillean ricambiò il suo sguardo con gli occhi sgranati in cui si leggevano stupore, collera e paura. Poi sospirò e lo attirò ancora più lontano dal cerchio luminoso delle torce dove Dieda levava le mani per benedire la folla. Mentre la seguiva fra le ombre, si disse che il nodo alla gola era causato dal fumo.

« Dovrei dirgli chi sei e lasciare che ti uccidano », disse finalmente la Sacerdotessa. « Ma anch'io voglio bene a Eilan, e ha già sofferto abbastanza. »

« È viva? » La voce di Gaio si spezzò.

« Non certo per merito tuo », ribatté Caillean. « Ardanos avrebbe voluto metterla a morte quando ha saputo quel che avevate fatto! Ma si è lasciato convincere a risparmiarla, ed Eilan mi ha raccontato tutto. Perché non sei mai venuto a portarla via? È vero che hai sposato un'altra, come ci è stato detto? »

« Mio padre mi ha mandato lontano... »

« A Londinium », confermò Caillean. « Allora l'arcidruido ha mentito quando ha detto che avevi sposato una romana? »

« Non l'ho ancora sposata », precisò Gaio. « Ma ero lontano, in servizio, e non potevo venire. Se Eilan non è stata punita, perché non la vedo qui? »

Caillean lo squadrò, sprezzante, e finalmente disse: « Ti aspetti che sia qui a danzare quando ha appena partorito tuo figlio? »

Gaio si sentì mancare il respiro. « È viva? E il bambino? » Era buio, lontano dai fuochi, ma gli sembrò che l'espressione severa di Caillean si addolcisse.

« È viva ma debole perché è stato un parto difficile: ho temuto per lei. Non mi sembra che valga la pena di morire per te, ma forse rivederti potrebbe essere la medicina che le occorre. Gli dei sanno che non giudico. Non m'importa affatto ciò che potrebbe dire Ardanos. Vieni con me. »

Caillean era soltanto un'ombra scura nella notte mentre lo conduceva intorno alla folla e lungo la strada, lontano dalla Casa della Foresta e dalla Collina delle Vergini. Quando non furono più in vista della luce dei fuochi, Gaio chiese: « Dove mi stai portando? »

« Eilan non è nella Casa della Foresta; da quando la gravidanza è apparsa evidente, ha sempre vissuto in una casetta in mezzo al bosco. » Dopo un momento Caillean soggiunse, in tono esitante: « Sono molto preoccupata per lei. A volte le donne sono assalite dalla tristezza dopo aver avuto un bambino, e gli dei sanno che Eilan ha molti motivi per essere infelice: forse, quando saprà che non l'hai abbandonata, si riprenderà più in fretta ».

« Mi avevano detto che, se non avessi tentato di vederla, non l'avrebbero trattata male », protestò Gaio.

Caillean rise, una risata breve e amara. « Ardanos era furibondo, naturalmente, quel vecchio tiranno sciagurato. È convinto che voi romani siate disposti a proteggere le nostre Sacerdotesse soltanto se le considerate equivalenti alle vostre vestali. Ma la scelta della Dea era caduta su Eilan, e Ardanos non ha potuto rifiutare quando Lhiannon, sul letto di morte, ha proposto questo inganno. »

Caillean non parlò più. Dopo un po' Gaio vide fra gli alberi un bagliore luminoso che spiccava nell'oscurità.

« Ecco la casa. »

La voce di Caillean gli giunse smorzata all'orecchio. « Attendi nell'ombra mentre allontano la vecchia. » E aprì la porta.

« La Signora ti benedica, Eilan. Sono venuta a tenerti compagnia. Annis, ora penserò io a tutto. Perché non vai a goderti la festa? »

Poco dopo Gaio vide la vecchia che usciva, imbacuccata negli scialli, e si riparò sotto gli alberi mentre lei passava. Caillean era sulla soglia, incorniciata dalla luce. Gli rivolse un gesto e, mentre Gaio avanzava con il cuore che scalpitava come una carica di cavalleria, disse a bassa voce nel chiarore dorato alle sue spalle: « Ti ho portato un visitatore, Eilan ». Poi Gaio sentì che usciva per restare di guardia.

Per un momento Gaio fu abbagliato dalla luce. Quando la sua vista si abituò, vide Eilan distesa su un letto. Aveva a fianco un fagottino che doveva essere il bimbo.

Eilan aprì gli occhi con uno sforzo. Caillean era gentile a venire da lei, ma perché aveva portato un visitatore? Non voleva vedere nessuno, tranne Caillean, ma aveva pensato che fosse impegnata per la festa. Mossa da una vaga curiosità, spalancò le palpebre.

Una figura d'uomo stava fra lei e la luce. Strinse più forte il bambino, in un gesto di allarme istintivo, e il piccolo gemette in segno di protesta. L'uomo avanzò di un passo e, quando la luce gli investì il volto, Eilan lo riconobbe.

« Gaio! » esclamò, e scoppiò in lacrime. Lo vide arrossire, dondolarsi impacciato da un piede all'altro, incapace di sostenere il suo sguardo.

« Mi avevano mandato a Londinium. Non avevo scelta », si giustificò lui. « Avrei voluto venire da te. »

« Mi spiace », disse Eilan, sebbene non sapesse perché si scusasse. « Piango così facilmente, in questi giorni. »

Gaio la guardò per un momento, poi fissò il bambino.

« È mio figlio? »

« Sì », disse Eilan. « Oppure pensi che siccome... » Cominciò a piangere così forte che quasi non riusciva a parlare. « Siccome mi sono data a te, sarei stata disposta a giacere con qualunque altro uomo? »

« Eilan! » Dall'espressione di Gaio, lei si accorse che quel pensiero non l'aveva mai sfiorato; non sapeva se doveva sentirsi lusingata o indignata. Lo vide contrarre e decontrarre le mani. « Ti prego! Lasciami prendere in braccio mio figlio. »

Eilan smise di piangere. Guardò Gaio e per la prima volta lo vide veramente mentre le si inginocchiava accanto e prendeva il piccino fra le braccia. Sembrava invecchiato e più deciso, tirato dalle fatiche e con un'ombra negli occhi, come se anche lui avesse conosciuto il dolore. Sulla guancia c'era una nuova cicatrice. Ma, mentre teneva il bambino, la sua espressione incominciò a cambiare.

« Mio figlio... » mormorò, guardando il visetto grinzoso. « Il mio primogenito... »

Anche se avesse sposato la romana, pensò Eilan, quel momento era suo.

Mentre gli occhi celesti del bambino incontravano quelli del padre e sembravano fissarlo, Gaio lo cinse con le braccia in un gesto protettivo. La durezza aveva abbandonato i suoi lineamenti; era concentrato interamente sul piccolo, come se fosse disposto a qualunque cosa per difendere il bambino che gli stava fra le braccia. Eilan pensò che neppure mentre faceva l'amore con lei lo aveva visto così raggiante. Riconobbe il volto paterno del dio.

« Come sarà per te questo mondo, piccolo? » mormorò Gaio con voce spezzata. « Come potrò proteggerti, darti una casa sicura? » Per un lungo istante sembrò che lui e il bimbo fossero perduti in una reciproca contemplazione. Poi all'improvviso il bambino ruttò e cominciò a succhiarsi il pollice.

Gaio guardò di nuovo Eilan e, mentre le metteva il figlioletto fra le braccia, si accorse che, per quanto apparisse pallida ed esausta, per lui era ancora la Dea.

« Allora ti piace, mio caro? » disse dolcemente Eilan. « L'ho chiamato Gawen, il nome che ti aveva dato tua madre. »

« Mi sembra bellissimo, Eilan. » I a voce gli tremava. « Come potrò mai ringraziarti per questo grande dono? »

Fuggi con me! gridò il cuore di Eilan. Portaci lontano, in una terra dove possiamo vivere insieme ed essere liberi! Ma la luce della lampada brillava malignamente sull'anello con il sigillo, ed Eilan pensò che non esisteva una terra sottratta alla potenza di Roma.

« Fa' in modo che il mondo sia sicuro per lui », disse, echeggiando le parole di Gaio. Ricordava la visione: in quel bambino il sangue del Drago e dell'Aquila si era mescolato a quello dell'antica stirpe dei Saggi; da lui sarebbero discesi i salvatori della Britannia. Ma, perché questo avvenisse, suo figlio doveva vivere e diventare uomo.

«A volte mi domando se è possibile.» Lo sguardo di Gaio divenne assorto, e lei gli vide di nuovo negli occhi l'ombra cupa.

«Hai partecipato a qualche battaglia, dall'ultima volta che ti ho visto», disse gentilmente Eilan. «Quella cicatrice non te la sei procurata a Londinium... Racconta.»

«Hai sentito parlare della battaglia di monte Graupius?» La voce di Gaio diventò più aspra. «Bene, io c'ero.» E mentre raccontava la storia in una successione d'immagini, Eilan trasalì, scossa dall'orrore, dalla pietà e dalla paura.

«Sapevo che era accaduto qualcosa», disse a voce bassa quando lui ebbe finito di parlare. «Ci fu una notte, una luna dopo Lughnasad, in cui sentii che eri in grande pericolo. Trascorsi l'indomani in preda al terrore, ma la sensazione passò dopo l'imbrunire. Allora pensai che forse avevi combattuto, ma, sebbene non percepissi altro, ebbi la certezza che eri sopravvissuto! Tu fai parte di me, mio amato. Senza dubbio, se fossi morto, l'avrei saputo!»

Gaio si tese impulsivamente e le prese la mano. «È vero. Ho sognato d'essere fra le tue braccia. Nessun'altra donna vivrà per sempre nel mio cuore come te, nessun'altra potrà darmi il mio figlio primogenito. Ma...» E la sua voce s'incrinò. «Ma non posso riconoscerlo. Non posso sposarti!»

Guardò il bambino con una smorfia di dolore. «Quando non sono riuscito a scoprire che ne era stato di te, ho continuato a ripetermi che avremmo dovuto fuggire insieme finché ne avevamo la possibilità. Se fossimo stati insieme, avrei sopportato un'esistenza da fuggiasco... ma che vita sarebbe stata per te, e soprattutto per lui?» E accarezzò la guancia del bimbo. «È così piccolo e delicato», continuò pensosamente. «Se qualcuno cercasse di fargli male, credo che sarei capace di uccidere a mani nude!» Girò lo sguardo dal figlio a Eilan e arrossì, imbarazzato dai propri sentimenti. «Mi hai chiesto di rendere il mondo sicuro per lui», proseguì a voce bassa. «Come stanno ora le cose, vedo un'unica possibilità. Ma avrai bisogno del più grande coraggio, come certe matrone dell'antica repubblica.» In quel momento non appariva strano a nessuno dei due che, nonostante i grandi imperatori, i romani evocassero sempre i tempi della repubblica quando intendevano riferirsi alle grandi virtù.

«Stai cercando di dirmi che sposerai la tua romana!» esclamò Eilan in tono aspro. Aveva ricominciato a piangere.

«Devo farlo!» ribatté Gaio. «Non capisci? La battaglia di monte Graupius è stata l'ultima resistenza delle tribù. L'unica speranza di misericordia per il tuo popolo sta ora nei governanti che siano nel contempo romani e britannici, come me: ma la mia sola speranza di acquisire potere nel mondo romano passa attraverso un legame con una famiglia romana importante. Non piangere», implorò angosciato. «Non ho mai potuto sopportare le tue lacrime, cara. Pensa a lui.» Indicò il bambino addormentato. «Per amor suo, potremo sopportare ciò che saremo costretti a sopportare.»

Tu non dovrai sopportare quello che sopporto io, pensò Eilan lottando con le lacrime. E quel che ho già sopportato!

«Non sarai sola per sempre, te lo prometto», disse Gaio. «Ti porterò via non appena potrò. Inoltre», soggiunse, «sai che per il nostro popolo il matrimonio non è indissolubile.»

«Sì, l'ho sentito dire», scattò Eilan. Era sicura che, se Gaio avesse sposato la figlia d'una famiglia nobile, l'unione sarebbe stata solida per quanto potevano renderla tale i parenti della ragazza. «Ma com'è, questa romana? È bella?»

Gaio la guardò malinconicamente. «Non possiede neppure la metà della tua bellezza, amor mio. È piccolina, ma molto volitiva. A volte ho la sensazione di essere stato gettato inerme nell'arena per affrontare un elefante da guerra o un animale selvaggio, come so che fanno a Roma con i criminali.»

Allora non lo lascerà mai andare, pensò Eilan, ma si sforzò di sorridere. «Quindi non... non t'importa nulla di lei?»

«Tesoro.» Gaio s'inginocchiò al suo fianco e il sollievo nella sua voce le ispirò l'impulso di ridere. «Se suo padre non fosse il procuratore, ti giuro che non l'avrei mai guardata due volte. Con il suo aiuto posso diventare senatore o addirittura, un giorno, governatore della Britannia. Pensa a tutto ciò che potrei fare allora per te e per il bambino!»

Gaio si chinò sul figlioletto e nei suoi occhi si accese di nuovo una luce di ardore protettivo. Poi sentì che Eilan lo guardava e rialzò la testa.

Lei continuò a scrutarlo fino a che non lo vide di nuovo a disagio. Caillean aveva ragione, pensò rassegnata. Si è innamorato di un'illusione e si è convinto che sia realtà... come tutti gli altri uomini! Ebbene, questo le avrebbe reso più facile dirgli ciò che aveva da dire.

« Gaio, sai che ti amo », esordì. « Ma, credimi, anche se fossi libero di sposarmi, io non potrei accettare. » E sospirò nel vederlo confuso. « Sono la Somma Sacerdotessa di Vernemeton, la Voce della Dea, non te l'hanno detto? Ciò che tu speri di diventare fra i romani, Gaio, io lo sono già per la mia gente! Ho rischiato la vita per dimostrarmi degna, e la prova è stata pericolosa quanto la tua battaglia. Non posso rinunciare alla mia vittoria come tu non puoi gettare via gli onori che hai conquistato! »

Gaio aggrottò la fronte, sforzandosi di comprendere, ed Eilan si rese conto che erano assai più simili di quanto lui immaginasse. Ma le sembrava che Gaio fosse ispirato dall'ambizione, mentre lei, se non si trattava di un'illusione anche nel suo caso, obbediva alla volontà degli dei.

« Quindi, anche se nessun altro lo saprà, opereremo insieme », disse alla fine Gaio, e posò lo sguardo sul bambino. « E con un governatore e una Somma Sacerdotessa per genitori, che cosa non potrà fare questo piccino? Chissà, forse un giorno diventerà imperatore. »

Il bambino aprì gli occhi e li scrutò entrambi, con lo sguardo velato. Gaio lo riprese in braccio e lo tenne, impacciato. « Ora sta' tranquillo, signore del mondo », mormorò mentre il piccolo si agitava, « e lascia che ti tenga in braccio. »

Al pensiero che un essere così piccolo e roseo potesse diventare imperatore, i genitori risero.

20.

Gaio ritornò a Londinium, immerso in una specie di turbamento dolceamaro. Aveva trovato Eilan e l'aveva perduta. Era stato costretto a lasciare la creatura che lei gli aveva dato, eppure aveva un figlio! A volte, mentre si avvicinava alla capitale e a Giulia, provava l'impulso di girare il cavallo e tornare al galoppo da Eilan, ma non c'era un modo per rimanere insieme. E ricordava l'espressione severa che lei aveva assunto quando gli aveva detto che cosa significava essere la Somma Sacerdotessa. Per qualche istante, non gli era sembrata la sua Eilan. Lo agghiacciava il pensiero del rischio che aveva corso per dimostrarsi degna, e del rischio al quale aveva esposto suo figlio.

Eppure Eilan aveva pianto al momento della separazione. E aveva pianto anche lui. Se Eilan pensava che lui trovasse piacere nel pensiero di sposare Giulia Licinia, sbagliava di molto. Mentre raggiungeva la cima dell'ultima collina e vedeva i tetti di tegole della città sotto il sole pomeridiano, ricordò che lo avrebbe fatto solo per amore di Eilan e del loro figlio.

Era il crepuscolo quando arrivò a casa di Licinio. Il procuratore non era ancora rientrato dal *tabularium* ma Gaio trovò Giulia nell'atrio delle donne. Le si illuminarono gli occhi nel vederlo: ed era più graziosa di quanto lui l'avesse mai vista. Naturalmente non era bella quanto Eilan, ma nessuna donna al mondo poteva esserlo. Tuttavia Giulia avrebbe potuto diventare bellissima, con il tempo.

Lo salutò garbatamente. « E così sei tornato dal territorio occidentale, Gaio. »

« Che cosa penseresti se ti dicessi che sono ancora nel nord? »

Lei rise. « Ho sentito dire che gli spiriti dei caduti appaiono talvolta a coloro che sono rimasti a casa. » Poi si allarmò di colpo e la sua voce perse il tono d'allegria. « Gaio, assicurami che stai scherzando e che ti vedo davanti a me vivo e sano! » Gaio si rese conto di quanto fosse ancora giovane.

« Sono qui in carne e ossa », disse stancamente. Ma dall'ultima volta che era stato a Londinium aveva visto e dato la morte; aveva visto il proprio futuro negli occhi di un neonato. Prima era un ragazzo. Adesso era un uomo e aveva imparato a pensare da uomo. Non era affatto strano che Giulia fosse confusa del cambiamento.

Lei si avvicinò e gli toccò il braccio. « Sì... sei vivo », disse in tono più fermo. « E hai visto la tua britanna? » chiese alzando gli occhi verso di lui.

« L'ho vista... » Gaio cercò le parole per dirle ciò che era accaduto. Giulia aveva il diritto di sapere quale marito avrebbe avuto, se l'avesse sposato.

Ma, prima che rispondesse, sentì il passo incerto di Licinio sul pavimento di mosaico. Il momento era passato.

« Dunque sei ritornato, mio caro amico. » Licinio sembrava sinceramente lieto di vederlo. « Immagino che presto qui ci sarà un matrimonio. »

« Lo spero, signore », disse Gaio, augurandosi che interpretassero la sua esitazione come una manifestazione di modestia. Forse era meglio così; se Giulia avesse rifiutato di sposarlo, quali speranze avrebbe avuto di mantenere la promessa di proteggere Eilan e il loro figlio?

Giulia sorrise. Forse essere sposato con lei avrebbe comportato qualche soddisfazione. La giovane notò la sua occhiata e arrossì.

« Vieni a vedere il mio velo da sposa », disse in tono invitante. « Lo sto ricamando da mesi. Ora posso mostrarlo a Gaio, non è così, padre? »

« Sì, mia cara, certamente. Ma sono ancora convinto che avresti potuto accontentarti d'un velo di lino. Se andava bene per una romana ai tempi della repubblica, sarebbe andato bene anche per te », borbottò Licinio.

« E guarda com'è finita la repubblica », ribatté Giulia con aria impertinente. « Io volevo il velo più elegante che fosse possibile avere... e credo che lo volessi anche tu! »

Il velo era bellissimo, di seta pura color fiamma, e Giulia l'aveva ricamato a frutti e fiori con filo d'oro.

Quando Giulia li lasciò soli, Licinio prese in disparte Gaio.

« Ho fissato la data per il fidanzamento ufficiale alla fine di questo mese, prima dei giorni infausti all'inizio di marzo. Tuo padre non potrà essere presente, ma il legato dovrebbe essere in grado di fare a meno di lui per qualche tempo in aprile, quando i miei àuguri hanno trovato un giorno fausto per le nozze. Non c'è molto tempo, ma credo che potremo preparare tutto. Altrimenti arriveremmo alla seconda metà di giugno prima che la stagione fosse favorevole; e, mentre tu eri impegnato a conquistare onori fra i caledoni, mia figlia ha dovuto attendere un altro anno per sposarsi. » Sorrise benevolmente. « Per te va bene così, mio caro ragazzo? »

« Oh, sì, certo », disse Gaio con un filo di voce. E che cosa avrebbero fatto, si chiese, se avesse detto che non gli andava bene? Era strano che Licinio si prendesse il disturbo di consultarlo.

Poi Giulia ritornò, e quando gli tese la mano Gaio sentì che non poteva tradire la fiducia dei suoi occhi scuri. Per lui ed Eilan non era mai esistita una vera possibilità: almeno avrebbe potuto dare un po' di felicità alla ragazza romana.

La luce debole del sole penetrava dalla porta della casupola. Aveva piovuto fino a poco prima. Eilan si muoveva lentamente. Mentre si vestiva, una parte della sua coscienza si concentrò sui suoni che il bimbo emetteva nel sonno. Aveva ritrovato più in fretta le forze dopo la visita di Gaio, ma muoversi la faceva ancora soffrire. Il parto era stato difficile, e lei si stancava facilmente.

Il piccolo dormiva nella sua cesta, avvolto in un vecchio scialle, ed Eilan si soffermò un momento ad ammirarlo. Ai suoi occhi Gawen era ancora più bello perché le sembrava di scorgere una vaga rassomiglianza con il padre nel naso e nelle delicate sopracciglia scure.

Per un momento contemplò il visetto del figlio. Gawen, pensò, mio piccolo re! Che cosa avrebbe pensato Macellio, se avesse saputo della nascita del nipote? Avrebbe voluto prenderlo in braccio ma aveva tante altre cose da fare, e il piccolo dormiva tranquillo. Così tranquillo che Eilan si chinò per cogliere il suono del respiro, poi si raddrizzò, rassicurata.

Un indumento per volta, con lunghe pause tra l'uno e l'altro, riuscì a vestirsi, e si pettinò e intrecciò i capelli. Di solito era Annis che l'aiutava; ma l'aveva mandata al villaggio a fare provviste. Dopo aver serbato il segreto tanto a lungo, non voleva che la vecchia fosse presente all'arrivo di Ardanos.

Eilan si avvolse la treccia intorno alla testa in una pettinatura matronale che per lei era nuova. Forse sarebbe riuscita ad affrontare l'arcidruido con maggiore sicurezza se lui l'avesse vista come una donna e non come una bambina spaventata.

Che cosa voleva il vecchio? La ragione le suggeriva che venisse a ordinarle di tornare nella Casa della Foresta; ma più volte aveva dovuto reprimere un brivido di paura. Forse aveva intenzione di mandarla via, dopotutto?

Pensò che avrebbe potuto seguire Gaio, se non era ancora sposato. O forse Mairi avrebbe potuto ospitarla, a meno che il loro padre lo vietasse. Caillean le aveva detto che Bendeigid era tornato dal nord, magro come un lupo d'inverno e profondamente amareggiato dal disastro della loro causa. Ma finché viveva in silenzio nella casa della figlia maggiore, i romani non l'avrebbero disturbato.

Quando avesse ritrovato le forze, Eilan avrebbe potuto provvedere a se stessa e al bambino lavorando in qualche fattoria. A un bambino sano sarebbero stati assicurati vitto e alloggio. Ma forse sarebbe stato più prudente non dire chi era il padre. In quanto a lei, era esperta in tutti i lavori domestici, sapeva filare e tessere, mungere e preparare il burro; se avesse dovuto mantenere se stessa e suo figlio, sarebbe stata capace di farlo. Sospirò e sedette di nuovo sul letto: sapeva che quelle non erano altro che fantasie.

Aveva sentito dire che le vestali romane potevano abbandonare il tempio a trent'anni: ma lì l'unica liberazione per una Somma Sacerdotessa consisteva nel rogo funebre. Ricordava che la prima reazione di Ardanos alla sua gravidanza era stata di condannare a morte lei e il piccino non ancora nato, e Bendeigid aveva minacciato di strozzarla con le sue mani. Ma, se avessero avuto davvero l'intenzione di ucciderla, avrebbero già potuto farlo.

Quando l'ombra dell'arcidruido apparve sulla soglia, Eilan s'era ridotta in uno stato di stordimento e di apprensione.

« Vedo con piacere che stai meglio », disse Ardanos, impassibile.

« Oh, sì, mi sento molto bene, nonno. »

Lui fece una smorfia. « Sì, sono tuo nonno, e devi ricordarlo! »

Si avvicinò alla cesta, guardò per un momento il bimbo, lo sollevò fra le braccia. « Ma tu hai creato una situazione difficile, e ora tutti dobbiamo adattarci. Questa mascherata è durata anche troppo. Dovrebbero bastare tre giorni perché tu perda il latte; poi tornerai nella Casa della Foresta a prepararti per i riti della primavera. In quanto a tuo figlio, verrà dato in adozione altrove. » Si voltò e si avviò verso l'uscita.

« Fermati! » gridò Eilan. « Dove lo porti? » L'angoscia le stringeva la gola. Ricordava che la loro cagna da caccia aveva ululato quando Bendeigid le aveva preso i cuccioli per annegarli perché si era accoppiata con il terrier di un vicino.

Ardanos la fissò senza batter ciglio. « Credimi, è meglio che tu non lo sappia. Ti garantisco che sarà al sicuro. Forse, se farai tutto ciò che ti verrà detto, ti permetteremo di vederlo ogni tanto. »

Eilan si chiese perché non aveva mai notato l'aria crudele che Ardanos assumeva quando sorrideva, con i denti lunghissimi e affilati. « Non puoi! » gridò. « Avrò cura di lui. Non devi portarmelo via! Oh, ti prego, ti supplico... »

Ardanos aggrottò la fronte. « Perché ti sorprendi tanto? » chiese in tono tagliente. « Pensavi di poter allattare tuo figlio di fronte a tutte le Sacerdotesse nella Casa delle Vergini? Sii ragionevole. »

« Dammelo! » gridò lei. « Non puoi togliermelo! » Tese le braccia per afferrare il piccolo che si svegliò e cominciò a strillare.

« Lascialo, sciocca! »

Eilan si sentì mancare le gambe, ma strinse le ginocchia di Ardanos. « Ti supplico, ti supplico, nonno! Non puoi », balbettò. « Non puoi togliermi mio figlio... »

«Devo farlo e lo farò», disse rabbiosamente Ardanos. Liberò la veste con una spinta del ginocchio e, mentre Eilan si accasciava, portò via il bimbo piangente.

Poi rimase soltanto la luce screziata del sole, innocente e beffarda come il sorriso di un bambino.

«È questa la tua vendetta, mostro?» Caillean sbatté la porta e avanzò nella stanza, troppo infuriata per notare il fatto che nella sua abitazione nella città romana l'arcidruido aveva una porta che si poteva sbattere. Secondo la mentalità dei romani la casa era semplice e piccola; le pareti diritte e intonacate e gli angoli netti apparivano ostili agli occhi dei britanni.

Ardanos alzò gli occhi dal piatto e Caillean gli scagliò contro le parole che aveva preparato durante il viaggio da Vernemeton.

«Sei un vecchio crudele e malvagio! Prima che Lhiannon morisse, le avevo promesso che ti avrei aiutato! Ma questo non fa di me la tua schiava e di te il mio aguzzino!»

Ardanos aprì la bocca per parlare, ma Caillean continuò. «Come hai potuto trattare così Eilan, la figlia di tua figlia? Non lo tollero. Permettimi di tenere il bambino oppure mi appellerò al popolo e lascerò che sia la Dea a giudicare.»

«Non puoi...» disse Ardanos.

«Mettimi alla prova!» ribatté implacabilmente Caillean. «Immagino che lei possa esserti utile, altrimenti non l'avresti lasciata sopravvivere!» Poi proseguì, più calma: «Ebbene, ti dico che se Eilan non potrà avere con sé il figlio morirà».

«Non mi sorprende che quella ragazza sia tanto sciocca, ma mi meraviglio di te», disse Ardanos quando ebbe finalmente la possibilità di parlare. «Le donne non muoiono con tanta facilità.»

«No? Eilan sanguinava di nuovo quando l'ho trovata. Per poco non l'hai persa, vecchio, e allora che fine farebbero tutti i tuoi piani? Credi davvero che Dieda sarebbe altrettanto docile alla tua volontà?»

«In nome della Dea, che vuoi da me, donna?»

«Non osare nominare la Dea. Mi hai dimostrato molte volte

di non sapere nulla di Lei», replicò irosamente Caillean. «Finora ti ho aiutato per amore di Lhiannon che, gli dei sanno perché, ti voleva bene e approvava i tuoi piani.

«Ma non riuscirai a intimidirmi come intimidivi Lhiannon, e non puoi spaventarmi. Ho ben poco da perdere. Sono pronta a rivolgermi ai Sacerdoti e a lasciare che giudichino chi ha torto e chi ha ragione. Trattare con i romani e interferire con gli Oracoli è una pessima cosa; o almeno i Sacerdoti lo penserebbero, perché non comprenderebbero...» S'interruppe per fargli un sorriso di scherno. «Non comprenderebbero il tuo nobile scopo.»

«Perché ti comporti così? Eilan non è tua parente.» Ardanos la fissava come se effettivamente non la capisse.

Caillean sospirò. Aveva amato Lhiannon come una madre, ma si rendeva conto che Eilan era come una sorella, o come la figlia che non aveva... e che non avrebbe mai potuto avere, ora che il sangue dei cicli lunari aveva smesso di scorrere. Per quanto fosse sterile, in un modo che sarebbe stato impossibile quand'era più giovane comprendeva perché Eilan provava la necessità appassionata di tenere il figlioletto.

«Dovrebbe bastarti per sapere che non puoi fermarmi. Ti consiglio di convincerti di ciò Ardanos, perché tu hai assai più da perdere. Credi che gli altri Sacerdoti del tuo ordine non chiederebbero perché quel bimbo debba vivere? Tu avrai potere su Eilan finché saprà che puoi toglierle il bambino; ma, siano ringraziati tutti gli dei, non hai alcun potere su di me.»

L'arcidruido sembrava pensieroso; ma, mentre incominciava a sperare di averlo convinto, Caillean si rese conto che non era del tutto esatto: Ardanos la minacciava minacciando Eilan.

«Riporta il bambino, Ardanos.» Caillean, che negli anni trascorsi a fianco di Lhiannon aveva imparato tutto sui compromessi, addolcì la voce. «Anche se Eilan avrà il figlio con sé, saranno comunque in tuo potere. Credi che sia una cosa da poco tenere in pugno la Sacerdotessa degli Oracoli?»

«Forse sono stato un po' troppo precipitoso...» disse alla fine Ardanos. «Ma ciò che ho detto a quella ragazza è vero. Se ostentasse il bambino nella Casa della Foresta, tanto varrebbe proclamare al mondo la sua vergogna. Come pensi che possiamo continuare l'inganno se le permetteremo di tenerlo con sé? »

Caillean incurvò le spalle, rendendosi conto di aver vinto. « Ho pensato a una soluzione... »

Il giorno fissato per le nozze spuntò sereno e luminoso. Quando il sole primaverile penetrò dalla finestra Gaio si svegliò e batté le palpebre, abbagliato dal riflesso sulla candida toga drappeggiata sopra una sedia. Durante l'ultimo anno l'aveva indossata nelle cerimonie pubbliche e ufficiali quando aveva accompagnato il futuro suocero e si era un po' abituato, ma essa gli dava ancora un certo impaccio. Agricola si vantava di aver insegnato ai figli dei capitribù britanni a portare la toga, ma Gaio si chiedeva se fosse vero. Era stato allevato come un romano, ma si sentiva più a suo agio in uniforme o con la tunica e le brache degli indigeni.

Si sollevò a sedere e scrutò l'indumento con un senso di fastidio. Suo padre, che era arrivato da Deva il giorno prima e dormiva nella stessa camera, si girò e inarcò un sopracciglio.

« Credo che potrebbero inventare un indumento cerimoniale più bello », borbottò Gaio. « O almeno più comodo. »

« Una toga è ben più di un indumento », disse Macellio. « È un simbolo. » Si sollevò a sedere e con grande stupore del figlio, che sapeva bene quanto poco brillante fosse suo padre al risveglio, incominciò a parlare della storia della toga.

Ma poi Gaio comprese. Persino lì, ai confini dell'impero, o forse soprattutto lì, il diritto di portare la toga bianca di cittadino romano era un modo per distinguere i padroni del mondo dagli sconfitti; e la sottile striscia di porpora della classe equestre che ornava la sua tunica era un onore pagato a caro prezzo. E aveva una grande importanza per gli uomini come suo padre. In confronto a questo, la comodità non contava nulla.

Anche se avrebbe voluto gettarla dalla finestra, la toga era una delle cose che aveva dovuto accettare quando aveva deciso di schierarsi con Roma. Almeno la toga era di lana, come la tunica che doveva indossare. Anche se il vento d'aprile era freddo e umido, non si sarebbe sentito gelare.

Con un sospiro, lasciò che il suo liberto lo lavasse e lo radesse, indossò la tunica e i sandali, quindi si mise all'opera per drappeggiare la toga. Dopo qualche istante suo padre, con una faccia così impassibile da far sospettare che nascondesse un sogghigno malizioso, gli tolse la toga dalle mani. Sistemò abilmente le pieghe di lana bianca in modo che ricadessero davanti alla spalla sinistra, regolò il drappeggio sul dorso e sotto il braccio destro del figlio, fece passare il resto attraverso il petto e sulla spalla sinistra nell'altra direzione, per farlo quindi scendere con eleganza sul braccio.

« Ecco fatto. » Indietreggiò, osservando il figlio con aria indulgente. « Se stessi un po' più diritto, potresti posare per una statua. »

« Mi sembra di esserlo », mormorò Gaio, che non osava muoversi per non rovinare tutto. Questa volta suo padre rise.

« Non importa. È naturale che lo sposo sia nervoso. Ti sentirai meglio quando sarà finita. »

« Per te è stato così? » chiese Gaio. « Quando hai sposato mia madre, avevi paura? »

Macellio rimase in silenzio e per un momento i suoi occhi si rannuvolarono. « Ho provato gioia quando è venuta a me, e ogni giorno della nostra vita in comune, fino a quando non se n'è andata... » mormorò.

Come è accaduto a me mentre Eilan giaceva fra le mie braccia, pensò amaramente Gaio. Ma ho acconsentito a questa commedia, e non mi resta altro che andare sino in fondo.

La vista dell'aruspice che era stato chiamato per leggere gli auspici del matrimonio non contribuì a migliorare il suo umore. Nella luce solare meridiana la testa calva e rossa dell'uomo e le lunghe gambe magre lo facevano somigliare a uno dei suoi polli, e Gaio pensava cinicamente che, qualunque macchia avesse trovato nelle viscere della vittima, l'avrebbe interpretata come un segno fausto. Data la presenza di gran parte dei dignitari di

Londinium, sarebbe stato molto sconveniente annullare la cerimonia. In ogni caso, gli àuguri erano già stati consultati settimane prima per scegliere il giorno propizio.

L'atrio, con le colonne ornate di fronde, era affollato da una quantità incredibile di persone; riconobbe due vecchie matrone grinzose che aveva incontrato diverse volte in casa di Licinio durante gli ultimi mesi. Notò che sorridevano, se non proprio a lui, almeno nella sua direzione. Forse erano felici per Giulia: ma, se avessero saputo che per lei non era una grande fortuna, avrebbero di certo aggrottato la fronte.

A tempo debito il sacrificatore annunciò che era un giorno fausto per le nozze e si congratulò. Il giorno in cui Giulia aveva deciso di sposarsi non poteva essere sfavorevole.

Vi fu un brusio quando la sposa entrò al braccio del padre. Gaio non riusciva a vedere altro che l'orlo della tunica bianca sotto il flammeo cremisi, il famoso velo. Uno dei segretari di Licinio srotolò il contratto di matrimonio e cominciò a leggere con voce nasale. Il testo era stato definito quasi per intero in occasione della cerimonia del fidanzamento: l'entità della *coemptio* offerta da Gaio e la somma che Giulia portava in dote, il fatto che sarebbe rimasta « nella mano » del padre come parte legale della famiglia e avrebbe conservato le sue proprietà. A Gaio era stato spiegato che quello era il tipo di accordo più frequente, e che nessuno lo avrebbe stimato meno per averlo accettato. C'era una disposizione secondo la quale lui non poteva divorziare da Giulia se non « per grave scorrettezza di comportamento », circostanza, questa, che avrebbe dovuto essere attestata da non meno di due nobili matrone. Se qualcosa avesse avuto il potere di farlo ridere, Gaio lo avrebbe fatto: non riusciva a immaginare che la dignitosa Giulia potesse comportarsi male; e lei aveva fatto capire che teneva troppo a quel matrimonio per metterlo in pericolo. Neppure il pudico atteggiamento di quel giorno riusciva a nascondere la luce di trionfo nei suoi occhi.

« Gaio Macellio Severo Silurico, accetti le condizioni di questo contratto, e sei disposto a prendere in moglie questa donna secondo la legge?» chiese poi Licinio. Gaio si accorse che tutti lo guardavano; ma gli sembrò che trascorresse un tempo interminabile prima che potesse pronunciare la risposta.

«Sì...»

«Giulia Licinia?» Licinio si rivolse alla figlia e ripeté la domanda. Lei assentì molto più in fretta. Il segretario presentò il contratto per la firma e lo portò via per farlo registrare negli archivi.

Gaio aveva la sensazione che la sua libertà se ne andasse con quel contratto; a ogni modo, la solennità romana non gli imponeva di sorridere. Una dama dal viso gentile, figlia di Agricola, si fece avanti, prese per mano Giulia e la condusse di fronte a Gaio. Gaio provò un senso di colpa quando le dita minute di Giulia si strinsero attorno alle sue.

Poi vi furono le preghiere, moltissime preghiere, per invocare Giunone e Giove, Vesta e tutte le altre divinità protettrici del focolare e della casa. A Giulia furono consegnati una ciotola di grano e un piccolo orcio d'olio da offrire al fuoco dell'altare; e, mentre crepitavano sulle fiamme, dalla sala da pranzo giunse all'improvviso l'aroma delle vivande che si mescolò in modo vagamente nauseante all'incenso che stava bruciando. Il banchetto era quasi pronto. Giulia rialzò il velo. Gaio prese la focaccia di spelta e, augurandosi che al banchetto ci fosse da mangiare qualcosa di meglio, la spezzò e ne mise un frammento tra le labbra di lei che ricambiò il gesto recitando le parole che li univano legalmente. Il rito ormai era avviato e, a partire da quel momento, Gaio non doveva fare altro che eseguire i gesti prescritti.

Durante il banchetto nuziale, sontuoso per quanto potevano permetterlo la borsa di Licinio e l'orgoglio di Giulia, rimase assorto in una specie di stordimento. Vedeva che i tavoli erano carichi di uno straordinario assortimento di vivande. Gli invitati gli parlavano; ricevette le congratulazioni di un vecchio amico di Licinio e ammise che si considerava fortunato per aver ottenuto la mano d'una ragazza splendida. Il vecchio senatore insistette nel raccontargli aneddoti dell'infanzia di Giulia; la conosceva da sempre. Poco lontano, due magistrati discutevano sottovoce l'imminente campagna dell'imperatore contro i germani.

Gli schiavi mormoravano parole di rallegramento mentre servivano teneri polli arrosto, maialini allo spiedo e delicate forme di pane bianco. Il vino abbondava; e Gaio, che beveva tutto quello che gli veniva offerto, decise ben presto che era più buono di quanto avesse previsto. Un fiume ininterrotto di invitati veniva a congratularsi con lui, e raramente aveva visto Macellio tanto felice.

Mentre il banchetto continuava, Gaio attinse alle sue riserve di cortesie e di autocontrollo, mentre si domandava che cosa avrebbe pensato Eilan di quelle assurdità, e se avrebbe mai compreso e apprezzato quanto stava facendo per lei e per il loro figlio.

Giulia rideva delle rozze battute dei comici che li intrattenevano, sebbene Gaio non fosse sicuro che le comprendesse. Era una parte della cerimonia che aveva lo scopo di incoraggiare la procreazione, e i buffoni sembravano intenzionati a fare in modo che a nessuno sfuggisse quel significato. La vista del cibo incominciava a nausearlo, ma continuò a fingere di mangiare e ad ammettere per l'ennesima volta che Giulia era incantevole e che lui era molto fortunato.

Giulia aveva l'aria un po' assonnata; aveva accettato un secondo e poi un terzo calice di vino e, siccome questo era molto più forte di quello che veniva servito quotidianamente alla tavola di Licinio, la sua vivacità naturale ne risultava smorzata. Gaio la invidiava: lui, purtroppo, era ancora cosciente.

Si stava facendo buio. Dall'esterno giunse un gran vociare, e Gaio sorrise come uno sciocco quando il maestro delle cerimonie annunciò che era arrivata la processione nuziale. In realtà era ridicolo perché Macellio non aveva una casa in città, e la nuova coppia si sarebbe insediata nell'ala estrema della residenza di Licinio; ma Giulia era decisa a non omettere alcuna delle tradizioni previste per il gran giorno.

Era una fortuna che non gli toccasse di portare in braccio la sposa, pensò Gaio mentre afferrava Giulia per il polso con simulata rudezza e se la trascinava dietro. Nel suo stato di semiebbrezza, sarebbero bastati una vecchia e un cane zoppo per tenerlo a bada.

Il maestro delle cerimonie gli consegnò un sacchetto pieno di noci dorate e di monetine di rame, e gli accennò di distribuirle ai mendicanti che attendevano per la strada. Giulia aveva un sacchetto dello stesso colore cremisi del velo. I lettighieri li portarono solennemente fuori della casa di Licinio, lungo la strada sino al foro, davanti al palazzo nuovo del governatore e al *tabularium*, preceduti da flautisti e cantori e circondati dalle torce; e infine tornarono indietro e giunsero alla porta del nuovo appartamento preparato per loro. Gaio dominò a stento l'impulso di ridere. Lanciò le monete e ascoltò le benedizioni della folla. Erano quasi arrivati...

La torcia di biancospino gettava una luce guizzante oltre la soglia per bandire le ombre e il malocchio. Gaio, la cui mente si era un po' schiarita nell'aria fredda, si augurò che potesse scacciare anche i ricordi. Qualcuno porse a Giulia una ciotola d'olio per ungere gli stipiti della porta e batuffoli di lana bianca per adornarli.

Le vecchie matrone la baciarono, le fecero auguri di felicità; poi, dopo un attimo d'esitazione, baciarono anche Gaio, e questo scatenò un vero uragano di abbracci, baci e congratulazioni. Macellio, che era un po' brillo (era la prima volta che Gaio vedeva suo padre sotto l'effetto del vino), li abbracciò entrambi. Licinio baciò Giulia e Gaio e dichiarò che era stato un matrimonio splendido.

Poi Gaio sollevò la sposa, meravigliandosi nel sentirla così leggera, la portò oltre la soglia e richiuse l'uscio con un calcio.

I muri avevano odore di vernice fresca, un odore che gareggiava con il profumo dell'incenso e dei fiori di Giulia. Lei gli stava davanti, immobile; e, con un gesto più tenero di quanto si sarebbe creduto capace, Gaio le tolse il flammeo.

La ghirlanda era già avvizzita; le sei ciocche di capelli che l'ornatrice aveva arricciato con tanta cura si allentavano intorno allo scollo della veste. Sembrava troppo giovane per essere una sposa. Prima che Gaio potesse parlare, lei lo condusse all'altare al centro dell'atrio e si fermò, in attesa.

Gaio si coprì la testa con un lembo della toga e rese omaggio alle statuette di terracotta che raffiguravano le divinità della famiglia.

«Per il fuoco e per l'acqua, io ti accolgo come mia moglie e Sacerdotessa della mia casa...» disse con voce roca. Le versò l'acqua sulle mani e le porse la salvietta per asciugarle; quindi le consegnò la candela per accendere il fuoco.

«Che gli dei ci benedicano a letto e a tavola, e concedano che io ti partorisca molti figli maschi», rispose Giulia.

Il letto nuziale era pronto. Gaio l'accompagnò e armeggiò con il nodo che legava la cintura di lana di Giulia, chiedendosi quanti sposi impazienti avessero perso la calma e finendo per tagliarla. Ora, almeno, poteva liberarsi dalle pieghe avvolgenti della toga.

Giulia si stese sul grande letto con le coperte tirate fino al mento, e lo osservò. L'indomani mattina le lenzuola insanguinate sarebbero state presentate cerimoniosamente alle matrone come prova della consumazione del matrimonio. Ma Gaio non sarebbe stato obbligato ad assistere. E comunque non dubitava che Giulia, pratica come sempre, si fosse munita di una vescica piena di sangue di pollo nell'eventualità che lui fosse troppo ubriaco per fare il suo dovere coniugale. Quasi tutte le spose, a quanto aveva sentito dire, prendevano quella precauzione.

Ma non era troppo ubriaco e, se fece il suo dovere più con efficienza che con passione, almeno fu gentile, e Giulia era troppo innocente per pretendere di più.

21.

EILAN non tornò a Vernemeton fino a marzo perché, sebbene Caillean avesse promesso di riportarle il figlio, occorse un po' di tempo perché si riprendesse dal colpo di averlo perduto. Quando ebbe pianto tutte le sue lacrime, comprese che, anche se le fosse stato restituito, le cose non sarebbero più state come prima.

Dopo qualche giorno il seno smise di dolerle; sapeva che adesso un'altra donna avrebbe allattato il suo piccolo. Un'altra donna l'avrebbe tenuto accanto durante le lunghe ore della notte, gli avrebbe battuto la mano sulla schiena e l'avrebbe confortato, e avrebbe svolto il dolce compito di lavarlo. Un'altra si sarebbe curvata sulla culla e avrebbe cantato le ninnenanne apprese dalla propria madre. Ma Eilan, no. Lei non poteva... non doveva... altrimenti avrebbe perduto tutto ciò che aveva realizzato a prezzo di tante sofferenze.

Per coprire la fase di transizione fu annunciato che la Somma Sacerdotessa era ammalata; e una notte Eilan fu riaccompagnata alla Casa della Foresta mentre Dieda veniva portata via per raggiungere Eriu dove, come le era stato promesso, avrebbe studiato con i bardi. Si sperava che prima del suo ritorno tutti avessero dimenticato che a Vernemeton c'erano state due giovani donne tanto somiglianti fra loro. Cynric era ancora prigioniero e per Dieda sarebbe stato impossibile raggiungerlo anche se l'avesse desiderato. Alla fine, Dieda sembrava riconciliata con la prospettiva di apprendere l'arte del canto dai bardi di una terra che non era mai stata toccata da Roma.

Solo quando riprese i suoi compiti di Sacerdotessa dell'Oracolo, Eilan capì che per l'avvenire sarebbe stata completamente isolata. In parte era la conseguenza della clausura imposta a Dieda nel quadro dell'inganno, ma era anche il risultato della sua nuova posizione. Com'era suo diritto, Eilan onorò Caillean, Eilidh, Myellin e la giovanissima Senara scegliendole quali assistenti principali; ma vedeva di rado le altre Sacerdotesse, se non in occasione delle cerimonie.

Ogni tanto, in passato, la Casa della Foresta aveva accolto donne o bambine come Senara che avevano bisogno di aiuto. Perciò non parve troppo strano il fatto che la giovane donna di nome Lia e il bambino che l'arcidruido le aveva portato perché lo allattasse venissero installati nella casetta accanto ai capanni delle erbe, dove alloggiavano di solito i visitatori. E non era neppure sorprendente che Caillean portasse spesso il piccolo alla Somma Sacerdotessa spiegando che poteva esserle di conforto.

Dopo quella gioiosa riunione, Eilan pianse abbondantemente; le sembrava che Gawen, per il fatto che veniva allattato da Lia, in un certo senso fosse diventato più figlio di quest'ultima che suo. Tuttavia era quasi un miracolo che Ardanos avesse mantenuto l'impegno. A volte si domandava come avesse fatto Caillean a convincerlo, ma non osava chiederlo.

Naturalmente la sua predilezione per il bimbo suscitava pettegolezzi. Ma Caillean prese la precauzione di confidare alla vecchia Latis, nel massimo segreto, che era figlio della sorella di Eilan, Mairi, e di un padre sconosciuto, e che era stato mandato lì perché Mairi pensava di risposarsi. Come avevano previsto, nel giro di una settimana a Vernemeton tutte furono a conoscenza di quella versione. Ma, anche se qualcuna era convinta che il bambino fosse figlio di Dieda, nessuna sembrava sospettare che lo fosse di Eilan. E il piccolo diventò il beniamino di quasi tutte le donne.

Eilan provava rimorso per il danno subìto dalla reputazione di sua sorella e della ragazza che era stata come una sorella per lei. Però, dopotutto, avevano acconsentito, per quanto controvoglia. Era molto peggiore il tormento di non poter riconoscere suo figlio. Ma non doveva farlo e non l'avrebbe fatto... e quindi, mentre le settimane si susseguivano, la confessione diventava sempre meno possibile.

Eilan aveva la sensazione che il tempo trascorresse molto lentamente; Ardanos era tornato da Deva e, con aria soddisfatta, aveva riferito che il figlio di Macellio aveva sposato a Londinium la figlia del procuratore. Eilan sapeva che sarebbe accaduto, ma non riusciva a trattenersi dal piangere sebbene fosse decisa a non farlo in presenza dell'arcidruido.

Doveva credere che lei e Gaio avessero preso la decisione più saggia, ma non poteva fare a meno di pensare alla donna che inevitabilmente considerava sua rivale. Era bella? Gaio le rivolgeva parole d'amore, qualche volta? Eilan era la madre del suo primogenito: e questo non contava? Oppure l'aveva dimenticata? E, se l'aveva dimenticata, lei come l'avrebbe saputo?

Ma il tempo passava, come passa sempre per quanto ci si possa sforzare di ignorarlo; si avvicinò la festività di Beltane, quando Eilan avrebbe dovuto essere ancora una volta la voce dell'Oracolo.

Eilan aveva creduto di aver risolto i suoi dubbi quando era diventata Somma Sacerdotessa. Adesso però la riassalivano, forse a causa del bambino. Nelle ore buie della notte si domandava se questa volta sarebbe stata punita per il suo sacrilegio, anche se alla luce del giorno si diceva che, siccome era sopravvissuta la prima volta, era improbabile che la Dea si sentisse offesa proprio ora. Se il Potere che aveva percepito durante l'iniziazione era un'illusione, allora aveva rinunciato a Gaio per niente. Ma, se Ardanos non credeva sinceramente nella Dea che serviva, era *lui*, non lei, a commettere sacrilegio. Se Eilan intendeva continuare in quel ruolo, era indispensabile scoprire se era l'arcidruido a dare una falsa interpretazione o se era la stessa Dea a mentire.

Mentre Eilan si preparava e si purificava, pensò che sarebbe stato più sensazionale se avesse bevuto dalla ciotola d'oro alla presenza del popolo, e decise di parlarne ad Ardanos quando l'avesse rivisto. Ardanos acconsentì senza difficoltà, sorpreso dell'idea che lei aveva avuto.

Questa volta fu Eilan a mescolare le erbe che avrebbe bevuto e fece alcune sostituzioni, conservando quelle che potevano intensificare la visione ed escludendo invece quelle che distaccavano i sensi dalla volontà. Di conseguenza, era cosciente dell'immenso silenzio disceso sulla folla. Sentiva la reverenza e l'attesa dei presenti. Considerando la questione dall'esterno, poteva comprendere questo atteggiamento. Sapeva che la gente reagiva alla sua bellezza come non aveva mai reagito al fascino sbiadito di Lhiannon. Ma doveva esserci stato un tempo in cui anche Lhiannon era giovane e bellissima. Non era mai stato nulla di più... Un dramma messo in scena dai Sacerdoti guidati da suo nonno? Senza dubbio la prima volta che aveva preso posto sulla sedia dell'Oracolo, il Potere che parlava per suo tramite era stato una realtà.

Eilan bevve e si sentì afferrare dalle sensazioni dello stato di trance. Ricordò l'effetto che le aveva fatto la pozione e si accasciò sulla sedia con le palpebre socchiuse, in modo che Ardanos non vedesse l'espressione vigile dei suoi occhi. E questa volta, quando l'arcidruido incominciò l'incantesimo, si accorse che tra le formule magiche erano sparse precise istruzioni. Era chiaro ciò che voleva... e perché.

Ora capiva perché Ardanos aveva bisogno di una Sacerdotessa dell'Oracolo che non si affidasse all'ispirazione. Lo aveva sentito parlare di fronte a tutti dei benefici che la Britannia avrebbe ricavato dall'influenza civilizzatrice dei romani. Anzi, rammentava che aveva detto qualcosa del genere una sera, in casa di suo padre, prima che lei scoprisse chi era veramente Gaio. Bene, se non altro non era possibile accusare l'arcidruido di contraddirsi.

Durante l'ultimo incontro con Gaio aveva appreso quanto bastava per riconoscere che, almeno per il momento, Ardanos doveva aver avuto una buona idea. Usato saggiamente, l'Oracolo poteva essere un utile strumento per portare la pace in Britannia. Finché Ardanos era arcidruido, e finché la sua politica seguiva davvero la via della saggezza, forse ciò che stavano facendo non era un peccato molto grave. Ma, se Eilan voleva essere qualcosa di più dello strumento di Ardanos, doveva comprendere ciò che succedeva nel mondo al di là delle sue mura. Potenzialmente la Somma Sacerdotessa di Vernemeton poteva esercitare un'influenza che trascendeva di molto il suo ruolo di Oracolo. Scoprendo ciò che faceva suo nonno, si era assunta anche la responsabilità di decidere se doveva cooperare, e fino a qual punto.

Eilan pensava che in precedenza qualcosa di diverso dalla sua volontà nascosta avesse parlato per suo tramite. Ma nessun essere umano, da solo, poteva reggere l'intera potenza di una dea. Quando uno spirito divino s'impossessava di un corpo, non soltanto diventava accessibile, ma assimilava alcune limitazioni di quel corpo: doveva operare con il materiale di cui disponeva.

Dea, aiutami! gridava il suo spirito. Se esisti, o Signora, e non sei soltanto una mia illusione, mostrami come devo compiere la tua volontà!

L'invocazione di Ardanos finì. Ma l'attesa della folla cresceva tutto intorno. Mentre dai fuochi saliva il fumo delle erbe sacre, Eilan sentì una Presenza ingigantire dentro di lei.

Signora, sono nelle tue mani. Con un sospiro, Eilan lasciò che l'autocontrollo si dileguasse. Ebbe l'impressione che braccia morbide la sostenessero, ma nel contempo sapeva che il suo corpo restava assiso, e che Colei che la pervadeva con la sua potenza stava fissando Ardanos con un sorriso radioso.

Nonno, pensò, sii prudente! Non vedi Chi è venuta a te? Ma l'arcidruido si era rivolto verso il popolo e lo guidava nell'invocazione, quindi non poteva vedere. In quel momento la coscienza di Eilan si concentrò nell'interiorità. Dea, abbi misericordia! gridò il suo spirito. Costui opera per il bene della sua gente... Donagli la saggezza necessaria per fare ciò che è giusto... per il bene di tutti noi!

E nel silenzio del luogo dov'era pervenuta, le parve che giungesse una risposta.

« Figlia, io amo tutti i miei figli anche quando si battono; e per tutta l'eternità, non soltanto nel tempo della tua vita. La mia Luce sia la tua tenebra; e il tuo inverno sia il preludio della mia primavera. Lo accetti, affinché ne derivi un bene più grande? »

« Lo accetto, ma non lasciarmi perché Tu sei tutto ciò che ho », rispose Eilan, e ancora una volta la Voce parlò dentro di lei.

« Come potrei lasciarti... Non sai che ti amo come tu ami tuo figlio? »

L'amore della Signora la circondava. Eilan si abbandonò come tra le braccia della madre. Era conscia delle domande di Ardanos come se venissero da una grande distanza. Ricordava le risposte che le aveva suggerito, ma non apparivano più importanti. La conoscenza veniva a lei; sapeva che cosa rispondeva, e tuttavia l'entità che pronunciava le parole, questa volta nel linguaggio del popolo, non era l'Eilan che conosceva.

Non sarebbe stata in grado di dire per quanto continuasse tutto questo: nello stato in cui si trovava ora il tempo non esisteva. Eppure venne un momento in cui sentì chiamare il suo nome. Gemette e cercò di voltarsi. Perché doveva ritornare? Ma l'aria fresca che agitavano e le gocce d'acqua spruzzate sul suo viso e sulle mani non potevano essere ignorate. La richiamavano di nuovo nel suo corpo.

Rabbrividì, ansimò, e all'improvviso fu di nuovo se stessa e vide tutto intorno le facce intimorite e gli occhi spalancati della gente.

Ardanos stava ordinando ai presenti di andare in pace. C'era quasi un riflesso borioso nel suo sorriso soddisfatto.

Non comprende, pensò Eilan. Crede di aver fatto tutto... Ma se l'arcidruido non comprendeva il potere della Dea che diceva di servire, non spettava a lei illuminarlo. Poteva soltanto sperare che la Signora sapesse ciò che faceva e continuasse a vegliare su di loro.

Gaio trascorse i primi mesi di matrimonio lottando con la consapevolezza che era fondato su una menzogna. Sospettava che Giulia, più che di lui, fosse innamorata dell'idea di essere sposata. Ma era vivace e affettuosa e, finché Gaio era ragionevolmente premuroso, sembrava soddisfatta della sua compagnia. Gaio poteva soltanto ringraziare gli dei per l'innocenza, o forse per la mancanza di profondità emotiva, che le impediva di intuire che in un rapporto fra un uomo e una donna avrebbe dovuto esserci molto di più.

Licinio, convinto che due giovani sposi non dovevano venire separati durante il primo anno di matrimonio, aveva combinato tutto perché Gaio prestasse servizio come edile, responsabile degli edifici governativi di Londinium, un incarico che gli avrebbe dato in parte l'esperienza necessaria per l'avanzamento nella carriera. All'inizio Gaio aveva protestato la propria incompetenza, e si era chiesto se il suocero gli avesse fatto avere quel posto solo perché Giulia potesse continuare a dirigergli la casa; ma poi scoprì che, sebbene gli schiavi e i liberti suoi collaboratori fossero in grado di sbrigare il lavoro, avevano bisogno dell'autorità di un personaggio di riguardo per trattare con il resto del governo. E si accorse che l'infanzia passata ad ascoltare il padre che risolveva i problemi di gestione di una grande fortezza l'aveva preparato molto bene per le nuove responsabilità.

«Fa' tesoro del tempo che ora puoi passare con Giulia, ragazzo mio», diceva Licinio battendogli la mano sulla spalla, «perché in futuro dovrete separarvi abbastanza spesso, soprattutto se sarai inviato in Dacia o in qualche altro posto di frontiera.» Entrambi sapevano che la via delle promozioni conduceva in tutto l'impero. Un incarico a lungo termine in una provincia, come prefetto di un campo o procuratore, veniva concesso soltanto a conclusione di una carriera.

Quelli erano gli anni decisivi, quando la fama e i contatti di un giovane determinavano la sua ascesa. Fra poco Gaio avrebbe dovuto passare qualche tempo a Roma, e la prospettiva non gli dispiaceva. Nel contempo si sforzava di comprendere il funzionamento del governo nell'immagine riflessa della capitale che Londinium era diventata.

Un anno trascorse più rapidamente di quanto avrebbe potuto immaginare. Di tanto in tanto giungevano da Roma notizie preoccupanti. L'imperatore si era fatto eleggere console per i dieci anni successivi e censore a vita, oltre ai poteri di cui già disponeva. I patrizi mormoravano che si trattava di un complotto per acquisire il controllo sul senato; ma non facevano molto di più perché per il momento l'esercito era soddisfatto dell'imperatore che aveva aumentato la paga di un terzo. Come ufficiale, Gaio non poteva obiettare; ma era chiaro da che parte soffiava il vento. Ancora più dei suoi predecessori, Domiziano mostrava di considerare superate e scomode le istituzioni democratiche che ancora rimanevano in Roma.

Pochi mesi dopo il matrimonio, Licinio aveva assunto un insegnante, soprattutto per Giulia, diceva, perché imparasse a parlare meglio il greco e perfezionasse il suo latino; e Gaio, con suo notevole rammarico, fu invitato a partecipare alle lezioni. « Se andrai a Roma, dovrai parlare bene il greco, e un latino più aristocratico », aveva commentato Licinio.

Gaio protestò. Fin dalla sua prima infanzia, Macellio aveva assunto istitutori perché imparasse a parlare correntemente il latino come parlava la lingua tribale celtica di sua madre.

« A me basta un latino molto semplice », affermò.

« Senza dubbio può bastare in un accampamento dell'esercito », disse Giulia. « Ma, credimi, in senato sarebbe meno grave parlare in celtico che nel dialetto volgare di Deva. »

Gaio avrebbe voluto ribattere che il suo latino non era peggiore di quello di Macellio; ma era vero che Macellio non aveva mai dovuto parlare con i senatori di Roma. E non gli avrebbe fatto male apprendere il greco, che era la lingua degli uomini istruiti di tutto il mondo. Ma le lezioni non continuarono a lungo. Alla fine dell'estate Giulia era incinta ed era in preda a nausee così incessanti che l'istitutore fu licenziato.

Ma ormai Gaio conversava con gli schiavi greci della casa ogni volta che ne aveva la possibilità, inclusa Carite, che era nata a Mitilene, l'isola di Apollo. Uno dei liberti che lavoravano per lui era arrivato in Britannia come segretario d'un precedente governatore, ed era ben contento di guadagnare qualche sesterzio in più correggendo l'accento di Gaio e facendogli copiare i discorsi di Cicerone per migliorare il suo stile latino.

Gaio aveva deciso: quando il bambino fosse nato e Giulia si fosse rimessa quanto bastava per riprendere le lezioni, se mai l'avesse fatto, l'avrebbe superata di molto.

Così passò l'inverno. Al tempo del primo anniversario del loro matrimonio, le nausee di Giulia erano passate. Non protestò quando il padre propose che Gaio partecipasse a una battuta al cinghiale nelle foreste a nord di Londinium in compagnia di un ricco senatore che commerciava in vini e sosteneva di aver intrapreso quel viaggio rischioso solo per andare a caccia. Licinio non aveva molta stima per l'abilità di cacciatore del senatore, ma sapeva che l'uomo era politicamente importante; e per fargli onore gli assegnò come scorta il proprio genero.

Anziché risentirsi per la sua assenza, Giulia parve sollevata all'idea che Gaio se ne andasse per un po'. Come molti uomini, Gaio sembrava convinto che ogni ammissione di difficoltà fosse un'invocazione d'aiuto. Dato che non poteva aiutarla e anzi era la causa delle sue condizioni, tendeva a reagire con fastidio se lei accennava a malesseri o preoccupazioni. Suo padre non era molto diverso, e lei era troppo orgogliosa per confidarsi con le schiave.

E così, la mattina in cui Gaio partì per andare a caccia, Giulia si recò al tempio di Giunone. La sua ancella Carite non era entusiasta all'idea di andare a piedi; ma, sebbene camminare le costasse fatica, Giulia era sicura che i sobbalzi di un carro o gli ondeggiamenti di una lettiga le avrebbero causato altre nausee.

Non si irritò quando l'eunuco che sorvegliava l'entrata le disse che doveva attendere che la Sacerdotessa potesse riceverla: l'interno del tempio era immerso in una fresca penombra dopo la luce e la polvere della strada, e Giulia era contenta di rimanere tranquillamente seduta per un po' a guardare la statua dipinta.

Domina Dea, pregò. Pensavo che sarebbe stato così facile. Ma le schiave parlano di tante donne morte di parto quando credono che non possa sentirle. Non ho paura di questo, Dea, ma che accadrebbe se dovesse morire il mio bambino? Se fossi come mia madre, che ebbe un solo maschio il quale sopravvisse poco più di un anno? Mio padre ha un grande potere politico e Gaio sa combattere. Ma l'unica cosa che io posso fare è dargli un erede legittimo. Si tirò il velo sul viso perché nessuno vedesse che piangeva. Aiutami a mettere al mondo un figlio sano... Ti prego, Dea, ti prego!

Trasalì quando l'eunuco le toccò la spalla, si asciugò gli occhi e lo seguì nel locale interno, ignorando il dolore tormentoso alle reni.

La Somma Sacerdotessa di Giunone era una donna di mezza età, con il volto dipinto per sembrare più giovane, e gli occhi duri che valutarono rapidamente la veste e i gioielli di Giulia. L'accolse con un calore espansivo che ispirò diffidenza alla giovane donna.

« Sei preoccupata per il parto. » La Sacerdotessa le batté la mano sul braccio. « È il primo, quindi è naturale che tu abbia paura... »

Giulia si tirò indietro e la squadrò con attenzione. La Sacerdotessa non capiva che non era per se stessa che temeva?

« Voglio un figlio maschio », cominciò, e tossì quando la Sacerdotessa si accostò e l'avvolse in una nube di profumo.

« È comprensibile. Se farai un'offerta, la Dea ti aiuterà. »

« Che animale debbo comprare per il sacrificio? »

« Ecco, mia cara... » La Sacerdotessa le guardò gli anelli. « Per essere sincera ne abbiamo in abbondanza. Ma stanno costruendo un sontuoso tempio di Iside vicino al molo, e sarebbe un peccato se Giunone dovesse fare la figura della parente povera. Senza dubbio ti concederà quanto desideri se farai un dono generoso al suo sacrario. »

Giulia la fissò. Aveva compreso. Si alzò faticosamente. « Sì, certo », disse in tono asciutto. « Ora devo andare ma ti ringrazio per il buon consiglio. »

Si voltò, rimpiangendo di non avere la statura necessaria per fare un'uscita solenne, e se ne andò lasciando a bocca aperta la Sacerdotessa. Mentre varcava la soglia, il dolore alle reni diventò una fitta straziante che le mozzò il respiro.

« Mia signora... » Carite tese le braccia per sorreggerla.

« Va' a chiamare una portantina », disse Giulia appoggiandosi a una colonna. « Mi farò portare a casa. »

Gaio tornò a Londinium a tarda sera, dopo aver fatto in modo che l'ospite illustre ottenesse il trofeo desiderato ed essersi accommiatato da lui con un certo sollievo. Quando arrivò a casa, trovò il caos perché durante la sua assenza Giulia era entrata prematuramente in travaglio e gli aveva dato una figlia. Gaio ebbe l'annuncio da Licinio, il quale gli riferì che era tutto finito da un'ora o due e che Giulia dormiva.

Era il momento di festeggiare la nascita della primogenita, disse Licinio porgendo una fiasca polverosa con il sigillo greco. Era fin troppo evidente, pensò Gaio, che suo suocero stava festeggiando da un po' di tempo.

«Non so come ringraziarti per questo grande dono», disse con voce ebbra. «Ho sempre desiderato diventare nonno, e benché sia soltanto una femminuccia, non mi dispiace. Giulia è stata una buona figlia che non scambierei con quaranta maschi, e ti ha fatto entrare nella nostra famiglia. E senza dubbio il vostro prossimo figlio sarà un maschietto.»

«Spero che tu abbia ragione», disse Gaio. Non sarebbe stata colpa sua se non fosse stato un maschio, perché ne aveva già generato uno.

«Misi da parte questo vino quando nacque Giulia, per berlo alla nascita del mio primo nipote», lo informò Licinio, e tolse il sigillo. «Bevi con me, figlio mio, e non rovinarlo aggiungendo troppa acqua.»

Gaio non aveva ancora cenato e avrebbe preferito una coppa di birra accompagnata da una ciotola di fagioli o da un pollo arrostito; ma con la casa sossopra avrebbe potuto considerarsi fortunato se fosse riuscito a farsi portare da uno schiavo un po' di pane e di carne fredda. Si rassegnò alla prospettiva di andare a letto semiubriaco, e bevve con il suocero.

«A tua figlia», disse Licinio. «Ti auguro che sia una buona figlia per te come Giulia lo è stata per me.»

Gaio bevve, poi il vecchio propose un brindisi a suo figlio. Gaio batté le palpebre e il suocero spiegò: «Sicuramente avrai un figlio maschio, l'anno prossimo».

«Oh, sì, certo.»

Ma, mentre alzava il calice, Gaio pensava a Eilan e al figlio che aveva già. Ormai il bambino doveva avere un anno. Sapeva già camminare? I capelli scuri erano diventati biondi?

E poi, naturalmente, brindarono a Giulia; e, se l'ancella non fosse venuta in quel momento ad annunciare che poteva vederla, Gaio si sarebbe ubriacato. Lieto dell'interruzione, seguì la donna in camera da letto.

Giulia era pallidissima e sembrava molto piccola. Teneva fra le braccia la bimba avvolta nei panni.

La moglie lo guardò e si mise a piangere. «Mi dispiace. Desideravo tanto darti un maschio... ero così sicura...»

Reso generoso dal pensiero del figlio di Eilan, Gaio si chinò a baciarla. «Non piangere», disse. «La prossima volta avremo un maschio, se gli dei vorranno.»

«Allora l'accetti?»

La schiava prese la bambina, gliela porse, e tutti lo guardarono con aria d'attesa. Dopo un momento Gaio comprese ciò che si aspettavano da lui e, con un movimento impacciato, prese la piccola fra le braccia. Guardò il visino grinzoso e immaginò di essere assalito dalla tenerezza che l'aveva sopraffatto quando aveva tenuto suo figlio. Ma l'unico sentimento era lo stupore; gli sembrava impossibile che una cosina tanto minuscola fosse reale. Sospirò.

«In nome dei miei antenati, riconosco questa bambina come mia figlia», disse a voce alta. «Il suo nome sarà Macellia Severina.»

Poco dopo Beltane, Bendeigid chiese udienza alla Signora di Vernemeton. Ormai Eilan si era abituata al ruolo di Somma Sacerdotessa, ma le sembrava ancora strano che suo padre, un druido potentissimo, chiedesse il permesso di farle visita. Mandò una risposta altrettanto formale annunciando che sarebbe stata lieta di riceverlo; e, quando Bendeigid si presentò nella sua anticamera quel pomeriggio, si preparò ad accoglierlo cordialmente.

Per la verità, Eilan non si sentiva animata da sentimenti molto cordiali. Non poteva dimenticare che era stato il rifiuto del padre al suo possibile matrimonio con Gaio a metterla in una situazione in cui, pur vivendo fra agi e onori, era diventata un'estranea per suo figlio. Si assicurò che Gawen stesse lontano per quel pomeriggio. Bendeigid sapeva certamente che Mairi non aveva avuto altri figli, e Gawen somigliava sempre di più al padre.

Preparò una caraffa d'acqua pura che Senara aveva appena attinta al Pozzo Sacro, e disse a Huw di lasciar passare il visitatore. Le dava un certo piacere il fatto che la sua guardia del corpo vegliasse su di loro. Era così colossale da far sembrare piccolo persino Bendeigid, che pure aveva una figura imponente.

Aveva pensato che essere l'obiettivo di una devozione così canina l'avrebbe messa a disagio, perché Huw le aveva consacrato la sua fedeltà non appena era uscita dall'isolamento rituale e aveva ricominciato a muoversi; ma non s'intrometteva mai. Stava lì, semplicemente, e a poco a poco Eilan aveva apprezzato quanto fosse utile per allontanare i visitatori o, come in quel caso, per intimidirli.

«In che cosa posso servirti, padre mio?» chiese freddamente senza alzarsi. Il suo tono era lo stesso che avrebbe usato con qualunque druido altolocato. Il periodo trascorso al nord aveva cambiato Bendeigid. Era ancora un uomo poderoso, ma la solidità che lei ricordava s'era consumata, e adesso era tutto muscoli e ossa.

Bendeigid si fermò e la fissò in modo strano. Che cosa vedeva? si chiese Eilan. Non certo la figlia che ricordava. La faccia che scorgeva quando guardava nella Polla Sacra aveva perduto la rotondità dell'infanzia, e le sofferenze e la responsabilità avevano dato un'espressione vigile ai suoi occhi pieni d'ombra. Ma forse quei segni sottili di maturità erano meno sorprendenti degli ornamenti d'oro e della mezzaluna tatuata sulla sua fronte.

Sebbene si fosse scostata dal volto il velo di finissimo lino blu, le pieghe erano drappeggiate intorno alla testa e alle spalle. Aveva continuato a stare velata come aveva fatto Dieda per favorire l'inganno; e, quando non era più rischioso farne a meno, ormai s'era abituata a quella protezione. Sembrava conferirle un'aria di autorità, e senza dubbio aggiungeva un tocco di mistero.

«Volevo solo renderti omaggio, figlia... o forse dovrei dire Signora», rispose il druido. «Non ci vediamo da molto tempo. Volevo essere sicuro che stessi bene...»

Ci hai messo parecchio, pensò irritata Eilan. Ma vedeva che quegli ultimi anni non erano stati facili neppure per lui. Non era soltanto la mole di Huw a farlo apparire più piccolo: i capelli erano diventati completamente grigi, e intorno alla bocca e sulla fronte s'erano incise altre rughe. Era sempre stato severo, ma adesso la decisione ardeva nei suoi occhi come una fiamma scura.

Bendeigid accettò la coppa di legno orlata d'argento che Eilan gli porse e sedette su una panca, mentre lei tornava a prendere posto sul grande seggio intagliato.

« Sicuramente non è l'unica ragione per cui sei venuto, padre mio », disse Eilan con calma.

« Lhiannon era vecchia. » Bendeigid guardò la coppa, poi lei. « Capisco che non voleva vedere la sua patria dilaniata dalla guerra... e forse è per questo che la Dea ha consigliato la pace negli ultimi anni. Ma ora abbiamo tempi nuovi e una nuova Sacerdotessa. Non hai saputo della battaglia che i romani chiamano di monte Graupius? Non hai saputo che le terre dei Votadini sono diventate un deserto dove pochi superstiti sopravvivono a stento, mentre un tempo c'era una tribù prospera? »

Eilan abbassò lo sguardo. Aveva sentito parlare della battaglia da uno che vi aveva partecipato; e Gaio le aveva detto che quell'inverno i superstiti affamati s'erano presentati alle porte della fortezza per chiedere viveri. Era vero che i romani erano invasori; ma Eilan sapeva che gli uomini delle tribù sconfitte avevano incendiato i propri villaggi e massacrato i propri animali per evitare che cadessero nelle mani dei nemici.

« Voce della Dea, dimmi... Le lacrime delle prigioniere cadono come pioggia e il sangue dei nostri guerrieri uccisi grida vendetta: perché la Dea non li ascolta? Perché non ha risposto alle nostre preghiere, e perché l'Oracolo ci consiglia ancora di mantenere questa pace sciagurata? »

Bendeigid si alzò e tese le braccia, e Huw avanzò d'un passo, minacciosamente. Eilan respirò profondamente per nascondere lo stupore e fece cenno a Huw di stare al suo posto. Aveva sempre pensato che suo padre condividesse le idee dell'arcidruido. Possibile che non sapesse in che modo Ardanos aveva manovrato l'Oracolo per tutti quegli anni?

« Senza dubbio mio padre sa che io riferisco solo gli Oracoli che mi vengono dati », rispose Eilan. Se sa, gli ho detto la verità; se non sa, allora non gli ho detto nulla che già non sappia.

In realtà ciò che aveva detto era una verità più grande di quanto credesse lo stesso Ardanos, perché sebbene l'arcidruido traducesse le sue risposte come gli sembrava più opportuno, quando la Dea la invasava e parlava direttamente al popolo, era la Dea che concordava o non concordava con la linea politica di Ardanos. Finora, almeno, i consigli della Dea erano stati abbastanza pacifici perché lui non li mettesse in discussione.

Bendeigid si alzò e incominciò ad aggirarsi nervosamente per la stanza. « Allora devo chiederti di pregare la Dea perché ci vendichi. Gli spiriti delle donne di Mona chiedono ancora giustizia. »

Eilan aggrottò la fronte. « È stato Cynric a mandarti da me per dirmi questo? » Sapeva che Gaio l'aveva fatto prigioniero e gli aveva salvato la vita prendendolo come ostaggio; ma ignorava che cosa fosse accaduto poi.

« Era stato catturato », borbottò suo padre. « Intendevano mandarlo a Roma per divertire l'imperatore, ma ha ucciso le guardie ed è fuggito. »

« Dov'è? » chiese allarmata Eilan. Se i romani lo avessero preso, una morte rapida era il destino migliore che potesse aspettarsi.

« Non lo so », rispose evasivamente il druido. « Ma nel nord cresce la collera, figlia mia. I romani si stanno ritirando. Non tutti i Corvi furono uccisi in quella battaglia, e le loro ferite si stanno rimarginando. Se la Dea non farà sollevare quella terra contro i romani, lo farà sicuramente Cynric. »

« Ma io parlo soltanto a coloro che assistono alle festività della Collina delle Vergini », obiettò Eilan. « Cornavii e Ordovici soprattutto, e Demeti e Siluri, e alcuni degli abitanti selvaggi delle colline. Che cosa abbiamo a che fare con la Caledonia? »

« Possibile che non ti renda conto della tua influenza? » Bendeigid la guardò in faccia. « I romani hanno preso le nostre terre, hanno rovesciato i nostri capitribù e vietato quasi tutti i nostri riti religiosi. L'Oracolo di Vernemeton è una delle poche cose che ci rimangono, e, se non pensi che le parole della Dea vengano ripetute da un capo della Britannia all'altro, sei una sciocca! »

Non sa che è Ardanos a influenzare l'Oracolo, pensò Eilan. Ma lo sospetta. Finché lei fingeva di essere ignara, Bendeigid non poteva chiedere apertamente il suo appoggio per un'insurrezione. Tuttavia le cose si andavano chiarendo.

«Sono rimasta molto isolata», disse a voce bassa. «Ma i pellegrini vengono a pregare al Pozzo Sacro. Lascia che quanti hanno notizie vengano a bere quell'acqua al novilunio di ogni mese, e, se la Sacerdotessa velata che li assiste parla di corvi, fa' che si confidino con lei.»

«Ah, figlia! Sapevo che non avresti tradito la tua stirpe», esclamò Bendeigid con uno sguardo ardente. «Dirò a Cynric...»

«Digli che non faccio promesse», l'interruppe Eilan. «Ma se vuoi che preghi la Dea perché conceda il suo aiuto, devo sapere che cosa chiedere! Non posso assicurarti che risponderà...»

Bendeigid avrebbe dovuto accontentarsi. Eilan rimase a lungo seduta a riflettere dopo che se ne fu andato. Senza dubbio Cynric faceva il possibile per scatenare una rivolta; e senza il suo appoggio avrebbe fallito sicuramente.

Ma a quanto pareva il druido aveva compreso che ormai era una donna e avrebbe deciso secondo il suo giudizio. Quasi valeva la pena di avere tanto sofferto, per poterlo affrontare da una simile posizione di forza. Ma al potere era associata una responsabilità che non poteva evitare, dal momento che poteva venire il giorno in cui suo padre e il suo fratello adottivo avrebbero affrontato il padre di suo figlio su un campo di battaglia.

E, se accadrà, io che cosa farò? Eilan chiuse gli occhi in preda all'angoscia. Dea, che cosa farò?

Quando la figlia di Giulia crebbe incominciarono a chiamarla Cella, perché sembrava ridicolo dare un nome tanto lungo a una creatura così piccola. Ma Gaio non riusciva a provare quel legame che aveva sentito con il piccolo Gawen quando l'aveva visto per la prima volta fra le braccia di Eilan. Si trattava di qualcosa che accadeva soltanto fra un uomo e il primogenito maschio? O forse era così perché non aveva un legame simile con la madre della bambina?

Giulia, però, non trovava strano che mostrasse così poco interesse per la figlia. E Cella era una bimba tranquilla che prometteva di diventare molto graziosa ed era tutta la gioia del nonno. La madre passava molto tempo con lei, la vestiva di abiti splendidamente ricamati, anche se a Gaio sembrava una fatica sprecata. Prima che Cella compisse un anno, Giulia era di nuovo incinta. Questa volta era assolutamente sicura che sarebbe stato il maschio tanto desiderato. Un indovino consultato da lei aveva affermato che sarebbe stato così, ma Gaio non ne era certo.

Alla fine, tuttavia, non fu costretto a soffrire insieme con la moglie per quella seconda gravidanza. Le guerre in Dacia erano andate male e Gaio si rattristò quando seppe che la Seconda Legione sarebbe stata ritirata e la fortezza che avevano costruito a nord doveva essere demolita. Era evidente che non si poteva tenere il nord senza un impegno assai maggiore in termini di uomini e di materiali, e l'impero non poteva permetterselo. Sarebbero state risparmiate molte vite, pensava amaramente Gaio, se avessero avuto il buon senso di capirlo tre anni prima.

Incominciò a passare il tempo libero nella postazione dell'esercito per sentire le novità. Per ordine dell'imperatore, il nuovo governatore, Sallustio Lucullo, aveva comandato che tutte le fortezze settentrionali venissero abbandonate, le mura demolite e le costruzioni di legno incendiate, in modo da non lasciare nulla che potesse essere utile ai nemici. La Ventesima scese dal nord e si insediò nel vecchio accantonamento di Glevum, ma nessuno sapeva per quanto tempo vi sarebbe rimasta.

Fu la Seconda Legione, tuttavia, che ricevette l'ordine di partire da Deva per la Dacia. Macellio dichiarò di essere troppo vecchio per trascinarsi da una parte all'altra dell'impero e decise che per lui era venuto il momento di ritirarsi e di cominciare a costruirsi una casa nuova a Deva. Ma Gaio fu sorpreso quando il nuovo comandante della legione lo invitò a far parte del suo stato maggiore e a partire con lui. E rimase quasi altrettanto stupito quando Licinio non fece obiezioni all'idea che accettasse la proposta.

« Sentiremo la tua mancanza, figliolo », disse il vecchio. « Ma è ora che pensi alla carriera, adesso che hai famiglia. È appunto per questo che ho cantato le tue lodi in tutta Londinium. È un peccato che tu non possa essere qui per la nascita del tuo secondogenito, ma era prevedibile. Non preoccuparti per Giulia... avrò cura di lei. Fa' il tuo dovere e torna coperto di gloria. »

22.

DIEDA ritornò nella Casa della Foresta alla metà di maggio, poco più di quattro anni dopo la partenza per Eriu. Per una volta c'era il sole, ed Eilan la ricevette in giardino, nella speranza che l'incontro fosse favorito da un ambiente meno formale; ma aveva chiesto a Caillean di restare comunque con lei. Sedette più eretta, con il velo che le scivolava sulle spalle. Quando Dieda varcò il cancello, Caillean andò ad accoglierla.

«Dieda, figlia mia, è una gioia vederti. È passato tanto tempo...» Si abbracciarono cerimoniosamente, guancia a guancia.

Dieda indossava una veste sciolta di lino bianco sfarzosamente ricamato secondo lo stile irlandese, con il mantello celeste da bardo orlato d'una frangia dorata e trattenuto da una fibula d'oro. I capelli, imprigionati da una fascia ricamata, ricadevano in riccioli. Ma, nonostante l'abbigliamento da giorno di festa, il suo modo di agire era un po' forzato.

«Ah, avevo dimenticato quanta pace c'è qui», sospirò girando lo sguardo sul verde lucido delle piante di menta e sul fogliame argenteo della lavanda dove le api ronzavano tra i fiori violetti.

«Temo che troverai fin troppa quiete, fra noi, dopo i re e i principi di Eriu», disse Eilan.

«È una terra splendida, dove cantori e poeti e musici sono molto apprezzati; ma dopo qualche tempo si comincia a sentire nostalgia della propria patria.»

«Hai acquisito la cadenza di Eriu, figlia mia», commentò Caillean. «È bello ascoltare di nuovo quella musica.»

Certamente nessuno potrebbe confonderci, ora, sentendola parlare, pensò Eilan. Non era soltanto questione di accento, ma di profondità e di timbro. La voce di Dieda era sempre stata gradevole, ma ora lei l'usava come uno strumento ben intonato. Persino le parole cattive, pronunciate da una voce tanto bella, potevano essere perdonate più facilmente.

«Ho avuto tutto il tempo di assimilarlo», disse Dieda. Girò lo sguardo su Eilan. «Mi è sembrato di restare lontana per quasi una vita.»

Eilan annuì. Lei stessa si sentiva più vecchia d'un secolo della ragazza che Lhiannon aveva scelto per succederle cinque anni prima. Ma la bocca di Dieda aveva una piega amara. Era ancora risentita perché era stata allontanata?

« È stato un tempo sufficiente perché tra noi venisse mezza dozzina di novizie », la informò Eilan. « Un gruppo promettente... Credo che quasi tutte finiranno per prendere i voti. »

Dieda la guardò. « E per me, che cosa hai in mente? »

« Insegna a quelle ragazze ciò che hai imparato! » Eilan si tese verso di lei. « Non soltanto gli inni che possono abbellire i nostri riti, ma anche il sapere antico, le tradizioni degli dei e degli eroi. »

« I Sacerdoti non saranno soddisfatti. »

« Non avranno nulla da ridire », ribatté Eilan. Dieda sgranò gli occhi. « Di questi tempi i capitribù comprano insegnanti di latino per i loro figli e li abituano a recitare Virgilio e ad apprezzare i vini italici. Fanno di tutto per trasformare i nostri uomini in romani, ma non si curano di ciò che fanno le donne. L'ultimo rifugio per l'antica sapienza del nostro popolo può essere qui a Vernemeton, e io non voglio che essa vada perduta! »

« Le cose sono molto cambiate dopo la mia partenza. » Per la prima volta Dieda sorrise. Poi i suoi occhi si fissarono su qualcosa alle spalle di Eilan, e la sua espressione cambiò.

Gawen correva verso di loro, seguito dalla nutrice. Eilan strinse le mani sotto le pieghe del velo mentre dominava l'impulso di prenderlo fra le braccia.

« Signora della Luna! Signora della Luna! » gridò il bambino. Poi si fermò e guardò in faccia Dieda. « Tu non sei la Signora della Luna! » disse in tono di disapprovazione.

« Non lo sono più », confermò Dieda con uno strano sorriso.

« Questa signora è la nostra parente Dieda », spiegò Eilan stringendo le labbra. « E canta meravigliosamente, come gli uccelli. »

Per qualche istante il bambino girò lo sguardo dall'una all'altra e aggrottò la fronte. I suoi occhi erano dello stesso nocciola cangiante degli occhi di Eilan, ma i capelli erano neri e ricciuti come quelli del padre. Da grande, avrebbe avuto la stessa fronte ampia.

«Mia signora, scusami», disse Lia ansimando, quando raggiunse il bambino e lo prese per mano. «Mi è scappato!»

Il labbro inferiore di Gawen cominciò a tremare ed Eilan fece segno alla nutrice di lasciarlo. Credo che lo abbiamo viziato, pensò, ma è così piccolo, e lo perderò così presto!

«Volevi vedermi, cuoricino mio?» gli chiese dolcemente. «Ora non posso giocare, ma se verrai da me al tramonto andremo a dar da mangiare al salmone della Polla Sacra. Sei contento?»

Gawen annuì con aria solenne. Eilan tese la mano per toccargli la guancia e trattenne il respiro quando il bambino sorrise mettendo in mostra la fossetta. Poi corse di nuovo dalla nutrice e si lasciò condurre via. La giornata parve oscurarsi quando si allontanò.

«È questo il bambino?» chiese Dieda nel silenzio. Quando Eilan annuì, lo sdegno divampò negli occhi azzurri. «Sei pazza a tenerlo qui! Se venisse scoperto, saremmo tutti perduti. Ho passato quattro anni in esilio perché tu potessi godere dei piaceri della maternità e non soltanto dell'onore del ruolo di Somma Sacerdotessa?»

«Non sa che sono sua madre», mormorò Eilan con voce spezzata.

«Ma puoi vederlo! Non hanno ucciso né lui né te! Lo devi a me, sacra Signora della Luna!» Dieda incominciò a camminare avanti e indietro, vibrando come una corda della sua arpa.

«Abbi un po' di pietà, Dieda», disse severamente Caillean. «Il bambino sarà dato in adozione fra un anno o due. E nessuno conosce la verità.»

«Di chi credono che sia figlio, allora?» sibilò Dieda. «Della povera Mairi, o forse mio?» Lesse la risposta sui volti delle due donne. «Dunque, ora che ho concluso il tuo esilio, dovrò sopportare anche la tua vergogna. Ma quando mi vedranno con il bambino forse questa diceria cesserà. Perché, ti avverto, i bambini non mi piacciono!»

«Ma resterai e serberai il silenzio?» chiese bruscamente Caillean.

«Sì», disse Dieda dopo qualche istante. «Perché credo nell'opera che state svolgendo qui. Ma ascoltami, Eilan, perché te l'ho già detto quando ho acconsentito alla sostituzione... Se mai tradirai il tuo popolo, sta' in guardia, perché io sarò la tua fine! »

La luna nuova era già alta nel cielo al tramonto, e aggiungeva uno splendore argenteo alle acque opalescenti della Polla Sacra. Il salmone era venuto quando l'avevano chiamato e aveva preso la focaccia dalle mani di Gawen. Eilan attese fino a quando non sentì il bambino allontanarsi, poi si tirò il velo sul viso e si avviò sul sentiero che portava al sacrario eretto intorno alla sorgente.

Le sue assistenti pensavano che fosse un bel gesto, da parte della Somma Sacerdotessa, fare a turno nell'occuparsi di coloro che venivano alla Casa della Foresta per chiedere consiglio. Eilan lo faceva spesso; ascoltava con comprensione i visitatori turbati, e indirizzava alle incantatrici o alle erboriste quelli che avevano problemi più concreti. Ma, da quando era venuta a conoscenza dei piani insurrezionali di Cynric, saliva quel sentiero con un vago tremito, e paventava le notti in cui chi l'attendeva parlava sottovoce di corvi e di ribellione.

Nel sacrario faceva freddo. Eilan si strinse nel mantello e lasciò che il mormorio dell'acqua corrente la rasserenasse. L'acqua sgorgava da una fenditura nella roccia sovrastata da una statua di piombo della Signora entro una nicchia, e si gettava nel canale che portava al pozzo e alla Polla Sacra.

Sorgente di vita... pregò, chinandosi per raccogliere nella mano un po' di acqua gelida e portarsela alle labbra e alla fronte. Acqua sacra, che sgorghi eternamente, colmami di serenità. Poi accese la lampada sotto la statua e incominciò ad attendere.

La luna era alta nel cielo quando sentì i passi strascicati di qualcuno sofferente o esausto che saliva a fatica il sentiero. Un nodo le strinse la gola quando la figura apparve sulla soglia. Era un uomo, avvolto in un rozzo sagum che poteva appartenere a un contadino, ma sotto il mantello il sangue secco macchiava le brache. La vide ed esalò un lungo sospiro.

« Riposa, bevi, ricevi la pace della Signora », mormorò Eilan.

L'uomo si gettò in ginocchio e raccolse un po' d'acqua, lottando visibilmente per controllarsi.

«Ho combattuto... I corvi sono calati sopra il campo di battaglia», mormorò alzando gli occhi verso di lei.

«I corvi volano anche a mezzanotte», rispose Eilan. «Che cos'hai da dirmi?»

«L'insurrezione... era stata fissata per la festa di Mezza Estate. I mantelli rossi sono venuti a saperlo e ci hanno attaccati...» L'uomo si passò la mano sugli occhi. «L'altra notte.»

«Dov'è Cynric?» chiese lei a voce bassa e concitata. Il suo fratello adottivo era ancora tra i vivi? «Che cosa vuole da noi?»

L'uomo scrollò le spalle. «Cynric? È in fuga, probabilmente. Forse arriveranno altri come me, in cerca di un posto dove leccarsi le ferite.»

Eilan annuì. «Dietro le nostre cucine c'è un viottolo che si addentra nella foresta e conduce a una capanna dove a volte le nostre donne vanno a meditare. Potrai dormire là e qualcuno verrà a portarti qualcosa da mangiare.»

L'uomo incurvò le spalle ed Eilan si chiese se avrebbe avuto la forza di arrivare tanto lontano.

«Sia benedetta la Signora», mormorò l'uomo. «E sia benedetta anche tu perché mi aiuti.» Si rialzò a fatica, s'inchinò alla statua e poi si dileguò senza far rumore.

Ma Eilan rimase a lungo seduta dopo che l'uomo si fu allontanato; ascoltò il chiocchiolio dell'acqua, e guardò il riflesso ipnotico della luce della lampada contro il muro.

Dea, pregò, *abbi pietà di tutti i fuggiaschi, abbi pietà di noi tutti! E fra un mese sarà la festa di Mezza Estate. Ardanos vuole che io dica al popolo di sopportare quest'ultimo colpo, e mio padre vorrà che insorga e vendichi i Corvi con il sangue e con il fuoco. Che cosa dovrò dire? Come possiamo portare la pace in questa terra?*

Attese a lungo, ma l'unica visione fu quella dell'acqua che continuava a scaturire dalla roccia e a scorrere giù per la collina.

Gaio stava scrivendo nel suo alloggio nel forte di Colonia Agrippensium, e ascoltava la pioggia. La Germania Inferiore non era molto più umida della Britannia, ma la primavera era stata molto piovosa. A volte i due anni trascorsi da quando era partito, prima nelle terre del nord-ovest dell'Italia e adesso lì, dove finiva la gola del Reno che iniziava a serpeggiare attraverso le paludi per gettarsi nel mare settentrionale, gli sembravano poche settimane. Ma quel giorno aveva l'impressione di essere lontano da casa da secoli.

Intinse la penna nel calamaio e incominciò un'altra frase della lettera che stava scrivendo a Licinio. Due anni di corrispondenza regolare, pensò ironicamente, lo avevano reso esperto quasi quanto lo schiavo segretario; all'inizio era stato difficile, ma poi aveva apprezzato il valore di una corrispondenza privata.

«... gli ultimi legionari che un anno fa seguirono Saturnino nella ribellione sono stati giudicati e, per la maggior parte, divisi e integrati in altre legioni», scrisse. «Il nuovo ordine dell'imperatore, una sola legione per accampamento, sta causando diversi inconvenienti e parecchio lavoro per gli ingegneri. Non so se servirà a scoraggiare le cospirazioni, ma può essere un bene avere le nostre forze sparse più regolarmente lungo il confine. L'ordine è stato attuato anche in Britannia?»

Indugiò per un momento, mentre ascoltava il suono cadenzato dei sandali chiodati della sentinella, poi riprese a scrivere.

«Qui si dice che marcomanni e quadi siano di nuovo irrequieti, e che Domiziano abbia dovuto rallentare la campagna contro la Dacia per affrontarli. Il mio consiglio sarebbe quello di allearsi con il re Decebalo, se possibile, e servirsi dei daci per domare i marcomanni. L'imperatore, però, non mi ha ancora incluso nella cerchia eletta dei suoi consiglieri, quindi chissà che cosa intende fare.»

Sorrise. Sapeva che Licinio avrebbe compreso l'allusione. Era apparso diverse volte alla presenza dell'imperatore prima di essere trasferito dalla Seconda Legione in Dacia a un comando di cavalleria in Germania, ma dubitava che Domiziano sapesse della sua esistenza.

«L'addestramento con il mio squadrone di cavalleria procede bene. I Briganti di stanza qui sono cavalieri intrepidi, e sono contenti di avere un comandante che parla nella loro lingua. Devono soffrire di nostalgia quanto me. Abbraccia a nome mio Giulia e le bambine. Immagino che ormai Cella sia molto cresciuta, ed è difficile credere che la piccola Seconda abbia più di un anno.

«Penso alla Britannia come a un porto di pace in confronto alla frontiera della Germania», continuò. «Ma temo che sia un'illusione. Ho sentito uno dei nuovi arrivati del mio comando accennare ai Corvi e ora mi chiedo se si tratta della società segreta di cui abbiamo tanto sentito parlare anni fa...»

S'interruppe di nuovo e si disse che la sua ansia improvvisa non era altro che una reazione alla pioggia; ma, prima di poter riprendere a scrivere, qualcuno bussò alla porta e annunciò che il legato voleva vederlo. Gaio indossò il mantello e lasciò il suo alloggio domandandosi che cosa poteva essere accaduto.

«Ci sono nuovi ordini, tribuno», disse il comandante. «E devo dire che mi dispiace perderti perché qui stavi andando così bene...»

«Lo squadrone è stato trasferito?» Gaio lo guardò piuttosto confuso; di solito, quei trasferimenti erano preceduti da pettegolezzi nell'accampamento.

«Tu solo, purtroppo. Sei trasferito allo stato maggiore del governatore della Britannia. Sembra che ci sia qualche problema locale; e hanno bisogno di un uomo come te.»

I Corvi... pensò Gaio, e ricordò la faccia di Cynric, piena d'odio, come l'aveva vista l'ultima volta. D'ora in poi starò più attento alle premonizioni. Non era difficile scorgere l'intervento di Licinio in quella chiamata. Finché era uno dei tanti ufficiali alla frontiera, soltanto un colpo di fortuna avrebbe potuto portarlo all'attenzione di un protettore potente. Ma se fosse riuscito a prevenire una ribellione...

Licinio si stava indubbiamente congratulando con se stesso per aver trovato una soluzione che avrebbe permesso al genero di fare il suo dovere e nel contempo di avanzare nella carriera. Soltanto Gaio sapeva che, per riuscirci, avrebbe dovuto annientare un uomo che era stato suo amico. Rispose educatamente al legato, sentì appena le sue parole, e tornò nell'alloggio per preparare i bagagli.

Mentre si avvicinava la festa di Mezza Estate, in tutto il territorio circolavano voci sull'esito che avrebbe avuto la rivolta dei Corvi. Eilan aveva sperato che il governatore vietasse i pubblici assembramenti a causa dell'insurrezione; ma sembrava che la politica ufficiale consistesse nello scoraggiare l'appoggio popolare rifiutando di riconoscere che qualcosa andasse male. Tuttavia Eilan aveva saputo dai profughi che Cynric era tornato fra i suoi amici del nord e aveva arruolato un esercito di superstiti della battaglia di monte Graupius, guidati dai Corvi. Era un'impresa abbastanza facile perché i romani si erano ritirati da quelle terre devastate lasciando al popolo soltanto l'odio.

Ma poi Cynric aveva tentato di far sollevare la Brigantia, dove la severità con cui era stata domata la ribellione di Venutius era stata seguita da qualche tentativo di ricostruire la provincia. Probabilmente a tradirli era stato uno dei Briganti, pensò Eilan, o forse una donna, come era avvenuto con Cartimandua: qualcuno che aveva ritenuto una prosperità limitata in catene preferibile alle spade dei romani.

Altri Corvi si spingevano verso sud alla spicciolata, esacerbati dal dolore o incupiti dalla disperazione. Venivano assistiti dalle donne più fidate di Eilan, che davano loro nomi nuovi e indumenti nuovi prima di lasciarli ripartire. I Corvi le dissero che Cynric era ancora al nord con un gruppo di uomini illesi, cui dava la caccia un distaccamento speciale delle legioni. I caledoni si erano dileguati fra le loro colline; ma i Corvi erano uomini senza clan, e non avevano case dove rifugiarsi quando non potevano più continuare a combattere.

Quelli che si presentavano alla Casa della Foresta avevano l'età di Cynric, ma le privazioni e le fatiche li avevano invecchiati precocemente. Eilan li guardava angosciata perché alcuni, come il suo Gawen, rivelavano nel volto tracce del sangue romano. Attraverso la sua visione, aveva capito la necessità che il sangue di Roma e quello delle tribù si mescolassero. Ma il Merlino non aveva detto se questo sarebbe avvenuto in amicizia o dopo molte generazioni in cui gli uomini avrebbero piantato il loro seme e sarebbero morti, lasciando alle donne sofferenti il compito di proseguire l'opera.

Ardanos e Lhiannon, in ricordo della violenza di Mona, avevano scelto come male minore una politica di arrendevolezza; suo padre e Cynric erano convinti che la morte fosse preferibile alla schiavitù. Eilan guardava crescere Gawen e sapeva soltanto che doveva proteggere suo figlio.

E così l'allungarsi dei giorni portò finalmente la festa di Mezza Estate e le Sacerdotesse della Casa della Foresta si recarono sulla Collina delle Vergini per compiere il rito.

Dal viale, Eilan poteva vedere il bagliore dei grandi falò in cima al tumulo e gli archi fiammeggianti delle torce contro il cielo buio. I tamburi rullavano con insistenza, e il loro ritmo diventava simile al tuono mentre i giovani campagnoli gareggiavano nel lanciare più in alto le torce. I re e gli eserciti andavano e venivano, ma la vera lotta, forse l'unica che avesse importanza, era quella che gli uomini ingaggiavano ogni anno per proteggere i loro campi e nutrire le giovani messi.

Udiva in lontananza il muggito del bestiame che era stato condotto tra i fuochi sacri, e sentiva l'odore del fumo di legna e della carne cotta, e la fragranza acuta dell'artemisia e dell'iperico della sua ghirlanda.

« Oh, guarda! » esclamò Senara che le stava accanto. « Guarda come lanciano in alto le torce. Sembrano stelle cadenti! »

« Possano le messi crescere quanto volano in alto le torce », rispose Caillean.

Avevano portato una panca per far sedere Eilan fino al momento del rito dell'Oracolo, e lei vi prese posto con gratitudine, lasciando che le altre continuassero a mormorare fra loro. Non erano solamente le messi che crescevano, pensò mentre ascoltava i commenti di Senara. La bambina impaurita di otto anni che era stata affidata alle sue cure cinque anni prima stava diventando una fanciulla dalle gambe lunghe e dai capelli ambrati che prometteva di essere un giorno veramente bella.

Dalla collina giunse un ultimo crescendo, quindi i fuochi parvero esplodere verso l'esterno quando i giovani presero i rami dal falò e scesero correndo la collina in tutte le direzioni per portare ai campi la forza protettrice del sole. Il rullo dei tamburi divenne ipnotico, ed Eilan avvertì i palpiti della trance che si avvicinava.

Ormai manca poco, pensò, e poi, qualunque cosa venga da ciò che si compirà questa notte, sarà fatta. Per la prima volta dopo diversi anni aveva messo nella pozione le erbe più potenti, nel timore che senza il loro aiuto le sue paure potessero impedire alla Dea di manifestarsi. Sapeva che anche Ardanos era preoccupato, sebbene non lo lasciasse capire. Era come una statua, pensò, un involucro nel quale lo spirito ardeva sempre più convulsamente; aveva notato che era costretto ad appoggiarsi al bastone di quercia. Un giorno, forse tra non molto, se ne sarebbe andato. C'erano stati momenti in cui l'aveva odiato, ma negli ultimi anni s'era stabilita fra loro una tacita comprensione. Ed era impossibile prevedere chi sarebbe stato il suo successore.

Ma quella era una paura che avrebbe potuto affrontare dopo aver superato la notte. La processione incominciò a muoversi. Eilan lasciò che Caillean l'aiutasse ad alzarsi e s'incamminò verso la collina.

I druidi cantavano e la loro melodia palpitava nell'aria tiepida.

Ecco, giunge la sacra Sacerdotessa,
la sua corona è di erbe sacre,
e nella mano tiene la falce d'oro...

Anche dopo cinque anni, veniva sempre quel momento di sorpresa quando Eilan percepiva la prima ondata di attesa da parte della folla. Aveva dimenticato invece la nausea e lo sconvolgente sussulto della coscienza allorché le sostanze magiche incominciavano a far sentire il loro effetto. Dominò il guizzo di panico mentre il mondo le roteava intorno. Era stata lei a volerlo, forse per fede, forse per vigliaccheria, non lo sapeva con certezza; ma questa volta voleva che il mondo scomparisse.

« Signora della Vita, ti affido il mio spirito. Madre, sii misericordiosa verso tutti i tuoi figli! »

Gli anni di pratica le avevano assicurato il controllo totale sulle tecniche di concentrazione e di respirazione che distaccavano lo spirito dal corpo. Le erbe della pozione favorivano il processo, come se la sua testa si fosse spezzata perché l'Altra potesse affluire in lei e gettare in disparte la sua coscienza come se fosse una foglia in un ruscello.

Sentì che le Sacerdotesse l'aiutavano a sedere, e provò l'impressione sconvolgente di cadere sebbene sapesse che la sollevavano. Il suo spirito ondeggiava fra la terra e il cielo; poi vi fu un leggero soprassalto quando posarono il seggio in cima al tumulo, ed Eilan fu libera.

Aleggiava in una nebbia dorata, e per qualche tempo le bastò quella piacevole sensazione di essere sicura, protetta. Sospesa in quella certezza, le paure che aveva lasciato dietro di sé apparivano transitorie e addirittura assurde. Ma il cordone argenteo che la legava ancora al corpo non le permetteva di lasciarsi andare completamente; e a poco a poco, quasi controvoglia, la nebbia si diradò e lei poté vedere e udire.

Guardò la figura avvolta nelle vesti blu e comprese che era il suo corpo, illuminato vagamente dalle braci dei grandi falò. I Sacerdoti e le Sacerdotesse erano disposti in cerchio, con il popolo dietro di loro: vesti chiare da una parte, vesti scure dall'altra, in due grandi curve di luce e d'ombra. La massa di gente che era venuta per l'occasione occupava il fianco della collina; punti di fuoco brillavano nei chioschi e nelle tende dell'accampamento sorto tutto intorno. Più oltre si estendeva il mosaico di campi e di foresta, con il tracciato pallido delle strade che passavano fra gli alberi. Senza curiosità, Eilan scorse un movimento in una parte della folla, e un altro più regolare lungo la via di Deva, e i bagliori del metallo che rifletteva la luce della luna calante.

I druidi invocavano la Dea, intrecciavano le fantasie incoerenti della gente in un'unica, poderosa immagine, varia quanto lo era la folla che faceva eco ai suoi appelli. Eilan vedeva il potere liberato in quel modo come un vortice di luce multicolore e commiserava la fragile forma umana in cui discendeva. Ora il suo corpo era seminascosto; l'energia prendeva forma, e lei vedeva una figura femminile dalla statura eroica e dall'aspetto splendido, anche se i lineamenti non si scorgevano ancora.

Eilan si avvicinò, e si chiese quale volto avrebbe assunto la Signora per quell'occasione.

In quell'attimo il movimento tra la folla raggiunse il centro. Eilan vide il luccichio rosso delle spade e sentì le voci maschili cariche d'angoscia gridare: «Grande regina, ascoltaci! Cathubodva, noi ti invochiamo... Signora dei Corvi, vendica i tuoi figli!»

Ardanos si voltò con una smorfia per farli tacere, ma l'intensità emotiva dell'invocazione aveva compiuto la sua opera. Un turbine di ombre dalle ali scure volò nel cerchio mentre un improvviso vento freddo attizzava i fuochi; e la figura sul seggio sembrò ingigantire all'improvviso e si eresse, gettando via il velo.

«Ho udito il vostro appello, ed eccomi», disse nella lingua delle tribù. «Chi osa chiamarmi?»

Il mormorio di spavento che aveva investito il cerchio si spense nel silenzio assoluto quando un uomo avanzò nella luce dei fuochi. Eilan riconobbe Cynric, con una benda insanguinata intorno alla testa e una spada in pugno. «Madre, sono io che ti chiamo... Ti ho sempre servita! Signora dei Corvi, sorgi nella tua collera!»

Il seggio scricchiolò quando la figura che vi stava assisa si chinò in avanti. Nella luce delle fiamme il viso e i capelli erano rossi come la spada di Cynric. Ardanos girò lo sguardo dall'una all'altro, cercando di intervenire: ma la forza che li collegava era troppo potente, e lui non osava farlo.

«Mi hai servito bene...» La voce della Dea spezzò il silenzio. «Le tue offerte sono teste mozze e corpi smembrati, e il sangue è la libagione che versi sulla terra. I gemiti delle donne e i lamenti dei moribondi sono la tua musica sacra; i tuoi fuochi rituali sono alimentati dai cadaveri... Tu mi hai chiamato, corvo rosso. Che cosa vuoi, ora che sono venuta?»

Sorrise, un sorriso terribile, e, sebbene fosse la festa di Mezza Estate, il vento divenne improvvisamente gelido, come se la tenebra di Cathubodva avesse ucciso il sole. La folla incominciò ad arretrare. Soltanto Cynric, Ardanos e le due Sacerdotesse assistenti rimasero al loro posto.

« Annienta gli invasori, abbatti i devastatori della nostra terra! Vittoria, Signora, ecco ciò che ti chiedo. »

« Vittoria? » La Dea delle battaglie rise. « Io non sono la vittoria... Io sono la sposa della battaglia, sono la madre divoratrice, la morte è l'unica vittoria che troverai fra le mie braccia! » Alzò le mani e le pieghe del mantello si allargarono come ali tenebrose. Questa volta anche Cynric indietreggiò.

« Ma la nostra causa è giusta... » balbettò.

« Giustizia! Vi è mai giustizia nelle guerre degli uomini? Tutto ciò che i romani fanno a voi, gli uomini del vostro sangue hanno fatto l'uno all'altro e ai popoli che li hanno preceduti su questa terra! Il vostro sangue alimenta la terra, che moriate sulla paglia o in combattimento... per Me non fa alcuna differenza! »

Cynric scuoteva la testa, sbalordito. « Ma ho combattuto per la mia gente. Dimmi almeno che anche i nostri nemici un giorno soffriranno... »

La Dea si sporse verso di lui, lo fissò, e Cynric non poté distogliere lo sguardo. « Io vedo... » sussurrò la Dea. « I corvi s'involano dalle spalle del dio luminoso... Non lo consiglieranno più. È invece un'aquila, quella che lui accoglie. Diventerà un'aquila, tradirà e sarà tradito, soffrirà sui rami della quercia fino a quando non diventerà di nuovo un dio...

« Vedo l'aquila messa in fuga da un cavallo bianco che galoppa attraverso il mare. Ora l'aquila si unisce al drago rosso, e insieme combattono lo stallone, e lo stallone combatte draghi venuti dal nord e leoni venuti dal sud... Vedo una belva che ne uccide un'altra e si leva a sua volta per difendere la terra. Il sangue di tutte alimenterà il suolo, il sangue di tutte si mescolerà, fino a quando nessuno saprà più dire chi è il nemico... »

C'era un grande silenzio nel cerchio quando la Dea finì di parlare, come se i presenti non sapessero se dovevano sperare o temere. Da lontano giunsero i muggiti del bestiame, e un suono simile a quello dei tamburi, sebbene i musicanti fossero immobili.

«Parlaci, Signora...» la pregò Cynric come se faticasse a pronunciare le parole. «Di' che cosa dobbiamo fare...»

La Signora si adagiò sul seggio, e questa volta la sua risata fu sommessa e divertita.

«Fuggite», disse a voce bassa. «Fuggite subito perché i vostri nemici stanno per raggiungervi.» Alzò la testa e girò lo sguardo sul cerchio. «Tutti voi, andatevene in fretta e in silenzio, e vivrete... per qualche tempo.»

Qualcuno fra i presenti incominciò ad allontanarsi dai fuochi; ma alcuni rimasero, come incantati.

«Andate!» La Dea tese la mano verso l'alto, e un'ala di tenebra passò sul cerchio. La gente, sconvolta, cominciò a muoversi come le prime pietre di una frana. «Cynric, figlio di Giunio, fuggi!» gridò all'improvviso la Dea. «Fuggi, perché sta per giungere l'Aquila!»

E, mentre la gente fuggiva, il tambureggiare lontano divenne un tuono e la cavalleria romana caricò.

Gaio si lasciò trascinare dall'impeto della carica, e impose alla propria coscienza di limitare il proprio raggio d'azione al movimento del suo cavallo e di coloro che gli stavano ai fianchi, al pendio in salita, alle figure degli uomini e delle donne in fuga e al bagliore delle fiamme. Cercava di scacciare i ricordi che coloravano le sue percezioni: ma continuava a vedere una luna piena e i danzatori, Cynric che passeggiava tenendo per mano Dieda, e il viso roseo di Eilan illuminato dai fuochi di Beltane.

I corni della sella gli urtavano le natiche via via che il pendio diventava più ripido; strinse le ginocchia e brandì lancia e scudo, scrutando tra la folla in fuga per cercare gli uomini armati. Avevano ricevuto ordini molto chiari: evitare il massacro della popolazione pacifica, ma impedire la fuga dei ribelli. Il legato non aveva spiegato come fosse possibile riuscirci nella confusione e nell'oscurità.

Gaio continuò a maledire il destino che lo aveva messo sulle tracce di Cynric e dei Corvi proprio in quel luogo. A un tratto scorse un lampo metallico, un volto bianco contratto dalla paura o dal furore. Le reazioni automatiche instillategli da dieci anni di vita militare mossero il suo braccio senza la necessità di una decisione cosciente. Avvertì il colpo quando la lancia penetrò nella carne e ne fuoriuscì, e la faccia scomparve.

La carica stava rallentando; raggiunsero la sommità piatta della collina e videro che era quasi deserta, sebbene la gente continuasse a fuggire da ogni parte. Con un ordine secco al suo opzione, Gaio sguinzagliò i cavalieri perché inseguissero i ribelli. Il suo cavallo s'impennò quando una figura biancovestita agitò disperatamente le braccia, gridando qualcosa a proposito del terreno consacrato. Gaio spinse il cavallo al piccolo galoppo intorno al perimetro, per cercare Cynric, sentì il clangore del metallo dall'altra parte del tumulo e si avviò da quella parte.

All'improvviso il cavallo nitrì di terrore mentre un'ala d'ombra gli turbinava intorno. Qualcuno urlò. Non era un grido di paura bensì di rabbia e d'angoscia, un grido che conteneva tutto l'orrore e la furia di tutti i campi di battaglia del mondo, attanagliava le viscere e faceva tremare le ossa. Gli animali che l'udirono per un istante s'imbizzarrirono, gli uomini sentirono il proprio spirito fremere per la paura. Gaio perse le redini e la lancia, si aggrappò alla criniera del cavallo mentre il mondo roteava intorno a lui. La faccia di una Furia gli stava davanti, circondata dai tentacoli frementi dei capelli.

Il cavallo si avventò e Gaio si trovò nella luce guizzante del fuoco: tutto intorno gli uomini sembravano paralizzati da un incantesimo. Poi il cavallo si fermò tremando e gli umani ricominciarono a muoversi, ma Gaio continuò a leggere il terrore nei loro occhi. Trasse un respiro profondo, si rese conto che ormai il vantaggio della sorpresa era andato perduto, e si guardò intorno.

Alcuni druidi sorreggevano un uomo biancovestito che, come Gaio riconobbe inorridendo, doveva essere Ardanos. Sembrava vecchissimo. Le Sacerdotesse vestite di blu stavano sollevando dal seggio in cima al tumulo qualcosa che sembrava un grosso fagotto. La furia della battaglia lo abbandonò e all'improvviso Gaio fu sopraffatto dalla stanchezza.

L'opzione lo raggiunse. « Si sono dispersi, signore. »

Gaio annuì. « Ma non possono essere andati lontano. Manda gli uomini a rastrellare l'area. Potranno tornare qui a farmi rapporto. »

Passò la gamba sopra il collo del cavallo, si lasciò scivolare a terra e avanzò, con l'animale che lo seguiva a passo lento. Quando gli si avvicinò, Ardanos si scosse e gli rivolse uno sguardo supplichevole.

« Non è stata opera mia », mormorò. « Ho chiamato la Dea... e all'improvviso è arrivato Cynric. »

Gaio annuì. Conosceva abbastanza bene la politica dell'arcidruido per credergli. Era stata la donna che li aveva paralizzati con il suo urlo a dare ai ribelli il momento necessario per dileguarsi tra la folla. Proseguì verso il gruppo delle donne. Non si stupì quando Caillean si voltò e lo guardò con aria di sfida. Ma quella che voleva vedere era la donna stesa a terra.

Mosse un altro passo e si trovò a fissare il viso della donna: bianco, esanime, identificabile soltanto a grandi linee con la Furia che gli era apparsa. Eppure, con una certezza nauseante, sapeva che era Lei e che, nello stesso tempo, era Eilan.

23.

Mentre i romani inseguivano i Corvi nei giorni successivi allo scontro sulla Collina delle Vergini, Gaio aveva la sensazione di essere diventato due persone: una che riferiva spassionatamente i risultati dell'operazione al comandante a Deva e poi tornava a Londinium per ripetere il resoconto al governatore, mentre l'altra cercava di riconciliare la maschera di furore che aveva visto con l'immagine della donna amata. Giulia si prendeva cura di lui con sollecitudine coniugale; ma dopo il primo incubo decisero di comune accordo che per qualche tempo sarebbe stato meglio che Gaio dormisse da solo.

Giulia non parve dispiaciuta. Era affettuosa come sempre; eppure, durante i due anni di assenza, il fulcro della sua vita si era spostato sulle bambine. Crescevano in fretta, ed erano immagini in miniatura della madre, sebbene vi fossero momenti in cui Gaio aveva l'impressione di scorgere negli occhi della maggiore un riflesso della volitività di Macellio. Ma, anche se erano gentili e obbedienti, per loro Gaio era diventato un estraneo. Lo faceva soffrire un po' il fatto che smettessero di ridere non appena entrava nella stanza, e pensava che forse, se avesse potuto trovare il tempo per conoscerle meglio, la distanza tra loro sarebbe sparita.

Ma non si decideva a cercare di colmarla mentre il cuore gli diceva che l'amore rimasto tra lui ed Eilan era stato annientato dal Potere che l'aveva invasata. A volte nascondere l'angoscia gli costava un tale sforzo che gli metteva addosso la voglia di urlare. Per lui fu un sollievo quando il comandante di Deva gli chiese di ritornare per una consultazione e aggiunse nel poscritto che suo padre si augurava che, anziché restare nella fortezza, Gaio gli facesse visita nella casa nuova. Forse là gli sarebbe stato più facile placare il conflitto che lo dilaniava.

«Hanno catturato altri fuggaschi della cospirazione dei Corvi?» Macellio versò il vino e porse a Gaio la coppa, raffinata ma non troppo vistosa, come la sala da pranzo e tutta la casa. Era una delle abitazioni più belle costruite intorno alla fortezza a testimonianza di una crescente presenza civile nel paese che si andava assestando. Gaio scosse la testa.

« Quel Cynric... era il capo, no? » chiese Macellio. « Non l'avevi catturato a monte Graupius? »

Gaio annuì e bevve un sorso di vino. Rabbrividì quando il movimento gli fece dolere la ferita quasi rimarginata al fianco. Non se n'era reso conto fino alla conclusione dello scontro sulla Collina delle Vergini, ma era più fastidiosa che grave. Gli era accaduto ben peggio alla frontiera della Germania. La ferita più dolorosa era la scoperta che era Eilan la Furia che li aveva maledetti. Dopo un attimo si accorse che il padre attendeva una risposta. « Sì... ma in seguito è fuggito. »

« È molto bravo a evadere, a quanto pare », commentò suo padre. « Come quel bastardo di Caractacus. Ma abbiamo finito per prenderlo, e prima o poi qualcuno tradirà il tuo Cynric, qualcuno che ora sta dalla sua parte... »

Gaio si agitò, inquieto, nel sentire quel « tuo », e si augurò che suo padre non rammentasse che Cynric era il figlio adottivo di Bendeigid. Sarebbe stato meglio per tutti, pensò rabbiosamente, se avesse ucciso Cynric quando ne aveva avuto la possibilità.

« Dopotutto », disse Macellio, « nessuno può rimproverarti se non l'hai preso; e, dovunque scappino i sopravvissuti, non è probabile che li vedremo qui... » Si guardò intorno con un sorriso soddisfatto.

« No, non è probabile », ammise Gaio. « Ti trovi veramente bene, qui? » Dopo aver lasciato l'esercito, Macellio aveva costruito la casa, era stato quasi immediatamente eletto decurione, e adesso stava diventando un'autorità locale.

« Oh, sì, è un bel posto. Negli ultimi anni è diventato molto tranquillo e la città si espande. L'anfiteatro è una grande attrazione. Ogni giorno spuntano nuovi negozi, e ho appena pagato una somma ragguardevole per costruire il nuovo tempio. »

« Una Roma in miniatura », disse Gaio con un sorriso. « Vi manca solo un Colosseo per i giochi. »

« Gli dei non vogliano. » Macellio alzò una mano ridendo. « Senza dubbio dovrei pagare anche per quello. Essere un padre della città è una cosa molto gravosa. Quasi non oso aprire la porta per non avere l'onore di contribuire a qualche novità. »

Gaio però non ricordava di aver mai visto suo padre tanto soddisfatto.

« Ma c'è una cosa per cui non lesinerò il denaro », disse Macellio. « Mandarti a Roma. Ormai è ora, capisci. Avrai una buona raccomandazione del governatore, dopo i servizi resi, mentre qui non potresti salire molto più in alto con le protezioni che possiamo assicurarti tuo suocero e io. Licinio non te ne ha parlato? »

« Ha accennato a qualcosa », rispose Gaio. « Ma non posso partire prima che si abbia la sicurezza che qui la situazione si manterrà calma. »

« Rimpiango che Vespasiano non sia vissuto più a lungo. » Macellio aggrottò la fronte. « Era un vecchio volpone tirchio, ma sapeva scegliere gli uomini migliori. Il figlio Domiziano sembra deciso a regnare come un despota orientale. Ha messo al bando i filosofi, a quanto ho sentito dire. Ora ti domando, che danno possono fare quei vecchi noiosi? »

Gaio, ricordando con quanta disperazione avesse ascoltato il vecchio istitutore dissertare su Platone, pensò che l'imperatore non aveva tutti i torti.

« Comunque, è su di lui che dovrai far colpo se vuoi un buon incarico; e, anche se soffrirai per la lontananza, un posto di procuratore in una delle vecchie province sarebbe il prossimo passo più logico nella tua carriera. »

« Anch'io sentirò la tua mancanza », disse Gaio. Era vero. Ma pensava che non avrebbe invece sofferto per la lontananza da Licinio, da Giulia e dalle bambine. Anzi, era certo che sarebbe stato felice di lasciare per qualche tempo la Britannia per recarsi in una località qualsiasi dove nulla potesse ricordargli Cynric ed Eilan.

Gaio partì per Roma alle idi di agosto, accompagnato da uno schiavo greco, Filone, un regalo di Licinio, il quale giurava che sapeva drappeggiare una toga in modo decente e dare al padrone l'aspetto del patrizio. Nella borsa della sella portava il rapporto annuale del procuratore sulla situazione economica della provincia: questo fatto conferiva a Gaio la dignità di corriere ufficiale e gli dava il diritto di servirsi delle stazioni militari di posta.

Il tempo si mantenne al bello; ma il viaggio fu comunque noioso. Più si spingeva a sud, e più il territorio diventava asciutto: agli occhi di un settentrionale come Gaio era un deserto, sebbene gli ufficiali delle stazioni di posta ridessero nel sentirlo parlare così e gli descrivessero l'Egitto e la Palestina, dove le sabbie del deserto rovinavano monumenti più antichi di quelli di Roma. Adesso Gaio desiderava scrivere le proprie memorie, come Cesare, per far passare il tempo; ma, anche se avesse atteso quarant'anni per farlo, dubitava che qualcuno avrebbe desiderato leggerle.

Persino le chiacchiere di Giulia gli sarebbero state gradite, anche se di quei tempi non parlava d'altro che delle bambine. Ma Gaio l'aveva sposata per avere figli, si diceva; figli e una posizione sociale. Finora tutto era andato più o meno secondo i piani. E tuttavia, mentre attraversava le grandi pianure della Gallia coltivate dagli schiavi, si sorprendeva a domandarsi se valeva davvero la pena di impegnarsi nella caccia al rango e alla posizione. Poi arrivavano a una locanda o a una villa di proprietà d'uno degli amici di Licinio. E fra le braccia della bella schiava che mandavano a scaldargli il letto poteva dimenticare Giulia ed Eilan, e l'indomani mattina si diceva che i suoi pensieri erano stati ispirati dalla stanchezza, o forse dall'ansia per ciò che avrebbe fatto a Roma.

Quando arrivò nella capitale incominciò a piovere incessantemente, come se il cielo volesse rifarsi del tempo perduto. Il parente di Licinio che l'ospitava era abbastanza cordiale, ma Gaio si stancò presto di sentir ripetere che aveva portato con sé il brutto tempo della Britannia. E comunque non era vero perché in Britannia la pioggia era fredda; Roma invece non era veramente fredda, era piuttosto dominata da una umidità insistente. Da allora, i ricordi che Gaio conservò di quel periodo furono sempre legati all'odore dell'intonaco umido e al puzzo della lana bagnata.

Roma era tutta fango e cieli fumosi, lezzo del Tevere e aromi speziati della cucina di cento nazionalità diverse. Roma era marmi candidi e profumi inebrianti, squilli di trombe, grida di venditrici e brusio onnipresente di una folla che parlava più lingue di quante Gaio ne avesse mai immaginate, il tutto ammassato su sette colli i cui contorni erano spariti molto tempo prima sotto quella incrostazione d'umanità. Roma era il cuore pulsante del mondo.

«E questa è la tua prima visita a Roma?» La dama che parlava con Gaio gli rivolse una risata tintinnante come i monili d'argento che portava. Donne dalle pettinature arricciate e uomini avvolti in eleganti drappeggi affollavano l'atrio della casa del cugino di Licinio che aveva offerto la festa, e le conversazioni erano come il ronzio delle api in un frutteto. «Dunque, che ne pensi della signora delle nazioni, della corona dell'impero?» La dama abbassò con aria civettuola le palpebre dipinte. Era un'altra domanda che Gaio aveva sentito tanto spesso da essere costretto a imparare a memoria la risposta.

«Penso che lo splendore della città sia eclissato dalla bellezza che l'adorna», disse galantemente. Se avesse dialogato con un uomo avrebbe parlato di «potenza».

La risposta gli meritò un'altra risata tintinnante; poi il padrone di casa venne a recuperarlo e lo condusse nel peristilio, dove uomini in toga erano raggruppati come le statue di un monumento. Si unì a loro con un certo sollievo. C'erano pericoli anche fra gli uomini, ma almeno li capiva. Le donne romane gli causavano la stessa paralisi che aveva provato in occasione del primo incontro con Giulia.

Ma Giulia era molto franca e aperta in confronto alle dame che stava conoscendo ora. Una o due l'avevano invitato a letto, ma lo spirito di conservazione lo aveva salvato da quel genere di trappola. Roma attirava quanto c'era di meglio al mondo; e se aveva bisogno di una donna c'erano le cortigiane che da lui pretendevano soltanto il denaro e conoscevano arti capaci di mettere al bando l'ansia, almeno per un po'.

Muoversi nella società romana era come comandare una carica di cavalleria su un terreno ghiacciato... esaltante finché durava, ma non si sapeva mai quando un tratto infido poteva farti cadere. Gaio si domandava se Giulia avrebbe saputo destreggiarsi in quella compagnia. In quanto a Eilan... era come cercare d'immaginare un'antilope o una gatta selvatica in un branco di giumente da corsa; avevano in comune la bellezza ma appartenevano a razze completamente diverse.

«Ho saputo che hai prestato servizio sotto Agricola in Caledonia...»

Gaio batté le palpebre e si accorse che uno degli uomini più anziani gli stava parlando. Notò l'ampia striscia di porpora sulla tunica e si mise sull'attenti come se si trovasse di fronte a un ufficiale superiore mentre si sforzava di ricordare il nome di quell'uomo. Quasi tutti gli amici del suo ospite appartenevano alla classe equestre: e la presenza di un senatore non era una cosa da poco.

«Sì, signore, ho avuto questo onore. Speravo di potergli fare visita qui a Roma.»

«Mi pare che al momento risieda nelle proprietà della famiglia, in Gallia», disse il senatore. Ecco, si chiamava Marcello Clodio Malleo.

«È difficile immaginare che stia riposando», commentò Gaio con un sorriso. «Immaginavo che fosse intento a incutere terrore ai nemici di Roma lungo le frontiere, o a portare la *pax romana* in una delle province.»

«Già, si potrebbe pensarlo.» Il tono del senatore divenne più caloroso. «Tuttavia forse sarebbe prudente non dirlo a voce alta prima di essere sicuro della compagnia.»

Gaio tacque, facendo dentro di sé ancora una volta il paragone col terreno ghiacciato, ma Malleo non smise di sorridere.

«A Roma molti apprezzano le qualità di Agricola, qualità che appaiono sempre più ammirevoli ogni volta che veniamo informati di qualche campagna mal diretta da certi altri generali.»

«E allora perché l'imperatore non si serve di lui?» chiese Gaio.

«Perché la vittoria delle armi romane viene al secondo posto, e la cosa più importante è conservare al potere l'imperatore. Più gente chiede che Agricola venga inviato in qualche luogo come generale, e più il nostro sovrano e dio sospetta di lui. Fra un anno gli spetterà una nomina consolare importante; ma, visto come stanno ora le cose, i suoi amici devono consigliargli di non accettare.»

«Capisco il problema», disse pensosamente Gaio. «Agricola è troppo coscienzioso per fallire volutamente; ma se ottiene buoni risultati l'imperatore si sentirà minacciato dal suo successo. Bene, qualunque cosa accada a Roma, in Britannia sarà ricordato con onore.»

«Tacito sarebbe lieto se ascoltasse le tue parole», rifletté Malleo.

«Oh, lo conosci? Io ho prestato servizio con lui in Caledonia.» La conversazione si spostò sulla campagna al nord che il senatore aveva seguito con interesse; il dialogo ridiventò personale solo quando gli invitati furono condotti nei giardini ad ammirare alcune danzatrici della Britannia.

«Fra tre settimane darò una cena...» Malleo posò la mano sul braccio di Gaio in un gesto amichevole. «Niente di straordinario, ma saranno presenti alcuni uomini che credo troverai interessanti. Mi farai l'onore di accettare l'invito? Ha promesso che verrà anche Cornelio Tacito.»

Da quel giorno Caio ebbe l'impressione che il giro superficiale di feste e di svaghi che aveva cominciato a esasperarlo assumesse una dimensione nuova. Gli sembrava di riuscire finalmente a penetrare il velo con il quale la società romana si proteggeva dagli estranei; e anche se era soltanto un segmento di quella società, e forse un segmento pericoloso, era pur sempre preferibile alla morte per noia.

Qualche giorno più tardi il cugino di Licinio, il cui *agnomen* era Corace, condusse con sé Gaio ai giochi nel nuovo Colosseo che Domiziano aveva fatto costruire là dove un tempo sorgeva il sontuoso palazzo di Nerone.

«Il luogo è stato scelto in modo abbastanza appropriato», commentò Corace mentre sedevano nel settore riservato alla classe equestre. «Infatti fu Nerone a organizzare giochi quali non s'erano mai visti a Roma, specie quando cercava di convincere tutti che era stata quella strana setta ebraica, sai, i cristiani, a causare il grande incendio.»

«Ma furono loro?» Gaio si guardava intorno. Erano arrivati fra un combattimento e l'altro e gli schiavi stavano cambiando la sabbia insanguinata.

«Non è necessario un sabotaggio premeditato per scatenare un incendio in questa città», disse ironicamente il suo ospite. «Perché pensi che in ogni distretto ci sia un gruppo di uomini preposti a domare le fiamme e al quale tutti contribuiamo volentieri? Quello, comunque, fu un incendio particolarmente grave e l'imperatore aveva bisogno di un capro espiatorio per contrastare le voci secondo le quali era stato lui stesso a provocare il disastro.»

Gaio si voltò a guardarlo.

«Costruzioni nuove, figliolo, costruzioni nuove!» spiegò Corace. «Nerone si credeva un grande architetto e i proprietari dei terreni in cui ebbe origine l'incendio non volevano saperne di vendere. L'incendio sfuggì al controllo e l'imperatore dovette trovare qualcuno da accusare. I giochi furono veramente orridi, senza la minima manifestazione di bravura... Solo una quantità di poveracci che morivano come pecore.»

All'improvviso, Gaio fu lieto di non aver catturato Cynric. Un guerriero come lui sarebbe stato mandato lì, senza dubbio, e non lo meritava, anche se sicuramente non si sarebbe comportato come una pecora, ma piuttosto come un lupo o un orso.

Le trombe squillarono e un fremito d'attesa corse tra la folla. Gaio sentì il proprio cuore battere più forte e ripensò al momento precedente alla battaglia. Era stata l'unica volta che si era trovato di fronte a tante migliaia di uomini che si preparavano a far scorrere il sangue. Ma almeno in guerra i due schieramenti correvano eguali rischi. Era il sangue di altri uomini che questi romani offrivano, non il loro.

Aveva assistito a combattimenti con gli orsi in patria; era un divertimento in uso nelle legioni. E c'era un certo fascino in alcuni degli abbinamenti tra le belve importate per i giochi. Un leone e una giraffa, per esempio, o un cinghiale e una pantera. Corace gli raccontò che una volta avevano fatto combattere una scrofa gravida che aveva partorito un porcellino durante le ultime convulsioni. Ma il massimo interesse, quel pomeriggio, era incentrato sul più pericoloso di tutti gli animali... l'uomo.

«Ora vedremo qualche esempio di vera abilità», disse Corace quando i combattimenti simulati terminarono e nell'arena uscirono i primi gladiatori dalla pelle e dall'armatura egualmente lucide e splendenti. «È per questo che vale la pena di vedere i giochi. I combattimenti in cui mandano allo sbaraglio prigionieri di guerra non addestrati, oppure criminali, a volte anche donne e bambini, sono uno stupido massacro. Qui, per esempio, abbiamo un sannita e un reziario...» Indicò il primo gladiatore che portava gambali e un elmo con visiera coronato da un ciuffo di piume, ed era armato di spada corta e di un grande scudo rettangolare, mentre il suo avversario, più agile, brandiva la rete e il tridente.

Gaio, che era abituato a giudicare i combattenti, trovò la cosa interessante dal punto di vista professionale. Intorno a lui si facevano scommesse con un'intensità che quasi eguagliava quella dei combattenti. Corace continuò a commentare; e, solo quando il sannita finì a terra con il tridente del reziario alla gola, Gaio si rese conto che l'uomo che faceva il segno del pollice verso dal palco ornato da tendaggi di porpora era l'imperatore.

Il tridente lampeggiò, il sannita ebbe un sussulto e poi rimase immobile, mentre la sabbia si macchiava di rosso. Gaio si umettò le labbra secche, la gola arida per aver gridato troppo. Doveva essere stato davvero molto assorto, se non aveva sentito le trombe che annunciavano l'entrata dell'imperatore. Da quella distanza vedeva soltanto una figura avvolta in una tunica purpurea e in un mantello scintillante d'oro.

Più tardi, quella sera, mentre il massaggiatore di Corace era al lavoro su di lui dopo il bagno, Gaio si accorse che il suo corpo era una massa di muscoli doloranti, per l'eccessiva tensione cui li aveva sottoposti durante i giochi. Sul momento non se n'era accorto.

Ma provava anche un grande senso di liberazione. Andare al Colosseo era come partecipare a una battaglia, come il momento in cui l'intera esistenza è semplificata in un'unica lotta, e ci si sente trasportati al di fuori di se stessi e si diventa una sola cosa con una realtà più grande. Per un momento gli sembrò di capire perché i romani amassero i giochi con tanta passione. Per quanto sembrasse assurdo e inutile, erano spinti dalla stessa forza che aveva permesso alle legioni di conquistare mezzo mondo.

La sera della cena di Malleo era fredda e ventosa, ma le strade erano invase come al solito da venditori di vivande e da barbieri, da uomini che magnificavano le loro pentole e le loro mercanzie, nella speranza di un'ultima vendita prima che l'oscurità li costringesse a rifugiarsi al coperto. Mentre i portatori della lettiga di Gaio avanzavano verso l'Aventino, si accorse che cominciava ad abituarsi a quel frastuono, come si era abituato allo sferragliare delle ruote ferrate dei carri sulle pietre, che rendeva la notte poco meno rumorosa del giorno.

Ma quando svoltarono nella strada principale, sentì un suono nuovo. La lettiga si fermò e Gaio sporse la testa fra le tende per vedere che cosa stesse succedendo. Una processione religiosa avanzava lungo la strada; vide i Sacerdoti dalle teste rasate e dalle vesti bianche, le donne velate. Le donne gemevano, e le loro lamentazioni erano intervallate dal sibilo dei sistri e dal rullo cupo di un tamburo.

Sebbene portasse la toga di lana, Gaio rabbrividì, perché quei lamenti luttuosi evocavano in lui qualcosa che turbava profondamente la sua personalità urbana e persino la disinvolta competenza dell'uomo che era in patria.

Benché non ne comprendesse la causa, percepiva quell'angoscia come se fosse sua. Era simile alle lamentazioni nel Mitreo quando veniva ucciso il toro. Passò un altro gruppo di Sacerdoti, e quindi altre donne dall'andatura armoniosa che gli ricordò quella delle Sacerdotesse della sua terra; poi passò una lettiga su cui scorse la statua velata di nero di una mucca dorata. Ancora per qualche istante il rullo del tamburo gli martellò gli orecchi, poi la processione si allontanò.

Quando arrivò a casa di Malleo, Gaio capì che alla cena erano presenti coloro che, come aveva scoperto, costituivano il fior fiore della società romana. I piatti erano semplici ma ben preparati, la compagnia cortese e informata. Gaio si sentiva surclassato: ma sapeva che aveva molte cose da imparare da quegli uomini.

L'argomento proposto era la *pietas*; il vino era mescolato a parti eguali d'acqua, in modo che tutti rimanessero lucidi abbastanza a lungo per discutere seriamente.

«Immagino che il problema sia se c'è più di una religione vera», disse Gaio quando toccò a lui parlare. «Naturalmente ogni popolo ha la sua fede e dovrebbe poterla conservare, ma qui a Roma mi sembra che adoriate più dei di quanti immaginassi. Proprio stasera, per esempio, ho visto una processione che sembrava orientale; ma quasi tutti coloro che la seguivano erano romani.»

«Dovevano essere le Isia», commentò Erennio Senecione, uno degli ospiti più ragguardevoli. «I seguaci di Iside commemorano la sua ricerca del corpo smembrato di Osiride, in questo periodo dell'anno. Quando ha raccolto i pezzi rianima il corpo e concepisce di nuovo Horus, il figlio-sole.»

«Le tribù britanne non celebrano una festività in questo stesso periodo?» chiese Tacito. «Mi sembra di ricordare le processioni che si svolgevano nelle campagne, con le maschere e le ossa.»

«È vero», rispose Gaio. «Per Samaine la cavalla bianca si aggira con i suoi adoratori e la gente invita le anime degli antenati a reincarnarsi nel grembo delle donne della tribù.»

«Forse questa è la spiegazione», commentò Malleo. «Anche se diamo nomi diversi agli dei, in sostanza sono gli stessi; perciò adorare uno qualunque di loro significa essere pii.»

«Per esempio, il dio che noi chiamiamo Giove ha come attributi la quercia e il fulmine», convenne Tacito. «I germani lo adorano come Donar, e i britanni come Tanarus o Taranis.»

Gaio non ne era molto sicuro. Era difficile immaginare che una divinità celtica venisse adorata in un grande tempio come quello consacrato a Giove nel foro. A una festa aveva conosciuto una donna che dicevano fosse una vestale; l'aveva osservata con curiosità, ma, sebbene avesse una dignità e un decoro senza dubbio maggiore di quasi tutte le romane, non possedeva la nobiltà che Gaio associava alle Sacerdotesse della Casa della Foresta. Stranamente, era più facile identificare l'egizia Iside, di cui aveva appena visto la processione, con la Grande Dea che Eilan serviva.

«Credo che il nostro amico venuto dalla Britannia abbia indicato un problema autentico», fece notare Malleo. «Sicuramente fu per questo che i nostri padri lottarono per impedire che mettessero radici in Roma culti stranieri come quelli di Cibele e di Dioniso. Persino il tempio di Iside fu incendiato.»

«Se includiamo nel nostro impero tutti i popoli del mondo», replicò Tacito, «dobbiamo includere anche le loro divinità. Non lo negherei mai perché penso che vi sia più onore, più purezza morale e più pietà religiosa nella casa di un qualunque capotribù germanico che in quasi tutte le illustri residenze di Roma. Non c'è nulla di male, purché abbiano la precedenza i rituali che preservano lo stato.»

«Sembra che il divo Augusto avesse in mente proprio questo quando permise che il suo culto si diffondesse nell'impero», rispose Malleo.

Vi fu un breve silenzio.

«*Dominus et deus*», disse sottovoce qualcuno, e Gaio rammentò di aver sentito dire che era così che voleva essere chiamato l'imperatore attuale. «Sta esagerando! Torneremo ai tempi in cui Caligola pretendeva che si venerasse il suo cavallo preferito?»

Gaio si voltò e vide, con una certa sorpresa, che chi aveva parlato era Flavio Clemente, un cugino dell'imperatore.

«La *pietas* è l'essenza della venerazione e dell'obbligazione tra gli uomini e gli dei, non l'adulazione per un mortale!» esclamò Senecione. «Persino Augusto esigeva che al suo nome venisse associata Roma. Noi non adoriamo l'uomo bensì il suo genio, il dio che è in lui. Credere che un semplice umano abbia la saggezza e la forza di governare un impero come questo sarebbe veramente un'empietà.»

«Bene, nelle province il culto costituisce una forza unificante», osservò Gaio nel silenzio imbarazzato che seguì. «Quando nessuno sa che aspetto ha l'imperatore, il massimo che si può fare è venerare l'idea di un Sovrano Divino. Quale che sia la religione personale, tutti possono associarsi per bruciare incenso in onore dell'imperatore.»

«Tutti, tranne i cristiani», osservò qualcuno e tutti risero, eccettuato Flavio Clemente.

«Bene, non c'è bisogno di perseguitarli e di farne altrettanti martiri», dichiarò Tacito. «Attirano soprattutto gli schiavi e le donne. E hanno tante fazioni che finiranno per annientarsi fra loro se li lasceremo in pace.»

Furono serviti dolciumi e formaggi, e la conversazione passò ad altri argomenti. Erano tutti uomini civilizzati, dopotutto, poco portati a farsi trascinare dagli entusiasmi religiosi. Ma Gaio non poté fare a meno di chiedersi se *pietas*, dovere e obbligazioni reciproche fossero sufficienti per nutrire l'anima umana. Forse la gente era spinta verso culti come quello di Iside o di Cristo dall'aridità della religione di stato, o forse i rituali sanguinosi del Colosseo erano diventati la vera religione di Roma.

L'altra cosa che stava incominciando a comprendere era che fra gli uomini più intelligenti della città, dei quali apprezzava sempre più la compagnia, c'era una crescente opposizione all'imperatore. Quelle conoscenze non gli avrebbero assicurato le protezioni di cui aveva bisogno per avanzare nella carriera. Se avesse dovuto scegliere fra ambizione e onore, che avrebbe fatto?

Poco dopo l'arrivo di Gaio, i liberti del procuratore imperiale si misero al lavoro per riassumere il contenuto del rapporto di Licinio e analizzarne le implicazioni per l'imperatore. Tuttavia i padri della città conservavano un'autorità sufficiente perché tali informazioni venissero comunicate anche a loro, e Gaio scoprì che l'influenza dei suoi nuovi amici gli aveva procurato l'invito a parlare al senato e quindi un incontro con l'imperatore in persona.

Quella mattina, Gaio si fece radere con particolare cura; anche se a volte pensava che i barbuti Ardanos e Bendeigid fossero meno barbari di lui, non credeva che sarebbe riuscito a spiegarlo alla presenza dei padri coscritti.

Era molto presto quando arrivò in senato e venne fatto accomodare su un seggio accanto a una statua del divo Augusto che aveva un'aria fredda e irritata. I senatori entravano, soli o a piccoli gruppi, parlando sottovoce, seguiti dai segretari con le pile di tavolette cerate per mettere a verbale i dibattiti e le decisioni della giornata. Era così, pensò Gaio, che i signori del mondo decidevano il destino delle nazioni. In quella sala marmorea avevano discusso la difesa contro Annibale e l'invasione della Britannia. Il fiume del tempo scorreva poderoso in quell'aula; al confronto, persino l'orgoglio dei Cesari non era altro che un'increspatura sull'acqua.

Mentre incominciavano le invocazioni preliminari arrivò l'imperatore, risplendente in una toga purpurea ricamata di stelle d'oro che fecero battere le ciglia a Gaio. Aveva sentito parlare della *toga picta*, ma pensava che venisse indossata soltanto da un generale in occasione del trionfo. Era inquietante vederla ora, e si chiese se Domiziano voleva essere considerato un conquistatore o se amava semplicemente le vesti lussuose. Era la prima volta che vedeva l'imperatore tanto da vicino. Il figlio minore del grande Vespasiano aveva il collo taurino e le spalle muscolose di un soldato, ma Gaio leggeva la petulanza nella piega delle labbra e il sospetto negli occhi.

Era quasi il momento della pausa di mezzogiorno quando Gaio fu chiamato a leggere il rapporto di Licinio sulle finanze della Britannia. Vi furono alcune domande, quasi tutte sul tema delle risorse, e una di Clodio Malleo che permise a Gaio di accennare alla parte da lui avuta nella repressione dell'ultima rivolta. Nonostante le recenti lezioni di oratoria, era convinto di aver annoiato gli ascoltatori; tuttavia alla fine del suo discorso gli tributarono un breve applauso educato e, come Licinio aveva previsto, decretarono che per l'anno successivo una percentuale ragionevole delle tasse raccolte venisse trattenuta in Britannia.

Gaio non era molto sorpreso, dato che era appunto per questo scopo che Licinio l'aveva mandato a Roma.

Vi fu poi un breve incontro con Domiziano. L'imperatore, che aveva un altro impegno, stava già per togliersi la toga splendente, ma indugiò abbastanza a lungo per rivolgere a Gaio qualche parola di ringraziamento.

« Hai fatto parte dell'esercito? » chiese.

« Come tribuno della Seconda Legione ho avuto il privilegio di prestare servizio ai tuoi ordini in Dacia », rispose Gaio.

« Uhm... Bene, immagino che allora dovremo trovarti qualcosa da fare nelle province », disse l'imperatore senza troppo interesse, mentre si voltava.

« *Dominus et deus* », lo salutò Gaio, e si rimproverò di aver pronunciato quelle parole.

Durante il ritorno a casa, Gaio andò in lettiga con Clodio Malleo. Era la prima volta, quel giorno, che avevano la possibilità di parlare in privato.

« E che impressione ti ha fatto il senato? » chiese il vecchio patrizio.

« Mi ha fatto sentire orgoglioso di essere romano », rispose sinceramente Gaio.

« E l'imperatore? »

Gaio tacque.

Dopo un momento, il senatore sospirò. « Hai visto come stanno le cose », disse a voce bassa. « La protezione che posso offrire deve essere data con molta prudenza, almeno per il momento. Ma se sei disposto ad affrontare i rischi che questo legame potrebbe comportare per te, oltre alle potenziali ricompense, sarò felice di accettarti fra i miei protetti. Posso fare in modo che tu abbia il posto di procuratore per i rifornimenti dell'esercito in Britannia. Normalmente avresti dovuto essere destinato a qualche altro luogo dell'impero, ma credo che per noi saresti molto più utile nella terra che conosci tanto bene. »

Quel « noi » riscaldò il cuore di Gaio che si era sentito agghiacciare di fronte alla mancanza d'interesse dell'imperatore. La Roma che suo padre e Licinio gli avevano insegnato a onorare forse era morta; ma aveva la sensazione che sotto la guida di uomini come Malleo e Agricola lo spirito antico di Roma avrebbe avuto la possibilità di rivivere.

« Sarei onorato », disse nel silenzio; e comprese che, come la decisione da lui presa dopo la battaglia di monte Graupius, questa scelta avrebbe determinato il corso della sua vita.

24.

Le Sacerdotesse adoravano la luna nuova nel Bosco Sacro dietro la Casa della Foresta, secondo un rituale che gli uomini non avevano inventato e non erano autorizzati a seguire. Caillean osservava le novizie che venivano a completare il cerchio, e si sentiva come una gallina che conta i suoi pulcini... o, forse, pensò osservando il biancore delle loro vesti nella mezza luce, erano piccoli cigni che stavano per trasformarsi in cigni adulti.

Vi fu un momento di silenzio mentre il cerchio si completava. Caillean si portò davanti al mucchio di pietre che era il loro altare, con Dieda a sinistra e Miellyn a destra, posizione che solitamente era lei a occupare. Ma quella sera Eilan era tormentata dai crampi e il posto della Somma Sacerdotessa era toccato a Caillean. Le sembrava strano essere lì e non sentire l'energia di Eilan che controbilanciava la sua.

Dieda alzò la mano, e il silenzio fu spezzato da un tintinnio di sonagli argentei.

« Salute a te, luna nuova, gemma di dolcezza », cantarono le fanciulle. Erano una dozzina ed erano venute alla Casa della Foresta dopo che Eilan era diventata la Somma Sacerdotessa. Gli arrivi più recenti erano motivati dalla musica di Dieda. Quando il vecchio Ardanos aveva tramato per far entrare a Vernemeton la figlia e la nipote aveva ottenuto risultati migliori del previsto. Caillean ascoltava le voci pure che lodavano il cielo e sospirava di soddisfazione.

M'inginocchio davanti a te,
ti offro il mio amore;
m'inginocchio davanti a te,
ti porgo la mia mano,
levo gli occhi verso di te,
o luna nuova delle stagioni!

A ogni frase s'inchinavano, quindi alzavano le braccia in atto di supplica, con gli occhi fissi sulla falce argentea, e il loro salmodiare diventava come una danza. Poi cominciarono a muoversi lentamente secondo la direzione del sole, spostandosi intorno al cerchio, con le braccia protese.

Salute a te, luna nuova,
gioiosa fanciulla del mio amore!
Salute a te, luna nuova,
gioiosa fanciulla della grazia!
Tu segui il tuo corso,
tu ci mostri il volto splendente,
o luna nuova delle stagioni!

Caillean lasciò che il suo sguardo si perdesse in lontananza e che il ritmo del canto la trasportasse in una trance ancora più profonda. Ogni volta diventava più facile. Nella sua vita c'era stato un periodo di vuoto quando sembrava che nulla avesse più senso. Ma, grazie alla Dea, sembrava superato. Con la fine dei cicli mestruali, le dighe del suo spirito si erano schiuse e a ogni stagione sentiva con un'intensità via via più forte le maree del potere.

E tu ne sei la causa, Eilan, pensò mentre lanciava il suo pensiero in volo verso la mole scura della Casa della Foresta al di là degli alberi. Senti come cantano dolcemente le tue figlie?

Involontariamente spalancò le braccia. Le giovani che circondavano l'altare parevano muoversi in una nebbia luminosa.

Tu, vergine regina dell'ispirazione,
tu, vergine regina della fortuna,
tu, vergine regina, amata luna nuova delle stagioni!

Ancora una volta i sonagli tintinnarono dolcemente e il canto si spense nel silenzio; ma era un silenzio diverso, carico di energia. Caillean tese le braccia e percepì la tensione del compimento quando le altre due le presero le mani. Un secondo fremito le annunciò che le fanciulle s'erano prese per mano in un cerchio intorno a lei.

«Sappiate, sorelle mie, che il Potere della luna è il Potere delle donne, la luce che rifulge nell'oscurità, le maree che governano i piani interiori. La luna vergine governa ciò che cresce e ciò che inizia; perciò attingiamo dal suo potere per gli scopi per i quali è stato richiesto il nostro aiuto. Sorelle, siete pronte a prestare la vostra energia all'opera che stiamo compiendo? »

Dal cerchio giunse un mormorio d'assenso, e Caillean piantò più saldamente i piedi nell'erba fresca.

« Noi invochiamo la Dea, la Signora della Vita che ha per veste il cielo stellato; la Dea è la vergine sposa, la madre di tutti i viventi, la saggezza che trascende il mondo. È tutte le dee, e tutte le dee sono una sola Dea; in tutte le sue fasi, in tutti i nostri volti, come risplende nei cieli, risplende in noi tutte! » Parlava come se tentasse di respirare controvento. « Dea, ascoltaci... » invocò.

« Dea, sii vicina a noi », fecero eco le altre.

« Dea, ascoltaci! » La tensione era quasi insopportabile. Caillean la sentiva fremere attraverso le mani intrecciate alle sue.

« Per la guarigione di Pethoc, madre di Ambigatos, noi chiamiamo questo potere! »

Caillean sentì Dieda intonare la prima nota dell'accordo risanatore; un quarto delle fanciulle si unì al canto, con un suono basso e vibrante come quello della corda di un'arpa, ma più profondo, più dolce, più alto, che continuava all'infinito. Poi venne la seconda nota, e metà del cerchio prese a cantare; e la terza, mentre l'accordo saliva e si completava in una nota altissima su cui la voce di Dieda ascese limpida, come un'allodola che s'invola nel cielo. Era un principio adottato dagli arpisti di Eriu nella loro magia; ma era stata un'idea di Eilan, quella di applicarla al canto, e Dieda aveva elaborato la tecnica e l'aveva insegnata alle allieve. Trovarsi al centro del canto era come stare all'interno di un'arpa. Gradualmente, mentre le voci si mescolavano, Caillean incominciò ad allacciare un contatto con gli spiriti delle altre.

Io volo con ali di luce. Non avrebbe saputo dire di chi fosse quel pensiero, e non aveva importanza, perché in quel momento, mentre erano tutte collegate, provava la stessa sensazione.

« Vedo arcobaleni intorno alla luna... nella luce del sole... nell'acqua della cascata... tutto il mondo risplende...

«Acqua fresca... il calore di un fuoco... la morbidezza delle prime d'un anatroccolo... le braccia di mia madre...»

In quella fusione di suoni tutti i sensi si confondevano. Solo la mente di Dieda rimaneva distinta dalle altre... Critica e ancora insoddisfatta.

«Ora respirate, e trattenete il respiro... Tanais barcolla. Aspetta, aspetta... ora dovrebbe intervenire Rhian con la quinta nota... Così va meglio. Ora saliamo la scala... Restate con me, tutte... Mantenete l'armonia!»

Le ultime irregolarità sparirono. Le voci unite delle donne ascesero e divennero la Voce della Dea. Per qualche istante cessò anche il monologo interiore di Dieda. Caillean sentì la tensione che si allentava nell'aria mentre l'accordo vibrava con un'intensità non umana. E, sebbene Caillean non conoscesse le parole per descrivere quanto fosse calzante ciò che udiva, era abbastanza esperta di canto per comprendere l'estasi di una musicista esperta che viveva l'esperienza dell'armonia perfetta.

Dovette far forza su se stessa per scuotersi, protendersi verso l'energia che le palpitava intorno e attirarla a sé, tenere fissa nella mente l'immagine della malata per cui operavano. Ora vedeva una nebbia di energia che diventava più luminosa a ogni respiro.

Caillean attirò il Potere in sé, vi proiettò l'immagine e tutte poterono vederla, baluginante sopra il mucchio di pietre. Il suono crebbe fino a quando le sembrò di non poterlo più sopportare. Alzò le braccia... Tutte alzarono le braccia mentre il Potere zampillava in una colonna di luce, un'ondata di suono purissimo per trasmettere forza alla malata. E poi svanì. Si fermarono. Avevano la certezza di essere riuscite nell'intento.

Quella notte evocarono ancora due volte il Potere per operare guarigioni e infine un'ultima volta per recuperare una parte dell'energia che avevano perduto. Quando tutto finì, la pace era ritornata persino negli occhi di Dieda. Poi, con un mormorio conclusivo di gratitudine, ritornarono in processione alla Casa della Foresta per cenare e dormire. Ma Caillean, sebbene fosse stanca, si recò nell'edificio separato dove alloggiava la Somma Sacerdotessa per riferirle com'era andata.

«Non hai bisogno di dirlo...» annunciò Eilan quando Caillean entrò nella sua stanza. «Anche da qui vi ho sentite, e ho sentito il Potere.»

Caillean sembrava rischiarata da una luce interiore.

«È vero, Eilan. Questa è l'opera cui eravamo destinate! Quando ero una bambina al servizio di Lhiannon, sognavo proprio questo. Ma poi i druidi ci hanno rinchiuse qui dentro, e la visione si è perduta. Nonostante la mia conoscenza, non sapevo come ritrovarla fino a che tu non mi hai indicato la strada.»

«L'avresti trovata...» Eilan si sollevò a sedere sul letto e sorrise con uno sforzo. Si sentiva ancora dolorante, come le accadeva spesso in quella fase della luna. S'era convinta sempre di più che, in un lontano passato, Caillean fosse stata una delle Sacerdotesse più insigni. Perciò gran parte di ciò che facevano ora nella Casa della Foresta nasceva in sprazzi di certezza, come se non l'inventassero, bensì lo ricordassero. Immaginava di essere stata anche lei una Sacerdotessa; ma, sebbene lei avesse le visioni, c'erano momenti in cui Caillean riusciva a evocare un potere straordinario. «Ho pensato spesso che avresti dovuto venire scelta come Somma Sacerdotessa al posto mio.»

Caillean le lanciò un'occhiata. «Un tempo l'avrei pensato anch'io», concordò. «Ma ora non lo vorrei più.»

«Hai molto buon senso. Tuttavia, se dovessi, sapresti farlo.» I capelli di Caillean erano più inargentati, pensò Eilan; ma a parte questo sembrava poco diversa dalla donna che dieci anni prima aveva aiutato la figlia di Mairi a venire al mondo.

«Comunque ora non devo farlo», disse vivacemente Caillean. «Sono qui per ottenere da te qualche decisione. Abbiamo ricevuto una richiesta piuttosto strana. Un uomo della setta romana che chiamano cristiana vuole stabilirsi nella vecchia casupola nella foresta. Dice di essere un eremita. Devo rispondere che può restare, oppure devo mandarlo via?»

«Tanto vale che rimanga», rispose Eilan riflettendo. «Non ho intenzione di mandare là altre donne per punizione, e immagino che non lo voglia neppure tu, e tutti i Corvi hanno trovato nuovi nascondigli.» Provava una fitta dolorosa al pensiero che un estraneo vivesse nel luogo dove aveva partorito e allattato il figlio, ma era un sentimentalismo inutile.

«Sta bene», disse Caillean. «E, se Ardanos farà obiezioni, potrò citare il precedente stabilito quando permisero ai cristiani di costruire la cappella del biancospino sull'Isola delle Mele, sotto il Pozzo Sacro.»

«Ci sei stata?» chiese Eilan.

«Molto tempo fa, quand'ero molto più giovane», rispose Caillean. «Il Territorio dell'Estate è una terra strana, fatta di paludi e laghi e prati. Se non piove, il Tor si trasforma in un'isola. La nebbia a volte l'avvolge, e finisci per convincerti che la prossima svolta ti porterà nell'Altro Mondo; poi un raggio di luce fende le nubi e vedi il sacro Tor con il suo cerchio di pietre.»

Mentre ascoltava Caillean, Eilan aveva quasi la sensazione di vederlo. E a un tratto lo vide, in una visione inaspettata e fuggevole... ma anche Caillean era nella visione, e avanzava nella nebbia a bordo d'una barca a fondo piatto sospinta con le pertiche dai piccoli uomini scuri delle colline, e molte Sacerdotesse novizie erano sedute a poppa. Caillean invece era in piedi, e monili d'oro le ornavano il collo e la fronte.

«Caillean», mormorò. Notò che l'altra spalancava gli occhi e comprese che qualcosa di ciò che aveva visto doveva essere trapelato dalla sua espressione. «Tu sarai la Somma Sacerdotessa sull'Isola delle Mele. L'ho visto. È là che condurrai le donne.»

«Quando...» chiese Caillean, ed Eilan scosse la testa.

«Non lo so.» Eilan sospirò perché la visione, come accadeva spesso, era stata un bagliore momentaneo. «Ma sembra un luogo sicuro, nascosto agli occhi dei romani. Forse dovremmo pensare a insediarvi qualche Sacerdotessa.»

Il nuovo incarico di Gaio lo costringeva a viaggiare spesso. Dato che per il momento il principale deposito dei rifornimenti era a Deva, occupata adesso dalla Ventesima Legione, era logico che trasferisse la famiglia in un'amena proprietà a sud della città, che chiamarono Villa Severina. Giulia non era stata entusiasta all'idea di lasciare Londinium, ma si rassegnò alla vita di campagna e un anno dopo il loro arrivo all'ovest diede alla luce due gemelle alle quali diede sbrigativamente i nomi di Terza e Quarta. L'ultima era così piccina che presero l'abitudine di chiamarla Quartilla.

Le era difficile affezionarsi alle gemelle. Durante la gravidanza, per via di quel ventre così grosso, aveva avuto la certezza di poter dare a Gaio, finalmente, un maschio robusto. Era senza dubbio un motivo di depressione aver affrontato un travaglio tanto difficile per mettere al mondo due figlie, una delle quali malaticcia.

Si riprese lentamente, perché aveva sofferto molto durante il parto; e, quando fu chiaro che non poteva allattare le bimbe, le affidò a una balia senza dispiacersi troppo. Quanto prima fosse ridiventata fertile, tanto prima avrebbe potuto ritentare di concepire un maschio. Il medico greco le aveva fatto capire che poteva essere pericoloso; ma era soltanto uno schiavo e le minacce di Giulia gli impedirono di avvertire Gaio e Licinio.

La prossima volta, si ripromise Giulia, costruirò a Deva un tempio in onore di Giunone, se sarà necessario... ma la prossima volta avrò un maschio!

Tuttavia, mentre le bambine crescevano, si abituò a vivere gran parte del tempo fra le dolci colline a sud di Deva e a soggiornare nella casa del padre a Londinium solo durante l'inverno. Licinio voleva bene alle nipoti, ed era già in cerca di famiglie adatte per stringere future alleanze matrimoniali.

Gaio era un padre indifferente, ma Giulia non si aspettava niente di più. Sapeva che, quando lei stava poco bene, lui a volte dormiva con una delle schiave; ma finché faceva il proprio dovere nel suo letto non aveva obiezioni. Si era sposata per ottenere la posizione di matrona e per dare un erede al padre. Il suo rapporto con Gaio era basato sul rispetto reciproco e sull'affetto; e per una romana di buona famiglia qualunque altra cosa sarebbe apparsa riprovevole.

Quando pensava agli scandali e ai divorzi che avvenivano anche a Londinium, pallida imitazione della società romana, le sembrava che lei e Gaio fossero una delle poche coppie che conservavano ancora gli antichi valori. Il matrimonio era riuscito e c'erano perfino momenti, mentre guardava le figlie che giocavano nel giardino della villa, abbigliate di tuniche colorate che spiccavano come fiori sullo sfondo verdeggiante, in cui sentiva di essere una buona madre.

Poco dopo il secondo compleanno delle gemelle, Giulia scoprì di essere di nuovo incinta.

Dopo un lungo periodo piovoso in cui le bambine scalpitavano e piagnucolavano perché erano costrette a restare al chiuso, era venuto finalmente il caldo. Giulia era seduta sulla veranda che avevano costruito sul davanti della casa quando vi avevano aggiunto le ali laterali. Avrebbe dovuto controllare i conti di casa, ma in realtà sonnecchiava al sole. Teneva le mani posate sul ventre, e sentiva il bambino, sicuramente un maschio, che si muoveva nel suo ventre. Non si era mosso molto, in quegli ultimi tempi, e Giulia pensava che il caldo lo avesse reso torpido quanto lo era lei.

Se ne stava immobile con gli occhi semichiusi, e ascoltava il canto degli uccelli e le voci degli schiavi al lavoro. Gaio diceva spesso che la casa diretta da Giulia funzionava con l'efficienza di una legione accampata. Lei sapeva sempre, senza bisogno di controllare, dove si trovava ogni schiavo e che cosa doveva fare in ogni ora del giorno.

«... giocano in giardino.» Era la voce della robusta ragazza gallica che aveva il compito di badare alle bambine.

«Non ci sono!» rispose la vecchia Lidia, che si occupava del loro alloggio. «Le gemelle stanno mangiando il pasto di mezzogiorno, e Cella aiuta la cuoca a preparare le focacce. Ma Seconda ha l'età in cui i bambini, se non si sorvegliano, vanno in giro a esplorare...»

«Ma era in giardino», affermò la ragazza.

«E tu dov'eri? A civettare con lo stalliere del padrone?» ribatté Lidia. «Bene, non può essere andata lontana. Va' a cercarla, e io chiamerò qualcuno degli uomini perché ti aiuti. Ma giuro che ti farò frustare se le è successo qualcosa. Dove avevi la testa? Sai che la padrona non deve preoccuparsi, ora che manca poco al parto.»

Giulia aggrottò la fronte e si chiese se doveva alzarsi per parlare con le donne. Ma la gravidanza le aveva tolto energie e volontà, e sicuramente Seconda sarebbe ricomparsa presto.

Sentì altre voci in lontananza, e quella profonda di Gaio che faceva domande. Bene, pensò, la sta cercando anche lui. È ora che si decida a muoversi un po' per amore delle figlie.

Tornò ad adagiarsi. Doveva riposare per il piccino non ancora nato; tuttavia, col passare del tempo, la tensione la fece alzare. Non sentiva più le voci che chiamavano. Dov'era andata Seconda?

L'ombra sulla meridiana si era spostata quasi di un'ora quando sentì voci smorzate e un suono di passi sulla ghiaia del sentiero. Dunque l'avevano trovata... ma perché erano così silenziosi? Seconda avrebbe dovuto strillare, se il padre l'aveva picchiata come meritava. Un brivido gelido la scosse. Si aggrappò alla colonna mentre il gruppetto appariva dietro gli alberi.

Vide la testa bruna di Gaio e cercò di chiamarlo, ma non riuscì a trovare la voce. Poi il giardiniere si spostò, e Giulia vide che teneva Seconda fra le braccia. Ma non l'aveva mai vista così immobile, neppure quando dormiva.

Perché non si muove? Strinse le labbra, in silenzio.

Gaio si avvicinò, con il viso contratto e rigato di lacrime. La veste rosa di Seconda grondava acqua, e i riccioli neri erano incollati alla testa. Giulia sbarrò gli occhi, mentre il sangue le si ghiacciava nelle vene.

« Era nel ruscello », disse Gaio con voce rauca. « Sul bordo del campo. Ho cercato di rianimarla, ho cercato... » Deglutì e guardò il visetto pallido come il marmo.

No, pensò stordita Giulia. Seconda non avrebbe respirato mai più. Batté le palpebre e si chiese perché il mondo era diventato così buio. Poi sentì una fitta lacerante nel ventre.

Le ore che seguirono furono una confusione di angoscia e di sofferenza. Ricordava di aver sentito Gaio giurare che avrebbe fatto scuoiare viva la schiava gallica, mentre Licinio tentava di calmarlo. Era successo qualcosa a Seconda... Cercò di alzarsi per raggiungerla, ma le donne continuavano a trattenerla. Poi il dolore al ventre ricominciò. Nei momenti di lucidità, Giulia capiva che qualcosa non andava. Conosceva i dolori del travaglio, ma era incinta da sei mesi appena. Dei, se avete pietà, fate che smetta. Mi avete tolto la figlia... non permettete che perda mio figlio!

Era quasi l'alba quando fu scossa da una contrazione convulsa e sentì un ultimo fiotto di sangue caldo fra le cosce. Lidia si chinò su di lei imprecando sommessamente. Giulia sentì la pressione quando la donna le mise altri pezzi di tela fra le gambe per arrestare l'emorragia. Ma per un momento aveva intravisto qualcosa d'altro, qualcosa di piccolo e violaceo che non si muoveva.

«Mio figlio.» Il suo sussurro era un filo di voce. «Dammelo, ti prego!»

Piangendo, Lidia le portò qualcosa avvolto in un drappo insanguinato e glielo mise fra le braccia. Il visetto era stato pulito, e Giulia poteva vedere i lineamenti minuscoli e perfetti, come i petali di una rosa rovinata.

Lo teneva ancora fra le braccia quando lasciarono entrare Gaio.

«Gli dei mi odiano», mormorò Giulia, mentre le lacrime le sgorgavano dagli occhi.

Gaio si inginocchiò accanto al letto, le scostò dalla fronte i capelli madidi e la baciò con inattesa tenerezza. Per un momento guardò il bimbo nato morto, poi, gentilmente, gli coprì il volto con un lembo di stoffa e lo prese. Giulia fece un movimento convulso per trattenerlo, ma stentava a muoversi. Per un momento Gaio rimase con il bimbo fra le braccia, come qualunque padre che si accinge a riconoscere il figlio appena nato, poi affidò il corpicino a Lidia perché lo portasse via.

Giulia affondò la faccia nel cuscino e singhiozzò. «Lasciami morire! Ho fallito, lasciami morire!»

«Non è vero, mia povera cara. Hai ancora tre bambine che hanno bisogno di te. Non devi piangere.»

«Il mio piccino, il mio maschietto, è morto!»

«Taci, amor mio.» Gaio cercò di calmarla e guardò con aria implorante il suocero che l'aveva seguito. «Non sei ancora vecchia, cara. Se gli dei vorranno, potremo avere ancora molti figli...»

Anche Licinio si chinò a baciarla. « E se non avrai un maschio, mia cara figliola, che importanza ha? Ti assicuro che per me sei stata una figlia preferibile a molti figli maschi. »

« Ora devi pensare alle nostre bambine », mormorò Gaio.

Giulia fu assalita dalla disperazione. « Non ti occupavi mai di Seconda. Perché dovresti avere a cuore le altre, adesso? La sola cosa che t'interessa è il fatto che ho perduto tuo figlio. »

« No », disse Gaio a voce bassa. « Non ho bisogno che tu mi dia un figlio maschio. Ora devi dormire. » Si alzò. « Il sonno guarisce molti dolori, e domattina ti sentirai meglio. »

Ma Giulia pensava ai lineamenti delicati del suo bambino e non lo ascoltava.

Mentre le settimane passavano e Giulia si riprendeva lentamente, Gaio scoprì di essere rattristato più dal dolore della moglie che dai propri sentimenti. Quando era nata Seconda s'era trovato lontano da casa, e non le era molto affezionato. E non era capace di soffrire molto per la perdita di una figlia su quattro.

Però, quando pensava al figlioletto perduto, non poteva fare a meno di ricordare il figlio di Eilan. Nella società romana l'adozione di un bambino sano appartenente a un'altra famiglia era una soluzione tradizionale. Se Giulia non avesse avuto figli maschi, e dopo una consultazione con il medico la cosa incominciava a sembrare improbabile, sarebbe stato meno facile che lei obiettasse se Gaio avesse voluto il figlio primogenito. Ed era affezionato alle figlie anche se non provava per loro un legame paragonabile a quello che aveva con il primogenito.

Ma ci sarebbe stato tempo per tutto questo quando Giulia si fosse rimessa in salute. Nella speranza che servisse a distrarla dal dolore, acconsentì ad accompagnarla in pellegrinaggio al santuario della Dea Madre presso Venta; il viaggio, però, non contribuì a guarire la sua salute e il suo spirito, e, quando Gaio propose di tornare a vivere a Londinium, lei non volle saperne.

« I nostri figli sono sepolti qui », disse. « Non intendo abbandonarli. »

Gaio lo considerava un atteggiamento irragionevole. Nonostante le credenze indigene, secondo le quali nella terra dei Siluri c'era l'entrata dell'Altro Mondo, aveva la sensazione che nessun luogo della terra potesse essere più vicino o più lontano di un altro dalla Terra dei Morti. Tuttavia s'inchinò alla volontà di Giulia. E rimasero.

Verso la fine dell'anno giunse la notizia che Agricola era morto.

« Come ama ripetere Tacito », scrisse Licinio Corace, « 'è un principio della natura umana odiare coloro che abbiamo offeso'. » Ma persino il nostro divino imperatore non riusciva a trovare in Agricola qualcosa che giustificasse la sua collera, perciò il nostro amico era sfuggito allo sfavore ufficiale. Anzi, l'imperatore ha dimostrato molta sollecitudine durante la malattia di Agricola; e, anche se qualcuno mormora che il generale è stato ucciso dal veleno, io credo che sia morto di crepacuore nel vedere il disonore di Roma. Forse è meglio per lui essere morto, e presto ci augureremo tutti di essere morti prima. Considerati fortunato perché sei al sicuro, lontano in Britannia... »

L'anno seguente Licinio si ritirò a vita privata e andò a vivere con la figlia e il genero; perciò aggiunsero un'altra ala a Villa Severina. E incominciò l'ultimo anno di servizio di Gaio come procuratore dei rifornimenti. Aveva sperato che, una volta completato quel periodo, il senatore Malleo potesse fargli ottenere una posizione più importante. Ma quell'anno recò notizie inquietanti. L'imperatore diventava sempre più dispotico e sospettoso. Come comandante militare aveva ottenuto notevoli successi, ma sembrava che li interpretasse come prova del favore divino e, a quanto scriveva Corace, faceva del suo meglio per annientare il potere rimasto alla classe patrizia.

Gaio si chiedeva se quella sarebbe stata la scintilla capace di far divampare la ribellione; ma poi giunse la notizia che Erennio Senecione e molti altri erano stati giustiziati per tradimento.

Gaio comprese che per qualche tempo la sua carriera sarebbe rimasta bloccata. Il suo protettore, il senatore Malleo, sebbene non fosse stato accusato, aveva ritenuto più prudente rifugiarsi nella sua tenuta in Campania. Perciò, quando Gaio terminò il suo turno di servizio come procuratore, rimandò la visita a Roma che aveva in programma e, come il suo protettore, decise di dedicarsi per qualche tempo a migliorare la produttività delle sue terre.

Finalmente incominciava a stringere un'amicizia più solida con le figlie superstiti; ma Giulia era sempre depressa e sofferente. Anche se dormivano nello stesso letto, diventava sempre più ovvio che era molto improbabile che lei gli desse un figlio maschio.

Ormai il figlio di Eilan aveva dieci anni. Anche un padre che non era nelle grazie dell'imperatore poteva garantirgli un futuro migliore di una Sacerdotessa britannica costretta a nascondere persino la sua esistenza; e sicuramente Giulia avrebbe preferito allevare un figlio del marito anziché quello di uno sconosciuto... anche se in realtà non sapeva che cosa avrebbe provato Giulia. Ma dopotutto, poteva assicurarle Gaio in tutta sincerità, il bambino era stato generato prima del loro incontro.

La Casa della Foresta non era lontana; a cavallo la si poteva raggiungere in un pomeriggio. Forse suo figlio viveva al di là del colle più vicino, pensava Gaio mentre guardava verso sud. Eppure aveva stranamente paura di affrontare Eilan. Odiava Roma? Odiava lui? La ragazza che aveva amato da giovanissima era sparita, trasformata nella terribile Sacerdotessa di Vernemeton. A volte aveva l'impressione che fosse scomparsa anche la donna che aveva sposato: la vivacità e l'allegria che l'avevano attratto erano morte insieme col loro bambino.

Gaio aveva fatto una discreta carriera, anche se non aveva realizzato i sogni di suo padre. Ma si rendeva conto che aveva ben poco da amare. Era stato solo molto spesso, ma la disciplina di suo padre e quella dell'esercito lo avevano tenuto troppo impegnato per preoccuparsene. Adesso però Gaio scopriva che, sebbene dirigere la tenuta lo impegnasse fisicamente, lasciava la mente libera di vagare, ed era ossessionato dai sogni della sua infanzia.

Forse era il tempo che dedicava alla terra a stimolare i ricordi di un'età in cui tutto il mondo era nuovo e meraviglioso. Non si era permesso di pensare a sua madre quando era piccolo, ma ora la sognava. Sentiva che lei lo teneva fra le braccia e gli cantava dolci ninnenanne, e si svegliava in lacrime, invocandola perché non lo lasciasse solo.

Ma sua madre era andata nella Terra dei Morti, Eilan lo aveva abbandonato per servire la Dea, e adesso anche Giulia si allontanava da lui. Vi sarebbe mai stato qualcuno, si chiedeva, che sapesse semplicemente volergli bene senza tentare di cambiarlo, qualcuno che l'amasse in modo duraturo?

Allora Gaio ricordava i sentimenti che aveva provato quando aveva tenuto il figlio tra le braccia. Ma, ogni volta che cominciava a elaborare un piano per trovare il bambino, non osava affrontare il pensiero che, quando si fossero incontrati, a suo figlio non importasse nulla di lui. E perciò non faceva nulla.

Un giorno, mentre era uscito a cavallo per cacciare i maiali selvatici che andavano a grufolare nei suoi orti, si accorse di essere arrivato nel bosco sopra la Casa della Foresta, dove Eilan aveva messo al mondo il loro figlio, e guidò il cavallo lungo il sentiero. Sapeva che non avrebbe trovato Eilan; ma forse c'era qualcuno che poteva dargli sue notizie. Anche se lo odiava, lei non poteva rifiutarsi di fargli sapere qualcosa del bambino.

In un primo momento pensò che il posto fosse deserto. La primavera incipiente copriva di gemme verdi i rami degli alberi, ma il tetto di paglia della casupola era sfrangiato e sbiancato dalle intemperie, e il suolo era cosparso di ramoscelli stroncati dall'ultimo temporale e dalle foglie morte dell'anno precedente. Poi scorse un filo sottile di fumo che saliva attraverso il tetto. Il cavallo sbuffò quando Gaio tirò le redini, e un uomo si affacciò. « Benvenuto, figlio mio », lo salutò. « Chi sei e perché sei venuto? »

Gaio disse il suo nome e sbirciò incuriosito l'uomo. « E tu chi sei? » chiese. L'uomo era alto, con la faccia abbronzata dal sole e i capelli scurissimi, aveva la barba in disordine e indossava una rozza tunica di lana di capra...

Gaio si chiese se era un vagabondo che aveva trovato rifugio nella casetta in disuso; poi vide la piccola croce di legno che l'uomo portava appesa al collo con un cinghiolo e comprese che doveva essere un cristiano, forse uno degli eremiti che negli ultimi due o tre anni erano spuntati da un capo all'altro dell'impero. Gaio aveva sentito dire che ce n'erano in Egitto e nell'Africa del nord, ma era strano vederne uno in Britannia. « Che cosa ci fai, qui? » lo interrogò.

« Sono venuto a prendermi cura dei figli perduti di Dio », rispose l'eremita. « Nel mondo ero conosciuto come Licia; ora sono chiamato padre Petro. Senza dubbio Dio ti ha mandato da me perché hai bisogno d'aiuto. Che posso fare per te? »

« Come sai che è stato Dio a mandarmi? » chiese Gaio, divertito dalla semplicità di quell'uomo.

« Sei qui, non è vero? » chiese padre Petro.

Gaio alzò le spalle mentre Petro continuava. « Credimi, figlio mio, non accade mai nulla all'insaputa del Dio che ha messo le stelle al loro posto. »

« Nulla? » ribatté Gaio con un'amarezza che lo sorprese. Si rendeva conto che a un certo momento, negli ultimi tre anni, forse da quando aveva appreso la notizia della morte di Agricola, o forse mentre assisteva alle sofferenze di Giulia, aveva smesso di credere negli dei. « Allora forse puoi dirmi quale divinità è capace di togliere un figlio e una figlia a una madre che li ama. »

« È questo che ti angoscia? » Padre Petro spalancò la porta. « Entra, figlio mio. Non sono cose che si spiegano in poche parole, e il tuo povero cavallo mi sembra stanco. »

Con un senso di colpa Gaio ricordò che il cavallo l'aveva portato molto lontano. Quando lo ebbe legato con una corda abbastanza lunga perché potesse arrivare fino all'erba, entrò nella casupola.

Padre Petro stava disponendo le tazze sul rozzo tavolo. « Che cosa posso offrirti? Ho fagioli e rape e anche un po' di vino. Qui il clima è tale che non posso digiunare spesso come facevo dov'era più caldo. Io bevo solo acqua, ma sono autorizzato a offrire queste cose terrene a coloro che vengono qui. »

Gaio scosse la testa: s'era imbattuto in un filosofo. « Assaggerò il tuo vino », rispose. « Ma ti dico francamente che non riuscirai mai a convincermi che il tuo dio è onnipotente e benefico.

Se è onnipotente, perché non impedisce le sofferenze? E, se può farlo e non lo fa, perché gli uomini dovrebbero adorarlo? »

« Ah », disse padre Petro. « Dalla tua domanda mi accorgo che hai studiato la filosofia degli stoici, perché queste sono le loro parole. Ma i filosofi sbagliano circa la natura di Dio. »

« Mentre tu, naturalmente, hai ragione. » Il tono di Gaio era bellicoso.

Padre Petro scosse la testa. « Io sono soltanto un povero servitore di coloro che chiedono il mio consiglio. Il Figlio unigenito di Dio fu crocifisso e risuscitò dai morti per salvarci: è tutto ciò che devo sapere. Coloro che credono in lui vivranno nella gloria eterna. »

Era la solita, puerile leggenda orientale, pensò Gaio che ricordava quanto aveva sentito dire a Roma. Capiva perché quel mito affascinava gli schiavi e persino alcune donne di buona famiglia. All'improvviso si disse che le farneticazioni di quell'uomo potevano interessare Giulia, o almeno darle qualcosa cui pensare. Posò la coppa.

« Ti ringrazio per il vino, padre, e per ciò che mi hai detto. Mia moglie potrebbe venire a parlarti? È distrutta dal dolore per la morte di nostra figlia. »

« Sarà la benvenuta in qualunque momento », rispose con garbo padre Petro. « Mi dispiace solo di non averti convinto. Non ci sono riuscito, non è vero? »

« Temo di no. » Gaio era un po' disarmato dal rammarico sincero dell'eremita.

« Non sono un abile predicatore », disse quello, con aria piuttosto sconfortata. « Vorrei che fosse qui padre Giuseppe: sono sicuro che ti convincerebbe. »

Gaio lo riteneva molto improbabile, tuttavia sorrise gentilmente. Mentre si voltava per uscire, sentì bussare alla porta.

« Ah, Senara. Entra », disse l'eremita.

« Vedo che c'è qualcuno », rispose una voce molto giovane. « Verrò in un altro momento, se posso. »

« Non importa, stavo uscendo. » Gaio scostò la falda di cuoio che copriva la porta. Davanti a lui stava una delle ragazze più graziose che avesse visto dopo l'incontro con Eilan, tanto tempo prima. Ma naturalmente a quel tempo era giovanissimo anche lui. Senara aveva circa quindici anni, i capelli del colore della limatura di rame nella bottega di un fabbro, gli occhi azzurri, e indossava una veste di lino grezzo.

La guardò di nuovo e comprese dove l'aveva vista. Nonostante gli occhi, i capelli e la carnagione celti, la linea del naso e del mento ricordava chiaramente il vecchio segretario di suo padre, Valerio. E questo avrebbe spiegato perché la ragazza conosceva il latino.

Solo qualche attimo più tardi, mentre slegava il cavallo, si rese conto che avrebbe dovuto chiedere alla ragazza (come l'aveva chiamata, l'eremita? Senara?) come poteva ottenere un incontro con Eilan. Ma ormai la porta s'era chiusa dietro di lei, e una delle poche cose che sapeva sul conto delle donne, anche se sapeva ben poco e ne sapeva anche meno dopo il matrimonio, era che non bisognava mai chiedere a una donna notizie di un'altra donna.

Era ormai passato il tramonto quando Gaio arrivò alla villa; ma l'accoglienza di Giulia, per quanto composta, fu amichevole. Licinio li stava già aspettando nella sala da pranzo.

Macellia e Terza giocavano sulla veranda con un carrettino; avevano vestito la scimmietta di Giulia con abiti da bambino e cercavano di metterla nel carretto. Gaio recuperò la bestiola e la porse a Giulia. A volte si chiedeva come fosse possibile che una donna e tre bambine, con sette servitori, riuscissero a creare tanto caos in una casa.

Le bambine strillarono: «Papà! Papà!» e Quartilla arrivò correndo. Gaio le abbracciò, chiamò Lidia perché si occupasse di loro e andò in sala da pranzo con Giulia.

Lei teneva ancora la scimmietta sulla spalla: aveva all'incirca le dimensioni di un bambino; e inspiegabilmente vederla vestita come un bambino lo irritava. Non capiva che cosa volesse Giulia da quella creatura: era un animale dei climi caldi, e doveva essere circondato da premure come se fosse davvero un bambino. La Britannia era il posto meno adatto per tenere una simile bestiola da compagnia; persino d'estate doveva fare troppo freddo. « Vorrei che ti liberassi di quella povera creatura », scattò in tono infastidito mentre sedevano a tavola.

Gli occhi di Giulia si riempirono di lacrime. « Seconda le era tanto affezionata », mormorò.

La risposta lo indusse a domandarsi, e non per la prima volta, se Giulia avesse perso la ragione. Seconda era morta a sei anni, e, per quanto lui ne sapeva, non aveva mai prestato attenzione alla scimmia. Comunque, se a Giulia faceva piacere crederlo... Notò l'occhiata ammonitrice di Licinio, sospirò e rinunciò a discutere.

« Che cos'hai fatto oggi? » chiese Giulia. Si sforzava di parlare allegramente mentre i servitori portavano le uova bollite, un piatto di ostriche affumicate e di pesce salato, e un assortimento di verdure in insalata condite con olio d'oliva.

Gaio trangugiò troppo in fretta un pezzo di cipolla e tossì, mentre passava mentalmente in rassegna la sua giornata. Tese la mano per prendere un pane fresco. « Stavo cercando di scovare i maiali selvatici e sono finito al di là delle colline », disse. « La vecchia casupola nel bosco ha un nuovo abitante, una specie di eremita. »

« Un cristiano? » chiese Licinio in tono dubbioso. Non aveva mai giudicato favorevolmente i culti orientali che stavano invadendo Roma.

« Pare di sì », rispose Gaio senza sbilanciarsi, e lasciò che la schiava portasse via il piatto mentre altri venivano a servire gli anatroccoli in salsa di prugne e vino dolce. Intinse le dita nella ciotola d'acqua profumata e le asciugò. « Comunque, crede che il suo dio sia risorto dai morti. »

Licinio sbuffò, ma gli occhi di Giulia si riempirono di lacrime. « Davvero? » La sua espressione impotente toccava il cuore di Gaio anche se lo esasperava. Qualunque cosa possa darle conforto... Posò l'ala d'anitra e si girò verso di lei.

« Credi che mi permetterebbe di andare a parlargli? E tu mi lasceresti andare? » chiese Giulia in tono supplichevole.

« Mia cara Giulia, io voglio che tu faccia tutto ciò che può consolarti. » Era sincero. « Qualunque cosa ti renda felice, per me sta bene. »

«Sei così buono.» Gli occhi di Giulia si riempirono nuovamente di lacrime. Deglutì e uscì in fretta.

«Non la capisco», ammise Licinio. «L'ho allevata in modo che vivesse una vita virtuosa e onorasse gli antenati. Volevo bene anch'io alla bambina, ma tutti dobbiamo morire, prima o poi. Ho scelto un buon marito per mia figlia», soggiunse. «Sei stato più comprensivo con lei di quanto avrei fatto io al tuo posto, anche se non ti ha dato un figlio maschio.»

Gaio sospirò e prese il vino. Si sentiva un mostro d'ipocrisia, ma tacque. Era diventato responsabile della felicità di quella donna, e non voleva ferire i suoi sentimenti. Ma non poteva fare a meno di pensare che Eilan non sarebbe mai stata così sciocca da lasciarsi incantare dalle farneticazioni di un eremita cristiano.

Quando i servitori portarono via i dolci, Gaio andò nella camera dove Giulia assisteva mentre le bambine venivano messe a letto. Fu contento di vedere che la scimmietta non c'era; si augurò che fosse fuggita. E, se avessero avuto fortuna, sarebbe stata uccisa da un cane vagabondo.

La schiava regolò il lucignolo e Gaio e Giulia indugiarono per un momento a guardare la luce tenue che guizzava sulle guance lisce e sulle ciglia scure delle bambine. Giulia pronunciò una frase benedicente e toccò l'amuleto contro gli incendi che era appeso alla parete. Negli ultimi tempi era diventata molto superstiziosa. Naturalmente un incendio sarebbe stato un disastro, ma la casa era di costruzione recente e non c'erano spifferi. Tutto sommato Gaio aveva più fiducia nella capacità dei loro schiavi di combattere il fuoco che nelle dee e negli amuleti.

Quando uscirono nel corridoio, Giulia disse: «Credo che andrò a letto».

Gaio le accarezzò la spalla e baciò la guancia che lei gli porgeva. Avrebbe dovuto aspettarselo, pensò. Quando fosse andato a letto a sua volta, Giulia sarebbe stata addormentata, o avrebbe finto di esserlo, e lui non l'avrebbe disturbata. Era come se non avesse moglie. Ma come poteva pensare di avere un altro figlio, se non dormiva con lui?

In ogni caso era inutile criticarla. Le diede la buonanotte e si avviò verso il suo ufficio, nell'altra ala della villa, dove lo attendeva l'ultima parte della *Vita di Agricola* di Tacito.

Fu allora che scoprì dove s'era rifugiata la scimmietta di Giulia: era sul suo scrittoio e aveva sparso escrementi fetidi sulle carte. Con un grido di rabbia, l'afferrò e la scagliò in cortile con tutte le sue forze. Sentì uno strano scricchiolio, poi un gemito, quindi più nulla.

Bene. Se l'animale era morto, non lo avrebbe certo rimpianto, e l'indomani non si sarebbe fatto scrupolo di dire a Giulia che doveva averlo ucciso un cane. L'eremita cristiano poteva confortarla, anche se aveva sentito dire che preferivano non avere nulla a che fare con le donne. In quel momento, si augurava di non averne bisogno anche lui.

25.

GAIO si svegliò la mattina presto. Qualunque cosa potesse succedere quel giorno, doveva anzitutto cercare suo figlio. Ardanos sapeva di certo come mettersi in contatto con la nipote. Non desiderava parlare con il vecchio, che sospettava fosse a suo modo fanatico quanto padre Petro; ma non c'erano alternative. L'unico problema era trovare Ardanos, che non viveva più nei pressi di Deva.

Mentre rifletteva sul da farsi, sentì bussare perentoriamente alla porta, e udì il maestro di casa che andava ad aprire borbottando. Gaio si vestì in fretta e scese dal letto senza far rumore per non svegliare Giulia. Nel cortile attendeva un legionario: era venuto a portare la richiesta di Macellio perché andasse a fargli visita. Gaio inarcò un sopracciglio. Ufficialmente suo padre s'era ritirato a vita privata, ma era diventato un fido consigliere del giovane comandante della Ventesima Legione.

Se fosse uscito prima che Giulia scoprisse quel che era accaduto alla scimmietta, non avrebbe dovuto affrontare le sue lacrime. Gaio attraversò a cavallo la città e giunse alle porte della fortezza, dove scambiò un saluto con la sentinella che lo conosceva fin dal tempo in cui era stato procuratore.

« Tuo padre aveva detto che saresti arrivato probabilmente prima di mezzogiorno », disse il soldato. « Lo troverai con il legato nel pretorio. »

Sulla panca davanti all'ufficio del comandante c'era una donna dall'aria stanca. Era una britanna con la pelle chiara e i capelli scuri, come quelli del popolo della madre di Gaio; doveva avere fra i trenta e i trentacinque anni, e indossava una veste color zafferano ricamata d'oro. Gaio si chiese che cosa avesse fatto e, quando il legionario di servizio lo fece entrare alla presenza del comandante e di suo padre, lo domandò a loro.

« Si chiama Brigitta », rispose Macellio con aria di disgusto. « Si proclama regina dei Demeti. Il marito, morendo, ha lasciato ciò che possedeva in parti eguali a lei e all'imperatore, e a quanto pare è convinta che questo le dia il diritto di governare il regno del defunto. Non ti ricorda nulla? »

Gaio si umettò le labbra. Era una consuetudine diffusa tra i ricchi dividere il patrimonio fra i familiari e l'imperatore nella speranza che il coerede imperiale facesse in modo che gli altri eredi avessero la loro parte. Persino Agricola aveva fatto lo stesso.

Il legato girò lo sguardo da Gaio a Macellio. Era evidente che la cosa non gli sembrava familiare.

«Boudicca», commentò laconicamente Gaio. «Anche suo marito tentò lo stesso sistema, ma gli Iceni avevano debiti con vari senatori molto importanti. Quando morì, quelli si fecero avanti, e Boudicca tentò di opporre resistenza. Lei e le figlie furono... trattate in modo piuttosto indegno, e la regina degli Iceni guidò la tribù in una ribellione che per poco non ci estromise da questa terra.» Era lo spettro che Macellio vedeva quando guardava la donna seduta nel cortile, soprattutto perché i Demeti erano una delle tribù nelle quali il potere si trasmetteva per via femminile.

«Oh, *quella* Boudicca», disse il legato, Lucio Domizio Bruto. A Gaio sembrava un po' troppo giovane per l'incarico che ricopriva, ma era considerato buon amico di Domiziano.

«*Quella* Boudicca», ripeté Macellio. «Perciò, signore, capisci perché il tribuno di Moridunum l'ha catturata appena è stato letto il testamento e perché non possiamo rispettarne le clausole, anche se tornano a beneficio dell'imperatore.»

«D'altra parte», disse Gaio, «è chiaro che bisogna trattare questa donna come se fosse di vetro. Ti assicuro che tutti gli indigeni attendono di vedere ciò che faremo.» Poi fu colpito da un pensiero. «Ha figli?»

«Un paio di figlie, a quanto ho sentito», disse stancamente Macellio. «Ma non so dove siano; hanno appena tre o quattro anni, purtroppo, altrimenti le avrei date in spose a cittadini rispettabili. Non mi piace questa guerra contro le donne e i bambini, ma, se le donne s'impicciano di politica, che cosa possiamo fare? Si dice che Brigitta, o coloro che vorrebbero manovrarla, abbia inviato messaggi per stringere un'alleanza con l'Ibernia.»

Gaio rabbrividì al ricordo della scorreria contro la casa di Eilan. «Portala a Londinium», suggerì. «Se venisse mandata a Roma la sua gente penserebbe che è prigioniera; ma, se viene sistemata in una bella casa in città, forse si convinceranno che li ha traditi. Dille che se non accetterà di vivere a Londinium non vedrà neppure un sesterzio dell'oro del marito.»

«È un sistema che potrebbe funzionare», convenne pensierosamente Macellio. Si rivolse al legato. «Sono d'accordo con la proposta di mio figlio. Hai già un distaccamento pronto a rafforzare la guarnigione di Moridunum: potranno portare la notizia.»

«Allora la donna sarà un ostaggio», concluse Domizio Bruto. Questo poteva capirlo.

Mentre Gaio lasciava l'ufficio, pensò che le figlie, pur essendo piccole, potevano costituire comunque un pericolo. La donna gli ispirava una certa pietà: aveva un'aria desolata.

«Dove sono le tue bambine?» chiese in lingua britannica.

«Dove tu non le troverai mai, romano, siano ringraziati gli dei», rispose la donna. «Non credere che io non sappia in che modo i legionari trattano le ragazze.»

«Non certo le bambine», protestò Gaio. «Ragiona. Anch'io sono padre, e ho tre figlie che hanno all'incirca l'età delle tue. Potremmo trovare loro un tutore adatto.»

«Ti risparmierò la fatica», ribatté fieramente Brigitta. «Sono già ben sistemate!»

Un legionario si avvicinò e le toccò il braccio. Quando lei trasalì, le ordinò: «Vieni, signora. Non vogliamo essere costretti a legarti».

La donna si guardò intorno con aria disperata e fissò Gaio. «Dove mi portate?»

«A Londinium», disse Gaio in tono suadente. Le vide sulla faccia un'espressione che poteva essere di sollievo o forse di delusione. Comunque, la donna si allontanò senza protestare.

Il legionario di guardia la seguì con gli occhi, poi disse a Gaio: «Non crederesti mai che sia complice di noti agitatori, almeno a guardarla adesso. Ma, quando l'abbiamo presa, abbiamo saputo che si faceva vedere in giro con un ribelle, Conmor o Cynric, o qualcosa del genere. Dicono che lui sia ancora nella zona».

«Lo conosco», disse Gaio.

Il legionario sgranò gli occhi. «Davvero, signore?»

Gaio annuì. Ricordava il ragazzo che l'aveva trascinato fuori della fossa per i cinghiali. Cynric era ancora in contatto con Eilan? Se l'avessero preso, Gaio avrebbe potuto chiedergli come ottenere un incontro.

«Per gli dei», disse Macellio mentre si chiudeva alle spalle la porta dell'ufficio del legato e seguiva Gaio nel corridoio. «Tutte queste storie mi fanno sentire vecchio.»

«Non dire assurdità», ribatté Gaio.

«Il legato vuole che faccia qualcosa per calmare la popolazione. Mi ha consigliato di servirmi dei miei vecchi contatti.»

Forse Bruto non era stupido quanto sembrava, pensò Gaio. Ai suoi tempi, l'abilità con cui Macellio si era assicurato la cooperazione delle tribù era stata leggendaria.

«Ma sono stanco di togliere le castagne dal fuoco per gli altri. Forse andrò a vivere a Roma. Non la vedo da molto tempo. O forse dovrei andare in Egitto. Là, almeno, starei al caldo.»

«Che sciocchezza», lo rimproverò Gaio. «Che cosa farebbero le mie figlie senza il nonno?»

«Oh, andiamo! È già molto se sanno che sono vivo», disse Macellio. Ma sembrava compiaciuto. «Certo, se tu avessi un figlio maschio sarebbe diverso.»

«Io... ecco, forse avrò un figlio, uno di questi giorni.» Gaio cominciò a sudare. Era stato Macellio a rivelargli la gravidanza di Eilan, ma quando aveva visto lei e il neonato nella casupola della foresta aveva compreso che la nascita era stata tenuta segreta. Se Macellio non sapeva che Eilan gli aveva dato un figlio, non era certo il momento adatto per dirglielo.

Eilan sognava di passeggiare in riva a un lago in una mezza luce che poteva essere un crepuscolo o un'alba. Una nebbia leggera si stendeva sulle acque e nascondeva la riva opposta; era una nebbia argentea, e anche l'acqua aveva una lucentezza argentea. Piccole onde lambivano la spiaggia. Sembrava che dall'altra sponda giungesse un canto. Dalle nebbie uscirono a nuoto nove cigni bianchi, belli come le vergini della Casa della Foresta quando salutavano la luna.

Eilan non aveva mai assistito a nulla di più bello. Scese in riva al lago tendendo le mani e i cigni le girarono intorno lentamente.

«Lasciate che venga con voi, lasciatemi nuotare con voi!» esclamò. Ma i cigni risposero: «Non puoi venire con noi: le vesti e gli ornamenti ti appesantiscono...» Cominciarono ad allontanarsi, e Eilan si sentì stringere il cuore.

Si tolse la veste pesante, i veli e il mantello, e gettò via la collana a verga tortile d'oro e i bracciali di Somma Sacerdotessa. Quando la sua immagine baluginò nell'acqua, aveva la forma di un cigno. Si lanciò nel lago...

Mentre le acque argentee si chiudevano sopra la sua testa, si svegliò nella sua abitazione, nella luce fievole dell'alba. Per qualche istante rimase immobile, soffregandosi gli occhi. Non era la prima volta che sognava il lago e i cigni. Ogni volta le sembrava più difficile ritornare. Non aveva parlato a nessuno delle sue preoccupazioni. Era la Somma Sacerdotessa di Vernemeton, non una ragazzetta sciocca che si lasciava spaventare da un sogno bizzarro. Ma, ogni volta che si ripeteva, il sogno era più vivido, e il ruolo che interpretava prima del risveglio era sempre più irreale.

Qualcuno bussava a una porta. Stranamente, era il cancelletto del suo giardino. Sentì la voce della giovane Sacerdotessa di guardia levarsi in tono di protesta.

«Chi credi di essere? Non puoi arrivare all'improvviso e chiedere di vedere la Somma Sacerdotessa, soprattutto a quest'ora.»

«Perdonami», rispose una voce profonda. «Io la considero ancora la mia sorella adottiva, non la Somma Sacerdotessa. Ti prego, chiedile se è disposta a parlarmi.»

Eilan si avvolse in uno scialle e uscì correndo sotto il portico. «Cynric!» esclamò. «Ti credevo al nord!» Poi s'interruppe. Aggrappata al collo di Cynric c'era una bambina bruna di due o tre anni; un'altra, che poteva averne cinque, si nascondeva dietro il suo mantello. «Sono tue?»

Cynric scosse la testa. «Sono di una donna colpita dalla

sventura e sono venuto a chiederti di offrire loro un rifugio in nome della Dea.»

«Offrire un rifugio?» ripeté Eilan, senza capire. «Ma perché?»

«Perché ne hanno bisogno», ribatté Cynric, come se fosse la cosa più naturale del mondo.

«Volevo dire: perché proprio qui? Non hanno parenti che possano aver cura di loro? Se non sono tue, perché te ne sei assunto la responsabilità?»

«La madre è Brigitta, regina dei Demeti», disse Cynric, impacciato. «Ha cercato di rivendicare il regno quando le è morto il marito, e ora è prigioniera di Roma. Temevamo che le figlie venissero prese come ostaggi se fossero cadute in potere dei romani.»

Eilan guardò le bambine e pensò a suo figlio. Compiangeva di tutto cuore la loro madre. Ma che cosa avrebbe detto Ardanos? Era una delle occasioni in cui le sarebbe stato utile il consiglio di Caillean; ma era andata nel Territorio dell'Estate, a visitare il Pozzo Sacro.

«Sai che sono troppo piccole perché possa rivendicarle in nome della Dea.»

«Ti chiedo soltanto di tenerle al sicuro!» incominciò Cynric. Ma prima che potesse aggiungere qualcosa si sentirono altri rumori all'esterno.

«Mia signora, non puoi vedere la Sacerdotessa in questo momento: è con un visitatore.»

«È una ragione di più per stare con lei», disse una voce, e Dieda entrò nel giardino. Quando vide Cynric gettò un grido, e l'uomo si voltò a guardarla. Era venuta a conoscenza delle sue attività quando era tornata da Eriu, ma era la prima volta che lo rivedeva.

«Le bambine non sono mie!» esclamò Cynric quando la vide impallidire e poi arrossire. «La regina Brigitta le ha mandate qui perché abbiano un rifugio.»

«Allora bisogna portarle alla Casa delle Vergini», disse Dieda, dominandosi. Tese la mano. Ma il suo sguardo era ancora fisso su Cynric.

« Aspetta », intervenne Eilan. « Devo riflettere. La Casa della Foresta non può farsi coinvolgere in un intrigo politico. »

« Senza il consenso dei romani? » completò Cynric in tono sprezzante.

« Per te è facile irriderci », rispose Eilan. « Ma devo ricordarti che sopravviviamo grazie alla tolleranza di quei romani che tu prendi tanto alla leggera. Dobbiamo almeno consultarci con l'arcidruido prima di impegnarci in qualcosa che potrebbe sembrare un appoggio alla ribellione. »

« Vuoi consultare Ardanos? » sibilò Cynric. « Perché non addirittura il legato di Deva? Forse dovremmo rivolgerci al governatore della Britannia e chiedere il suo permesso. »

« Cynric, ho corso molti rischi per te e per la tua causa », gli rammentò Eilan. « Ma non posso mettere in pericolo la Casa della Foresta accogliendo rifugiati politici senza il consenso di Ardanos. » Poi diede un ordine e la sua assistente corse lungo il sentiero, verso la casa che era stata costruita poco lontano per l'arcidruido.

Cynric chiese: « Eilan, sai a quale destino abbandonerai queste bambine? »

« E tu? » scattò lei. « Perché sei così sicuro che Ardanos rifiuterà? »

« Che cosa? » chiese un'altra voce, e tutti si voltarono. Eilan aggrottò la fronte, Cynric avvampò di collera, Dieda impallidì per un sentimento che Eilan non riusciva a identificare. « La tua assistente mi ha trovato qui fuori », spiegò Ardanos.

Eilan additò le bambine.

« Non posso fare nulla per Brigitta », disse Ardanos quando Eilan ebbe finito di spiegare. « Era stata avvertita di quel che sarebbe accaduto se avesse rivendicato il diritto di governare. Ma non la tratteranno male: neppure i romani commetterebbero lo stesso errore per due volte in un secolo. In quanto alle bambine, non so. In futuro potrebbe nascere qualche guaio. »

« Ma per ora no », disse Eilan in tono deciso. « E non ritengo i bambini responsabili dei crimini dei genitori. Senara e Lia potranno averne cura. Se daremo loro nomi nuovi e le tratteremo come bambine comuni, dovrebbero essere al sicuro per qualche tempo. Nessuno vi farà caso.» Sorrise amaramente. «Dopotutto, è noto che ospito volentieri i bambini senza madre.»

«Sì», si arrese Ardanos, anche se in tono dubbioso. «Ma sarà bene che Cynric se ne vada. Ho notato che dov'è lui succede sempre un guaio.» Fissò cupamente il giovane, e Dieda impallidì. «I romani possono anche disinteressarsi delle bambine, ma è certo che ti stanno cercando!»

«Se cercano di fermarmi, credo che dovranno pentirsene», dichiarò rabbiosamente Cynric.

Eilan sospirò, pensando che, anziché un corvo, poteva essere definito una procellaria. Ma sapeva che sarebbe stato inutile discutere con lui o con Dieda. La sola cosa che poteva fare era tentare di mantenere la pace ancora per qualche tempo. A volte le sembrava che tutto il peso della Britannia gravasse sulle sue spalle... e che tutti i suoi parenti cospirassero per non alleviarlo.

Fu chiamata Senara perché portasse le bambine nel nuovo alloggio, ed Eilan ritornò ai suoi doveri, lasciando che Cynric e Dieda si salutassero. Più tardi, nel pomeriggio, sentì qualcuno piangere nel capanno dove mettevano a seccare le erbe. Era Dieda.

Dieda alzò la testa, lanciando lampi dagli occhi, poi sembrò addolcirsi quando vide chi era. Anche se tra loro non c'erano più stretti legami d'amicizia, Dieda non aveva bisogno di dissimulare. Ma Eilan sapeva che non era il caso di dimostrarle affetto o di cercare di consolarla.

«Che cos'è successo?» le chiese.

Dieda si asciugò gli occhi con un lembo del velo, e quel gesto li arrossò ancora di più. «Mi ha chiesto di andare con lui...»

«E hai rifiutato.» Eilan mantenne un tono di voce volutamente neutro.

«Vivere l'esistenza dei fuorilegge, sempre nascosta nella foresta, spaventata da ogni suono, e chiedermi se domani lo vedrò condotto via in catene oppure ucciso dalle spade dei romani? Non è possibile, Eilan! Qui almeno ho la mia musica, e un'attività in cui credo. Come potevo seguirlo?»

«Gliel'hai detto?»

Dieda annuì. «Ha risposto che se la penso così non lo amo

veramente e tradisco la nostra causa... Ha detto che ha bisogno di me... »

Sono sicura che quell'idiota ha bisogno di te, pensò Eilan, e non si è mai chiesto se tu hai bisogno di lui!

« È colpa tua! » esclamò Dieda. « Se non fosse stato per te, lo avrei sposato molto tempo fa. E allora, forse, non sarebbe diventato un fuorilegge! »

Con uno sforzo, Eilan si trattenne dall'osservare che Dieda aveva pronunciato liberamente i voti di Sacerdotessa. Anche quando lei era tornata nella Casa della Foresta dopo la nascita di Gawen, Dieda avrebbe potuto raggiungere Cynric anziché partire per Eriu. Questa poverina non sa che farsene della logica: sente la necessità di prendersela con qualcuno.

« E adesso penso soltanto al modo in cui mi ha guardata! Forse passeranno mesi o addirittura anni prima che io sappia come sta o che cosa gli sta succedendo! Se fossi con lui, almeno lo saprei! » gemette Dieda.

« Immagino che la mia approvazione non ti interessi », disse Eilan a voce bassa. « Qualunque cosa tu pensi delle mie scelte, sai che ho imparato a sopportarne le conseguenze. Ma anch'io ho pianto nel cuore della notte e mi sono domandata se quanto facevo era giusto. Dieda, non si può mai essere sicuri... La sola cosa che puoi fare è svolgere l'opera che ti è stata assegnata, e sperare che la Dea, un giorno, spieghi la ragione di tutto. »

Dieda teneva il volto girato dall'altra parte, ma Eilan aveva l'impressione che i suoi singhiozzi si placassero.

« Dirò alle ragazze che stai male e oggi non potrai cantare con loro », continuò. « Senza dubbio saranno contente di questa piccola vacanza. »

Eilan credeva che il problema delle figlie di Brigitta fosse stato risolto; ma pochi giorni più tardi, poco prima del pasto serale, la sua assistente venne a dirle che un romano le chiedeva udienza.

Pensò subito a Gaio ma, riflettendo meglio, si disse che non avrebbe mai osato venire lì. « Chiedi come si chiama e che cosa vuole », rispose.

La ragazza tornò dopo qualche istante. «Signora, è Macellio Severo che ti chiede di riceverlo.» E soggiunse: «Era il prefetto dell'accampamento di Deva...»

«So chi è.» Lhiannon l'aveva ricevuto un paio di volte, ma adesso Macellio si era ritirato a vita privata. Che cosa voleva da lei, in nome di tutti gli dei? L'unico modo per scoprirlo stava nel chiederglielo. «Fallo entrare», ordinò. Si assestò la veste e, dopo aver riflettuto un attimo, si tirò il velo sul viso.

Poco dopo Huw entrò seguito da un altro uomo. Il padre di Gaio... il nonno di suo figlio... Eilan lo scrutò incuriosita attraverso il velo. Non l'aveva mai visto, eppure l'avrebbe riconosciuto dovunque. Le immagini sovrapposte le mostravano i lineamenti segnati del vecchio e le linee forti del naso e della fronte che si erano ripetute nel figlio e cominciavano appena a emergere dalle curve infantili del volto di Gawen.

Huw si piazzò accanto alla porta, e Macellio si fermò davanti a lei. Accennò un inchino ed Eilan comprese all'improvviso da chi Gaio avesse ereditato l'orgoglio.

«Signora.» Macellio usò il termine latino, *domina*, ma poi parlò correntemente nella lingua dei britanni. «Sei molto gentile a ricevermi.»

«Non è nulla», rispose Eilan. «Che cosa posso fare per te?» Immaginava che la visita riguardasse una delle prossime festività, come era accaduto quando Macellio era venuto a parlare con Lhiannon.

Macellio si schiarì la gola. «So che hai dato rifugio alle figlie della regina dei Demeti...»

Era una fortuna che avesse messo il velo, pensò Eilan. «Se fosse vero», rispose con calma mentre si augurava disperatamente che Caillean e Ardanos fossero lì ad aiutarla, «che importanza potrebbe avere per te?»

«Se fosse vero», replicò Macellio, «vorremmo conoscerne la ragione.»

Eilan ricordò le parole di Cynric. «Perché mi è stato detto che avevano bisogno di essere accolte. Sapresti indicare una spiegazione più valida?»

«No», rispose Macellio. «Ma la loro madre è una ribelle

che ha minacciato di far sollevare contro Roma il territorio occidentale. Però Roma è stata misericordiosa. Brigitta è stata condotta a Londinium, e non le verrà fatto nulla di male. E non abbiamo ordinato di uccidere i suoi parenti.»

Le bambine saranno felici di sapere che la madre è sana e salva, pensò Eilan. Ricordava che erano sempre stranamente taciturne. Ma perché? Era possibile che Macellio desiderasse quanto lei che vi fosse pace fra Roma e i britanni?

«Se è così, sono lieta di saperlo», disse. «Ma che cosa vuoi da me?»

«Mi sembra evidente, signora. Le bambine non debbono diventare il vessillo di una futura insurrezione. Brigitta non è molto importante, ma in un momento di tensione qualunque pretesto può servire.»

Eilan disse: «In quanto a questo, sta' tranquillo. Se fossero fra le vergini della Casa della Foresta nessuno potrebbe servirsi di loro per scopi politici».

«Neppure quando saranno cresciute? Come possiamo sapere che non saranno date come spose a uomini che cercheranno di governare i Demeti invocando il diritto derivante dal matrimonio con la regina?»

Aveva buoni motivi per chiederlo, pensò Eilan. Era appunto il genere di manovra che avrebbe tentato Cynric. «Tu come vorresti evitarlo?»

«La soluzione migliore sarebbe farle allevare da famiglie fedeli ai romani; e, quando saranno cresciute, trovar loro due degni mariti che simpatizzino per Roma.»

«E in mano dei romani non accadrebbe loro niente altro?»

«Niente altro», rispose Macellio. «Signora, non vorrai credere che facciamo guerra ai bambini.»

Eilan tacque. *È esattamente ciò da cui mi hanno messo in guardia...*

«Vuoi che paghiamo in eterno le atrocità commesse da altri? Sull'Isola Sacra, per esempio?» insisté Macellio, come se avesse sentito ciò che lei stava pensando.

È quel che crede Cynric, ma spetta a me decidere. È a me

che la Dea deve dire che cosa fare. Eilan rimase in silenzio ancora per qualche istante, cercando il silenzio interiore nel quale avrebbe potuto sentire la Sua voce.

«Non è questo che voglio», rispose alla fine. «Ma perderei la fiducia della mia gente se apparissi troppo disposta a crederti. Ho sentito dire che le figlie di Brigitta sono ancora troppo piccole perché sia possibile pensare a farle sposare. Hanno vissuto momenti travagliati. Senza dubbio sarebbe più generoso lasciarle dove si trovano, per qualche mese o addirittura per un anno. Nel frattempo tutti verranno a sapere come avete trattato la madre. Le passioni si raffredderanno, e farà meno scalpore se la gente saprà che sono nelle nostre mani.»

«E allora ci verranno consegnate?» chiese Macellio.

«Se è tutto vero ciò che dici, ti giuro per gli dei della mia tribù che vi saranno consegnate.» Eilan posò la mano sulla collana a verga tortile. «Preparati a riceverle nella tua casa di Deva per la Festa della Vergine, l'anno prossimo.»

Macellio s'illuminò, ed Eilan trattenne il respiro nello scorgere su quel volto segnato il sorriso di Gawen. Se avesse potuto dirgli chi era e mostrargli il nipote sano e forte!

«Ti credo», disse Macellio. «Posso solo augurarmi che il legato creda *a me.*»

«Vernemeton è l'ostaggio della mia sincerità.» Eilan fece un gesto per indicare ciò che la circondava. «Se tradirò l'impegno, ricorda che saremo a portata della mano del legato.»

«Signora», disse Macellio, «io vorrei baciare la tua, ma la guardia mi osserva con molto sospetto.»

«Non puoi baciarmi la mano», protestò Eilan. «Ma accetto la tua benevolenza, signore.»

«E io accetto la tua», disse di rimando Macellio, e s'inchinò ancora una volta.

Quando rimase sola, Eilan rifletté a lungo, chiedendosi se aveva tradito la sua gente o se l'aveva salvata. Era per quello scopo che gli dei l'avevano portata lì? Era nata per questo?

Caillean ritornò dal Territorio dell'Estate la sera del giorno seguente. Aveva l'aria stanca ma soddisfatta. Quando ebbe fatto il bagno, Eilan le mandò Senara per invitarla a cenare accanto al suo focolare.

« Com'è cresciuta, quella bambina! » commentò Caillean quando Senara uscì per andare a prendere le vivande. « Mi sembra ieri, quando venne qui. E adesso ha la stessa età che avevi tu quando ti ho conosciuta, ed è quasi altrettanto bella. »

Con una certa sorpresa, Eilan si rese conto che Senara era davvero diventata una giovane donna e aveva l'età per pronunciare i voti. Un giorno, molto presto, sarebbe diventata Sacerdotessa. Da anni i suoi parenti romani non si facevano vivi, e non aveva motivo di pensare che sollevassero obiezioni. Ma per questo, almeno, non c'era fretta.

« E che cos'hai fatto in questa bella giornata di sole, mia cara bambina? » chiese Caillean mentre Senara posava i piatti sulla tavola.

Un'espressione strana passò sul volto della ragazza. « Sono passata accanto alla casetta nella foresta. Sapevi che adesso ci vive un eremita? »

« Sì, siamo state noi a dargli il permesso. È un vecchio bizzarro venuto dal sud... Un cristiano, no? »

« Sì », rispose Senara con la stessa espressione. « Con me è molto gentile. »

Caillean aggrottò la fronte. Eilan sapeva che avrebbe dovuto spiegarle che una Sacerdotessa della Casa della Foresta non doveva restare sola con un uomo, anche se virtuoso o vecchio. Ma dopotutto Senara non era consacrata; e aveva sentito dire che i Sacerdoti cristiani facevano voto di castità. Comunque, pensò ironicamente, non toccava a lei discutere la modestia di una ragazza.

« Mia madre era cristiana », osservò Senara. « Mi permetti di far visita all'eremita e di portargli qualcosa da mangiare? Mi piacerebbe saperne di più sulla fede di mia madre. »

« Non vedo perché no », rispose Eilan. « Uno dei nostri insegnamenti più antichi è che tutti gli dei sono un unico dio. Va' pure, e scopri qual è il suo volto che i cristiani vedono. »

Per un po' mangiarono in silenzio.

« È accaduto qualcosa? » chiese alla fine Eilan, osservando l'espressione con cui Caillean fissava le fiamme.

« Forse... » rispose Caillean. « Ma non sono sicura di sapere che cosa significa. Il Tor è molto potente e il lago... » Scosse la testa. « Ti prometto che, quando comprenderò ciò che ho provato in quel luogo, verrai a saperlo. Per ora... » I suoi occhi fissarono Eilan. « Mi è stato detto che è successo qualcosa anche qui. Dieda dice che hai ricevuto una visita... »

« Più di una, per la verità. Ma immagino che tu voglia alludere a Cynric. »

« No, a Macellio Severo », disse Caillean. « Che ne pensi di lui? »

Eilan meditò: forse avrei voluto averlo come suocero. Ma dopotutto non poteva dire una cosa simile a Caillean. Scelse un compromesso e rispose: « Mi è sembrato gentile e paterno ».

« È così che i romani si impadroniscono sempre più del nostro mondo », le fece osservare Caillean. « Preferirei che fossero tutti irriducibilmente malvagi. Chi si ribellerà, se anche tu pensi bene di Macellio? »

« Perché dovremmo ribellarci? Parli esattamente come Cynric. »

« Potrei fare di peggio », obiettò Caillean.

« Non capisco come », ribatté Eilan in tono risentito. « Anche se dobbiamo adattarci alla *pax romana*, che cosa c'è di male? La pace è preferibile alla guerra in ogni caso. »

« Anche una pace senza onore? Una pace in cui ci viene tolto tutto ciò che rende la vita degna di essere vissuta? »

« I romani possono comportarsi con onore... » replicò Eilan, ma Caillean l'interruppe.

« Avrei giurato che tu fossi l'ultima persona disposta a dire una cosa simile! » La sua voce si spense in un silenzio sgomento, come se comprendesse che qualunque cosa dicesse avrebbe peggiorato la situazione.

E invece lo dico, pensò Eilan, mentre il rossore della vergogna spariva dalle sue guance. La madre di Gaio sposò Macellio per portare la pace, e io ho lasciato che Gaio sposasse una romana per la stessa ragione. Si chiese come fosse la moglie romana di Gaio, e se l'avesse reso felice. Non tutte le donne volevano la pace, lo sapeva: ricordava Boudicca che aveva scatenato una rivolta, e Cartimandua, che aveva tradito Caractacus, e Brigitta, di cui ospitava le figlie; ma aveva preso una decisione e l'avrebbe rispettata.

« Cynric ha torto », disse alla fine. « A rendere la vita degna di essere vissuta non è la gloria cantata dai guerrieri, ma il bestiame ben curato, i campi coltivati, i bambini felici intorno al fuoco. So che la Dea può diventare terribile come un'orsa inferocita quando vengono minacciati i suoi cuccioli, ma credo che preferirebbe vederci costruire e crescere, anziché ucciderci tra noi. Non è per questo che qui abbiamo tentato di recuperare le antiche arti della guarigione? »

Alzò la testa, incontrò gli occhi scuri di Caillean, e rimase sorpresa nel leggervi un'espressione supplichevole.

« Ti ho detto per quale ragione odio gli uomini e temo ciò che sono capaci di fare », disse Caillean a voce bassa. « A volte mi è molto difficile credere nella vita; sarebbe più facile cadere combattendo. Vi sono momenti in cui mi fai provare vergogna di me stessa. Ma, quando ho guardato nel Pozzo Sacro, mi è sembrato che traboccasse in cento rivoletti che affondavano nel suolo e trasportavano in tutta la terra il suo potere risanatore. E allora, per un po', ho creduto. »

« Dobbiamo fare qualcosa per quel pozzo », replicò Eilan a voce altrettanto bassa. Prese la mano di Caillean e, come un'eco, le parve di sentire il canto dei cigni.

La prima volta che Gaio si recò a Deva andò a fare visita al padre. Davanti alle coppe di vino, parlarono di Brigitta dei Demeti.

« Hai trovato le sue figlie? » chiese Gaio.

« In un certo senso », rispose Macellio, « so dove sono, e tu non lo indovineresti mai. »

« Credevo che tu intendessi procurare loro genitori adottivi romani. »

« Li troverò quando sarà il momento, ma penso che per ora la Sacerdotessa dell'Oracolo sia la migliore tutrice che potrebbero avere. » Gaio lo fissò a bocca aperta, e Macellio continuò: « È giovane, e temevo che simpatizzasse con le teste calde come Cynric che, te lo dico francamente, impiccherei volentieri se riuscissi a catturarlo; ma si è dimostrata molto ragionevole. Come puoi immaginare, da anni ho là qualcuno che m'informa, qualcuno al servizio delle Sacerdotesse, ma è stata la prima volta che ho visto la Somma Sacerdotessa con i miei occhi ».

« Com'è? » La voce di Gaio s'incrinò, ma suo padre non diede segno di essersene accorto.

« Era velata. Ma ci siamo accordati: terrà le bambine fino a che le tensioni non si saranno attenuate, poi le consegnerà a noi perché vengano allevate da famiglie romane e promesse a mariti romani. Penso che anche Brigitta sarà d'accordo, se chiederemo il suo parere. È ciò che intendo fare. Temevo che qualcuno degli agitatori avesse in mente di servirsi delle bambine per scatenare un'altra guerra santa che, come puoi immaginare, per noi sarebbe difficile da combattere dopo le perdite di Domiziano alla frontiera. »

Macellio tacque per un momento e fissò il figlio. « A volte mi domando se ho fatto la scelta migliore per te. Credevo che Vespasiano sarebbe vissuto più a lungo; era un buon imperatore, e avrebbe favorito la tua carriera. Dopo tutti i nostri piani, hai finito per vivere sulle tue terre come un capotribù britannico. Anche il tuo matrimonio con Giulia... Potrai mai perdonarmi? »

Gaio lo fissò a sua volta. « Non sapevo che ci fosse qualcosa da perdonare. Qui mi sono costruito una vita, e questa è la mia patria. In quanto alla mia carriera, c'è ancora tempo. »

Nessun imperatore vive in eterno, pensò ricordando ciò che aveva scritto Malleo nella sua ultima lettera; ma non l'avrebbe detto neppure a suo padre. Quando pensava a Roma ricordava la folla e il sudiciume e l'odiata toga. Avrebbe preferito che in Britannia ci fosse un po' più di sole, ma non rimpiangeva il clima del sud.

In quanto alla mancanza di un erede maschio, si chiedeva se era il momento migliore per parlare a Macellio del figlio di Eilan. Era lei, la donna che aveva parlato con suo padre? Era un sollievo scoprire che era tanto moderata. Anche se non poteva vederla, sapeva che era al sicuro e stava bene. Non era che non amasse le figlie, e sapeva che Licinio le amava tutte. Ma la legge romana teneva conto soltanto dei figli maschi. Non sarebbe stato giusto, perché in pratica avrebbe spodestato la piccola Cella, ma la legge era legge, gli piacesse o no.

Tutto sommato, gli sembrava preferibile non dire niente. Non si sarebbe mai dovuto pentire di ciò che restava segreto... e questo l'aveva imparato a sue spese.

26.

CAILLEAN si svegliò tremando nella luce grigia dell'alba. Era soltanto un sogno. Ma le immagini erano ancora vivide, più reali, persino ora, delle tende del letto e del respiro delle altre donne. Si mise a sedere, infilò le pantofole e, rabbrividendo, tolse lo scialle dal piolo e se lo drappeggiò addosso.

Ma il tepore della lana non le diede conforto. Quando chiudeva gli occhi rivedeva la distesa d'acqua argentea dove si attorcevano le candide spire di nebbia. Eilan stava dall'altra parte, ma di momento in momento la distesa d'acqua ingrandiva, come se una corrente fortissima la portasse via. Ad atterrirla era l'emozione che si accompagnava alle immagini, l'ondata travolgente di angoscia e di lutto.

Sono le mie paure a parlare, si disse. Un sogno che sparirà con l'alba. Non tutti i sogni erano profetici. Si alzò e andò a bere un po' d'acqua dalla fiasca.

Alla fine un velo grigio di nuvole era calato fra lei ed Eilan e l'aveva isolata dal mondo. La morte è così... Non riusciva a scacciare quel pensiero. Le comuni fantasie del sonno si dissipavano al risveglio come la nebbia mattutina. Un grande sogno, un sogno carico di potere, diventava sempre più nitido quando lo si ricordava. Era impossibile ignorarlo.

Mentre le altre donne incominciavano a destarsi, Caillean comprese che non poteva restare ad affrontare i loro occhi incuriositi. In giardino, forse, avrebbe trovato la serenità necessaria. Ma una cosa era chiara: doveva dirlo a Eilan.

Quell'anno le celebrazioni di Beltane avevano preceduto un'estate feconda, e i boschi intorno alla Casa della Foresta erano ricchi di fiori. Eilan s'era lasciata convincere a uscire per raccogliere erbe in compagnia di Miellyn, e Lia e i bambini erano andati con loro. Sotto gli alberi le primule candide e le campanule erano già sbocciate, ma i ranuncoli gialli incominciavano a costellare i prati e i rami dei biancospini erano carichi di fiori.

Gawen sfoggiava allegramente la sua conoscenza della foresta con le due figlie di Brigitta che pendevano dalle sue labbra, attente e piene d'ammirazione. Eilan sorrideva, ricordando i tempi in cui lei e Dieda avevano seguito Cynric quando erano piccole. Mentre li udiva ridere, comprese che Gawen aveva sentito la mancanza di altri bambini con cui giocare; e si disse che non sarebbero state soltanto le bambine ad abbandonarla presto. Anche Gawen avrebbe dovuto essere affidato in adozione.

Era mezzogiorno quando ritornarono, animati e incoronati di fiori. « Caillean ti aspetta in giardino », disse Eilidh non appena Eilan rientrò. « È rimasta là seduta per tutta la mattina, e non ha neppure voluto fare colazione. Ma ci ha assicurato che non si sente male. »

Eilan aggrottò la fronte e andò in giardino senza togliersi il copricapo di paglia, perché era una giornata calda. Caillean era seduta su una panca accanto all'aiuola del rosmarino, immobile come se meditasse. Tuttavia aprì gli occhi nel sentire il suono dei passi.

« Caillean, che cosa c'è? »

Caillean alzò la testa ed Eilan trasalì nello scorgere la calma assoluta delle sue pupille scure. « Da quanti anni ci conosciamo? » chiese Caillean.

Eilan cercò di calcolare a memoria: s'erano conosciute in occasione della nascita della figlia di Mairi. Ma in realtà sembrava che fosse passato molto più tempo, e c'erano momenti in cui ricordava gli strani lampi di rivelazione e pensava che dovevano essere state sorelle in più di una vita.

« Sedici anni, credo », disse alla fine, dubbiosa. Era quasi inverno, allora: ma no, non era possibile, perché c'erano i razziatori venuti dall'Ibernia, e non avrebbero certamente navigato se avessero temuto di essere investiti dalle tempeste invernali. E non era la neve bensì la pioggia, quella che rammentava. Era stata una brutta primavera. E nell'estate seguente era entrata nella Casa della Foresta come novizia.

« Tanto tempo? Hai ragione. Ormai la figlia di Mairi è abbastanza grande per sposarsi, e Gawen ha undici inverni. »

Eilan annuì, e ricordò chiaramente che Caillean era andata a farle visita nella casupola della foresta, e le aveva tenuto le mani e bagnato la fronte durante il travaglio. Aveva creduto che quei ricordi non si sarebbero mai affievoliti; adesso erano come un sogno passato da molto tempo. L'opera che lei e Caillean svolgevano nella Casa della Foresta sembrava molto più vivida.

«E ora abbiamo con noi le due figlie di Brigitta», disse pensosamente Caillean. «Ma entro un anno saranno consegnate ai romani che le daranno in adozione.»

Eilan sospirò. «Mi addolora pensare che Brigitta debba perdere le figlie.»

«Io non mi commuoverei troppo per lei», rispose Caillean. «Non credo che si sia preoccupata molto per la sorte delle figlie quando si è lasciata convincere da Cynric a tramare una ribellione.»

Eilan sapeva che con ogni probabilità era vero; ma ricordava la propria angoscia materna quando Ardanos le aveva tolto Gawen. «Perché parli proprio ora di queste cose?» domandò. «Non posso credere che tu sia rimasta qui ad attendermi per tutta la mattina solo per passare in rassegna i vecchi ricordi come un usuraio romano passa in rassegna il suo oro.»

Caillean sospirò. «C'è qualcosa che devo dirti, e non so come cominciare. Perciò parlo di mille cose prive di significato. Eilan, ho avuto una premonizione come quelle che, dicono, hanno tutte le Sacerdotesse poco prima di morire. No, non riesco a spiegarmi...»

Eilan si sentì gelare il cuore, nonostante il calore del sole. «Come, una premonizione? Soffri? Forse Miellyn conosce le erbe adatte...»

Caillean l'interruppe con calma. «Ho fatto un sogno, e penso significhi che questa mia vita avrà presto fine.»

Caillean stava per morire? Stordita, Eilan trovò soltanto la forza di chiedere: «Ma come?»

«Per la verità, non so come dirtelo. Forse è qualcosa che si può comprendere solo quando avviene.»

Oh, sì, pensò Eilan. È vero. Anch'io sono Sacerdotessa, sebbene non sia irreprensibile. In presenza di Caillean lo ricordava; anche se in altri momenti ne dubitava. Dopo l'ultimo incontro con Cynric era consapevole di essere una pedina nella sua lotta contro i romani, così come, con Ardanos, sapeva che l'arcidruido intendeva servirsi di lei per mantenere la pace con Roma. Durante le ultime stagioni le tribù erano rimaste tranquille; ma aveva sentito parlare di dissidi fra i romani. Cynric non avrebbe esitato ad approfittare di ogni debolezza, se i romani si fossero ribellati all'imperatore. Gaio avrebbe partecipato alla ribellione? S'era mai interessato a lei solo perché era lei?

Ma con Caillean, fin dal primo momento, Eilan era soprattutto ed esclusivamente una Sacerdotessa. Quand'era in sua compagnia, sentiva di poter ancora essere uno strumento della Dea. Anche se aveva amato profondamente Gaio non poteva fare a meno di ricordare che lui l'aveva abbandonata. Ma Caillean era sempre rimasta dalla sua parte.

Guardò la sorella Sacerdotessa e all'improvviso pensò: abbiamo già vissuto tutto questo, e io ti ho vista morire fra le sofferenze.

Poi s'irritò. Se non poteva far nulla per rimediare, perché Caillean intendeva tormentarla dicendoglielo? La guardò quasi con ostilità, e vide un guizzo d'emozione negli occhi scuri di Caillean, come una corrente nascosta in un laghetto. E poi comprese. Anche lei ha paura.

Trasse un respiro profondo e sentì fremere il potere della Dea che Caillean riusciva a suscitare in lei.

«Come Somma Sacerdotessa di Vernemeton, te lo comando... Riferiscimi il tuo sogno!»

Caillean spalancò gli occhi, ma dopo pochi istanti incominciò a parlare. Eilan ascoltava con le palpebre chiuse, e vedeva le immagini descritte dall'altra. Ben presto le sembrò di poterle scorgere prima che Caillean parlasse, come se fosse stata lei medesima a sognare. Alla fine, fu lei stessa a continuare, narrando il sogno in cui comparivano i cigni.

«Saremo separate», disse riaprendo gli occhi. «Dalla morte o da qualche altra forza, non lo so. Ma pensare di perderti, Caillean, è come morire.»

«Ma se non sarà la morte a dividerci, che cosa sarà?» chiese l'altra.

Eilan aggrottò la fronte e ricordò lo scintillio delle acque argentee sotto le nubi. « Il Territorio dell'Estate », disse all'improvviso. « Senza dubbio è il luogo che abbiamo visto nei nostri sogni. Dovrai andare là, Caillean, e condurre con te una dozzina di giovani Sacerdotesse. Non so se ciò significa adempiere la volontà della Dea oppure sfidarla; ma è sempre meglio fare *qualcosa*, piuttosto che rimanere qui ad attendere che la morte ti porti via, anche se ciò che facciamo è sbagliato! »

Caillean sembrava ancora dubbiosa, ma i suoi occhi avevano ripreso vita. « Ardanos non lo permetterà. È l'arcidruido, e vuole che tutte le Sacerdotesse risiedano qui a Vernemeton, sotto i suoi occhi. »

Eilan sorrise. « Ma io sono la Sacerdotessa dell'Oracolo. Lascia Ardanos a me! »

La mattina della festa di Mezza Estate, le fanciulle della Casa della Foresta uscirono all'alba per raccogliere la rugiada sui fiori. La rugiada aveva il potere di accrescere la bellezza e dispensare la magia. Si diceva che quel giorno, se una ragazza si lavava il viso con la rugiada mattutina e guardava in un ruscello limpido, poteva vedere la faccia di colui che l'amava.

Eilan si chiedeva perché le Sacerdotesse, che dopotutto avevano fatto voto di castità o intendevano farlo, dovessero conoscere quelle cose. Molte di loro serbavano il ricordo degli innamorati che avevano avuto nelle vite precedenti? Lei aveva fatto ben peggio che sognare l'innamorato. Ma si augurava che le altre giovani donne al servizio della Dea fossero più decise di lei nel rispettare i voti.

Sentì ridere le ragazze quando tornarono dalla foresta, ma non uscì per vederle. Con il passare del tempo era sempre più consapevole della necessità dell'isolamento rituale prima delle grandi festività. Aveva creduto che con il tempo ogni cosa diventasse più facile; ma le sembrava che mantenere l'equilibrio fra tutte le forze che aspiravano al Potere della Dea diventasse di anno in anno più difficile.

Ogni volta che Ardanos veniva a sussurrarle all'orecchio le

istruzioni, non dimenticava che, conservando la pace, anche lei, come l'arcidruido, serviva i romani; e si chiedeva se il fatto che entrambi operassero per quello che consideravano il bene della Britannia bastasse a giustificare la loro alleanza.

La porta si aprì ed entrò Caillean. Persino lei portava una ghirlanda di papaveri per celebrare quella giornata. Con le guance arrossate dal sole, aveva un'aria molto sana. « Sei sola? »

« Chi vorrebbe stare con me, oggi? Tutte le ragazze sono andate a cogliere fiori e Lia ha accompagnato Gawen a far visita a Mairi », rispose Eilan.

« Meglio così. » Caillean sedette su uno sgabello. « Dobbiamo parlare dell'Oracolo di questa notte. »

« Non ho quasi pensato ad altro da quando mi sono svegliata », disse amaramente Eilan. « Vorrei che toccasse a te stare seduta nell'oscurità a prepararti. Saresti stata una Somma Sacerdotessa molto migliore di me. »

« Gli dei non vogliano. Non sarei capace di obbedire docilmente alla volontà di Ardanos. »

Eilan scattò, irritata. « Se non sono altro che una creatura dei Sacerdoti, tu sai meglio di chiunque chi ne è responsabile. »

Caillean sospirò. « Non intendevo criticarti, *mo chridhe.* » L'espressione affettuosa placò la collera di Eilan, e l'altra proseguì. « Siamo tutti nelle mani della Dea e facciamo ciò che vuole per quanto ci è possibile, e questo vale per me non meno che per te. Non dovresti adirarti così. »

« Non sono adirata », disse Eilan; non era del tutto sincera, ma non intendeva litigare con la donna cui doveva tanto. A volte pensava che il peso del suo debito nei confronti di Caillean l'avrebbe schiacciata. « Ho paura », continuò. « Ma ti confiderò qualcosa che nessun altro conosce. La bevanda sacra che deve drogarmi non è la stessa che veniva usata al tempo di Lhiannon. L'ho modificata in modo che l'abbandono alla Dea non sia totale. So ciò che Ardanos mi chiede di dire... »

« Ma mi sembra che sia sempre soddisfatto delle tue parole », osservò Caillean aggrottando la fronte. « Sei ancora innamorata di Gaio a tal punto da servire intenzionalmente Roma? »

«Io servo la causa della pace!» esclamò Eilan. «Ardanos non ha mai pensato che gli avrei disobbedito; e quando le mie risposte sono un po' diverse dalle parole che mi suggerisce si convince che io sono soltanto un ricettacolo imperfetto. Ma le parole di pace non le scelgo io. Quando mi sono offerta alla Dea, non mentivo! Credi che i riti della Casa della Foresta siano tutti menzogneri?»

Caillean scosse la testa. «Ho sentito troppo fortemente la presenza della Dea, ma...»

«Ricordi la festività di Mezza Estate, sette anni fa, quando venne Cynric?»

«Come potrei dimenticarlo?» rispose malinconicamente Caillean. «Ero spaventata a morte.» Rimase in silenzio per qualche istante. «Non eri tu, lo so, ma un volto della Dea che spero di non vedere mai più. È sempre così?»

Eilan alzò le spalle. «A volte la Dea viene, a volte no, e io devo usare le mie capacità di giudizio. Ma ogni volta che prendo posto sul seggio formulo l'offerta, e ogni volta che attendo come ora mi domando se sarà questa, la volta in cui la Dea mi folgorerà!»

«Capisco», disse cautamente Caillean. «Perdonami se ti ho fraintesa quando hai detto che avresti obbligato Ardanos a mandarmi al sud. Ma che cosa farai con me?»

«Questa sarà la prova.» Eilan si chinò in avanti. «Per entrambe. Se tutto ciò che abbiamo costruito qui non deve essere una menzogna, ora devo rischiare te e me stessa. Questa notte preparerò la pozione secondo l'antica ricetta. Quando la Dea s'impadronirà di me, dovrai chiederle del tuo sogno. Tutti udranno la risposta, e tutti, tu, io, Ardanos, ne saremo vincolati, quale che possa essere.»

La luce era cambiata in modo considerevole verso il tramonto, quando la porta esterna si aprì ed entrò uno degli apprendisti di Ardanos. Era molto giovane, e aveva soltanto un accenno di barba.

Il druido disse in tono rispettoso: «Noi siamo pronti, mia signora». Eilan, che stava già scivolando nello stato di meditazione distaccata che precedeva la trance, si alzò. Eilidh e Senara le drappeggiarono sulle spalle il pesante mantello rituale e le allacciarono alla gola una massiccia catena d'oro.

Era una notte fresca nonostante la stagione, e, sebbene fosse avvolta nel manto, Eilan rabbrividì mentre saliva sulla lettiga. Dall'oscurità uscirono due Sacerdoti biancovestiti, figure pallide che procedettero al suo fianco con passo misurato. Sapeva che avevano il compito di proteggerla da eventuali incidenti causati dalla pressione della folla; ma non era mai riuscita a liberarsi dalla sensazione che fossero le sue guardie.

Il pensiero le saettò nella mente come un coniglio che guizza fra i cespugli: ogni Sacerdotessa è prigioniera dei suoi dei...

Aveva la vaga impressione di procedere sul lungo viale che conduceva alla collina. Davanti al tumulo ardeva un grande falò, uno dei tanti di quella notte. La luce rossa giocava sulle fronde dell'antica quercia che cresceva accanto al tumulo. Un mormorio d'attesa salì dalla folla, simile a un sospiro. Eilan rammentò la prima volta che aveva sentito i fedeli salutare l'apparizione di Lhiannon. Adesso c'era lei, al posto di Lhiannon, e la gente che assisteva non capiva quanto accadeva in realtà, come lei stessa non l'aveva capito allora.

Due bambini di otto o nove anni, vestiti di bianco, bardi novizi prescelti per l'innocenza e la bellezza, portarono la grande ciotola d'oro. Avevano collane d'oro a verga tortile e cinture ricamate d'oro. Nel momento in cui un raggio di luna investì le foglie della quercia, un rametto di vischio, reciso da un Sacerdote nascosto fra i rami, cadde fluttuando. Eilan l'afferrò e lo gettò nella bacinella.

Mormorò le parole della benedizione, si preparò al sapore amaro e bevve. Le voci dei druidi scandirono le invocazioni; la pressione dell'ansia della gente aggrediva la sua coscienza. Il liquido le bruciava nello stomaco; si chiese se avesse sbagliato la dose, poi ricordò che aveva già provato la stessa sensazione. Pensò che ogni volta l'avvelenava un poco di più, e che sarebbe morta come Lhiannon, anche se forse non così presto.

Ma il mondo si stava già offuscando intorno a lei; si accorse appena di cadere all'indietro sul seggio della veggente, e degli scossoni mentre la portavano sulla sommità del tumulo.

Caillean guardava la figura accasciata sul seggio con una preoccupazione più forte del solito. Come sempre, l'intensità dei canti la sospingeva verso la trance. Ma nelle energie che pulsavano intorno a lei c'era una tensione che non comprendeva. Si voltò e scorse il padre di Eilan fra i druidi biancovestiti. Ardanos non aveva detto nulla. Aveva saputo in anticipo che Bendeigid sarebbe stato presente?

Eilan tremò sul seggio e Caillean tese la mano verso la spalliera per reggerla. Era proibito toccare la Somma Sacerdotessa quando era posseduta dalla Dea; ma dovevano tenersi pronti a sostenerla se fosse caduta.

« Dea! » pregò. « Abbi cura di lei... Non m'importa quel che può accadere a me! » Le sembrò che Eilan si acquietasse. Vedeva una mano bianca, esile come quella di una bambina, che pendeva dal seggio. Com'era possibile che racchiudesse un potere così grande?

« Signora del Calderone! » gridò la folla. « Ruota d'Argento! Grande Regina! Vieni a noi! Grande Dea, parla! »

Caillean sentì il legno del seggio tremare sotto la sua mano. Le dita di Eilan si contraevano, e sotto gli occhi affascinati di Caillean sembrava che risplendessero. È vero, pensò, la Dea è presente. La figura sul seggio si tese lentamente, come per accogliere una massa più grande della figura esile della donna. Caillean sentì un brivido diaccio correrle lungo la schiena.

« Ecco, o popolo, la Signora della Vita è venuta! Parli l'Oracolo! La Dea proclami la volontà degli Immortali! » gridò Ardanos.

« Dea! Liberaci da coloro che vorrebbero farci schiavi! » esclamò un'altra voce. Bendeigid si portò in avanti. « Guidaci alla vittoria! »

Sembravano corvi che gridavano per chiedere sangue e morte. Soltanto Eilan stava tra la Casa della Foresta e un popolo che invocava la guerra. Sapevano che cosa sarebbe accaduto a quella terra, fra i romani e i loro ausiliari stranieri, se si fosse arrivati a combattere apertamente? Nonostante il suo odio per i romani, Caillean si chiedeva come un uomo o una donna sani di mente, o addirittura una Dea, potessero pensare di scatenare una guerra. Bendeigid aveva dimenticato così presto la sua casa in fiamme, aveva dimenticato la morte della moglie e della figlia minore?

Dea, pensò, tu hai affidato nelle mani di Eilan la pace di questa terra: concedile di fare la tua volontà anche se potrà sembrare che sia anche la volontà dei romani...

La figura sul seggio fremette, e all'improvviso gettò all'indietro il velo, rivelando alla folla un volto freddo e senza espressione, come quello d'una delle statue scolpite dai romani.

« È la notte più corta dell'anno », cominciò a voce bassa, e la folla smise di bisbigliare e attese. « Ma da questo momento le forze della luce incominceranno a declinare. O voi che aspirate ad apprendere tutti i segreti della terra e del cielo... » Indicò con un cenno sdegnoso il cerchio dei druidi. « Non leggete i segni nel mondo che vi circonda? Le tribù hanno fatto il loro tempo e ora diventano sempre più deboli, e un giorno la stessa sorte toccherà anche all'impero. Tutte le cose raggiungono il culmine, poi devono tramontare. »

« Allora non c'è speranza? » chiese Bendeigid. « Con il trascorrere del tempo, anche il sole rinasce. »

« È vero », disse la voce calma. « Ma non prima che sia passato il giorno più buio. Riponete le spade e appendete gli scudi, figli di Don. Lasciate che le aquile romane si dilanino fra loro mentre continuate ad arare i vostri campi, e siate pazienti, perché sicuramente il Tempo vendicherà i torti da voi subiti! Ho letto nei rotoli mistici del Cielo, e vi dico che il nome di Roma non vi è scritto. »

Dalla folla si levò un sospiro di sollievo e di disappunto.

Ardanos e uno degli altri Sacerdoti bisbigliavano. Caillean comprese che era l'unica possibilità di fare ciò che le aveva chiesto Eilan.

« Che ne sarà dell'antica saggezza? In che modo il tuo culto sarà conservato in un mondo che muta? »

Ardanos e Bendeigid la fissarono severamente; ma ormai la domanda era stata fatta e la Dea si stava voltando. Caillean tremò: in quel momento fu assolutamente certa che a guardarla non era Eilan.

« Sei tu, figlia della razza più antica, che vuoi mettere in dubbio le mie parole? » fu la risposta. Poi un silenzio, mentre l'attenzione della Dea sembrava introiettarsi. Poi rise. « Ah, è colei che chiede. Potrebbe chiedermi ben di più, ma ha paura. È così sciocca da non comprendere che io voglio la libertà per tutti. » Scrollò leggermente le spalle. « Ma siete come bambini, tutti voi. » Levò lo sguardo verso Ardanos, che arrossì e girò il volto. « E non distruggerò proprio ora le vostre illusioni. Non siete abbastanza forti per affrontare la realtà... »

Tese un braccio, girò la mano e fletté le dita come se apprezzasse il movimento. « La carne è dolce. » Rise, una risata sommessa. « Non mi meraviglia che non vogliate lasciarla. Ma, in quanto a me, che cosa pensate che possano fare i vostri sforzi irrisori per essere utili o dannosi? Io sono qui dal principio e, finché splenderà il sole e le acque scorreranno, io rimarrò. Io *sono...* » In quella semplice dichiarazione di esistenza era contenuta una verità terribile, e Caillean tremava.

« Ma le nostre vite scorrono via come le acque e si disperdono », disse poi. « In che modo trasmetteremo quanto ci hai insegnato a coloro che verranno dopo di noi? »

La Dea girò lo sguardo da lei ad Ardanos, poi tornò a fissarla.

« Conosci già la risposta. In epoche lontane la tua anima ha pronunciato un giuramento, e anche la sua. Una di voi deve andare... vada nel Territorio dell'Estate, sulle rive del lago, per creare una Casa delle Vergini. Là io sarò servita, a fianco a fianco con i Sacerdoti del Nazareno. In questo modo la Mia sapienza potrà sopravvivere ai giorni che si prospettano. »

Quasi immediatamente il corpo della Sacerdotessa, fino a quel momento teso come un arco, si abbandonò. La freccia era volata via, il messaggio era stato comunicato. Eilan si accasciò sul seggio, e Caillean e Miellyn si mossero prontamente per sorreggerla. Tremava e mormorava mentre usciva dalla trance.

Ardanos stava immobile, a testa bassa, e s'interrogava sul significato di quell'Oracolo e sul modo di servirsene. Non poteva contrastarlo, perché era un uomo pio e non voleva smentire la voce della Dea: ma aveva il privilegio d'interpretarlo. Dopo un momento alzò la testa, guardò Caillean, e lei ebbe l'impressione di vederlo sorridere.

« La Dea ha parlato. Così sia. E questa casa sarà fondata dalla serva della Dea; sarai tu, Caillean, ad andare a fondare la Casa delle Vergini sul Tor. »

Caillean lesse il trionfo negli occhi pallidi del vecchio. Per lui, la decisione della Dea era l'occasione per realizzare qualcosa che desiderava da molto tempo: separarla da Eilan.

Prese il ramoscello di vischio e spruzzò l'acqua sul corpo esanime della Sacerdotessa, e ogni altro suono si perse in un beffardo tintinnio di sonagli d'argento.

« Mi sembra che ti dia molto da fare, per uno che ha lasciato l'attività da qualche anno. » Gaio sorrise al padre attraverso il mare di pergamene arrotolate e di tavolette incerate che copriva il tavolo. Fuori, il vento freddo scuoteva i rami che incominciavano a gonfiarsi di linfa. Nella casa, l'ipocausto riscaldava i pavimenti piastrellati e la carbonella che bruciava nei bracieri di ferro combatteva gli spifferi. « Spero che il giovane Bruto apprezzi ciò che fai per lui. »

« Apprezza la mia esperienza », disse Macellio, « e io apprezzo le sue notizie. Ha molte amicizie utili, lo sai, ed è imparentato con metà delle antiche famiglie di Roma. Suo padre è un vecchio amico del tuo protettore Malleo, fra l'altro. »

« Ah. » Gaio bevve un altro sorso di vino caldo speziato. Ora cominciava a capire. « E che ne pensa il legato dell'attuale politica del nostro imperatore? »

« Per essere sincero, le lettere che ha ricevuto da Roma lo hanno atterrito. Il suo mandato di comandante scadrà alla fine di quest'anno, e si domanda come potrà evitare di tornare in patria. Tu e io, che facciamo parte della classe equestre, abbiamo un vantaggio: non siamo obbligati per legge a risiedere a

Roma. La Città Eterna è diventata molto insalubre per i senatori, quest'anno, a quanto ho sentito.»

«Alludi a Flavio Clemente?» chiese Gaio incupendosi. Non era affatto strano che i senatori fossero preoccupati. Se era stato giustiziato il cugino di Domiziano, che cosa potevano aspettarsi tutti loro? «Hai mai saputo altro delle accuse che gli erano state rivolte?»

«L'accusa ufficiale era di ateismo. Ma, secondo le voci, era cristiano e aveva rifiutato di bruciare incenso in onore dell'imperatore.»

«Immagino che il nostro *dominus et deus* si sarà sentito insultato.»

Macellio sorrise amaramente. «Gli dei sanno quanto i cristiani siano esasperanti, e quando non è il governo a perseguitarli si perseguitano fra di loro. Se Nerone avesse cercato di mettere l'una contro l'altra le diverse fazioni nell'arena, avrebbe risparmiato sulla spesa dei leoni... Ma il genere di adorazione pretesa da Domiziano è indecente!»

Gaio annuì. Aveva sentito Giulia parlare fin troppo spesso della predicazione di padre Petro, e sapeva che i cristiani erano affascinati dal martirio e divisi da lotte intestine, anche se Giulia diceva che queste servivano a epurare la Chiesa dagli empi. Ma in un quadro più vasto i cristiani erano un problema secondario. Era molto più grave la megalomania dell'imperatore.

«Si è messo sulla stessa strada di Nerone e di Caligola?» chiese.

«Non ha ancora cercato di nominare senatore il suo cavallo, se è questo che intendi», rispose Macellio. «Sotto molti aspetti è stato un sovrano efficiente; perciò è tanto pericoloso. A che cosa potrà affidarsi Roma quando spunterà un altro imperatore pazzo, se si permetterà a Domiziano di annientare ciò che resta della classe senatoria?»

Gaio lo scrutò con attenzione. «E questo ti preoccupa molto, non è così?»

«Non ha molta importanza quel che può succedere a me», disse Macellio mentre rigirava nella mano l'anello equestre. «Ma tu hai quasi tutta la tua carriera davanti a te. Con questo imperatore, che possibilità hai?»

«Padre, sta succedendo qualcosa, no? Che cosa ti hanno chiesto di fare?»

Macellio sospirò, girò lo sguardo sulla stanza dalle pareti dipinte e dai rotoli allineati sugli scaffali come se temesse di vederla sparire. «C'è un piano...» esordì cautamente. «Un piano per farla finita con la dinastia Flavia. Quando Domiziano sarà stato tolto di mezzo, i senatori eleggeranno un nuovo imperatore. Perché il piano riesca, è necessario che le province l'appoggino. Il nuovo governatore è un fedelissimo di Domiziano, ma quasi tutti i legati delle legioni provengono da famiglie come quella di Bruto...»

«Quindi vogliono il nostro sostegno», disse laconicamente Gaio. «Che faranno, secondo loro, le tribù mentre noi saremo impegnati a cambiare imperatore?»

«Ci appoggeranno, se prometteremo loro certe concessioni. Presto le figlie della regina Brigitta ci saranno consegnate, e Valerio mi sta aiutando a trovare degni genitori adottivi. Romani e britanni sono destinati ad allearsi, prima o poi. In questo modo lo faranno un po' prima, ecco tutto.»

Gaio zufolò in silenzio. Era una sedizione su grande scala! Tracannò il vino che restava. Quando riabbassò gli occhi vide che il padre lo fissava.

«Sono successe cose ancora più strane», riferì Macellio senza alzare la voce. «Tutto dipende da come andranno le cose, ma potrebbe esserci un futuro interessante per un romano discendente da una stirpe reale dei Siluri.»

Gaio tornò a casa con la testa che gli girava più che se avesse bevuto troppo vino speziato. Per molto tempo aveva evitato di scontentare Giulia. Ormai era chiaro; doveva adottare in forma ufficiale il figlio avuto da Eilan. Ma, quando rincasò, si accorse che Giulia non voleva parlare d'altro che della sua ultima visita all'eremita padre Petro.

«E dice che, come risulta evidente dalle Sacre Scritture e da tutte le altre profezie, il mondo finirà con questa generazione», disse Giulia con gli occhi che brillavano. «Allo spuntare di ogni nuova aurora dobbiamo pensare che forse non è il sole bensì il mondo che comincia a bruciare. Allora ritroveremo i nostri cari. Lo sapevi?»

Gaio scosse la testa, sorpreso. Giulia aveva ricevuto una solida istruzione romana, ed era inspiegabile che riuscisse ad accettare quelle fantasie. Ma le donne erano credulone, e probabilmente era per questo che non potevano assumere cariche pubbliche. Si chiese se i cristiani puntavano sulle preoccupazioni causate dall'imperatore.

«Hai intenzione di diventare seguace del Nazareno... il profeta degli schiavi e degli ebrei rinnegati?» le domandò in tono brusco.

«Non vedo come una persona razionale possa fare qualcosa di diverso», rispose Giulia con molta freddezza.

Bene, pensò Gaio. Evidentemente non sono un persona razionale... almeno dal suo punto di vista. Si limitò a chiedere: «E che ne dirà tuo padre?»

«Non approverà», rispose Giulia rattristandosi. «Ma è l'unica cosa di cui sono stata sicura da quando... da quando sono morti i bambini.» I suoi occhi si riempirono di lacrime.

Non ha senso, pensò Gaio, ma non lo disse a voce alta; sembrava che il buon senso non le fosse di grande conforto. Per la verità, gli sembrava più felice di quanto non l'avesse mai vista dopo la morte di Seconda. L'immagine della figlia annegata era ancora impressa nella sua mente, giorno e notte. E, logico o no, quasi invidiava Giulia.

«Bene, fa' ciò che vuoi», disse in tono rassegnato. «Non cercherò di impedirtelo.»

Giulia lo guardò con un'espressione quasi delusa, poi s'illuminò. «Se capissi che cosa è giusto, anche tu diventeresti nazareno.»

«Mia cara Giulia, mi hai già detto tante volte che non capisco che cosa è giusto», rispose seccamente Gaio. Quando la vide fissare il pavimento, comprese che c'era qualcosa d'altro. «Che c'è?»

«Non voglio dirlo davanti alle bambine», balbettò lei. Gaio rise, le prese il braccio e la condusse in un'altra stanza.

«Bene, che cosa non puoi dire davanti alle bambine?»

Giulia abbassò di nuovo lo sguardo. «Padre Petro dice che... dato che la fine del mondo è vicina... è meglio che tutte le donne sposate... e anche gli uomini... facciano voto di castità.»

Gaio rovesciò la testa all'indietro e rise. «Sai che secondo la legge il rifiuto di dormire con il marito è un motivo valido di divorzio?»

Sebbene fosse chiaramente turbata, Giulia si aspettava la domanda. «Nel Regno dei Cieli», replicò, «non ci sono matrimoni.»

«Questo risolve tutto», disse Gaio, e rise di nuovo. «Non mi interessa il tuo cielo, almeno non quella parte su cui regna padre Petro.»

Poi, sapendo di ferirla, aggiunse: «Pronuncia tutti i voti che vuoi, mia cara. Dato che durante l'ultimo anno venire a letto con te è stato più o meno come andare a letto con un pezzo di legno, non so come tu possa credere che la cosa faccia molta differenza».

Lei spalancò gli occhi per la sorpresa. «Allora non farai obiezioni?»

«No, Giulia. Tuttavia è giusto dire che, se non ti senti più legata dai nostri voti matrimoniali, neppure io mi riterrò legato.»

Si rendeva conto che le stava rovinando la scena: Giulia si era aspettata che s'infuriasse e supplicasse.

«Non penserei mai di chiederti lo stesso impegno», disse lei. E aggiunse, in tono sprezzante: «Non credo che saresti capace di mantenerlo. Pensi che non sappia perché l'anno scorso hai comprato quella graziosa schiava? Dio sa che in cucina non sa far niente! E con tanti peccati che gravano sulla tua anima...»

Ma Gaio ne aveva abbastanza. Non intendeva discutere con lei la situazione della propria anima... qualunque cosa fosse.

«Della mia anima mi riterrò responsabile personalmente», rispose, e andò nel suo ufficio. Trovò un letto già pronto. Dunque Giulia aveva previsto che sarebbe stato disposto a dormire solo, qualunque cosa dicesse.

Per qualche istante Gaio pensò di festeggiare la sua libertà chiamando la schiava, ma scoprì che non lo desiderava. Voleva qualcosa di più dell'arrendevolezza di una donna che non aveva possibilità di scelta. Pensò a Eilan. Ora, almeno, Giulia non avrebbe fatto obiezioni se avesse deciso di adottare Gawen. Come poteva darle quell'annuncio?

Finalmente era libero di cercare Eilan. Ma la faccia della Furia che aveva visto in occasione della festività di Mezza Estate si levava fra lui e i suoi ricordi; e si addormentò pensando invece al volto della ragazza che aveva incontrato l'anno prima nella casupola dell'eremita.

27.

A METÀ febbraio i temporali lasciarono il posto a un periodo di sereno, piuttosto freddo ma soleggiato. Negli angoli più riparati gli alberi da frutto incominciavano a mettere le gemme e i rami rosseggiavano di linfa nuova. Sulle colline risuonavano melodiosi i belati degli agnellini, e nelle paludi echeggiavano i richiami dei cigni che ritornavano.

Eilan guardò il cielo azzurro e pensò che era venuto il momento di mantenere la promessa fatta a Macellio. Attendeva nel giardino quando Senara si presentò.

« È una bella giornata », disse la ragazza. Si chiedeva perché mai Eilan l'avesse distolta dai suoi doveri.

« Appunto », ammise Eilan. « Una bella giornata per svolgere un compito ingrato. Ma tu sei l'unica cui posso chiederlo. »

« Di che si tratta? »

« Le figlie di Brigitta sono qui ormai da un anno, ed è tempo di mandarle dai romani, come ho promesso. Loro hanno mantenuto l'impegno nei confronti di Brigitta, e confido che tratteranno generosamente le bambine. Ma è necessario agire con discrezione, perché non si ridestino le vecchie ostilità. Sei abbastanza adulta per accompagnarle a Deva, e conosci abbastanza bene il latino per chiedere dove si trova la casa di Macellio Severo. Le accompagnerai tu? »

« Severo? » Senara aggrottò la fronte. « Mi sembra di ricordare il nome. Una volta mia madre mi disse che suo fratello lo serviva, e che era un uomo duro ma giusto. »

« È ciò che risulta anche a me. » Eilan annuì. « Prima le bambine saranno affidate a lui, e prima le potrà collocare presso le nuove famiglie. »

« Ma cresceranno come romane », protestò Senara.

« E sarebbe tanto grave? » Eilan sorrise. « Era romana anche tua madre, dopotutto. »

« È vero », disse la ragazza. « A volte penso alla sua famiglia e mi domando come sarebbe stata la vita in quel mondo. Sta bene », concluse. « Andrò. »

Ci volle un po' per preparare le bambine, perché Eilan voleva essere certa che nessuno, nella città romana, potesse dire che erano state trascurate dai druidi; ma alla fine si dichiarò soddisfatta e Senara prese le due piccole per mano e si avviò verso Deva.

L'aria era pungente ma il cielo era sereno; e anche con una bambina in braccio e l'altra che le trotterellava al fianco, Senara procedeva a passo svelto. Le bimbe chiacchieravano allegre, emozionate da quell'avventura. Quando si stancarono, Senara sistemò la più piccola nello scialle e lasciò che si addormentasse, e prese fra le braccia la più grandicella. Ormai poteva scorgere le case sparse alla periferia della città e le robuste palizzate della fortezza. Arrivò nel foro centrale, sedette su una panca accanto a una fontana per rimettere in ordine le bambine prima di chiedere la strada per la casa di Macellio.

All'improvviso la luce del sole fu oscurata da un'ombra. Senara alzò la testa e vide il romano che aveva incontrato in casa dell'eremita l'anno precedente. Più tardi le sembrò simbolico che stesse fra lei e il sole, ma sul momento non ci pensò.

«Ti ho già vista, non è vero?» chiese l'uomo.

«Nella casetta di padre Petro», rispose lei arrossendo, mentre una delle bambine si svegliava e lo guardava sgranando gli occhi. Non l'aveva mai visto nei raduni del gruppetto di nazareni locali; ma, dato che viveva nella Casa della Foresta, non aveva la possibilità di andarvi molto spesso. La prima volta l'aveva fatto per curiosità, e più tardi perché il latino le sembrava un legame con la madre morta e, alla fine, perché là trovava conforto.

Il bel romano continuava a guardarla. Era più giovane di quanto avesse pensato a prima vista, e le piaceva il suo sorriso. «Dove sei diretta?»

«Alla casa di Macellio Severo, signore; devo affidargli queste bambine...»

«Ah, sono loro.» Per un momento il romano aggrottò la fronte, poi il sorriso gli rispuntò negli occhi. «È un incontro fortunato, allora. Anch'io sto andando là. Posso farti da guida?»

Tese una mano; la più grande delle bambine la prese e gli sorrise.

Senara lo scrutò un po' dubbiosa, ma il romano si issò la bambina sulle spalle; e, quando Senara la sentì ridere, decise che quell'uomo doveva avere un animo gentile.

« La tieni come se fossi abituato ai bambini, signore », disse; e, sebbene lei non gli avesse fatto altre domande, il romano rispose: « Ho tre figlie. Sono abituato ».

Dunque è sposato, pensò Senara. È uno di noi? Poi, dopo un momento, chiese: « Dimmi, signore, fai parte del gregge di padre Petro? »

« No », fu la risposta. « Ma mia moglie ne fa parte. »

« Allora tua moglie è mia sorella in Gesù, e quindi è mia parente. »

L'uomo strinse le labbra sardonicamente, e Senara pensò: è troppo giovane perché il suo sorriso sia tanto amaro. Che cosa lo fa soffrire?

« Sei molto gentile ad accompagnarmi », gli disse.

« Non è un disturbo. Macellio è mio padre... »

Si stavano avvicinando a una bella casa nei pressi della fortezza; era imbiancata e aveva il tetto di tegole secondo l'usanza romana. L'uomo bussò alla porta e dopo un momento uno schiavo aprì. Entrarono in un lungo corridoio e raggiunsero un giardino interno.

Il romano chiese: « C'è mio padre? »

« È con il legato », rispose lo schiavo. « Puoi entrare ad aspettarlo, se vuoi. Dovrebbe tornare da un momento all'altro. »

Infatti Macellio arrivò poco dopo. A Senara non dispiacque perché la bambina più piccola s'era svegliata e cominciava a fare le bizze. Macellio le affidò entrambe a una schiava prosperosa e bonaria che avrebbe avuto cura di loro fino a quando non fossero arrivati i genitori adottivi prescelti. Ringraziò Senara e le chiese se voleva una scorta per tornare alla Casa della Foresta.

Senara scosse la testa. Alla Casa della Foresta credevano che avesse condotto le bambine da certi parenti della madre, in città, e se fosse tornata con una scorta di soldati romani avrebbe destato sospetti e indignazione. Comunque sarebbe stato piacevole se l'avesse accompagnata il giovane Severo... Ma scacciò subito l'idea.

«Ti rivedrò?» chiese lui, e Senara provò un fremito d'emozione.

«Forse a uno dei servizi religiosi.» Poi, prima di rendersi ridicola, Senara uscì.

Giulia Licinia non faceva mai le cose a metà. Una sera d'aprile chiese a Gaio di accompagnarla a un raduno nel tempio dei nazareni a Deva. Anche se il loro matrimonio era diventato un'educata finzione, era pur sempre la moglie ufficiale, e Gaio si sentiva in dovere di sostenerla. Aveva pensato al divorzio, ma aveva concluso che non valeva la pena di addolorare Licinio e le figlie per sposare un'altra romana.

Non era abbastanza nelle grazie dell'imperatore per sposare una donna di una famiglia del suo partito, e sceglierne una appartenente all'opposizione sarebbe stato pericoloso. Anche se Macellio parlava poco, Gaio sapeva che la cospirazione si ampliava. Se l'imperatore fosse caduto, tutto sarebbe cambiato. Gli sembrava più opportuno non preoccuparsi per il proprio futuro fino a quando non avesse avuto la certezza di averne uno.

Dato che il tempio dei nazareni era stato pagato almeno in parte con il ricavato dei gioielli che Giulia non portava più, Gaio era curioso di vedere che cosa avesse ottenuto in cambio del denaro. Quando uscirono, erano un gruppo numeroso; non c'erano soltanto Gaio e Giulia, ma anche le bambine e le loro nutrici, e metà dei servitori. «Perché tutta questa gente deve venire con noi?» chiese Gaio un po' irritato. Quella notte lui e la sua famiglia avrebbero dormito in casa di Macellio, ma non c'era posto per tutto il seguito.

«Perché fanno tutti parte della congregazione», spiegò Giulia, e Gaio batté le palpebre, sorpreso. Non gli sarebbe mai venuto in mente di discutere il modo in cui Giulia dirigeva la casa; ma non s'era accorto che lo zelo l'aveva spinta tanto lontano.

Lei soggiunse: « Rientreranno alla villa quando sarà finito. Non posso negare loro la possibilità di partecipare alle funzioni ».

Gaio pensò che in realtà non voleva farlo, ma ritenne più saggio non dire altro. La nuova chiesa cristiana era un vecchio edificio piuttosto grande in riva al fiume, appartenuto un tempo a un importatore di vino. Il puzzo del vino invecchiato era mascherato dalla fragranza delle candele di cera e dei primi fiori ammucchiati sull'altare. Le pareti intonacate di bianco erano ornate da dipinti piuttosto rozzi... un pastore che portava un agnello sulle spalle, un pesce, alcuni uomini in una barca.

Quando entrarono, Giulia fece un segno enigmatico, e Gaio notò con dispiacere che Cella, Terza e Quartilla cercavano di imitarla. Giulia aveva convertito non soltanto i servitori ma anche le figlie? Si chiese se i cristiani si proponevano di minare alla base l'autorità della famiglia.

Giulia sedette su una panca non lontana dalla porta, circondata dalle serve e dalle figlie. Gaio rimase in piedi dietro di lei e si guardò intorno per vedere se conosceva qualcun altro dei fedeli. Sembravano quasi tutti molto poveri, e si chiese come mai l'altezzosa Giulia accettasse di trovarsi in mezzo a gente simile. Poi riconobbe un viso: la ragazza che aveva accompagnato in città le figlie di Brigitta. Gli aveva detto che frequentava i raduni quando aveva la possibilità di allontanarsi; e Gaio si rese conto di aver accompagnato Giulia nella vaga speranza di rivedere la giovane donna.

Un Sacerdote dalla faccia rasata e abbigliato d'una lunga dalmatica entrò scortato da due ragazzi: uno portava una grande croce di legno e l'altro una candela. Poi venivano due uomini che, come aveva detto Giulia, erano due diaconi: uno di loro reggeva un grosso codice rilegato in pelle. Era di mezza età e aveva l'aria molto seria. Mentre posava il volume sul leggio, inciampò in una bimbetta di quattro anni che stava nella corsia, la quale, anziché fuggire atterrita, lo guardò ridendo, e il diacono si chinò ad abbracciarla con un sorriso che gli trasformò il volto, quindi la riaffidò al padre, un uomo dalle mani callose e dalle braccia robuste da fabbro.

Cominciarono le preghiere e le invocazioni; la congregazione fu purificata con l'incenso e con l'acqua. Era così simile a una cerimonia romana che Gaio non si sentiva troppo a disagio anche se il latino era meno puro. Poi i Sacerdoti e i diaconi sedettero, e si udì un brusio di eccitazione quando si fece avanti un altro uomo.

Gaio non si sorprese nel riconoscere padre Petro e la sua barba lunga. Guardò i presenti con tanta intensità da indurre Gaio a sospettare che ci vedesse molto poco.

«Il nostro Maestro ha detto: 'Lasciate che i piccoli vengano a me, e non impediteglielo; perché loro è il regno dei Cieli'. Molti di voi hanno perduto un figlio e lo piangono; ma i vostri figli, io vi dico, sono con Gesù in paradiso, e voi genitori che soffrite siete più fortunati di coloro che hanno consacrato i figli viventi al servizio degli idoli. Io vi dico che sarebbe meglio per quei figli essere morti senza aver peccato, anziché vivere per servire i falsi dei!» Petro s'interruppe per prendere fiato e i presenti sospirarono.

Sono venuti per farsi spaventare, pensò cinicamente Gaio. E si compiacciono al pensiero della loro virtuosa superiorità!

«Perché il primo dei grandi comandamenti è questo: ama il Signore Dio tuo con tutto il cuore e con tutta l'anima; e il secondo dei grandi comandamenti è questo: onora il padre e la madre», tuonò Petro. «Allora chiediamoci: fino a che punto un giovane può essere considerato responsabile se i suoi tutori lo pongono al servizio d'una divinità pagana? Vi sono padri della nostra Chiesa i quali hanno affermato che tutti, anche gli infanti, sono colpevoli se sono presenti durante l'adorazione di un idolo; ma altri ritengono che, se i tutori di un bambino lo inducono a servire un idolo prima che sia giunto all'età della ragione, quel bambino deve essere considerato innocente. In quanto a me, penso...»

A Gaio non importava affatto ciò che pensava padre Petro. Il suo sguardo s'era fissato sullo spettacolo assai più amabile di Senara, che stava protesa, assorta nelle parole dell'eremita. Aveva perso il filo del discorso di Petro, ma aveva già deciso che le cerimonie cristiane erano troppo noiose per i suoi gusti: non c'erano sacrifici né esortazioni tonanti, e neppure la drammaticità dei riti di Iside e di Mitra. Le cerimonie cristiane, tutto sommato, erano le più noiose tra quelle cui avesse mai avuto modo di assistere, eccettuati forse alcuni aspetti del rituale druidico.

Sebbene potesse contemplare il viso luminoso della ragazza, gli sembrò che passasse un tempo interminabile prima che il discorso di padre Petro arrivasse alla conclusione. Gaio non vedeva l'ora di andarsene, e rimase costernato quando sentì che lui e gli altri presenti non battezzati dovevano attendere fuori mentre gli iniziati partecipavano a una specie di festa d'amore. Protestò così energicamente che alla fine Giulia acconsentì ad andarsene, assicurando alle nutrici e alle serve che potevano restare.

Gaio prese in braccio Quartilla che s'era addormentata, e si avviarono verso la casa di Macellio. Ma s'erano appena incamminati quando Terza cominciò a lamentarsi perché anche lei voleva essere portata in braccio. Gaio le disse bruscamente di comportarsi da brava bambina e di procedere a piedi; la salute di sua madre era migliorata, ma non tanto da poter portare in braccio la figlia, e Cella era ancora troppo piccola per poterlo fare. Mentre Terza cominciava a piagnucolare, qualcuno li raggiunse. Una voce dolce disse: « Porterò io la bambina ».

Gaio avrebbe voluto rifiutare, ma la giovane britanna aveva già sollevato fra le braccia la bambina insonnolita che si addormentò quasi subito.

« Non pesa niente », disse la ragazza. « E io sono abituata a lavori ben più pesanti. »

« Sei una vera sorella in Cristo », esclamò Giulia. Gaio non trovò nulla da aggiungere. Proseguirono. Le due donne si scambiarono sottovoce qualche frase di circostanza e Gaio provò un oscuro senso di sollievo nello scoprire che non si conoscevano molto bene. La luna, che aveva passato da poche notti il plenilunio, offriva la luce necessaria per rischiarare il cammino. Vedevano bene la strada, e molti alberi sembravano nuvole di fiori candidi.

« Devi restare a mangiare qualcosa con noi, dato che nemmeno tu hai partecipato all'agape », dichiarò Giulia.

« Oh, non posso », rispose timidamente la ragazza. « Sei molto gentile, signora, ma non avevo chiesto il permesso per venire. Devo rientrare subito; altrimenti si accorgeranno della mia assenza e, anche se non mi puniranno, forse non potrò più tornare.»

«Allora non ti trattengo: sarebbe un pessimo modo per ricambiare la tua gentilezza», disse prontamente Giulia. «Gaio verrà con te. Questa parte della città è tranquilla, ma prima di uscire dalla porta potresti incontrare individui pericolosi per una ragazza onesta.»

«Non sarà necessario, *domina*...» Ma Gaio intervenne. «Sarò lieto di accompagnarti. Avevo intenzione di fare due passi prima di andare a letto, e così potrò scortarti fino a casa.»

Almeno avrebbe potuto chiederle che cosa faceva fra i cristiani una novizia della Casa della Foresta. La risposta, pensava, sarebbe stata rivelatrice. Quando la ragazza si strinse addosso il mantello scuro e modesto, come quello d'una serva di una famiglia rispettabile, si chiese se volesse nascondere la veste di Sacerdotessa. Gaio prese una torcia; nonostante la luna, sapeva che non era prudente percorrere le strade senza averne una, e pensava che quella luce poteva rassicurare la ragazza. Lei baciò le bambine, inclusa la piccina addormentata fra le braccia di Giulia, e scese i gradini a fianco di Gaio. Percorsero le strade silenziose senza attirare l'attenzione, ma anche quando si lasciarono alle spalle le ultime case la ragazza non ributtò all'indietro il cappuccio, sebbene fosse una notte tiepida.

Il silenzio era opprimente. «Da quanto frequenti i servizi religiosi nel nuovo tempio?» chiese finalmente Gaio.

«Da quando è stato costruito.»

«E prima?»

«Quand'ero bambina, mia madre mi portava alle riunioni nell'alloggio della servitù in casa di uno dei padri della città; il capo dei servitori era cristiano.»

«Ma ora vivi nella Casa della Foresta», disse Gaio aggrottando la fronte.

«È vero», rispose lei a voce bassa. «La Somma Sacerdotessa mi ha offerto un rifugio... Sono orfana. Ma non sono vincolata dai voti. Mio padre è un britanno in esilio, ma mia madre era romana. Mi aveva fatta battezzare; e quando ho scoperto che padre Petro viveva nelle vicinanze ho voluto saperne di più sulla sua fede.»

Gaio sorrise: «E ti chiami Valeria».

La ragazza batté le palpebre. Da molto tempo non sentiva pronunciare quel nome.

«Così mi aveva chiamata mia madre; ma sono Senara da tanto tempo che l'avevo quasi dimenticato. Padre Petro dice che è mio dovere obbedire ai miei tutori, anche se sono pagani. Nella Casa della Foresta, almeno, non mi accadrà niente di male. Dice che i druidi sono fra i buoni pagani che un giorno potranno salvarsi: ma non devo pronunciare i loro voti. E l'apostolo Paolo ha comandato agli schiavi di obbedire ai loro padroni. La libertà è dell'anima, ma non è possibile dimenticare la posizione legale del corpo, e neppure i giuramenti legittimi.»

«Almeno hanno abbastanza buon senso», mormorò Gaio. «È un peccato che non estendano questo ragionamento fino a includere il dovere verso l'imperatore!»

Senara continuò a parlare come se non l'avesse udito, e Gaio si chiese se quella loquacità nascondesse la paura; ma era troppo affascinato dalla musica della voce della fanciulla per curarsi delle parole. Era così innocente... come Eilan quando era giovanissima.

«Naturalmente nella Casa della Foresta non mi chiedono di peccare, e sono molto buoni con me; ma io voglio essere una vera credente e andare in paradiso. Però il martirio mi fa paura e un tempo temevo che mi chiedessero di morire per la fede, come uno dei santi di cui mi parlava mia madre. Allora ero una bambina, ma lo ricordo ancora.

«Adesso però il governo non perseguita i cristiani... Naturalmente questa sera il padre parlava di me. Alcuni fedeli della congregazione sanno che vivo in un tempio pagano e mi disprezzano... Ma padre Petro dice che non sono obbligata a lasciare i druidi prima di essere diventata maggiorenne.»

«E poi?» chiese Gaio. «Valerio ti combinerà un matrimonio decoroso?»

«Oh, no, è probabile che io entri in una comunità di sorelle. In Cielo, dicono i Sacerdoti, non ci sono matrimoni.»

« Che peccato », dichiarò Gaio. Aveva già sentito quell'affermazione. « Sono convinto che sbaglino. »

« Oh, no, perché quando il mondo finirà non vorrai certo ritrovarti con un peccato sull'anima. »

Con assoluta franchezza, Gaio rispose: « Non mi sono mai preoccupato per la mia anima, anzi non mi sono mai chiesto se ce l'ho o non ce l'ho ».

Senara si fermò e si voltò verso di lui. « Ma è terribile! » esclamò. « Non vorrai finire nell'abisso dell'inferno, vero? »

« Mi sembra molto strana una religione che condanna la gente perché mette al mondo figli o compie l'atto che li genera! In quanto al tuo inferno, dev'essere una favola come il Tartaro o l'Ade. Non basta certo a impaurire un uomo razionale. Vuoi dirmi che credi davvero che vi finiranno quanti violano le leggi di padre Petro? »

« Naturalmente », rispose Senara. « Devi pensare ora alla tua anima, prima che sia troppo tardi. »

Se a dire una cosa simile a Gaio fosse stato qualcun altro e non una ragazza tanto graziosa, con ogni probabilità gli avrebbe riso in faccia. Quando era Giulia a parlargliene, si annoiava fino alle lacrime. Invece le rispose gentilmente: « Se hai a cuore la mia anima, dovrai aiutarmi a salvarla ».

Senara disse in tono dubbioso: « Credo che padre Petro possa aiutarti meglio di me ». Erano arrivati all'imboccatura del viale di querce che conduceva alla Casa della Foresta. Senara si fermò. « Posso proseguire da sola, e tu non devi avvicinarti. Potrebbero vederti, e io verrei sorpresa e punita. »

Gaio l'afferrò per le spalle e disse, in tono fra scherzoso e implorante: « Allora mi lasci andare senza salvarmi l'anima? Dobbiamo rivederci ».

Lei lo guardò, turbata. « Non dovrei dirtelo », rispose. « Ma ogni giorno a mezzodì porto qualcosa da mangiare alla casupola di padre Petro. Se tu fossi lì... immagino... potremmo parlare. »

« Allora mi salverai sicuramente l'anima, se è possibile salvarla », dichiarò Gaio. Non gli importava nulla della presunta anima, ma voleva rivedere Senara.

« Non ti rivedrò più... » Eilan voltò le spalle a Caillean e guardò il giardino.

« Che sciocchezza! » esclamò Caillean. La paura che le incutevano quelle parole si trasformò in collera. « Ora sei tu ad avere premonizioni assurde. Sei stata tu a volere che partissi! »

Le spalle esili di Eilan tremarono. « No, non sono stata io. È stata la Dea che ha parlato con la mia voce, e so che dobbiamo obbedire alla sua volontà. Ma, Caillean, quando viene il momento è così triste! »

« Sì, è triste! » sussurrò Caillean. « E sono io, quella che deve abbandonare te e tutto ciò che mi è caro. Sei sicura che a parlare fosse la Dea e non Ardanos che ti bisbigliava all'orecchio? Ha sempre desiderato separarci fin da quando lo costrinsi a permetterti di tenere tuo figlio. »

« Immagino che questa separazione gli farà piacere », mormorò Eilan. « Ma credi davvero che sia stata opera sua? Tutto ciò che ho cercato di fare qui è una menzogna? »

Caillean, colpita da quel tono addolorato, non riuscì a rimanere in collera. « Mia cara... piccola mia. » Posò una mano sulla spalla di Eilan e l'altra si voltò e l'abbracciò. Non disse nulla, ma aveva le guance rigate di lacrime. « Non dobbiamo litigare come due bambine quando abbiamo così poco tempo! Vi sono momenti in cui la potenza degli dei sfolgora come il sole; poi scende l'oscurità e la luce sembra soltanto un sogno. È sempre stato così. Ma io credo in te, mia cara. »

« La tua fede mi ha sostenuta », mormorò Eilan.

« Ascolta », disse Caillean. « Non sarà per sempre. Un giorno, quando saremo vecchie, rideremo insieme delle nostre paure. »

« So che staremo insieme », disse lentamente Eilan. « Ma non riesco a vedere se sarà in questa o in un'altra vita. »

« Mia signora », annunciò Huw dal cancello. « I portatori stanno aspettando. »

« Devi andare. » Eilan si raddrizzò e ridiventò la Somma Sacerdotessa. « Dobbiamo servire la Dea nei luoghi in cui ci chiama, quali che siano i nostri sentimenti. »

« Andrà tutto bene. Ritornerò, vedrai », disse Caillean in tono burbero. L'abbracciò in fretta un'ultima volta e la lasciò.

Si avviò. Sapeva che se si fosse voltata a guardare Eilan avrebbe pianto, e non doveva farlo davanti alle giovani Sacerdotesse e agli uomini. Solo quando le tende della lettiga si chiusero intorno a lei si abbandonò alle lacrime.

Durante quasi tutto il viaggio verso il Territorio dell'Estate, sotto un cielo tetro e piovoso, Caillean rimase chiusa nei suoi pensieri. Il suo stato d'animo non era migliorato dal fatto che era costretta a viaggiare in lettiga, un mezzo di trasporto che detestava.

Era accompagnata dalle Sacerdotesse scelte per la nuova comunità. Erano quasi tutte giovani, arrivate da poco tempo nella Casa della Foresta, e non osavano rivolgerle la parola se non per dirle le banalità più ovvie. Caillean aveva ben poco da fare se non covare la collera.

Era quasi l'imbrunire quando il piccolo corteo varcò il passo fra le colline e s'imbarcò sulle chiatte per attraversare le paludi poco profonde che circondavano il Tor. Questo spiccava nitido contro il cielo sbiadito, coronato dal cerchio di pietre, e anche da lì Caillean ne percepiva il potere. Le case rotonde dei druidi erano ammassate sulle balze inferiori. Nella conca retrostante, Caillean distingueva appena un gruppo di casupole simili ad arnie; dovevano appartenere ai cristiani ai quali Ardanos aveva permesso di stabilirsi lì. Nell'aria aleggiava la fragranza di un legno profumato, forse di melo.

Ai piedi della collina furono accolte dai giovani Sacerdoti di guardia, che le salutarono con espressioni di deferenza e di sollecitudine, sebbene avessero l'aria di non capire lo scopo della loro venuta. Nonostante la collera, Caillean trovò divertente la loro confusione; e con riluttanza incominciò a rassegnarsi all'inevitabile. Bene o male, i Sacerdoti druidi l'avevano mandata lì; erano soltanto strumenti della Dea che aveva voluto la sua presenza in quel luogo.

Quando arrivarono al santuario, era già buio. I Sacerdoti le accolsero con gentilezza se non proprio cordialmente, ma del resto Caillean non si aspettava di essere la benvenuta. Se quello era un esilio, almeno era un esilio onorevole; e, dato che non poteva cambiare la realtà, tanto valeva che si adattasse.

Dopo i saluti di rito, trovò le sue donne raccolte intorno al fuoco con aria stupita e confusa. Uno dei giovani Sacerdoti le condusse a una dimora bassa dal tetto di paglia che, come disse in tono di scusa, non era adatta a una Sacerdotessa, soprattutto a una del suo rango. Tuttavia fino a quel momento non avevano mai dovuto porsi il problema di ospitare un gruppo di donne. Ma, poiché avevano ricevuto l'ordine dall'arcidruido, assicurò che una dimora più adeguata sarebbe stata costruita non appena le Sacerdotesse avessero precisato le loro esigenze, e avrebbero avuto l'assistenza richiesta.

Quando Caillean si fu accertata che tutte le giovani donne fossero al sicuro nel dormitorio che aveva ospitato i novizi più giovani e che era stato sgombrato in gran fretta, e poté finalmente andare a letto, si sentiva crollare per la stanchezza. Anche se il letto e il luogo erano nuovi per lei, con sua grande sorpresa dormì tranquillamente per tutta la notte e si svegliò mentre l'aurora arrossava il cielo. Si vestì senza destare le sue compagne e uscì sola nella luce del mattino. I raggi rosati del sole incominciavano a colorare il cielo, e il sentiero che si snodava davanti a lei si inerpicava su per la collina.

Mentre la luce diventava più viva, Caillean si guardò intorno attentamente. Perché il destino l'aveva condotta in quel territorio lontano?

Quando sorse il sole, vide che il Tor dominava un'immensa estensione di campagna selvaggia, completamente circondata da fitte nebbie che salivano dal grande specchio d'acqua; la sera prima erano arrivati così tardi che, stanca com'era, aveva notato a malapena che l'ultimo tratto del viaggio era stato fatto con una chiatta. Le pendici boscose delle altre isole ergevano le vette scure attraverso la nebbia. C'era un grande silenzio, ma, quando il sole si alzò e Caillean poté studiare quella strana terra, sentì il mormorio fievole di un canto che giungeva da poco lontano.

Si voltò. Il suono proveniva da una piccola costruzione in cima alla collina. Salì ancora un po' per sentire meglio. La musica era lenta e sommessa, e la risonanza profonda delle voci maschili le sembrava strana dopo tanti anni vissuti fra le donne. Dopo qualche tempo distinse alcune parole nel flusso del canto, e le sembrò che salmodiassero in greco.

Kyrie eleison, Christe eleison. Aveva sentito dire che era così che i cristiani si rivolgevano al loro Signore; doveva essere la comunità di profughi ai quali l'arcidruido aveva permesso di stabilirsi lì. In quel periodo spuntavano in tutto l'impero le religioni più strane.

Poi il suono si smorzò e Caillean vide un vecchietto, curvo sotto il peso degli anni, che la stava guardando. Batté le palpebre perché non l'aveva visto avvicinarsi, e questo era insolito per una Sacerdotessa con la sua preparazione. Quando lo guardò, il vecchio abbassò gli occhi. Doveva essere veramente uno dei Sacerdoti cristiani; a quanto aveva sentito dire, molti di loro rifiutavano di guardare una donna sconosciuta.

Ma apparentemente era autorizzato a parlarle. Disse, nel latino volgare che veniva usato come dialetto in tutto l'impero: «Buongiorno a te, sorella mia. Posso chiedere il tuo nome? So che non sei una dei catecumeni, perché da molti anni non abbiamo più avuto donne fra noi se non le venerabili signore che vennero qui molto tempo fa, mentre tu sei giovane».

Caillean accennò un sorriso all'idea che qualcuno potesse considerarla giovane; ma il Sacerdote era canuto, fragile come una foglia appassita. Era abbastanza vecchio per essere suo nonno.

«Non sono una catecumena», disse. «Sono una di coloro che adorano il dio della foresta. Mi chiamo Caillean.»

«Davvero?» chiese educatamente il vecchio. «Sapevo qualcosa dei fratelli druidi, ma pensavo che non ci fossero donne tra loro.»

«Non c'erano tra quelli che vivono qui, almeno fino a ora. Sono stata inviata dalla Casa della Foresta, che sorge più a nord, per fondare una Casa delle Vergini. Ho salito la collina per vedere in quale luogo mi hanno guidata gli dei.»

«Tu parli come chi conosce una parte della verità, sorella mia. Allora saprai sicuramente che tutti gli dei sono un unico Dio...» S'interruppe, e Caillean completò la frase: «E tutte le dee sono un'unica Dea».

Il viso del vecchio era gentile. « È così. Coloro fra i quali Nostro Signore è venuto quale Figlio Divino di Dio non riconoscerebbero la divinità in qualcosa di femminile, perciò a loro non parliamo della Dea, bensì di Sofia, la Divina Saggezza. Ma noi sappiamo che la Verità è Una. Perciò, sorella mia, mi sembra giusto che tu sia venuta a fondare un santuario della Divina Saggezza secondo le usanze del tuo popolo. »

Caillean s'inchinò. Il viso del vecchio era grinzoso, ma non le sembrava più brutto perché era illuminato dalla benevolenza.

« È un'opera splendida alla quale dedicare il resto di questa reincarnazione, sorella. » Il vecchio sorrise, e il suo sguardo divenne assorto. « È giusto che tu sia qui, perché mi sembra che in passato abbiamo servito insieme lo stesso altare... »

Caillean rimase sbalordita, e non per la prima volta in quello strano incontro. « Avevo sentito dire che i fratelli della tua fede negano la verità della reincarnazione », esclamò. Ma ciò che il vecchio aveva detto era vero. Lo riconosceva, con la stessa certezza che aveva provato quando aveva incontrato Eilan.

« È scritto che lo stesso Maestro vi credeva », spiegò l'uomo. « Perché disse del Precursore, chiamato Jochanan dagli uomini, che era Elia rinato. Inoltre è scritto che c'è il latte per i bambini e la carne per gli uomini forti. Molti dei bambini tra noi, che sono nuovi alla fede, ricevono il cibo adatto per gli infanti spirituali, affinché non trascurino di riscattare le loro vite, nella convinzione che la Terra durerà per sempre. Tuttavia il Maestro ha detto che questa generazione non passerà prima che venga il Figlio dell'Uomo: perciò io sono qui, affinché anche alla fine del mondo la gente ascolti e conosca la Verità. »

« Possa la Verità prevalere », disse Caillean.

« Auguro il successo alla tua missione, sorella », rispose il vecchio. « Qui ci sono molti che sarebbero pronti a dare il benvenuto a una pia comunità femminile. » Poi si voltò come se intendesse allontanarsi.

« Posso chiedere il tuo nome, fratello mio? »

« Mi chiamo Giuseppe ed ero un mercante di Arimatea. Tra noi vivono ancora alcune sante donne che videro il volto del Maestro quando era in vita. Saranno liete di accogliere tra noi altre donne illuminate. »

Caillean s'inchinò di nuovo. Era un presagio strano ma favorevole, il fatto che trovasse fra quei cristiani, di solito poco disposti ad accettare le donne, un'accoglienza migliore di quella offerta dai confratelli druidi. Servitore della Luce... Quel titolo echeggiava nella sua coscienza emergendo da un luogo anteriore alla memoria. Mentre il vecchio Sacerdote scendeva la collina, Caillean mosse le mani in un gesto di reverenza ancora più antico dei druidi. Se un'anima come quella poteva allearsi ai cristiani, per loro c'era qualche speranza.

Mentre il vecchio spariva nella chiesetta, Caillean sorrise. Ora sapeva che la Dea avrebbe favorito la sua opera e che era stata inviata lì per una ragione valida. Avrebbe incominciato quel giorno stesso.

Mentre faceva colazione con le altre donne, Caillean pensò che in quella nuova casa, dove erano tutte lontane dall'ambiente familiare, non avrebbe potuto conservare il distacco che Lhiannon e poi Eilan avevano osservato nella Casa della Foresta. Prese la prima decisione: non si sarebbero fatte servire da estranei. Era il primo passo per determinare il tipo di contatti che avrebbero avuto con i Sacerdoti. La decisione più facile sarebbe stata incaricare la più alta e robusta delle novizie di trovare un posto adatto per un orto e seminarvi al più presto tutte le verdure possibili. Naturalmente certi viveri avrebbero dovuto essere forniti dalla popolazione locale, ma desiderava chiarire fin dall'inizio che non intendevano dipendere in alcun modo dai druidi. Non dovevano lasciar loro il pretesto di rivendicare il diritto di controllare la vita delle donne.

Scelse un'altra giovane donna, probabilmente la meno intelligente delle sue subordinate, perché provvedesse a cucinare e servire le vivande, e le promise tutta l'assistenza necessaria. Più tardi, quel giorno, parlò con uno dei Sacerdoti, e si accordò perché venisse completata una costruzione prima che arrivassero le nevicate invernali più fitte. La costruzione doveva poter ospitare un numero di persone quattro o cinque volte maggiore. Respinse con educata fermezza il suggerimento del vecchio Sacerdote, secondo il quale l'alloggio attuale poteva bastare almeno per quell'inverno.

Quando alla fine lo accommiatò, il Sacerdote sembrava abbastanza sorpreso. Probabilmente aveva la sensazione di essere stato travolto da una pariglia di grossi cavalli, e Caillean sentiva per la prima volta che avrebbe potuto ottenere ciò che voleva. Non era una sensazione sgradevole. La Dea era veramente all'opera, perché ora poteva utilizzare al massimo i suoi talenti come non era mai accaduto in precedenza.

Sentiva la mancanza di Dieda; le sarebbe stata preziosa per aiutarla con le ragazze e insegnare loro a cantare. Ma, pensò, si sarebbe trovata meglio se non vi fosse stata ostilità fra le sue sorelle, soprattutto perché sarebbero state costrette a vivere così vicine. Lì non c'era nessuna che protestasse, quali che fossero le regole decise da lei. Avrebbe scelto la donna più esperta nel canto perché imparasse a suonare la sua arpa, e forse le avrebbe addirittura insegnato a fabbricare strumenti dello stesso tipo.

Quando finalmente si sdraiò per dormire, dopo una serata trascorsa radunando le donne perché imparassero a memoria la tradizione non scritta della Dea, sentì il dolce salmodiare che giungeva di nuovo dalla chiesa lontana. Cantavano ancora il *Kyrie eleison* quando si addormentò, soddisfatta più di quanto non avesse mai immaginato del luogo in cui la Dea l'aveva condotta. La notte sognò un santuario servito dalle fanciulle, e cortili e sale sul sacro Tor. Forse un giorno sarebbe esistito veramente... forse non durante la sua vita, ma sarebbe esistito.

28.

DOPO Beltane i giorni si allungarono; il bestiame fu portato nei pascoli di collina, e nei campi gli uomini badarono alle messi. Venne la festa di Mezza Estate, e per la prima volta Ardanos non tentò di impartire istruzioni a Eilan prima del rituale dell'Oracolo. Quando lei lo vide nel corso della cerimonia, le sembrò molto fragile. Più tardi le riferirono che la Dea aveva preannunciato un periodo di disastri e di cambiamenti, ma aveva promesso che dopo sarebbe venuta la pace. Nessuno, tuttavia, era in grado di dire da quale direzione potesse venire il pericolo.

Eilan si era ripromessa di far visita all'arcidruido dopo essersi ripresa dagli effetti del rituale; ma in quel periodo dell'anno c'era molto da fare nella Casa della Foresta. In piena estate, anche le giovani donne della Casa della Foresta andarono nei campi di Vernemeton per collaborare alla raccolta del fieno. Eilan dirigeva quelle che tessevano drappi di lino per i Sacerdoti e preparavano le tinture per le vesti nuove; ma tutte sentivano la mancanza di Caillean, che era sempre stata la più abile nell'arte della tintura. Nessuna legge imponeva a Eilan di prender parte al lavoro manuale; ma lei pensava che, siccome era responsabile della piccola comunità, fosse suo dovere partecipare.

Era nella baracca delle tinture, con le maniche rimboccate e gli avambracci macchiati di blu, quando all'improvviso un'ombra apparve sulla soglia. Un brusio scandalizzato corse fra le donne quando si accorsero che era uno dei druidi più giovani, rosso in viso e sudato: sebbene la baracca non fosse all'interno del recinto sacro, dove potevano entrare soltanto i Sacerdoti più importanti, non erano abituate a vedere uomini in quel luogo.

«La Somma Sacerdotessa», esclamò il giovane. «È qui?» Tutte le donne si voltarono a guardare Eilan; e, quando il druido arrossì ancora di più, lei ricordò che non l'aveva mai vista senza il velo. Il giovane deglutì. «Ti prego, signora... l'arcidruido sta male. Devi venire subito!»

Eilan si fermò sulla soglia della camera di Ardanos, e si sentì sconvolta sebbene fosse stata avvertita. Sentì l'esclamazione soffocata di Miellyn che l'aveva accompagnata, e le accennò di fermarsi alla porta in compagnia di Huw. Andò a sedere accanto al letto del morente. Perché il nonno stava per morire, senza dubbio. Ogni respiro si trasformava in un rantolo, e le ossa del cranio spiccavano sotto la pelle giallastra. Con una fitta al cuore, ricordò che Ardanos aveva assistito Lhiannon durante l'ultima malattia. Anche se a quel tempo l'aveva odiato, ora gli augurava di morire senza sofferenze.

« È svenuto durante la cena ed è rimasto privo di sensi fino a poco fa », l'informò Garic, uno dei Sacerdoti più anziani. « Abbiamo mandato a chiamare Bendeigid. »

Eilan rimise il velo e gli prese la mano. « Ardanos », disse a voce bassa. « Ardanos, mi senti? »

Le palpebre sottili si mossero. Dopo un attimo di confusione, il vecchio la fissò. « Dieda », mormorò.

« Nonno, non mi riconosci neppure adesso? Dieda è al sud, a esaminare le ragazze che aspirano a diventare Sacerdotesse. Io sono Eilan. » Provava un senso di amaro divertimento al pensiero che l'arcidruido le confondesse ancora dopo tanti anni.

Ardanos guardò gli ornamenti che lei aveva indosso e sospirò. « Sì, eri tu la più idonea... dopotutto. »

« Ardanos », disse Eilan in tono fermo, « come Somma Sacerdotessa ho il dovere di dirti che stai per morire. Non devi andartene senza nominare il tuo successore. Di' chi dovrà portare il falcetto d'oro quando non ci sarai più. »

Il morente la scrutò. « Dea, ho fatto il meglio... che potevo », mormorò. « Il Merlino sa... »

« Ma *noi* dobbiamo sapere! » esclamò il druido che lo assisteva. « Chi scegli? »

« Pace! » disse Ardanos con un'improvvisa energia, come se ordinasse loro di tacere. « Pace... » La parola si spense in un ansito di morte, il respiro rantolò nella gola e Ardanos restò immobile.

Per un momento tutti rimasero come paralizzati. Poi Garic gli prese il polso, attese un attimo e lasciò ricadere la mano inerte.

« È morto! » disse in tono d'accusa.

« Mi dispiace », mormorò Eilan. « Che cosa farete? »

« Dobbiamo convocare gli altri membri del nostro ordine », disse un altro druido prendendo in pugno la situazione. « Ora va', signora. La tua parte è terminata. Ti informeremo quando gli dei ci avranno guidati a una decisione, poiché non hanno ritenuto di ispirare Ardanos con la loro parola. »

La quindicesima estate del regno dell'imperatore Domiziano passò e il tempo si mantenne soffocante, come se appena al di là dell'orizzonte si andasse preparando un temporale. Gaio, mentre cavalcava per le vie di Deva, si sorprendeva a tendere l'orecchio in attesa del tuono. E non era il solo. Le voci dei venditori ambulanti erano stridule e rabbiose; nelle caserme e nelle osterie i litigi erano più frequenti, e le voci di insurrezioni e ammutinamenti non si contavano. Persino il suo cavallo sembrava contagiato dalla tensione e scalpitava e scartava innervosito.

Le idi di settembre... le idi di settembre... Le parole martellavano la sua coscienza ogni volta che gli zoccoli della cavalcatura battevano sul terreno duro. Da quando Macellio gli aveva rivelato la data scelta per insorgere contro l'imperatore, non aveva quasi più dormito. Suo padre pensava che le tribù li avrebbero appoggiati, ma Gaio non ne era sicuro. Se le Aquile di Roma si fossero battute tra loro, era possibile che gli unici vincitori fossero i Corvi. Valeva la pena di rischiare un'insurrezione generale, sia pure per spodestare Domiziano?

Quando questa storia sarà finita, passerò volentieri il resto della vita occupandomi della mia fattoria, pensò stropicciandosi gli occhi. Non sono nato per fare il cospiratore.

E quello era il momento che l'arcidruido, il quale era stato a modo suo una forza stabilizzante, aveva scelto per morire. Se Gaio avesse creduto all'inferno cristiano di cui parlava Giulia, si sarebbe augurato che il vecchio finisse tra le fiamme eterne per il suo pessimo tempismo. Solo Mitra sapeva quale successore avrebbero scelto i druidi; ma, anche se fosse stato un individuo ragionevole, ci sarebbe voluto un certo tempo per stabilire un'intesa come quella che Ardanos aveva stretto con Macellio. Comunque, l'annuncio aveva spinto Gaio a prendere una decisione. Il problema dell'adozione non aveva più importanza. Se nel paese stava per esplodere la rivoluzione, doveva fare in modo che suo figlio fosse al sicuro. Gli informatori di suo padre avevano confermato che Eilan era ancora la Somma Sacerdotessa. Armato di un messaggio ufficiale di condoglianze del legato, Gaio era dunque partito per incontrarsi con lei.

Si era vestito per l'occasione nello stile romano, ma con una vistosità di gusto celtico: una tunica di lino color zafferano ricamata a foglie d'acanto lungo il bordo, brache rossoscure di pelle di daino e un mantello leggero di lana marrone trattenuto da una fibula d'oro. Per fortuna nessuno poteva pretendere che portasse la toga quando viaggiava a cavallo. Ma, nonostante l'abbigliamento sgargiante, mentre svoltava nel viale che portava alla Casa della Foresta, Gaio si accorse d'essere nervoso. Quella mattina si era strappato dalle tempie i primi capelli bianchi. Chissà se Eilan lo avrebbe giudicato ancora bello?

Lo condussero in un giardino dove una donna avvolta in un velo blu attendeva sotto una pergola di rose selvatiche. Doveva essere la Somma Sacerdotessa perché aveva accanto la stessa guardia del corpo che, tanti anni prima, alla festa di Beltane era svenuta alla vista del sangue quando il bestiame s'era imbizzarrito. Ma era difficile credere che quella figura eretta e velata fosse Eilan.

« Mia signora... » S'interruppe e s'inchinò, spinto da un sentimento che non capiva. « Sono venuto a presentare le condoglianze del legato di Deva per la morte dell'arcidruido, tuo nonno. Sentiremo molto la sua mancanza. Era... » Rifletté per un momento. « Era un uomo eccezionale. »

« Abbiamo subìto una perdita molto grave, infatti », rispose Eilan. E sebbene parlasse in tono incolore, il cuore di Gaio batté più forte. « Gradisci qualche rinfresco? »

Dopo pochi istanti una giovane donna vestita da novizia portò un vassoio con focacce al miele e una piccola anfora piena di una bevanda fatta di erbe, bacche e acqua che doveva provenire dal Pozzo Sacro. Gaio bevve e cercò qualcosa da dire. Quando abbassò lo sguardo, vide che il velo tremava leggermente.

« Eilan », disse con voce sommessa, « mostrami il tuo viso. È passato troppo tempo. »

Lei rise brevemente. « Sono stata una sciocca. Pensavo che rivederti non sarebbe stato pericoloso. » Poi scrollò le spalle e sollevò il velo, e Gaio vide che aveva gli occhi umidi di lacrime.

L'uomo batté le palpebre, perché Eilan non sembrava invecchiata: pareva invece che fosse più simile a se stessa, come se la ragazza che conosceva fosse stata soltanto un abbozzo confuso della donna che sarebbe diventata. Nonostante le lacrime e il collo troppo sottile per il peso della collana a verga tortile, appariva molto forte. E perché no? si chiese Gaio. Nel suo campo, da molti anni ha un potere paragonabile a quello del comandante di una legione. Quella donna non poteva essere la Furia che l'aveva spaventato. La sua vista fu offuscata dai vecchi ricordi. Avrebbe voluto gettarsi ai suoi piedi e dichiararle il suo amore; ma il colosso armato di lancia si sarebbe avventato su di lui non appena si fosse mosso.

« Ascoltami, perché non so per quanto potrò restare », disse in fretta. « La guerra è ormai prossima... non a causa della morte di tuo nonno, ma per gli avvenimenti di Roma. Non posso dirti altro, se non che ci sarà una rivolta contro l'imperatore. Macellio spera che i britanni ci sosterranno, ma non sappiamo come andranno le cose. Devo condurti in un posto sicuro, Eilan. Te e il bambino. »

Eilan lo guardò, e i suoi occhi cangianti assunsero un'espressione dura. « Fammi capire. Ora, quando l'impero sta per andare in pezzi, mi offri la protezione di Roma? Dopo tutti questi anni? Non ti sembra più probabile che durante le prossime settimane, se ci saranno disordini, sarò al sicuro qui... » Indicò i muri e la figura massiccia di Huw con un movimento elegante della mano. « Più di quanto lo sarete tu e i tuoi? »

Gaio arrossì. « Sei davvero certa che la tua gente non si ribellerà mai a te? I tuoi oracoli erano favorevoli alla pace con Roma... e, ora che tuo nonno non c'è più, a chi credi che daranno la colpa quelli come Cynric se le cose andranno male? Non capisci che devi venire con me? »

« *Devo?* » Gli occhi di Eilan lampeggiarono. « E che ne dice la tua moglie romana di questo piano? Si è stancata di te dopo dodici anni? »

« Giulia è diventata cristiana e ha fatto voto di castità, e secondo la legge romana è un motivo sufficiente per il divorzio. Potrei sposarti, Eilan, e potremmo stare insieme. Se non vuoi, posso adottare ufficialmente tuo figlio. »

« Sei molto generoso! » Il viso di Eilan era avvampato. Si alzò e si avviò lungo il vialetto; la gonna spazzava la ghiaia dietro di lei. Gaio e Huw balzarono in piedi, sgomenti, e la seguirono.

In fondo al giardino c'era una siepe abbastanza bassa perché Gaio potesse vedere uno spiazzo fra le costruzioni e la recinzione esterna. C'erano alcuni bambini che giocavano con una palla di cuoio. Dopo qualche istante si accorse che il capo era un ragazzo con le gambe lunghe da puledro. I riccioli erano schiariti da un'estate trascorsa al sole, ma sotto erano più scuri. E, quando si voltò per gridare qualcosa a un compagno, Gaio notò che la sua espressione gli ricordava tanto Macellio da lasciarlo senza fiato.

Eilan aveva ripreso a parlare, ma Gaio fissava il bambino. Il cuore gli martellava così forte che, pensò, dovevano sentirlo fino a Deva. Ma il bambino, intento a giocare, non si voltò più.

« Dov'eri, quando l'ho partorito in quella casupola nella foresta? » La voce di Eilan, bassa e irata, feriva le orecchie di Gaio. « E quando mi sono battuta per tenerlo con me, e in tutti questi anni, mentre vegliavo su di lui in segreto senza osare ammettere che era mio? Non sa che sono sua madre, ma l'ho tenuto al sicuro. Ora, quando ormai è quasi un uomo, vorresti intervenire per portarmelo via? Non credo, Gaio Macellio Severo Silurico! » sibilò. « Gawen non sa nulla di Roma! »

« Eilan », mormorò Gaio. Aveva pensato che quanto aveva provato per il bambino l'unica volta che l'aveva tenuto fra le braccia fosse soltanto una fantasia: ma ora lo provava di nuovo, ed era una nostalgia che lo faceva tremare fino alle ossa. « Ti prego! »

Eilan gli voltò le spalle e tornò indietro lungo il vialetto. « Ti ringrazio, romano, per le condoglianze », disse a voce alta. « Sei stato gentile a venire. Come hai detto, la morte di Ardanos è stata una grave perdita. Porta al legato e a tuo padre i nostri rispettosi saluti. »

Gaio vide Huw che si avvicinava, girò la testa e si avviò per seguire Eilan. Per un momento Gawen si voltò verso di lui, con la testa inclinata all'indietro per seguire la palla con lo sguardo, poi corse via. Gaio lasciò che Huw lo scortasse lungo il vialetto. Aveva la sensazione che la luce avesse abbandonato il mondo.

Eilan aveva riabbassato il velo. L'ultima cosa che Gaio vide di lei fu un'ombra che spariva oltre una porta. Mentre lasciava che il cavallo percorresse liberamente la strada, si chiese com'era possibile che fosse andato tutto così male. Era stato un grande sollievo vedere che Eilan non era cambiata, e aveva avuto l'intenzione di dirle che l'amava ancora; ma adesso si rendeva conto che era qualcosa di peggio di una Furia: era una donna come le vecchie imperatrici, o Boudicca, una donna deviata dall'orgoglio e dal potere.

All'improvviso la visione di Senara intenta a guardarlo si sovrappose al ricordo della rabbia di Eilan. Era così buona e così innocente... com'era Eilan quando l'aveva conosciuta. Eilan non l'aveva mai compreso veramente, ma Senara era per metà romana, come lui, e dilaniata dagli stessi conflitti e dalle stesse incertezze. Se avesse potuto conquistarla, pensava, sarebbe ridiventato se stesso.

Non era ancora sconfitto. In un modo o nell'altro avrebbe avuto Senara e avrebbe avuto suo figlio, anche se si fossero opposti tutti i legionari di Roma e tutti i guerrieri delle tribù.

Eilan trascorse nell'isolamento i giorni che seguirono la visita di Gaio. Le Sacerdotesse credevano che fosse addolorata per il nonno; ma, anche se la morte di Ardanos l'aveva turbata e sconvolta, il sollievo era stato il sentimento predominante. La sua reazione a Gaio, invece, era ben diversa. Era rimasta sorpresa dal proprio furore, non meno di lui. Non si era resa conto di quanto fosse risentita per il suo abbandono. Era vero che era stata consenziente, ma senza dubbio Gaio avrebbe potuto cercare di mettersi in contatto con lei molto tempo prima. Come osava pensare di potersi presentare senza una parola d'amore e portar via suo figlio...

Quando i suoi pensieri arrivavano a questo punto era costretta a fermarsi: allora doveva passeggiare un po' o trascorrere qualche tempo in meditazione come le aveva insegnato Caillean, per cercare di ritrovare la serenità. Passarono diversi giorni prima che incominciasse veramente a prendere in considerazione ciò che Gaio le aveva detto. Chi si sarebbe ritenuto autorizzato, adesso, a ordinarle ciò che doveva dire in nome della Dea? Secondo le ultime notizie, i druidi stavano ancora discutendo. Ormai era evidente che il nuovo arcidruido non sarebbe stato scelto se non dopo Lughnasad, quindi non doveva preoccuparsi dei preparativi per la festività. Ma entro Samaine il nuovo capo sarebbe stato saldamente al potere. E, se fosse stato qualcuno come suo padre, avrebbe preteso che la Dea chiamasse le tribù a combattere.

Quando Dieda tornò nella Casa della Foresta e venne a parlarle, Eilan si accorse che non era molto commossa dalle sue condoglianze.

« La morte di Ardanos non è una gran perdita », disse cinicamente Dieda. « Mio padre è sempre stato nelle mani dei romani. Chissà chi darà gli ordini all'Oracolo, adesso? »

Fin dalla nascita di Gawen, Eilan s'era sentita impacciata in presenza di Dieda. Tuttavia le sembrava impossibile che non provasse nulla per il padre; e sentiva la mancanza di Caillean, che avrebbe potuto comprendere quella situazione.

Dieda era ancora con Eilan quando una delle novizie venne ad annunciare l'arrivo di Cynric. Dunque i Corvi si stanno radunando, rifletté cupamente Eilan. Tuttavia accolse Cynric come un parente quando Huw lo fece entrare. Sembrava più vecchio della sua età, pensò con rammarico; era irsuto come un cavallo di montagna e sfregiato dalle vecchie cicatrici.

« Che cosa sei venuto a fare in questa zona? Credevo che fossi al sicuro nel nord, dopo che le cose ti sono andate male con Brigitta e i Demeti. »

« Oh, posso andare e venire come voglio », sbottò Cynric, « anche sotto il naso del comandante. Sono troppo furbo. » Parlava con una gaiezza stridula che a Eilan sembrava inquietante.

« La belva più orgogliosa viene catturata prima delle altre

dalla trappola del cacciatore », mormorò Dieda in tono sardonico. Fingeva di non provare nulla per Cynric, ma Eilan pensava che non fosse indifferente come voleva sembrare.

Cynric alzò le spalle. « Credo che qualche dio mi protegga in modo particolare: è come se un incantesimo difendesse la mia vita. Immagino che potrei andare a Londinium a tirare la barba al governatore. »

« Non lo farei, se fossi in te », disse Dieda, e Cynric rise con lei.

« Non ho intenzione di farlo in questo momento; ma fra un mese o due potrebbe essere molto diverso. Non mi addolora la morte di Ardanos, e non dovresti addolorarti neppure tu, Eilan. Teneva troppo a fare in modo che le cose andassero secondo la sua volontà. »

« È vero », convenne lei apertamente, anche se si sentì agghiacciare quando collegò alle parole di Cynric ciò che le aveva detto Gaio.

« Bene: finora sei sincera », la complimentò Cynric. « Mi chiedo, sorella adottiva, fin dove arriva la tua sincerità. »

« Io, almeno », disse Eilan cautamente, « so quello che voglio. »

« Davvero? E che cos'è, Eilan? »

« La pace! » Perché mio figlio possa diventare uomo, pensò, decisa. Ma non poteva dirlo a Cynric. Ardanos aveva rovinato la sua felicità, e anche quella di Cynric e Dieda; ma almeno in occidente le tribù erano in pace da una dozzina d'anni.

Cynric fece una smorfia. « La pace... Le donne ci pensano troppo », sbuffò. « Parli come se fossi il portavoce di Macellio; e a volte penso che lo fosse anche il vecchio Ardanos. Ma adesso è morto. Forse abbiamo la possibilità di cacciare i romani. Brigitta attende e sa che cosa vogliamo da lei. »

« Pensavo che Brigitta ne avesse abbastanza della guerra », commentò Eilan.

« Di' piuttosto che ne ha abbastanza della giustizia romana », disse rabbiosamente Cynric. « Ma di questi tempi circolano voci strane. Se i romani si combatteranno fra loro, forse potremo liberarci della loro giustizia! E allora ogni casa romana sarà devastata come lo fu la casa di Bendeigid! »

Eilan l'interruppe. « Hai dimenticato che non furono i romani a distruggere la casa di mio padre e a uccidere mia madre, bensì i selvaggi delle tribù del nord? I romani, anzi, li punirono. »

« Per le nostre case, chi se non noi sarebbe responsabile? » chiese Cynric. « Sta a noi punire o risparmiare, secondo il nostro giudizio. Dobbiamo accettare tutto come cani addomesticati e lasciare che siano i romani a decidere chi dobbiamo combattere e dove? » Un rossore di rabbia gli saliva al volto.

Eilan disse, ostinatamente: « Comunque venga, la pace è una bella cosa ».

« Quindi ripeterai le parole proditorie di Ardanos? O forse sono le parole di Macellio, o magari di suo figlio? » chiese Cynric con una smorfia sprezzante.

Dietro di lui la gigantesca guardia del corpo si spostò, inquieta. Eilan era troppo angosciata per accorgersene. « Macellio, almeno, ha a cuore il bene dei nostri due popoli. »

« E io no? » chiese Cynric con un lampo negli occhi.

« Non ho detto questo. »

« Ma lo pensavi », ribatté lui. « So che il figlio di Macellio è venuto qui. Che cosa ti ha detto? Finché tu sei sul seggio della Somma Sacerdotessa, a quanto sembra non abbiamo neppure bisogno dei romani. Ma non ascolteremo più i consigli dei traditori. Bendeigid è stato scelto come arcidruido... Sono appunto venuto a dirtelo. E in occasione della prossima festività ti impartirà istruzioni ben diverse! »

Dieda girava lo sguardo dall'una all'altro, con le guance in fiamme. Eilan si sforzò di restare calma. Sapeva che Cynric voleva soltanto ferirla.

« È vero che Ardanos mi diceva ciò che voleva e interpretava le risposte dell'Oracolo. Ma ciò che la Dea dice quando sono in trance non è opera mia. Non proclamo la mia volontà, Cynric », disse Eilan con calma.

« Vuoi farmi credere che la Dea desidera questo tradimento? »

« Perché non dovrebbe? » gridò Eilan. « È madre. » Come me. Eilan represse quelle parole e soggiunse, irosamente: « Non hai alcun diritto di parlarmi così! »

« Io sono la vendetta della Dea », scattò Cynric. « Parlo come voglio e punisco... »

Prima che Eilan potesse reagire, alzò la mano e le colpì la guancia. Eilan gridò e Dieda esclamò inorridita: « Come osi? »

« Cathubodva sa che tratterò nello stesso modo tutti i romani traditori! »

Un'ombra torreggiò dietro di lui. Cynric fece per voltarsi. La mazza di Huw lo colpì in quell'attimo, e la testa esplose in una pioggia di sangue e di frammenti di cervello. Dieda urlò. Eilan alzò una mano ma era troppo tardi.

Per un momento Cynric restò in piedi, con un'espressione di sbalordimento su quel che restava della faccia. Poi il suo corpo comprese che era la fine e stramazzò sul pavimento.

Eilan gli toccò il polso, tremando. Sapeva già, dato che il flusso del sangue dalla testa rallentava, che non avrebbe trovato segni di vita. Alzò gli occhi verso la guardia del corpo che stava diventando verde alla vista del sangue.

« Huw... perché l'hai fatto? Perché? »

« Signora... ti aveva picchiata! »

Eilan chinò la testa. Anche se a sfiorarla fosse stato Ardanos, Huw l'avrebbe colpito. Gli era stato insegnato che la Sacerdotessa era intoccabile. Ma sarebbe stato necessario tenere nascosta la morte di Cynric. I suoi seguaci non erano numerosi, ma erano disperati. Se avessero deciso di vendicarlo, l'unità precaria che lei aveva costruito fra la sua gente si sarebbe frantumata. Morto, Cynric poteva essere più pericoloso di quanto lo fosse mai stato da vivo.

Dieda si voltò piangendo. Eilan non aveva più lacrime. « Vattene, Huw », ordinò stancamente. « Va' a dire a Miellyn che cos'è successo e chiedile di mandare un messaggio al nuovo arcidruido. » Mio padre, pensò stordita. Ma ora non aveva tempo per soffermarsi sulle implicazioni. « Non parlare a nessun altro », continuò. « E, quando avrai riferito il mio messaggio, dimentica ciò che è successo qui oggi. »

Si alzò. All'improvviso le sembrava di avere cent'anni. « Dieda, vieni in giardino. Non puoi fare niente per lui, ormai. » Si avvicinò per confortarla, ma Dieda si scostò.

«È così che ricompensi la fedeltà al nostro popolo? Allora ordina al tuo orso addomesticato di uccidere anche me.»

Eilan trasalì. «Ho cercato di salvarlo. Avrei dato volentieri la mia vita...»

«Oh, è facile dirlo...» Dieda si voltò di scatto. «Ma tu prendi le vite altrui. Ti sei nutrita della saggezza di Caillean, e quando vi hai dato fondo l'hai mandata in esilio. Hai rubato la mia reputazione e hai conservato l'onore intatto come quello di un neonato. Ora hai preso la vita dell'unico uomo che ho amato! Il tuo romano è stato fortunato perché si è sbarazzato di te! Eilan l'inviolata! La potente Signora! Se sapessero!»

Eilan disse stancamente: «Nessuno di noi ti ha costretta con la forza a pronunciare i voti, Dieda. Quando è stato chiaro che avevano scelto me, avresti potuto essere libera; e, quando andasti a Eriu, nessuno ti impose con la violenza di ritornare. Te l'ho già detto, ma immagino che tu non abbia mai voluto ascoltarmi». Cercava di parlare con calma, ma le parole di Dieda ferivano più dello schiaffo di Cynric.

«Ti avevo avvertita di stare in guardia, se mai avessi tradito il nostro popolo. Cynric aveva ragione, Eilan? Hai sempre lavorato per Roma?»

Eilan alzò la testa e, tremando, fissò il viso così simile al suo. «Ti giuro... ho servito la Dea meglio che ho potuto», disse con voce rauca. «E possa cadermi addosso il cielo, e la terra aprirsi per inghiottirmi, se ho mentito.» Respirò profondamente. «Sono la Somma Sacerdotessa di Vernemeton. Ma puoi andare da Caillean o dove vuoi, se ritieni di non poter più servire la Dea insieme con me.»

Dieda scosse lentamente la testa con un'espressione subdola che impensierì Eilan più della collera.

«Non ti lascerò», mormorò. «Non intendo andarmene per tutto l'oro del mondo. Voglio essere presente quando la Dea ti folgorerà.»

Senara era in attesa davanti alla casupola nella foresta quando arrivò Gaio. I suoi capelli erano luminosi come una fiamma sullo sfondo scuro degli alberi. « Vedo che sei venuta », disse lui a voce bassa.

Senara si voltò e, sebbene lo stesse aspettando, si lasciò sfuggire un gridolino di stupore. « Sei tu? »

« Io e nessun altro », rispose Gaio. « Nonostante il maltempo. Prevedo che fra non molto pioverà. » Guardò il cielo. « Credi che padre Petro accetterà di riparare sotto il suo tetto un paio di viandanti? »

« Credo che sarebbe felice di ospitare due convertiti, ma non che lo farebbe con i pagani », disse lei in tono di rimprovero.

Entrarono insieme. La casupola era arredata con qualche panca malconcia e, contro la parete, un letto molto semplice. Ma dov'era padre Petro? In quel momento il temporale scoppiò con un fragore di vento e di pioggia. Gaio rabbrividì mentre ascoltava la voce del tuono.

« Vedi, abbiamo fatto appena in tempo », osservò. « Bellissima. »

« Non devi chiamarmi così », disse timidamente Senara.

« No? » chiese Gaio scrutandola attentamente. « Eppure credevo che la sincerità fosse una virtù cristiana. Lo dicono gli stoici e a quanto ho sentito anche i druidi l'apprezzano. Vorresti forse che ti mentissi? »

« Sai come battermi con le parole », osservò lei, un po' contrariata. « Ma siamo venuti qui per parlare della situazione della tua anima. »

« Ah, sì. Tuttavia non sono ancora convinto di averla. »

Senara disse: « Non sono un filosofo: ma anche gli stoici che hai ricordato non parlano di quella parte dell'uomo che afferra l'evidenza di ciò che non si può né vedere né percepire? »

« Sì. Ed è questo a convincermi che tu sei la più desiderabile fra tutte le donne. »

Gaio si rendeva conto di soverchiare la ragazza; ma il temporale, anziché alleviare la tensione, sembrava avergli trasfuso la propria intensità. I giorni successivi all'incontro con Eilan li aveva trascorsi fra la rabbia e la disperazione. Avrebbe voluto portarla via e fare il suo dovere, ma lei aveva rifiutato. Anche Giulia aveva rinunciato a lui. Adesso, senza dubbio, era libero di cercare conforto altrove. E quando aveva detto a Senara che era bellissima, non aveva mentito.

Lei arrossì e disse pudicamente: « Non sta bene che mi parli così ».

« Al contrario, penso che sia giusto, e tu vuoi che dica la verità. Per quale altra ragione saresti stata creata donna? »

Adesso Senara era su un terreno che conosceva, perché aveva ascoltato molti catecumeni. « Le scritture ci insegnano che siamo stati creati allo scopo di adorare il Creatore. »

« Per lui deve essere una noia », rispose Gaio. « Se fossi un dio, chiederei agli uomini di fare qualcosa di più che trascorrere il tempo libero adorandomi. »

« Ma non spetta alle creature discutere la volontà del Creatore. »

« E perché? » insistette Gaio.

« Si può forse fare qualcosa di meglio che adorare Dio? » chiese Senara alzando gli occhi verso di lui. Così animata appariva ancora più bella.

Certo, si può fare qualcosa di meglio, pensò Gaio, e mi piacerebbe farlo con te. Se c'era un dio, aveva creato la bellezza delle donne; e Gaio non poteva credere che avrebbe condannato un uomo perché l'apprezzava. Ma non era venuto ancora il momento di dirlo.

« Parlami del Creatore, dunque. »

« Quasi tutte le religioni, eccettuata forse quella di Roma, che adora soltanto l'imperatore, un essere malvagio, parlano di un Creatore. Fu lui a fare tutte le cose, e a collocarci qui perché lo adorassimo. »

« A stretto rigore, noi onoriamo il *genius* dell'imperatore, la scintilla divina che lo guida e, tramite lui, onoriamo l'impero e non l'uomo. Perciò coloro che rifiutano di bruciare l'incenso sono perseguiti come traditori. »

« Forse ci sono stati anche imperatori buoni, sebbene alcuni dei Sacerdoti non lo credano », ammise Senara. « Ma persino tu converrai che Nerone, quello che fece bruciare tanti cristiani nell'arena, era malvagio. »

« D'accordo. E ci fu anche Caligola. E a Roma molti pensano

che Domiziano, spinto dall'*hybris*, abbia ecceduto. Quando ciò avviene, coloro che hanno fatto imperatore un uomo hanno il diritto di sostituirlo.» E accadrà presto, pensò Gaio con un brivido. Settembre stava passando in fretta.

«Sei molto orgoglioso d'essere romano», constatò Senara. «Io non so gran che della famiglia di mia madre, e mi sono sempre chiesta come sarebbe stata la mia vita se fossi stata allevata in quel modo. Tu sei nato a Roma?»

Gaio sorrise. «No. Sono per metà britanno, come te. Mia madre faceva parte della famiglia reale dei Siluri. Quando ero piccolo, morì nel mettere al mondo mia sorella.»

«Ah, mi dispiace.» Gli occhi di Senara traboccavano di lacrime. Gaio non aveva notato che fossero così azzurri. «E allora che cosa facesti?»

«Vissi con mio padre», rispose Gaio. «Ero il suo unico figlio, e perciò mi fece educare dagli istitutori che mi insegnarono a leggere il latino e il greco. Poi mi arruolai nelle legioni. Non c'è altro da aggiungere.»

«E non ci sono state donne nella tua vita?»

Gaio si accorse che stava lottando con quella curiosità terrena: ma gli sembrava un buon segno che volesse saperlo.

«Mio padre combinò il mio matrimonio con Giulia quando ero ancora giovanissimo», disse cautamente. Un giorno avrebbe dovuto parlarle di Eilan e di suo figlio, ma non era il momento. «E, come saprai, mia moglie ha fatto voto di castità. Quindi sono solo.» Fuori scrosciò un tuono.

«Non dovrei dirlo, e sono certa che padre Petro non approverebbe, ma non mi sembra giusto. So che il voto di castità è il modo migliore di vivere, ma dato che Giulia si è impegnata con te...»

«Se fossi mia moglie, pronunceresti quel voto?»

Senara arrossì di nuovo, ma rispose con aria seria. «No. Il saggio Paolo ha scritto che quanti erano sposati dovevano continuare a vivere in quello stato, e coloro che non lo erano non dovevano sposarsi.»

«Se avessi sposato te, avresti preso i tuoi impegni più seriamente di Giulia», disse Gaio a voce bassa.

«Non potrei mai tradire una promessa fatta a te.»

«E non hai pronunciato i voti nella Casa della Foresta?» Senara fissava ancora il pavimento, ma Gaio si avvicinò mentre sentiva il sangue che gli scorreva più rapido nelle vene.

«No», disse lei. «Sono stati tutti molto buoni con me e in cambio mi hanno chiesto ben poco, ma non posso servire la loro Dea senza rinunciare alla mia eredità romana. Presto dovrò prendere una decisione.»

«C'è un'altra possibilità.» La voce di Gaio divenne rauca quando aspirò il profumo dolce dei capelli di Senara. «Giulia ha rinunciato ai suoi diritti di moglie facendo voto di castità, ed eravamo sposati secondo il rito romano, non cristiano. Io ti sposerei, Senara... o Valeria, come ti chiamava tua madre. Tuo zio Valerio è un brav'uomo, e sarebbe felice se ti portassi lontano da qui.»

La sentì trattenere il respiro. Senara era un uccellino quasi a portata della sua mano, come Eilan quando era venuta a lui nella festività di Beltane, tanti anni prima. Ma Eilan e Giulia lo avevano rifiutato; erano ombre, bandite dalla realtà viva della ragazza che ora gli stava vicina.

«Se fosse possibile», mormorò Senara, «dove andremmo?»

«A Londinium, o magari a Roma. Si preparano grandi cambiamenti. Non posso dirti di più ma non c'è nulla che non potremmo fare insieme, se venissi con me.»

Non toccarla gli sembrava la cosa più difficile che avesse mai fatto: era fuori di sé per l'incertezza e il desiderio. Ma sapeva che, se l'avesse fatto, l'avrebbe perduta. Senara alzò il viso, e Gaio la guardò lasciando che tutto il suo ardore gli trasparisse negli occhi.

Lei non fuggì. Disse a voce bassa e tremante: «Vorrei tanto sapere che cosa devo fare».

Sii mia, disse in silenzio Gaio. Aiutami ad allevare mio figlio! Sicuramente avrebbe accettato Gawen. Era per questo che aveva bisogno di lei, dopotutto, e non di una ricca romana che avrebbe disprezzato il sangue britanno del bambino. Era per amore di Gawen...

Finalmente Gaio osò accarezzarla. Senara non si ritrasse, ma la sentì tremare. Alzò le mani per non spaventarla.

«Oh, che cosa devo fare? Dio, aiutami», mormorò lei, girando la testa e appoggiandogli la guancia sulla mano.

«Io credo», le bisbigliò Gaio all'orecchio, «che sia stato il tuo Dio a farci incontrare.»

«Dio voglia che tu abbia ragione.»

«Parlerò a tuo zio e otterrò la sua autorizzazione per portarti via dalla Casa della Foresta. Tieniti pronta a partire quando verrò a prenderti. Prima che finisca la prossima luna sarai in viaggio per Londinium insieme con me.»

Ancora una volta, con un grande sforzo, evitò di toccarla. Fu ricompensato quando Senara si alzò timidamente sulla punta dei piedi e sussurrò: «Fratello mio, scambiamoci il bacio della pace».

«Ah, Valeria, non è il bacio della pace che voglio da te», mormorò Gaio premendole le labbra sui capelli. «E un giorno lo saprai.»

Senara si scostò e Gaio la lasciò andare... appena in tempo, perché dopo un momento risuonò un passo ed entrò l'eremita, padre Petro. Senara lo salutò senza arrossire, e Gaio se ne stupì. Tutte le donne riuscivano a nascondere i propri sentimenti? Ricordava con quanta rapidità anche Eilan era riuscita a mascherare le sue emozioni.

«Rallegrati, padre», disse Senara. «Gaio Macellio ha promesso di portarmi via dal tempio dei druidi e di trovarmi una nuova casa, forse addirittura a Roma.»

Padre Petro lanciò un'occhiata a Gaio: non era ingenuo quanto la ragazza. Gaio disse: «Senara ha cercato di dimostrarmi, buon padre, perché dovrei entrare a far parte della tua congregazione».

«E lo farai?» Il Sacerdote continuò a guardarlo con aria sospettosa.

Gaio disse con calma: «Senza dubbio è stata molto persuasiva».

Padre Petro era raggiante. «Ti accoglierò come un figlio nel mio gregge», esclamò. «Sarai un ottimo esempio per gli altri della tua classe sociale.»

Infatti, pensò Gaio, un nobile romano con tante conoscenze importanti sarebbe una preda interessante per questo pescatore d'uomini. Non si poteva dire che i cristiani non rispettassero le persone. Ma doveva esserci qualcosa di buono nella loro fede, per attirare una ragazza come Senara.

29.

« Eilan! Eilan! L'imperatore è morto! » Senara entrò a precipizio e si fermò, cercando di ritrovare la dignità con cui ci si doveva rivolgere alla Somma Sacerdotessa di Vernemeton.

Con un sorriso, Eilan posò la spola sul tavolino e la invitò a sedere. Ora che Caillean era lontana, Miellyn soffriva di una delle sue crisi periodiche di depressione ed Eilidh era troppo occupata a insegnare alle novizie, Eilan stava sempre più spesso in compagnia di Senara. Dopo la morte di Cynric, Dieda non le aveva rivolto più la parola. Almeno erano riusciti a seppellirlo senza suscitare commenti. Due druidi erano venuti di notte e avevano portato il cadavere all'antico tumulo della Collina delle Vergini. Forse Cynric era morto senza onore, ma era stato sepolto come un eroe.

« L'uomo che ci porta le uova ha appreso la notizia a Deva », disse Senara con gli occhi lucidi per l'emozione. « È stato assassinato una settimana fa, poco prima dell'equinozio, e dalla Caledonia alla Partia il mondo freme come un alveare rovesciato! Alcuni dicono che il nuovo imperatore sarà un senatore, ma secondo altri una delle legioni eleverà alla porpora il suo comandante. Tuttavia è ancora più probabile che vi siano molti pretendenti, e allora scoppierà la guerra civile. »

« Che cosa sta succedendo a Deva? » chiese Eilan quando Senara le lasciò la possibilità di parlare.

« Gli uomini della Ventesima Legione sono irrequieti, ma finora sono rimasti tranquilli. Il comandante ha ordinato un grande banchetto con abbondanza di vino e birra. Mia Signora, che cosa pensi che succederà? »

Eilan sospirò. « Senza dubbio il comandante romano spera che si ubriachino e che si sveglino troppo nauseati per causare guai. » Se avessero avuto fortuna, sarebbe andata così. Se invece le bevande avessero scatenato la bellicosità dei legionari, era impossibile prevedere che cosa sarebbero stati capaci di fare.

Senara rise e scosse la testa. « Mi riferivo all'imperatore. Credi che i senatori prenderanno il potere e che Roma tornerà a essere una repubblica? »

Eilan la fissò e si chiese perché si preoccupava tanto per gli avvenimenti di Roma. Naturalmente era per metà romana, come Gaio, ma non aveva mai mostrato molto interesse per quell'aspetto della sua eredità.

« Io sono molto più preoccupata per quello che succederà in Britannia », disse. « Cynric non era il solo che aspettava proprio un'occasione come questa per far sollevare le tribù, e allora potrebbe scoppiare anche qui una guerra civile. »

Mio padre, per esempio, pensò con un brivido. In nome della Dea, che cosa avrebbe dovuto fare quando avesse cominciato a premere su di lei con il potere dell'arcidruido e l'autorità del padre? Ancora una volta si augurò disperatamente di poterne discutere con Caillean.

Senara sgranò gli occhi. « Che dobbiamo fare? »

« C'è qualcosa che *tu* puoi fare », disse pensosamente Eilan. « Porta i drappi nuovi di lino alla casa dei druidi... Non hai ancora pronunciato i voti e non lo troveranno strano. Chiedi con aria innocente se hanno saputo la notizia, e riferiscimi che cosa ti diranno. »

Senara le rivolse un sorriso da cospiratrice e si alzò. Sparì in un istante. Eilan invidiò la sua energia.

Già, che cosa devo fare? si chiese poi. Forse avrebbe dovuto accettare la proposta di Gaio; ma, a quanto pareva, anche lui doveva avere i suoi problemi. L'esistenza di Gawen era stata l'arma che Ardanos aveva usato contro di lei. Aveva pensato che, dopo la morte del nonno, sarebbe stata libera. Ma, anche se suo padre non conosceva il segreto, lo conosceva Dieda. Quanto tempo sarebbe trascorso, si chiese, prima che l'odio di Dieda desse al nuovo arcidruido un potere su di lei che Bendeigid non avrebbe esitato a usare... a meno che, naturalmente, non decidesse di ucciderla?

Si prese la testa fra le mani mentre sentiva tornare il mal di testa che l'aveva tormentata sempre più spesso in quegli ultimi giorni. Che cosa posso fare? Dea, aiutami!

Un giorno, quando tutti avessero saputo perché aveva fatto ciò che aveva fatto, quando quella terra fosse stata in pace e non vi fossero più esistite distinzioni fra romani e britanni, oh, allora forse l'avrebbero perdonata! Scosse la testa, angosciata, senza sapere che fare.

E in quel momento una fitta dolorosa come una folgore le trapassò la tempia. Un pensiero giunse a lei da una grande distanza: ma allora io sarò morta da tanto tempo... E perse i sensi.

Quando rinvenne, era accasciata sul tavolo. Si sentiva stranamente svuotata e serena, ma aveva la certezza interiore che fosse cambiato qualcosa. Aveva sempre saputo che alcune delle erbe della pozione sacra usata prima di pronunciare l'Oracolo potevano indebolire pericolosamente il sangue, e a volte anche il cervello. Forse era ciò che stava accadendo adesso...

« Quando starà per giungere », le aveva detto una volta Caillean, « lo saprai. » Una morte lenta come quella di Lhiannon era inconsueta. Una volta la vecchia Latis aveva detto che quasi tutte le Somme Sacerdotesse morivano all'improvviso. Ma non senza una premonizione, pensò Eilan.

È questo il mio avvertimento? si chiese. Ma la mia opera non sarà terminata.

« È terminata! » La coscienza ritornò come quando la Dea s'impadroniva di lei e le parlava.

Ma chi avrebbe continuato il suo compito, chi avrebbe annunciato gli Oracoli? Non doveva lasciare una situazione confusa, come aveva fatto Ardanos.

« Non ha importanza. » Con quelle parole venne la calma. La Dea aveva parlato. Ciò che doveva accadere era nelle sue mani, e non riguardava più Eilan. Se fosse morta, ad abbatterla sarebbe stata una folgore pietosa, non vendicativa. Caillean aveva avuto ragione. I druidi non avevano il diritto di decidere come dovevano vivere le Sacerdotesse. L'importante era che lei facesse del suo meglio per realizzare la volontà della Signora.

In autunno le nebbie salivano fitte sulle paludi del Territorio dell'Estate, e si avvolgevano intorno al Tor. Quelle mattine, quando Caillean raggiungeva le pietre erette che lo coronavano, per dedicarsi alle meditazioni, le sembrava che il Tor fosse veramente un'isola e che intorno a lei si estendesse un mare grigio.

Ma, mentre si avvicinava la festività di Samaine, Caillean si sorprendeva a pensare a Eilan in modo quasi ossessivo.

All'inizio scacciò quei pensieri; sapeva che non era un bene che Eilan si aggrappasse a lei, e che lei si lasciasse distrarre. Ma via via che i giorni diventavano più bui, il viso dell'altra le appariva nelle visioni con una frequenza che non poteva trascurare. Eilan aveva un gran bisogno di lei, ed era pericoloso ignorare quel genere di messaggi.

E finalmente venne una mattina in cui si svegliò con le parole che le echeggiavano nelle orecchie.

« Noi, che siamo nell'oscurità e sotto l'ombra della morte, ti invochiamo, o Madre, sorelle e più che sorelle... »

E comprese che in forza dei giuramenti che lei ed Eilan avevano pronunciato insieme, non soltanto come Sacerdotesse del Bosco Sacro ma anche nelle molte vite anteriori, doveva assolutamente andare da lei.

Però fu soltanto due settimane prima di Samaine che poté organizzare tutto in modo da ritornare alla Casa della Foresta. Uno dei vantaggi della sua posizione nel nuovo santuario, pensava, era che tutti davano per certo che qualunque cosa decidesse di fare andava bene; si riteneva che ogni suo atto fosse ispirato direttamente dalla volontà della Dea, così come si pensava di Eilan a Vernemeton. L'inconveniente era che toccava a lei fare in modo che durante la sua assenza qualcuno provvedesse a svolgere i suoi compiti.

Sarebbero bastati tre giorni di viaggio per arrivare a Vernemeton. Avrebbe preferito viaggiare in tutta semplicità, a piedi e vestita da uomo, ma al santuario non erano ancora pronti per una cosa del genere, almeno quell'anno. Quindi si rassegnò a viaggiare in lettiga e con tutti i paramenti di Sacerdotessa. Con lei partirono due Sacerdoti che la trattavano con deferenza, come se fossero suoi nipoti; e questo non era troppo sorprendente, pensava Caillean, perché erano entrambi molto giovani.

Mentre procedevano attraverso le paludi ai piedi del Tor, incominciò a piovere. Caillean sapeva che ciò li avrebbe costretti a rallentare e si agitò; ma non c'era nulla da fare. C'erano state piogge intermittenti dopo l'equinozio, come se il cielo piangesse l'imperatore morto, e nessuno, per quanto esperto di magia, era mai riuscito a controllare il clima britannico.

Due giorni di viaggio li portarono ad Aquae Sulis; da lì, una strada romana conduceva verso nord fino a Glevum. Con grande stupore di Caillean, era in pessimo stato di manutenzione; le piogge recenti l'avevano rovinata e le pietre erano storte. C'erano grossi solchi nella ghiaia, e Caillean era contenta di non dover viaggiare su un carro, neppure su uno trainato da buoi.

Si era quasi addormentata quando, dall'interno della foresta che fiancheggiava la strada, arrivarono correndo numerosi uomini, rozzi e sporchi e laceri. *Bacaudae*, pensò Caillean: una marmaglia di schiavi fuggiaschi e di criminali, come quelli che infestavano molte parti dell'impero. Ne aveva sentito parlare, ma non li aveva mai incontrati. Dovevano essersi fatti più arditi a causa dei sommovimenti seguiti alla morte di Domiziano.

«Fatevi da parte», ordinò uno della sua scorta. «Abbiamo con noi una grande Sacerdotessa.»

«Non ci importa nulla», disse sogghignando uno dei banditi. «Che cosa può fare? Forse scagliarci contro il fuoco? In tutti i mercati c'è un baraccone con un giocoliere che sa fare lo stesso trucco.»

Caillean si era rammaricata di non avere un po' di fuoco nella lettiga, ma quegli individui erano più smaliziati dei razziatori che una volta aveva spaventato in quel modo. Scese dalla lettiga e chiese al giovane Sacerdote: «Perché ci siamo fermati?»

Il giovane balbettava per l'indignazione. «Questi... questi individui...» cominciò. Caillean li studiò con calma; poi frugò nella piccola borsa che portava appesa alla cintura. Come comprese soltanto più tardi, non s'era resa ben conto di quanto stava accadendo. I romani avevano mantenuto l'ordine sulle strade per tanti anni che il pericolo non sembrava reale.

Prese la piccola borsa e disse, con cortesia distaccata: «La carità è un dovere verso gli dei. Ecco», e porse un denaro all'uomo che lo fissò per un momento e sghignazzò.

«Non vogliamo la tua carità, signora», rispose in tono stranamente cerimonioso. «Ma puoi cominciare a darci quella borsa...»

Soltanto allora Caillean comprese che cosa osavano volere da lei. Lo sbalordimento lasciò il posto allo sdegno. Con i sensi improvvisamente acuiti, percepì l'energia delle nubi sovrastanti e la risonanza in se stessa. In quel momento seppe di avere un certo potere sul tempo. Alzò le mani e vide un movimento fulmineo quando il bandito, consapevole del pericolo, sferrò un colpo con la mazza. Il fulmine lampeggiò cancellando ogni cosa e, mentre il tuono rombava, il cielo le precipitò sulla testa e il mondo scomparve.

Passarono molte ore prima che riprendesse conoscenza.

Nei giorni che seguirono quei primi dolorosi sintomi, Eilan si sforzò di accettare la volontà degli dei. Ma, benché fosse convinta che la Dea avrebbe vegliato su Vernemeton e sulla sua gente, temeva ancora per il figlio. Avrebbe potuto affidare Gawen a Caillean. Ma Caillean, impegnata nell'altra parte del paese, non era lì. Dieda era imparentata con il bambino; ma, da quando Cynric era morto, era l'ultima persona alla quale Eilan poteva affidarlo. Lia, lo sapeva, sarebbe morta per lui, ma era una povera donna che non aveva un posto dove andare. Forse Mairi sarebbe stata disposta ad accogliere Gawen, ma non sarebbe stato al sicuro neppure con lei se Bendeigid ne avesse scoperto l'identità.

Se almeno avesse saputo quanto tempo le restava... Ma in qualunque modo formulasse la domanda, le forze che le avevano preannunciato la morte restavano ostinatamente mute; e, se non fosse stato per le fitte dolorose alla fronte, avrebbe pensato che fosse il prodotto morboso della sua fantasia. Non poteva far altro che trascorrere con il figlio quanto più tempo possibile.

Gawen era appena andato a cena quando Senara entrò per accendere le lampade. Come sempre, Huw era una presenza silenziosa accanto alla porta. Per molti anni Eilan aveva pensato che la sua protezione valesse quella di un pulcino; invece si era dimostrato letale.

La sua vista le ricordava la sofferenza mai spenta causata dalla morte di Cynric.

« Va' a mangiare qualcosa », ordinò. « Senara resterà con me fino al tuo ritorno. »

Senara fece il giro della stanza con selce e acciarino, e le lampade d'argilla di fabbricazione romana si accesero a una a una. Solo quando si accorse che da qualche minuto la ragazza stava ferma a fissare l'ultima lampada, Eilan le chiese: « Che cosa c'è, figliola? Non ti senti bene? »

« Oh, Eilan! » Senara represse un singhiozzo.

Eilan sedette su una panca. « Vieni qui », disse teneramente. Quando Senara si avvicinò, Eilan vide che aveva il viso bagnato di lacrime. « Che c'è, mia cara? Mi conosci abbastanza per sapere che non devi aver paura di parlarmene, qualunque cosa sia. »

Le lacrime brillavano sulle guance di Senara. « Sei così buona con me, lo sei sempre stata... e io non lo merito », disse con voce soffocata, e si lasciò cadere ai piedi di Eilan piangendo irrefrenabilmente.

« Oh, mia cara, non piangere. Non sono abbastanza forte per questo. Qualunque cosa sia, non può essere così terribile. » Tese le mani e, con dolcezza, fece rialzare Senara. « Vieni, siedi qui vicino a me. »

Il pianto di Senara si calmò un poco; ma anziché sedere a fianco di Eilan prese a camminare avanti e indietro. Finalmente mormorò: « Non so come dirtelo ».

All'improvviso Eilan comprese che cosa l'affliggeva. « Sei venuta per dirmi che non vuoi diventare Sacerdotessa della Casa della Foresta. »

Senara alzò il viso mentre le lacrime continuavano a lasciare tracce lucenti sulle sue guance nella luce delle lampade. « Sì, anche questo », sussurrò. « Ma è la parte meno importante. » Cercò affannosamente le parole. « Non sono degna di stare qui. Se sapessi, mi scacceresti... »

Non sei degna? pensò Eilan. Oh, se sapessi. Poi ripeté a voce alta ciò che una volta Caillean aveva detto a lei: « Forse, agli occhi della Dea, nessuna è veramente degna. Non piangere, mia cara, e dimmi che cosa ti rattrista ».

Senara si calmò un poco, anche se continuò a evitare il suo

sguardo. Eilan ricordava quando, tanti anni prima, era comparsa davanti a Lhiannon. Ma senza dubbio aveva giudicato male quella ragazza; Senara aveva passato gran parte del tempo con i cristiani, che tenevano alla castità ancor più delle donne di Vernemeton.

«Ho... ho conosciuto un uomo... e vuole che vada con lui», disse finalmente Senara.

Eilan l'abbracciò. «Ah, povera figliola», mormorò. «Ma sei ancora libera di lasciarci e di sposarti, se vuoi. Ti hanno portata qui così piccola. Nessuno aveva mai pensato che dovessi pronunciare i voti con noi, ma ormai è passato tanto tempo che molte lo hanno dimenticato. Parlamene. Dove hai conosciuto quest'uomo? Chi è? Non ho niente da obiettare se vuoi sposarti, ma ti sono affezionata come una madre, e vorrei avere la certezza che hai scelto bene.»

Senara la fissava. Non riusciva a spiegarsi perché Eilan non soltanto non fosse in collera, ma fosse disposta a lasciarla libera. «L'ho conosciuto nell'eremitaggio di padre Petro. È romano, amico di mio zio Valerio...»

S'interruppe nel sentire una voce maschile. «Senara?» rispose una delle novizie, al di là della porta. «Credo che la troverai qui dentro.»

Dovrò fare una predica a questa ragazzina, pensò Eilan. Non è il modo di annunciare i visitatori, specialmente se si tratta di un uomo. Senara ricordò che in assenza di Huw era compito suo proteggere la Somma Sacerdotessa e si mise fra lei e la porta. Un uomo entrò e, mentre si chiudeva la cortina alle spalle, Eilan vide il colore defluire dal viso di Senara e poi inondarlo di nuovo.

«Quest'uomo è venuto a prendermi...»

Si scostò e nella luce palpitante e ingannevole della lampada Eilan lo vide in faccia.

«Gaio...» sussurrò. Doveva essere un incubo nato da una fantasia febbricitante. Chiuse gli occhi; ma quando li riaprì c'era ancora, e girava stupefatto lo sguardo da lei a Senara.

Senara gli si avvicinò d'un passo. «Gaio!» esclamò. «Non ti aspettavo tanto presto! Mio zio ti ha accordato il permesso di sposarmi?»

Gaio si guardò intorno affannosamente. «Sciocca, che cosa ci fai qui?»

Eilan ebbe la sensazione che la fiamma delle lampade le bruciasse nel petto. Si alzò, lentamente. «*Tu* che cosa ci fai qui?» Si rivolse a Senara. «Vuoi farmi credere che Gaio Macellio Severo è l'uomo che ami?»

«Sì. Perché, c'è qualcosa di male?» Senara la fissò con aria confusa.

Eilan si girò verso Gaio. «Spiegaglielo tu, che cosa c'è di male», ordinò. «Dille la verità... se ne sei ancora capace.»

«Quale verità?» La voce di Senara s'incrinò. «So che ha una moglie romana e che lei rifiuta di osservare gli impegni presi con il matrimonio. Naturalmente divorzierà prima di sposarmi...»

«Naturalmente», disse Eilan con voce terribile. «Quindi, Gaio, Senara sa delle figlie che intendi abbandonare. Ma sa anche di nostro figlio?»

«Vostro figlio?» Sgomenta, Senara girò lo sguardo dall'una all'altro. «Dimmi che non è vero», chiese a Gaio in tono implorante. La voce le si spezzò in gola.

«Tu non capisci», mormorò Gaio.

«Non capisco», ripeté angosciosamente la ragazza. «Io volevo salvarti, e per poco non mi hai rovinato! Capisco di essermi comportata come una stupida!»

Nel momento in cui gli voltava le spalle, la porta si spalancò e il gigantesco Huw entrò, brandendo la mazza. Tuttavia, dopo la morte di Cynric, era stato rimproverato severamente e non voleva commettere lo stesso errore. «Signora», borbottò, «mi hanno detto che qui c'era un uomo, e ho sentito gridare. Che cosa devo fare?»

Eilan fissò Gaio e pensò che ci sarebbe stato da ridere se il pericolo non fosse stato tanto concreto. Ma forse essere sorpreso in quella situazione era la punizione peggiore che un romano orgoglioso potesse subire. Dopo un lungo istante alzò la mano per ordinare a Huw di restare fermo. «Vattene», intimò irosamente a Gaio. «Vattene, o ti sfonderà il cranio.» Poi, rivolgendosi a Senara: «Va' con lui, se vuoi... finché io posso ancora proteggerti».

Senara fissò Gaio per un momento, quindi abbracciò Eilan. « Oh, no, no! Adesso non andrei con lui per niente al mondo! »

Eilan la strinse a sé, quindi si voltò di scatto verso Gaio.

« Vattene », ingiunse a voce bassa. « Vattene o lascerò fare a Huw. » Poi non seppe più trattenersi e gridò: « Vattene, o ti ucciderò con le mie mani! »

Gaio non restò a discutere. Spostò la tenda della porta che ricadde dietro di lui.

Alla taverna dell'Aquila Azzurra, Gaio chiese al padrone di portargli un'anfora di vino gallico. Aveva bevuto quasi ininterrottamente in quegli ultimi tre giorni, passando da un'osteria all'altra quando non era più gradito. I tavernieri sapevano chi era, e chi era suo padre. Prima o poi sarebbero stati pagati.

A volte Gaio si domandava se si fossero accorti della sua scomparsa; ma probabilmente Macellio pensava che fosse andato alla villa, mentre Giulia credeva che fosse ancora in città con il padre. Più spesso si chiedeva quanto vino avrebbe dovuto bere prima che la sofferenza si placasse.

All'inizio era rimasto a Deva a causa della situazione politica, poi perché non se la sentiva di affrontare Licinio e di spiegargli che stava per abbandonare Giulia e le inutili figlie che gli aveva dato. Pensava che Licinio, sebbene fosse un padre affezionato, avrebbe rimproverato aspramente Giulia. Lui stesso non aveva avuto figli maschi e non poteva volere che Giulia divorziasse per una simile ragione. Ma, se avesse convinto la figlia a compiere i suoi doveri coniugali, Gaio non avrebbe potuto sposare Senara, pensando alla quale era riuscito a tenere a bada le paure circa il futuro.

Anche se ormai non aveva più importanza, pensò mentre il fuoco fresco del vino gli scendeva nella gola. Senara non lo amava, Giulia non lo amava. E soprattutto Eilan non l'amava. Rabbrividì ricordando la faccia della Furia quando gli aveva ordinato di andarsene.

La porta della taverna si spalancò ed entrò un altro gruppo di legionari. Ormai il comandante doveva domandarsi se aveva sbagliato i suoi calcoli, pensò ironicamente Gaio. Il banchetto che aveva offerto era servito solo a indebolire la disciplina militare. Se fossero stati a Roma, l'imperatore avrebbe vuotato le casse del tesoro per offrire agli uomini spettacoli circensi, ma qualche combattimento con gli orsi era il massimo che poteva offrire quella provincia dimenticata dagli dei. Non bastava certo per distrarli e i soldati diventavano sempre più sfrenati via via che passavano i giorni.

Tuttavia nessuno badò all'uomo solo che si ubriacava silenziosamente nell'angolo, e al momento quella era l'unica cosa che stava a cuore a Gaio. Sospirò e prese di nuovo l'anfora.

Una mano gli strinse il polso. Alzò gli occhi annebbiati e batté le palpebre nel vedere Valerio. «Per Mercurio, ho dovuto darti la caccia!» Valerio arretrò di un passo e fece una smorfia. «Grazie agli dei, tuo padre non può vederti!»

«Ha saputo...?»

«Sei pazzo? Ho rispetto per i suoi sentimenti, anche se non ne hai tu. Uno degli uomini mi ha detto che ti aveva visto. Perché ti stai ubriacando proprio ora? No, non importa», disse quando Gaio fece per protestare. «Per prima cosa, devi uscire da qui!»

Gaio stava ancora borbottando quando Valerio lo fece uscire in strada e lo trascinò alle terme, dall'altra parte della città. Solo quando si ritrovò nella vasca del *frigidarium* incominciò a ridiventare abbastanza sobrio per capire ciò che gli veniva detto.

«Ascolta», disse Valerio quando Gaio uscì dall'acqua. «Mia nipote Valeria è ancora nella Casa della Foresta?»

Gaio annuì. «Ci sono andato, ma lei... ha cambiato idea e non ha voluto seguirmi.» Adesso ricordava. Aveva fornito a Valerio una versione riveduta e corretta della situazione e aveva ottenuto da lui il permesso di sposare Senara... e questo dava a Valerio qualche diritto. Ma perché era così sconvolto?

«Ecco», disse Valerio. «Non sei il solo che abbia bevuto. La notte scorsa ero in compagnia di un gruppo di legionari addetti all'ufficio del questore, e parlavano delle Sacerdotesse di Vernemeton. Uno di loro ha detto: 'Quelle non sono come le vestali: sono barbare come le altre'. Ho protestato, ma alla fine hanno scommesso che sarebbero riusciti a violentare una delle vergini sacre, e che non sarebbe stato un sacrilegio.»

Gaio prese un telo e cominciò a massaggiarsi furiosamente mentre si sforzava di capire.

«Vieni nel *calidarium*», disse Valerio, e gli prese il braccio. «Così suderai e ti libererai dei veleni.» Quando furono seduti, ansimanti per l'effetto dei vapori caldi, il segretario continuò. «Pensavo che fosse una delle solite stupide scommesse da ubriachi, parole suggerite dal vino, e che non fosse il caso di preoccuparsi... fino a questa mattina, quando tre uomini non si sono presentati all'appello. Uno di quelli che avevano bevuto ieri sera mi ha detto che stamattina erano partiti da Deva per cercare di vincere la scommessa.»

«Il centurione...» Gaio aveva mal di testa, ma era di nuovo in grado di riflettere.

«... ha già tante cose cui pensare, e lo stesso vale per i tribuni. La disciplina non esiste più dopo l'uccisione di Domiziano. Tu e tuo padre conoscete i britanni meglio di chiunque altro. Che cosa credi che succederà se tre dei nostri saranno sorpresi a violentare una Sacerdotessa indigena? La ribellione di Boudicca sarà uno scherzo, in confronto. E noi non siamo in condizioni di reagire.»

«Sì... naturalmente», disse Gaio. «Andrò io. Sai quando sono partiti, esattamente? Hai idea della strada che hanno preso?»

«No, purtroppo», rispose Valerio. «Forse potrei chiederlo in giro.»

«No, non c'è tempo. Dovrò andare a casa per cambiarmi.» Gaio si soffregò gli occhi.

«Ho portato i tuoi abiti», disse Valerio. «Ho immaginato che ne avresti avuto bisogno.»

«Mio padre aveva ragione», mormorò Gaio. «Tu pensi sempre a tutto.»

Lasciò che gli schiavi lo asciugassero e lo radessero e s'impose di mangiare qualcosa. S'era comportato da sciocco, pensò amaramente; aveva cercato di annegare i dispiaceri nel vino quando intorno a lui il mondo andava a pezzi. Mentre ritrovava la lucidità aveva ricordato che l'indomani sarebbe stata la festività di Samaine. Metà degli uomini delle tribù occidentali si sarebbero recati a Vernemeton per l'occasione. Si sentiva agghiacciare il sangue all'idea del pericolo che avrebbero corso se fosse scoppiata una guerra.

«Porterò al sicuro tua nipote», promise a Valerio mentre si accingeva a partire da Deva. E anche Eilan, e il bambino... e se mi odiano ancora, potranno dirmelo mentre li conduco a casa. Ributtò all'indietro il mantello per avere le braccia libere, e batté la mano sull'ultima cosa che s'era fatto prestare da Valerio... una spada.

Neppure gli anni trascorsi dall'arrivo dei romani, neppure tutti gli anni passati dalla costruzione del grande tempio del Sole sulla pianura sarebbero sembrati a Eilan più lunghi dei due giorni che seguirono. La notte precedente alla festività di Samaine parve durare mille anni. Aveva mandato via Senara diverse ore prima. Mentre le lampade si spegnevano, le sembrava che le ombre più dense avvolgessero anche il suo spirito.

Doveva essere stato quello, il significato della premonizione: la morte aveva atteso nel suo cuore e nel suo spirito come un seme, e adesso sembrava espandersi nel suo corpo come un fiore che sbocciava. Il cuore le batteva come se volesse sfondare la gabbia di ossa. Non aveva sofferto tanto neppure quando era nato suo figlio. Ma non sapeva se la sofferenza tormentava il corpo o la mente.

Quando si assopì, i sogni furono caotici; vide Caillean circondata da uomini malvagi. Poi la Sacerdotessa levava le braccia al cielo, balenava il fulmine... e quando Eilan fu di nuovo in grado di vedere, gli aggressori giacevano a terra privi di vita. Ma anche Caillean era immobile ed Eilan non riuscì a comprendere se era ancora viva.

Si svegliò tremando, con le guance bagnate di lacrime. Era stata una visione veritiera? Caillean doveva essere al sicuro sul sacro Tor con le sue Sacerdotesse. Ma, se non era così, quali speranze rimanevano per il mondo?

Verso il mattino, Eilan entrò in punta di piedi nella stanza dove Lia aveva messo a letto Gawen. Huw, scalzo, la seguì senza far rumore. Per la prima volta da quando aveva assunto la carica di Somma Sacerdotessa, provò risentimento per il colosso, come se Huw le togliesse l'aria.

Ricordava una storia terribile che aveva sentito nella Casa delle Vergini: molti anni prima una Sacerdotessa era stata aggredita dalla sua guardia del corpo, e aveva consegnato l'uomo ai Sacerdoti perché lo mettessero a morte. Per la prima volta capiva che la donna, spinta dal bisogno disperato di un po' di calore umano, doveva essersi rivolta all'unico essere alla sua portata, e il suo appello era stato frainteso. Con un brivido, si girò verso Huw e gli disse di attendere alla porta. Poi, con passo incerto, entrò nella stanza.

Ah, dei, pensò, se Caillean fosse qui... o Lhiannon, o mia madre, o chiunque, per non essere così disperatamente sola. Ma non c'era nessuno. Ai suoi occhi persino Senara, nonostante le lacrime e le smentite, era una nemica. E suo padre? Fra i suoi nemici era il peggiore.

Rimase a lungo a guardare Gawen che dormiva. Le sembrava impossibile che i battiti del suo cuore non fossero tanto forti per svegliarlo. Possibile che quel ragazzetto robusto fosse così piccolo, un tempo, da stare nelle mani del padre? Era cresciuto da qualcosa di più piccolo del seme d'un fiore, generato nella foresta nel momento in cui le sue ultime difese erano cadute di fronte al desiderio di Gaio. Eppure in quel momento s'era sentita trionfante, certa che fosse una cosa sacra.

E Gawen era così bello. Com'era possibile che da tanto dolore nascesse una bellezza così grande? Scrutò di nuovo i lineamenti infantili, la figura snella con le mani e i piedi un po' troppo grossi, e vide la promessa dell'uomo che avrebbe potuto diventare. Non le sembrava che somigliasse molto a Gaio. Un tempo questo l'aveva delusa; ma adesso, almeno, non era costretta a dominare una fitta d'odio quando scorgeva nei suoi occhi una rassomiglianza con il padre.

Ma era il figlio di Gaio; per amor suo aveva lasciato che Gaio sposasse la figlia di un funzionario romano. Soltanto adesso, a quanto sembrava, avrebbe divorziato da Giulia e rinunciato a tutto per Senara che avrebbe potuto essere la sua sorella minore. Senara, che era più giovane e che agli occhi di Gaio doveva essere più bella.

Eilan portava alla cintura il pugnale ricurvo che aveva ricevuto quando era diventata Sacerdotessa. Lo toccò per un momento. Molte volte, nei riti, l'aveva usato per trarre la goccia di sangue da gettare nel bacile delle profezie. Un taglio deciso e profondo al polso, dove vedeva il pulsare del sangue, avrebbe messo fine a tutti i suoi affanni, almeno per questa vita. Perché doveva attendere il destino promesso dalla Dea? Ma, se si fosse tolta la vita, che ne sarebbe stato di Gawen?

Eilan ripose il pugnale nel fodero appeso alla cintura. Nella luce tremula della lampada il suo viso dovette rivelare qualcosa di insolito, perché Huw accorse.

« Mia signora? »

« Ora torneremo alle mie stanze, e tu mi condurrai Senara », gli ordinò Eilan

Poco dopo Huw tornò, seguito dalla ragazza. Senara aveva l'abito gualcito, gli occhi arrossati e le guance macchiate come se avesse pianto. Vide Eilan ed esclamò: « Signora, perdonami. Per niente al mondo... »

« Taci », disse Eilan. « Non ho la forza di continuare. Ho ricevuto una premonizione di morte: per un dono della Dea, la Somma Sacerdotessa conosce in anticipo quando morirà. » Trasse un respiro profondo e Senara, nel vedere il fodero del pugnale aperto, impallidì di colpo.

« Non può essere vero », disse disperatamente. « È scritto nei libri sacri che nessuno è in grado di conoscere ciò che può accadere l'indomani... »

« Taci », le ingiunse stancamente Eilan. « Devo dirti una cosa. Se ho torto, non avrà importanza che tu mi creda o no; ma, se ho ragione, c'è qualcosa che devo chiederti. »

« A me? Puoi chiedermi qualunque cosa », disse Senara in tono sottomesso.

Eilan trasse un respiro profondo. « Hai sentito quando ho detto che Gaio e io abbiamo un figlio. Quel figlio è Gawen. Voglio che tu sposi Gaio e porti mio figlio con te. Prometti... » La voce, che era rimasta sicura quando Eilan aveva parlato della propria morte, si spezzò. « Promettimi che sarai buona con lui. »

« Oh, no! » esclamò Senara. « Ormai non vorrei sposare Gaio Severo neppure se fosse l'unico uomo sulla faccia della terra. »

« Poco fa hai promesso di fare ciò che ti avrei chiesto », le rammentò Eilan a voce bassa. « È così che mantieni la tua parola? »

Senara alzò la testa, e le lacrime le traboccarono di nuovo dagli occhi. « Io voglio soltanto fare ciò che è giusto. Se credi... » S'interruppe, ansimando. « Se Dio ha deciso di chiamarti a sé, immagino che sia suo diritto. Ma non devi toglierti la vita, Eilan! »

Eilan si avvolse in tutta la sua dignità come in un manto, e disse: « Per me non ha molta importanza che lo creda o no. Ma, se non vuoi aiutarmi, puoi andare ».

Senara tremava. « Non posso lasciarti sola in questo stato. »

« Allora, per amore di Gaio, abbi cura di suo figlio. »

« È per amore del bambino che ti dico di vivere », supplicò Senara. « Hai un figlio, comunque tu l'abbia avuto, e la tua vita non ti appartiene. Gawen è un bel bambino. Devi vivere per vederlo crescere. E Gaio... »

« Ah, non parlare di lui, ti prego... »

« Mia signora, ti assicuro che Gaio ama ancora te e suo figlio. »

« Mi ha dimenticata. »

« Sono sicura che non è vero », insistette Senara. « Permettimi di ricordargli ciò che deve alla madre di suo figlio. Permettimi di parlargli del suo dovere di padre e di romano. Sono certa di riuscire a fare appello alla parte migliore della sua natura, se qualcosa al mondo può farlo. »

Era possibile? Senara poteva farlo veramente? E lei l'avrebbe permesso?

« Credo alla premonizione inviata dalla Dea », disse alla fine. « Ma, se sopravvivrò a Samaine, potrai tentare. Prima, tuttavia, devi portare Gawen al sicuro. Temo ciò che potrebbe accadere durante la celebrazione. Domani... no, stanotte», si corresse, perché era quasi l'alba, «lascia la Casa della Foresta. Conduci Gawen alla casupola di padre Petro. Nessuno penserà a cercarvi in quel luogo!»

30.

Quando Caillean rinvenne, comprese che doveva essere rimasta priva di sensi per diverso tempo, perché la sua veste era bagnata fradicia. L'aveva svegliata il rumore di un carro che avanzava sobbalzando sui solchi della strada. Sul carro c'erano quattro o cinque uomini armati di mazze, e due guardie robuste li precedevano con le torce. Erano stati loro a spaventare gli aggressori? Qualcosa doveva averlo fatto, perché non era stata violentata dopo che l'aggressore l'aveva colpita.

Riuscì ad alzarsi, anche se con tale fatica da farle temere che la testa potesse caderle dalle spalle. Allora vide i corpi stesi a terra intorno a lei, e il lezzo di carne bruciata le giunse nonostante la pioggia.

Uno degli uomini con la torcia la vide e balbettò: «Sei uno spettro, signora? Non farci male...»

«Vi assicuro che non sono uno spettro», rispose Caillean con tutta la fermezza di cui era capace, «ma una Sacerdotessa del santuario del Territorio dell'Estate, sopravvissuta all'attacco dei banditi.»

Si guardò intorno e vide la lettiga rovesciata, i due giovani Sacerdoti stesi al suolo con le gole tagliate e senza più le collane d'oro. Gli occhi spalancati fissavano il cielo. Caillean li osservò, sgomenta.

Poi guardò i cadaveri carbonizzati e comprese che, se lei non aveva potuto far nulla, gli dei avevano colpito. Avrebbe preferito che i giovani Sacerdoti si fossero salvati; ma almeno erano stati vendicati.

«Dove stavi andando, signora?» chiese il contadino che guidava il carro.

Caillean dominò la voce con uno sforzo, e distolse gli occhi dai morti. «Alla Casa della Foresta, vicino a Deva.»

«Ah, questo spiega tutto. Ho sentito dire che là c'è ancora una delle legioni e che le strade sono pattugliate. Di questi tempi nessuno si azzarda a mettere il naso fuori dell'uscio senza un paio di guardie del corpo. Sarà una bella cosa quando avremo un nuovo imperatore e potremo contare ancora su una certa protezione.»

Caillean batté le palpebre, sorpresa, perché l'uomo parlava la lingua britannica come un indigeno. Il fatto che la gente del posto lamentasse la mancanza di un imperatore dava l'idea di quanto la Britannia si fosse romanizzata.

«Vedo che hanno ucciso le tue guardie del corpo, signora», disse l'uomo che guidava il carro. «La lettiga era portata da schiavi? Ora non ci sono più... senza dubbio sono scappati.» Si fermò accanto a lei e guardò i cadaveri dei *bacaudae*, poi guardò di nuovo Caillean e fece un antico segno di reverenza.

«Mia signora... vedo che gli dei vegliano su di te. Siamo diretti dalla parte opposta, ma ti porteremo volentieri fino al prossimo villaggio dove potrai trovare portatori e guardie.»

L'aiutò a salire sul carro e l'avvolse in una coperta asciutta. I suoi uomini caricarono le salme dei giovani Sacerdoti. Imbacuccata nel mantello e nella coperta, Caillean pensò desolata che da quel momento avrebbe avuto quanto di meglio poteva offrirle quella gente: ma nessuna potenza al mondo l'avrebbe condotta alla Casa della Foresta prima di Samaine.

Gaio si sorprese nel trovare affollata da altri viaggiatori la strada che andava da Deva verso sud. Dopo un momento ricordò che dovevano essere diretti alla festa. Ma le occhiate che gli venivano rivolte non erano amichevoli, e dopo un po' ritenne più prudente abbandonare la strada e procedere fra le colline per raggiungere la Casa della Foresta passando dall'eremitaggio di padre Petro.

Un vento freddo scuoteva i rami spogli, anche se per il momento aveva smesso di piovere. Samaine era la festività dei morti e i romani lo consideravano un giorno infausto. Bene, pensò, per lui lo era certamente. Ma non sarebbe tornato indietro. Era piombato in quello stesso stato d'animo fatalista in cui si trovava quando combatteva nelle legioni: la rassegnazione cupa che gli uomini scoprono a volte prima della battaglia, quando la sopravvivenza è meno importante dell'onore. Non era sicuro che gli fosse rimasto molto onore, dopo gli ultimi giorni; ma avrebbe riscattato quello che poteva, a qualunque costo.

La bellezza dei boschi autunnali lo commuoveva nonostante il suo umore tetro, o forse proprio per questo. Gaio si rese conto che durante l'ultimo anno aveva imparato ad amare quella terra. Sarebbe tornato a Roma, chiunque avesse trionfato nel conflitto in corso. Per quanto avesse cercato di realizzare le ambizioni di Macellio, non era mai appartenuto completamente al mondo del padre; tuttavia era troppo romano per sentirsi qualcosa di più di un impostore in mezzo alle tribù. Ma gli alberi non lo giudicavano un barbaro, le pietre non lo odiavano come un conquistatore. Nella pace della foresta, Gaio era a casa sua.

Vide il fumo che saliva dalla casupola di padre Petro, e per un momento pensò di entrare. Ma quel luogo gli rammentava Senara: non poteva sopportare il ricordo, ed era certo che non sarebbe riuscito a frenarsi se il Sacerdote se ne fosse uscito con qualcuna delle sue pie banalità.

Immaginava che i legionari della scommessa sarebbero rimasti nascosti fino al cader della notte. Legò il cavallo non troppo strettamente, in modo che potesse liberarsi se lui non fosse tornato presto, e cominciò a girare cautamente intorno alla costruzione, rimanendo nel bosco che fiancheggiava il terreno coltivato.

Venne l'imbrunire prima che notasse un movimento fra i cespugli, un po' più avanti. Guardingo come un gatto, avanzò: due soldati erano accovacciati al riparo di alcuni noccioli. Avevano giocato a dadi per passare il tempo, e adesso discutevano se era o no il caso di accendere un fuoco.

«Flavio Macrone!» gridò Gaio in tono di comando. L'uomo scattò automaticamente sull'attenti, poi si guardò intorno con aria affannosa.

«Chi è...» Il secondo soldato si portò la mano alla spada. Gaio calpestò un ramo caduto per avvertirlo e avanzò nell'ultima luce.

«Oh, è Gaio Macellio», disse Macrone. «Signore, che cosa fai qui?»

«È la domanda che dovrei rivolgere a voi», disse Gaio con

un respiro profondo. « A Deva sanno che siete partiti. Che cosa pensate che succederà se scopriranno che siete venuti qui? »

L'uomo diventò cinereo. « Non glielo dirai, vero, signore? »

Gaio finse di esitare abbastanza a lungo perché i due tremassero, quindi alzò le spalle. « Non sono il vostro ufficiale. Se tornate indietro immediatamente non avrete troppi guai, con quello che sta succedendo in città. »

« Non possiamo », disse Macrone. « Longo è ancora là dentro. »

Gaio provò una stretta al cuore. « Non potrete certo aiutarlo restando qui », disse. « Andate, è un ordine. Vedrò che cosa posso fare per il vostro compagno. »

Si sentì un po' più tranquillo quando li sentì allontanarsi fra gli alberi: ma anche un legionario solo era troppo, se lo avessero trovato dove non aveva il diritto di stare.

Si mosse come se guidasse una pattuglia al confine, attraversò lo spazio scoperto e si avvicinò al muro. Doveva esserci un cancello... il muro aveva la funzione d'un simbolo di separazione, più che di vera difesa. La sua mano incontrò un chiavistello; poi avanzò nello spiazzo dove aveva visto suo figlio giocare a palla. Senara aveva parlato spesso della vita che conduceva lì dentro. La grande costruzione che aveva di fronte doveva essere la Casa delle Vergini. Dietro la cucina c'era un tratto buio che sembrava un buon posto d'osservazione. Si avvicinò lentamente.

Qualcun altro aveva avuto la stessa idea. Quando s'inginocchiò, Gaio toccò la pelle nuda. Qualcuno gridò. Vi fu una breve lotta prima che riuscisse a bloccare l'uomo tenendogli una mano sulla bocca.

« Longo? » sibilò. Il prigioniero annuì. « La scommessa non è più valida. I tuoi compagni sono tornati a casa, ed è meglio che tu li segua. » Longo sospirò, annuì di nuovo e Gaio lo lasciò andare. Ma, mentre l'uomo attraversava lo spiazzo, una porta si aprì e la luce di una lampada brillò nell'oscurità. Longo si fermò come una lepre in trappola. « Scappa, sciocco! » gli sibilò Gaio dall'ombra.

Longo scavalcò il muro, ma all'improvviso il posto si popolò di uomini vestiti di bianco. Druidi! pensò Gaio. Che facevano lì? Avrebbero scoperto il suo nascondiglio fra un momento, perché avevano le torce. Incominciò a girare lentamente intorno alla costruzione. Qualcuno imprecò in britannico dietro di lui. Si girò di scatto e sguainò istintivamente la spada.

L'uomo urlò quando la spada lo colpì, e gli altri accorsero. Gaio si difese come poteva. Era convinto di avere causato altre ferite, a giudicare dalla brutalità con cui lo colpirono a calci e bastonate dopo averlo sopraffatto con la superiorità numerica.

« Bene, figlia, sei pronta per la festività? » Abbigliato nel mantello cerimoniale di pelle e con gli ornamenti d'oro dell'arcidruido sulla veste di lana candida, Bendeigid appariva imponente, ma Eilan provò una stretta al cuore mentre ricambiava il suo saluto.

« Sono pronta », disse a voce bassa. Le sue assistenti erano venute a prepararla come avevano sempre fatto in occasione di ogni festività. Per l'ultima volta, aveva gridato il suo cuore mentre la lavavano e le posavano sulla fronte la sacra ghirlanda di verbena. Almeno si sarebbe presentata alla Dea purificata e santificata.

Per un momento Bendeigid si appoggiò al bastone e la guardò. Poi fece un gesto per ordinare ai Sacerdoti e alle donne di lasciarli soli.

« Ascolta, figlia, non c'è più bisogno di fingere. Mi hanno detto che Ardanos veniva da te e usava trucchi per abbattere la tua volontà. Scusami se ti ho accusata di averci traditi. »

Eilan tenne lo sguardo abbassato perché Bendeigid non vedesse la collera nei suoi occhi. Da tredici anni era la Somma Sacerdotessa, signora della Casa della Foresta, la donna più rispettata di quella terra. Perché le parlava come se fosse ancora una bambina? Ma le aveva detto una volta che avrebbe preferito vederla annegata anziché sposata a un romano. Non poteva osteggiarlo; nella confusione generale, solo nel pomeriggio Senara e Lia avevano potuto lasciare la Casa della Foresta con Gawen. Doveva guadagnare tempo perché si allontanassero.

Chiese, con lo stesso tono neutro: « Che cosa vuoi da me? »

«I romani si fanno a pezzi tra loro.» Bendeigid sfoggiò un sorriso da lupo. «Non avremo mai un momento migliore per insorgere. È la stagione del massacro, quando si aprono le porte fra i mondi. Invochiamo Cathubodva, scateniamo contro di loro gli spiriti dei nostri morti. Aizza le tribù contro Roma, figlia mia, incitale alla guerra!»

Eilan represse un brivido. Per quanto avesse provato risentimento per Ardanos, suo nonno non si era mai lasciato accecare dai sogni al punto di non farsi convincere se scorgeva qualche altra possibilità. Suo padre era molto più pericoloso, perché avrebbe sacrificato tutto ai suoi ideali inflessibili. Eppure, per non correre rischi, non doveva fare altro che assecondarlo. Poi sentì la solita pulsazione alla tempia e ricordò che, qualunque cosa facesse, non l'avrebbe fatto ancora per molto.

«Padre», disse, «Ardanos interpretava le mie risposte come voleva, e immagino che farai lo stesso. Ma tu non capisci che cosa significhi essere posseduti dalla Dea e non sai come Lei venga.»

Sentì un tumulto all'esterno e si accorse che Bendeigid non l'ascoltava più. La porta si spalancò e alcuni Sacerdoti con i capelli scarmigliati e le vesti insanguinate si fecero largo tra la folla, trascinando qualcosa che era stato un uomo.

«Che significa?» Eilan trasfuse nel suo tono tutta l'alterigia appresa in una dozzina di anni, e il vociare si smorzò.

«Un intruso, signora», disse uno dei Sacerdoti. «L'abbiamo trovato davanti alla Casa delle Vergini. Ce n'era un altro, ma è fuggito.»

«Ha ucciso Dinan!»

«Doveva essere venuto per una delle Sacerdotesse.»

«Ma quale?»

Questa volta fu l'arcidruido a imporre silenzio battendo il bastone sul pavimento. «Chi sei, e che cosa facevi qui?»

Eilan chiuse gli occhi, e si augurò che nessuno notasse che la tunica dell'uomo era di ottima stoffa romana. Per quanto fosse incrostato di sangue e di polvere, aveva riconosciuto Gaio: ma forse non l'avrebbe riconosciuto nessun altro, se lei non l'avesse tradito. È venuto per Senara, si chiese, oppure per suo figlio?

«Non lo riconosci, arcidruido?» Dieda si fece avanti ed Eilan rabbrividì nel sentire il suono tagliente della sua risata. «Bene, forse adesso non è più molto bello. I tuoi uomini hanno catturato un bel cinghiale per il nostro banchetto. Se guardi bene, vedrai sulla sua spalla la cicatrice lasciata dal paletto della trappola.»

Bendeigid avrebbe dovuto essere tuo padre, pensò istericamente Eilan, e Ardanos il mio! I druidi sollevarono la testa del prigioniero. Per un momento Gaio incontrò il suo sguardo inorridito, quindi perse di nuovo i sensi.

«Tu!» La voce di Bendeigid esprimeva sbigottimento e furore. «Non hai fatto abbastanza male a me e ai miei per venire a turbarci ancora?» All'improvviso cambiò espressione. «Bene, non accadrà più. Dieda, mostra ai miei uomini dove possono lavarlo e curargli le ferite, ma senza slegarlo. Garic e Vedras», continuò indicando i due druidi più anziani. «Dobbiamo parlare. E tutti gli altri ci lascino soli!»

I Sacerdoti trascinarono via Gaio e la stanza si vuotò. Eilan sedette e si chiese se la fitta allo stomaco era un'eco della pulsazione alla testa, o se era paura.

«Vedo che lo conosci», disse Vedras, il più vecchio dei suoi druidi rimasti. «Chi è?»

«Si chiama Gaio Macellio Severo il giovane», ringhiò Bendeigid.

«Il figlio del prefetto!» esclamò Garic. «Credi che sia venuto per una delle Sacerdotesse, come dicono?»

«Non ha importanza», disse Vedras. «Dobbiamo allontanarlo. I Mantelli Rossi negherebbero il nostro diritto di punire anche un semplice legionario, e solo gli dei sanno che cosa ci faranno per aver alzato le mani contro il figlio di un capo!»

«Infatti.» Bendeigid sorrise astutamente. «Ma non credo che i suoi sappiano dov'è andato. E qui nessuno conosce il suo nome e sa che è romano, tranne Dieda e noi.»

«Allora hai intenzione di ucciderlo in segreto?»

«No, non in segreto.» Gli occhi di Bendeigid ardevano come

fiamme. « Non capite? Se quest'uomo si è consegnato nelle nostre mani, è un segnale degli dei. Che la sua morte serva almeno a uno scopo. Non troveremo mai una vittima più nobile! »

Si rivolse a Garic. « Va' a dire agli uomini che lo custodiscono di vestire il prigioniero della tunica più bella che potrai trovare. »

Eilan fu scossa da un brivido di freddo. Ebbe una visione del Re dell'Anno che veniva verso di lei alla fiera di Beltane, inghirlandato e abbigliato di una tunica ricamata.

« E se i romani venissero a saperlo? » chiese Vedras.

« È vero, la loro collera sarebbe terribile », disse l'arcidruido in tono trionfante. « Così terribile che persino quanti ora invocano la pace non potranno far altro che seguirci e combattere! »

L'altro druido lo fissò per un lungo istante. Poi annuì e uscì insieme con Garic.

« Sapevi che Gaio sarebbe venuto, Eilan? » chiese Bendeigid quando rimasero soli. « Hai continuato a vedere quel mostro? »

« No », mormorò lei. « Lo giuro per la Dea! »

« Che ti creda o no, non ha importanza », disse l'arcidruido. « La verità sarà messa alla prova dal fuoco di Samaine. »

« Ecco, viene la sacra Sacerdotessa, e le erbe sacre ornano la sua corona », cantavano i Sacerdoti. Ma quella sera c'erano altre strofe nel loro inno, e le parole erano diverse.

Guerra! Guerra! Le foreste della Britannia
generino un guerriero per ogni albero!
Come lupi famelici che attaccano il gregge,
metteremo in fuga i romani!

Gaio gemette, ma una lancia lo punzecchiò e lo costrinse a proseguire. Se quella maledetta Dieda non l'avesse identificato! Macellio avrebbe sofferto per la morte del figlio, ma sarebbe sprofondato nella vergogna quando si fosse saputo come era morto. Com'era possibile che avesse commesso un errore tanto grossolano e provocato l'incidente che aveva cercato di evitare?

Non era neppure riuscito a salvare coloro che amava. L'unico raggio di speranza era che non aveva visto né Senara né il bambino.

La strada che saliva la Collina delle Vergini non gli era mai sembrata tanto scoscesa. Era stato molto meglio l'ultima volta che l'aveva salita, pensò rabbiosamente, con un'arma in pugno e un distaccamento di cavalleria alle spalle! La tunica ricamata gli faceva bruciare le ferite e la ghirlanda sacra gli pungeva la fronte. Lo avevano ripulito e gli avevano dato una bevanda che gli aveva schiarito la mente, ma non si faceva illusioni su ciò che lo attendeva.

Dall'alto della collina scorgeva il bagliore di un grande falò. I ricordi del tempo anteriore al momento in cui era entrato nel mondo di suo padre lo riassalirono con una nitidezza agghiacciante. I Siluri avevano sacrificato uno dei loro principi negli ultimi giorni, prima che i romani li schiacciassero completamente. L'uomo era uno dei suoi zii, e portava i draghi reali tatuati sulle braccia. La madre di Gaio aveva cercato di nascondere il figlio per metà romano, ma lui aveva visto condurre via il Re dell'Anno. Sorrideva, convinto che morendo avrebbe aiutato il suo popolo.

E io, si chiese, io per che cosa morirò?

Arrivarono in cima alla collina. Un cerchio di Sacerdoti li circondava. Più in là, Gaio vedeva un mare di facce, torve o soddisfatte, mentre risuonava il canto dei druidi. Eilan era lieta o triste di vederlo lì? Avrebbe desiderato vedere la sua faccia dietro il velo.

Eilan era in piedi accanto al padre, e alle sue spalle stavano Dieda e altre due Sacerdotesse. Per la prima volta Gaio si chiese se anche lei fosse prigioniera. Lo aveva respinto; perciò avrebbe dovuto rallegrarsi della sua caduta, ma il pericolo che correva gli faceva meno paura del rischio che incombeva su di lei.

Annientali tutti! Vendica la nostra vergogna!
Incominci il massacro!
I guerrieri romani cadranno
come grano mietuto dalle falci!

Il canto terminò, i tamburi tacquero, ma un brusio passò tra la folla e Gaio comprese che era soltanto una pausa nella tempesta.

« Figli di Don! » gridò l'arcidruido. « È la vigilia di Samaine! È il tempo dei mutamenti! Inizia il nuovo anno, e un'era nuova per questa terra! Che il mutare delle stagioni spazzi via i romani, devastatori della Britannia! Oggi allieteremo gli dei della guerra con un sacrificio. Ma dobbiamo purificare i nostri ranghi dai colpevoli. Traditore », continuò rivolgendosi a Gaio, « possiamo rendere facile o difficile la tua morte. Di' perché sei venuto a Vernemeton! »

« Uccidimi, ma non fare domande sciocche! » gridò Gaio con voce rauca. « Dirò soltanto che non intendevo fare male a nessuno. » Forse non era vissuto bene, ma almeno poteva morire con dignità.

« Eri nel recinto sacro, dove non possono entrare altri uomini che i druidi. Hai sedotto una delle nostre vergini? Quale intendevi portar via? »

Gaio scosse la testa e soffocò un grido quando la punta di una lancia gli premette il fianco. Poi sentì il calore del sangue che scorreva.

« Era Rhian, Tanais, Bethoc? » La litania continuò. A ogni nome lo ferivano. A un certo momento cercò di buttarsi sulla lancia, ma i suoi aguzzini lo tennero fermo. Il sangue perduto e i maltrattamenti gli causavano le vertigini. Fra poco, pensò, perderò i sensi e quel che mi faranno non avrà più importanza.

« Senara... »

A quel nome, Gaio sussultò. Dopo un attimo cercò di nascondere la reazione, ma nessuno l'osservava. Eilan si era fatta avanti e aveva scostato il velo.

« Fermatevi! » ordinò con voce chiara. « Posso dirvi per chi è venuto il romano. È venuto per me! »

Che cosa sta dicendo? Gaio la fissò inorridito. Poi comprese che Eilan cercava di proteggere Senara, forse anche il bambino. In quel momento aveva una bellezza ultraterrena. In confronto, la grazia acerba di Senara era come una stella che la maestà della luna faceva impallidire. Come era accaduto a volte un attimo prima della battaglia, Gaio lesse nel proprio cuore con una terribile chiarezza. Era affezionato a Senara, ma il desiderio che aveva provato per lei non era amore. Aveva cercato di recuperare in lei Eilan, com'era quando l'aveva incontrata, la giovane donna che il tempo e i suoi errori gli avevano sottratto per sempre.

Nel silenzio inorridito, l'unico suono era il crepitio del fuoco. Per un momento un'emozione violenta stravolse il volto del druido. Poi si dominò e girò lo sguardo da Eilan a Gaio.

«Per il bene tuo e suo, ti chiedo sul tuo onore di dirmi se è vero.»

Vero... Per un momento quella parola rimase priva di significato. Diviso fra Roma e la Britannia, non sapeva neppure chi era. Come poteva sapere chi aveva amato? Gaio si raddrizzò lentamente e incontrò lo sguardo limpido di Eilan. Sembrava che i suoi occhi gli rivolgessero una domanda. Tutta la tensione lo abbandonò in un lungo sospiro.

«È vero», disse a voce bassa. «Ho sempre amato Eilan.»

Per un momento Eilan chiuse gli occhi, stordita da una marea di gioia. Gaio l'aveva compresa, ma non aveva parlato soltanto per proteggere Senara. Aveva visto quell'espressione di stupore sul suo viso un'unica volta, quando l'aveva tenuta fra le braccia nella lontana notte di Beltane.

«Allora ci hai sempre traditi?» sibilò Bendeigid, chinandosi verso Eilan. «Mentivi quando mi giuravi che non ti aveva toccato? Oppure è incominciato più tardi, quando eri una vergine consacrata del santuario? Ti ha insegnato le menzogne dei romani con le sue parole d'amore, il tradimento con le sue carezze? Hai giaciuto con lui nel sacro recinto oppure nel Bosco Sacro?»

Eilan percepiva il furore di suo padre, ma aveva la sensazione di vederlo attraverso una grande vetrata romana. Alla fine, tutto era diventato semplicissimo. Viveva già sotto il peso di una condanna a morte e ne aveva affrontato il terrore. Ora che era giunto il momento, non aveva paura.

«Ho giaciuto una sola volta con il Re Sacro», rispose con calma. «Com'era mio diritto, accanto ai fuochi di Beltane...»

«Che cosa vorresti dire?» esclamò Miellyn alle sue spalle. «Fu Dieda quella che dovette essere allontanata... Fu Dieda che ebbe un figlio.»

«No!» Gli echi scandalizzati si spensero quando Dieda si accostò all'arcidruido. «Mi costrinsero a farmi complice dell'inganno. Presi il suo posto mentre lei andava lontano per avere il bambino, e, quando tornò, esiliarono me! Da allora ha regnato sulla Casa della Foresta come se fosse casta come la luna, ma era tutta una menzogna!»

«Ma io ho sempre servito la Dea, non i romani!» gridò Eilan, mentre la sua compostezza s'incrinava per la minaccia all'incolumità di suo figlio. Vide il furore prendere il posto del dubbio negli occhi di Bendeigid, quando si voltò verso di lei. La folla si avvicinò per ascoltare, le voci si levarono per esprimere interrogativi o condanne. Le notizie sui disordini fra i romani li avevano resi simili a legna da ardere che una scintilla avrebbe potuto incendiare. Se si fosse appellata a loro, avrebbe scatenato la catastrofe che aveva cercato di scongiurare a prezzo di tante sofferenze?

«Perché dovrei crederti, sgualdrina?» ringhiò suo padre. «Tutta la tua vita è stata una menzogna!»

Alzò la mano per colpirla, e una figura massiccia balzò attraverso le file dei druidi: era Huw, con la mazza brandita per difendere un'ultima volta la Somma Sacerdotessa. Ma altri druidi si fecero avanti di corsa. Prima che Huw potesse raggiungere Bendeigid, le lame bronzee balenarono nella luce del fuoco, si tinsero di un cremisi più intenso e colpirono di nuovo. I druidi continuarono ad accanirsi e Huw, che si sforzava ancora di raggiungere la Somma Sacerdotessa, cadde senza un grido.

Huw avrebbe aggredito lo stesso arcidruido, se lui mi avesse minacciata, una volta aveva pensato stordita Eilan. E alla fine l'aveva fatto veramente.

«Portatelo via!» Bendeigid ansimava. «Era un pazzo.» Si voltò di scatto e afferrò il braccio di Eilan. «Se fossi stata sincera, ti avrei chiesto di invocare la Dea perché ci benedicesse. Invece, sarai la sua vittima sacrificale!»

Perché questo dovrebbe spaventarmi? La mia vita è stata una lunga offerta, pensò Eilan mentre il padre la trascinava attraverso il cerchio, al fianco di Gaio. La folla mormorò. Alcuni di coloro che avevano udito le accuse volevano il suo sangue, altri consideravano un sacrilegio alzare le mani contro la Somma Sacerdotessa, quali che fossero le sue colpe.

« Eilan, puoi perdonarmi? » chiese Gaio a voce bassa. « Non sono mai stato degno del tuo amore. Volevi che fossi il tuo Re Sacro, ma sono soltanto un uomo... »

Eilan si voltò a guardarlo e vide sulla faccia tumefatta una nobiltà che non conosceva. Avrebbe voluto stringerlo fra le braccia, ma i Sacerdoti la trattenevano e comunque capiva che Gaio non ne aveva bisogno. Eilan non vedeva più il bambino sperduto che aveva sempre scorto nei suoi occhi. Gaio sostenne il suo sguardo senza tentennamenti, finalmente in pace con se stesso.

« Io vedo in te un dio », rispose Eilan, di slancio. « Vedo uno spirito che non morirà mai. Abbiamo fatto ciò che ci veniva chiesto e, anche se non lo abbiamo fatto bene come avremmo voluto, il disegno della Signora si è realizzato comunque. Senza dubbio ci sarà concesso di restare insieme per qualche tempo nella Terra dell'Estate prima di essere costretti a ritornare. »

« Lo hai chiamato Re Sacro », disse Bendeigid con voce rauca. « E come tale morirà. »

Eilan vide l'austera rassegnazione che aveva sostenuto Gaio trasformarsi in una sorta di stupore. Continuò a fissarla mentre gli passavano il cappio intorno al collo e cominciavano a stringerlo. Ma, prima che la spada penetrasse sotto le costole, i suoi occhi si appannarono, fissi per sempre su qualcosa che stava al di là del mondo. Il sangue gli sgorgava ancora dal petto quando lo portarono verso il fuoco.

« Dimmi, Sacerdotessa, quali presagi leggi in questo sacrificio? » Eilan girò lo sguardo dalle fiamme al padre, e qualcosa nella sua espressione lo costrinse ad arretrare d'un passo sebbene lei non si fosse mossa.

« Vedo il sangue reale che consacra il suolo », disse Eilan con voce calma. « In quest'uomo erano mescolati il seme di Roma e quello della Britannia, e tu lo hai legato per sempre a questa terra offrendolo al fuoco sacro. »

Trasse un respiro profondo. La testa le martellava così forte che a stento riusciva a vedere; ma non aveva più importanza. La cosa finale che aveva desiderato di vedere in questo mondo era la gloria negli occhi di Gaio. Un rombo le risuonò negli orecchi. Sentì la trance che s'impadroniva di lei sebbene non avesse assaggiato le erbe sacre, e udì echeggiare una voce che non era la sua.

« Ascoltate, uomini dei Cornavii e degli Ordovici e delle altre tribù, perché è l'ultima volta che una Sacerdotessa profetizza su questa sacra collina. Nascondete le spade, o guerrieri, e riponete le lance perché, fino a quando non sarà nata e morta l'ultima generazione, le Aquile di Roma non se ne andranno. E, quando avranno spiccato il volo, a difendere questa terra rimarranno coloro che avranno nelle vene il vostro e il loro sangue! »

« Tu menti! Devi mentire! » La voce di Bendeigid s'incrinò. « Hai tradito i tuoi voti! »

Eilan si sentì precipitare di nuovo nel proprio corpo. Un dolore acuto le trafisse la tempia. Ma scosse la testa. « No, perché Gaio era il Re dell'Anno. Tu stesso lo hai reso tale, perciò il mio amore per lui non era peccato! »

Bendeigid vacillò e la sua faccia si contrasse nella sofferenza di chi vede sgretolarsi tutte le certezze. « Se ciò che dici è la verità », gridò, « che la Dea ci dia un segno prima che ti getti viva nel fuoco! »

Mentre l'arcidruido parlava, Eilan ebbe l'impressione che un grande tuono le scrosciasse nella testa. Sbalordita da quel peso, si sentì cadere sulle ginocchia. Suo padre cercò di afferrarla, ma lei stava scivolando lontano da lui, in una galleria lunghissima. Il battito del suo cuore aveva il suono di un tamburo che si allontana. Poi cessò all'improvviso, e lei fu libera.

E così la Dea mi ha folgorata, dopotutto, pensò con una strana lucidità. Ma è stata la sua misericordia, non la sua collera!

Molto più in basso vedeva gli uomini che si curvavano sul suo corpo immoto. Era la fine che l'aveva attesa da quando si era abbandonata fra le braccia di Gaio, ma l'aveva procrastinata abbastanza a lungo per costruire un ponte fra i loro due popoli. Due druidi sostenevano suo padre: urlava ancora, ma la gente si scostava da lui con aria spaventata e incominciava a scendere la collina.

Vide i Sacerdoti sollevare il corpo che aveva abbandonato e portarlo verso la pira dove già bruciava quello di Gaio. Poi si distaccò da quella luce trascurabile e si rivolse al fulgore che si spalancava davanti a lei, più splendente del fuoco, più dolce della luna.

EPILOGO

PARLA CAILLEAN

QUANDO arrivai alla Casa della Foresta, la sera seguente, tutti i fuochi di Samaine si erano consumati e restavano soltanto le ceneri. Ci volle un po' di tempo prima che trovassi qualcuno in grado di farmi un racconto coerente di quanto era accaduto. Nessuno aveva visto Miellyn: alcuni pensavano che fosse morta nel tentativo di proteggere Eilan. Eilidh era stata uccisa nello scontro avvenuto dopo il sacrificio. Anche Dieda era morta: giaceva nel santuario, ed era chiaro che si era suicidata.

Era impossibile ottenere risposte razionali da Bendeigid, e, a parte i druidi che erano rimasti per curarlo, i Sacerdoti si erano dispersi. E grazie agli dei si erano dispersi anche i guerrieri che si erano radunati in occasione della festività. Ma constatai che quanti erano rimasti si mostravano ansiosi di obbedirmi, perché ormai ero quanto di più vicino a una Somma Sacerdotessa ci fosse tra loro.

Mi mossi in mezzo al tumulto, e diedi gli ordini con una calma che mi sorprendeva, perché non osavo abbandonarmi a un'angoscia che poteva rivelarsi smisurata. In tutto ciò, comunque, doveva esserci un significato: una vita, o una morte, non deve essere sprecata.

L'indomani mi svegliarono per annunciarmi che un gruppo di romani aveva chiesto di parlare alla Somma Sacerdotessa. Uscii e vidi Macellio Severo, seguito dal segretario e da un altro uomo che, dicevano, era il padre della moglie romana di Gaio, in groppa ai loro cavalli sotto il piangente cielo d'autunno. Fui colpita dal fatto che era venuto senza un distaccamento di soldati che lo proteggesse. Ma anche suo figlio, alla fine, aveva dimostrato un grande coraggio.

Era difficile affrontare Macellio, poiché conoscevo la risposta alla domanda che non osava rivolgermi, e mi rendevo conto che non avrei mai potuto dirgli com'era morto suo figlio. Ormai in tutta la zona s'erano diffuse le voci più strane. Gaio era morto come un Re dell'Anno e, sebbene alcuni pensassero che era romano, i pochi che conoscevano il suo nome avevano una ragione valida per conservare il silenzio.

Anche se erano disorganizzati, i romani avevano ancora la forza sufficiente per annegare quella regione nel sangue se avessero trovato le prove che un loro ufficiale era stato sacrificato sulla collina. Ma naturalmente non c'era più un corpo: c'era solo un mucchio di ceneri mescolate alle braci del fuoco di Samaine.

Quando stavano per ripartire, Macellio si girò verso di me, e vidi che nei suoi occhi non s'era spenta la speranza. « C'era un bambino che viveva nella Casa della Foresta », disse. « Lo chiamavano Gawen. Credo che sia... mio nipote. Sai dirmi dov'è ora? »

Questa volta, almeno, potevo rispondere sinceramente che non lo sapevo perché nessuno aveva più visto Gawen dalla vigilia di Samaine, il giorno in cui erano scomparse la sua nutrice e Senara.

Fu solo il terzo giorno, infatti, che Senara ritornò furtivamente, con il viso rigato dalle lacrime, seguita da un ragazzetto dinoccolato che si guardava intorno con occhi turbati.

« È morta per me », singhiozzò Senara quando le dicemmo ciò che era accaduto a Eilan. « Si è sacrificata per salvare me... e suo figlio. »

Avevo la gola stretta ma mi sforzai di parlare con calma. « Allora il suo sacrificio non deve essere vano. Prenderai i voti e servirai la Dea al suo posto, ora che Eilan non c'è più? »

« Non posso, non posso », gemette Senara. « Sarebbe peccato, perché sono una nazarena. Padre Petro sta per stabilirsi a Deva. Mi permetterà di restare nel suo eremitaggio, e passerò in preghiera il resto dei miei giorni. »

Battei le palpebre. All'improvviso mi sembrò di vedere la casetta nella foresta circondata da molte altre. Con il tempo, pensai, altre eremite si sarebbero radunate intorno a lei. E ciò che vidi allora avvenne poi realmente, perché diventò una delle prime comunità femminili che ora servono il popolo come un tempo faceva la Casa della Foresta: ma allora era un futuro lontano. Eilan l'aveva previsto? In ogni caso, la giovane donna ha fatto la sua parte. Anche se Senara rifiutò di diventare la Somma Sacerdotessa di Vernemeton, in un certo senso era pur sempre l'erede di Eilan.

«Condurrai Gawen da suo nonno?» chiese Senara. «Non potrò tenerlo con me quando avrò pronunciato i voti cristiani.»

Quale dei due nonni? mi chiesi ironicamente; e poi compresi che non intendevo lasciare il ragazzino a nessuno dei due vecchi, entrambi prigionieri dell'odio d'un passato agonizzante.

«Gawen...» Lo guardai e vidi un essere che non era né romano né britanno, né bambino né uomo, sulla soglia di un possibile futuro. Eilan era morta perché quel ragazzo potesse vivere in un mondo nuovo. «Tornerò nel Territorio dell'Estate, dove le nebbie ondeggiano intorno alla valle chiamata Avalon. Vuoi venire con me?»

«È la Terra dell'Estate?» chiese Gawen. «Mi hanno detto che mia madre è andata là.»

«Non esattamente.» I miei occhi si riempirono di lacrime. «Ma qualcuno direbbe che è molto vicino.»

Gawen si guardò intorno e rabbrividì. Compresi che per lui doveva essere difficile, perché non sapeva veramente che cosa aveva perduto. Era difficile quasi quanto per me, che lo sapevo anche troppo chiaramente.

Poi mi guardò, e vidi nei suoi occhi uno spirito che non somigliava a nessuno dei due nonni e neppure ai genitori.

«Sta bene. Verrò con te ad Avalon.»

Qui, nel cuore del Territorio dell'Estate, a volte mi domando perché, fra tutti coloro che hanno avuto una parte in questa vicenda, sono stata l'unica a venire risparmiata. So che soltanto adesso incomincio a capire il grande disegno. È possibile che il figlio di Eilan, il quale rappresenta due grandi stirpi impegnate nella creazione del nostro popolo, sia il fondatore di una dinastia dalla quale un giorno nascerà il loro salvatore?

Non lo so. Non ho neppure il conforto del consiglio del Merlino, sebbene una volta Eilan mi avesse detto che le aveva parlato del suo destino. Deve esserci un disegno. So soltanto che dall'Aquila e dal Drago, non dal Corvo della vendetta, verrà il difensore della nostra terra, e forse il Merlino s'incarnerà per aiutare l'eroe...

Qui, nel Territorio dell'Estate, dove il cerchio di pietre getta la sua ombra sul possente Tor e dove rimane la promessa del potere, io attendo la conclusione della storia.

Finito di stampare
nel mese di ottobre 1995
per conto della TEA S.p.A.
dalla SATE s.r.l.
di Zingonia (Bergamo)
Printed in Italy

TEADUE
Periodico settimanale del 6.9.1995
Direttore responsabile: Mario Spagnol
Registrazione del Tribunale di Milano n. 565 del 10.7.1989

I romanzi di Marion Zimmer Bradley

Nelle edizioni TEA

Saga di Darkover

La Signora delle Tempeste
La Donna del Falco
I Regni di Darkover
La Città della Magia
Il Sapiente di Darkover
Gli Eredi di Hammerfell
L'Esiliato di Darkover
Ritorno a Darkover
Il Signore di Storn
La Spada di Aldones
Il Ribelle di Thendara

Gli altri romanzi

Le più belle storie
Le Nebbie di Avalon
Il Giglio Nero (in collaborazione con Julian May e Andre Norton)
Le luci di Atlantide
La Torcia
I Falconi di Narabedla

Nelle edizioni Longanesi & C.

Le Nebbie di Avalon
La Torcia
Le più belle storie
Il Giglio Nero (in collaborazione con Julian May e Andre Norton)
Le Luci di Atlantide
Le querce di Albion